BASTEI
LÜBBE

# PHILIPP VANDENBERG

# DAS FÜNFTE EVANGELIUM
# DER POMPEJANER

BASTEI LÜBBE

BASTEI-LÜBBE-TASCHENBUCH
Band 12 706

1. Auflage: September 1997
2. Auflage: Februar 1999

**Das fünfte Evangelium**

**Der Pompejaner**

Herausgeber des Sammelbandes:
Bastei-Verlag Gustav H. Lübbe GmbH & Co., Bergisch Gladbach
Einbandgestaltung: K.K.K.
Satz: KCS GmbH, Buchholz/Hamburg
Druck und Bindung:
Elsnerdruck, Berlin
Printed in Germany
ISBN 3-404-12706-4

# PHILIPP VANDENBERG

## DAS FÜNFTE EVANGELIUM

BASTEI LÜBBE

*Hütet euch vor dem Sauerteig, ich meine vor der Heuchelei der Pharisäer. Nichts ist verborgen, was nicht offenbar, und nichts geheim, was nicht bekannt werden wird. Darum wird alles, was ihr im Finstern gesprochen habt, am hellen Tag vernommen werden; und was ihr ins Ohr gesagt habt in Kammern, das wird verkündet werden auf den Dächern.*

Lukas 12, 1–3

# Inhalt

# VORWORT

IN KEINER STADT, die ich kenne, gibt es so interessante Friedhöfe wie in Paris. Sie sind so ganz anders, beinahe heiter, und haben nichts Morbides oder Unheimliches an sich, wie man das von deutschen Friedhöfen gewöhnt ist. Es scheint, als pflegten die Franzosen ihre Toten einfach besser, und jedes Schulkind weiß, daß zum Beispiel Edgar Degas auf dem Montmartre beerdigt ist, Maupassant und Baudelaire hingegen auf dem Montparnasse.

Vom Boulevard de Ménilmontant gelangt man zum Cimetière du Père-Lachaise – so heißt der größte und schönste Friedhof von Paris; ein ungewöhnlicher Name, der auf Père Lachaise, den Beichtvater Ludwigs XIV., zurückgeht. Neben Edith Piaf, Jim Morrison und Simone Signoret findet man hier die Gräber von Molière, Balzac, Chopin, Bizet und Oscar Wilde. Wo, sagt einem der Gardien, der für ein paar Francs auch einen Plan bereithält.

An schönen Tagen, vor allem im Frühjahr und Herbst, pilgern viele Menschen zu den Grabstätten ihrer Idole, und dabei begegnen sich jene, die von hier den flüchtigen Eindruck des Einmalgesehenhabens mitnehmen, und jene, die regelmäßig, manche sogar täglich, hierher kommen, meist um die gleiche Zeit und mit dem gleichen Ritus kurzen Gedenkens.

Das zu bemerken setzt voraus, daß man selbst mehrere Tage zur gleichen Zeit den Cimetière du Père-Lachaise besucht – was ich tat, zunächst ohne Hintergedanken, jedenfalls gewiß nicht in der Erwartung, auf eine der aufregendsten Geschichten zu stoßen, denen ich je begegnet bin.

Am zweiten Tag schon wurde ich auf einen gutaussehenden älteren Mann vor einem Grab mit der schlichten Aufschrift ›Anne 1920–1971‹ aufmerksam; das heißt, rückblickend war es eigentlich jene exotische orange-blaue Blume in seiner Hand, die meine Neugierde erregte, und weil ich die Erfahrung gemacht habe, daß sich hinter einer außergewöhnlichen Blume oft eine außergewöhnliche Geschichte verbirgt, sah ich mich veranlaßt, den Fremden einfach anzusprechen.

Mit Erstaunen nahm ich zur Kenntnis, einem Deutschen zu begegnen, der in Paris lebte; im übrigen gab er sich aber recht zugeknöpft, beinahe abweisend, was die Bedeutung jener exotischen Blume betraf (es handelte sich um eine Paradiesvogelblume, auch Strelitzie genannt). Als sich unsere Begegnung am folgenden Tag wiederholte, verkehrte sich die Situation insofern ins Gegenteil, als nun der andere daranging, mich auszuforschen, und es dauerte lange, bis er mir glaubte, daß mich allein meine schriftstellerische Neugierde zu dieser Frage veranlaßt hatte und daß es keine dunklen Hintermänner gab, die mich auf ihn angesetzt hatten.

Allein das skeptische Verhalten des Mannes gegenüber meiner harmlosen Frage bestärkte mich in der Vermutung, hinter der kleinen, alltäglichen Zeremonie im Cimetière du Père-Lachaise könnte sich weit mehr verbergen als nur eine rührende Geste. Obwohl ich mich dem anderen längst vorgestellt hatte, kannte ich seinen Namen noch immer nicht, doch ich erkannte darin kein Hindernis, ihn in mein Hotel zum Essen einzuladen – falls es seine Zeit erlaubte. Mit dieser Bemerkung erntete ich ein Lächeln und den Hinweis, ein Mann in seinem Alter habe viel Zeit, er werde kommen.

Ich muß gestehen, damals glaubte ich nicht so recht daran, daß der Fremde seine Zusage einhalten würde; ich vermutete eher, er habe nur zugesagt, um sich meiner Hartnäckigkeit zu entledigen. Um so mehr erstaunte es mich, als der Mann, wie vereinbart, im Restaurant des Grand Hotels im 9. Arrondissement, wo ich wohnte, erschien und eine uralte Illustrierte auf den Tisch legte, die sofort meine Neugierde erregte.

Als hätte er es darauf abgesehen, mich auf diese Weise auf die Folter zu spannen, was bei einem neugierigen Menschen wie mir beinahe krankhafte Zustände hervorruft, plauderte er mit Wonne (aus meiner Sicht war das purer Sadismus) über die Schönheiten von Paris, und jedesmal, wenn ich den Versuch unternahm, das Gespräch auf das eigentliche Thema zu lenken, fiel ihm wieder eine Sehenswürdigkeit ein, deren Besichtigung sich lohne für einen Fremden. Später erst wurde mir bewußt, daß der Mann mit sich kämpfte, ob er mir seine Geschichte anvertrauen konnte oder nicht.

Schon hatte ich die Hoffnung aufgegeben, als er unvermittelt die Illustrierte zur Hand nahm, sie in der Mitte aufschlug und so über den Tisch schob mit den Worten: »Das bin ich. Oder besser: ich war es. Oder noch besser: Ich hätte es sein sollen.« Er sah mich prüfend an.

Die Sekunden, in denen ich mich in den Illustriertenbericht vertiefte, bereiteten dem Unbekannten offensichtlich Vergnügen; ich spürte seinen Blick auf mich gerichtet und fühlte, wie er jede meiner Regungen verfolgte, als erwarte er einen Ausruf des Erstaunens. Aber nichts dergleichen geschah. Der Artikel berichtete von einem Reporter der Illustrierten, der im Algerienkrieg umgekommen war, und zeigte Fotos aus seinem Leben und das Bild eines scheußlich zugerichteten Leichnams. Ich war ziemlich ratlos.

»Sie werden das nicht begreifen«, meinte er schließlich, »es hat lange gedauert, bis ich es selbst kapiert habe. Und ganz gewiß ist das die wahnsinnigste Geschichte, die Sie je gehört haben.«

Ich erwiderte, ich sei schon mit unbegreiflichen Geschichten konfrontiert worden, das Gewöhnliche sei nur selten Sache eines Schriftstellers. Und ich verwies meinen Gast auf jenen gelähmten Mönch im Rollstuhl, der mir vor Jahren einmal seine Lebensgeschichte erzählte und mit eindringlichen Worten erklärte, warum er sich in selbstmörderischer Absicht aus einem Fenster des Vatikans gestürzt hatte. Dieses sein Leben hätte ich in meinem Buch ›Sixtinische Verschwörung‹

beschrieben, aber noch vor dem Erscheinen des Buches sei der Gelähmte aus seinem Kloster verschwunden, und sein Abt habe standhaft behauptet, einen Mönch in einem Rollstuhl habe es in seinem Kloster nie gegeben; dabei, betonte ich, seien wir uns dort mehrere Tage gegenübergesessen.

Es wäre besser gewesen, ich hätte davon nicht berichtet; denn der Mann hatte es auf einmal eilig und meinte, er müsse, bevor er bereit sei auszupacken, sich alles noch einmal durch den Kopf gehen lassen, und wir sollten uns am folgenden Tage im Café ›La Flore‹ am Boulevard Saint-Germain treffen, wo im übrigen viele Schriftsteller verkehrten.

Um es vorwegzunehmen: Meinen Kaffee im ›La Flore‹ trank ich allein, und ich muß gestehen, es überraschte mich nicht einmal. Offenbar hatte den Unbekannten angesichts der Vorstellung, sein Schicksal könnte als Buchvorlage dienen, der Mut verlassen. Das aber bestärkte mich in meiner Auffassung, daß das, was der Mann mit sich herumtrug, über das persönliche Schicksal eines einzelnen Menschen weit hinausging.

Alle großen Geheimnisse der Menschheit haben einen unscheinbaren Ursprung. Ich witterte hinter dem Schicksal des fremden Mannes ein solches Geheimnis. Daß es von so fundamentaler Bedeutung sein würde, konnte ich zu diesem Zeitpunkt noch nicht ahnen, auch nicht die Tatsache, daß der Fremde mit der Papageiblume in diesem Drama nur eine Nebenrolle spielen würde. Die Hauptrolle, das sei vorweggenommen, spielte jene Frau auf dem Friedhof, von der ich nur den Vornamen kannte: Anne.

Doch ich hatte eine Spur, den Artikel in der Illustrierten. Eine Fährte führte nach München, eine zweite zurück nach Paris, dann überschlugen sich die Ereignisse in meinen Recherchen. Rom, Griechenland und San Diego waren weitere Stationen, und langsam, ganz allmählich, wurde mir klar, warum der Unbekannte Hemmungen hatte, mir seine Geschichte anzuvertrauen.

Den Friedhof habe ich noch einige Male besucht, aber dem fremden Mann bin ich nie mehr begegnet.

# ERSTES KAPITEL

## Orpheus und Eupydike todbringend

# 1

UM SIE HERUM war alles weiß, und als schmerzten die weißen Wände, der weiße Boden, die spiegelblanken weißen Türen und die grellen Neonröhren an der Decke, vergrub Anne ihr Gesicht in den Händen. Sie begriff gar nichts. Sie hatte nur das Wort ›Koma‹ gehört und daß es schlecht um ihn stehe. Eine geschlechtslose Gestalt im weißen Kittel hatte sie auf diesen Stuhl gedrückt und einfühlsam wie eine Flugbegleiterin, die mit den Vorschriften für den Notfall vertraut macht, erklärt, die Ärzte täten ihr Bestes, das könne dauern, sie möge das Formular ausfüllen und unterschreiben.

Das Blatt lag neben ihr auf dem Boden. Von Zeit zu Zeit öffnete sich eine der glänzenden Türen. Gummisohlen quietschten über den langen Gang und verschwanden in einer anderen Tür. Von irgendwoher drang der Rhythmus einer stampfenden Maschine, es roch nach Carbol, und die Wärme war beinahe unerträglich.

Anne blickte auf, sie holte tief Luft, öffnete ihren dünnen Mantel, lehnte sich mit geschlossenen Augen auf dem Stuhl zurück und verschränkte die Arme. Ihre Lippen zitterten, und sie fühlte einen Schmerz, den sie nicht lokalisieren konnte; sie ahnte, daß ihr Leben auseinanderbrach, und ein Gedanke aus ihrer Kindheit kam ihr in den Sinn, wenn sie sich manchmal gewünscht hatte, ein Zauberspruch könne ein Erlebnis vergessen machen und alles sei so wie vorher.

Sie hatte nie darüber nachgedacht, wie das sein würde, wenn einem von ihnen etwas zustieße. Sie liebte Guido, und Liebe fragt nicht nach dem Ende; aber jetzt erkannte sie das

Törichte dieser Haltung. Auf einen Anruf wie diesen war sie einfach nicht vorbereitet: »Es tut uns leid, wir müssen Ihnen eine traurige Mitteilung machen. Ihr Mann hatte einen schweren Unfall. Machen Sie sich auf das Schlimmste gefaßt.«

Wie im Traum war Anne zum Klinikum gerast. Sie wußte nicht, auf welchem Weg sie hierhergelangt war, wo sie den Wagen geparkt hatte; unfähig, einen klaren Gedanken zu fassen, hatte sie zwei oder drei Weißkitteln »Intensivstation?« entgegengerufen und war schließlich hier auf diesem grell erleuchteten Korridor gelandet, wo die Zeit endlos schien.

Sie erschrak, als sie sich dabei ertappte, wie sie in Gedanken das Haus neu einrichtete und das Antiquitätengeschäft verkaufte, wie sie den Entschluß faßte, erst einmal eine Weltreise zu machen – um Abstand zu gewinnen. Guido war nie zu einer Weltreise zu bewegen gewesen. Er haßte die Fliegerei.

Mein Gott! Anne sprang auf, sie schämte sich wegen dieser Gedanken und ging unruhig, die Hände in den Taschen ihres Mantels vergraben, auf und ab. Die lässige Geschäftigkeit, mit der Kittelträger an ihr vorbeihuschten, ohne ihr einen Blick zuzuwerfen, wirkte provozierend, und es hätte nicht viel gefehlt, und Anne wäre auf eine der geschäftigen Schwestern losgegangen und hätte sie angeschrien, es gehe um das Leben ihres Mannes, ob sie das nicht begreife.

Dazu kam es aber deshalb nicht, weil im selben Augenblick ein hagerer Mann mit verschmutzter randloser Brille aus einer Tür trat. Er nestelte, während er auf Anne zukam, an einem grünen Mundschutz, der um seinen Hals hing, dann wischte er sich mit dem Oberarm über die Stirn.

»Frau von Seydlitz?« fragte er tonlos.

Anne fühlte, wie sich ihre Augen weiteten, wie das Blut in ihren Kopf schoß. In den Ohren pochte es. Das Gesicht des Arztes verriet keine Regung.

»Ja«, preßte Anne leise hervor. Ihre Kehle war trocken und spröde.

Der Arzt stellte sich vor; aber noch während er seinen Namen nannte, änderte sich der Tonfall seiner Stimme und verfiel in den Singsang eines Leichenbestatters. Das folgende hatte er schließlich schon viele Male von sich gegeben: »Es tut mir leid. Für Ihren Mann kam jede Hilfe zu spät. Es mag in dieser Situation ein schwacher Trost für Sie sein, wenn ich sage, es ist vielleicht besser so. Ihr Mann wäre vielleicht nie mehr zu sich gekommen. Die Schädelverletzungen waren zu schwer.«

Zwar nahm Anne noch wahr, daß der Arzt ihr die Hand reichte, aber in ihrer hilflosen Wut drehte sie sich um und ging. Tot. Zum ersten Mal begriff sie die Endgültigkeit dieses Wortes.

Im Lift roch es nach Küche wie in allen Klinikaufzügen. Angeekelt ergriff sie die Flucht, kaum daß die Aufzugtüren sich geöffnet hatten.

Nach Hause nahm sie ein Taxi. Sie war nicht in der Lage, sich selbst ans Steuer zu setzen. Dem Fahrer hielt sie wortlos einen Schein hin, dann verschwand sie im Haus. Fremd, kalt und abweisend erschien ihr auf einmal alles. Sie entledigte sich ihrer Schuhe, hastete die Treppe empor in ihr Schlafzimmer und ließ sich auf das Bett fallen. Dann endlich weinte sie.

Das geschah am 15. September 1961. Drei Tage später wurde Guido von Seydlitz auf dem Waldfriedhof beerdigt. Am Tage darauf begannen die – nennen wir es zunächst einmal – Merkwürdigkeiten.

## 2

DAMIT ANNE VON Seydlitz nicht von vornherein in falschem Licht erscheint, was dem wahren Gehalt der Geschichte nur abträglich wäre, muß man zunächst ein paar Worte über diese Frau verlieren. Anne Seydlitz gebrauchte nie das von ihrem Mann angeheiratete Adelsprädikat. Ihrem Mann als Kunsthändler mochte der Titel bisweilen von Nutzen sein, aber Anne machte sich eher lustig über den im 19. Jahrhundert verliehenen ›Werksadel‹. Damals wurden verdienstvolle Unternehmer von einem Tag auf den anderen in den Adelsstand erhoben, und dieser fragwürdige Vorgang brachte dann so kuriose Geschlechter wie das derer von Müller oder jenes derer von Meyer hervor.

Anne verfügte über genug Selbstbewußtsein, als Frau Seydlitz durchs Leben zu gehen, denn Bildung und eine herbe Schönheit hatten sich in ihr auf so faszinierende Weise verbunden, daß sie, wo immer sie auftauchte, stets gesellschaftlicher Mittelpunkt war. Wie alle, die nicht unter ihrer Klugheit leiden, sondern aus ihr Nutzen ziehen, besaß Anne Witz, und ihre Schelmereien wurden oft zum Tagesgespräch. Mit ihrem Alter von gerade vierzig Jahren kokettierte sie gerne, indem sie darauf hinwies, sie befinde sich nun im fünften Jahrzehnt.

Natürlich hatte sie der Tod ihres Mannes schwer getroffen, und sie begann gerade das Leid, das ihr unerwartet begegnet war, mit der Kraft ihres Verstandes zu verarbeiten, als die Klinik anrief, sie möge die letzten Habseligkeiten ihres Mannes abholen.

Obwohl es ihr nicht leichtfiel, kam Anne der Aufforderung noch am selben Tag nach. Eine Schwester übergab ihr gegen Quittung einen verschweißten Plastiksack, der neben Guidos Kleidungsstücken seine Uhr und Brieftasche enthielt. Dabei erfuhr sie eher beiläufig, daß Guido zur Zeit des Unfalles nicht allein im Auto gesessen habe. »Die Beifahrerin hat nur leichte Verletzungen davongetragen, man hat sie heute entlassen.«

»Beifahrerin?«

Anne von Seydlitz zog ihre Stirn in Falten, ein untrügliches Kennzeichen für ihre innere Erregtheit.

Die Schwester zeigte sich erstaunt, daß Frau von Seydlitz von der Beifahrerin nichts gewußt haben sollte, ja sie wurde sogar mißtrauisch und bat, bevor sie den Namen bekanntgab, den Oberarzt um Rat. Anne erkannte in ihm den Arzt, der ihr die Todesnachricht überbracht hatte, und sie hielt es für angebracht, sich für ihr Verhalten zu entschuldigen.

Der Doktor nannte ihr Verhalten in Anbetracht der Umstände nicht außergewöhnlich, er bezeichnete es sogar als ziemlich normal, dennoch gelang es Anne erst nach zähen Verhandlungen, Namen und Adresse der Beifahrerin ihres Mannes zu erfahren.

Sie kannte die Frau nicht. Es ging ihr zunächst auch nur darum, mehr über die Umstände des Unfalles zu erfahren.

Zu diesem Zweck setzte sie sich mit der Polizei in Verbindung. Dort erfuhr sie, daß der Wagen mit zwei Personen, einem Mann und einer Frau, besetzt gewesen sei, bei Kilometer 7,5 der Autobahn München-Berlin von der Fahrbahn abgekommen, sich mehrmals überschlagend über eine Böschung gestürzt und mit den Rädern nach oben liegengeblieben sei. Die Frau habe das Unglück offenbar nur deshalb überlebt, weil sie aus dem Fahrzeug geschleudert wurde. Zur Klärung der Unfallursache werde das Autowrack untersucht, aber das könne dauern.

Ob sie den Wagen sehen könne.

Natürlich, wenn sie sich das antun wolle.

Die Halle im Norden der Stadt bot Raum für zwei Dutzend Autowracks, und mindestens ebenso viele standen im Freien herum, zerbeulte, zerfetzte, verbrannte Automobile, die mit dem Schicksal irgendwelcher Menschen verbunden waren.

Obwohl sie sich vorgenommen hatte, kühl und gefaßt zu bleiben, begann Anne beim Anblick des Wracks am ganzen Körper zu zittern, und es dauerte eine ganze Weile, bis sie näher zu treten wagte. Das Armaturenbrett war in der Mitte eingeknickt. Auf der linken Seite sah man Blutspuren. Front- und Heckscheibe lagen zersplittert auf den zerbeulten Polstern. Von der Kühlerhaube war nur noch die Hälfte der normalen Länge zu erkennen. Die Kofferraumklappe stand offen, sie ließ sich nicht mehr schließen. Es roch nach Benzin und Öl und verbranntem Kunststoff.

Beinahe andächtig umrundete Anne das demolierte Fahrzeug, da fiel ihr Blick auf eine Aktentasche im Kofferraum. Der Polizeibeamte, der sie begleitete, nickte und meinte, sie könne sie an sich nehmen, und er angelte die Ledertasche hervor.

»Aber das ist nicht die Tasche meines Mannes!« rief Anne und trat einen Schritt zurück. Sie machte eine Bewegung, als habe der Mann ihr ein ekelerregendes Tier vor die Nase gehalten.

»Dann wird sie der Beifahrerin gehören«, meinte der Polizeibeamte beschwichtigend. Er verstand die Aufregung der Frau nicht.

»Aber wo ist der Aktenkoffer meines Mannes? Er hatte einen braunen Aktenkoffer bei sich mit seinem Monogramm G. v. S. auf der Oberseite!«

Der Polizist hob die Schultern. »Sind Sie sicher?«

»Ganz sicher«, erwiderte Anne, und nach einem Augenblick des Nachdenkens sagte sie: »Geben Sie her!«

Sie legte die Tasche auf das Dach des Unfallwagens, hantierte ungeübt an den Schlössern und öffnete den Deckel. Der Inhalt – Unterwäsche (nebenbei gesagt, nicht sehr feine), Kosmetika und Zigaretten – gehörte zweifellos der Frau.

»Darf ich ihn mitnehmen?« fragte Anne.

»Selbstverständlich.«

Sie klappte die Tasche zu und ging.

## 3

DIE UNSAGBARE TRAUER, der Schmerz und die Leere, die Guidos Tod in ihr hervorgerufen hatte, schienen auf einmal wie weggefegt, ja, sie erlebte einen Gefühlswandel ungewöhnlichster Art: Schmerz, der sich in der Regel erst nach Jahren verflüchtigt, schlug bei Anne von einer Stunde auf die andere um in Verbitterung, ja, auf einmal empfand sie Haß gegen den Mann, den sie am Tag zuvor zu Grabe getragen hatte. Zehn Jahre Ehe, vermeintliches Glück, stürzten plötzlich in sich zusammen wie ein abrißreifes Gebäude unter der Gewalt der Bulldozer. Ihr war, als hätte sie ihren Mann zweimal verloren, einmal vor wenigen Tagen – und dann jetzt.

Auf dem Heimweg, den Anne in einem Taxi zurücklegte, wurden Erinnerungen wach, Gedanken, Erlebnisse, die nun auf einmal einen Sinn ergaben. Ihre linke Hand krallte sich in den Handgriff der fremden Tasche, als sammelte sie Kraft für einen furchtbaren Angriff. Mit der anderen wühlte sie in ihrem Mantel nach dem Zettel, den ihr der Arzt in der Klinik gegeben hatte: Hanna Luise Donat, Hohenzollern-Ring 17.

Anne biß sich auf die Unterlippe. Das tat sie immer, wenn sie wütend war. Dann hielt sie dem Taxifahrer den Zettel vors Gesicht. »Fahren Sie mich zum Hohenzollern-Ring 17.«

Das Haus im Osten der Stadt war nicht die feinste Adresse, machte aber, soweit man in der Dämmerung erkennen konnte, einen gepflegten, gediegenen Eindruck. Ein graugestrichenes Eisentor in der Gartenmauer trug ein ovales Messingschild ohne Namen. Anne zögerte keinen Augenblick. Sie drückte auf den Klingelknopf. Im Inneren des Hauses, das etwas zurücklag, brannte Licht, und kurz darauf erschien ein kleiner, dicklicher Mann in der Tür.

»Bin ich hier richtig bei Hanna Luise Donat?« rief Anne dem Mann entgegen. Der kam ihr, ohne zu antworten, mit einem Schlüssel entgegen, schloß das graue Gartentor auf, streckte die Hand aus, an deren Zeigefinger das oberste Glied fehlte, und sagte, während er sich mit ungeschickter Höflichkeit verneigte: »Donat. Sie wollen zu meiner Frau. Bitte!«

Die Bereitwilligkeit, mit der der Mann, ohne zu fragen, was sie denn überhaupt wolle, Anne einließ, versetzte sie in Verwunderung, aber in ihrer Wut ging sie darüber hinweg, im Augenblick kannte sie nur ein Ziel: Sie wollte diese Frau sehen.

Donat bat Anne in ein spärlich möbliertes Zimmer mit zwei alten Schränken und einem schwülstigen Bild aus der Jahrhundertwende: »Bitte gedulden Sie sich einen Augenblick!«

Er verschwand hinter einer der hohen, mit heller Ölfarbe

gestrichenen Türen. Nach einer Weile kehrte er zurück, hielt die Tür auf und bat Anne herein.

Natürlich hatte Anne eine Vorstellung von der Frau, die sie in dem Zimmer erwarten würde. Sie erwartete eine Schlampe mit hochtoupierten Haaren und grell geschminkten Lippen, pummelig an den typischen Stellen, eben wie man sich eine vorstellt, die sich mit einem verheirateten Mann einläßt, und bei dieser Vorstellung wuchs ihre Wut.

Sie hatte sich die Begegnung minutiös ausgemalt; vor allem hatte sie sich geschworen, ruhig zu bleiben, kühl und zynisch, denn nur so konnte sie die fremde Frau verletzen. Ich bin Anne von Seydlitz, wollte sie sagen, die Ehefrau, und daß sie schon immer einmal das Frauenzimmer kennenlernen wollte, mit dem Guido seine angeblichen Dienstreisen verbracht hatte. Sie wollte sie einladen, die blutverschmierten Kleidungsstücke ihres Mannes abzuholen – zur Erinnerung sozusagen. Aber dann kam es doch ganz anders.

In der Mitte des Raumes, der mit Grünpflanzen verstellt war, saß eine Frau, wohl etwa im selben Alter wie sie. Sie saß starr wie eine Statue, die Beine in eine Decke gehüllt, sie saß in einem Rollstuhl. Alle Bewegungen, die ihr der Körper vom Hals abwärts offenbar verweigerte, spiegelten sich in ihrem schönen Gesicht wieder.

»Ich bin Hanna Luise Donat«, sagte die Frau im Rollstuhl freundlich, und mit einer leichten Neigung des Kopfes bedeutete sie der Besucherin, näher zu treten.

Anne stand wie angewurzelt. Ihr, die sonst eigentlich nie um eine Antwort verlegen war, fehlten in diesem unvorhersehbaren Augenblick die Worte. So kam es, daß die gelähmte Frau, offenbar an Situationen wie diese gewöhnt, mit betont ruhiger Stimme sagte: »Bitte, nehmen Sie doch Platz!« Und nach einem weiteren Augenblick, in dem nichts geschah, fügte sie, nun etwas drängender, hinzu: »Wollen Sie mir nicht sagen, was Sie zu mir führt, Frau …«

»Seydlitz«, ergänzte Anne. Sie vermochte ihre Aufregung nicht zu unterdrücken, wühlte in ihrer Manteltasche den Zettel hervor und las, was in dieser Situation in gewisser Weise komisch wirkte: »Hanna Luise Donat, Hohenzollern-Ring 17.«

»Richtig«, kommentierte die Frau im Rollstuhl, und der Mann trat hinter sie und schob die Gelähmte näher an die Besucherin heran.

Anne stammelte ein paar entschuldigende Worte: offensichtlich sei sie einem Irrtum aufgesessen, aber man habe ihr in der Klinik diesen Namen und diese Adresse gegeben, eine Frau gleichen Namens sei im Unfallwagen ihres Mannes gesessen und nach dreitägigem Klinikaufenthalt nach Hause entlassen worden.

»Dieses Mißverständnis«, gab der Mann zu bedenken, »kann doch Ihr Mann sehr leicht klären.«

»Er ist tot«, stellte Anne nüchtern fest. »Verzeihen Sie, es tut mir leid, das konnte ich nicht wissen.« Anne nickte. Wie immer sie die Situation überdachte, diese Frau konnte weder die Beifahrerin im Auto noch die Patientin in der Klinik gewesen sein. Aber während sie die Situation als mysteriös, um nicht zu sagen unheimlich empfand, zeigten sich die beiden an dem Geschehen der letzten Tage äußerst interessiert. Noch ehe Anne in ein längeres, erklärendes Gespräch verwickelt werden konnte, drückte sie dem Mann die Tasche in die Hand, und sie verabschiedete sich schneller, als der Takt es geboten hätte.

## 4

IN DIESER NACHT fand Anne keinen Schlaf. Sie wandelte durch das große Haus wie ein Gespenst auf erfolgloser Suche nach seiner Seele. In einen langen weißen Hausmantel gehüllt, setzte sie sich auf die Treppe, die zu ihrem Schlafzimmer führte, und versuchte auf all das einen Reim zu finden. Manchmal glaubte sie zu träumen; dann lauschte sie den fernen Geräuschen der Nacht. Sie war darauf gefaßt, daß sich jeden Augenblick ein Schlüssel im Schloß drehte und Guido ins Haus träte, so wie er es immer getan hatte, aber es geschah nichts, und alsbald erreichte ihr Delirium jenen gefährlichen Grad von Rausch, der zwischen Trug und Wahrheit nicht mehr zu unterscheiden weiß.

Anne erschrak, als sie sich dabei ertappte, wie sie vor der Tür von Guidos Schlafzimmer stand, mit der flachen Hand gegen den Rahmen schlug und ihren Mann einen Hurenbock schimpfte und mit weiteren ähnlichen Schimpfwörtern bedachte, als habe dieser sich in seinem Zimmer eingeschlossen.

Das Geschehen der letzten Tage war einfach zuviel für sie gewesen. Heulend wie ein Kind sank sie vor der Tür auf die Knie und gab sich ihrer Wut hin. Ja, Annes Tränen waren keine Tränen des Schmerzes, weil sie ihren Mann verloren hatte, Anne heulte vor Wut – über ihn und seine Dreistigkeit und über ihre eigene Naivität, ihr blindes Vertrauen, das sie Guido entgegengebracht und das dieser schändlich mißbraucht hatte.

Von Wesensart und Charakter war Anne durchaus belastbar, unerträglich erschien ihr jedoch die Vorstellung eigener Dummheit; denn Anne von Seydlitz war eine ungewöhnlich kluge Frau, eine Frau, die es immer verstanden hatte, diese Klugheit zielgerecht einzusetzen. Nichts haßte sie mehr als Dummheit, und nun, ein Opfer ihrer eigenen Dummheit, haßte sie sich selbst.

Wuttränen klebten wie Sirup im Gesicht. Eigentlich schämte sie sich vor sich selbst. Sie konnte sich nicht erinnern, sich jemals so gehengelassen zu haben, nicht einmal in der Zeit, die sie als Kind in einem Waisenhaus verbracht hatte.

Im Badezimmer lag der Plastiksack, den man ihr in der Klinik übergeben hatte. Sie erkannte Guidos Uhr, eine goldene Hamilton aus dem Jahre 1971, Guidos Geburtsjahr. Er hatte sie auf einer Auktion erstanden. An der Unterseite war eine Widmung eingraviert: *Syd to Sam 1921*. Anne riß den Beutel auf, zog den blutverschmierten Anzug hervor und breitete Hose und Sakko wie die Figur eines Hampelmannes aus. Und wie er so dalag, der Anzug, den er mit Vorliebe getragen hatte, begann Anne mit bloßen Füßen auf den Kleidungsstücken herumzutrampeln, als wollte sie Guido weh tun. Als wollte sie ein Geständnis aus ihm herauspressen, stampfte sie wild auf den Boden des Badezimmers, gab sie schnaubende Laute von sich und stieß immer wieder dasselbe Wort hervor: »Betrüger – Betrüger – Betrüger!«

Bei ihrem orgiastischen Tanz hatte sie in dem Sakko Widerstand gespürt. Unerwartet zog Anne Guidos Brieftasche hervor. Sie atmete heftig, als sie ein Bündel Geldscheine aus der Tasche nahm. Den weiteren Inhalt kannte sie: Kreditkarten und Fahrzeugpapiere. Aber während sie die Scheine mechanisch zu zählen begann, stieß sie auf eine gelbe Eintrittskarte. Deutsche Oper Berlin, Mittwoch, 20. September, 19 Uhr.

Anne hielt das Billett mit Daumen und Zeigefingern beider Hände. Guido war, bei Gott, kein Opernfreund gewesen. Die wenigen Male, die sie zusammen eine Oper besucht hatten, konnte sie an einer Hand abzählen. Für Anne erschien das nur ein Beweis mehr, wie Guido sie hintergangen hatte. Und sie gehörte zu den Frauen, die alles verzeihen könnten, nur nicht die Gewißheit, daß ihr Mann sie betrog.

Während sie den Inhalt der Brieftasche vor sich auf dem Boden des Badezimmers ausbreitete wie ein Puzzle oder eine Patience, begann sie ihre Gedanken zu ordnen. Längst hatte sie sich grübelnd so in das Doppelleben ihres Mannes verstrickt, daß es für sie kein Halten mehr gab: Sie würde nicht eher Ruhe geben, bis sie dies in allen Einzelheiten aufgeklärt hatte.

Der Tag, der gegen sieben allmählich zum Fenster hereinschimmerte und sich mit dem Gelb der Wandleuchten mischte, trug merklich dazu bei, Annes Sinne zu beruhigen. Diese Besänftigung verdrängte ihre Wut jedoch keineswegs, sie ließ nur ihr Ziel klarer erscheinen.

Anne war alles andere als der Typ eines Schnüfflers; aber

es ist bekannt, daß Ehebruch nie gekannte Charaktereigenschaften freisetzt. In ihrem Fall konnte man sogar sagen: Es war ihre Wut, die sie vor dem totalen Zusammenbruch bewahrte.

Noch während sie mit der Klinik telefonierte, wo sie wie erwartet erfuhr, daß jene Frau aus dem Unfallwagen, die sich als Hanna Luise Donat ausgegeben hatte, ganz anders aussah als die Frau im Rollstuhl, fiel ihr Blick auf das Datum der Opernkarte: 20. September. – Heute!

Anne schnippte mit dem Finger, und zum ersten Mal seit Tagen huschte ein kleines Lächeln über ihre Mundwinkel, ein kleines, teuflisches Lächeln. Gewiß, die Hoffnung war gering, aber je länger sie das Billett in der Hand hielt, desto mehr kam in ihr das Gefühl auf, die Opernvorstellung könnte sie auf irgendeine Spur bringen. Sie konnte und mochte sich einfach nicht vorstellen, daß Guido über Nacht zum Opernfan geworden war und allein eine Opernvorstellung besuchte – noch dazu, ohne dies mit einem Wort zu erwähnen.

## 5

IM FLUGZEUG NACH Berlin erinnerte sich Anne der Zeit vor sechs, sieben Jahren, als ihre Ehe zur Routine geworden war, nicht gerade unerträglich, aber doch so, daß es keine Aufregungen mehr zu geben schien in ihrer Beziehung, keinen Krach, aber auch keine Versöhnung; alles lief – wie man so zu sagen pflegt – wie am Schnürchen. Damals, eben vor sechs, sieben Jahren, hatte sie sich allen Ernstes überlegt, mit dem jungen Volontär in der Firma etwas anzufangen, der sie seine Blicke spüren ließ, sobald sie auftauchte. Diese Lust, die jede Frau überkommt, sobald sie ihre sogenannten besten Jahre erreicht hat, quälte sie monatelang, denn zum einen hätte es sie gereizt, die Wirkung ihrer 35 Jahre auf einen schüchternen, aber nicht unattraktiven Jüngling auszuprobieren, zum anderen wollte sie Guido merken lassen, daß sie auf andere, sogar jüngere Männer durchaus anziehend wirkte.

Auf diesem Umweg hoffte Anne ihrem Mann in Erinnerung zu bringen, daß eine Ehe aus mehr besteht als aus Arbeit, Erfolg und zweimal Urlaub im Jahr. Aber eine plötzliche Erkenntnis im Hinterzimmer des Geschäftes, in das sie an einem ruhigen Montag nachmittag Wiguläus – so hieß der studierte Knabe, und er sah auch so aus – mit der Absicht gerufen hatte, ihn zu verführen (sogar daß sie lila Unterwäsche und gleichfarbige Strümpfe trug, war ihr noch gegenwärtig), führte sie jäh in die Wirklichkeit und auf den Pfad der Tugend zurück. Jedenfalls hatte sie, als der Jüngling begann mit seinen schlanken weißen Händen unter ihrem Kaschmirpullover herumzuwühlen wie ein Bäcker im Teig, ausgeholt und ihm, dem Knaben, eine schallende Ohrfeige verabreicht und mit gespielter Bestimmtheit, wie es einer verheirateten Frau zukam, erklärt, er möge das nie wieder tun – im übrigen aber wolle man die Angelegenheit vergessen.

Erst viel später hatte sie begriffen, daß dieses Erlebnis der klassische Sieg des Verstandes über das Gefühl gewesen war, jene seltene Art von Sieg, die im Abstand der Jahre nicht immer und nicht unbedingt erstrebenswert erscheint. Im beschriebenen Fall hätte ein vollzogener Seitensprung – um das häßliche Wort Geschlechtsverkehr zu vermeiden – vielleicht wirklich mehr bewirkt, vorausgesetzt, ihr Mann hätte davon Wind bekommen und sie hätten sich in angemessener Weise versöhnt. Um so mehr mußte es sie kränken, daß ihre Treue von Guido auf so perfide Weise mißbraucht worden war; nun aber reute es sie erst recht, sich dem jungen Wiguläus nicht hingegeben und statt dessen geordnete Verhältnisse aufrechterhalten zu haben wie in einer ganz normalen Ehe.

Das Hotel, in dem Anne von Seydlitz abstieg (Hotel Kempinski), ist für den Fortgang der Geschichte ohne Bedeutung, anders die Operninszenierung (Orpheus und Eurydike von Christoph Willibald Gluck); beide seien indes der Vollständigkeit halber erwähnt. Jedenfalls nahm sie ihren Opernplatz, Parkett, siebente Reihe, erst im allerletzten Augenblick ein und war erstaunt, zu ihrer Rechten einen rotbackigen, glattrasierten Herrn mit randloser Brille zu finden, dem zum Domprediger nur der Talar fehlte, und zu ihrer Linken eine zauberhafte alte Dame, hätte sie nur nicht andauernd Eukalyptusbonbons gelutscht.

Fehlanzeige!, ging es ihr durch den Kopf, während sich auf der Bühne ein schmächtiger Kastrat mit Altstimme als trauernder Orpheus abmühte. Anne ließ sich von der Gluckschen Musik einlullen; ja, die Musik kam ihrer Stimmung sehr entgegen, und so bemerkte sie auch nicht, daß der Glattrasierte zu ihrer Rechten sie mit verstohlenen Blicken zu mustern begann.

Vielleicht hätte sie die Blicke sogar genossen; jedenfalls blieb sie in der Pause auf ihrem Platz sitzen, ratlos in Gedanken versunken, bis die Reihe sich füllte, und der Rotbackige zu ihrer Rechten Platz nahm. Und während dieser sich umständlich in seinen Sessel gleiten ließ, wandte er ihr seitlich den Kopf zu und sagte, kaum daß er die Lippen bewegte: »Auf diesem Platz hätte ich Guido von Seydlitz erwartet. Wer sind *Sie*?«

Anne schwieg. Aber dieses Schweigen fiel ihr nicht leicht. Sie mußte sich jetzt jedes einzelne Wort überlegen. Jetzt ja keinen Fehler machen! Für die Bemerkung des Unbekannten fand Anne absolut keine Erklärung. Er mußte Guido gekannt haben. Was wollte er von ihm, hier in der Oper? In welchem Zusammenhang stand er mit der rätselhaften Frau aus dem Unfallwagen?

Sie konnte Guido verleugnen, irgendeinen Namen nennen und behaupten, sie habe das Billett einem Unbekannten vor der Tür abgekauft; aber das hätte bedeutet, daß überhaupt keine Chance bestand, das Rätsel aufzuklären. Und nun, da die Situation noch viel verworrener erschien als zuvor, wollte sie nur das eine wissen: Was spielte sich da hinter ihrem Rücken ab?

Nachdem sich ihre Blicke viel zu lange herausfordernd gemessen hatten, beantwortete Anne die ihr gestellte Frage mit gezwungener Ruhe: »Ich bin Anne von Seydlitz, seine Frau.«

Der rotbäckige Glattrasierte schien diese Antwort erwartet zu haben, jedenfalls machte er keinen aufgeregten Eindruck; im Gegenteil, er wirkte eher verärgert, stieß Luft durch die Nase – eine Angewohnheit, die Anne nicht ausstehen konnte – und fragte herausfordernd wie ein unwilliger Schalterbeamter: »Und, was haben Sie für eine Nachricht?«

In diesem Augenblick war Anne klar, daß irgend etwas im Gange war, von dem sie keine Ahnung hatte. Gewiß, es gibt auf der ganzen Welt keinen Kunsthändler, der nicht schon Geschäfte am Rande der Legalität gemacht hätte, und sie wußte auch von dieser oder jener Mauschelei ihres Mannes, die nicht unerheblichen Gewinn gebracht hatte; aber sie *wußte* eben immer davon, und derlei Geschäfte pflegten bei einem noblen Dinner in einem noch nobleren Restaurant abgeschlossen zu werden, keineswegs jedoch in Reihe sieben einer Opernvorstellung.

Sie hätte jetzt natürlich die Wahrheit sagen können, daß sie von nichts eine Ahnung habe, weil ihr Mann bei einem Unfall ums Leben gekommen sei, aber sie hielt das für falsch, und deshalb nahm sie sich vor, die Wissende zu spielen, solange es ging. Zu Annes hervorragenden Eigenschaften gehörte es, in ungewöhnlichen Situationen, und anders war diese ja wohl nicht zu bezeichnen, einen kühlen Kopf zu bewahren. Wenn sie etwas verunsicherte, dann war es die Eiseskälte, die Unempfänglichkeit für ihren Charme. In diesem Falle aber verursachte sie keine Gefühlsregung, das spürte sie genau. War sie in den letzten Tagen so gealtert, oder stand ihr die Wut ins Gesicht geschrieben wie einer Erinnye? Der Unbekannte wartete noch immer auf Antwort.

»Eine Nachricht?« meinte Anne mit gespielter Verlegenheit.

Und während sie scheinbar nach Worten rang wie ein Kind,

das bei einer Lüge ertappt wird, fiel ihr der Glattrasierte ins Wort. »Eine halbe Million war vereinbart. Sie sollten den Bogen nicht überspannen! Also, was wollen Sie?«

In diesem Augenblick verlosch das Licht, der Dirigent trat ans Pult, das Publikum klatschte höflich, der Vorhang hob sich, und Orpheus (Alt) ging Eurydike (Sopran) gute zwanzig Minuten voran, ohne, wie es das Libretto vorschrieb, sich umzudrehen. Es kam dann noch zu irgendwelchen Selbstmordabsichten von seiten des Kastraten, welche dieser mit Hilfe der Arie ›Ach, ich habe sie verloren‹ zu untermauern suchte, aber die Ausführung des Vorhabens ließ auf sich warten, und Anne interessierte sich ohnehin nicht sonderlich dafür. Ihre Gedanken kreisten um diesen seltsamen Mann an ihrer Seite, und sie spürte, wie sich in ihrem Nacken Schweißperlen bildeten.

Der dritte Akt dehnte sich endlos lang. Sie hatte Schwierigkeiten, ruhig zu sitzen, schlug einmal das rechte Bein über das linke, ein andermal das linke über das rechte, krallte sich an ihrer schwarzen Handtasche fest und stellte sich vor, wie ihr Gesicht wohl glänzen würde, wenn das Licht anging. Um Himmels willen, dachte sie, es muß doch etwas geschehen, und noch immer stand die Frage des Mannes im Raum. Derart in die Enge getrieben und weil sie einfach nicht weiterwußte, zischelte sie zur Seite: »Ich denke, wir sollten noch einmal verhandeln …«

»Wie bitte?«

»Ich denke, wir sollten …«

»Pssst!« tönte es aus der achten Reihe, und der Glattrasierte machte, soweit man das in der Dunkelheit erkennen konnte, eine beschwichtigende Handbewegung, die wohl andeuten sollte, er habe sie genau verstanden und nur zum Zeichen seiner Entrüstung ›wie bitte?‹ geflüstert.

Sie bemerkte noch, während Orpheus und Eurydike sich singend in die Arme fielen, was auch in dieser Oper als untrügliches Zeichen des nahenden Endes erkannt werden darf, daß der Unbekannte eine Karte aus seinem Sakko zog und mit einem Stift darauf herumkritzelte.

Mit dem Schlußakkord ging der Vorhang nieder, das Publikum applaudierte, und gerade in dem Augenblick, als die Schummrigkeit des Parketts von gleißend hellem Glanz vertrieben wurde, sprang der Mann neben ihr auf, drückte ihr die Visitenkarte in die Hand und drängte sich ziemlich rücksichtslos aus der Mitte der Zuschauerreihe, noch ehe Anne ihm folgen konnte.

Später, im Foyer, betrachtete Anne die Visitenkarte, auf der sich der Autovermieter AVIS, Budapester Straße 43, am Europa-Center, empfahl, was ihr der rotbäckige Glattrasierte gewiß nicht nahebringen wollte. Anne drehte die Karte um und erkannte eine ungelenke Notiz von altmodischer Handschrift, die sie endlich nach mehreren Ansätzen entzifferte als: »Morgen 13 Uhr – Museum – Nofretete – neues Angebot.«

Zum Teufel mit dem Kerl! Der Mann war ihr höchst zuwider. Man kennt das: Es gibt Leute, denen begegnet man zum ersten Mal, man wechselt nicht ein Wort mit ihnen, aber dennoch empfindet man unbeschreibliche Antipathie gegen sie. Anne haßte rotbackige Männer, und sie haßte Männer, die wie eine Speckschwarte glänzten.

Aber dennoch zweifelte sie keine Sekunde, daß sie morgen zu dem Treff gehen würde.

## 6

JEDE ANDERE HÄTTE der Treffpunkt vermutlich in tiefe Ratlosigkeit gestürzt; schließlich war Nofretete eine ägyptische Königin. Anne von Seydlitz wußte natürlich, daß die weltberühmte Kalksteinbüste der Nofretete, um die Jahrhundertwende von Deutschen ausgegraben, seit Kriegsende im Dahlemer Museum ausgestellt wurde. Der Treffpunkt bestätigte ihren von Anfang an gehegten Verdacht, der Unbekannte könnte hinter einer kostbaren Antiquität her sein.

Leute dieser Art werden von Kunsthändlern geschätzt, weil sie bereit sind, für das Objekt ihrer Begierde jeden Preis zu zahlen. Unter dieser Klientel kannte Anne mehr als einen Sammler, der, obwohl durchaus wohlhabend, sich auf bedrohliche Weise verschuldet hatte, nur um in den Besitz irgendeiner aberwitzigen Kostbarkeit zu gelangen, die geeignet schien, seine Sammlung zu krönen.

Ähnliches vermutete sie hinter der Absicht des Unbekannten, und weil sie befürchtete, sich in irgendeine kriminelle Sache zu verstricken (ein Mann, der sie mit einer anderen betrog, war auch fähig, sie mit unlauteren Geschäften zu hintergehen), faßte sie den Entschluß, den Rotbackigen beim morgigen Treffen über den Tod ihres Mannes aufzuklären; dann müßte jener die Katze aus dem Sack lassen und erklären, was in aller Welt ihm soviel Geld wert sei und warum das alles auf derart merkwürdige Art und Weise vonstatten gehe. So dachte sie.

Gegen Mittag sind alle Museen der Welt halb leer, und das Museum in Dahlem machte da keine Ausnahme. Anne fand den Mann aus der Oper in den Anblick des Fußbodenmosaiks versunken. Sie erkannte ihn schon von weitem, obwohl er nun, bei Tageslicht, und mit einem hellen Trenchcoat bekleidet, einen viel jugendlicheren Eindruck machte. Mit auf dem Rücken verschränkten Händen stand er da und starrte auf das Mosaik.

Anne trat von der Seite an ihn heran. Der andere schien sie zwar zu bemerken, machte aber keinerlei Anstalten, den Blick zu heben und sie anzusehen. In Gedanken verloren begann er auf einmal zu reden: »Das ist Orpheus mit seiner Leier, einer, der die Geheimnisse der Gottheit kannte«, und er lächelte beinahe verlegen. Dann fuhr er fort: »Es gibt viele Versionen um seinen Tod. Eine besagt, er sei von Zeus durch einen Blitz getötet worden zur Strafe dafür, daß er den Menschen die göttliche Weisheit übermittelt habe. Glauben Sie mir, es ist die einzige richtige Version.«

Anne stand wie erstarrt; sie hatte sich diese Begegnung

ganz anders vorgestellt, und nun begann der mit einer Vorlesung über Orpheus. Orpheus? Das alles konnte doch kein Zufall sein: Am Abend zuvor Glucks Orpheus, und jetzt stand er vor diesem Mosaik und faselte über den Tod des Sängers.

Nach einer Weile blickte der Mann auf, er sah Anne prüfend an wie ein Käfer die Ware, dann verschränkte er die Arme vor der Brust, und in dieser Haltung begann er, während er von einem Fuß auf den anderen trat, zu reden: »Also gut, wir sind bereit, unser Angebot auf eine Dreiviertelmillion zu erhöhen ...«

Der Gebrauch des Personalpronomens *wir* machte Anne nachdenklich. Kein wirklicher Sammler gebrauchte das Fürwort ›wir‹, ein wirklicher Sammler, für den sie den Rotbackigen bisher gehalten hatte, kannte nur ›ich‹, und zum ersten Mal kam in ihr der Verdacht auf, sie könnte, ohne es zu wollen, in eine Geheimdienstsache verstrickt sein. Der Geheimdienst ist neben der Kirche die einzige Institution, die nur das Wort ›wir‹ kennt.

»Ich befürchte«, sagte Anne, »wir reden aneinander vorbei.«

»Ich verstehe nicht. Wollen Sie sich etwas klarer ausdrücken?«

»Das wollte ich Sie bitten!«

Rotbacke holte Luft: »Sie sind doch Frau von Seydlitz?«

»Ja. Und wer sind Sie?«

»Das tut im Zusammenhang mit unserem Geschäft nichts zur Sache; aber wenn es ihnen hilft, nennen Sie mich Thales.«

Es half nicht, und Anne hätte es auch als albern empfunden, den Fremden mit ›Thales‹ anzureden, obwohl der Name irgendwie gut zu ihm paßte.

»Mich interessiert«, begann Thales aufs neue, »mich interessiert vor allem eines: Wo befindet sich das Pergament zur Zeit?«

Anne begegnete der Frage mit gespielter Ruhe, obwohl ihr tausend Dinge durch den Kopf rasten. Welches Pergament? Sie hatte keine Ahnung. Was hatte Guido ihr verschwiegen? Für gewöhnlich hatte Anne um alle Geschäfte gewußt, zumindest um die größeren. Warum hatte er ihr ausgerechnet dieses Geschäft verschwiegen? Ein Pergament für eine Dreiviertelmillion?

Mit einem Mal erkannte sie Zusammenhänge, und sie ahnte, warum Guidos Aktenkoffer bei dem Unfall verschwunden war. Welche Rolle aber die Frau dabei gespielt haben konnte, blieb ihr verborgen.

Ihr langes Schweigen machte Thales sichtlich nervös; jedenfalls blies er wieder auf abscheuliche Weise Luft durch die Nase. Es hörte sich an wie das Schließen einer U-Bahn-Tür. »Wo ist von Seydlitz?« schob er seiner ersten eine zweite Frage nach.

»Mein Mann ist tot«, erwiderte Anne mit fester Stimme, ohne daß dabei ein Anflug von Trauer mitschwang, und sie sah dem Rotbackigen in die Augen.

Der runzelte die Stirn, daß seine buschigen Augenbrauen hinter den Brillengläsern hervortraten. Man konnte nicht sagen, daß die Antwort ihn traf wie der Tod eines Menschen, den man kennt; vielmehr wirkte er äußerst verunsichert und besorgt um den Fortgang seines Geschäftes. Insofern war es nicht Trauer, die auf einmal in seiner weinerlichen Stimme schwang, sondern eher Selbstmitleid: »Aber wir haben letzte Woche noch telefoniert. Das kann doch nicht sein!«

»Doch!« meinte Anne bestimmt.

»Herzinfarkt?«

»Verkehrsunfall.«

»Tut mir aufrichtig leid.«

»Schon gut.« Anne senkte den Blick. »Um Ihrer Frage zuvorzukommen: ja, ich werde die Firma weiterführen, und insofern bin ich jetzt Ihr Ansprechpartner.«

»Ich verstehe.« Thales' Stimme klang resigniert. Offenbar war ihm Guido der angenehmere Geschäftspartner gewesen. Möglich, daß Rotbacke Frauen grundsätzlich nicht mochte. Von seinem Aussehen konnte man darauf schließen. Einerlei, das stärkte nur ihre Position.

Thales versuchte angestrengt, die Unterhaltung von neuem aufzunehmen: »Wir haben uns gut verstanden, Ihr Mann und ich, sehr sympathisch, wirklich, korrekter Geschäftsmann.« Mit der Linken machte er eine ausholende Handbewegung wie ein schlechter Schauspieler, um anzudeuten, daß es vielleicht besser wäre, sich etwas von der Stelle zu bewegen. Er schien bemüht, ihr Zusammentreffen so unauffällig wie möglich zu halten.

»Sie kannten meinen Mann?« fragte Anne im Gehen, während sie gelangweilt auf die ägyptischen Exponate zu beiden Seiten des Raumes blickte.

»Was heißt kennen«, antwortete Thales. »Wir standen in Verhandlungen.«

Warum hatte Guido den Namen Thales nie erwähnt? Irgend etwas stimmte an der Sache nicht. Eigentlich hatte sie vor, dem Rotbackigen die Wahrheit zu sagen, sie wisse überhaupt nicht, worum es gehe und wo sich das Pergament befinde, für das er ein Vermögen auszugeben bereit sei; aber dann kam alles ganz anders, weil der fremde Mann zu reden begann, und dabei gebrauchte er wieder das Personalpronomen ›wir‹.

»Sie fragen sich natürlich, warum wir bereit sind, für ein Stück Pergament mit ein paar alten Schriftzeichen soviel Geld auszugeben. Allein an der Summe mögen Sie erkennen, wie wertvoll das Stück für uns ist, das wollen wir nicht verhehlen. Und ich kann mir nicht vorstellen, daß Ihnen irgend jemand mehr bietet. Wichtig ist uns nur, daß niemand von dem Pergament erfährt und schon gar nicht von dem Kauf, und damit wir Sie gar nicht erst in Schwierigkeiten bringen können, wollen wir absolut anonym bleiben. Wir zahlen die geforderte Summe bar auf die Hand, das Geschäft braucht also in keiner Bilanz aufzutauchen. Wir verstehen uns?«

Anne verstand keineswegs. Sie begriff nur, daß der seltsame Mann neben ihr bereit war, ihr eine Dreiviertelmillion für ein Objekt zu zahlen, das sich angeblich in ihrem Besitz befand, von dem sie allerdings keine Ahnung hatte – und das möglicherweise sogar gestohlen war.

Ganz unvermittelt fragte Thales auf einmal: »Haben Sie das Pergament mitgebracht? Ich meine, befindet es sich hier in Berlin?«

»Nein«, erwiderte Anne, ohne zu überlegen und durchaus wahrheitsgemäß.

Die Antwort enttäuschte den Rotbackigen sehr. »Ich verstehe«, sagte er mit einem Ausdruck von Betroffenheit und mit einer Schnelligkeit, die sie verwirrte, machte er eine höfliche Kopfbewegung, um sich zu verabschieden, und während er sich umdrehte, sagte er noch: »Wir melden uns wieder, auf Wiedersehen.«

Anders als an dem vorangegangenen Abend hätte Anne den Rotbackigen diesmal leicht verfolgen können, sie hätte ihn sogar aufhalten, ihm irgendwelche Fragen stellen können; aber der Augenblick solcher Gedanken fand ein schnelles Ende, weil sie nicht wußte, was sie überhaupt von ihm wollte.

## 7

ANNE HIELT SICH keinen Tag länger in Berlin auf. Sie hatte das unerklärliche Gefühl, irgend etwas Außergewöhnliches könnte geschehen. Nebelverhangene Straßen, stinkender Dampf aus den Gullys und lauter Verkehr, all das wirkte mit einem Mal bedrohlich auf sie. Derlei Gefühle hatte sie nie gehabt, weil es keinen Anlaß dazu gegeben hatte, schließlich war sie eine Frau, die mit beiden Beinen im Leben stand, und schrecken konnten sie nur schlechte Bilanzen und das Finanzamt. Nun aber ertappte sie sich dabei, daß sie zur Seite wich, wenn ein Auto neben ihr anhielt, und daß sie um einen Bettler am Straßenrand einen großen Bogen machte, nur weil er sie mit hoffnungsvollem Blick musterte. Es kam ihr vor, als drehte sich alles nur um sie, obwohl die Ereignisse doch nach wie vor mit ihrer eigenen Person wenig zu tun hatten.

Auf dem Flug nach München, der ihr in angenehmer Erinnerung blieb (es war für lange Zeit die letzte angenehme Erinnerung), weil über dem Nebel die Sonne strahlte und ihr eine ganze Sitzreihe allein zur Verfügung stand, versuchte Anne irgendeine Erklärung für all das zu finden, was sich in den letzten Tagen ereignet hatte. Sie fand sie nicht. Dabei stellte sich ihr die Frage, ob Guidos tödlicher Unfall ein Zufall war oder ob jemand dabei nachgeholfen hatte.

Zu Hause fand sie einen roten Zettel mit Polizeistempel an die Eingangstür geklebt und dem handschriftlichen Vermerk, sie möge sich umgehend auf ihrem Polizeirevier melden. Der Grund für diese Aufforderung wurde ihr sehr schnell klar, als sie die Haustür öffnete. Einbrecher hatten das ganze Haus durchwühlt, Schränke und Kommoden aufgebrochen, den Inhalt wahllos verstreut, Bücher aus den Regalen gerissen, Bilder abgehängt, sogar die Teppiche umgedreht.

Als sie sich dem Chaos gegenübersah, setzte sich Anne auf einen Stuhl und heulte. Zu ihrem Erstaunen hatten die Einbrecher weder das kostbare Silbergeschirr noch die Porzellanfigurensammlung mitgenommen; ja, nach einer ersten Bestandsaufnahme stellte sie fest: Es fehlte überhaupt nichts, nicht einmal das Bargeld, ein paar hundert Mark, das offen in einem Barocksekretär herumlag.

Damit schien klar, daß hier nicht gewöhnliche Einbrecher am Werk waren, sondern daß die Tat im Zusammenhang mit dem verfluchten Pergament stand. Kein Zweifel, die Leute hatten im Haus nach dem Pergament gesucht, nichts gefunden und waren unverrichteter Dinge wieder verschwunden. Leute, die bereit sind, für ein Pergament eine Dreiviertelmillion zu bezahlen, vergreifen sich nicht an Silber.

Doch da gab es einige Ungereimtheiten in ihren Überlegungen: Etwa warum die Leute mit ihr in Berlin verhandelten, während sie in München in ihr Haus einbrachen. Oder warum ihnen ihre, Annes, Abwesenheit bekannt war, nicht aber der Tod ihres Mannes.

Auf dem zuständigen Polizeirevier erfuhr sie, daß Nachbarn den Einbruch gemeldet hätten, nachdem ihnen zwei verdächtige Gestalten mit Taschenlampen im Garten aufgefallen waren. Man teilte ihr auch mit, die Untersuchungen an dem Unfallwagen hätten weder einen technischen Defekt noch einen Fremdeinfluß erkennen lassen; mit anderen Worten, Guido habe seinen Tod selbst verschuldet, menschliches Versagen – die teilnahmsloseste Bezeichnung, die es für den Tod eines Menschen gibt.

In einem Umschlag überreichte ihr der Beamte einige belanglose Dinge, die bei der Untersuchung des Wagens gefunden worden waren, darunter ein lange vermißter Briefkastenschlüssel, eine Kreditkarte mit ähnlicher Geschichte, ein zerbrochener Füllfederhalter, den sie bei Guido, soweit sie sich erinnern konnte, nie gesehen hatte, und – eine Filmpatrone. Die Kamera, die stets im Handschuhfach des Wagens gelegen hatte, fehlte, und ihre Rückfrage wurde dahingehend beantwortet, in dem Autowrack sei keine Kamera gefunden worden.

In einer so ausweglosen Situation wie dieser, die, wie es schien, nicht nur eine Ursache und nicht nur ein Motiv hatte – a) wollte Anne immer noch wissen, mit wem ihr Verblichener seine angeblichen Dienstreisen verbracht hatte, b) interessierte sie sich dringend für den Verbleib des Pergaments; eine Dreiviertelmillion war schließlich kein Pappenstiel, und c) ging es ihr darum, Licht in eine Angelegenheit zu bringen, in die sie, ohne es zu wissen, tiefer verwickelt war, als ihr lieb sein konnte –, in einer solchen beinahe metaphysischen Situation greift man nach jedem Strohhalm: Insgeheim hoffte Anne, als sie den Film zur Entwicklung gab, Schnappschüsse der Geliebten ihres Mannes zu entdecken; sie suchte ja nur nach einer Bestätigung für ihre Vermutung. Dann wäre ihre Welt zumindest in dieser Hinsicht wieder in Ordnung gewesen; sie hätte schlecht gedacht über Guido und die Männer im allgemeinen und vielleicht den Entschluß gefaßt, sich an der erwähnten Allgemeinheit auf diese oder jene Weise zu rächen.

Deshalb war Anne von Seydlitz zunächst enttäuscht, als sie

den entwickelten Film ausgehändigt bekam und statt irgendwelcher pikanter Schnappschüsse einer Bildserie ansichtig wurde, die an Langeweile kaum zu überbieten war, sie aber schon im nächsten Augenblick elektrisierte wie ein Schlag aus der Steckdose. Man sah Aufnahmen von einem zerfledderten Schriftstück, sechsunddreißigmal ein und dasselbe Motiv.

Das Pergament! Anne preßte die Hände vor den Mund. Bei näherer Betrachtung der Negative war zu erkennen, daß die Aufnahmen offenbar in großer Eile im Freien gemacht worden waren, indem irgend jemand das kostbare Objekt in die Kamera gehalten hatte. Wiguläus, den Anne sofort in Verdacht hatte, stritt seine Mitwirkung an den Aufnahmen ab, bekräftigte jedoch, das Original zu kennen, es jedenfalls im Tresor des Ladengeschäfts gesehen zu haben, ein Umstand, der ihn verwundert habe, weil im Tresor nur Objekte von hohem Wert wie Schmuck oder Goldkunst aufbewahrt worden seien. Auf die Frage, ob Guido je über das Pergament geredet habe, erwiderte der Junge, nein, er habe von der Existenz überhaupt nur durch das Wareneingangsbuch erfahren, wo er den Einkauf weisungsgerecht mit eintausend Mark verbucht habe.

In der Tat war das Objekt als ›koptisches Pergament‹ ordnungsgemäß verbucht. Unter der Rubrik ›Herkunft‹ fand Anne die Eintragung: privat. Wann er das Pergament zuletzt im Tresor gesehen hatte, vermochte Wiguläus nicht mit Sicherheit zu sagen, vermutlich am Tage vor Guido von Seydlitz' Tod, und entschuldigend fügte er hinzu, er habe das Pergament einfach nicht für so bedeutend gehalten, um sich dafür zu interessieren. Aber jetzt sei es verschwunden.

Ob er wisse, welchen Inhalt der Text des Pergaments wiedergebe?

O nein, lachte Wiguläus, der Wert des Schriftstückes beruhe mit Sicherheit nicht auf seinem Inhalt, sondern auf seinem Alter. Im übrigen seien die Schriftzeilen an vielen Stellen unleserlich. Allein die Tatsache, daß es auf dem Kunstmarkt angeboten wurde, erlaube die Schlußfolgerung, daß es kaum von historischer Bedeutung sei.

So endete dieses Gespräch wie alle Gespräche, die Anne seit Guidos Tod geführt hatte, mit tiefem Mißtrauen und dem festen Vorsatz, das Geheimnis um das Pergament auf eigene Faust zu ergründen. Immerhin hatte sie nun mehrere Kopien unterschiedlicher Bildqualität vorliegen, alle etwa in der Originalgröße eines halben Briefbogens, die für einen Fachmann durchaus aussagefähig sein mußten. Insgeheim knüpfte Anne an den Inhalt jetzt die Vermutung, die sie in keiner Weise zu begründen wußte, daß Guidos Tod mit dem Papier in irgendeiner Weise in Zusammenhang stand.

## 8

ES WAR DIES jene selbsternannte Form von Logik, die bei Außenstehenden nur Kopfschütteln hervorruft, dem Betroffenen aber so einleuchtend erscheint, daß er jedem Zweifler mit Mißtrauen begegnet. Getragen von diesem Mißtrauen, ging Anne daran, nach einem Experten zu suchen, der ihr den Inhalt des Pergaments erklären konnte. Aber weil sie fürchten mußte, man könnte ihr unangenehme Fragen wegen Herkunft und Verbleib des Dokumentes stellen, wandte sie sich nicht an einen anerkannten Experten für koptische Kunst und Geschichte, sondern sie nahm die Dienste eines stadtbekannten Expertisenvermittlers in Anspruch, der gegen Bares Spezialisten für jedes nur erdenkliche Fachgebiet vermittelte, meist uralte, halb blinde emeritierte Professoren oder versoffene Privatgelehrte mit durchaus respektablem Wissen, welche Gutachten nach den Wünschen des Auftraggebers zu schreiben bereit waren.

Dr. Werner Rauschenbach gehörte zu letzteren. Er bewohnte eine Mansardenwohnung in der Kanalstraße, deren Häuser besondere Verkommenheit, aber niedrige Mieten aufwiesen. »Vorsicht im Treppenhaus!« hatte er Anne am Telefon gemahnt. »Die Stiegen haben Löcher, und das Treppengeländer hält auch nicht mehr viel aus!« Er hatte nicht übertrieben.

Rauschenbachs Wohnung erwies sich in mehrfacher Hinsicht als bemerkenswert, sie zeichnete sich vor allem durch zwei Dinge aus, von denen Anne noch nie so viele auf einem Fleck gesehen hatte: Bücher und Flaschen, eine nicht seltene Kombination, aber unerwartet in dieser Anhäufung. Bücher waren an den Wänden gestapelt, die meisten ohne die stützende Hilfe eines Regals, kniehohe Stöße von Gedrucktem standen scheinbar ungeordnet auf dem Boden herum, dazwischen Flaschen, kantige Rotweinflaschen. Die einzige freie Wandfläche des düsteren Arbeitsraumes nahm ein vergilbtes Illustriertenfoto von Rita Hayworth aus den vierziger Jahren ein.

Dort schien die Zeit Rauschenbachs stehengeblieben zu sein; hier hatte er seine Traumwelt aus Suff und Wissenschaft gezimmert, die er unaufgefordert vor jedem rechtfertigte, der ihn besuchte. Und so mußte auch Anne eine ganze Biographie über sich ergehen lassen, nicht ohne Mitgefühl übrigens, weil die Geschichte zeigte, daß ein Mensch, einmal aus der Bahn geworfen, kaum eine Chance hat, sich wieder mit dem normalen Leben zu arrangieren. Meist beginnt dies mit einer gescheiterten Ehe, und bei Rauschenbach war das nicht anders. Ob Alkohol die Ursache für das Scheitern oder das Scheitern Ursache für den Alkohol war, ging aus seiner Schilderung nicht eindeutig hervor.

Der Vater, so mußte Anne sich anhören, habe sein Geld, das er als Tuchhändler verdiente, zielstrebig verspielt. Er selbst habe Kindheit und Jugend in einem frommen Heim verbracht, was die Ursache dafür sei, daß er noch heute einen Bogen um jede Kirche und jeden Pfaffen schlage. Früh, allzufrüh, verbesserte er sich, habe er eine ältere Frau geheiratet, mit weißem Kleid und grünen Myrten, aber das sei auch das einzige gewesen, was an eine Ehe erinnert habe. Die Frau habe mehr ausgegeben, als er verdiente – Kunsthistoriker werden nicht unbedingt gut bezahlt –, Schulden, Verlust der Arbeit, Scheidung, Gott sei Dank keine Kinder.

Während dieser Lebensbeichte dudelte irgendwo ein Plattenspieler den Gefangenenchor ›Teure Heimat‹, was zu ertragen gewesen wäre, hätte das Gerät nicht ständig dieselbe Platte wiederholt. Rauschenbach, von Natur mager und hochgeschossen mit aus dem Kopf quellenden Augen, saß, während er redete, auf einem uralten, knarrenden Holzstuhl und sagte, als er endlich sein Schicksal mit Worten bewältigt hatte: »Was ist Ihnen die Expertise wert, Frau Seiler?«

»Seydlitz«, korrigierte Anne ihn höflich und fügte hinzu: »Das ist ein Mißverständnis.« Und dabei zog sie eine große Fotografie aus einem Umschlag. »Ich will von Ihnen keine Expertise. Sehen Sie, ich habe hier die Kopie eines Pergaments. Von Ihnen möchte ich nun wissen, worum handelt es sich bei diesem Objekt, was ist der Inhalt des Textes, und welchen Wert würden Sie für das Original ansetzen?«

Rauschenbach nahm die Kopie in die Hand, und musterte sie mit weit ausgestreckten Armen. Dabei machte er ein Gesicht, als hätte er gerade Essig getrunken.

»Tausend«, sagte er, ohne den Blick von der Fotografie zu wenden, »fünfhundert sofort, Rest bei Lieferung des Gewünschten, keine Rechnung.«

»Einverstanden«, entgegnete Anne, die schnell begriffen hatte, daß ein armer Hund wie Rauschenbach nicht aus Liebe zur Kunst arbeitete, sondern um zu überleben. Sie zog fünf Scheine aus ihrer Handtasche und legte sie auf den schwarzgestrichenen Küchentisch, der als Schreibtisch diente. »Wie lange werden Sie dafür brauchen?«

»Kommt drauf an«, meinte der Dürre und ging zu dem einzigen Mansardenfenster, das den Raum dürftig erhellte. »Kommt ganz darauf an, womit wir es hier zu tun haben. Das Original steht Ihnen nicht zur Verfügung, Frau Seiler?«

»Seydlitz.« Anne zeigte sich bemüht, möglichst wenig Information über das rätselhafte Pergament herauszugeben. »Nein«, sagte sie knapp.

»Verstehe«, knurrte Rauschenbach unwillig. »Hehlergut?«

Da brauste Anne auf: »Ich muß doch sehr bitten, Herr Doktor Rauschenbach! Mir ist das Pergament zum Kauf angeboten worden, und ich möchte von Ihnen wissen, ob es sein Geld wert ist – vor allem, was es ist. Aber wenn Sie Bedenken haben …« Anne machte das einzig Richtige, was sie in dieser Situation tun konnte: Sie gab vor, das Geld wieder einstecken zu wollen, und damit zerstreute sie mit einem Mal alle Bedenken des Mannes.

»Nein, nein«, rief dieser, »verstehen Sie mich nicht falsch, aber ich bin ein vorsichtiger Mann, ich darf mir in dieser Hinsicht einfach nichts zu Schulden kommen lassen. Sie dürfen nicht glauben, ich wüßte nicht, daß alle Leute, die zu mir kommen, einen Grund dafür haben. Schließlich gilt Professor Guthmann als der Experte schlechthin. Natürlich haben auch Sie einen triftigen Grund, gerade zu mir zu kommen, aber das soll mich nicht stören, solange das alles unter uns bleibt – wenn Sie verstehen, was ich meine, Frau – Seydlitz.«

Immerhin hatte er schon ihren Namen behalten, dachte Anne, und zur selben Zeit wurde ihr bewußt, daß dieser Kerl, der in der Hauptsache von Menschen aufgesucht wurde, die etwas zu verbergen hatten, immer für eine Erpressung gut war. Der Gedanke bereitete ihr Unbehagen, aber noch ehe sie die mißliche Idee weiterverfolgen konnte, begann Rauschenbach, in die Fotografie vertieft wie ein Kriminalist, langsam zu sprechen:

»Soweit ich das erkennen kann, handelt es sich hier um ein koptisches Blatt, die Schrift ist jedenfalls griechisch, mit demotischen Schriftzeichen durchsetzt, typisch für das Koptische der ersten nachchristlichen Jahrhunderte. Das würde bedeuten – vorausgesetzt das Pergament ist echt und keine Fälschung, was ich aber nur anhand des Originals feststellen könnte –, das Objekt ist mindestens eineinhalbtausend Jahre alt.«

Rauschenbach fühlte, daß Anne ihn aufgeregt anstarrte, und er versuchte ihre Erwartungen von Anfang an zu dämpfen: »Ich hoffe, Sie nicht zu enttäuschen, wenn ich Ihnen sage, daß Blätter dieser Art gar nicht selten und infolgedessen auch nicht besonders wertvoll sind. Man hat sie zuhauf in Klöstern und Höhlen gefunden, meist Urkunden ohne Bedeutung, aber auch Bibeltexte und gnostische Schriften. Bei gutem Erhaltungszustand werden für solche Pergamente tausend Mark bezahlt, aber bei diesem Stück handelt es sich, soweit ich das erkennen kann, um kein erstklassiges Objekt. Wissen Sie, Frau ...«

»Seydlitz!« ergänzte Anne aufgeregt.

»Wissen Sie, Frau Seydlitz, es gibt nicht viele Sammler für koptische Manuskripte, und Museen und Bibliotheken sind nur an ganzen Rollen, vor allem an zusammenhängenden Texten interessiert, welche als Grundlage für wissenschaftliche Forschungen dienen.«

Anne nickte: »Ich verstehe. Sie können sich also nicht vorstellen, daß dieses Pergament – wieder vorausgesetzt, es ist auch echt – für irgendwelche Leute ein Objekt besonderer Begierde sein könnte?«

Rauschenbach sah Anne ins Gesicht. Die seltsame Formulierung schien ihn zu beeindrucken. Er versuchte ein Lächeln. »Wer will schon wissen, was für wen zum Objekt der Begierde werden kann. Tausend Mark«, meinte er schließlich, während er den Kopf schüttelte, »mehr würde ich dafür nicht ausgeben.«

Anne überlegte, wie sie dem anderen die Bedeutung dieses Pergaments nahebringen konnte, ohne sich selbst zu verraten. Sie hätte Rauschenbach natürlich alles erzählen können, was bisher passiert war, aber sie zweifelte, ob er ihr überhaupt glauben würde. Und außerdem fehlte es ihr an Vertrauen, und deshalb bat sie, er möge ihr den Text so genau wie möglich übersetzen oder zumindest inhaltlich wiedergeben.

Da holte Rauschenbach unter dem Tisch eine Flasche hervor und goß sich ein gebauchtes Glas voll. »Wollen Sie auch einen Schluck?« fragte er eher geistesabwesend und in der Erwartung, daß Anne ablehnen würde, und begann dann, während seine Rechte fahrige Bewegungen über der Fotografie vollführte, eine lange Erklärung über die Schwierigkeiten der Entschlüsselung solcher alten Texte; eine Kopie, und noch dazu eine schlechte, mache die Aufgabe noch viel schwieriger. Anne war unsicher, ob Rauschenbach nur zu faul war und mit einem oberflächlichen Gutachten schneller Geld machen wollte oder ob er einen anderen Grund hatte, sich nicht mit dem Text auseinanderzusetzen.

Als ob der Rotwein seine Sinne schärfte, schien Rauschenbach ihre Gedanken zu erraten, und er sagte in das Blatt versunken: »Sie glauben natürlich, ich wollte mir nur die Arbeit leichtmachen, aber da kann ich Sie beruhigen, ich werde Ihnen eine Übersetzung liefern, soweit sie bei diesem Material möglich ist. Nur« – und dabei schüttelte er seinen ausgestreckten Zeigefinger – »versprechen Sie sich nicht allzuviel davon.«

Anne sah Rauschenbach an.

»Glauben Sie mir«, beteuerte dieser, »es hat schon ganze Codizes aus koptischer Zeit gegeben, die keiner haben wollte. Ich will sagen, bei Funden dieser Art bedarf es nicht nur der Entdeckung, sondern auch des wissenschaftlichen Einsatzes des Entdeckers, der alles dokumentiert und in einen historischen Zusammenhang stellt. Wissen Sie, ein Pergament oder ein Papyrus ist keine Mumie, keine Skulptur und keine Goldmaske, die die Leute aufregt. Eine der bedeutendsten Entdeckungen in dieser Hinsicht, der sogenannte Codex Jung, irrte jahrelang durch die Welt, bevor er das Interesse der Wissenschaft fand. Das ist eine unglaubliche Geschichte … aber ich will Sie nicht langweilen.«

»O nein«, erwiderte Anne, »Sie langweilen mich überhaupt nicht.« Dabei konnte sie sich des Eindruckes nicht erwehren, daß Rauschenbach sich mühte, die Bedeutung ihres Pergamentes herunterzuspielen. Und während dieser sein Glas nachfüllte und zu reden begann, dachte Anne nach, welchen Grund Rauschenbach für sein Verhalten haben könnte.

»Die Entdeckung des Codex Jung«, holte Rauschenbach aus, »geht zurück auf das Jahr 1945. Damals entdeckten ägyptische Fellachen in Tonkrügen in einem alten Grab fünfzehn koptische Handschriften, Bücher mit angemoderten Ledereinbänden, für die sich kein Mensch zu interessieren schien. Sie verkauften sie für ein paar Piaster nach Kairo, wo eines dieser Bücher in ein Museum kam, ein weiteres zu einem Antiquitätenhändler. Elf andere – zwei waren inzwischen verheizt worden – verschwanden auf Nimmerwiedersehen in irgendwelchen dunklen Kanälen. Man hörte nur noch gerüchteweise von ihnen. Es mag verschiedene Gründe für das Desinteresse an diesen umfangreichen Handschriften gegeben haben, aber ein Grund war zweifellos der gnostische Inhalt dieser Bücher.«

»Können Sie das näher erklären?«

»Unter Gnosis oder Gnostizismus versteht jeder etwas anderes, und das hat seinen Grund. Es gab in den ersten Jahrhunderten der Zeitwende gnostische Philosophen und Theologen, die sich auf die Suche nach dem Ursprung und Wesen des Menschen machten. Kirchlich-gläubige Gnostiker wie Origines oder Clemens von Alexandria wollten dabei den christlichen Glauben stützen. Nichtkirchliche Gnostiker wie Basilides oder Valentinus machten daraus eine altorientalische Mystik. Klar, daß die einen zu Feinden der anderen wurden, wenn sie behaupteten, die Welt sei das fragwürdige Werk eines unvollkommenen, bösen Schöpfergeistes. Also nichts von dem lieben Gott, der gütig über den Wässern schwebt.« Rauschenbach kicherte in sich hinein.

»Aber zurück zu unserem Handschriftenfund: Der Kairoer Antiquitätenhändler brachte seinen Codex in der Hoffnung, er werde dort einen Käufer finden und einen annehmbaren Preis erzielen, nach Amerika. Vergeblich – wie sich herausstellte. Kein Sammler, kein Museum schien sich für die alte Handschrift zu interessieren. Jahre später tauchte das gute Stück in Brüssel auf. Es hatte inzwischen den Besitzer gewechselt, und der bot es auf dem Kunstmarkt an. Ein Schweizer Mäzen kaufte den Codex und schenkte ihn dem C.-G.-Jung-Institut in Zürich. Dort wird er noch heute aufbewahrt, und er trägt seither den Namen Codex Jung.«

»Und die anderen elf Bücher aus diesem Fund?«

»Eine abenteuerliche Geschichte! Sie galten nach ihrer Entdeckung zunächst als verschollen, und man mußte das Schlimmste befürchten. Aber ein französischer Koptologe, der den im Museum aufbewahrten Codex zu Gesicht bekam, berichtete vor der Pariser Akademie der Wissenschaften über die Handschrift und ihre mögliche Bedeutung. Der Bericht erschien in einer Kairoer Zeitschrift, und daraufhin meldete sich ein älteres Fräulein, sie habe von ihrem Vater, einem Kairoer Münzenhändler, diese elf Codices geerbt und sei bereit, sie dem Koptischen-Museum zu verkaufen. Kaufpreis 50 000 Pfund. Das war eine stolze Summe, aber sie war dem Wert der Objekte durchaus angemessen, enthielten diese doch etwa tausend eng beschriebene Seiten in koptischer Sprache und – das hatte der französische Professor inzwischen herausgefunden – nicht weniger als achtundvierzig verschiedene gnostische Schriften. Aber den zuständigen Stellen fehlte das Geld, und nun, da die Bücher bekannt waren, gab es auf einmal überall in der Welt Interessenten für die kostbaren Stücke. Die ägyptische Regierung schob dem jedoch einen Riegel vor, indem sie, obwohl keine Stelle bereit war, die geforderte Summe zu bezahlen, die elf alten Folianten in einer Kiste versiegelte und dem Museum zur Aufbewahrung übergab. Sieben Jahre lagen sie dort herum, es wurde gefeilscht und gehandelt, inzwischen brach die Revolution aus, und die Ägypter hatten andere Sorgen. Schließlich mußte die rechtmäßige Besitzerin ihre Forderungen einklagen. Jetzt weiß man zwar, wo diese Codices zu finden sind, aber ihren Inhalt kennt man nur auszugsweise.«

»Wie ist das möglich?«

»Dafür gibt es viele Gründe, harmlose und weniger harmlose. Wissenschaftler sind eitle Leute. Einer, der sich einmal in die Materie eingearbeitet hat, ist selten bereit, sich in die Karten schauen zu lassen, und manche arbeiten deshalb ein halbes Leben an so einem Objekt. Die Kopten vertreten in Ägypten eine winzige Minderheitenreligion: Staatsreligion ist der Islam, und daher ist das Interesse der Regierungsstellen für die Aufarbeitung koptischer Religionsgeschichte denkbar gering. Aber es gibt für die Nichtveröffentlichung solcher Texte noch einen anderen Grund, und der ist vielleicht der interessanteste.«

»Sie machen mich neugierig.«

»Nun, diese uralten Dokumente sind von sehr gescheiten Menschen verfaßt, die der Nachwelt etwas mitteilen wollten, die etwas wußten, wovon die Masse der Menschen keine Kenntnis hatte, Geheimnisse der Menschheit sozusagen.«

»Und Sie wollen damit sagen, daß es auch heute noch solche Geheimnisse gibt?«

Rauschenbach nickte: »Ich bin sogar überzeugt davon.« Er nahm das Rotweinglas, kippte den Inhalt mit gurgelnden Lauten in sich hinein und wischte mit dem Handrücken über seinen Mund.

Anne sah ihn an. So reden Sie doch weiter, wollte sie sagen. Aber sie schwieg. Später, dessen war sie sich bewußt, würde sie sich ärgern, weil sie die Gelegenheit hatte verstreichen lassen, aber sie hatte auf unerklärliche Weise Hemmungen, weitere Fragen zu stellen; sie spürte, daß Rauschenbach nicht weiterreden wollte, und sicher hätte er irgendwelche Ausflüchte gebraucht. Deshalb kam sie auf den eigentlichen Grund für ihre Anwesenheit zurück, und sie fragte: »Was meinen Sie, könnte nicht dieses Pergament aus der von Ihnen geschilderten Entdeckung stammen?«

»Das ist unmöglich!« antwortete dieser, ohne zu überlegen, und als wollte er sich noch einmal vergewissern, hielt er die Fotografie dicht vor die Augen. »Das ist wirklich ganz unmöglich.«

»Und warum sind Sie so sicher?«

»Ganz einfach. Weil es sich bei Ihrem Dokument um ein Pergament handelt.«

»Ja, und?«

»Bei den erwähnten Handschriften handelt es sich um Papyri. Aber das muß Sie nicht enttäuschen. Es gibt genug Pergamente, die sind auf Grund ihres Inhaltes weit kostbarer als Papyrushandschriften.«

So endete das Gespräch. Rauschenbach meinte, Anne solle in drei Tagen wiederkommen, bis dahin würde er sich mit dem Text auseinandergesetzt haben.

Auf dem Nachhauseweg, den sie zu Fuß zurücklegte, machte sie sich Gedanken wegen des seltsamen Verhaltens von Rauschenbach. Sie hatte sich die Begegnung gar nicht viel anders vorgestellt, aber da gab es eine Sache, die sie störte: Der gescheite Dr. Rauschenbach hatte viele Worte verloren über koptische Texte, aber er war nicht mit einem Wort auf den Inhalt ihres Pergaments eingegangen, hatte auch keine Vermutung geäußert – ungewöhnlich für einen redseligen Trinker wie ihn.

Was sie aus diesem Verhalten hätte folgern sollen, wußte Anne nicht. Sie war sich auch unschlüssig, ob sie dem zu erwartenden Gutachten trauen konnte; andererseits fand sie aber auch keinen einleuchtenden Grund, warum Rauschenbach ihr auf unehrliche Weise begegnen sollte. Der Umstand, daß er wegen seiner verkommenen Lebensweise, die er allzu bereitwillig seinem schweren Schicksal zuschrieb, nicht ihrem Geschmack entsprach, mußte nicht unbedingt zur Folge haben, daß er ein schlechter oder nachlässiger Wissenschaftler war. Zeichnen sich doch die meisten Genies durch einen ungewöhnlichen Lebensstil aus.

## 9

WÄHREND DER FOLGENDEN drei Tage versuchte Anne die Dinge in ihrem Kopf zu ordnen, und dabei ertappte sie sich, daß sie dort, wo sie einfach nicht mehr weiter wußte, wo sie sich keinen Reim machen konnte auf das Geschehen, begann, Geschichten zu erfinden, Geschichten, die ihr am Ende Angst einjagten, eine unerklärliche, furchtbare Angst. In einer dieser Handlungen begegnete sie Rauschenbach, der sie verfolgte, um in den Besitz des geheimnisvollen Pergamentes zu kommen, und Donat, dem Mann der Gelähmten, der, Gott weiß warum, den tödlichen Verkehrsunfall inszeniert hatte wie in einem Kriminalroman.

In diesen Tagen begann sie, entgegen früherer Gewohnheit, zu trinken, in der Hauptsache Cognac, der ihr anfangs noch schmeckte, aber nach übermäßigem Genuß ihren Magen derart durcheinanderbrachte, daß sie sich wiederholt übergeben mußte. Sie haßte sich deswegen, und sie vermochte selbst nicht auszudrücken, was in ihr vorging. Es erging ihr wie einem Falter im Sog eines Luftstromes, der von einer gewaltigen Macht gehindert wird, in die angestrebte Richtung zu fliegen. Anne fühlte sich in den Luftstrom eines unbekannten Zwanges gezogen, der sie in immer mehr unerklärliche Situationen verstrickte, und sie war einfach nicht stark genug, sich aus diesem Dilemma zu lösen. Sie dachte daran, einen kleinen Koffer zu packen, nur das Nötigste, und mit dem nächsten Flugzeug in die Karibik zu fliegen, ohne ihre Adresse zu hinterlassen; aber schon im nächsten Augenblick begegnete sie dem Rotbackigen, der sie beim Verlassen des Flugzeuges erwartete. Anne litt unter Verfolgungswahn, jener krankhaften Überzeugung, die banale Äußerungen oder zufällige Begebenheiten wahnhaft als immer nur gegen sich bezogen umdeutet.

Wo aber lag der Ausweg aus diesem Teufelskreis? Wer wollte leugnen, daß in den letzten Tagen und Wochen Dinge geschehen waren, die es ihr schwermachten, nicht an ihrem Verstand zu zweifeln? Guido war tot, eine rätselhafte Frau in seinem Wagen spurlos verschwunden, unbekannte Leute verfolgten sie und boten ihr ein Vermögen für ein Objekt, das angeblich nicht mehr wert war als ein paar hundert Mark. Das waren Tatsachen und keine Hirngespinste.

Jedenfalls war ihr nicht wohl zumute, als sie am Freitag gegen 17 Uhr Rauschenbach aufsuchte, wie vereinbart. Irgendwie paßte er in dieses heruntergekommene Haus; es fiel ihr schwer, sich Rauschenbach in einem anderen Haus als diesem vorzustellen. Noch bevor sie den abgegriffenen Klingelknopf in einer trichterähnlichen Vertiefung drückte, hörte sie Musik. Deshalb drückte sie länger als für einen Besucher schicklich, damit Rauschenbach, eingelullt von Musik und Rotwein, ihr Klingelzeichen nicht überhörte.

Aber der reagierte nicht. Auch ein nochmaliges, ungestümes Läuten blieb ungehört. Mit der Hand schlug Anne gegen die Tür. »Herr Doktor Rauschenbach!« rief sie ungehalten. »Herr Doktor Rauschenbach, öffnen Sie doch!«

Der Lärm, den sie dabei verursachte, rief den Hausmeister auf den Plan, einen pfiffigen Jugoslawen mit steifem Fuß, welcher ihn nicht hinderte, mit dem anderen, gesunden immer zwei Stufen nehmend, ungewöhnlich schnell in das oberste Stockwerk zu gelangen.

»Doktor nicht da?« fragte er lächelnd.

»Doch, er muß dasein, hören Sie nur die Musik!« erwiderte Anne.

Der Jugoslawe lauschte, preßte ein Ohr gegen die kantige Türfüllung und kam, nicht unerwartet, zu der Feststellung: »Musik nur wenn Doktor zu Hause. Aber vielleicht ...«, und dabei machte er eine Handbewegung wie jemand, der ein Glas leert, und zwinkerte mit einem Auge.

Aber noch während der Hausmeister mit seiner Pantomime anzudeuten versuchte, daß Rauschenbach wohl wieder einmal über den Durst getrunken hatte, traf es Anne wie ein Peitschenhieb: Aus dem Innern schallte »Ach, ich habe sie verloren ...«, die Arie aus Orpheus und Eurydike. Anne preßte ihrerseits ein Ohr gegen die Tür; sie spürte den Pulsschlag in ihren Schläfen, kein Zweifel: die Orpheus-Arie!

»Haben Sie einen Nachschlüssel?« fuhr Anne den Jugoslawen an.

Der verstand die Aufregung nicht, langte ruhig in die Tasche, zog einen alten, großen Schlüssel hervor und hielt ihn der Frau vor die Nase: »Hausmeisterschlüssel«, sagte er grinsend. »Paßt überall.«

»So schließen Sie doch auf!« bat Anne. Mit einem Schulterzucken, das wohl soviel andeuten sollte wie: Ich weiß nicht, ob das richtig ist, aber wenn Sie meinen ..., schob er den unförmigen Schlüssel ins Schloß, und Anne stürmte in die Wohnung.

Rauschenbach saß an seinem Schreibtisch, der Oberkörper hing vornüber, der Kopf lag zur Seite gedreht auf der Schreibtischplatte. Aus dem zu einer Fratze verzerrten Mund hing die Zunge, pelziggrau und von ungewöhnlicher Länge; seine Augen waren geöffnet, aber man konnte nur das Weiße sehen. Bei näherer Betrachtung erkannte Anne dunkle Male an seinem Hals. Rauschenbach war erwürgt worden.

Vom Grammophon tönte noch immer die Arie. Als sie geendet hatte, hob sich der Tonarm wie von Geisterhand, setzte von neuem auf und wiederholte die unendlich traurige Melodie.

»Nein! Nein! Nein!« rief Anne und preßte die Hände vor beide Ohren, dann stürzte sie sich auf das Gerät. Ein häßliches Krächzen, dann war es still.

## 10

IN DEN FOLGENDEN Nächten schlief Anne schlecht. Sie hatte den Eindruck, daß es immer nur Sekunden waren, in denen sie das Bewußtsein verließ, ein paar kurze Sekunden gegenüber den endlosen Stunden einer Nacht. Krampfhaft versuchte sie die Augen offenzuhalten und die Decke anzustarren, wo in unregelmäßigen Abständen die Lichter vorbeifahrender Autos erschienen und nach kurzer Prozession wieder verschwanden denn sobald sie die Augen schloß, brachen Bilder über sie herein, die ihr zusetzten wie quälende Parasiten. Wie Blutegel saugten sich die Bilder in ihrem Gedächtnis fest, und sie erschienen Anne so klar, so deutlich, daß es ihr schwerfiel und allmählich nahezu unmöglich wurde, zwischen Wahnvorstellung und Realität zu unterscheiden. Und mehr als einmal stellte sie sich im Wachen die Frage, ob sie verrückt sei, ob ihr Gehirn nicht mehr richtig arbeite, ob es Träume waren, die ihr diese unglaublichen Fantasiebilder vorgaukelten, Träume, die den Kontrollapparat der Vernunft zerstört hatten.

Vielleicht hast du selbst in dem Unfallauto gesessen, begann sich Anne ernsthaft zu fragen, vielleicht hat der Aufprall dein Gehirn gelähmt und dein Gedächtnis zerfetzt, vielleicht gehst du ohne Bewußtsein durchs Leben und tust und erlebst Dinge außerhalb jeder Realität, vielleicht nennt man den Zustand, in dem du dich befindest, Tod?

In solchen Augenblicken versuchte Anne bisweilen aufzustehen, um zu beweisen, daß sie noch Gewalt über sich hatte, aber ein jedes Mal mißlang der Versuch. Ihr fehlte einfach die Kraft, ihren Willen durchzusetzen, als habe jemand von ihr Besitz ergriffen und beherrsche jede Bewegung und jeden Gedanken. Dann begann Anne laut Worte zu sprechen, und der Klang ihrer Stimme, die von den Wänden hallte, wirkte beruhigend, weckte sie auf aus ihrer Qual, und sie öffnete die Augen.

Ich muß, sagte sie sich immer wieder, die Wahrheit herausfinden.

Rauschenbachs Tod hatte Anne neuerlich in eine unangenehme Situation gebracht. Jedenfalls mußte sie sich peinlichen Verhören unterziehen. Sie hatte Schwierigkeiten, den Kriminalbeamten klarzumachen, daß sie Rauschenbach und seine Lebensgewohnheiten überhaupt nicht kannte und daß sie ihn vor seinem Tod nur ein einziges Mal gesehen hatte. Im übrigen sah Anne keinen Anlaß, den Grund für ihr Zusammentreffen mit dem Experten zu vertuschen. Sie habe, erklärte sie vor der Polizei, Rauschenbach die Kopie eines alten Pergaments zur Begutachtung überlassen.

Doch diese Aussage erwies sich unerwartet als folgenschwerer Fehler. Denn zum einen wurde die Kopie bei Rauschenbach nicht gefunden, zum anderen schien Annes Behauptung, das Original des Pergaments sei bei dem Autounfall ihres Mannes verschwunden, mysteriös und wenig glaubhaft, so daß Anne von Seydlitz zwar nicht der Tat verdächtigt, aber doch bezichtigt wurde, eine undurchsichtige Rolle in diesem Fall zu spielen.

Obwohl sie keinen Zusammenhang zwischen Rauschenbachs gewaltsamem Tod und dem Pergament erkennen konnte, war die Möglichkeit nicht auszuschließen. Das Verschwinden der Kopie deutete ebenfalls darauf hin, und je mehr sie darüber nachdachte, desto mehr überkam sie die Ahnung, auch Guido könnte keines natürlichen Todes gestorben sein. Um weiterzukommen, mußte sie aber die Bedeutung des Pergaments kennen, mußte seinen kunsthistorischen Wert ergründen oder etwas über seinen Inhalt in Erfahrung bringen.

Anne erinnerte sich in diesem Zusammenhang eines Mannes, den Rauschenbach eher beiläufig erwähnt hatte und der ihr vom Namen nicht unbekannt war, mit dem sie aber noch nie zu tun gehabt hatte. Wie hatte Rauschenbach gesagt? – »Schließlich gilt Professor Guthmann als der Experte schlechthin!«

Mit einer zweiten Kopie machte Anne sich auf den Weg zu dem Institut in der Meiserstraße, einem pompösen Gebäude aus der Nazizeit, mit einem Treppenhaus aus Steinstufen und marmornem Geländer. Im zweiten Stock fand sie eine zweiflügelige, weißgestrichene Eingangstür mit dem Namen Guthmanns, doch wies das Schild streng darauf hin, daß Anmeldung und Zugang nur über Zimmer 233 möglich seien, ein Hinweis, dem Anne nachkam.

## 11

MAN STELLT SICH Professoren an einem Universitätsinstitut meist als würdige alte Herren vor, mit Bauch und dunklem Anzug mit Weste. Guthmann paßte überhaupt nicht in dieses Klischee. Er trug Jeans und halblange, gewellte Haare und machte eher den Eindruck eines schlechtbezahlten Assistenten als den des Leiters eines Instituts. In der Mitte des Raumes, der mindestens die doppelte Höhe moderner Bauten hatte, stand ein langer uralter Tisch, und darauf ausgebreitet lagen aufgeschlagene Bücher, zahllose beschriebene Blätter und Stöße von Manuskripten herum, die mit Bändern verschnürt waren wie Geschenkpakete.

Guthmann zog unter dem Tisch einen abgewetzten Holzstuhl hervor, bat Anne, Platz zu nehmen, und fragte, was sie zu ihm führe. Anne bediente sich der gleichen Geschichte, die sie Rauschenbach aufgetischt hatte: Ihr sei das Pergament zum Kauf angeboten worden, und sie interessiere Wert und Inhalt.

Guthmann nahm das Blatt und musterte es mit zusammengekniffenen Augen. Dabei spitzte er den Mund und verzog das Gesicht zu einer Grimasse, als empfände er Schmerz. Er schwieg.

Plötzlich sprang er auf, als habe er eine erschreckende Entdeckung gemacht, kramte unter den Büchern und Manuskripten eine große, runde Lupe hervor, ließ sich wieder auf seinen Stuhl fallen und führte das Glas in waagerechten Bewegungen über das Blatt. Bisweilen schüttelte er ärgerlich den Kopf, aber im nächsten Augenblick verzogen sich seine Mundwinkel zu einem Schmunzeln, und er nickte verständnisvoll.

»Wo haben Sie das her?« erkundigte sich Guthmann.

Wahrheitsgemäß antwortete Anne: »Ich habe es nicht«, und unsicher fügte sie hinzu: »Es wurde mir nur angeboten.«

»Ich verstehe«, erwiderte Guthmann, ohne den Blick von dem Blatt zu lassen. »Was soll es kosten, wenn ich fragen darf?«

Anne hob die Schultern. »Ich soll ein Gebot machen.«

»Wissen Sie«, begann der Professor umständlich, »koptische Pergamente sind kein Vermögen wert, es gibt einfach zu viele auf dem Markt. Der Wert eines solchen Stückes wird weniger durch sein Alter oder den Erhaltungszustand bestimmt als durch den Inhalt des Textes. Und dieser Text scheint mir nicht uninteressant. Hier« – Guthmann nahm die Lupe und wies Anne auf eine bestimmte Zeile hin – »hier lese ich den Namen ›Barabbas‹.«

»Barabbas?«

»Ein historisches Phantom. Es geistert durch koptische Texte ebenso wie durch jüdische. Die biblischen Texte erwähnen ihn als Aufrührer. Sogar in den Schriftrollen vom Toten Meer wird der Name genannt, jedoch ohne irgendeinen Hinweis auf seine Bedeutung. Ein Kollege namens Marc Vossius, der an der California-Universität in San Diego lehrt, hat sich ein halbes Leben mit diesem Barabbas beschäftigt, und manche halten ihn deshalb sogar für verrückt.«

Anne von Seydlitz war auf einmal hellwach. »Verstehe ich Sie richtig, Professor, es gibt eine historische Persönlichkeit namens Barabbas, die von so großer Bedeutung ist, daß ihr Name in unterschiedlichen Überlieferungen auftaucht, ohne daß es bis heute gelungen ist, die Bedeutung dieses … dieses Phantoms zu analysieren?«

»So ist es.«

»Und dieser Barabbas ist auf diesem Pergament erwähnt?«

Guthmann nahm wieder die Lupe zur Hand, blinzelte durch das Glas und meinte: »Es hat zumindest den Anschein.«

Anne bohrte weiter: »Gibt es mehr solche historischen Phantome?«

»O ja«, erwiderte der Professor. »Nicht jeder von ihnen war so mitteilsam wie Julius Cäsar, über dessen Leben wir aus eigener Hand wissen; andererseits gingen viele Schriften verloren. Von Aristoxenos, einem Schüler von Aristoteles, wissen wir zum Beispiel fast nichts, obwohl er einer der klügsten Menschen war, die je gelebt haben. Er hat 453 Bücher geschrieben, aber erhalten ist nicht ein einziges. Von Barabbas kennen wir nur den Namen und mehrere Hinweise auf seine Persönlichkeit.«

Im weiteren Verlauf der Unterhaltung gab Guthmann zu erkennen, daß er selbst durchaus interessiert sei an dem Pergament, und Anne erkannte darin wohl auch den Grund, warum der Professor sich standhaft weigerte, eine Wertangabe in bezug auf das Objekt zu machen. Eine gute Woche, meinte er schließlich, solle sie ihm Zeit lassen. So lange brauche er, um sich mit dem Inhalt des Schriftstücks auseinanderzusetzen. Über das Honorar wurde überhaupt nicht gesprochen.

Anne fühlte sich nach dem Besuch bei Professor Guthmann ein wenig erleichtert. Warum, das vermochte sie selbst nicht zu erklären, doch fand sie sich nun darin bestätigt, daß das Pergament bei all den Merkwürdigkeiten der letzten Tage eine zentrale Rolle spielte.

Als sie durch das große Portal des Instituts ins Freie trat, huschte ein Mann an ihr vorbei, den sie schon einmal gesehen zu haben glaubte, aber sie verwarf den Gedanken sofort wieder. Zu viele Bilder, zu viele Menschen begegneten ihr jede Nacht, als daß sie noch den Mut aufgebracht hätte, einen Verdacht zu äußern.

Auf dem Nachhauseweg suchte sie ein Bistro in der Theresienstraße auf, wo an hohen Marmortischchen köstliche Nudelspezialitäten angeboten werden. Anne dachte nach. Der Name Barabbas ging ihr nicht mehr aus dem Sinn.

Nachts, während sie sich auf ihrem Bett wälzte und Bilder an der Zimmerdecke erschienen und verschwanden wie in den Nächten zuvor, begann sie laut zu sprechen: »Barabbas, wer bist du? Barabbas, was willst du von mir?« Ängstlich lauschte sie in die Nacht, ob die geheimnisvolle Macht, die schon so viel Furchtbares bewirkt hatte, antwortete, aber es blieb still in dem einsamen Haus, nur der Westminster-Schlag der alten Standuhr im Parterre meldete sich regelmäßig.

Du bist wahnsinnig, jawohl, verrückt bist du, flüsterte Anne schlaftrunken, nur um sich Mut zu machen, dann fiel sie wieder in den quälenden Halbschlaf, der die Einbildungskraft fördert und die Vernunft betäubt wie eine Droge. So glaubte Anne auch, das Telefonklingeln, das sie auf einmal hochschrecken ließ, sei nur Einbildung, und sie preßte das Kissen über den Kopf, bis sie nichts mehr hörte.

Vielleicht, dachte Anne, als sie sich wieder beruhigt hatte, sollte sie lieber einen Psychiater aufsuchen, anstatt mit dem rätselhaften Pergament von einem Koptologen zum anderen zu ziehen. Aber dann würde sie vielleicht nie die Wahrheit erfahren, warum Guido ums Leben gekommen war und warum sie überall, wo sie nach einer Lösung suchte, auf eine Mauer des Schweigens stieß.

Und wieder klingelte das Telefon mit jener Erbarmungslosigkeit, zu der so ein Gerät zu nachtschlafender Zeit fähig ist. Noch während Anne den Kopf in ihrem Kissen vergrub, kam ihr der Verdacht, daß dieses Geräusch keineswegs ihrer Einbildung entsprang, nein, es läutete wirklich.

Sie fingerte im Halbdunkel nach dem Hörer und meldete sich schlaftrunken: »Hallo?«

»Frau von Seydlitz?« kam es vom anderen Ende der Leitung.

»Ja.«

»Sie sollten«, sagte eine männliche Stimme, »nicht länger nach dem Pergament forschen. In Ihrem eigenen Interesse.«

»Hallo!«rief Anne aufgeregt. »Hallo, wer spricht da?« Die Leitung war tot. Aufgelegt.

Anne glaubte die Stimme zu kennen, aber sie war nicht sicher, ob es wirklich Guthmann war. Und wenn, welchen Grund sollte der Professor haben, sie um diese Zeit anzurufen; wovor wollte er warnen?

Sie hielt es im Bett nicht mehr aus. Anne stand auf, ging ins Bad, ließ aus dem Hahn kaltes Wasser über ihr Gesicht laufen, kleidete sich flüchtig an und schaltete die Kaffeemaschine an. Das Gerät würgte lautstark heißes Wasser in den Filter wie ein Frosch vor der Laichzeit. Der Duft, den es verbreitete, wirkte ernüchternd, und sie setzte sich, die Kaffeetasse mit beiden Händen haltend, in einen Lehnstuhl.

»Barabbas«, sagte sie leise vor sich hin, »Barabbas«, und sie schüttelte den Kopf.

So saß sie frierend und starrte vor sich hin, bis der Morgen graute, für Anne eine Erlösung.

## 12

IN AUSWEGLOSEN SITUATIONEN wie dieser gibt es Augenblicke, in denen die Spannung auf einmal einer Vision weicht, in denen plötzlich ein Hoffnungsschimmer auftaucht, geeignet, alle Probleme zu lösen wie mit Hilfe eines Zaubermittels. So erging es Anne von Seydlitz. Guthmann wußte mehr über das Pergament, als er bei ihrer Begegnung am Vortage preisgegeben hatte. Rückblickend durfte sie sogar glauben, der Professor wußte alles. Als *der* Experte auf dem Gebiet der Koptologie kannte er gewiß nicht nur den Inhalt, er mußte auch über die Zusammenhänge informiert sein, die das Blatt so bedeutungsvoll machten.

Den Professor in seinem Institut aufzusuchen und zur Rede zu stellen schien Anne nicht angebracht; denn wenn Guthmann mehr wußte, als er bei ihrem ersten Besuch zugegeben hatte, dann würde er es auch bei einem zweiten Besuch nicht einfach ausplaudern. Wollte sie überhaupt eine Chance haben, so mußte Anne den Professor überrumpeln. Sie nahm sich vor, ihn mit einem größeren Betrag zu bestechen; denn von seiner Erscheinung her machte Guthmann den Eindruck, als ob er Geld nötig hätte.

Gegen 17 Uhr parkte sie ihren Wagen schräg gegenüber dem Institut, von wo sie den Eingang gut übersehen konnte. Ihr Plan sah vor, Guthmann abzufangen, ihn um eine Unterredung zu bitten und ihm bei einem gemeinsamen Abendessen ein großzügiges Angebot zu machen, großzügig genug, um ihn zum Sprechen zu bringen.

Nach dreieinhalb Stunden gegen halb neun, trat ein Hausmeister vor das Portal und machte Anstalten, das Gebäude abzuschließen, Anne stieg aus, rannte quer über die Straße und fragte den Portier, ob Herr Guthmann noch im Hause sei. Der erwiderte, es sei niemand mehr im Haus, vergewisserte sich aber durch einen Telefonanruf, der ohne Antwort blieb.

Am folgenden Tag war Anne, nach einer weiteren schlaflosen Nacht, schon morgens um halb acht zur Stelle. Doch auch diesmal war ihr Warten erfolglos. Guthmann kam nicht. Sie sah nun keinen Grund, den Professor nicht in seiner Wohnung aufzusuchen. Die Adresse entnahm sie dem Telefonbuch: Guthmann, Prof. Dr. Werner.

Werner Guthmann lebte in einem Reihenhaus in einem westlichen Vorort, wo die Immobilienpreise erschwinglich waren. Auf ihr Klingeln öffnete eine Frau mittleren Alters. Sie gab sich abweisend. Anne nannte umständlich ihr Anliegen; der Professor sei der einzige Mensch, der ihr weiterhelfen könne. Aber noch ehe sie ihre Geschichte zwischen Tür und Angel erzählt hatte, unterbrach sie die Frau, es tue ihr sehr leid, ihr nicht helfen zu können, ihr Mann sei seit zwei Tagen spurlos verschwunden. Die Polizei fahnde bereits nach ihm.

Anne erschrak. An dem gottverdammten Pergament schien ein Fluch zu kleben, der sie verfolgte wie ein Schatten. Sie verabschiedete sich hastig, und während sie zu ihrem Wagen ging, kam ihr zum wiederholten Male der Gedanke, vollkommen verrückt zu sein. Aber schon im nächsten Augenblick regte sich in ihr das Bewußtsein, daß sie bei klaren Sinnen sei, weil sie ihren Zustand und die Umstände, die dazu geführt hatten, rückhaltlos und logisch analysieren konnte. Dennoch schien sich eine geheimnisvolle Macht über sie und ihr Leben gelegt zu haben, wie ein Krake, der in der Lage war, seine Fangarme auch nach entfernter Beute auszustrecken.

# ZWEITES KAPITEL

## Dante und Leonardo verschlüsselte Geheimnisse

# 1

ES IST UNSINN, wenn Menschen behaupten, jemand, der mit seinem Leben abgeschlossen hat, sei nicht bei klarem Bewußtsein. Vossius war so klar, daß ihm – entgegen sonstiger Gewohnheit – sogar ständig irgendwelche Zahlen in den Sinn kamen, Zahlen, die für ihn und die Situation, in der er sich befand, ohne jede Bedeutung waren. So überlegte er allen Ernstes, ob er wirklich zwanzig Francs ausgeben sollte für den Lift, der ihn zur dritten Plattform bringen würde, oder ob er ein paar Francs sparen und zu Fuß die Treppe bis zur ersten Plattform hinaufklettern sollte. Einer Schemazeichnung neben der Kasse entnahm er, daß jene zwar nur 57 Meter hoch lag; aber um sich zu Tode zu stürzen genügte das allemal. Doch dann sagte er sich, du stirbst nur einmal, und er wollte Paris noch einmal von oben sehen, aus dreihundert Metern Höhe. Also reihte er sich geduldig ein in die Schlange vor einem der Kassenschalter, mit dem festen Vorsatz, zum Preis von zwanzig Francs seinem Leben ein Ende zu setzen, von ganz oben.

Besucher des Eiffelturmes werden auf eine harte Geduldsprobe gestellt, weil die Menschenschlangen, die das Wahrzeichen erstürmen wollen, an allen Tagen schier endlos sind, sogar an einem unfreundlichen Herbsttag wie diesem. Von ihm selbst ausgehend, begann er die Wartenden vor sich zu zählen. Er kam auf über neunzig und errechnete, daß, würde der Vorgang des Kartenerwerbs bei jedem einzelnen nur zwanzig Sekunden in Anspruch nehmen, er eine halbe Stunde warten müßte.

Gewiß, das sind unsinnige Gedanken im Angesicht des Todes, aber sie sollen auch nur deshalb wiedergegeben werden, um die Klarheit seiner Gedanken zu beschreiben, die ihm der eine oder andere vielleicht im nachhinein absprechen möchte, Das ging sogar soweit, daß er verstohlen – also mit jener betonten Zufälligkeit, die keinem aufmerksamen Beobachter verborgen bleibt – die Menschen vor und hinter sich musterte, ob sie nicht die absonderliche Ruhe in seinem Verhalten wahrnahmen, die einen Menschen kennzeichnet, der nur noch *ein* Ziel vor Augen hat. Er ertappte sich sogar dabei, daß er lautstark hüstelte, obwohl er gar kein Bedürfnis dazu verspürte – nur um keinen falschen Eindruck zu erwecken.

Irgendwann während dieser endlos scheinenden Minuten des Wartens kamen ihm Zeitungsmeldungen in den Sinn, die sein Sprung vom Eiffelturm nach sich ziehen würde. Vielleicht unter ›Vermischtes‹ oder – noch verachtenswerter – ein Einspalter unter ›Lokales‹ zwischen einem Verkehrsunfall in der Rue Rivoli und einem Wohnungseinbruch im Quartier Latin. Dabei war das, was er mit sich in den Tod nahm, von so großer Bedeutung, daß es alle Schlagzeilen dieser Welt am nächsten Tag verdrängt hätte.

Angst vor dem, was er vorhatte, kannte er nicht, weil man ohnehin vor dem Tod keine Angst zu haben braucht, nur vor dem Sterben, und das würde in seinem Fall so schnell vonstatten gehen, daß keine Zeit zum Lamentieren bliebe. Irgendwo hatte er gelesen, man würde überhaupt keinen Schmerz spüren, wenn man sich von einem hohen Turm stürzte, weil einen kurz vor dem Aufschlag das Bewußtsein verlasse.

Skepsis verursachte bei ihm nur der Gedanke, wer das wirklich wissen konnte, ob dies nicht nur graue Theorie war – denn die Praxis hatte ja wohl keiner überlebt. Dennoch kamen bei ihm keine Zweifel auf, obwohl ihm natürlich bewußt war, daß der Entschluß, seinem Leben ein Ende zu setzen, nicht seinem eigenen Wollen entsprang. Doch der Entschluß war so stark, daß ihn nichts davon abbringen würde.

Irgendwie hatte der feste Entschluß in ihm sogar einen seelischen Aufschwung hervorgerufen, so daß er einer eleganten vorbeiparadierenden Blondine – anders konnte man die Zurschaustellung ihres neuen Kostüms nicht nennen – hinterherpfiff, wobei er die Augen verdrehte wie ein barocker Heiliger. Nie im Leben hätte er das vorher fertiggebracht, ein Mann seines Standes und Alters!

Er hatte, das wurde ihm auf einmal klar, ein pflichtbewußtes, von der Gesellschaft mit Bewunderung verfolgtes Leben geführt und stets jenes Verhalten an den Tag gelegt, das man von ihm in seiner Position erwartete. Nicht ohne Stolz hatte er sein Leben gelebt, das Leben eines angesehenen Wissenschaftlers, Professors für Komparatistik. Er hatte sich dieses Fach ausgesucht, weil er dank seines hervorragenden Gedächtnisses besonders dafür geeignet war und es als wichtig ansah, obwohl höchstens einer von tausend erklären kann, daß es sich hierbei um vergleichende Literaturwissenschaft handelt.

Den Musen, genauer einem Forschungsauftrag der California State University in San Diego, hatte er seine Ehe geopfert – was heißt: geopfert, die ehrbare Durchschnittsehe wäre auch ohne den Entschluß, nach Leibethra zu gehen, zerbrochen. So hatte es sich gut gefügt, das von der Gesellschaft verordnete Ideal des menschlichen Zusammenlebens ohne großes Aufsehen aufzulösen und den Zwang eines amerikanischen Lehrstuhls einzutauschen gegen die Freiheit eines internationalen Forschungsinstituts.

Vossius machte ein paar langsame Schritte auf sein Ende zu. Er empfand es als unangenehm, daß die hinter ihm sofort auf Tuchfühlung nachrückten. Allmählich wurde ihm das Warten lang, die Menschenschlange lästig, und in ihm begann das unerklärliche Gefühl hochzukriechen, das einen befällt, der sich in die Enge getrieben fühlt.

Diese Art von Bedrängnis hatte ihn zeit seines Lebens von organisierten Veranstaltungen abgehalten, die nach seiner Bekundung bereits dann als solche bezeichnet werden mußten, wenn sich mehr als sechs Personen um einen Tisch versammelten. Vossius hatte es sich angewöhnt, schwierige Gedankengänge nicht im Sitzen, sondern im Gehen zu lösen wie Aristoteles und seine Schüler. Enge macht dumm, lautete eine seiner oft zitierten Behauptungen, die er mit zahlreichen Beispielen aus der Geschichte zu untermauern wußte.

Überhaupt hatte der Professor Angewohnheiten, die außerhalb des Gewöhnlichen lagen, ihn also zu einem ziemlich ungewöhnlichen Mann stempelten. Dazu gehörte auch, daß Vossius sich in unregelmäßigen Abständen von zwei bis vier Monaten eine Hungerkur verschrieb, bei der er acht Tage nur Mineralwasser zu sich nahm. Der Grund für diese Selbstkasteiung waren nicht etwa Gewichtsprobleme, wie man vielleicht annehmen könnte, Vossius glaubte vielmehr auf diese Weise seine Konzentration und das Denkvermögen an sich zu fördern. Auch dem Geheimnis des Barabbas war er während einer solchen Hungerkur auf die Spur gekommen.

Dieses Fasten entsprach also mehr einer Philosophie als dem Gedanken an seine Gesundheit, mit der Vossius eher Raubbau trieb. Denn sein Beruf erschien ihm nie ein Mittel zum Zweck des Geldverdienens, das eine sorgsam bemessene 40-Stunden-Woche zur Folge gehabt hätte; nein, sein Beruf war ihm Bedürfnis, man könnte beinahe sagen Sucht, von der er auch des Nachts nicht ablassen konnte. Nächtliche Ausritte in die Welt der Komparatistik, bei denen er irgendeine Spur bis zur totalen Erschöpfung verfolgte (Cola und schwarze Zigaretten taten dabei ein übriges), führten ihn oft an den Rand des Zusammenbruchs. Nein, gesund hatte Vossius nie gelebt. Sein Beruf war eine jener Leidenschaften, die einen verzehren, aber niemals umzubringen vermögen.

Hätte er geahnt, daß er eines Tages zum Opfer seines eigenen Wissens werden würde, er hätte nie und nimmer diesen furchtbaren Beruf erwählt; als biederer Beamter oder Handwerker mit Sinn für die Kunst hätte er ein anständiges Leben geführt, ohne je vor sich selbst flüchten zu müssen. Sokrates irrte – und es war gewiß nicht das erste Mal –, wenn er sagte, Wissen sei das einzige Gut für den Menschen und Unwissenheit das einzige Übel. Unwissenheit kann ein großes Glück bedeuten und Wissen ein grausames Unglück, dafür gibt es unzählige Beispiele. Und es ist überhaupt nicht böse gemeint, wenn man sagt, die Unwissenden seien die Glücklicheren: Sie sind es. Ihr Leben ist ein Paradies und ihre Arbeit Broterwerb und nicht mit dem Dickicht von Zweifeln behaftet, das undurchdringlich ihr Wissen umgibt, weil Wissen nichts anderes ist als eine immer wiederkehrende Form des Zweifels.

Was anderes als Zweifel hat der Menschheit die höchste Erkenntnis beschert? Und hätte er, Vossius, nicht gezweifelt, ob Dante, Shakespeare, Voltaire und Goethe, ja, selbst ein Leonardo nicht mehr waren als geniale Geschichtenerzähler, ob sie nicht Mitwisser waren eines unvorstellbaren Mysteriums, er wäre unwissend geblieben, aber glücklich.

So aber mußte er sich vor sich selbst fürchten, vor seinem Wissen und vor denen, die hinter diesem Wissen her waren. (Daß er auf der Flucht war vor den Folgen einer Straftat, hatte Vossius in diesem Augenblick verdrängt.) Lässig, beinahe gelangweilt, was aber, wie schon erwähnt, keineswegs seinem inneren Zustand entsprach, stopfte er die Hände in die Hosentaschen. Seine Rechte zuckte unwillkürlich zurück, als er das Fläschchen in seiner Tasche spürte.

Es war nicht das Fläschchen an sich, das ihn erneut in Aufregung versetzte, sondern das Werk, das sein ätzender Inhalt verrichtet hatte, farblos, geruchlos, ölig. $H_2SO_4$. Während er mit den Fingern über das kantige Fläschchen strich, blickte er abermals nach allen Seiten, aber er konnte keine Bewegung ausmachen, aus der er hätte schließen können, daß man ihn verfolgte.

Aus dem Kanaldeckel, auf dem er stand, quoll der ekelerregende Geruch erwärmten Abwassers, und Vossius wollte, um dem zu entgehen, aus der Reihe treten, doch er harrte aus, um nur nicht aufzufallen. Lächerlich, dachte er, wie leicht es war, in dieser Stadt ein Verbrechen zu begehen, und wie einfach, unterzutauchen.

Vom Äußeren her war das nicht schwierig, denn so ungewöhnlich und genial Professor Vossius in bezug auf seinen Verstand war, so durchschnittlich war seine Erscheinung. An seinem Alter von gerade 55 Jahren gab es nichts zu deuteln. Das Oval seines weichen Gesichtes wurde von einer länglichen, schmalen Nase dominiert und einer hohen Stirn, wie man wohl sagt, wenn der Haaransatz nicht mehr an der ursprünglichen Stelle sitzt. Vossius war jedoch weit entfernt, unter irgendeinem Mangel seiner äußeren Erscheinung zu leiden, etwa den langgezogenen Ohren, aus denen Haarbüschel wuchsen wie kräftiges Schilf aus einem Tümpel. Wenn man näher hinsah, hatte dieses Gesicht etwas Harmonisches an sich und eine listige Freundlichkeit, die in der Hauptsache von seinen kleinen Augen herrührte. Diese Augen bewegten sich unablässig; ja, man hatte schon nach kurzer Begegnung den Eindruck, sie seien ständig auf der Suche nach Neuem. Seine Kleidung war stets korrekt, aber von modischem Chic weit entfernt, so auch an diesem denkwürdigen Tag, an dem er über einem offenen Hemd einen khakifarbenen Anzug und einen zerknitterten beigen Trenchcoat trug.

## 2

ER LIEBTE PARIS, seit er denken konnte. Er hatte hier nach dem Krieg studiert, in der Rue des Volontaires nahe dem Pasteur-Institut gewohnt, ganz oben unterm Dach bei einer Witwe, die ständig eine Zigarette im Mundwinkel hängen hatte und zur Verbesserung der Hinterbliebenenrente vermietete. Zwei Mansardenfenster zeigten zum Hof, und das Mobiliar hatte bessere Zeiten gesehen, vielleicht sogar den Sturm auf die Bastille; jedenfalls hing aus dem beinharten Sofa, das ihm bei Tag als Sitz-, des Nachts als Schlafgelegenheit gedient hatte, an allen erdenklichen Stellen schwarzes Roßhaar heraus, und nach Pferd roch es auch.

Im Winter, wenn der Wind durch die abgeblätterten Fensterrahmen heulte wie das Jaulen der herrenlosen Hunde unter den Brücken der Seine, war der schwarze, runde Eisenofen ohnehin überfordert, vor allem aber geizte Madame Marguery, wie die kettenrauchende Witwe hieß, mit den wärmespendenden Briketts, und sein Erbieten, das kostbare Gut die sechs Treppen hochzuschleppen (in der Hoffnung, die eine oder andere Kalorie für sich abzuzweigen), lehnte Madame ab. Sie zählte die Briketts mit der Akribie eines Buchhalters und teilte sie zu, vier Stück pro Tag, was Vossius jetzt noch zum Frösteln brachte, wenn er nur daran dachte.

Aber Not macht erfinderisch, vor allem, wenn es sich um die ganz alltäglichen Bedürfnisse handelt. Auf den Flohmärkten um die Porte de Clignancourt und bei den Trödlern im Village Saint-Paul bekam man damals für ein paar Centimes dicke alte Bücher mit festen kartonierten Einbänden, denen das Titelblatt oder andere Seiten aus unerfindlichen Gründen fehlten. Obwohl mit bedrucktem Papier auf beinahe ehrerbietende Weise verbunden, scheute Vossius sich durchaus nicht, damit seinen Eisenofen zu schüren – zugegeben, mit schlechtem Gewissen.

Angemerkt sei zu seiner Ehrenrettung, daß Vossius ein jedes Buch vor dem Verbrennen einer Prüfung unterzog – nicht etwa der Brennbarkeit wegen, sondern, wie es sich für einen angehenden Wissenschaftler gehörte, den geistigen Inhalt betreffend, der, wie Jung-Vossius schon bald in Erfahrung brachte, in diametralem Gegensatz zum Heizwert der Werke stand. Auf einen vereinfachten Nenner gebracht: Dünne Bücher zeigten weit höheren geistigen Gehalt als dicke, aber letztere brannten länger.

Madame Marguerys Geiz ist es jedenfalls zuzuschreiben, daß Vossius eines Tages unter den erwärmenden Büchern ein Exemplar von Dantes ›Divina Commedia‹ herausfischte, gedruckt ohne Ort und Jahr in italienischer Sprache, das sich von allen anderen, die er bisher verheizt hatte, durch eine Ungeheuerlichkeit unterschied: Alle Bücher litten, wie erwähnt, unter dem Trauma der Versehrtheit, sie waren alt und unvollständig und daher praktisch unverkäuflich. Anders diese Dante-Ausgabe. Diese ›Göttliche Komödie‹ enthielt neben den drei bekannten Hauptteilen ›Inferno‹ (Hölle), ›Purgatorio‹ (Fegefeuer) und ›Paradiso‹ (Paradies) noch ein Nachwort ›Verità‹ (Wahrheit), einen Teil, den es gar nicht gab oder nicht geben konnte, weil er in allen bekannten Ausgaben dieses Werkes fehlte.

Später hatte er sich insgeheim verflucht, weil er das Buch nicht in den schwarzen, eisernen Ofen geworfen hatte. Denn mit diesem unscheinbaren, abgegriffenen Buch, an dessen Preis er sich nicht einmal mehr erinnern konnte – aber mehr als 25 Centimes dürften es nicht gewesen sein –, begann alles; aber natürlich ahnte er das nicht. Diese 25 Centimes, die Vossius keineswegs in der Absicht geistiger Erbauung, sondern aus einem verachtenswerten Wärmebedürfnis ausgegeben hatte, sollten sein Leben verändern, schlimmer, sie sollten die Ursache sein, daß er nun den Sprung vom Eiffelturm als einzigen Ausweg sah.

Zurück zu Dante: Jeder Student der Literatur erfährt im ersten Semester von den Rätseln, die sein Hauptwerk einhüllen wie Gespinste, ja, genaugenommen besteht es nur aus Rätseln, was schon mit dem Titel beginnt, der ›Göttlichen Komödie‹. Soweit bekannt, nannte Dante Alighieri sein Werk gar nicht ›Göttliche Komödie‹, sondern nur ›Komödie‹, aber das betont nur das Mysterium dieses Buches; denn zum Lachen gibt es wenig, ehrlich gesagt nichts. Dennoch wählte er den Titel nicht ohne Absicht.

Jahrhunderte glaubten die Menschen, ein Buch, das Hölle, Fegefeuer und Paradies zum Inhalt hat, müsse ein frommes Werk sein im Sinne der heiligen Mutter Kirche. Aber eine Kutte macht noch keinen Heiligen, und bei seinem Gang durchs Paradies begegnet Dante zwar Königen, Dichtern und heidnischen Philosophen, aber keinen Päpsten, für die er nur verachtenswerte Worte übrig hat. Von Frommsein also keine Rede. Gott sei bei uns. Selbst hinter der heiligen Jungfrau

Maria versteckt sich Beatrice, die unerfüllte Liebe seines jungen Herzens.

Gewiß war Dante ein schlauer Kopf, vielleicht der Wissendste seiner Zeit, so daß er sich oft nur in Andeutungen erging, die auf ein viel tieferes Wissen schließen lassen, als er es schriftlich kundtat. Von der Hand des Dichters ist nicht eine Zeile erhalten, was zu weiteren Spekulationen Anlaß gibt und die Florentiner veranlaßte, schon ein halbes Jahrhundert nach Dantes Tod einen Dante-Lehrstuhl zu errichten. Aber wie so oft, wenn Professoren sich des Schicksals eines Menschen annehmen, gerieten sie in heftigen Streit um das, was Dante sagen und verbergen wollte. Sie zählten Verse (14 000) und entdeckten im Aufbau des Werkes eine geheimnisvolle Zahlensymbolik, die darauf schließen läßt, daß sich noch weit mehr Wissen hinter der ›Komödie‹ verbirgt. Die drei Hauptteile teilen sich in je 33 Kapitel auf: 3 mal 33 gleich 99, und 99 gilt als Zahl der Vollkommenheit.

Zahlen sind oft das Spiegelbild kosmischer oder menschlicher Ordnungen, das wußten schon die alten Griechen, und auch Dante spielte mit dieser Symbolik, wenn sich das Paradies in neun konzentrisch kreisenden Himmeln um die Erdkugel wölbt oder wenn der Höllentrichter in neun Kreisen abfällt bis zum Erdmittelpunkt, dem Sitz Luzifers. Jedenfalls wußte Dante um die Magie der Zahlen und um ihre symbolische Bedeutung, etwa den kosmischen Sinngehalt der Zahl 4 (Elemente, Jahreszeiten, Weltalter) oder die Durchdringung von Geistigem und Materiellem mit der Zahl 6. Aber er wußte noch viel mehr.

War es Zufall, daß offiziell kein einziges Original von Dantes ›Komödie‹ überlebte, daß die erste Abschrift erst fünfzehn Jahre nach seinem Tod auftauchte?

Wie es schien, hatte Vossius zufällig unter seinem akademischen Brennmaterial ein gedrucktes Exemplar jener verschollenen Urausgabe Dantes vorgefunden, und er nahm die Hilfe eines befreundeten Romanisten in Anspruch, um den Inhalt des Nachwortes mit dem Titel ›Verità‹ zu erfahren. Der aber, ein frommer junger Mann namens Jerome, nahm das Buch über Nacht mit nach Hause und warf es Vossius am folgenden Tag vor die Füße mit dem Hinweis, es sei schade um die Zeit, einen solchen Schund zu übersetzen, denn es handle sich um eine Fälschung, die mit dem Original, vor allem aber mit Dante Alighieri, nichts gemein habe. Vossius sah damals keinen Grund, an Jeromes Aussage zu zweifeln, aber weil es sich um ein sehr altes Buch handelte und um eine Kuriosität obendrein, bewahrte er es auf; ja, es überstand sogar mehrere Umzüge, bei denen manch anderes verlorenging.

## 3

INZWISCHEN WAR ER, in der Schlange wartend, bis zum Kassenschalter vorgedrungen, wo Vossius, wie beschlossen, ein Billett zum Preis von zwanzig Francs löste, das ihn berechtigte, den Lift bis zur obersten Plattform zu benützen. Unauffällig blickte er sich noch einmal um, ob er verfolgt würde, stellte aber keine Auffälligkeiten fest und ging hinter zwei älteren Damen zu dem gläsernen Käfig, um auf den Aufzug zu warten.

Er wartete nicht lange, und die Schiebetüren öffneten sich mit lärmendem Getöse, und die Besucher stürmten den riesigen Käfig wie Tiere im Zirkus. Mit einem Ruck setzte sich der Aufzug in Bewegung. Wie in allen Aufzügen der Welt richteten die Menschen aus unerfindlichem Grund den Blick auf die Türen. Keiner wagte, dem anderen ins Gesicht zu sehen. Vossius schon gar nicht, denn er fürchtete erkannt zu werden. Also starrte auch Vossius mit gespielter Teilnahmslosigkeit wie alle anderen auf die Schiebetüren.

Auf diese Weise entging ihm, daß im hinteren Teil des Aufzugs zwei Männer standen, die ihn nicht aus den Augen ließen. Sie trugen dunkle Lederjacken, die ihrem Aussehen etwas Martialisches verliehen, das durch ihre Duplizität noch verstärkt wurde. Auch diese beiden mimten Teilnahmslosigkeit, aber bei näherem Hinsehen hätte man entdecken können, wie sie sich mit den Augen und mit kleinen, ruckartigen Bewegungen des Kopfes verständigten.

Mit einer Bewegung, die ein leichtes Kribbeln im Bauch verursachte – vor allem bei Vossius, der gegen Aufzüge eine heftige Abneigung hegte –, blieb der Lift stehen. Die Türen öffneten sich mit dem gleichen metallischen Geräusch, und die Besucher, die bisher andächtig geschwiegen hatten, drängten lärmend auf die Plattform. Mit Bedacht überließ Vossius allen anderen den Vortritt. So konnten die beiden Männer in den Lederjacken nicht umhin, vor der von ihnen beschatteten Person auszusteigen, wobei sich der eine nach links wandte, der andere auf die rechte Seite.

Der Blick von der ersten Plattform des Eiffelturmes ist in gewisser Weise den oberen Stockwerken vorzuziehen, weil von hier die umliegenden Gebäude und Stadtteile noch in greifbarer Nähe sind. Für einen Selbstmörder, wenige Augenblicke vor seiner Tat, verhielt Vossius sich ungewöhnlich gelassen. Ohne an das, was vor ihm lag, auch nur einen Gedanken zu verlieren, ging er zur gegenüberliegenden Seite des Umgangs, stützte sich mit den Armen auf die Brüstung und blickte über die Seine zum Palais de Chaillot, wo sich die Menschen wie Ameisen in höchster Erregung ausnahmen. Dort, in den Grünanlagen, hatte er als Student oft seine Nachmittage verbracht, ein paar Bücher im Gepäck, die jedoch meist unbeachtet geblieben waren, der vielen hübschen Mädchen wegen, die man hier antraf, meist Rollschuh fahrend.

Eine der Rollschuhläuferinnen hieß Avril, ein Name, dem er nie mehr im Leben begegnen sollte, wie er auch Avril nie mehr begegnete. Sie war Irin und hatte einen Bubikopf mit feuerroten Haaren, schneeweiße Haut und Sommersprossen auf Nase und Wangen, die bei Sonne leuchteten wie Glühwürmchen, bei trübem Wetter aber unsichtbar blieben, ein seltsames Rätsel der Natur. Avril erzählte, sie studiere Ballett, und sie verbrachten viele gemeinsame Tage und Nächte. Seinem Wunsch, sie einmal tanzen zu sehen, war sie nie nachgekommen, obwohl er nichts sehnlicher wünschte.

Sie sprach auch nie über klassischen Tanz, und so kam, was kommen mußte: Vossius folgte ihr eines Tages heimlich von ihrer Wohnung in der Rue Chapon bis zum Quartier, wo sie in einem Animierlokal mit Namen ›Carnavatet‹ verschwand, in dem vor allem Algerier verkehrten. Avril tanzte dort weniger Ballett als nackt auf dem Tisch – größer war die Bühne jedenfalls nicht –, und als Vossius sie so überraschte, ohne ihr jedoch eine Szene zu machen, verschwand das Mädchen von einem Tag auf den anderen aus Paris. Wie er später erfuhr, war Avril einem Algerier nach Afrika gefolgt.

Vossius lächelte, während er hinüberblickte zum Palais de Chaillot; er lächelte zum ersten Mal an diesem Tag, und dabei kam ihm der Gedanke, daß es wohl auch das letzte Mal in seinem Leben gewesen sein könnte.

In diesem Augenblick, in dem es für ihn keine Zeit gab, in der für Vossius nur ein schwarzes Loch existierte, in das er hineinspringen würde, fühlte er, wie seine Arme ungestüm auf den Rücken gerissen und gegen den Körper gedrückt wurden – er war wehrlos.

»Keine Bewegung, Monsieur!« Zwei Männer waren von links und rechts auf ihn zugetreten, und während der eine seine Arme auf dem Rücken festhielt, tastete der andere mit kundiger Routine seine Kleidung ab, zog aus der Jacke seine Brieftasche und aus der Hose das braune, kantige Fläschchen. »Monsieur«, sagte der eine höflich korrekt, »Sie sind vorläufig festgenommen. Folgen Sie uns ohne Widerstand!«

Das alles kam so schnell, so unerwartet, daß Vossius keine Worte fand zu protestieren, daß er es ohne Gegenwehr über sich ergehen ließ, wie der eine ihm auf dem Rücken Handschellen anlegte, was Schmerz verursachte. Aber die größte Qual des Augenblickes lag nicht in diesem Schmerz, sondern darin, daß sie ihn hinderten, in das große schwarze Loch zu fliegen, wie er es sich erträumt hatte.

# 4

NATÜRLICH WUSSTE VOSSIUS genau, warum sie ihn festgenommen hatten, und er ahnte, wohin man ihn bringen würde. Deshalb stellte er auch keine Fragen und folgte den Männern zu einem alten, blauen Peugeot, der vor dem Taxistandplatz am Quai Brauly geparkt war, und nahm in ziemlich unbequemer Haltung auf dem Rücksitz Platz.

Die Polizeipräfektur am Boulevard du Palais, ein paar Schritte von Notre Dame auf der Ile de la Cité gelegen, vermittelt von außen einen durchaus freundlichen Eindruck und ähnelt damit allen öffentlichen Gebäuden der Stadt, die beim Betreten ihr Gesicht verändern und ihren Charme ins Gegenteil verkehren. So auch die Präfektur, die von außen an einen Märchenpalast erinnert wie der Louvre, im Innern aber an das Labyrinth des Minotaurus, ein Eindruck, den auch Säulen, Treppen und Balustraden mit Ornamenten nicht zu ändern vermögen.

Vossius wurde in ein Zimmer im zweiten Stock gebracht, wo ihn ein Kommissar namens Gruss in Empfang nahm, in aller Form, und nach Namen, Geburtsort und -datum, Beruf und Wohnort fragte, während die zwei Männer in Lederjacken schweigend dabeisaßen.

»Sie wissen, Monsieur«, sagte Gruss mit gespielter Höflichkeit, »daß Sie einer Straftat beschuldigt werden und daher die Aussage verweigern können, aber« – und damit änderte sich der Tonfall seiner Stimme und klang auf einmal drohend – »das würde ich Ihnen nicht raten, Monsieur!«

Gruss nickte einem der Lederjackenträger zu. Der erhob sich und öffnete eine Seitentür. Herein trat ein an seiner grauen Uniform und Mütze kenntlicher Museumsdiener des Louvre. Der Mann nannte seinen Namen, und Gruss fragte mit einer Handbewegung auf Vossius, ob er diesen wiedererkenne.

Der Museumsdiener nickte und erklärte, ja, dieser Mann sei auf das Leonardo-Gemälde zugetreten, habe ein Fläschchen hervorgezogen und den Inhalt gegen das Gemälde geschleudert, nicht auf das Gesicht der dargestellten Dame, sondern über das Dekolleté, und noch bevor er habe eingreifen und den Mann festhalten können, sei dieser verschwunden, mein Gott, das kostbare Gemälde!

Der Museumsdiener wurde hinausgeführt, und Gruss stellte Vossius die Frage: »Und was haben Sie dazu zu sagen, Monsieur?«

»Stimmt!« erwiderte Vossius.

Der Kommissar und die beiden anderen sahen sich an.

»Sie geben also zu, das Säureattentat auf Leonardo da Vincis ›Madonna im Rosengarten‹ verübt zu haben.«

»Ja«, bestätigte Vossius.

Das unerwartete Geständnis verunsicherte den Kommissar so sehr, daß er unruhig auf seinem Stuhl hin und her rutschte, als säße er auf einem heißen Stein. Schließlich fand er die Sprache wieder, aber gleichzeitig änderte sich der Tonfall seiner Stimme in unnatürliche Liebenswürdigkeit, und er fragte, als redete er mit einem Kind: »Und wollen Sie uns vielleicht auch verraten, warum Sie das getan haben, Monsieur. Ich meine, gibt es einen Grund für Ihre Straftat?«

»Natürlich gab es einen Grund dafür. Oder denken Sie, ich hätte so etwas aus Langeweile getan?«

»Interessant!« Gruss erhob sich hinter seinem Achtung gebietenden Schreibtisch, stützte sich auf einen Ellenbogen und erwiderte mit einem zynischen Grinsen: »Ach, Professor, da bin ich aber gespannt!«

Dabei betonte er das Wort »Professor« über Gebühr, als befürchte er eine wissenschaftliche Antwort, die niemand verstehen könnte.

»Ich befürchte«, begann Vossius umständlich, »wenn ich Ihnen die Wahrheit sage, werden Sie mich für verrückt halten …«

»Das befürchte ich in der Tat«, unterbrach Gruss. »Ich befürchte sogar, daß ich Sie nach jeder Erklärung für verrückt halte, Monsieur.«

»Eben«, brummelte Vossius.

Dann entstand eine lange Pause, in der sich Fragesteller und Befragter wortlos ansahen, ein jeder mit unterschiedlichen Gedanken. Gruss war wirklich gespannt, welches Motiv dieser Verrückte anführen würde, während Vossius eine ungewisse Angst verspürte und die Furcht, man könnte ihn, was immer er auch zu seiner Rechtfertigung sagen würde, für nicht zurechnungsfähig halten. Wie also sollte er sich verhalten?

In der Hoffnung, Vossius damit zu provozieren und auf diese Weise eine Antwort zu erhalten, machte Gruss die Bemerkung: »Man hat mir gesagt, Sie hätten bei Ihrer Festnahme den Eindruck vermittelt, als wollten Sie vom Eiffelturm springen?«

»Das ist richtig«, antwortete Vossius, aber schon im nächsten Augenblick bereute er sein Geständnis, wurde ihm plötzlich bewußt, in welche Gefahr er sich damit gebracht hatte, und die Reaktion folgte prompt.

»Sind Sie in ärztlicher Behandlung?« fragte Gruss kühl. »Ich meine, leiden Sie unter Depressionen? Sie können ruhig darüber sprechen. Wir erfahren es sowieso.«

Vossius beeilte sich zu antworten: »Nein, um Himmels willen, versuchen Sie nicht, mich in diese Ecke zu drängen. Ich bin völlig normal!«

»Schon gut, schon gut!« Gruss hob beide Hände. »Machen Sie sich keine falschen Hoffnungen, Unzurechnungsfähigkeit könnte Ihnen vielleicht das Gefängnis ersparen.«

Das Wort hing im Raum wie Schwaden kalten Zigarettenrauchs: Unzurechnungsfähigkeit! Vossius rang nach Luft. Das Grinsen des Kommissars, ein unverschämtes, verächtliches Nachvorneschieben der Unterlippe, während er die Mundwinkel nach oben zog, verriet sein Ergötzen an Vossius' Reaktion. Daran, daß man ihn für verrückt halten könnte, vor allem aber, daß man ihn so behandeln könnte, daran hatte dieser Mann überhaupt noch nicht gedacht.

Wie sollte Vossius dem begegnen? Wie so oft im Leben war

auch in diesem Fall die Wahrheit am unglaubwürdigsten. Man würde ihm zuhören, ihn belächeln, und noch ehe er auch nur einen Beweis für seine Erklärungen erbracht hätte, hinter Schloß und Riegel setzen, ihn, einen armen irren, Professor für … wie hieß Ihr Fach? Komparatistik?

Aus diesem Grund war Vossius bemüht, alle Fragen, die Gruss an ihn richtete, möglichst unverbindlich zu beantworten. Es ging ihm darum, nur nicht den Eindruck zu erwecken, er könnte im Kopf nicht ganz richtig sein. Ehrlich gesagt, hatte er sich ein Verhör wie dieses ganz anders vorgestellt, hart und unerbittlich, so wie er das aus Kriminalfilmen kannte; doch hier in diesem kahlen Raum im zweiten Stock der Polizeipräfektur lief alles ganz freundlich, beinahe zuvorkommend ab wie bei einem Einstellungsgespräch. Ihm fiel auf, daß weder Gruss noch einer der beiden Kriminalbeamten Notizen machte oder ein Protokoll erstellte, obwohl er mehrfach Daten und Ortsangaben nannte, seine Vergangenheit betreffend.

Vossius war viel zu aufgeregt, den Grund für dieses Verhalten zu erkennen. Sein ganzes Denken, seine Vorsicht, nur nichts preiszugeben, was den geringsten Verdacht von Unzurechnungsfähigkeit erregen könnte, erzeugte in ihm eine Spannung, die ihn blind und taub machte für das Naheliegende.

In diese geladene Atmosphäre traten plötzlich zwei weißgekleidete Kerle; der eine hatte einen kleinen Koffer bei sich, der andere trug breite Riemen und Schnallen unter dem Arm, und auf einen Wink des Kommissars traten sie auf Vossius zu, hoben ihn von seinem Stuhl wie einen Gebrechlichen und sagten, ein jeder für sich, aber beide gleichzeitig: »So, Monsieur, jetzt machen wir eine kleine Spazierfahrt. Kommen Sie!«

Obwohl die Situation nicht eindeutiger sein konnte, dauerte es ein paar Sekunden, bis Vossius begriff, was hier eigentlich vorging, und als er endlich die Ausweglosigkeit seiner Situation erkannt hatte, führten ihn die beiden Kerle bereits mit festem Griff um seine Oberarme den Korridor entlang zum Treppenhaus. Vossius' erster Gedanke war, das könne er sich doch nicht gefallen lassen, ja, er zog sogar in Erwägung, sich loszureißen und fortzurennen, so schnell er konnte. Aber dann siegte die Besonnenheit und die Einsicht, daß dieses Verhalten nur als ein weiterer Beweis für Paranoia gewertet werden könnte, und er ergab sich seinem Schicksal.

## 5

DAS FAHRZEUG, IN das ihn die beiden mit infantilen Worten hineinkomplimentierten, hatte vergitterte Fenster und ähnelte mit seinem hohen Kastenaufbau eher einem weiß angestrichenen Gemüsetransporter. Mit Unbehagen nahm Vossius zur Kenntnis, daß die Schiebetür des Wagens, kaum hatte er auf der Sitzbank im hinteren Teil Platz genommen, von außen versiegelt wurde. Auf seine Frage, die er durch das ebenfalls vergitterte Fenster zur Fahrerkabine stellte und mit der er sich nach dem Zielort der Reise erkundigte, erhielt Vossius die Antwort, er möge sich beruhigen, man sei besorgt um sein Befinden, alles geschehe nur zu seinem Besten; eine Auskunft, die ihn mehr in Unruhe versetzte, als daß sie geeignet schien, ihn zu besänftigen.

Während der Fahrt über den Boulevard Saint Michel Richtung Port Royal legte Vossius sich einen Plan zurecht, wie er der zu erwartenden Behandlung begegnen sollte. Jedenfalls nahm er sich vor, allen Anforderungen mit betonter Höflichkeit nachzukommen, mit seinem Verhalten keine Angriffsfläche zu bieten und sich erst einem Gutachter zu offenbaren, von Professor zu Professor sozusagen.

Am Hospital St. Vincent de Paul bog der Wagen nach rechts ab, auf ein Hupzeichen öffnete sich ein schweres Eisentor, und im Vorbeifahren erkannte Vossius ein weißes Schild mit der Aufschrift ›Psychiatrie‹. Du darfst jetzt nur nicht die Nerven verlieren, sagte er zu sich selbst, ohne die Lippen zu bewegen, und er kam der Aufforderung der Pfleger, sie in das Innere des langgestreckten Gebäudetraktes zu begleiten, ohne Murren nach. Das Echo, das ihre Tritte in dem endlosen Gang verursachten, konnte einem Angst einflößen.

Am hinteren Ende klopfte einer der Pfleger gegen eine Tür, ein weißhaariger Arzt mit dunklen, buschigen Brauen öffnete, nickte, als habe er sie erwartet, und streckte Vossius die Hand entgegen: »Doktor Le Vaux.«

»Vossius«, erwiderte Vossius und versuchte ein Lächeln, das ihm jedoch so gründlich mißlang, daß er den peinlichen Versuch sofort bereute und ein Gesicht machte, das den Ernst der Situation unterstrich. »Professor Marc Vossius.«

»Der Säureattentäter; außerdem Suizidversuch auf dem Eiffelturm«, sagte der andere Pfleger und übergab Le Vaux ein Papier, dann verließen die beiden den Raum durch eine Tür in entgegengesetzter Richtung. Der Doktor betrachtete währenddessen die Karteikarte mit ausgestrecktem Arm, legte sie auf einen weißen Schreibtisch aus Stahlrohr und forderte Vossius auf, auf einem Hocker mit schwarzem Plastikbezug Platz zu nehmen. Es stank auf unerklärliche Weise nach Hering.

»Doktor Le Vaux«, begann Vossius mit dem Vorsatz möglichst ruhig zu bleiben, »ich muß mit Ihnen reden.«

»Später, mein Lieber, später!« unterbrach Le Vaux und drückte den Patienten mit beiden Händen an den Schultern auf den Sitz.

»Die Sache ist nämlich so ...«, versuchte Vossius erneut ein Gespräch, doch Le Vaux ließ sich nicht beirren und wiederholte, während er Vossius' Augenlider nach oben zog: »Später, mein Lieber, später!« Das klang zum einen wie tausendmal gesagt und andererseits so, als wolle er dem, was er zu hören bekam, ohnehin keine Beachtung schenken.

Wie ein Mechaniker, der einem vorgeschriebenen Inspektionsplan an einem Fahrzeug nachkommt, preßte Le Vaux ihm beide Daumen gegen die Backenknochen, vollführte mit Zeige- und Mittelfinger kreisende Bewegungen über seine Schläfen und fragte dabei teilnahmslos, ohne überhaupt eine Antwort abzuwarten: »Tut das weh?« Mit einem Gummihammer schlug er, dieselbe Frage mit derselben Teilnahmslosigkeit gebrauchend, gegen Vossius' Stirn und danach gegen das rechte, über das linke geschlagene Knie.

Vossius verneinte; im übrigen vermochte er sich nicht auszumalen, was geschehen wäre, wenn er gesagt hätte, ja, er verspüre Schmerz. Er war zutiefst verzweifelt, weil er ahnte, daß er in ein System geraten war, das ihm keine Chance ließ auszubrechen.

Während Le Vaux an seinem Schreibtisch Notizen machte, zog er seine buschigen Brauen zusammen, als dächte er angestrengt nach. »Erzählen Sie von Ihrer Kindheit!« sagte er unvermittelt. »Sie hatten doch eine schwere Kindheit? Wie war das Verhältnis zu Ihrer Mutter? Wie steht es um Ihr Verhältnis zu Frauen im allgemeinen? Was hat Sie bewogen, gegen die Brüste der Madonna Säure zu spritzen? Fühlten Sie dabei, als würden Sie urinieren? Spürten Sie nach der Tat deutliche Erleichterung?«

Da konnte Vossius nicht mehr an sich halten, er sprang auf, stampfte auf den Boden, als wollte er die unglaublichen Fragen des Doktors zertreten wie der Riese Gargantua das Felsengestein, und er lachte schadenfroh und triumphierend wie dieser: »Nur zu, Doktor, nur zu, gewiß fällt Ihnen noch mehr ein!« rief er wutschnaubend, und dabei lief sein Kopf rot an wie eine Tomate. Es war dies genau die Reaktion, die er um alles in der Welt hatte vermeiden wollen, weil sie seinem Gegner plumpe Argumente lieferte. Erschrocken sah Vossius Doktor Le Vaux an. Für den waren derlei Ausbrüche nichts Besonderes; jedenfalls machte er, als einer der Pfleger seinen Kopf durch die Tür steckte und seine Hilfe anbot, nur eine abweisende Handbewegung, als wolle er sagen: Mit dem werde ich schon allein fertig. Aber er sagte nur: »Bitte beruhigen Sie sich. Ich werde Ihnen jetzt eine Spritze geben, und dann werden Sie sich viel besser fühlen.«

»Keine Spritze, keine Spritze!« stammelte Vossius, während Le Vaux mit unverschämter Ruhe eine Injektion aufzog. Der

Zustand seines Patienten schien ihn nicht im geringsten aufzuregen. »Die Spritze ist wirklich absolut harmlos«, beteuerte er mit dem Lächeln eines Sadisten und fügte hinzu: »Ich verstehe ja Ihre Erregung.«

Vossius zitterte am ganzen Körper. Was sollte er tun? Er kochte vor Wut und Empörung. Einen Augenblick dachte er daran, sich auf den aufgeblasenen Psychiater zu stürzen und die Flucht zu ergreifen, doch dann siegte seine Vernunft und die Einsicht, daß er nicht weit kommen würde. Seine Augen suchten das Fenster zu seiner Rechten, aber sein Blick machte den Gedanken zunichte – alle Fenster in diesem Haus waren vergittert.

Die Spritze zwischen Zeige- und Mittelfinger haltend wie eine teure Havanna, trat Le Vaux vor Vossius hin, zog sich einen Stuhl heran und fragte: »Was hat Sie zu dem Entschluß gebracht, vom Eiffelturm springen zu wollen? War es die Furcht vor Bestrafung wegen des Säureattentats? Oder fühlten Sie sich verfolgt?«

»Natürlich fühle ich mich verfolgt!« brach es unerwartet aus Vossius heraus, eine Antwort, die er sofort bereute, aber nun einmal nicht mehr rückgängig machen konnte.

»Ich verstehe.« Le Vaux gab sich den Anschein von Mitgefühl.

»Nichts verstehen Sie«, erwiderte Vossius heftig, »aber auch gar nichts! Wenn ich Ihnen die Vorgeschichte erzählen würde, würden Sie mich erst recht für geisteskrank erklären.«

Le Vaux nickte und betrachtete die Injektionsspritze zwischen seinen Fingern mit einem gewissen Wohlgefallen, wie es ein Erpresser empfinden mag, der sein Opfer mit geladener Waffe in Schach hält. »Erzählen Sie sie mir trotzdem«, meinte er gönnerhaft.

»Legen Sie die Spritze weg!« forderte Vossius. Der Doktor folgte der Aufforderung, und Vossius dachte angestrengt nach.

»Ich weiß gar nicht, wie ich Ihnen meine Situation erklären soll«, begann er umständlich, »sage ich Ihnen die Wahrheit, dann halten Sie mich mit Sicherheit für verrückt.«

»Vielleicht sollten wir uns morgen darüber unterhalten!« wandte Le Vaux ein.

»O nein«, widersprach Vossius heftig. Er hegte noch immer die Hoffnung, der Psychiater würde merken, daß er, Vossius, hier am falschen Platz sei, daß er so normal sei wie jeder andere, und er fügte hinzu: »Morgen ist meine Situation dieselbe wie heute.«

Le Vaux waren Situationen wie diese nicht fremd. Er kannte die Hemmungen, die einen Geistesgestörten befallen, seine Tat zu begründen, nur zu gut, und er hatte die Erfahrung gemacht, daß diese Zurückhaltung mit der Intelligenz des Patienten wächst. Zweifellos hatte er es bei Vossius mit einem überdurchschnittlich intelligenten Mann zu tun. Um Vossius das Reden zu erleichtern, bediente er sich eines alten Psychiatertricks, indem er zum Fenster ging, die Arme auf den Rücken verschränkte und scheinbar gelangweilt nach draußen blickte, als wollte er sagen: Sie können sich ruhig Zeit lassen. Er hatte Erfolg.

»Sie glauben natürlich, ich hätte die Säure in einem Anfall geistiger Umnachtung auf das Leonardo-Gemälde geschüttet«, begann Vossius mühsam, »aber glauben Sie mir, ich war bei klarem Bewußtsein, ich war so klar wie jetzt, während ich zu Ihnen spreche. Die Ursachen liegen schon viele Jahre zurück und sind in meiner Arbeit als Professor für vergleichende Literaturwissenschaft zu suchen.«

Lieber Himmel. Le Vaux drehte sich um und sah Vossius an. Er befürchtete nun eine Vorlesung im Fachgebiet des Patienten, jedenfalls hätte das dem typischen Erscheinungsbild von Schizophrenie entsprochen, jener Krankheit, die auf unerklärliche Weise Menschen bevorzugt, denen überdurchschnittliche Intelligenz zur Last wird.

Vossius schien die Gedanken des Doktors zu erraten, durchaus ungewöhnlich für einen Patienten, denn gemeinhin ist es eher so, daß der Psychiater die Gedanken des Patienten zu kennen glaubt. Jedenfalls sagte Vossius zum Erstaunen Le Vaux': »Ich kann mir denken, daß Sie jetzt überlegen, ob Sie in mir einen Fall von einfacher Paranoia oder paranoider Schizophrenie sehen sollen, und es ist schwer zu beweisen, daß weder die eine noch die andere Diagnose zutrifft. Hören Sie, Doktor, ich bin so normal wie Sie oder jeder andere.«

Le Vaux hatte inzwischen wieder seine typische Haltung vor dem Fenster eingenommen, er starrte nach draußen, obwohl die Dämmerung bereits hereingebrochen war und es längst nichts mehr zu sehen gab. Immerhin schwieg er – für Vossius ein Zeichen dafür, daß er ihm zuhörte.

»Ich habe vor acht Jahren zum ersten Mal beim Musée de Louvre den Antrag gestellt, das Gemälde ›Madonna im Rosengarten‹ einer chemotechnischen und röntgenologischen Untersuchung zu unterziehen. Aber man hat mich damals wohl genauso für verrückt erklärt wie heute, nur mit dem einen Unterschied – man ließ mich weiter frei herumlaufen. Die Antwort, die man mir damals zukommen ließ, lautete: Man habe meine Theorie mit Interesse zur Kenntnis genommen, sehe sich jedoch außerstande, meiner Anregung nachzukommen. Das kostbare Kunstwerk könne dabei Schaden nehmen. Das war natürlich Unsinn; denn wie allgemein bekannt ist, werden überall in der Welt, und nicht zuletzt im Louvre, Kunstwerke naturwissenschaftlichen Untersuchungen unterzogen. Auf diese Weise wurden Rembrandts entlarvt, die keine sind, bei anderen Werken konnte die Urheberschaft eines Künstlers nachgewiesen werden, keine ungewöhnliche Prozedur also. Nein, der Grund für die ablehnende Haltung des Louvre lag darin, daß ein Literaturprofessor eine epochale Entdeckung gemacht haben sollte, eine Entdeckung, die eigentlich einem Kunsthistoriker zukam. Ich glaube, die Rivalität unter Professoren der Künste ist nicht anders als jene unter Medizinern.«

Eine treffende Bemerkung, der Le Vaux insgeheim nur zustimmen konnte, und Vossius hatte damit, ohne es zu ahnen, eine gewisse Sympathie errungen. Der Tonfall war auf einmal ein ganz anderer, als Le Vaux die Frage stellte: »Sagen Sie, Monsieur le Professeur, welchen Sinn sollte die Untersuchung haben? Ich meine, was haben Sie sich davon versprochen?«

Vossius holte tief Luft. Er wußte, daß das, was er jetzt sagen würde, entscheidend war für sein weiteres Schicksal. Wenn er überhaupt eine Chance haben würde, dann mußte er jetzt die ganze Wahrheit sagen. Die Vorstellung, Jahre oder Monate, aber auch nur ein paar Wochen hinter diesen Mauern verbringen zu müssen, unter beklagenswerten Menschen, die neben ihrem eigenen Bewußtsein herliefen, diese Erwartung ließ ihn alle Bedenken vergessen, er *mußte* sein Wissen preisgeben.

## 6

LEONARDO«, BEGANN VOSSIUS weitausholend, »war eines der größten Genies, die je gelebt haben. Viele hielten ihn schon zu Lebzeiten für verrückt, weil er sich mit Dingen beschäftigte, die seinen Zeitgenossen unverständlich erschienen. Er sezierte Leichen, um die Anatomie des Menschen zu studieren, er konstruierte Flugzeuge, Schaufelbagger, Hochstraßen und Unterseeboote, die erst viele Jahrhunderte später Realität wurden. Er war Erfinder, Architekt, Maler und Forscher und verfügte über ein Wissen, das nur wenigen im Laufe der Jahrtausende zuteil wurde. Er wußte auch Dinge, die er eigentlich gar nicht wissen durfte, was wiederum nur wenige Menschen wußten.«

»Ich verstehe nicht«, unterbrach Le Vaux. Vossius schien das Interesse des Psychiaters geweckt zu haben.

»Schauen Sie«, erklärte Vossius, »es gibt auf dieser Welt weise Menschen, nicht allzu viele, aber doch eine respektable Anzahl. Erleuchtete jedoch – ein scheußliches Wort, aber ich kenne kein besseres – gibt es höchstens ein Dutzend. Das sind Menschen, die alle Zusammenhänge begreifen, die wissen, was die Welt im Innersten zusammenhält. Leonardo da Vinci war einer von ihnen, aber die wenigstens wußten davon. Die meisten hielten ihn vielleicht für einen klugen Kopf, mehr nicht. Einer, der wußte, daß sich hinter Leonardo ein Genie verbarg, war Raffael. Er bewunderte Leonardo wegen seiner Malkunst, aber er betete ihn an wegen seiner Erleuchtung. Raffael war nicht eingeweiht in das Wissen Leonardos, aber er wußte davon. Darum malte Raffael in seinem Gemälde ›Die Schule von Athen‹ den Philosophen Platon, einen der Gescheitesten, die je unseren Planeten bewohnt haben, mit dem Kopf Leonardo da Vincis. Manche sahen darin ein Kompliment, andere ignorierten die Erscheinung, weil sie keine Erklärung fanden. Die Wahrheit kennen nur wenige.«

»Und hat Leonardo je über dieses Wissen geredet?«

»Nicht wie ein Wanderprediger oder Marktschreier. Er hat in seinen schriftlichen Aufzeichnungen Andeutungen hinterlassen, Rätsel für die Literatur- wie die Kunstkritik. Er gebrauchte seltsame Vergleiche und schrieb, der Körper der Erde habe die gleiche Natur wie ein Fisch, er atme Wasser statt Luft und sei von Adern durchzogen, die wie das Blut im menschlichen Körper unter der Oberfläche verliefen, und sie beinhalteten den Lebenssaft für den Planeten. Reichlich naiv und unverständlich für jemanden, der sich mit der Fliegerei beschäftigte.«

Le Vaux zog seinen Stuhl näher an Vossius heran und setzte sich ihm gegenüber, die Ellenbogen auf die Knie gestützt. Der Mann, vor allem seine Rede, begann ihn zu interessieren. Paranoiker sind zu den seltsamsten Gedanken fähig, und diese Gedanken zeichnen sich vor allem dadurch aus, daß sie absurd, in der Konsequenz aber logisch, bisweilen sogar streng wissenschaftlich sind. Le Vaux beobachtete jede Bewegung seines Patienten, aber weder die Bewegung seiner Hände noch die Motorik seiner Augen ließ irgendwelche Anomalien erkennen, die Aufschluß über den geistigen Zustand dieses Mannes gegeben hätten.

»Der große Leonardo«, nahm Vossius seine Rede wieder auf, »hat seine Malerei für weniger bedeutsam erachtet als seine

Wissenschaft. Jedenfalls verlor er in seinem Testament kein Wort über seine Gemälde, aber seine Manuskripte und Bücher zählte er einzeln auf, so als ob sie die wichtigste Sache seines Lebens gewesen wären. Eines dieser Werke trägt den Titel *Trattato della Pittura* und enthält neben aufschlußreichen Einsichten in die Kunst rätselhafte Andeutungen über Gott und Welt.«

»Zum Beispiel?«

»Zum Beispiel den Hinweis auf ein göttliches Gemälde nach der Natur, ›wo ein Geier von Rosen umgeben ist, mit einem Geheimnis im Herzen, verborgen unter reichlich Mennige und geeignet, die Palme zu fällen‹. Generationen von Kunsthistorikern haben an dieser Beschreibung herumgerätselt, und sie kamen zu dem Ergebnis, das Bild sei verschollen.«

»Und? Lassen Sie mich raten, Monsieur, Sie haben es wiedergefunden! Richtig?«

»Richtig«, erwiderte Vossius wie selbstverständlich.

»Und wo, wenn ich fragen darf?«

Vossius lachte. »Im Louvre, Doktor.« Seine Stimme klang nun ganz aufgeregt. »Es sah nur ganz anders aus, als es sich die Herren vorgestellt hatten.«

»Und wie?«

»Bei dem angeblich verschollenen Gemälde des Leonardo da Vinci handelte es sich um die ›Madonna im Rosengarten‹.«

»Interessant«, bemerkte Doktor Le Vaux. Keine Frage, er hatte es mit einem typischen Fall von wahnhafter Paranoia zu tun. Schade um die Intelligenz dieses Mannes. Le Vaux wollte eigentlich gar nicht mehr weiterfragen, und er hörte auch nur noch mit halber Aufmerksamkeit zu, als Vossius seine Erklärungen fortsetzte.

»Mir schien von Anfang an klar, daß dieses Problem nicht von Kunsthistorikern gelöst werden konnte, sondern nur von Literaturwissenschaftlern. Den Weg wies mir Dante Alighieri.«

O Gott! Le Vaux gab sich sichtlich Mühe, ein ernstes Gesicht zu machen. Er war darin sozusagen von Berufs wegen trainiert, aber dieser Vossius verlangte ihm doch etwas viel ab.

»Ich will mich kurz fassen«, kündigte Vossius an, dem die krampfhafte Haltung des Psychiaters natürlich nicht entgehen konnte, »aber Sie müssen sich vorstellen, daß sich all das über Jahre erstreckte. Ich habe eine in Fachkreisen durchaus anerkannte Arbeit über die Pflanzen- und Tiersymbolik in Dantes ›Göttlicher Komödie‹ verfaßt. Dabei habe ich entdeckt, daß Dante genau wie Leonardo bisweilen in Rätseln spricht, daß er Bilder und Allegorien gebraucht, die sich hinter der Handlung seines Buches verstecken, mit deren Hilfe er aber einer kleinen Schar Eingeweihter weltbewegende Erkenntnisse weitergeben wollte. Es wimmelt bei Dante von Pflanzen und Tieren, und man kann seinen Weg zur Hölle überhaupt nur verstehen, wenn man ihre Bedeutung kennt. So spricht Dante von Leopard, Löwe und Wölfin und meint damit die Laster der Wollust, Stolz und Habgier, und nennt er einen Adler, so darf man gewiß sein, daß es sich um den Apostel Johannes handelt. Zuerst war es nur eine Vermutung, aber je länger ich mich mit Leonardos Schriften beschäftigte, desto mehr Gemeinsamkeiten entdeckte ich in ihren Formulierungen, so daß ich schließlich auf die Idee kam, Leonardo so wie Dante zu lesen. Um auf den rätselhaften Hinweis in seinem ›Traktat über die Malerei‹ zurückzukommen: Bei dem göttlichen Gemälde, auf dem ein Geier von Rosen umgeben ist, handelt es sich in Wirklichkeit um die ›Madonna im Rosengarten‹, denn der Geier gehört zu den sogenannten ›Marialien‹. Wie viele Symbole ist auch dieses mythologischen Ursprungs. Origines sieht in diesem Vogel ein Geheimnis der unbefleckten Empfängnis, weil das Geierweibchen der Sage nach vom Ostwind befruchtet wird.«

Vossius' Worte blieben nicht ohne Eindruck auf den Psychiater, wenngleich sie nur eine Bestätigung seiner bereits gefaßten Diagnose zu sein schienen. »Einmal angenommen, Ihre Theorie stimmt«, sagte Le Vaux, »wie steht es um das Geheimnis, das unter Mennige verborgen liegt?«

»Um das zu ergründen, habe ich mich ja an den Louvre gewandt mit der Bitte, das Gemälde zu durchleuchten. Ich hatte da so eine Vermutung: Leonardo verwendete Mennige in seinen Farben, und er wäre nicht der erste und nicht der letzte Künstler, der unter einem allseits bekannten Gemälde eine Botschaft festgehalten hat, in diesem Fall jedoch eine Botschaft mit undenkbaren Folgen.«

Le Vaux sah seinen Patienten mit gespannter Erwartung an.

»Nun ja«, sagte Vossius, »Leonardo hat immerhin die Ansicht geäußert, dieses Geheimnis könnte eine Palme fällen, nein, er sagte *die* Palme!«

»*Die* Palme?«

»Das Symbol der Palme steht für Sieg, Frieden und Keuschheit. Märtyrer tragen oft Palmenzweige in den Händen. *Die* Palme aber ist das Sinnbild der Kirche.«

Da entstand eine lange Pause. Le Vaux dachte nach. »Sie wollen damit sagen, daß Leonardo da Vinci ...«

»Ja«, unterbrach Vossius, »ich behaupte, Leonardo kannte ein furchtbares Geheimnis, das geeignet war, die Kirche zu Fall zu bringen wie den in den Himmel ragenden Stamm einer Palme.«

Und während er sprach, leuchteten seine Augen.

»Ach, jetzt begreife ich!« rief Doktor Le Vaux plötzlich. »Mit Ihrem Säureattentat auf das Gemälde Leonardos wollten Sie den Beweis für Ihre Theorie erbringen. Ist es ihnen denn gelungen?«

Vossius hob die Schultern. »Es ging alles so schnell. Ich mußte fliehen, bevor man mich entdeckte.«

Le Vaux nickte und sagte: »Sie wissen, Monsieur le Professeur, daß Sie nur eine einzige Chance haben, dem Gefängnis zu entgehen. Ich muß Ihnen in einem Gutachten Paranoia bescheinigen.«

»Paranoia?« Vossius holte Luft. »Aber daran glauben Sie doch selbst nicht!«

Le Vaux hob die buschigen Brauen: »Was würden Sie an

meiner Stelle glauben?« Dann forderte er seinen Patienten auf, den rechten Arm frei zu machen.

Vossius gehorchte wie in Trance. Er konnte nicht begreifen, daß der Doktor ihm nicht glaubte. Der tastete mit weichen Fingern über seinen Unterarm, bis er eine ihm genehme Vene fand, setzte die Nadel der Spritze an und stach zu. »Das wird Ihnen erst einmal guttun«, sagte er noch.

Einen Tag später war in der Zeitung ›Le Figaro‹ die folgende Meldung zu lesen:

»Säureattentat auf Leonardo-Madonna, *Paris* (AFP). – Ein deutscher Professor hat in einem Anfall geistiger Umnachtung das Gemälde ›Madonna im Rosengarten‹ von Leonardo da Vinci mit Schwefelsäure übergossen. Der Anschlag im Louvre, bei dem das Gemälde erheblich beschädigt wurde, förderte eine erstaunliche Entdeckung zutage. Danach hatte der Künstler offensichtlich die Madonna ursprünglich mit einer Halskette aus acht verschiedenen Edelsteinen abgebildet, das Schmuckstück wurde jedoch später aus unbekannten Gründen übermalt. Unter den Restauratoren des Louvre ist nun ein Streit entbrannt, ob die Madonna in den ursprünglichen Zustand mit Halskette zurückversetzt oder ob das Schmuckstück wieder übermalt werden soll. Der Attentäter, der anschließend einen Selbstmordversuch unternahm, wurde in die Psychiatrie von St. Vincent de Paul eingeliefert.«

# DRITTES KAPITEL

## St. Vincent de Paul
## Psychiatrie

# 1

BIS ZU JENEM Tag, an dem der Unfall ihres Mannes mit der fremden Frau geschah, hatte Anne von Seydlitz gelebt wie Tausende anderer Frauen, halbwegs glücklich und mit der Zufriedenheit einer versorgten Ehefrau. Daß ihre Ehe kinderlos geblieben war, hatte weder bei ihr noch bei Guido ein Trauma hinterlassen, und wenn man ihr die Frage gestellt hätte, ob sie Guido noch einmal heiraten würde, hätte sie ja gesagt, ohne zu zögern.

Aber seit diesem Unfall war alles anders. Anne wurde von dem Verdacht gequält, Guido könnte sie betrogen, ja, ein Doppelleben geführt haben und sie habe von all dem nichts gewußt. Unklar suchte sie nun nach Wegen, Licht in das Dunkel ihrer siebzehnjährigen Ehe zu bringen, aber ihre Empfindungen waren getrübt wie das aufgewühlte Wasser eines Tümpels, sie fühlte sich niedergeschmettert und von einer unerkennbaren Macht zu Boden gedrückt. Vor allem die Ungewißheit war es, die sie peinigte, und das Unvermögen, sich aus all dem herauszuhalten. Natürlich hätte sie sagen können: Aus und vorbei, was kümmert mich die Vergangenheit, lebe das Heute. Aber sooft sie daran dachte, peinigte sie die Ahnung, sie könnte jenen dunklen Mächten, die sich in den vergangenen Wochen immer wieder bemerkbar gemacht hatten, ins offene Messer laufen.

Das Schlimme an dieser unruhigen und gereizten Gemütsverfassung war, daß Anne jede Objektivität verloren hatte und Zufälligkeiten und Merkwürdigkeiten, die mit dem Fall in Zusammenhang standen, nicht mehr richtig unterscheiden konnte; sie war auf dem besten Weg in eine verhängnisvolle

Psychose, weil sich all ihre Gedanken im Kreis drehten und weil sie sich dabei von einer Lösung mehr und mehr entfernte. Vor allem wagte sie nicht, sich jemandem anzuvertrauen, nicht einmal ihrer besten Freundin, weil sie befürchten mußte, auf diese Weise mehr über Guidos Verhältnis zu erfahren.

Eine unerwartete Wendung nahm der Fall, als die Zeitungen in großer Aufmachung über das Säureattentat im Pariser Louvre berichteten und von dem Streit, den das Collier der Madonna verursachte, das auf dem Gemälde ans Tageslicht gekommen war. Besonderes Interesse galt dabei Marc Vossius, dem Säureattentäter, einem offenbar geistesgestörten deutschstämmigen Professor von der California-Universität in San Diego.

»Vossius? Vossius?« Anne wußte genau, sie hatte den Namen schon einmal gehört. Ja, am Tage vor seinem Verschwinden hatte Guthmann diesen Vossius erwähnt, allerdings in einem ganz anderen Zusammenhang: Vossius habe sich ein halbes Leben mit Barabbas beschäftigt. In diesem Zusammenhang hatte Guthmann auch angedeutet, es gebe Leute, die Vossius für verrückt hielten.

Es lag nicht gerade auf der Hand, einen Bogen zu schlagen von dem Säureattentat auf das Gemälde von Leonardo da Vinci zu dem verschollenen Pergament, und doch gab es einen verblüffenden Zusammenhang: Barabbas! Guthmann hatte ›Barabbas‹ auf dem Pergament gelesen, und Vossius hatte das Phantom Barabbas erforscht.

Die letzten Wochen hatten sie gelehrt, daß Dinge, die ihr Begriffsvermögen überstiegen, gar nicht ungewöhnlich genug sein konnten, um zur Realität zu werden. Ein Professor, der sich auf ein Leonardo-Gemälde stürzt, war zweifellos ungewöhnlich genug; daß er sich außerdem mit der Erforschung des Namens Barabbas beschäftigt haben sollte, eines Namens, der gerade auf dem von ihr gesuchten Pergament auftauchte, kam dem Irrsinn ziemlich nahe, und diese Überlegung ließ bei Anne von Seydlitz den Entschluß reifen, sich mit dem verrückten Professor in Verbindung zu setzen.

## 2

ES TRAF SICH, daß sie ein Anruf aus Paris erreichte, von einem Mann, der einmal in ihrem Leben eine gewisse Rolle gespielt hatte, wenngleich das lange zurücklag. Er hieß Adrian Kleiber, ein hochbegabter Fotograf und Bildjournalist bei ›Paris Match‹. Daß Adrian in Paris Karriere gemacht hatte, daran war Anne nicht ganz unschuldig. Adrian war Guidos bester Freund gewesen, bis sich die beiden über der Frage, wer die älteren Rechte an ihr, Anne, geltend machen könne, in die Haare gerieten.

Adrian und Guido hatten sich damals, vor siebzehn Jahren, allen Ernstes duellieren wollen, und das Duell hatte nur deshalb nicht stattgefunden, weil Anne gedroht hatte, sie würde im Falle eines Waffenganges keinen von beiden nehmen. Aus Gründen, deren sie sich selbst nicht mehr erinnern konnte, hatte Adrian dann freiwillig das Feld geräumt und war mit seinem Schmerz und seiner Wut nach Paris gegangen. Bis vor sechs oder sieben Jahren hatte er nie versäumt, ihr zum Geburtstag Blumen zu schicken – vielleicht auch nur deshalb, um Guido zu ärgern –, aber seitdem hatte er nichts mehr von sich hören lassen.

Nun meldete Kleiber sich auf einmal am Telefon. Seine Stimme klang fremd, jedenfalls hatte sie sie in anderer Erinnerung. Aber schließlich war ihr letztes Gespräch eine Ewigkeit her. Sie redeten über eine Stunde am Telefon, und Anne hatte große Mühe, Kleiber den Tod ihres Mannes und die damit verbundenen mysteriösen Umstände zu erklären. Den Namen Vossius erwähnte sie zunächst nicht, sie sagte nur, sie wolle in Paris Nachforschungen anstellen, ob er ihr dabei behilflich sein könne. Adrian Kleiber zeigte sich begeistert, bot ihr seine Wohnung an und versprach, sie vom Flughafen abzuholen.

Kleiber verstand etwas von Frauen, darüber konnte niemand, der ihm begegnete – auch Männer nicht –, im Zweifel sein. Er war zwar alles andere als schön, nicht besonders groß und von auffallender gelockter Haarpracht, aber er hatte Verstand, Witz und Geschmack – in dieser Reihenfolge. Daß er in einem Alter, in dem andere mindestens eine Scheidung hinter sich haben, noch immer nicht verheiratet war und in keiner Weise darunter litt, mag diese Tatsache unterstreichen. Tatsächlich verfügte er über jene erhebliche Portion Eigenliebe, die den Menschen glücklich macht, dabei trug er jedoch nie die abstoßende Haltung eines krankhaften Egoisten zur Schau. Probleme schien es für Kleiber nicht zu geben; jedenfalls gehörte »Kein Problem!« zu seinen Lieblingssprüchen, dessen häufiger Gebrauch den, der ihn nicht kannte, nerven konnte. Wer ihn kannte, glaubte ihm.

Es waren also gut siebzehn Jahre vergangen, seit sie sich zuletzt gesehen hatten, und während des Fluges machte sich Anne Gedanken, wie Adrian wohl aussehen mochte nach so langer Zeit. AF 731 landete pünktlich um 11.30 Uhr auf dem Flughafen Le Bourget, und nach Durchquerung verschiedener Hallen und Überwindung mehrerer Treppen trat Anne mit einem kleinen Koffer durch die gläsernen Schiebetüren in die Empfangshalle.

Adrian winkte mit einem riesigen Rosenstrauß und hob sie, während er Anne umarmte, vom Boden hoch und schleuderte sie zweimal um seine eigene Achse – ganz der alte. Anne wischte sich ein paar Tränen aus den Augen; dabei hatte sie sich fest vorgenommen, keine Rührung zu zeigen.

Beide musterten sich mit einer gewissen Verlegenheit, und Adrian begann sofort mit seinem Aussehen zu kokettieren, das auf Frauen nicht sehr anziehend wirkte, weshalb er die Frau fürs Leben noch immer nicht gefunden habe.

»Was willst du denn hören?« lachte Anne spitzbübisch. »Daß du der schönste, klügste und begehrenswerteste Junggeselle von Paris bist? Also gut, du bist der schönste, klügste und begehrenswerteste Junggeselle von Paris. Ist dir jetzt wohler?«

»Viel wohler!« rief Kleiber. »Vor allem, weil du es gesagt hast.«

Mit Adrian war es einfach unmöglich, ernst zu bleiben, dachte Anne, während sie lachten und scherzten; sie fühlte sich befreit, aber sie ertappte sich zugleich dabei, daß sie sich Gedanken machte, ob dieser nette Kerl überhaupt in der Lage sein würde, ihr zu helfen.

»Eine üble Geschichte«, bemerkte Kleiber auf einmal, während sie in seinem Wagen, einem schwarzen Ponton-Mercedes, Richtung Innenstadt fuhren. Als hätte er ihre Gedanken erraten, wirkte Adrian plötzlich sehr ernst. »Wart ihr glücklich?«

Anne verstand die Frage nicht sofort: »Du meinst, ob Guido und ich ...?« Sie hob die Schultern. In Gedanken war Anne mit den Dingen beschäftigt, die sich *nach* dem Tod ihres Mannes zugetragen hatten. Dabei kam ihr zum wiederholten Male zu Bewußtsein, daß sie Guidos Tod weitgehend verdrängt hatte.

»Ich bin nicht gekommen«, begann sie schließlich, »um mich bei dir auszuweinen. Ich brauche deine Hilfe, um herauszubekommen, in was für eine Situation ich da geraten bin, verstehst du? Ich werde verrückt, wenn das so weitergeht.«

Kleiber legte seine rechte Hand auf ihren linken Unterarm: »Beruhige dich, Anne, du kannst dich auf mich verlassen.«

Mit Genugtuung registrierte Anne die zärtliche Berührung, und dabei platzte es aus ihr heraus: »Ich habe Angst, verstehst du, ich habe furchtbare Angst, Angst vor dem Ungewissen, die grauenhafteste Art von Angst, die es gibt. Ich weiß nicht, ob du das begreifst!«

»Ich begreife es nicht«, entgegnete Kleiber ernst, »aber ich will versuchen, dich zu verstehen. Jetzt bist du erst einmal hier, und deine Probleme sind weit weg – irgendwo.«

»Nein, nein, nein!« rief Anne aufgeregt, und Adrian zog seine Hand erschrocken zurück. »Deshalb bin ich ja hier, weil ich hoffe, hier der Lösung einen Schritt näher zu kommen.«

Kleiber schwieg. Er verstand nicht, was Anne meinte, aber er spürte, daß die Frau etwas Furchtbares mit sich herumschleppte und daß es ungeschickt gewesen wäre, ihre Gefühle herunterzuspielen, als handelte es sich nur um Einbildung. Anne sah Kleiber an: Was ihn betraf, so kannte er sicher keine Angst. Sie sah in ihm einen Draufgänger, und mit dieser Einstellung war er gewiß gut gefahren, sogar bei heiklen Einsätzen auf den Kriegsschauplätzen in Korea und Vietnam. Anne hingegen wußte, daß keine Angst zu haben bisweilen an Dummheit grenzt, aber bisher hatte sie mit diesem Bewußtsein ganz gut gelebt.

»Ich habe dir längst nicht alles erzählt«, bemerkte Anne, während er auf der Porte de Bagnolet die Stadtautobahn verließ und in die Rue Beigrand einbog.

»Nicht alles?«

»Ich will hier in Paris einen deutschen Professor finden, er ist vielleicht der einzige, der mir in meiner Situation weiterhelfen kann.«

»Wie heißt er?«

»Marc Vossius.«

»Kenne ich nicht.«

»Noch schlimmer: Er sitzt im Irrenhaus, und du mußt mir helfen, ihn ausfindig zu machen.«

»Einen deutschen Professor in einem Pariser Irrenhaus?«

»Ich weiß, was du jetzt denkst«, wandte Anne ein, »aber der Mann ist für mich von großer Wichtigkeit, er ist im Augenblick meine einzige Hoffnung.«

Kleiber trat auf die Bremse seines Wagens und fuhr an den rechten Straßenrand. »Moment«, sagte er, »da ging eine Meldung durch alle Zeitungen von einem Professor, der im Louvre ein Säureattentat auf ein Gemälde von Leonardo da Vinci verübt hat ...«

»Genau den meine ich«, erwiderte Anne.

»Aber er ist verrückt. Sie haben ihn eingesperrt, verstehst du?« Und dabei tippte er mit dem Zeigefinger an die Schläfe.

»Mag sein«, bemerkte Anne, ohne sich aus der Ruhe bringen zu lassen, »aber wenn ich bedenke, was in den letzten Wochen um mich herum geschehen ist, so ist seine Tat auch nicht unsinniger.«

Kleiber hielt das Lenkrad mit beiden Händen umklammert und starrte durch die Windschutzscheibe auf die Straße.

Er schwieg, aber Anne konnte sich vorstellen, was in ihm vorging.

»Ich weiß«, sagte sie schließlich, »das alles ist nicht leicht zu begreifen, und ich könnte es dir nicht einmal übelnehmen, wenn du zu der Überzeugung gelangtest, daß ich irgendwie nicht ganz richtig im Kopf sei. Manchmal zweifle ich ja schon selbst an meinem Verstand.«

»Ach, Unsinn«, erwiderte Kleiber. »Ich sehe nur keinen Zusammenhang zwischen dem geistesgestörten Professor und deiner Geschichte, außer vielleicht« – er machte eine Pause – »daß die eine so aberwitzig klingt wie die andere. Ich meine, kein Mensch bei klarem Verstand geht auf ein Gemälde von unschätzbarem Wert mit Schwefelsäure los, ja ich möchte sogar sagen, man kann dem Professor nur wünschen, daß er für verrückt erklärt wird, sonst wird er im Hinblick auf Schadenersatzforderungen seines Lebens nicht mehr froh.«

Anne wiegte den Kopf hin und her. »Natürlich habe ich mir meine Gedanken gemacht. Eine Bewußtseinsstörung kann die unterschiedlichsten Ursachen haben, vor allem kann sie durch ganz verschiedene Einflüsse ausgelöst werden und wieder verschwinden. Ein Mensch, der so etwas tut wie dieser Vossius, muß also keineswegs den Verstand verloren haben. Er mag in bezug auf seine Tat verrückt sein, er könnte aber im übrigen völlig normal und eine Koryphäe auf wissenschaftlichem Gebiet sein.«

Ihre Erklärung klang durchaus glaubhaft, doch da gab es immer noch diesen Einwand: »Was hat Vossius mit deinem Fall zu tun?«

Anne lachte mit einer gewissen Bitterkeit: »Es gibt da wirklich nur ein Wort, das uns verbindet. Es ist ein Name, ein ziemlich seltener Name allerdings: Barabbas.«

»Barabbas? Nie gehört.«

»Eben. Dieser Name ist auf dem verschollenen Pergament erwähnt, das Guido bei sich hatte. Jedenfalls hat das ein bekannter Koptologe behauptet, den ich um Rat fragte. Und er hat auch gesagt, daß es einen Professor namens Vossius gibt, der sich mit der Erforschung dieser offensichtlich historischen Figur beschäftigt.«

»Jetzt verstehe ich!« rief Kleiber begeistert. »Was steht sonst noch in dem alten Pergament?«

»Das weiß ich nicht«, entgegnete Anne. »Am Tag, nachdem ich bei ihm war, ist der Koptologe spurlos verschwunden, mitsamt der Kopie des Pergaments.«

Kleiber schüttelte den Kopf. »Das ist irrsinnig, irrsinnig ist das«, sagte er. »Wir müssen diesen Vossius finden, und wir werden ihn finden. Ich habe schon ganz andere Leute ausfindig gemacht. Kein Problem!«

## 3

ADRIAN KLEIBER LEBTE in einem geräumigen Appartement mit großen, schrägen Fenstern an der Avenue de Verdun zwischen Canal Saint Martin und Gare de l'Este hoch über den Dächern von Paris. Das wuchtige Gebäude strahlte den typischen Charme Pariser Häuser aus der Zeit vor der Jahrhundertwende aus mit einer Haustür mit roten und blauen Ziergläsern, einem messingbeschlagenen, hölzernen Fahrstuhl mit klappernden Falttüren und einem großen, ein wenig schäbigen Treppenhaus, breit genug für den Aufmarsch einer Armee.

Weißgestrichene, zweiflügelige Türen, die nie geschlossen wurden, trennten die ineinander übergehenden Räume der Wohnung voneinander, und Kunstgegenstände und Mobiliar, in der Hauptsache Jugendstil und islamische Kunst, hatte Adrian in Antiquitätengeschäften und auf Pariser Flohmärkten zusammengekauft, wobei der ›bric à brac‹ zwischen der Porte de Clignancourt und der Porte de Saint-Quen seine größte Zuneigung fand. Manches Stück, registrierte Anne von Seydlitz mit dem Blick des Kenners, war heute ein Vermögen wert.

Das kleinste der vier Zimmer, dessen einzige Fensternische sich zu einem kleinen, runden Balkon zum Hinterhof hin öffnete, wies Adrian Kleiber seiner Besucherin zu mit dem Wunsch, sie möge sich wie zu Hause fühlen. Ein weißes Sofa und zwei alte, dunkle Kommoden stellten die einzige Einrichtung dar; viel mehr hätte in dem kleinen Raum gar nicht Platz gefunden. Im Vergleich zur Größe und Einsamkeit ihres eigenen Hauses fühlte Anne sich hier heimisch, vor allem fühlte sie sich von Adrian beschützt.

Adrian hatte inzwischen an der Geschichte als Journalist Gefallen gefunden, und er verfolgte das Ziel mit jener Neugierde und Abenteuerlust, die diesen Leuten zu eigen ist. Es bedurfte nur einiger Anrufe, wobei Anne feststellte, daß Kleiber überall seine Freunde oder Kontaktleute hatte, um den Aufenthaltsort des internierten Professors ausfindig zu machen, die Psychiatrie in St. Vincent de Paul an der Avenue Denfert-Rochereau.

Bei einem Abendessen im ›Chez Margot‹, einem kleinen Lokal am Canal mit kaum mehr als fünf Tischen und der Atmosphäre einer Wohnstube (die obendrein dadurch zustande kam, daß Margot, eine gemütliche Endvierzigerin mit grell geschminktem Gesicht, sowohl kochte als auch servierte – was natürlich eine gewisse Zeit in Anspruch nahm), legten Kleiber und Anne von Seydlitz die Strategie fest, wie sie an Vossius herankommen wollten.

Es schien nicht ratsam, den Grund ihrer Recherchen zu nennen, die Wahrheit ist in solchen Situationen nur hinderlich. Also beschlossen sie, Anne als Nichte und einzige Verwandte des Professors anzugeben, um sich so bei Vossius einzuschleichen.

Kleiber trug eine Kleinbildkamera unter dem Mantel versteckt, und er hatte sich mit dem Hinweis, ohne Kamera fühle er sich nackt wie ein Kaiser ohne Kleider, auch nicht von Annes Einwänden abbringen lassen, als sie den Seiteneingang von St. Vincent de Paul mit dem verwitterten Schild ›Psychiatrie‹ betraten. Adrian, der beinahe akzentfrei französisch sprach, versuchte dem weißgekleideten Pförtner hinter einem Schiebefenster den Grund ihres Besuches zu verdeutlichen, was bei diesem jedoch auf deutliches Mißtrauen stieß. Jedenfalls ließ er sich ziemlich von oben herab Annes Ausweis zeigen, um sich mit der Akribie eines Legasthenikers in das deutsche Dokument zu vertiefen und Annes Namen zu notieren. Endlich griff er zu dem elfenbeinfarbigen Telefon, wählte eine Nummer und redete, während er Anne und Adrian mit den Augen fixierte, von Vossius und von seinen deutschen Angehörigen. Dann wies er ihnen in dem Vorraum eine hölzerne weißgestrichene Bank zu.

Sie warteten etwa zehn Minuten – aber Anne kam es wie eine Ewigkeit vor –, als der Pförtner die Scheibe seines Schalters zur Seite schob, die Wartenden heranwinkte und, an Kleiber gewandt, erklärte, der Patient habe sich dahingehend geäußert, er habe keine Verwandten und sei deshalb auch nicht gewillt, eine Madame von Seydlitz zu empfangen.

Nun aber setzte Adrian sein journalistisches Talent ein. Er ließ sich mit dem Stationsarzt verbinden und deckte ihn mit einem Redeschwall ungehaltener Vorwürfe ein, von denen Anne nur soviel verstand, daß ein Mann in so beklagenswerten Zustand natürlich nicht in der Lage sei, sich seiner einzigen Angehörigen zu erinnern; für sie sei es jedoch ein Herzensbedürfnis, den geliebten Onkel wiederzusehen.

Diese Worte blieben nicht ohne Wirkung. Der Arzt bat sie in den zweiten Stock, Besucherzimmer 201.

So in etwa hatte Anne sich das Besucherzimmer in einer Psychiatrie vorgestellt: helle weiße Wände, vergitterte Fenster, neben dem Eingang ein kantiger Stuhl, in der Mitte des Raumes ein uralter zerkratzter Tisch, darum herum vier schäbige Stühle, an der endlos hohen Zimmerdecke eine Milchglaskugel als Lampe. Es roch ekelhaft nach Bohnerwachs und Hering.

## 4

NACH KURZER ZEIT erschien Vossius in der Tür, begleitet von einem Pfleger und einem Arzt. Der junge Doktor, ein ziemlich arroganter Typ, sagte schnoddrig, sie hätten fünfzehn Minuten Zeit, und verschwand. Der Pfleger schob Vossius, der helle Anstaltskleidung trug und einen ziemlich apathischen Eindruck machte, zu dem Tisch in der Mitte des Raumes und nahm selbst auf dem Stuhl neben der Tür Platz.

»Sie sind ein fieser Typ!« rief Kleiber dem Pfleger auf deutsch zu. Der lächelte. Anne erschrak.

An Anne gewandt sagte Adrian: »Ich wollte nur wissen, ob er Deutsch versteht. Du siehst, er versteht kein Wort. Die meisten Franzosen sprechen nicht deutsch, finden es aber selbstverständlich, daß alle Deutschen Französisch können.«

Der Professor hatte auf einem der häßlichen Stühle Platz genommen, und er legte ruhig die Hände übereinander, als wartete er auf eine Erklärung.

Annes Herz schlug bis zum Hals. Sie wußte nicht, wie die Begegnung enden würde, ob der Professor überhaupt ansprechbar war. Sie wußte nur, daß dieser rätselhafte Mann, der ihr schweigsam und erwartungsvoll gegenübersaß, ihre letzte Hoffnung darstellte.

Als wollte sie sich Mut machen, holte Anne tief Luft und begann: »Professor, ich weiß, Sie kennen mich nicht, ich mußte zu einem Trick greifen, um an Sie heranzukommen. Natürlich sind wir nicht verwandt, aber Sie können mir helfen. Sie müssen mir helfen. Verstehen Sie mich, Herr Professor Vossius?«

Der Mann schlug die Augen nieder, er schien sie verstanden zu haben, jedenfalls begannen die Falten, die seinen Mund einrahmten, auf einmal zu zucken. Aber das alles dauerte unglaublich lange, und Anne wiederholte unruhig: »Haben Sie mich verstanden, Professor?«

Vossius bewegte langsam die Lippen: »Holen – Sie – mich –

hier – raus«, sagte er ruhig, aber klar verständlich. »Holen Sie mich hier raus, ich kann alles erklären.«

»Wie fühlen Sie sich, Herr Professor. Ich meine, werden Sie einigermaßen gut behandelt?«

Der Mann schob den Ärmel seines linken Armes zurück. Auf dem Unterarm waren deutliche Einstiche zu erkennen.

»Sie haben ihn ruhiggespritzt«, sagte Adrian. »Das ist in allen psychiatrischen Anstalten der Welt gleich.«

Anne legte ihre Hand auf die des Professors: »Wie können wir Ihnen helfen, reden Sie!«

Vossius mühte sich ein Lächeln ab. »Ich kann alles erklären. Holen Sie mich hier raus.«

»Wir holen Sie hier raus«, sagte Kleiber beschwichtigend, »aber dazu brauchen wir ihre Hilfe. Wir brauchen alle Informationen, die dazu notwendig sind. Verstehen Sie?«

Vossius nickte.

»Sie wissen, was Sie getan haben, Professor?« fragte Anne aufgeregt. »Sie wissen, warum Sie hier sind?«

Vossius sah Anne einen Augenblick an, als versuchte er sich zu erinnern, dann nickte er heftig mit dem Kopf.

»Warum haben Sie das getan? Warum haben Sie Säure auf das Gemälde geschüttet?«

Da brach es aus dem Mann heraus: »Warum, warum, alle fragen warum, und wenn ich es ihnen erkläre, wenden sie sich ab und sagen, ich sei verrückt. Ich sage kein Wort mehr!«

Anne kam ganz nahe an Vossius heran, als wollte sie ihm ein Geheimnis anvertrauen: »Professor, hat es etwas mit Barabbas zu tun?«

»Barabbas?« Vossius hob den Blick und musterte erst Anne von Seydlitz, dann Kleiber, schließlich sprang er auf und zeigte mit dem Finger auf die Frau und rief: »Wer hat Sie geschickt?«

Mühsam gelang es Anne, den Professor auf seinen Stuhl zu drücken, und es dauerte eine ganze Weile, bis er sich beruhigt hatte; dann erklärte sie Vossius, sie habe ein koptisches Pergament, auf dem sei der Name Barabbas identifiziert worden, und ein Münchner Professor habe ihr verraten, daß er, Vossius, der bedeutendste Forscher in Sachen Barabbas sei – die ganze wahre Geschichte erzählte sie ihm nicht.

Die Erklärung schien den Professor zu befriedigen, ja, sie versetzte ihn sogar wieder in eine gewisse Ruhe – um nicht zu sagen Apathie. Vossius lehnte sich zurück, lächelte gequält und stellte die Frage: »Was wissen Sie über Barabbas, was?«

»Ich will ehrlich sein«, erwiderte Anne, »aber ich weiß über dieses Phantom überhaupt nichts.«

Da wandelte sich Vossius' Gesichtsausdruck zur theatralischen Geste eines Triumphators, er reckte den Hals, zog die Augenbrauen hoch, daß sie Halbmonde bildeten, und ließ geräuschvoll Luft durch die Nase entweichen wie ein Dampfroß. Man sah ihm an, daß er die Situation genoß, weil er endlich ernst genommen wurde.

Vossius wollte gerade zu einer Erklärung ansetzen, als der Stationsarzt die Tür aufstieß und in barschem Kommandoton in den Besucherraum rief: »Ende der Sprechzeit. Kommen Sie, Vossius!«

Kleibers Einwand, er möge ihnen noch fünf Minuten gestatten, tat der Psychiater mit einer unwilligen Handbewegung ab, und er verwies darauf, sie könnten, wenn es denn sein müsse, am folgenden Tag wiederkommen.

Während Vossius von dem Pfleger abgeführt wurde, trat Kleiber an den Arzt heran und sagte, er habe den Eindruck gewonnen, daß der Patient unter starken Sedativa stehe und daß die verabreichte Dosis den Bedarf bei weitem übersteige. Vossius sei ruhig und, wie es schien, sogar bei klarem Bewußtsein, und es sei gewiß nicht in seinem, des Arztes, Sinne, wenn er ein Dienstaufsichtsverfahren gegen ihn beantrage. Ein ähnlicher Fall an einer anderen Klinik, bei dem ein Arzt seine Patienten zu ruhig gespritzt hatte, habe erst im vergangenen Jahr Schlagzeilen gemacht. Zur Vermeidung ähnlicher Vorkommnisse legte Kleiber dem Psychiater nahe, den Patienten für den morgigen Besuch ohne Drogen zu belassen.

Kleibers harte Worte verfehlten nicht ihre Wirkung auf den

Arzt. Zwar antwortete er schnippisch, man könne die ärztliche Entscheidung getrost *ihm* überlassen, fügte jedoch versöhnend hinzu, er wolle sehen, ob der Patient gegebenenfalls auch ohne stärkere Sedativa auskomme.

Für Kleibers souveränen Umgang mit dem Psychiater empfand Anne große Bewunderung. Sie konnte sich überhaupt nicht vorstellen, daß Adrian einer Situation nicht gewachsen war. Er schien einfach keine Probleme zu kennen, und er war in der Situation, in der sie sich befand, genau der richtige Mann.

Als sie St. Vincent de Paul schweigend verließen und durch das Seitenportal ins Freie traten, wo ein scharfer Herbstwind große Kastanienblätter vor sich hertrieb, hingen Anne und Adrian beide demselben Gedanken nach: War dieser Vossius nun verrückt oder nicht?

»Was ist deine Meinung?« fragte Kleiber im Gehen, während er Anne unterhakte.

»Schwer zu sagen nach der kurzen Begegnung.«

»Wenn ich mir alle seine Antworten vergegenwärtige, muß ich sagen, er hat logisch reagiert. Ich hätte in dieser Situation auch nicht anders geantwortet, vor allem, wenn man bedenkt, in welchem Zustand er war!«

## 5

FÜR DEN FOLGENDEN Tag legten sie sich einen genauen Plan zurecht, wie sie den Professor am ehesten zum Sprechen bringen konnten. Was Vossius in seiner Situation am tiefsten bewegte, so argumentierte Kleiber, sei zweifellos das Säureattentat, dem er schließlich die Einlieferung in die Psychiatrie verdanke. Deshalb müsse man ihn mit dem Ergebnis seiner Tat konfrontieren und seine Reaktion beobachten. Vielleicht würde der Schock seine Zunge lösen.

Bei der Bildagentur AFP besorgte Adrian Kleiber ein Farbfoto des beschädigten Leonardo-Gemäldes, und am folgenden Nachmittag fanden sie sich wieder in St. Vincent de Paul ein.

Vossius wirkte total verändert. Er sagte zu Anne ›liebe Nichte‹ und zu Adrian ›lieber Neffe‹ und spielte das Spiel, das sie begonnen hatten, nun seinerseits mit. Er habe, erklärte der Professor, heute noch keine Spritze bekommen, sei deshalb bei klarem Verstand und wolle den Besuchern erst einige Fragen stellen.

Damit hatte Anne von Seydlitz gerechnet, und sie hatte sich ihre Geschichte stichwortartig zurechtgelegt. »Ich weiß«, sagte sie, nachdem sie geendet hatte, »das klingt alles sehr unglaubhaft, aber ich schwöre Ihnen, daß es sich so zugetragen hat und nicht anders.«

Den Professor schien Annes Erklärung in keiner Weise zu verwundern oder gar zu beunruhigen. Er sagte nur: »Interessant.« Und noch einmal: »Interessant.«

Während der Unterredung waren Anne und Adrian jeder für sich zu der Überzeugung gelangt, daß der Professor, so wie er ihnen heute gegenübersaß, durchaus normal war. Was nicht unbedingt etwas zu bedeuten hatte; denn ist es nicht ein typisches Zeichen von Schizophrenie, daß sich Phasen des Verwirrtseins und der Klarheit ablösen?

Eher beiläufig fragte Kleiber, ob Vossius bereits mit dem Ergebnis seines Anschlages konfrontiert worden sei.

Da sah der Professor den Fragesteller mit großen Augen an.

Kleiber zog die Fotografie aus einem Umschlag und legte sie vor Vossius auf den Tisch. Der starrte auf den großen scheckigen Fleck auf dem Dekolleté der Madonna, in welchem deutlich eine Kette aus Edelsteinen zum Vorschein kam. »Mein Gott«, stammelte er, »ich habe es gewußt, ich habe es immer gewußt. Das ist der Beweis für Leonardos Botschaft!«

»Ich verstehe Sie nicht, Professor«, bemerkte Anne, und Kleiber fügte hinzu: »Können Sie uns erklären, was Sie mit Leonardos Botschaft meinen?«

Vossius nickte. »Ich glaube, Sie beide sind ohnehin die einzigen Menschen in Paris, die mir glauben werden.« Er rückte seinen Stuhl näher an die Besucher heran.

Kleiber tippte auf die Fotografie. »Unter den Experten ist nun eine heftige Diskussion in Gang gekommen, wie das Gemälde restauriert werden soll, ob mit oder ohne Halskette.«

»Ach was, Experten!« schnaubte der Professor. »Haben Sie schon einmal eine Madonna mit einer Halskette aus Edelsteinen gesehen?«

»Nicht bewußt«, erwiderte Kleiber, und Anne schüttelte den Kopf. Keiner von ihnen begriff, worauf Vossius hinauswollte.

»Aber Leonardo da Vinci hat die Kette doch offenbar gemalt«, wandte Anne ein, »oder glauben Sie, sie ist eine Fälschung aus späterer Zeit oder das Beiwerk eines seiner Schüler?«

»Im Gegenteil, liebe Nichte«, ereiferte sich Vossius, »Leonardo hat diese Halskette mit voller Absicht gemalt, und es war auch seine Absicht, sie nach Vollendung unter einer ockergelben Fleischfarbe verschwinden zu lassen.«

Während er redete, beobachtete Adrian Kleiber den Professor von der Seite. Er wußte nicht recht, was er von Vossius' Worten halten sollte. Der Professor machte den Eindruck, als steigere er sich in eine Sache hinein, die weitab von jeder Realität lag, und in ihm kamen Zweifel auf, ob sie dem psychischen Zustand dieses Mannes nicht doch zuviel Vertrauen entgegengebracht hatten. Aber schon im nächsten Augenblick war Kleiber gefangen von dem Bericht des Professors.

»Die Welt steckt voller Geheimnisse. Viele sind so groß, daß sie den Verstand der meisten Menschen überschreiten, und das ist vielleicht ganz gut so. Denn viele, die davon erführen und ihre ganze Tragweite begriffen, würden den Verstand verlieren. So ist es seit urdenklichen Zeiten Brauch, daß diese Geheimnisse der Menschheit von den Klügsten der Spezies Mensch an die Klügsten weitergegeben werden, mit der Auflage zu schweigen, bis die Zeit gekommen ist, sie zu offenbaren.«

Anne wurde ungeduldig. Sie wollte fragen: Was um Himmels willen hat die Halskette auf dem Gemälde mit den Geheimnissen der Menschheit zu tun, aber Vossius' Worte ließen sie verstummen.

»Seit fünfhundert Jahren«, sagte Vossius weiter, »rätseln die Menschen herum, was William Shakespeare gemeint haben könnte, als er sagte, es gebe mehr Dinge zwischen Himmel und Erde, als unsere Schulweisheit sich träumen läßt. Shakespeare war einer der Geheimnisträger, genauso wie Dante, ebenso Leonardo da Vinci. Jeder von ihnen gab ein heimliches Zeichen, eine verschlüsselte Botschaft. Shakespeare und Dante bedienten sich der Sprache, Leonardo gebrauchte natürlich die Malerei für seine Zwecke. Aber sogar in seinem schriftlichen Nachlaß fanden sich Hinweise auf sein Wissen, jedoch keine Belege.«

»Ich verstehe«, sagte Kleiber, »Sie wollten mit diesem Säureattentat den Beweis für Ihre Entdeckung erbringen.«

»Und das ist mir gelungen«, erwiderte Vossius und klopfte mit der flachen Hand auf die Fotografie. »Das ist der Beweis!«

»Die Halskette?« fragte Anne ratlos.

»Die Halskette«, stellte der Professor nüchtern fest und suchte mit den Augen den Wärter, der teilnahmslos auf dem Stuhl neben der Tür saß. Die Besuchszeit war längst abgelaufen, und Anne mußte befürchten, der Stationsarzt könnte jeden Augenblick in das Zimmer treten und das Gespräch abrupt beenden. Ungeduldig bedrängte sie daher Vossius: »So erklären Sie uns doch den Zusammenhang zwischen der Halskette, die Leonardo nicht für jedermann sichtbar gemalt hat, und dem koptischen Pergament!«

Vossius nickte. Man konnte ihm ansehen, daß er die Situation genoß wie eine Wiedergutmachung für erlittenes Unrecht, und je mehr Anne drängte, desto zurückhaltender wurde der Professor. »Fest steht«, sagte er schließlich, »daß beide dasselbe Wissen hatten, der Urheber Ihres Pergamentes und Leonardo da Vinci; denn sie gebrauchten dasselbe Codewort.«

Anne und Adrian sahen sich ratlos an. Der Mann machte es

ihnen nicht leicht, er stellte ihre Geduld auf eine harte Probe, und bei Kleiber stellten sich Zweifel ein, ob der Professor wirklich mit normalen Maßstäben gemessen werden konnte, ob er ein von seiner Wissenschaft Besessener war, dem man mit Nachsicht begegnen mußte, oder ein bedauernswerter Psychopath.

## 6

VOSSIUS NAHM DAS Foto und hielt es senkrecht wie eine Trophäe. Mit den Fingern der rechten Hand berührte er die Stelle, an der die Halskette zu sehen war, acht verschiedene von goldenen Blütenranken gefaßte und so aneinandergereihte Edelsteine im Cabochon-Schliff.

»Acht Edelsteine«, stellte der Professor fest, »scheinbar ein Schmuckstück, nichts weiter, und doch sind es ganz besondere Steine, und ein jeder hat seine bestimmte Bedeutung. Beginnen wir links, dem Betrachter zugewandt. Der erste weißlichgelbe Stein ist ein Beryll, ein Stein mit eigener Geschichte. Er gilt als Monatsstein der im Oktober Geborenen und wurde im Mittelalter gemahlen und in Flüssigkeit zubereitet, um Augen zu heilen. Später entdeckte man seine vergrößernde Wirkung, wenn man ihn entsprechend schliff. Daher stammt das Wort Brille. Der zweite, blaßblaue Stein ist ein Aquamarin, ein dem Beryll verwandter Edelstein, der seine Farbe von blau bis meergrün wechselt. Den dunkelroten, dritten Stein kennt jeder. Es ist ein Rubin. Ihm wurde ebenfalls heilende Wirkung zugeschrieben, und man findet ihn als Machtsymbol an Kaiser- und Reichsinsignien. Violett ist der vierte Stein, ein Amethyst, der Monatsstein für die im Februar Geborenen und von ungeheurer Symbolkraft. So galt er als Amulett gegen Gift und Trunkenheit, aber auch als Symbol der Dreifaltigkeit, weil er drei Farben enthält: Purpur, Blau und Violett. Er soll zu den Steinen gehört haben, die den Brustschild des Hohenpriesters und das Fundament der Mauer des himmlischen Jerusalem zieren. Obwohl von verschiedener Farbe, sind die folgenden zwei Edelsteine, der fünfte und der sechste, wiederum Berylle. Der siebente, ein schwarzer Achat, ist eigentlich nur ein Halbedelstein, doch Antike und Mittelalter begehrten ihn als gemahlenem Aphrodisiakum, und aus unerfindlichen Gründen wurde er mit Vorliebe als Zierstein von kirchlichen Gerätschaften verwendet. Bleibt der letzte Stein, der grüne Smaragd, ein Stein, der vor allem zur Zeit Leonardo da Vincis in hohen Ehren stand. Er gilt als Symbol des Evangelisten Johannes, außerdem als Zeichen der Keuschheit und Reinheit und wurde im Mittelalter als besonders heilsam verehrt. Acht Steine aneinandergereiht, scheinbar zufällig, und doch ist es kein Zufall, wie Leonardo diese Kette malte, so wie nichts Zufall ist im Leben. Lesen Sie die acht Anfangsbuchstaben der Edelsteine von links nach rechts, so wie ich sie Ihnen beschrieben habe – und dabei spielt es keine Rolle, ob Sie sich in deutscher oder, wie Leonardo, in italienischer Sprache verständigen –, dann erhalten Sie ein Wort, das Sie vielleicht überraschen wird.«

Anne von Seydlitz preßte beide Hände zu einer Faust zusammen und blickte gebannt auf die Fotografie. Dann las sie: »B-A-R-A-B-B-A-S. Mein Gott«, stammelte sie leise, »was hat das zu bedeuten?«

Vossius schwieg. Auch Adrian sagte nichts. Den Blick auf die Fotografie gewandt, kontrollierte er in Gedanken die Buchstabenfolge. Der Professor hatte recht: BARABBAS.

Aber noch ehe die beiden die ganze Tragweite dieser Eröffnung begriffen hatten und noch bevor sie eine Frage stellen konnten, trat der Stationsarzt in das Besucherzimmer und beendete mit einer unverschämten Geste, indem er lautstark in die Hände klatschte, die Unterredung. Vossius erhob sich, nickte freundlich und verschwand in Begleitung des Pflegers auf den Gang.

# 7

WÄHREND SIE IM Wagen den Pont St. Michel überquerten, richtete Anne an Kleiber die Frage: »Hältst du diesen Vossius für schizophren? Ich meine, glaubst du, er wird zu Recht in St. Vincent festgehalten?«

»Der Mann ist so normal wie du und ich«, erwiderte Kleiber, »ich glaube nur, daß er eine ungeheure Last mit sich herumschleppt, irgend etwas, das ihn an den Rand der Verzweiflung getrieben hat. Aber ich habe Zweifel, ob er uns wirklich weiterhelfen kann. Es will mir nicht in den Kopf, daß zwischen Leonardo da Vinci und deinem Pergament ein Zusammenhang bestehen soll.«

»Wenn Vossius uns nicht helfen kann, dann keiner«, erwiderte Anne. »Immerhin wissen wir doch schon soviel, daß der Name ›Barabbas‹ als Symbol für eine reichlich undurchsichtige Geschichte steht, mit der sich in der Vergangenheit Leute auseinandergesetzt haben, die zu den bedeutendsten Köpfen zählen. Mir erschien die Erklärung des Professors am Anfang auch weit hergeholt, aber je länger ich darüber nachdenke, desto mehr komme ich zu der Überzeugung: Der Mann hat recht. Jedenfalls ist Leonardo da Vinci für manchen Schabernack gut. Man weiß, daß er schon zu Lebzeiten seine Mitmenschen an der Nase herumgeführt hat, wenn er etwa in Spiegelschrift schrieb, und die Sache mit der Halskette ist gewiß auch eine von diesen Teufeleien.«

»Aber der Zusammenhang, ich sehe keinen Zusammenhang.«

Dem konnte Anne nur beipflichten: »Den sehe ich auch nicht. Wüßten wir den Zusammenhang, wüßten wir vermutlich auch die Lösung.«

»Und die wird er uns nicht auf die Nase binden.« Anne nickte.

»Es sei denn ...«, Kleiber dachte nach.

»So rede doch!«

»Es sei denn, wir machen mit Vossius ein Geschäft.«

»Ein Geschäft?«

»Na ja«, schränkte Adrian ein, »Geschäft ist vielleicht nicht der richtige Ausdruck. Vertrag wäre vielleicht treffender.«

»Du sprichst in Rätseln.«

»Erinnere dich«, begann Kleiber, »erinnere dich, als wir Vossius zum ersten Mal trafen. Was waren da seine ersten Worte?«

»Holt mich hier raus!«

»Das sagte er. Ich glaube, die Geschichte, die er uns erzählte, hat er nur deshalb erzählt, weil er beweisen wollte, daß er bei klarem Verstand ist. Den Ärzten vertraut er nicht. Die haben ihn bereits abgeschrieben. Wer Säure auf ein Gemälde spritzt, muß verrückt sein. Also erwartet er von uns, daß wir ihm helfen; deshalb kam ihm die Idee, daß du seine Nichte seiest, ganz gelegen, und er hat sofort bereitwillig mitgespielt. Nein, der Professor ist kein Fall für die Psychiatrie, und wir müssen ihm klarmachen, daß das unsere Überzeugung ist und daß wir bereit sind, alle Hebel in Bewegung zu setzen, um ihn dort herauszuholen, wenn er uns die ganze Wahrheit um Barabbas beichtet.«

»Keine schlechte Idee«, stellte Anne fest, »aber Vossius wollte sich vom Eiffelturm stürzen, er ist ein Selbstmordkandidat, und alle, die versuchen sich das Leben zu nehmen, landen in der Psychiatrie.«

»Ich weiß, ich weiß«, entgegnete Kleiber, »aber sie werden nicht bis an ihr Lebensende eingesperrt. Nach einer entsprechenden Therapie läßt man sie meist wieder frei. Im übrigen verstehe ich ohnehin nicht, warum Vossius seinem Leben ein Ende setzen wollte. Ich würde ihm durchaus zutrauen, daß er das Ganze aus irgendeinem Grund nur inszeniert hat. Daß er aber dabei die Folgen nicht bedacht haben will, kann ich mir nicht vorstellen. Ich glaube, der Professor hatte einen sorgfältig ausgearbeiteten Plan, aber bei der Ausführung passierte etwas Unvorhergesehenes, und jetzt sitzt er im Irrenhaus. Und gerade das ist unsere Chance.«

Später, am Abend desselben Tages, aßen sie im ›Coquille‹, im 17. Arrondissement, wo die Küche eher traditionell als ›nouvelle‹ ist, was sowohl Anne als auch Adrians Geschmack näher kam; aber was als zwangloses Vergnügen gedacht war, entwickelte sich schon bald zu spannungsgeladenem Schweigen, ausgelöst dadurch, daß ein jeder von ihnen den eigenen Gedanken nachging. Nicht nur Anne, auch Adrian hatte sich inzwischen so sehr in den Netzen dieses Falles verfangen, daß er tun und denken konnte, was er wollte, es endete immer in der Psychiatrie von St. Vincent de Paul bei Professor Vossius.

Anne, soeben noch entschlossen und dank Kleibers Hilfe mit neuem Mut beseelt, sah sich auf einmal wieder einem übermächtigen Gegner gegenüber, dem sie nie beikommen könnte, und sie zweifelte, ob auch Adrian stark genug war. Darüber hinaus quälte sie die Frage, warum ihr selbst noch nichts zugestoßen war, während alle, die ihr Leben kreuzten, auf unerklärliche Weise zu Schaden kamen. Guido tot, Rauschenbach ermordet, Guthmann verschollen. Sie sah Kleiber an und versuchte, als wolle sie den Gedanken vertuschen, zu lächeln – vergebens.

Der vermochte die Betroffenheit in Annes Gesicht nicht zu deuten, aber jede Frage erübrigte sich. Die Zuneigung, die er bei ihrem ersten Wiedersehen empfunden hatte, war einer ungeheuren Nervosität gewichen. Er hätte sich gewünscht, dieser Frau unter günstigeren Umständen begegnet zu sein, doch Adrian war nicht der Mann, der es nicht verstanden hätte, eine Situation zu seinen Gunsten umzumünzen. Nein, Kleiber hoffte, durch seine Unterstützung Anne für sich zu gewinnen, und nichts fördert die Zuneigung mehr als ein gemeinsamer Gegner.

## 8

ALS SIE AM folgenden Tag in St. Vincent de Paul ankamen, schien man sie bereits zu erwarten. Aber der Stationsarzt führte Anne und Adrian nicht in das Besucherzimmer, sondern in das Büro von Doktor Le Vaux, ohne eine Erklärung abzugeben. Der Chefarzt berichtete mit einer gewissen Verlegenheit, die einem Mann seines Standes in dieser Situation nicht zukam, Professor Vossius sei in der vergangenen Nacht an einem Herz-Kreislauf-Versagen gestorben, er bedauere das sehr und spreche ihnen, den nächsten Angehörigen, sein tiefes Mitempfinden aus.

Auf dem endlos langen Gang, wo es wie immer nach Bohnerwachs roch, mußte Anne von Kleiber gestützt werden. Nicht daß sie so tiefe Trauer empfunden hätte über Vossius Tod – obwohl dieser in den zwei Tagen durchaus ihre Zuneigung gefunden hatte –, Anne traf der Tod des Professors vor allem deshalb, weil er einer furchtbaren Gesetzmäßigkeit unterlag, an die sie nicht hatte glauben wollen. Daß Vossius' Tod ein Zufall gewesen sei, daran hatte Anne von Anfang an nicht glauben wollen, und wie in allen vorangegangenen Fällen erkannte sie weder einen möglichen Grund noch einen Zusammenhang.

Wie im Traum und völlig ratlos tappte sie an Adrians Arm den stinkigen Korridor entlang, das breite, steinerne Treppenhaus hinab, wo sie der Pfleger, der während ihrer Besuche wortlos und mit blödem Gesichtsausdruck neben der Tür gesessen hatte, erwartete. Er trat Kleiber entgegen, raunte ihm etwas zu, das Anne nicht verstand, das sie in dieser Situation auch nicht interessierte, und kam nach einem kurzen Wortwechsel mit Kleiber zu der Übereinkunft, sich um 19 Uhr in einem Bistro nicht weit von hier in der Rue Henri Barbusse gegenüber dem Lycée Lavoisier zu treffen.

An Anne von Seydlitz war die ungewöhnliche Vereinbarung vorbeigegangen wie ein Trugbild, das einem im Halbschlaf begegnet, und Adrian klärte sie erst zu Hause über das Angebot des zwielichtigen Pflegers auf. Er habe, berichtete Kleiber, eine Andeutung gemacht, er könne ihnen zum Tode des Professors eine wichtige Mitteilung machen, und auf seinen Einwand, warum das nicht an Ort und Stelle geschehen könne, geantwortet, das sei viel zu gefährlich.

Was auch immer hinter der Wichtigtuerei des Pflegers stecken mochte – Adrian und Anne konnten sich beim besten Willen nicht vorstellen, daß der tölpelhafte Mann ihnen in irgendeiner Weise weiterhelfen könnte –, so mußten sie doch dem unbedeutendsten Hinweis nachgehen, der geeignet schien, die Situation in irgendeiner Art zu erhellen.

Das Bistro war für Pariser Verhältnisse ungewöhnlich groß und unübersichtlich; deshalb hatte es der Pfleger wohl auch ausgesucht. Dieser entpuppte sich als ein unerwartet wendiger Mann mit flinker Auffassungsgabe. Jedenfalls wußte er genau, was er wollte, als er geradeheraus erklärte, Pfleger in psychiatrischen Anstalten würden verachtenswert schlecht – er gebrauchte das Wort *méprisable* – bezahlt und müßten deshalb anderweitig sehen, wo sie blieben. Kurz, er könne ihnen Angaben über den wahren Sachverhalt des Todes des Professors machen und in seinem Besitz befinde sich eine Hinterlassenschaft, die ihnen in ihrem Fall vielleicht von Nutzen sein könnte.

Von welchem Fall er spreche, erkundigte sich Kleiber, und der Pfleger berichtete, wobei er zu beider Verblüffung plötzlich vom Französischen in ein gebrochenes, aber durchaus verständliches Deutsch wechselte, er habe die Unterhaltungen zwischen ihnen und Vossius während der letzten Tage mit großer Spannung verfolgt. Auf die Frage, woher er so gut Deutsch könne, antwortete der Gefragte, er habe eine deutsche Frau, vor allem aber deutsche Schwiegereltern, die kein Wort Französisch sprächen, das sei die beste Schule.

»Wieviel?« fragte Kleiber knapp. Er sah in der Tatsache, daß er den vermeintlich blöden Pfleger nicht durchschaut hatte, eine persönliche Niederlage, und daß er diese Niederlage mit

Geld aus der Welt schaffen konnte, förderte seine Bereitschaft, einen hohen Preis zu zahlen.

Die beiden Männer einigten sich auf fünftausend Francs, zweitausend sofort, der Rest bei Überreichung eines Umschlages.

Kleiber war von der Sicherheit, mit der der Pfleger agierte, verblüfft. Er hatte beinahe den Eindruck, als machte dieser so etwas nicht zum ersten Mal.

»Woher nehmen Sie die Sicherheit, daß Sie den Rest noch bekommen?« fragte Adrian Kleiber provozierend.

Der Pfleger schmunzelte: »In gewisser Weise habe ich Sie doch in der Hand. Wenn ich auspacke, daß Sie sich unter dem Verwand, mit Vossius verwandt zu sein, Zugang in die Psychiatrie verschafft haben, dann wird das nach seinem unerwarteten Ableben sicher die Polizei interessieren. Also versuchen wir nicht, uns gegenseitig übers Ohr zu hauen – so sagt man doch bei Ihnen? –, und kommen wir zum Geschäft.«

Mit sichtlicher Zufriedenheit nahm er die zweitausend Francs in Empfang, faltete die Scheine zweimal und ließ sie in der Tasche seines Sakkos verschwinden. Dann beugte er sich über den dunkel gebeizten Tisch und sagte: »Vossius ist keines natürlichen Todes gestorben. Er ist stranguliert worden, mit einem Lederriemen.«

Woher er das wisse.

»Ich habe den Professor morgens um halb sechs gefunden. Er hatte einen blauroten Ring am Hals. Vor seinem Bett lag ein Lederriemen.«

Während Anne die Mitteilung nicht überraschte, hatte Kleiber Schwierigkeiten, sich mit der neuen Situation zurechtzufinden. Vor allem, wandte er ein, welchen Grund könnte die Klinik haben, den Fall zu verschweigen und Herzversagen als Todesursache zu melden.

»Da fragen Sie noch?« erregte sich der Pfleger – er sprach jetzt wieder französisch. »In St. Vincent de Paul hat es schon genug Skandale gegeben, aber ein Mörder, dem es gelingt, bei Nacht in die Psychiatrische Abteilung einzudringen, das ist vorläufig der Höhepunkt einer Reihe von Vorkommnissen, die das Institut nicht im besten Licht erscheinen lassen. Natürlich gab es eine hausinterne Untersuchung, die auch noch nicht abgeschlossen ist, aber Le Vaux steht vor einem Rätsel.«

Und seine persönliche Meinung?

Der Pfleger fuhr sich nervös mit gespreizten Fingern durch das dunkle Haar. »Vossius soll am gestrigen Abend einen merkwürdigen Besucher gehabt haben. Ich kann das nicht bezeugen, ich hatte abends keinen Dienst. Es soll ein Priester gewesen sein, ein Jesuit. Angeblich haben sie sich englisch unterhalten.«

Anne und Adrian sahen sich an. Beider Ratlosigkeit hatte in diesem Augenblick einen neuen Höhepunkt erreicht. Ein Jesuit bei Vossius?

»Jedenfalls war dieser Abbé der letzte, mit dem der Professor geredet hat. Natürlich fällt auf ihn ein Verdacht. Wer sagt, daß er wirklich ein Jesuit war? Tatsache ist, der seltsame Priester hat nach einer knappen halben Stunde die Psychiatrie von St. Vincent de Paul wieder verlassen. Das hat der Pförtner bestätigt.«

Die folgende Diskussion hatte zum Thema, wie leicht oder schwierig es ist, unbemerkt die Psychiatriestation von St. Vincent de Paul zu betreten. Dabei vertrat der Pfleger die Ansicht, daß der Eindringling einen Komplizen in der geschlossenen Abteilung gehabt haben müsse; nur so sei überhaupt auf die Station zu gelangen.

»Und Sie?« fragte Adrian nachdenklich. »Ich meine, wäre es abwegig zu glauben, daß Sie ...«

»Hören Sie«, fuhr der Pfleger barsch dazwischen, »Sie mögen mich für einen Fiesling halten, weil ich Ihnen Informationen verkaufe, das ist mir, ehrlich gesagt, egal. Aber das andere ist Beihilfe zum Mord, das sollten Sie ganz schnell vergessen.« Hastig kippte der Pfleger seinen Pastis hinunter, knallte das Geld auf den Tisch, warf einen Schein daneben und verschwand grußlos.

»Du hättest ihn nicht attackieren dürfen«, bemerkte Anne tonlos. Sie starrte vor sich hin auf einen imaginären Punkt in dem mit Rauchschwaden verhangenen Raum. Adrian sah, daß ihre Hände zitterten.

## 9

SIE MUSSTEN ZWEIFEL haben, ob der Mann, wie vereinbart, am folgenden Tag wieder erscheinen würde, um weitere Informationen gegen den Rest der versprochenen Summe auszutauschen. Die halbe Nacht verging allein in der Diskussion darüber, was sie von dem Pfleger noch zu erwarten hätten, und dabei verstrickten sie sich in abenteuerliche Gedankenkonstruktionen, ohne einer Lösung auch nur einen Schritt näher zu kommen. Am Ende, lange nach Mitternacht, waren sie zu der Überzeugung gelangt, der Pfleger würde ihnen Vossius' Mörder nennen. Es kam anders.

Wie vereinbart – Geld geht nicht nur einem Schuft über die Ehre – erschien der Pfleger am folgenden Abend zur selben Zeit in dem Bistro, nahm die Restsumme in Empfang und schob mit der Gelassenheit eines Profis einen verschlossenen braunen Umschlag über den Tisch.

Kleiber riß ihn auf.

»Ein Schlüssel?« sagte Anne in einem Tonfall, der ihre Enttäuschung nicht verhehlte.

Der Umschlag enthielt einen Sicherheitsschlüssel mit der Prägung ›Sécurité France‹, wie er tausendmal vorkommt, sonst nichts.

»Ist das alles?« erkundigte sich Kleiber.

Der Pfleger antwortete: »Ja, das ist alles. Der Schlüssel mag bedeutungslos aussehen, aber wenn ich Ihnen sage, daß Vossius ihn in ein Taschentuch gewickelt unter seinem Kopfkissen versteckt hielt, gewinnt er vielleicht an Bedeutung.«

Kleiber nahm den Schlüssel in die Hand und machte eine Faust, »Da mögen Sie recht haben«, sagte er nach kurzem Nachdenken, »nur solange wir das Schloß nicht kennen, in das der Schlüssel paßt, nützt er so gut wie gar nichts.«

»Alles andere ist Ihre Sache«, sagte der Pfleger. Er nickte kurz und entfernte sich grußlos.

Die folgenden zwei Tage durchlebten sie wie in einem Alptraum. Selbst Adrian, sonst nie um einen Einfall verlegen, schien am Ende, und er versuchte Anne zu überreden, mit ihm das nächste Flugzeug zu besteigen und in die Sonne zu fliegen, nach Tunesien oder Marokko, jedenfalls riet er dringend davon ab, alleine zurück nach München zu reisen.

Anne lächelte müde. Im Grunde genommen war ihr alles egal. Sie war von der quälenden Angst befallen, Adrian würde der Nächste sein, dem etwas zustoßen könnte. Auszusprechen wagte sie den Gedanken nicht, aber unmerklich für den anderen drehte sich alles um diese Vorstellung, und sie suchte nach einer Möglichkeit, wie sie Kleiber da heraushalten könnte. Andererseits fühlte sie sich viel zu schwach, die Geschichte allein, ohne Adrians Hilfe, durchzustehen, und sie war geneigt, Kleibers Drängen auf eine gemeinsame Urlaubsreise nachzugeben, als sie plötzlich auf eine Spur stießen, die dem Ganzen eine neue Wendung gab.

Anne hatte Adrian den Film mit den Aufnahmen des koptischen Pergaments ausgehändigt, und Kleiber hatte im Fotolabor neue Kopien herstellen lassen mit dem Plan, nun seinerseits einen Experten aufzusuchen, der den mysteriösen Text, von dem nur der Name Barabbas bekannt war, übersetzen könne. Und weil die fotografischen Aufnahmen ›ziemlich stümperhaft‹ gefertigt worden seien – wie der Laborant sich ausdrückte –, fertigte dieser ein gutes Dutzend Vergrößerungen, die sich in Belichtung und Kontrast alle etwas voneinander unterschieden, so daß der Text auf dieser hier, auf jener da besser zu erkennen war.

Dieses Ergebnis allein war es nicht, das Anne in helle Aufregung versetzte, sondern es waren vier Finger am linken

Bildrand einer dieser Vergrößerungen (das Original war offensichtlich von einem Helfer einfach vor die Kamera gehalten worden, was die schlechte Bildqualität hinreichend erklärte). Genaugenommen waren es dreieinhalb Finger, denn vom Zeigefinger des Unbekannten fehlte die obere Hälfte: »Donat!«

»Donat?«

»Der Mann mit der Frau im Rollstuhl! Ich habe ihm von Anfang an nicht geglaubt. Die Frau, die bei Guido im Unfallauto saß und nach zwei Tagen aus der Klinik verschwunden ist, gab sich als seine Frau aus. Donat konnte sich das alles nicht erklären. Er lügt, er lügt, er lügt!«

»Und diesem … Donat fehlte die obere Hälfte seines rechten Zeigefingers, da bist du sicher?«

»Ganz sicher«, erwiderte Anne, »ich habe es mit eigenen Augen gesehen. Aber Donat spielte den Ahnungslosen. Warum tut er das? Was hat er zu verheimlichen?«

Anne fürchtete sich; sie fürchtete sich vor den neuen Fragen, die mit dieser Entdeckung auftauchten. Genaugenommen war sie jetzt keinen Schritt weiter als am Tage nach Guidos Unfall. Im Gegenteil, ihre Nachforschungen hatten den Effekt archäologischer Ausgrabungen: je mehr sie entdeckte, desto mehr Fragen tauchten auf, und sie wünschte es dabei belassen zu haben, daß Guido ein Verhältnis und sie auf perfide Weise hintergangen hatte.

Ihr war, als ob sie mitten in einem Stück steckte, in dem sie gegen ihren Willen eine Rolle übertragen bekommen hatte, wobei sie weder die Mitspieler kannte noch den Text. Aber ob sie wollte oder nicht, sie mußte ihre Rolle zu Ende spielen.

# VIERTES KAPITEL

## Leibethra
## dem Wahnsinn nahe

## 1

NACH KNAPP EINER Stunde Autobahnfahrt durch die Nacht vom Flughafen Thessaloniki in Richtung Süden nahm der grüne Landrover die Ausfahrt Katerini. Katerini ist ein hübsches, kleines Landstädtchen im Nordosten Griechenlands mit dem beinahe 3000 Meter hohen Olymp im Rücken und einem malerischen Marktplatz, mit Tischen und Stühlen auf den Straßen und leuchtenden nackten Glühbirnen zur Abendzeit und einer Hauptstraße, die weiter nach Südwesten führt, nach Elasson, von wo man die Meteore erreicht, die im Himmel schwebenden Klöster; einst gab es 24, heute sind es noch vier, die bewohnt sind.

Irgendwo auf halbem Weg verlangsamte das Fahrzeug seine Geschwindigkeit und bog nach links in einen Feldweg ab, der in der Hauptsache aus zwei mit Schotter gefüllten Fahrspuren bestand und einer Grasnarbe in der Mitte, und Guthmann begriff, warum sie mit einem Geländewagen abgeholt worden waren. Die beiden Lichtkegel vollführten auf der welligen Fahrspur einen wahren Veitstanz, zur Freude des jungen Chauffeurs übrigens, dem die holperige Reise sichtliches Vergnügen bereitete.

»Noch drei Kilometer bergan«, sagte Thales an Guthmann gewandt, »dann sind wir in Leibethra. Das letzte Stück Weges müssen wir leider zu Fuß gehen.«

Guthmann nickte lächelnd, aber das Lächeln fiel ihm nicht leicht.

Während der Wagen sich im ersten Gang steil bergan quälte, wobei sich eine Kehre an die andere reihte, während rauhe Felswände und steile Abfälle einmal auf dieser, dann auf jener Seite auftauchten, daß sich Guthmanns Magen zu rühren begann, sagte Thales, der auf diesem schlangenhaften Pfad jede Biegung kannte: »Ich möchte Sie noch auf ein paar Besonderheiten aufmerksam machen, die uns erwarten – das heißt, Besonderheiten sind es natürlich nur für Sie, der Sie zum ersten Mal nach Leibethra kommen.«

Guthmann nickte.

»Das beginnt mit der Anrede eines jeden einzelnen. Bei uns gibt es kein ›Sie‹, schon gar kein ›Du‹, wir gebrauchen in der Anrede unserer Ordensmitglieder das ehrerbietige ›Ihr‹, denn der Mensch ist nach unserer Philosophie das Maß aller Dinge. Und weil wir diese Ansicht vertreten, leben wir keineswegs in Askese, wie es den Mönchen von Meteoron, von Agia Trias oder Agios Stephanos nachgesagt wird; wir gehen zwar alle dunkel gekleidet, aber das hat nichts mit Selbstkasteiung zu tun, sondern ist Ausdruck unserer einheitlichen Gedankenwelt. Darum trägt jeder von uns auch seinen Ordensnamen.«

»Ich verstehe«, bemerkte Guthmann andächtig, obwohl er überhaupt nichts verstand und Thales' Bemerkungen ziemlich widersprüchlich fand. Er war nahe daran, seinen Entschluß zu bereuen, aber er hatte sich nun einmal entschieden, alle Brücken hinter sich abzubrechen, und Leibethra war wirklich der sicherste Ort in Europa, um unterzutauchen oder einfach auszusteigen. Und das wollte Guthmann – aussteigen, alle Zwänge hinter sich lassen, eine frustrierende Ehe, den Konkurrenzkampf seines akademischen Berufs und die langweilenden gesellschaftlichen Ereignisse, die einem Mann seines Standes zur Pflicht und ihm daher zutiefst zuwider geworden waren.

Thales sah Guthmann in dem finsteren Auto von der Seite an und meinte: »Sie bereuen doch nicht etwa, daß Sie mit hierhergekommen sind?«

»Aber nein«, beteuerte Guthmann, um seinen Begleiter zu beschwichtigen, »ich bin nur hundemüde. Der Flug und die anstrengende Autofahrt, wissen Sie!«

Hoch über ihnen tauchten in der Ferne auf einmal Lichter auf, die sich wie Glühwürmchen ausnahmen an einem Juniabend.

»Leibethra!« meinte Thales mit einem Fingerzeig, und nach einer Weile fügte er hinzu: »Noch ist es Zeit, noch können Sie es sich überlegen …«

Aber Guthmann fiel ihm ins Wort: »Da gibt es nichts zu überlegen. Mein Entschluß steht fest.«

»Schon gut«, erwiderte Thales, »ich wollte Sie nur warnen, denn ein Zurück gibt es nicht mehr. Aber das habe ich Ihnen ja ausführlich erklärt.«

Guthmann sah die Lichter näher kommen: Leibethra! Er hatte Herzklopfen, zuviel hatte er in den letzten Tagen von diesem rätselhaften Ort gehört. Thales hatte ihm erklärt, welche Menschen sich in diesem Kloster aufhielten. Was heißt: Kloster – Ordensburg hatte Thales die Felsenburg genannt, und dieser Begriff kam der Institution wohl am nächsten. »Ist es schon einmal vorgekommen, daß ein Mitglied Ihrer Gemeinschaft, ich meine, gab es schon einen Fall …«

»In den letzten Jahren nur einmal«, entgegnete Thales, der sofort begriff, was der andere meinte, und rückte seine randlose Brille zurecht, was, wie Guthmann längst in Erfahrung gebracht hatte, ein untrügliches Zeichen für Unmut war. »Es steht jedem frei auszusteigen«, fügte Thales hinzu, »aber wir erwarten von einem Aussteiger, daß er nicht mehr in das normale menschliche Leben zurückkehrt. Für solche Fälle gibt es den Phrygischen Felsen.«

»Ich verstehe nicht.«

»Die Phryger in Kleinasien pflegten Verbrecher von einem Felsen zu stürzen, einem Geständigen stellten sie aber auch anheim, selbst von dem Felsen zu springen. Eine vornehme Art der Todesstrafe. So wurde dies früher bei uns gehandhabt, heute sind wir humaner. Die moderne Biochemie gibt uns inzwischen Mittel und Wege, uns des Schweigens eines jeden Mitwissers zu versichern.«

Der Landrover überquerte in langsamer Fahrt einen

schmalen Steg, der eine zerklüftete Schlucht überspannte. In der Dunkelheit war der Grund nicht zu erkennen. Der Motor jaulte in niedriger Übersetzung, als der Weg steil bergan ging, so steil, daß die Scheinwerferkegel ins Leere stießen wie die Lichter eines Leuchtturmes. Dann auf einmal neigte sich die Schnauze des Fahrzeugs nach unten, weil es ebenso steil bergab ging, und Guthmann erkannte dunkle Häuser um einen hellerleuchteten Platz, auf dem noch reges Treiben herrschte.

Im Näherkommen sah er Menschen mit verblödeten Gesichtern, Männer mit seltsamen Fratzen und Frauen, die scheinbar grundlos in gellendes Gelächter ausbrachen. Kinder liefen herum mit Köpfen so groß wie Melonen auf normal entwickelten, kleinen Körpern, und ein weißgekleideter Alter mit haarlosem Kopf zog an einer Schnur ein hölzernes Spielzeugschiff hinter sich her. Einige winkten freundlich oder traten im Vorbeifahren an die Fenster der Autos und schnitten Grimassen wie kleine Kinder.

»Keine Angst«, sagte Thales, der Guthmanns ratlosen Gesichtsausdruck erkannte, »die sind alle harmlos, bedauernswerte Geschöpfe, denen die Natur den normalen Verstand versagt hat. Aber was heißt schon normal. Sie wissen selbst, daß der Grad vom Genie zum Irresein nur schmal ist. Offiziell ist Leibethra eine Kolonie für geistig Behinderte; sie wird von unserem Orden getragen. Das schafft uns Anerkennung und die Gewißheit, daß man uns in Ruhe läßt. Wir schützen uns gleichsam durch einen Kreis von Irrsinn.«

»Wie soll ich das verstehen?«

»Ein jeder, der zu uns vordringen will, muß zuerst durch diese Kolonie.«

Der Fahrer hupte heftig, um den Weg durch das Dorf freizumachen; durch das geöffnete Seitenfenster stieß er bisweilen laute Schreie aus, als wollte er die neugierig vor das Auto drängenden Menschen erschrecken.

Hinter einer Biegung tauchte ein hell beleuchtetes Eisentor auf, das direkt in den Berg führte und das sich bei Annäherung des Wagens wie von Geisterhand öffnete. Dahinter lag eine Halle mit einem Gewölbe aus Felsengestein. Im Hintergrund parkten mehrere Geländewagen, zur Linken summten hinter einem Absperrgitter mehrere Stromaggregate, und die Wand gegenüber wurde von zwei Aufzügen eingenommen, wie man sie heute nur noch in alten Mietshäusern finden kann, aus rötlichem Mahagoniholz und mit geschliffenen Glaseinsätzen in den Türen.

»Hier sind wir«, sagte Thales, als der Aufzug anhielt, und bat den Fremden auszusteigen. »Das Gepäck wird Ihnen gebracht. Kommen Sie.«

## 2

GUTHMANN HATTE EIN Kloster erwartet, aber das hier machte eher den Eindruck eines Hotels. Er staunte.

»Sie haben sich das wohl alles etwas anders vorgestellt?«

»Und ob!« erwiderte der Besucher. »Weniger Luxus, mehr Askese.«

Von irgendwoher drang, als sie den Aufzug verließen, klassische Musik. Sessel aus blankem Holz und Korbstühle, wie sie in der Gegend von den Einheimischen hergestellt wurden, standen wohlgeordnet auf dem glänzenden Steinfußboden eines hellerleuchteten, halbmondförmigen Vorraumes. Auf der dem Lift gegenüberliegenden Seite sah man eine Flucht kleiner Rundbogenfenster. Korridore führten zu beiden Seiten in entgegengesetzte Richtungen. Das Ganze vermittelte einen weiträumigen Eindruck und schien weit entfernt von der räumlichen Enge der Meteora-Klöster.

Thales wies den Fremden auf die linke Seite, wo eine schmale Treppe nach oben führte, zu einer Art Galerie, von der in regelmäßigen Abständen zwei dicht nebeneinanderliegende Türen abgingen, ein Paar, das in Form und Farbe des Rahmens jeweils mit einem zweiten Türenpaar auf der gegenüberliegenden Seite harmonierte. Während sie den langen Korridor entlangschritten, fiel Guthmann auf, daß sie niemandem begegneten; aber dennoch wirkte die menschenleere Architektur weit weniger unheimlich als der von Menschen angefüllte Dorfplatz.

»Um auf Ihre Bemerkung zurückzukommen«, sagte Thales im Gehen, und er verbesserte sich sofort: »Um auf *Eure* Bemerkung zurückzukommen: Askese ist eine bewundernswerte Sache, aber ein Asket ist noch lange kein Weiser. Nichts gegen Askese im Sinne von Bedürfnislosigkeit! Wenn Diogenes nur eine Tonne brauchte, in der er lebte, so ist dagegen nichts einzuwenden; denn Diogenes hat sich diese Lebensweise selbst gewählt und war glücklich dabei. Aber die mönchische Askese ist nichts weiter als ein Mißverständnis. Paulus hat die Philosophie der griechischen Stoiker einfach nicht verstanden und sah darin ein probates Mittel im Kampf gegen Laster und Untugenden. Christliche Askese ist auf Unterdrückung und Zerstörung der menschlichen Natur gerichtet, nicht nur der geschlechtlichen Lust, sondern auch der Lust des Anschauens, des Hörens, des Schmeckens. Die wahre stoische Philosophie aber lebte das Leben in Übereinstimmung mit der Natur. Hätte die Kirche recht, so wären alle Klöster Horte des Glücks, des Friedens und der Wahrheit; aber wie sieht die Wirklichkeit aus? Sie werden kaum einen Ort auf Erden finden, in dem Unglück, Feindschaft und Lüge so verbreitet sind wie in einem Kloster.«

Guthmann hielt inne und sah Thales erschrocken an: »Aus Euch spricht Verbitterung, Thales, tiefe Verbitterung.«

»Ihr glaubt mir nicht?«

Da hob Guthmann die Schultern.

»Ihr könnt mir jedes Wort glauben, Professor, ich weiß, wovon ich rede, ich habe ein halbes Leben hinter Klostermauern verbracht und habe ein halbes Leben nur von einem geträumt, von Willensfreiheit. Könnt ihr Euch vorstellen, was das bedeutet? Nein. Das kann nur der nachempfinden, der in der Selbstkasteiung gelebt hat. Alles Wirkliche und Wirkende auf dieser Erde ist körperhaft, und die Kraft des Menschen ist nicht etwas Immaterielles oder Abstraktes, die wahre Kraft des Menschen, mit der er Berge versetzen kann, ist die Willensfreiheit. Das richtige vernunft- und naturgemäße Begehren und Meiden, Tun und Lassen verbürgt allein das wahre Glück des Menschen. Eine Kutte beraubt den Menschen der Hälfte seiner geistigen Fähigkeiten.«

»Ihr wart Mönch?«

Thales neigte den Kopf nach unten, und Guthmann erkannte auf dem Scheitel einen Kranz degenerierten Haarwuchses, Reste einer ehemaligen Tonsur. »Kapuziner«, sagte Thales, ohne den anderen anzusehen. »Sie rasieren Euch so lange einen Heiligenschein auf die Birne, bis Eure Haare resignieren. Der Akt ist symptomatisch. Askese bis zur Selbstaufgabe. Aber irgendwann habe ich begriffen, daß es wenig Sinn macht, wenn auf Euerem Grabstein steht: ›Er hat gelebt wie ein Heiliger‹, und Milliarden Menschen fragen: ›Und welchen Dienst hat er der Menschheit erwiesen?‹ Aber ich will Euch nicht mit meiner Geschichte langweilen.«

»O nein«, wehrte Guthmann ab, »Ihr langweilt mich in keiner Weise. Im Gegenteil, ich denke nach.«

»Und ich glaubte schon, ich hätte Euch erschreckt!«

»Ganz gewiß nicht«, log Guthmann, »nur« – er machte eine verlegene Pause – »die von Euch propagierte totale Willensfreiheit würde in letzter Konsequenz bedeuten, daß Ihr hier auch Frauen Platz bietet.«

»Natürlich«, erwiderte Thales wie selbstverständlich. »Ich sagte Euch doch, das hier ist kein Kloster, eher eine Bewegung. Wir erheben den Anspruch, die klügsten Köpfe in unseren Reihen zu haben, also würden wir uns doch selbst *ad absurdum* führen, wenn es hier nur Männer gäbe.«

»Und das schafft keine Komplikationen?«

Thales lachte. Mit Verwunderung stellte Guthmann fest, daß der Mann, den er schon sieben Tage begleitete, zum ersten Mal lauthals lachte. »Und ob«, rief er. »Das ist doch ein Naturgesetz: das gegensätzliche Verhalten von Mann und Frau, die

Entfaltung einer Weisheit nach zwei entgegengesetzten, aber doch sich gegenseitig bedingenden und ergänzenden Richtungen schafft die sogenannte Urspannung. Aber Spannung ist eine der faszinierendsten Erscheinungsformen unseres Geistes.«

Während er das sagte, öffnete Thales eine unverschlossene Tür, die im oberen Teil mit einer Zeile handtellergroßer Symbole gekennzeichnet war, mit auf dem Kopf und gerade stehenden Dreiecken und Quadraten, die, sah man nur lange genug hin, irgendeinen Sinn ergeben mußten.

»In Leibethra gibt es keine Zahlen«, bemerkte Thales, der den forschenden Blick des Professors auffing. »Das mag Euch vielleicht verwundern, aber der Mensch braucht keine Zahlen. Wir verwenden sie nur inoffiziell als Mittel zum Zweck, weil viele glauben, sich nur noch in Zahlen ausdrücken zu können. Die Anbetung der Zahl ist eines der größten Übel unserer Zeit. Zahlen wachsen ins Unermeßliche, und eines Tages werden die Menschen von Zahlen gefressen werden wie unsere Organe vom Krebs.«

Guthmann sagte nichts, aber insgeheim gab er Thales recht. Schon Pythagoras, der Erfinder der Mathematik, behauptete, man könne mit zehn Fingern alles erklären, was diese Welt ausmacht. Das All, der Raum, ist durch drei Dimensionen vollendet, die Zeit besteht aus Vergangenheit, Gegenwart und Zukunft, und jede Realität hat einen Anfang, eine Mitte und ein Ende. Aber noch ehe Guthmann den Gedanken vollenden konnte, versetzte ihn der Anblick, der sich vor ihm auftat, in noch größeres Erstaunen, als er dem ungewöhnlichen Ort bereits entgegengebracht hatte.

Vor ihm tat sich ein geschmackvoll möbliertes Appartement auf, ein Wohnzimmer mit Fernsehgerät und Telefon, ein Arbeitszimmer mit Bibliothek und ein weißgefliestes Badezimmer, wie man es eher in einem Luxushotel erwartet hätte als in einem Kloster. Während Thales dem Neuen die Räume zeigte, brachte der Chauffeur das Gepäck.

»Ich hoffe, ich habe nicht übertrieben«, sagte Thales, »es ist alles noch so, wie es Ihr Vorgänger zurückgelassen hat. Ihr könnt Euch selbstverständlich so einrichten, daß Ihr Euch wohl fühlt. In knapp einer Stunde werdet Ihr abgeholt zum gemeinsamen Nachtmahl.«

Nach diesem Hinweis verschwand er, und Guthmann machte sich Gedanken, ob er das alles wirklich so erlebt oder ob er nur geträumt hatte. Er fühlte sich hundemüde und wußte, daß Müdigkeit in der Lage ist, den Sinnen die unglaublichsten Dinge vorzugaukeln. Aber dann ließ er sich in einen gelbgemusterten Ohrensessel fallen, streckte die Beine aus, sah sich um und war geneigt, sich zu kneifen, ob er Schmerz verspürte. Da klingelte das Telefon.

»Ja«, sagte Guthmann zaghaft.

Es war Thales: »Ich vergaß zu sagen: Man trägt dunklen Anzug zum Nachtmahl.«

## 3

MERKWÜRDIGER MENSCH, DACHTE Guthmann, aber war nicht alles merkwürdig, was sich in den letzten beiden Wochen ereignet hatte? Woher hatte Thales von der Situation gewußt, in der er, Professor Werner Guthmann, sich befand? Woher hatte er, Guthmann, den Mut genommen, Thales, einem Mann zu folgen, den er überhaupt nicht kannte, der ihm nicht einmal seinen richtigen Namen nannte, ihm nur Versprechungen gemacht hatte, von denen jeder Mensch mit klarem Verstand sagen mußte, daß sie unerfüllbar waren. War Leibethra nicht ein Traum, eine Utopie? War es nicht das Hirngespinst pueriler Philosophen, die gescheitesten Köpfe der Menschheit an einem Ort, unter einem Dach zu versammeln, ein jeder auf seinem Fachgebiet der Größte, um so der Dekadenz des Menschen, die, wie sie sagten, mit der Menschheitsgeschichte begann, entgegenzuwirken?

Während er so dasaß und darüber nachdachte, ob er nicht einer Narretei aufgesessen war, ein Gedanke, den er seltsamerweise in den vergangenen Tagen nie gefaßt hatte, weil Thales' Worte und Versprechungen so überzeugend geklungen hatten, verging die Zeit im Fluge, und er mußte zusehen, sich eilends für das Abendessen umzuziehen.

Zum angekündigten Zeitpunkt klopfte es, und Guthmann eilte zur Tür, um zu öffnen. Er hatte Thales erwartet, weil er niemand anderen hier kannte, aber vor ihm stand eine Frau, und sie sagte: »Mein Name ist Helena, ich soll Euch zum Nachtmahl begleiten, Professor.«

Guthmann stand wie versteinert. Er wußte selbst nicht, wie lange er sprachlos vor der fremden Frau gestanden hatte, unsicher, sie zu sich hereinzubitten oder sie zuerst einmal von Kopf bis Fuß zu mustern. Er entschied sich für letzteres. Helena vermittelte von ihrem Äußeren her den Eindruck von Intelligenz und Strenge, eine häufige Paarung von Eigenschaften, obwohl es überhaupt keinen Grund gibt für diese Verbindung. Ihr Haar trug sie straff nach hinten gekämmt, und es schien, als wollte sie diese Strenge mit einem feuchten Gel noch verstärken. Eine schmale schwarze Brille tat ein übriges. Helena trug ein enges dunkles Kostüm und schwarze Schuhe mit hohen Absätzen, und ihre Erscheinung schien ihm durchaus geeignet, erotische Signale auszusenden. Auf Guthmann verfehlten sie jedenfalls ihre Wirkung nicht.

»Entschuldigen Sie« – er verbesserte sich – »entschuldigt, ich bin etwas verwirrt, ich habe Euch nicht erwartet.«

Als habe sie die Worte nicht gehört, sagte Helena kühl: »Kommt, es ist Zeit. Ihr müßt wissen, das Nachtmahl ist in Leibethra eine Institution. Man darf nicht zu spät kommen. Disziplin steht bei uns an erster Stelle.«

Auf den Gängen, die vorher noch menschenleer gewesen waren, herrschte auf einmal Leben. Man plauderte im Gehen wie in einem Foyer, und dieser Umstand nahm dem Gebäude, das für Guthmann voller Geheimnisse steckte, viel von seiner Magie.

»Ihr habt noch keinen Namen?« erkundigte sich Helena, während sie die steile Treppe nach unten stiegen. Guthmann verneinte.

Unten angelangt, wandten sie sich nach rechts, durchquerten den halbmondförmigen Vorraum mit den Aufzügen zur Rechten und suchten wie alle anderen den Weg durch den langen Korridor auf der gegenüberliegenden Seite. Immer mehr dunkel gekleidete Menschen, darunter auch Frauen, fanden sich ein und strebten einer Halle mit hohem Gebälk zu. Der steinerne Boden war mit Teppichen ausgelegt. Ein Tisch in Form eines großen T nahm beinahe den ganzen Raum ein.

»Es gibt keine Sitzordnung«, bemerkte Helena, »außer an dem Tisch dort vorne.« Als schließlich alle Anwesenden an der langen Tafel Platz gefunden hatten – es mögen um die sechzig gewesen sein –, erschienen durch eine hintere Tür nahe dem Tisch, der den Querbalken des T bildete, vier Männer in Begleitung einer ungewöhnlichen Gestalt, bei der man trotz ihres dunklen Zweireihers nicht ohne weiteres erkennen konnte, ob es sich um einen Mann oder eine Frau handelte.

»Das ist Orpheus«, sagte Helena mit einer Wendung des Kopfes, und als sie Guthmanns fragenden Blick erkannte, fügte sie erklärend hinzu, so als beschreibe sie etwas ganz und gar Selbstverständliches: »Orpheus ist ein Zwitter, müßt Ihr wissen; ob mehr Mann oder mehr Frau, ist dabei unerheblich. Ich selbst habe mir noch nie Gedanken darüber gemacht, aber Tatsache ist, wir alle haben ihn zum Orpheus gewählt, weil er der Klügste von uns ist, ein Weiser, der die Geheimnisse des Lebens kennt. Wenn es einen Menschen gibt, der Flüsse zum Stillstand, den Schnee zum Schmelzen, Steine zum Reden und Bäume zum Wandeln bringt, dann ist er es. Orpheus ist ein Genie – was sage ich, das Genie schlechthin!«

Von Thales hatte Guthmann erfahren, daß der Orden von einem amerikanischen Professor geleitet wurde, einem Universalgenie von der Berkeley University, der sich nicht nur durch außergewöhnliche geistige Fähigkeiten, sondern auch durch ein ererbtes Aktienkapital auszeichnete, das, so erzählte man sich, umfangreich genug sei, die Börsen von New York und Paris durcheinanderzuwirbeln. Und beides hatte er mit nach Leibethra gebracht. Das Motiv des Aussteigers ähnelte Guthmanns Motiven: Widerwillen gegen die herrschende Wissenschaftsmafia. Aber diesen Orpheus hatte er sich so ganz anders vorgestellt.

Verunsichert neigte Guthmann sich zu Helena, die an seiner Seite Platz genommen hatte: »Ich habe Euch doch richtig verstanden, das ist Professor ...«

»Arthur Seward«, fiel ihm Helena ins Wort, »Berkeley, California. Aber wir reden nicht über unsere Vergangenheit, es sei denn aus freien Stücken. Das ist mit ein Grund, warum ein jeder einen Ordensnamen trägt.«

»Ich verstehe«, sagte Guthmann leise, und jetzt, nachdem Orpheus mit seinen vier Begleitern Platz genommen hatte, erkannte er Thales an Orpheus' Seite zur Rechten.

Weißgekleidete Ober trugen eine aus bunten Gemüsen zusammengesetzte Vorspeise auf, was Helena zu der Bemerkung veranlaßte: »Solltet Ihr bisher Fleisch gegessen haben, vergeßt es. Wir sind alle Vegetarier.«

»Soll mir recht sein«, brummte Guthmann. Die Vorspeise schmeckte ausgezeichnet. »Was mich noch interessieren würde: Thales übt hier wohl eine hohe Funktion aus. Das habe ich nicht gewußt, jedenfalls hat er mir gegenüber keine Andeutung gemacht.«

»O ja«, erwiderte Helena, und im Tonfall ihrer Stimme lag eine gewisse Bewunderung, »Thales ist in unserem Mikrokosmos das alles bewegende Wasser.«

»Wie soll ich das verstehen?«

»Die Fünf an der Vorderseite des Tisches bilden zusammen das Pentagramm, das über unserer Bewegung schwebt.« Helena zeichnete mit dem Finger einen unsichtbaren Fünfstern auf den Tisch. »Dieser Stern ist das Zeichen der Allmacht und der geistigen Selbstherrschaft. Ihr könnt es drehen, wie Ihr wollt, es behält immer dieselbe Form. Eine Spitze ist Orpheus, die zweite Thales, Anaximenes ist die dritte, und Heraklit und Anaximander stellen die beiden anderen Spitzen dar. Deshalb sprechen wir vom Pentagramm. Wir könnten auch sagen, sie sind der Senat oder auch die Chefetage. Also: An der Spitze steht Orpheus, ihm beigeordnet sind die vier Elemente. Thales steht für das Wasser, und er ist zuständig für alle Angelegenheiten der Wissenschaft, der Religionen und Kirchen. Anaximenes repräsentiert die Luft. In seinen Aufgabenbereich fallen Kunst und Geschichte. Heraklit, der das Feuer symbolisiert, ist ein Großmeister der Philosophie und der Seelenkunde und, nebenbei gesagt, mein Meister. Und Anaximander, der die Erde als sein Element erkennt, beantwortet alle Fragen der Technik und Zukunft. Zusammen beherrschen sie den Kosmos in allen Fragen. Aber sie sind nicht allein in ihrem Fachgebiet. Ein jeder von ihnen hat vier Adlaten mit spezieller Fachrichtung und unterschiedlicher Muttersprache.«

Es wurde die Hauptspeise serviert, ein vorzügliches Reisgericht mit Auberginen und Rosinen, dazu ein herber Rotwein, und Guthmann, der nun vermuten durfte, daß er in Thales' Diensten stehen würde, vielleicht gar als Adlatus, stellte die Frage: »Was hat es mit dem Pentagramm auf sich; ich meine, wie setzt sich die Chefetage zusammen? Oder anders gefragt: Warum seid Ihr Adlatus von Heraklit und nicht umgekehrt?«

Über Helenas ernstes Gesicht huschte ein Lächeln. »Die Mitglieder des Pentagramms«, erwiderte sie nüchtern, »werden von uns allen gewählt. Es steht jedem frei, seine Weisheit zu demonstrieren. Schätzt ihn die Gemeinschaft höher als seinen Vorgesetzten, so wird dieser Adlatus und jener sein Vorgesetzter.«

»Und das kommt öfter vor?«

»Nicht oft, aber es kommt vor. Zuletzt bei Thales. Thales war sechs Jahre Adlatus eines anderen; dann machte er eine atemberaubende Entdeckung. Aber sein Adlatus behauptete, es sei seine Entdeckung, und darüber gerieten sie in erbitterten Streit. Wir alle standen vor der Entscheidung, den einen oder den anderen zu wählen. Der Aufstieg des einen hätte den

Abstieg des anderen bedeutet, denn zwei konnten nicht das Element des Wassers repräsentieren. Also forderten wir sie auf, Beweise für ihre Hypothese zu erbringen. Orpheus setzte einen hohen Betrag aus für die wissenschaftlichen Recherchen, aber schon bald wurde deutlich, daß beide voreilig geprahlt hatten. Thales ist bis heute den Beweis schuldig geblieben, sein Rivale ist von einer Recherchenreise nach Frankreich, wo er die Lösung zu finden glaubte, nicht zurückgekehrt. Aber aus der Tatsache, daß er Euch aus Berlin mitgebracht hat, darf man wohl schließen, daß er der Lösung nahe ist. Oder hat er sie bereits in der Tasche?«

Guthmann machte eine Handbewegung, die besagen sollte, davon sei man noch weit entfernt. Insgeheim begann er sich indes zu fragen, ob er wirklich die rechte Wahl getroffen hatte, ob er nicht in Leibethra vom Regen in die Traufe kam. Aber er verdrängte den Gedanken rasch und meinte: »Ehrlich gesagt, ich weiß noch nicht einmal genau, worum es eigentlich geht. Thales erging sich nur in Andeutungen, er suchte einen Experten für koptische Papyri und fragte mich, ob ich bereit sei, für ihn und seine Organisation zu arbeiten.«

»Organisation?« unterbrach Helena. »Thales sagte wirklich Organisation?«

»Nun gut, er mag sich anders ausgedrückt haben, jedenfalls kam mir sein Angebot sehr gelegen. Ich will ehrlich sein, ich befand mich gerade in einer Krise – eine bevorstehende Scheidung, bei der ich den größten Teil meines Vermögens verloren hätte, und der Wissenschaftsbetrieb, der mehr Verwaltung als Forschung abverlangt. Da erschien mir die Möglichkeit, alles von heute auf morgen hinter sich zu lassen, überaus reizvoll.«

Helena nickte zustimmend: »Die meisten von uns haben ein ähnliches Schicksal.«

»Und ihr?« fragte Guthmann neugierig.

»Was gibt es da schon zu berichten«, erwiderte Helena in einem Anflug von Bitterkeit. »Er hieß Jan, war Holländer und wie ich Neurophysiologe. Wir lernten uns im Neurophysiologischen Institut der Universität Göteborg kennen. Ich bin Schwedin, müssen Sie wissen, heiße Jessica Lundström. Wir heirateten, aber dann stellte sich heraus, daß ich der bessere Wissenschaftler war. Jan hat nicht verkraftet, daß ich und nicht er den Lehrstuhl für Neurophysiologie an der Universität Göteborg bekommen habe. Jan begann zu trinken, schließlich verlor er sogar seine Assistentenstelle, er prügelte mich und sabotierte meine Arbeit. Eines Tages habe ich alles hingeworfen.«

Guthmann betrachtete die Frau, die mit einemmal hilflos und anlehnungsbedürftig wirkte und in einem Anflug von Trauer vor sich auf den Tisch starrte, als würde sie in ihrem Schicksalsbuch lesen. Die Härte, die sonst von ihrem Gesicht ausging, schien auf einmal verflogen.

»Und womit beschäftigt Ihr Euch hier in Leibethra?« erkundigte Guthmann sich vorsichtig.

Helenas Gesichtsausdruck veränderte sich, als kehre sie aus einer anderen Welt zurück: »Mir wurde von Heraklit aufgetragen, das biologische Erbe der drei Haupthirntypen zu analysieren und in Verbindung damit das Rätsel der Gefühle zu lösen; denn wer die Gefühle beherrscht, beherrscht die Menschheit.«

»Und seid Ihr einer Lösung nahegekommen?«

»Von der Evolution her, ja, aber wenn es um die kollektive Steuerung der Gefühle geht, so bin ich von einer Lösung noch weit entfernt.«

»Helena, das müßt Ihr mir erklären!« meinte Guthmann begeistert.

»Nun ja, die Zielsetzung ist einfach. Es geht darum, eine Kategorie Menschen, einen Berufsstand, eine Altersklasse, ein ganzes Volk mit ein und demselben Gefühl auszustatten. Also zum Beispiel: Alle Araber lieben alle Israeli. Oder: Alle Deutschen lieben alle Franzosen. Ihr versteht, was das in letzter Konsequenz bedeutet. Es gibt keine Kriege mehr.«

»Aber«, wandte Guthmann ein, »in der Umkehrung würde das bedeuten, wer die Formel hat, kann auch den Haß schüren, kann Araber auf Israeli, Deutsche auf Franzosen hetzen und von sich und seinen eigenen Problemen ablenken.«

»Es gibt bereits Drogen, die, gezielt verabreicht, den menschlichen Willen beeinflussen. Ihr Vorgänger, Professor Vossius, war drauf und dran, vom Eiffelturm zu springen. Glauben Sie, er hätte das aus freien Stücken getan?«

»Dann haben Sie hier in Leibethra die Macht über Leben und Tod?«

»Genauso ist es, Professor, und deshalb nehmen wir die Problemstellung auch so ernst. Nur, wie gesagt, eine Lösung der globalen Probleme ist noch nicht in Sicht.«

»Und das alles hängt mit dem biologischen Erbe der drei Haupthirntypen zusammen? Könnt Ihr mir das näher erklären?«

Jetzt war Helena in ihrem Element: »Das menschliche Gehirn setzt sich aus drei konzentrischen Teilen zusammen, die erst im Laufe der Evolution entstanden sind. Der innerste ist der Hirnstamm, auch Reptiliengehirn genannt, weil er diesen Lebewesen noch heute zu eigen ist. Dieser Hirnstamm speichert nur Instinkte, Freßgewohnheiten, Angriff und Verteidigung. Darüber liegt das Zwischenhirn. Es ist eine Weiterentwicklung des Erwähnten und gerade ein paar hundert Millionen Jahre alt, also eine Errungenschaft der Säugetiere. Und bei diesen taucht zum ersten Mal der Begriff Gefühl auf: Angst und Aggression, aber auch Vorsicht und Zeitraum. Den *Homo sapiens* aber macht erst das darüberliegende Großhirn aus. Aber – und das ist das Hauptproblem meiner Arbeit – eine Information, die in das Großhirn gelangt, muß zuvor Reptiliengehirn und Zwischenhirn durchlaufen, sie ist deshalb immer mit Gefühlen behaftet. Ihr könnt Euch vorstellen, welche Möglichkeiten sich eröffnen, im positiven wie im negativen Sinne, wenn diese Funktionen steuerbar sind.«

»Und wie soll man sich eine derartige Steuerung vorstellen?«

»Kurzfristig durch Drogen, durch Beimengungen im Trinkwasser oder Kunstdünger. Langfristig durch Genmanipulationen.«

## 4

HELENA FASZINIERTE DEN Professor auf ungewöhnliche Weise. Das Herbe, Männliche in ihrem Verhalten übte einen eigenartigen Reiz auf ihn aus. Hinter der schmalen schwarzen Brille verbargen sich große, dunkle Augen, und er war nicht sicher, ob der Grund für diese Brille in einer Kurzsichtigkeit oder ganz einfach in dem Bedürfnis lag, diese zauberhaften Augen dem direkten Anblick anderer zu verweigern, so wie Dessous nicht dem Wärmen, sondern der herausfordernden Verhüllung dienen.

Als schiene sie seine Gedanken zu erraten, fragte Helena, ohne Guthmann anzusehen: »Woran denkt Ihr?«

»Oh, ich ... ich bin fasziniert«, stotterte Guthmann verlegen. »Ich weiß gar nicht, ob ich hier mit meinem bescheidenen Wissen überhaupt mithalten kann. Wen interessieren schon alte koptische Texte.«

»Täuscht Euch nicht«, wandte Helena ein, »jeder, den Ihr hier am Tisch sitzen seht, versteht von dem, was der andere macht, praktisch nichts; aber dem anderen wiederum ist seine Arbeit ein Buch mit sieben Siegeln. Zusammengenommen sind wir alle jedoch das universelle Gehirn des Menschen.«

Helena zeigte mit dem Finger nach vorne, wo der lange Tisch in den Querbalken des großen T überging. »Seht die zwei in der vorderen Reihe. Der Rechte ist wie ich Heraklit zugeordnet. Er heißt Timon, sein bürgerlicher Name war Dr. Marc Warrenton, er stammt aus Oxford und ist der weltbeste Experte für Kryptonäsie.«

»Kryptonäsie?«

»Kryptonäsie ist die Fähigkeit, sich vergessener Informationen zu erinnern. Diese Fähigkeit geht bei manchen Menschen unter Trance oder Hypnose so weit, daß sie Informationen aus vergangenen Leben hervorbringen, was als ein Beweis für Reinkarnation angesehen werden kann. Timon hat mit Hilfe eines Engländers Tatsachen aus dem Alten Ägypten aufgedeckt, die dann durch archäologische Ausgrabungen bestätigt wurden. Ihm gegenüber der junge Mann heißt Straton, als Dr. Dr. Claude Vail Frankreichs jüngster Institutsleiter. Er kam als Wunderkind auf die Welt, machte mit zwölf sein Abitur, mit vierzehn schrieb er eine medizinische Doktorarbeit, mit achtzehn leitete er das Wissenschaftliche Forschungszentrum in Toulouse und beschäftigte sich in der Hauptsache mit dem Tiefgefrieren von Samenzellen mit flüssigem Stickstoff. Er kam hierher, weil er sich zum Schluß mehr mit ethischen als mit wissenschaftlichen Problemen herumschlagen mußte. Heute prahlt er, hätte es seine Technik schon im 1. Jahrhundert gegeben, so könnte er jederzeit einen Sohn Senecas zeugen.«

Fasziniert hörte Guthmann den Worten Helenas zu, und er begriff allmählich, daß dieses Leibethra ein Hort von Süchtigen war, von Wissenssüchtigen, die nur eine Sünde kannten, die Dummheit. Ob ihm diese Stätte anbetungswürdig oder verachtenswert erschien, vermochte er zu diesem Zeitpunkt nicht zu sagen, dazu war er auch viel zu bewegt von dem Geschehen um ihn herum und von Helenas Worten.

»Ich kann mir vorstellen«, begann Helena von neuem, »Euch quälen viele Fragen.«

Guthmann griff zu seinem Glas, nahm einen tiefen Schluck von dem Rotwein und nickte zustimmend: »Sicher. Zum Beispiel würde mich interessieren – ich meine, Leibethra kostet viel Geld, wer steht dahinter, wer finanziert das alles?« Dabei sah er Helena von der Seite an, als ob er befürchtete, zu weit gegangen zu sein mit seiner Frage.

Die aber lachte nur: »Ihr hattet wohl nichts einzubringen an Vermögen?«

»Ich fürchte, nein«, erwiderte Guthmann und legte die Hände auf die Brust. »Ein Professor für Koptologie ist nicht gerade ein Krösus.«

»Ist auch nicht notwendig! Aussteiger, müßt Ihr wissen, nagen selten am Hungertuch. Sie steigen aus, weil sie satt sind. Orpheus ist reich, steinreich sogar, Philon entstammt einer südamerikanischen Großgrundbesitzerfamilie, Hegesias gehört die Hälfte eines der größten Leihwagenunternehmen der Welt, Hermes ist an Ölquellen in Nigeria beteiligt, und ein jeder hat sein Vermögen hier mit eingebracht. Nein, über Geld wird in Leibethra nie gesprochen.«

Die Stimmung in dem Saal wurde immer lauter. Man wechselte die Plätze und stand diskutierend in kleinen Gruppen beisammen. Von irgendwoher drang Mozart-Musik. Ein Paradies für Philosophen.

»Ihr wolltet etwas sagen?«

Guthmann schmunzelte. Offensichtlich war er zu keiner Regung fähig, die die Frau nicht aus seinem Gesicht ablas. »Ich dachte nur«, entgegnete er entschuldigend, »Leibethra ist ein Paradies für Philosophen.«

Helena schwieg, aber aus ihrem Schweigen erkannte Guthmann, er mußte irgend etwas Falsches gesagt haben, etwas, das nicht ihre Zustimmung fand. Helena griff nach ihrem Glas und trank es in einem Zug leer, so als wollte sie sich Mut antrinken. Schließlich erhob sie sich und ging, ohne ein Wort zu sagen, quer durch den Saal zu einer der Fensternischen in dem dicken Gemäuer, die so groß waren, daß sie eine hölzerne Sitzbank aufnahmen. Sie starrte zum Fenster hinaus in die Nacht.

Ratlos hatte Guthmann den Vorgang beobachtet; er wußte nicht, wie ihm geschah, und deshalb folgte er seiner Gesprächspartnerin zu dem Fenster und meinte entschuldigend: »Habe ich etwas Falsches gesagt?«

»Nein, nein«, fiel ihm Helena ins Wort, »Leibethra wäre wirklich ein Paradies für Philosophen – wenn da die Philosophen nicht wären.«

»Aha«, sagte Guthmann, »das verstehe wer wolle, ich verstehe es nicht.«

Helena machte Ausflüchte. »Ich darf nicht darüber sprechen«, bemerkte sie mit Bitterkeit, »schon gar nicht vor einem Neuen.«

Guthmann konnte sich ihre Erregung nicht erklären, aber er verstand es, sie mit seinem Schweigen zu provozieren, daß sie auf einmal zu reden begann.

# 5

DER SCHÖNE SCHEIN, meinte Helena, während ihre Augen den Saal unruhig beobachteten, sei ein Trugbild. Genaugenommen sei beinahe jeder eines jeden Feind. In Leibethra, wo das Wissen regieren solle, herrschte in Wahrheit der absolute Immoralismus, die Negation aller moralischen Werte, das Sichhinwegsetzen über den Unterschied von Gut und Böse zugunsten des Wissens. Denn Wissen sei eine Droge. Staunen und Zweifel, die Ursprünge der Philosophie, seien in Leibethra zu lächerlichen Eigenschaften verkommen. Was hier zähle, sei allein die Macht. Und Wissen sei Macht.

Noch bis vor wenigen Augenblicken hatte Helena eher den Eindruck einer selbstbewußten, starken, beinahe eitlen und kalten Frau vermittelt, nun auf einmal sprach Angst aus ihren Worten, und diese Furcht schien nicht grundlos. Guthmann kam es vor, als suche sie bei ihm Hilfe, und er erkundigte sich vorsichtig, ob er etwas für sie tun könne.

Mit seiner Frage erntete Guthmann jedoch nur Unverständnis, in Leibethra tue keiner etwas für den anderen, es sei denn in höherem Auftrag. Die Hierarchie von Leibethra sei straff wie im Vatikan, und es gebe nur zwei Möglichkeiten, entweder zu dienen oder aufzusteigen.

Oder abzustürzen.

Zu fragen, welche Stufe dieser Hierarchie Helena bereits erreicht habe, wagte Guthmann nicht. Er machte sich Gedanken, welche Rangstufe er einnehmen würde. Mit einem Mal begriff er, warum Thales ihm immer wieder eingehämmert hatte, daß es kein Zurück gebe auf dem eingeschlagenen Weg und daß der Weg ein steiniger sei.

»Seht diese drei«, meinte Helena und wandte die Augen nach links, wo zwei Männer und eine Frau an einer Säule dicht beisammenstanden und in ruhiger Haltung miteinander sprachen. Die Frau, etwa sechzig Jahre alt und von dynamischer Erscheinung, fiel auf durch eine extreme Kurzhaarfrisur und durch eine große lebendige Ratte, die sie auf der Schulter trug.

»Sie fühlen sich als die heimlichen Herrscher von Leibethra. Es sind die drei bedeutendsten Krebsforscher der Welt: Juliana leitete das Bethesda-Krankenhaus in Chikago, bis sie mit zwei Promille Alkohol im Blut eine alte Frau totfuhr. Aristipp, der Bärtige, kommt von der Charité in Berlin, wo er gehaßt wurde, weil er für die Staatssicherheit tätig war. Und Krates, ein italienischer Forscher, verließ die Universität in Bologna, weil er auf Grund seiner Jugend keine Chance, sprich: keine Forschungsgelder, bekam. Die Ratte ist Julianas Erfolgssymbol. An ihr ist es zum ersten Mal gelungen, Krebszellen in normale Körperzellen zurückzuverwandeln – behauptet sie jedenfalls ...«

Je mehr Guthmann von den Vorgängen in Leibethra erfuhr, desto mehr Zweifel überkamen ihn, ob er selber der richtige Mann war an diesem Ort. Gewiß, es hatte ihm nicht an Anerkennung gefehlt in seinem Fachgebiet; er galt als einer der zwei führenden Koptologen in Europa. Aber im Vergleich zu den hier betriebenen Forschungen mutete seine Arbeit doch eher harmlos an. Auch Thales hatte sich bisher, wenn es um die Frage ging, was ihm, Guthmann, denn hier erwarte, eher bedeckt gehalten und betont, er könne seiner Forschungsarbeit nachgehen wie bisher.

Später am Abend – das Nachtmahl zog sich bis in die frühen Morgenstunden hin – nahm Thales den Neuen beiseite und sagte, er wollte ihn nun Orpheus vorstellen.

Orpheus, klein, mit langem blonden Haar, einem weichen Gesicht und runden Körperformen, vermittelte auch in seinen Bewegungen den Eindruck, als steckte eine Frau in strengen Männerkleidern. Doch seine Stimme klang männlich dominant und strahlte jene Kälte aus, die bisweilen Staatsanwälte auszeichnet. Orpheus versuchte dem dadurch zu begegnen, indem er Guthmann immer wieder freundlich zunickte, auch wenn er gerade schwieg.

Thales stellte schließlich die Frage, wie Guthmann von nun

an heißen solle, und Orpheus nannte den Namen »Menas«, nach dem koptischen Gelehrten, und fragte, ob das in seinem Sinne sei.

Guthmann nickte Zustimmung; er war verwirrt, daß Orpheus diesen Namen kannte, der für gewöhnlich nur Eingeweihten geläufig ist. Nachdem Orpheus sich über die Bedeutung apokrypher koptischer Texte im Hinblick auf die christlichen Religionen ausgelassen und dabei verblüffende Sachkenntnis bewiesen hatte, entließ er ihn mit einer huldvollen Handbewegung, und Thales kündigte an, er werde den neuen Eleaten am morgigen Tage in seine Aufgaben einweihen.

Für die übrigen, die Guthmann bis zu diesem Zeitpunkt überhaupt nicht wahrgenommen hatten, schien das Gespräch mit Orpheus die Aufnahmeprüfung in die Gemeinschaft der Orphiker gewesen zu sein, denn einer nach dem anderen trat nun auf Menas zu, nannte seinen Ordensnamen und schüttelte ihm die Hand. Die Zeremonie, und um eine solche handelte es sich offensichtlich, vermittelte jedoch nicht den geringsten Anschein von Herzlichkeit; die meisten empfanden den Pflichtgang eher als lästig, und diese Haltung blieb Menas nicht verborgen. Helena hatte anscheinend nicht übertrieben.

Du bist jetzt ein anderer, und alles, was hinter dir liegt, ist von jetzt an ohne Bedeutung. Orpheus' Worte kamen ihm in den Sinn, als Menas hundemüde die steile Treppe nach oben stieg zu seinem Zimmer. So wie er war, ließ er sich auf sein Bett fallen, da klopfte es an die Tür.

»Ja?«

Es war Helena. »Wollt Ihr mit mir schlafen?« sagte sie und zog die Tür hinter sich zu.

# FÜNFTES KAPITEL

## Das Pergament
## Spurensuche

# 1

WAS ANNE VON Seydlitz am meisten beunruhigte in ihrer Situation, sie wußte nicht, welche Rolle sie eigentlich spielte. War es eine unbedeutende Nebenrolle in dieser Tragödie, die sich auf Grund ihrer Neugierde so ergeben hatte, oder hatte ihr ein unerbittliches Schicksal die Hauptrolle zugedacht? Anne konnte nicht anders, sie mußte spielen.

In Augenblicken wie jenem, als sie den toten Rauschenbach gefunden hatte oder als sie von Vossius' Ermordung erfuhr, dachte Anne: Du hast nur ein Leben, warum riskierst du es? In solchen Augenblicken stellte sie sich aber auch die Frage nach der Alternative. Wie sollte sie sich verhalten? So tun, als sei nichts geschehen? Weglaufen?

Anne fühlte sich besser, wenn sie dem Schicksal entgegentrat. Vor allem glaubte sie an einem Punkt angelangt zu sein, an dem sie überhaupt nicht mehr zurückweichen konnte.

Adrian Kleiber war ihr in diesen Tagen zu einer unentbehrlichen Stütze geworden. Er war der Mann, an den sie sich anlehnen konnte, wenn ihre Gefühle in blinde, unsinnige Panik auszuarten drohten, als wäre der Teufel hinter ihr her. Dann fühlte sie sich ruhig und gelassen und zurückversetzt in die Zeit, als Guido und Adrian noch Freunde waren.

Aber irgend etwas in ihr sträubte sich ständig gegen diese Vergangenheit, und vielleicht war dies auch der Grund, warum Anne auf eine für ihn unerklärliche Weise den Jugendfreund zurückwies, sobald sich dieser ihr näherte. Anne versuchte das mit der unergiebigen Floskel zu erklären, alles brauche eben seine Zeit, und weil Kleiber an Anne gelegen war, fand er sich damit ab.

Das war auch der Grund, warum Adrian Kleiber sich bei der gemeinsamen Rückkehr nach München einverstanden erklärte, ein Hotelzimmer zu nehmen und nicht einen der komfortablen Räume in ihrem Haus zu bewohnen, was sich eigentlich angeboten hätte. Das ›Hilton‹ lag zehn Autominuten von ihrer Villa entfernt, wurde in der Hauptsache von Geschäftsleuten frequentiert und sollte ihnen am folgenden Tag auf eine Weise, die niemand zu hoffen wagte, den wohl wichtigsten Hinweis in die Hände spielen.

Der Grund für ihre überstürzte Abreise aus Paris war der Hinweis auf Donat auf einer der Kopien des Pergamentes gewesen, und Anne vertrat die Ansicht, es sei besser, den Mann am folgenden Tag ohne Anmeldung aufzusuchen und ihn mit der Fotografie zu konfrontieren; dann würde er wohl erklären müssen, wie sein verstümmelter Zeigefinger auf das Bild gelangt sei.

Es roch nach Winter, und durch den Münchner Osten wehte ein eisiger Wind, als Anne von Seydlitz und Adrian Kleiber gegen Mittag vor dem Haus Hohenzollern-Ring 17 ankamen. Im Garten war ein Gärtner damit beschäftigt, das Laub dreier Ahornbäume zusammenzurechen. Er musterte die Besucher und kam, als er sah, daß sie Einlaß begehrten, an den Zaun.

»Tag!« sagte er und schob seine abgewetzte Stoffmütze in den Nacken.

»Wir möchten zu Herrn Donat!« rief Anne über den Zaun.

»Zu Donat, so«, sagte der Gärtner und stützte sich mit den Armen auf das graugestrichene Eisentor, »da kommen Sie wohl ein paar Tage zu spät.«

»Zu spät? Was soll das heißen?«

»Donat ist fort, soll das heißen, schöne Frau, fort, weg!«

»Das verstehe ich nicht.«

»Ich auch nicht«, erwiderte der Gärtner, »aber als ich letzte Woche Dienstag – ich komme jeden Dienstag – hierherkam, war das Haus leer, ausgeräumt, Donat und seine Frau verschwunden. Ich hab' den Hausverwalter angerufen, um zu erfahren, was los ist, aber der wußte auch nichts. Es hat ihn auch nicht besonders aufgeregt, weil die Miete noch drei Monate im voraus bezahlt ist. Ich bekomme mein Geld vom Hausverwalter. Ja, so ist das.«

Anne und Adrian sahen sich an. In ihrer Ratlosigkeit war Anne den Tränen nahe, sie blickte starr auf das leere alte Haus ohne Vorhänge und wiederholte: »Ja, so ist das.« Das klang verbittert, und in ihr wurde wieder jene quälende Ahnung wach, einen verbotenen Weg betreten zu haben.

Unaufgefordert begann der Gärtner zu erzählen: »Wissen Sie, eigentlich kannte ich die Leut' überhaupt nicht; deshalb kann ich über sie weder etwas Gutes noch etwas Schlechtes berichten. War wohl auch nicht das beste Verhältnis zwischen den beiden. Ist aber auch nicht einfach, eine Frau immer nur im Rollstuhl! Wer weiß, was da vorgefallen ist. Na, geht mich ja auch nichts an. Kannten Sie die Herrschaften länger?«

»Nein, nein«, beeilte sich Anne zu antworten, und sie fügte die Frage hinzu: »Und Sie wissen wirklich nicht, wo die Leute hin sind?«

Der Gärtner schüttelte den Kopf: »Nicht einmal der Nachbar von nebenan hat bemerkt, daß sie fort sind. Verstehe ich nicht, wie man über Nacht mit Sack und Pack verschwinden kann, wirklich, verstehe ich nicht.«

Anne lächelte gezwungen. Sie atmete auf. Das Gefühl des Unbehagens, das sie im ersten Augenblick ergriffen hatte, wich einer gewissen Befreiung. Sie mußte nicht mehr fürchten, in diesem alten Haus etwas entdecken zu müssen, das sie entsetzen würde, etwas Schmerzliches.

Als sie zu ihrem Auto gingen, legte Adrian den Arm um Anne. Er schien genauso ratlos wie sie.

»Und jetzt?« fragte Anne, nachdem sie am Steuer ihres Wagens Platz genommen hatte. »Wie soll das weitergehen?«

»Laß uns morgen darüber reden«, erwiderte Kleiber und

streckte sich auf dem Autositz. »Ich bin müde, und wenn ich müde bin, kann ich nicht denken. Bring mich zum Hotel.«

Anne verabschiedete sich vor dem Hotel mit einem flüchtigen Kuß. Zu Hause fühlte sie sich unbehaglich. Das Haus kam ihr fremd vor, beinahe feindselig. Die Bilder an den Wänden und die Skulpturen, an denen sie immer Gefallen gefunden hatte, blickten sie unverständlich an. Nur um etwas zu tun, schaltete Anne alle Lichter an, kramte lustlos in der Post, die sich angehäuft hatte, und goß sich einen Cognac ein, ohne daran zu nippen. Sie war an einem Punkt angelangt, an dem sie nicht mehr weiterwußte, und ihre ganze Hoffnung richtete sich auf Kleiber.

Diesem Kleiber brachte sie viel mehr Zuneigung entgegen, als sie sich, vor allem aber ihm eingestehen wollte; aber der Schock über Guido saß einfach zu tief. Es würde sie gewiß Überwindung kosten, nach allem was geschehen war, sich wieder einem Mann hinzugeben. Adrian wollte es, das fühlte sie, und sie fürchtete, eines Tages könnte das zur Katastrophe führen. Sie preßte ihre Hände vor die Augen. Nur nicht daran denken!

Im Grunde genommen war sie eine Närrin. Sie hetzte einem Phantom hinterher, dem Wahnsinn nahe – und alles nur aus gekränkter Eitelkeit, weil ihr Mann sie hinter ihrem Rücken betrogen hatte. Nicht zum ersten Mal stellte sich Anne die Frage, ob es den Aufwand lohne, ob ein Name, das Wissen um einen Sachverhalt, ihr Leben wieder in ruhigere Bahnen lenken würde. Doch die Frage war schon deshalb müßig, weil sie sich in die einmal begonnenen Nachforschungen so sehr verstrickt hatte, daß sie gar nicht mehr anders konnte: Ihr blieb nichts anderes übrig, als weiterzumachen.

## 2

Sie musste wohl eingeschlafen sein, denn als das Telefon läutete, schreckte sie hoch, als hätte ein Schuß die Stille zerrissen. Anne blickte auf die Uhr. Kurz nach 21 Uhr. Sie ging auf das Telefon zu, das schrill und feindselig tönte, und schlich um den Apparat, mißtrauisch wie eine Katze. Wer konnte das sein um diese Zeit? Zuerst ließ sie es läuten, weil sie hoffte, der Anrufer würde aufgeben, aber als ihr der Lärm unerträglich wurde, hob sie ab.

Es war Kleiber. »Ich muß dich dringend sprechen«, sagte er. Seine Stimme klang aufgeregt.

»Nicht jetzt«, erwiderte Anne. »Ich bin müde, versteh das bitte!«

Kleiber ließ nicht locker. »Ich nehme ein Taxi. In zehn Minuten bin ich bei dir.«

»Was soll das!« Anne wurde wütend: »Ich dachte, in dieser Hinsicht wäre alles klar zwischen uns. Also bitte sei vernünftig.«

Aber noch ehe Anne von Seydlitz den Telefonhörer auflegen konnte, hörte sie am anderen Ende der Leitung die Worte: »Bis gleich.« Dann war die Leitung tot.

Anne nahm sich vor, Adrian Kleiber an der Tür zurückzuweisen. Sie ging im Hausflur auf und ab und versuchte sich die passenden Worte zurechtzulegen, mit denen sie den nächtlichen Besucher abweisen wollte; doch als Kleiber eintraf, war ihre Rede vergessen.

»Willst du mich nicht hereinlassen?« fragte Adrian und schob Anne behutsam beiseite. Und noch ehe sie irgend etwas erwidern konnte, fragte er: »Wo ist der Schlüssel, den der Krankenpfleger von St. Vincent de Paul unter Vossius' Kopfkissen gefunden hat?«

Du bist wohl nicht ganz bei Trost, wollte Anne ausrufen, kommst mitten in der Nacht hierher und fragst nach dem Schlüssel unter dem Kopfkissen des Professors – aber dann sah sie Adrian ins Gesicht, und aus diesem Gesicht blickte so viel Ernsthaftigkeit, daß sie wortlos zu dem barocken Schreibsekretär ging und Kleiber den Schlüssel aushändigte.

Der legte ihn auf den Tisch des Salons, griff in seine Jackentasche, zog einen zweiten Schlüssel hervor und legte ihn neben den ersten. Auf dem Tisch lagen zwei gleiche Schlüssel aus gelblich schimmerndem Metall, die Griffe mit einem muschelförmigen Überzug aus Plastik.

Anne betrachtete die beiden Schlüssel, dann sah sie Adrian an und sagte: »Das verstehe ich nicht. Woher hast du den zweiten Schlüssel?«

Adrian lächelte verschmitzt. Er genoß seinen Wissensvorsprung. Schließlich antwortete er, und es klang beinahe komisch: »Das ist mein Hotelzimmerschlüssel.«

»Im Hilton?«

»Ja.«

Jetzt begriff Anne die ganze Tragweite dieser Entdeckung.

»Das bedeutet, wenn ich das richtig verstehe, daß Vossius vor seiner Festnahme in einem Hilton-Hotel ...«

»... gewohnt hat. Vor allem, daß er in seinem Hotelzimmer, möglicherweise auch in einem Hotelsafe, wichtige Dinge aufbewahrt hat. Sonst hätte er den Schlüssel nicht gehütet wie seinen Augapfel.«

»Aber die Sachen hat man bestimmt längst weggeworfen, wir kommen sicher zu spät.«

»Eben nicht!« erwiderte Kleiber. »Ich habe mich im Hotel erkundigt. Gegenstände, die von Gästen zurückgelassen werden, werden drei Monate aufbewahrt, Schmuck und Wertgegenstände sogar ein halbes Jahr.«

Ihr spontanes Gefühl auf diese Nachricht war Dankbarkeit, und in diesem Gefühl fiel sie Adrian um den Hals, küßte ihn und rief: »Das bedeutet, wir haben eine neue Spur!«

»Ja, wir haben eine Spur«, wiederholte Kleiber. »Es gibt zwar drei Hilton-Hotels in Paris, aber das richtige zu finden dürfte nicht allzu schwer sein.«

Anne lachte befreit: »Was es doch für Zufälle gibt im Leben.

Hättest du ein anderes Hotel ausgewählt, wären wir nie auf die Spur gestoßen.«

»Ich wähle nie schlechte Hotels!«

»Natürlich nicht«, entschuldigte sich Anne verschmitzt, »gut, daß du überhaupt ins Hotel gegangen bist.«

»In der Tat. Aber es war ja dein Vorschlag.«

»Man könnte meinen, ich hatte eine Vorahnung. Das gibt es wirklich.«

»Ich weiß«, erwiderte Adrian. »Aber im Grunde ist es müßig, über die Ursachen zu diskutieren, die uns auf diese Spur gebracht haben. Die Hauptsache ist, wir haben eine neue Spur.«

Die zufällige Entdeckung machte den beiden Mut, nachdem sie das Verschwinden Donats tief deprimiert hatte, und sie beschlossen, an einem der nächsten Tage nach Paris zurückzukehren. Anne kam das nicht ungelegen, denn nach nur kurzem Aufenthalt in ihrem Haus hatte sie festgestellt, daß ihre Ängste und Ahnungen nirgends so groß waren wie an diesem Ort.

Gegen Mitternacht verabschiedete sich Kleiber. Sie vereinbarten, sich erst am späten Nachmittag zu treffen, weil Anne in ihrem Geschäft nach dem Rechten sehen wollte. Später, als sie im Bett lag, konnte sie sich lange nicht beruhigen. Sie lauschte unbedeutenden Geräuschen, dem Regen, der eingesetzt hatte, und dem Rauschen vorbeifahrender Autos, die eine Wasserwolke hinter sich herzogen.

Ihre Gedanken kreisten um Vossius, dessen Erklärungen sie ebenso aufgewühlt hatten wie sein jäher Tod. Hätte Vossius nur einen Tag länger gelebt, vielleicht hätte sich das rätselhafte Puzzlespiel bereits zu einem erkennbaren Ganzen zusammengefügt und ihr jene Ruhe zurückgegeben, die ihr durch die Vorfälle der letzten Wochen abhanden gekommen war.

## 3

ALLMÄHLICH, DACHTE SIE, müsse sie wieder normal werden, normal denken, normal empfinden, normal reagieren. Die Empfindungslosigkeit und jene Kälte, die sie in ihrem Innersten spürte, beunruhigte sie, weil sie ein anderer Mensch zu werden drohte, es vielleicht schon war, ein Mensch ohne Herz, ohne klare Gedanken und nur mit einem einzigen Gefühl vertraut, der Angst.

Sie konnte von Glück reden, Adrian Kleiber begegnet zu sein, dem einzigen Menschen, dem sie sich anvertraut hatte, ohne befürchten zu müssen, als Psychopathin verdächtigt zu werden. Kleiber war inzwischen selbst so in den Fall verstrickt, daß auch er nicht mehr imstande war, einfach auszusteigen oder zu sagen, das geht mich nichts an, laß mich in Frieden mit deinen Verrücktheiten.

Still! Anne schreckte hoch. Ihr war, als hätte sie die Tür zur Bibliothek gehört, deren Klinke ein sanftes Quietschen von sich gab. Sie saß aufrecht im Bett und lauschte, und sie fühlte, wie ihr das Blut ins Gesicht stieg. Behutsam atmete sie durch den Mund. So saß sie starr etwa zwei endlos lange Minuten; dann ließ sie sich auf ihr Kissen sinken. Sie weinte. Die Nerven. Ja sie mußte zugeben, daß sie mit ihren Nerven am Ende war, daß sie öfter des Nachts hochschreckte und ungewohnten Geräuschen lauschte, und natürlich würde sie sich auch diesmal getäuscht haben.

Sie schluchzte und hatte den Gedanken noch nicht zu Ende gedacht, als unten ein Glas zersplitterte.

Das Cognacglas, das sie eingegossen hatte! Anne faßte unter das Kopfkissen. Sie zog ein langes Küchenmesser hervor, welches sie neuerdings dort aufbewahrte, und hielt es vor sich wie ein Schwert; dann erhob sie sich und schlich auf Zehenspitzen aus dem Schlafzimmer.

Wie in Trance tappte sie vorsichtig den dunklen Korridor entlang zur Treppe, die nach unten führte. Sie brauchte kein

Licht, denn im Gegensatz zu jedem Eindringling kannte sie das Haus wie ihre Handtasche. Und die Dunkelheit war ihre stärkste Waffe. Ihre Wangen glühten wie Feuer, als sie ihren Fuß auf die erste Treppenstufe setzte und lauschte.

Nichts.

In diesem Augenblick wünschte sie, da unten einem Einbrecher zu begegnen, und sie wünschte es nur deshalb, weil sie sich dann trösten konnte, noch nicht verrückt zu sein. Für den Fall, daß sie sich das alles wieder nur eingebildet hätte, nahm Anne sich vor, das Messer gegen sich zu richten, Schluß zu machen, bevor sie ganz vor die Hunde ginge.

Sie fühlte, wie das lange Messer in ihrer Hand zitterte. Anne wußte auch nicht, ob sie die Kraft aufbringen würde, es einem Eindringling in den Leib zu rammen; aber dann sagte sie sich, du wirst es tun, du wirst ihn töten, du schaffst es!

Auf der untersten Stufe angelangt, wandte sich Anne nach links. Der Marmorboden war eiskalt, doch nach zwei Schritten erreichten ihre Füße einen Perserteppich. Vorbei an einer Anrichte mit einer Blumenvase fehlten noch fünf, sechs Schritte bis zur Bibliothek.

Die Tür war nur angelehnt, und durch den schmalen Spalt fiel ein fahler Lichtschein, den die Straßenbeleuchtung in den Raum warf. Anne hielt inne. Sie lauschte. Ihre Augen bohrten sich durch den Türspalt. Eigentlich hatte sie erwartet, das Blitzen einer Taschenlampe zu erspähen oder zu hören, wie jemand Schubladen und Schränke öffnete. Aber nichts dergleichen geschah, absolut nichts.

O nein, du hast dich nicht getäuscht, sagte sich Anne im stillen, du hast mit deinen eigenen Ohren das Splittern des Glases gehört, und nachdem Gläser sich nicht selbständig machen und zu Boden hüpfen, muß sich jemand in diesem gottverdammten Raum aufhalten, und du wirst ihn mit diesem Messer umbringen.

Aber dann ging alles unglaublich schnell: Mit dem Messer in ihrer Rechten stieß Anne die Tür auf, mit der Linken schlug sie auf den Lichtschalter, die Deckenbeleuchtung flammte auf, grell wie ein Blitz in der Nacht, und Anne starrte in das Bibliothekszimmer.

Was sie sah, ließ sie zu Eis erstarren. Sie versuchte mit einer reflexartigen Bewegung zu fliehen, aber Anne merkte, daß ihre Glieder den Dienst versagten. Der rechte Arm mit dem Messer baumelte herab wie der einer Vogelscheuche, mit dem Kopf vollführte sie ruckartige Bewegungen, als wollte sie sich losreißen von einer magnetischen Kraft – vergeblich.

Vor ihr in dem Lehnstuhl saß Guido. Er trug einen dunklen Anzug und hob die Hand mit unendlicher Langsamkeit, als wollte er ihr zuwinken.

Sie stieß einen gellenden Schrei aus. Der Schrei wirkte erlösend und gab ihr die Bewegung zurück. Anne ließ das Messer fallen, machte kehrt, rannte zur Garderobe, warf sich einen Mantel über, schlüpfte in irgendwelche Schuhe, riß den Schlüssel aus der Haustür und hastete auf die Straße zu ihrem Wagen. Mit heulendem Motor raste sie durch die leeren Straßen. Sie hatte kein festes Ziel im Auge, aber irgendein Instinkt lenkte sie in Richtung des Hotels, in dem Adrian wohnte.

Tränen rannen über ihr Gesicht. Die Lichter auf den regennassen Straßen verwischten sich zu unförmigen Farbklecksen. Sie war unfähig, auch nur einen klaren Gedanken zu fassen; nur Guidos Bild, wie er starr in seinem Lehnstuhl saß, tauchte immer wieder vor ihr auf. Mit dem Ärmel wischte Anne über ihre Augen, als versuchte sie, ein Trugbild wegzuwischen. Vergebens. Sie weinte laut, ließ ihrer Verzweiflung freien Lauf und suchte so das Bild zu vertreiben; doch die Erscheinung hatte sich unauslöschlich in ihre Sinne eingegraben.

Vor dem Hotel ließ Anne das Auto unverschlossen stehen. Später konnte sie sich nicht einmal mehr erinnern, ob sie den Motor abgestellt hatte. Dem verschlafenen Portier nannte sie ihren Namen und bat dringend, Kleiber zu wecken, und als dieser sein Telefon nicht abhob, stürmte Anne die Treppe hinauf, Zimmer 247, schlug mit der Faust gegen die Tür und rief mit leiser, flehender Stimme: »Adrian, ich bin es, mach auf!«

Als Kleiber öffnete, warf Anne sich ihm an den Hals, sie küßte ihn fieberhaft, und ihre Finger krallten sich in seine Arme. Adrian wußte nicht, wie ihm geschah, aber er spürte ihre Verwirrung und daß es sie beunruhigte. Es schien ihm nicht angebracht, Fragen zu stellen, deshalb strich er ihr nur sanft über das Haar.

Das drängende Bedürfnis, ihn zu spüren, ließ sie alles um sich herum vergessen. Es kam ihr vor, als beobachtete sie aus weiter Ferne, wie sie, ohne von ihm abzulassen, sich den Mantel vom Körper zerrte, Adrian auf den weichen Boden zog und ihre Schenkel um ihn schloß. Wie eine Spinne mit ihrer Beute biß sie, immer noch schluchzend, auf Kleiber ein, küßte ihn verzweifelt wie im Fieber. Mit der Leidenschaft einer langen Versagung fiel sie über ihn her, bis Kleiber endlich begriff, daß Anne von ihm geliebt werden wollte.

Kleiber hatte sich nach ihrer Zuneigung gesehnt, doch jetzt, unter diesen ungewöhnlichen Umständen, fühlte er sich geschockt und ließ es eher über sich ergehen, als daß er in der Lage gewesen wäre, ihre Leidenschaft zu erwidern.

Atemlos blieben beide schließlich auf dem Teppich liegen. Anne starrte in die Luft, Adrian sah sie von der Seite an. Ohne ihren Blick von der Decke des Hotelzimmers zu wenden, sprach Anne tonlos, ohne jeden Ausdruck in der Stimme: »Zu Hause in der Bibliothek sitzt Guido.«

Kleiber schwieg. Erst als sie mit ihrem Gesicht dem seinen ganz nahe kam, sah er sie an.

»Hast du gehört, was ich gesagt habe? Zu Hause in der Bibliothek sitzt Guido.«

»Ja«, antwortete Kleiber, aber an seinem Gesichtsausdruck konnte Anne erkennen, daß er ihre Worte nicht ernst nahm.

»Mein Gott!« brach es aus ihr heraus, »ich weiß, daß es verrückt klingt, aber glaube mir, ich bin bei klarem Verstand.« Und dann berichtete Anne von ihrem nächtlichen Erlebnis. Obwohl sie sich mit ganzer Kraft mühte, ruhig zu bleiben, wurden ihre Worte immer zerfahrener, sie stotterte hilflos und schließlich begann sie zu schluchzen wie ein Kind, das sich unverstanden und hilflos fühlt. »Ich sehe dir doch an, daß du mir nicht glaubst«, sagte sie weinend.

Kleiber hielt es für besser, nicht zu antworten. Er suchte nach ihrer Hand, aber Anne zog sie zurück. Da nahm Adrian ihren Mantel: »Zieh dich an, du frierst ja«, sagte er, und Anne gehorchte.

Für Minuten saßen beide stumm auf dem Rand des Bettes nebeneinander. Ein jeder fühlte die Wärme des anderen, und obwohl sie sich so nahe waren, empfanden beide anders. Adrian versuchte eine Erklärung zu finden für Annes plötzlichen Ausbruch von Leidenschaft. Natürlich war er fest davon überzeugt, daß sie einem Trugbild erlegen war, vielleicht sogar einem Wunschbild wie ein Ertrinkender, in dessen Phantasie auf einmal die rettende Insel auftaucht. Daraus jedoch einen Ausbruch sexueller Leidenschaft abzuleiten, überforderte sein Einfühlungsvermögen. Anne hingegen fühlte sich nach diesem Ereignis besser. Sie sah keinen Anlaß, über die leidenschaftliche Verführung nachzudenken, weil das vorangegangene Erlebnis alle anderen Gedanken überlagerte. Wie konnte sie Adrian glaubhaft machen, daß sie normal war?

»Du hältst mich für verrückt, nicht wahr?«

»Ach was«, erwiderte Kleiber, »das ist jetzt nicht die Frage. Ich glaube dir ja, daß du Guido gesehen hast; aber das hat mit der Realität nichts zu tun, verstehst du! Du bist nervlich am Ende, das kann man dir nicht verdenken. Das hat auch nichts mit Paranoia zu tun. Dein Verstand hat dir einfach einen Streich gespielt. Mir scheint die Frage viel wichtiger, wie kann ich dich aus dieser Krise herausholen.«

Adrians Worte kränkten Anne. Ihre Augen funkelten zornig. Sie rief: »Zieh dich an, ich bitte dich, zieh dich an und komm mit!«

Kleiber hielt es nicht für ratsam, Anne zu widersprechen. im Gegenteil, dachte er, wenn sie gemeinsam in ihr Haus zurückführen, würde sie von selbst erkennen, daß sie einem Trugbild aufgesessen war. Also zog Kleiber sich an und fuhr mit Anne nach Hause.

## 4

DER REGEN HATTE nachgelassen und eisigem Herbstwind Platz gemacht. Auf dem Weg vom Hotel zu Annes Haus war kein Wort gefallen, und Adrian hatte registriert, wie ihre Unruhe mit jedem Kilometer wuchs. Als Anne vom Ring in die Seitenstraße einbog, von der aus das Haus zum ersten Mal ins Blickfeld kam, sagte sie aufgeregt: »Da!« und deutete auf die hellerleuchteten Fenster.

»Ich schwöre, das Haus war stockfinster, als ich es verließ.«

Adrian nickte.

Anne hielt den Wagen auf der dem Haus gegenüberliegenden Seite an, sie preßte die Stirn gegen das Lenkrad und schloß die Augen, als wollte sie alles um sie herum ungeschehen machen. Sie atmete schwer.

»Nein«, sagte sie schließlich, »du bringst mich nicht mehr in dieses Haus. Ich habe Angst, verstehst du? Denn hält Guido sich da drinnen auf, so fürchte ich mich vor ihm. Ist er aber nicht im Haus, dann fürchte ich mich vor mir selbst.«

Adrian versuchte ihren Kopf aufzurichten, aber Anne hielt ihn krampfhaft gegen das Lenkrad gepreßt. Adrian erwiderte: »Anne, du mußt jetzt tapfer sein. Es hat keinen Sinn, wenn du dich vor der Wahrheit versteckst. Du mußt der Wahrheit ins Auge blicken, sonst wirst du verrückt. Komm!«

»Meine Nerven halten das nicht aus.«

»Sie müssen es aushalten, also komm!«

Als er merkte, daß seine Worte ohne Erfolg blieben, stieg Adrian aus, ging zur Fahrerseite, öffnete die Wagentür und zog Anne mit sanfter Gewalt aus dem Fahrzeug. Anne ließ es geschehen. Sie wehrte sich nicht, weil sie Kleiber insgeheim recht gab: Sie mußte, wollte sie diese Psychose nicht ein Leben lang mit sich herumschleppen, in das Haus gehen.

»Halt mich fest«, bat Anne ängstlich und hakte sich bei Adrian unter. Die Straße war leer, und der Wind blies ihnen ins Gesicht, so daß sie froh waren, als sie den schützenden

Hauseingang erreicht hatten. Weit entfernt schlug eine Kirchturmuhr. Es mußte fünf sein oder sechs, aber das war auch unerheblich, jedenfalls graute der Tag noch nicht.

Anne reichte Kleiber den Schlüssel. Sie konnte sich auch nicht erinnern, ob sie bei ihrer Flucht die Haustür zugeschlagen hatte. Adrian sollte aufschließen, sie selbst sah sich nicht in der Lage dazu.

Adrian Kleiber war alles andere als ein ängstlicher Mensch. Aber in dem Augenblick, als er die Haustür aufschloß und vorsichtig aufstieß, spürte er den Pulsschlag in seinen Schläfen. Jetzt war er sich keineswegs mehr sicher, daß die Nerven Anne einen Streich gespielt hatten. Hatten sie nicht in den vergangenen Tagen die unwahrscheinlichsten Dinge erlebt? Waren sie nicht einem Irren begegnet – aufgrund seiner Tat konnte man ihn nicht anders bezeichnen –, der, wie sich herausstellte, völlig normal war? Hatte er, Kleiber, zunächst nicht selbst gezweifelt, ob das alles stimmte, was Anne zu berichten wußte? Vielleicht war Guido von Seydlitz wirklich nicht tot? Steckte am Ende er hinter der Inszenierung rätselhafter Ereignisse?

Sie hielten den Atem an und lauschten. Auf der Straße radelte ein Zeitungsjunge vorüber. »Komm!« sagte Kleiber und nahm Anne an der Hand.

Obwohl es doch ihr eigenes Haus war, fühlte Anne sich wie ein Eindringling. Es kam ihr so vor, als forschte sie das Leben einer fremden Frau aus.

In der Mitte der Diele blieb Kleiber stehen, er sah Anne fragend an, und sie wies mit dem Kopf zur letzten Tür auf der rechten Seite. Diese stand etwa eine Handbreit offen, und durch den schmalen Spalt fiel ein Lichtschein.

Adrian spürte die Hand in seiner Hand wie einen Eisblock; er mußte Anne beinahe hinter sich herziehen. Als sie vor der Tür zur Bibliothek waren, streckte Kleiber die Hand aus und gab der Tür einen Stoß. Anne preßte zitternd Adrians Hand.

Als die Tür den Blick in die Bibliothek freigab, stieß Anne einen Schrei aus. Der Stuhl war leer.

»Ich weiß, was du jetzt denkst«, sagte Anne, nachdem sie längere Zeit wortlos nebeneinandergestanden waren.

»Unsinn«, erwiderte Kleiber.

Anne ließ sich nicht beirren: »Du denkst, ich bin mit den Nerven schon so herunter, daß ich Gespenster sehe.«

Kleiber wiederholte: »Unsinn«, und versuchte Anne in den Arm zu nehmen. Es blieb bei dem Versuch, denn Anne riß sich los und stürmte von einem Raum zum anderen. Schließlich hetzte sie die Treppe nach oben, und Kleiber, der im Parterre zurückgeblieben war, hörte wildes Türenschlagen. Als sie die Treppe herunterkam, war Anne deutlich ruhiger.

»Nichts«, sagte sie, »nichts.«

In der Bibliothek stand Adrian in den Anblick der Scherben des Cognacglases versunken.

»Ich habe das Glas nicht zerbrochen«, beteuerte Anne, die Kleiber beobachtete. »Ich bin vom Klirren des Glases hochgeschreckt, sonst wäre ich doch gar nicht nach unten gegangen.«

Adrian nickte, ohne aufzublicken. »Das würde bedeuten ...«, sagte er nachdenkend und machte eine lange Pause.

»So sag schon endlich, was du denkst!«

»... daß das Glas absichtlich auf den Boden geworfen wurde, um deine Aufmerksamkeit zu erregen.«

»Es könnte aber auch im Dunkeln zu Bruch gegangen sein.«

»Das wäre schon möglich«, entgegnete Adrian, »aber in diesem Fall hätte der Verursacher doch die Flucht ergriffen. Keinesfalls wäre er in dem Stuhl sitzengeblieben.«

»Der Verursacher war Guido!« rief Anne in höchster Erregung.

»Schon gut!« wehrte Adrian ab.

»Es war Guido! Ich war mit dem Mann siebzehn Jahre verheiratet. Es war Guido!«

»Bitte beruhige dich!« Kleiber packte Anne an den Oberarmen und sah sie mit festem Blick an. »Eigentlich ist es ganz unerheblich, ob der Mann Guido war oder irgend jemand anders. Ich bin überzeugt, der Betreffende wollte dir Angst einflößen, vielleicht dich dazu bringen, weitere Nachforschungen einzustellen. War dieser Mann im Lehnstuhl wirklich Guido, dann bedeutet das, daß er am Leben ist und daß er ein verwerfliches Spiel mit dir spielt, welche Gründe auch immer er dafür haben mag. War dieser Mann ein anderer in Guidos Maske, so ist das Motiv eigentlich dasselbe: Sie wollen dich fertigmachen.«

»Aber es war Guido«, wiederholte Anne weinerlich.

»Gut. Es war Guido. Was hat er angehabt?«

Anne dachte nach. »Ich war viel zu aufgeregt, als daß ich mir seine Kleidung näher angesehen hätte aber er trug einen dunklen Anzug, dunkelgrau oder braun; ja, ich glaube, es war einer von Guidos Anzügen.«

»Aus seinem Kleiderschrank?«

»Ich glaube, wir denken beide das gleiche«, erwiderte Anne.

Guidos Kleiderschrank im oberen Stockwerk des Hauses nahm eine ganze Wand ein. Anzüge, Sakkos und Hosen hingen dicht gedrängt. Dazwischen zwei leere Bügel.

»Fehlt etwas?« erkundigte sich Kleiber.

Anne berührte jedes einzelne Kleidungsstück mit der Hand. »Ich bin nicht sicher«, sagte sie, »aber ich glaube, es fehlen zwei Anzüge, der, den Guido bei dem Unfall trug, und ein zweiter Anzug in dunkelgrau. Ja, genau der!«

»Das würde bedeuten, daß Guido oder der Mann, der sich für Guido ausgab, sich schon vor deiner Ankunft im Haus aufgehalten und nur auf die Gelegenheit gewartet hat, dich zu Tode zu erschrecken.«

»So muß es sein«, erwiderte Anne, »anders ist die Sache nicht zu erklären.«

Zu diesem Zeitpunkt wußte sie selbst nicht mehr mit Sicherheit zu sagen, ob der Mann in dem Lehnstuhl wirklich Guido oder nur ein Darsteller ihres Mannes gewesen war. Aber Adrian hatte recht: Es spielte letztlich keine Rolle, wer sich dahinter verbarg, denn der eine war so perfide wie der andere.

Anne vermied es, sich in dem Lehnstuhl niederzulassen; statt dessen setzte sie sich auf einen schwarzen Stuhl aus geschnitztem Holz, der aus einem alten Kloster stammte, stützte den Kopf auf ihre Hände und versuchte zum wiederholten Male Ordnung in ihre Gedanken zu bringen. Es wollte ihr einfach nicht in den Kopf, warum der unbekannte Gegner es darauf anlegte, sie in den Wahnsinn zu treiben, während er ihr Leben schonte. Geschah dies aus purem Sadismus, oder versprach er sich davon einen Vorteil? Sie fand keine Antwort.

»Hattest du eigentlich einen Totenschein von Guido?« Kleibers Frage traf Anne von weither.

»Totenschein? – Ja, natürlich.« Sie öffnete den Sekretär.

Während sie in einem Stoß Papier kramte, fragte Adrian weiter: »Hast du Guido nach seinem Tod noch einmal gesehen?«

Anne verneinte, sie habe es abgelehnt. Seine Verletzungen seien so abscheulich gewesen. Ihre Bewegungen wurden zunehmend heftiger, je länger sie suchte. »Der Totenschein lag hier auf dem Stoß!« beteuerte sie. »Das kann ich beschwören. Aber nein da fällt mir ein, den Totenschein hat ja das Beerdigungsinstitut bekommen.«

Adrian maß ihrer Aussage keine größere Bedeutung bei und meinte: »Hieltest du es für möglich, daß Guido noch am Leben ist? Ich meine, jetzt, nach all dem, was geschehen ist?«

Anne stützte den Kopf wieder in die Hände und blickte ratlos vor sich hin. Vor ein paar Stunden noch, unmittelbar nach dem furchtbaren Erlebnis, hätte sie die Frage entrüstet zurückgewiesen. Natürlich hatte sie Guido erkannt, den Mann, mit dem sie siebzehn Jahre Ehe verbracht hatte. Doch nun mußte sie sich auf einmal eingestehen, die äußere Erscheinung dieses Mannes war ihr keineswegs so im Gedächtnis, daß sie ihn von einem Doppelgänger hätte unterscheiden können. Sie schüttelte den Kopf und dachte, da lebst du viele Jahre mit einem Menschen zusammen und glaubst ihn bis in sein Innerstes zu kennen, und dann mußt du erfahren, daß er ein Doppelleben führte, und bist nicht einmal in der Lage, ihn exakt zu beschreiben.

Weil Anne keine Antwort fand, stellte Adrian seine Frage

anders: »Ich meine, würdest du Guido dieses makabere Versteckspiel zutrauen?«

»Bis vor ein paar Wochen, nein«, erwiderte Anne, »undenkbar, nein. Aber nach allem, was sich in der Zwischenzeit ereignet hat … Weißt du, wir führten keine schlechte Ehe, freilich auch keine besonders gute; aber im Vergleich mit den meisten anderen Ehen habe ich die unsere eher positiv eingeschätzt. Gewiß, Guido war viel unterwegs; aber ich vertraute ihm, jedenfalls hatte ich keinen Grund zur Klage. Ich erinnere mich an ein ernsthaftes Gespräch zwischen uns. Es ging um das Thema, daß eigentlich jeder von uns seine eigenen Wege ging, was Guido zu der Bemerkung veranlaßte, das sei nun einmal so in einer modernen Ehe; worauf ich erwiderte, wenn er je das Bedürfnis verspüre, mich zu betrügen, so solle er es heimlich tun, so daß ich es nicht merke. Guido scheint das als Aufforderung verstanden zu haben. Jedenfalls läßt die Frau in seinem Wagen keinen anderen Schluß zu.«

Durch das Fenster graute ein unfreundlicher Dezembermorgen, und Anne erhob sich, um in der Küche Kaffee aufzusetzen.

Dabei sah sie, daß sie unter ihrem Mantel noch immer nackt war, so wie sie aus dem Haus geflohen war, und sie ging in das obere Stockwerk, um sich anzukleiden.

Als sie zurückkam, meinte Anne: »Ich könnte mir durchaus vorstellen, daß Guido das alles inszeniert hat, er hatte immer einen Hang zum Makaberen, ja er hätte sogar ein Motiv; trotzdem wäre das alles unlogisch.«

»Das sehe ich auch so«, stimmte Adrian zu. »Hätte Guido sich mit dem Gedanken getragen, für immer zu verschwinden, dann hätte er bestimmt auch eine einfachere Lösung gefunden. Vor allem aber stellte sich im anderen Falle die Frage, wer ist der Mann in Guidos Grab? Nein, ich halte das für unmöglich.«

»Selbst wenn er daran interessiert wäre, mich zu beseitigen, hätte er davon absolut nichts. Sein Tod ist aktenkundig, er könnte nicht einmal sein eigenes Vermögen beanspruchen.«

## 5

WÄHREND SIE KAFFEE tranken und redeten, kamen Anne und Kleiber zu dem Schluß, daß die mysteriöse Erscheinung der vergangenen Nacht im Zusammenhang mit den übrigen Ereignissen stehen mußte und mit ihrer Beziehung zu Guido nichts zu tun hatte. Unklar blieb beiden jedoch die Absicht, die sich hinter dem makaberen Schauspiel verbarg. Dabei wurde Anne bewußt, daß sie völlig falsch reagiert hatte, so wie es der geheimnisvolle Regisseur geplant und erwartet hatte. Sie wünschte, sie hätte den Mann ausgelacht und ihn einen Schmierendarsteller genannt und aus dem Haus geworfen. Mein Gott, dachte sie, wer hat schon die Nerven!

Die Idee kam ihr plötzlich und muß wohl aus dem Vorangegangenen verstanden werden: Anne verspürte auf einmal das Bedürfnis, Guidos Grab aufzusuchen. Das war ungewöhnlich, weil sie seit ihren Kindertagen Friedhöfe haßte. Mit sechs Jahren hatte sie am Grab ihres Vaters gestanden, und das Erlebnis hatte sich in ihr Gedächtnis eingegraben. Seither mied sie Friedhöfe. Nach Guidos Beerdigung hatte sie alle anfallenden Arbeiten und die Pflege des Grabes einem Institut übertragen, und damals hatte Anne beschlossen, nie mehr einen Schritt auf diesen Friedhof zu tun.

Die schlichte Trauerfeier war ihr durchaus noch im Gedächtnis, wenngleich sie das Absenken des Sarges in das Grab wie durch einen Schleier erlebt hatte. Im Grunde wollte sie es nicht sehen, und sie hatte den Tag auch längst erfolgreich verdrängt – jedenfalls glaubte sie das –, doch nun auf einmal trieb sie eine geheimnisvolle Kraft an das Grab, als wollte sie bestätigt sehen, daß Guido wirklich von einer braunen, schmutzigen Schicht Erde zugedeckt war.

Als sie Kleiber diesen Wunsch anvertraute und die Hoffnung aussprach, er würde sie zum Waldfriedhof begleiten, da machte Adrian zunächst ein ungläubiges Gesicht, weil er von ihrer Abneigung wußte; aber dann sah er ihren entschlossenen Blick und willigte ein, mit ihr zu kommen. Anne gab ihm zu verstehen, sie werde erst dann von Guidos Tod überzeugt sein, wenn sie sehe, daß sein Grab unversehrt sei.

Das Grab war unberührt, das heißt mit einem grauen Marmorstein und mit Blumen versehen, so wie sie es bei dem Bestattungsinstitut in Auftrag gegeben hatte, und Kleiber fragte sich, warum sie überhaupt diesen ungewöhnlichen Kontrollgang auf sich genommen hatten. Aber Anne machte nach der Rückkehr vom Friedhof einen gefaßteren Eindruck; sie wirkte beinahe befreit, obwohl sich an der Situation nichts geändert hatte.

## 6

WAS DAS VERHÄLTNIS der beiden zueinander anging, übte Anne gegenüber Kleiber dieselbe Zurückhaltung aus wie vorher, und der hatte das auch gar nicht anders erwartet. Zwar hatten sie sich auf dem Fußboden seines Hotelzimmers geliebt wie ein Paar nach jahrelanger Trennung, aber Anne schien das Erlebnis verdrängt zu haben wie einen Alptraum; ja, Adrian zweifelte, ob Leidenschaft überhaupt zu ihrer Erlebniswelt gehörte, ob dieser außergewöhnliche Liebesakt nicht vielleicht nur ein Kurzschluß in ihrem Seelenleben gewesen war.

Natürlich wäre es das Einfachste gewesen, mit Anne darüber zu reden; aber Adrian scheute sich, weil er die Antwort zu kennen glaubte: Er möge ihr Zeit lassen, sie sei einfach noch nicht soweit – so wie sie es bei ihrem ersten Wiedersehen erklärt hatte, und es hätte ihn nicht erstaunt, wenn Anne bei einem solchen Gespräch ihren Ausbruch von Leidenschaft schlichtweg geleugnet hätte.

In Sachen Liebe verfügte Adrian über kein übermäßig

intensives Gefühlsleben, und das war mit ein Grund, warum er trotz seiner Jahre nicht verheiratet war, sich auch noch nie mit dem Gedanken getragen hatte. Er konnte über Mangel an Frauen nicht klagen, aber in den meisten Fällen dauerte so eine Beziehung nicht länger als ein Jahr. Spätestens nach einem Jahr wußte jede Frau, daß dieser Mann nur *einen* Partner wirklich ernst nahm – seinen Beruf.

Adrian war sich dieser Tatsache durchaus bewußt und hatte Verständnis, wenn Frauen sich nach einer gewissen Zeit aus seinem Leben zurückzogen, auch hin und wieder bei ihm auftauchten und wieder verschwanden. So hatte er nicht wenige Geliebte, aber keine feste Partnerin, worunter er aber nicht einmal litt.

Mit Anne schien das ganz anders. Vielleicht, weil Anne von vornherein eine Schranke zwischen ihnen errichtet hatte. Er war das nicht gewöhnt. Frauen hatten es ihm immer leicht gemacht, viel zu leicht sogar, so daß jenes unausgesprochene ›Rühr mich nicht an‹ auf ihn einen ganz besonderen Reiz ausübte. Und der sexuelle Überfall in schlaftrunkenem Zustand gehörte ohnehin zu seinen bedeutsamsten Erlebnissen in Sachen Erotik.

Seine freundschaftliche Zuneigung Anne gegenüber hatte sich seit jener Nacht im Hotel zu wahrer Leidenschaft gewandelt, die alles bisher Dagewesene übertraf. Was er nie für möglich gehalten hatte: Anne zuliebe hatte er sogar seinen Beruf zurückgenommen und den ›Fall‹, hinter dem er zunächst vor allem eine große Geschichte gesehen hatte (er hatte sogar von Professor Vossius in St. Vincent de Paul heimlich Aufnahmen gemacht), zur Privatangelegenheit erklärt.

So gab es für Anne zwei Gründe, warum Kleiber sich mit solcher Intensität mit ihrem Fall beschäftigte, zum einen seine persönliche Neugierde – ein guter Reporter bleibt immer neugierig –, zum anderen aber wußte Adrian genau, daß er Anne nur würde gewinnen können, wenn er sie aus dem Netzwerk unseliger Verstrickungen befreite.

All ihre Hoffnungen ruhten nun auf dem unscheinbaren

Schlüssel eines Hilton-Hotels in Paris. Es gibt drei von dieser Gruppe. Das Airport Hilton in Orly erwies sich als Fehlanzeige. Ebenso das Hotel France et Choviseul in der Rue St. Honoré, wo man ihnen nach Vorzeigen des Zimmerschlüssels mit deutlichem Mißtrauen begegnete, aber dennoch die Auskunft gab, ein Professor Marc Vossius habe in diesem Hotel nicht logiert, jedenfalls nicht in den vergangenen drei Monaten und nicht unter diesem Namen.

Blieb das Paris Hilton in der Avenue de Suffren, nicht weit vom Eiffelturm entfernt. Aus den Erfahrungen der vorangegangenen Recherchen schien es Anne und Adrian ratsam, nicht an der Rezeption vorzusprechen, sondern beim Hotelmanager, einem vornehmen Elsässer, der sehr gut deutsch sprach und dem sie erzählten, Vossius, Annes Onkel, sei in St. Vincent de Paul unerwartet gestorben und in seinem Nachlaß habe sich dieser Schlüssel gefunden, vermutlich habe er in dem Hotel Gepäck zurückgelassen.

Die Geschichte klang glaubhaft, und Wurtz, so hieß der Manager, verschwand für einen Augenblick hinter einer undurchsichtigen Glastür, kehrte mit einer Karte zurück und erklärte, es seien noch drei Tage Logis für Monsieur Vossius offen. Nach Begleichen der Rechnung würde ihnen das Gepäck des Monsieur, ein Koffer und eine Tasche, ausgehändigt, Madame möge hier unterschreiben.

Kleiber stellte einen Scheck aus, und der Portier übergab ihnen das Gepäck. Mit neuen Hoffnungen fuhren sie in Adrians Mercedes zu seiner Wohnung in der Avenue de Verdun.

## 7

WELCHE VERMUTUNG DIE beiden gehabt haben mochten, das Gepäck des Professors könnte sie auf eine neue, entscheidende Spur bringen, das wußten sie in diesem Augenblick wohl selbst nicht; aber Adrian handelte nach einem alten Grundsatz unter Journalisten, alle nur möglichen Informationen, auch solche, die zunächst sinnlos erscheinen, zusammenzutragen, denn sie könnten für einen späteren Erkenntnisstand von Bedeutung sein.

In diesem Fall brauchten beide gar nicht auf spätere Erkenntnisse zu warten. Zwar enthielt der Koffer nur Wäsche und Kleidungsstücke, doch in der Tasche befand sich neben einigen Büchern und Karten (besonders auffällig: eine äußerst genaue Karte von Nordgriechenland und eine nicht weniger präzise von Mittelägypten) eine Mappe mit Kopien alter Schriften, jener nicht unähnlich, von der Anne Kopien besaß.

Die aufregendste Entdeckung in dieser Mappe war jedoch ein flüchtig versiegelter, großformatiger Umschlag. Anne reichte ihn Kleiber zur Begutachtung. Der sah Anne an und hob die Schultern.

»Aufmachen!« sagte Anne nervös.

Adrian riß den Umschlag auf und zog ein braunes, brüchiges, in zwei durchsichtige Folien gebettetes Etwas hervor. Anne erkannte es sofort. »Das ist es!« rief sie in höchster Erregung.

»Was?« fragte Kleiber ungehalten. »Was ist es?«

»Das Original! Das ist das Pergament, für das mir dieser Thales in Berlin eine Dreiviertelmillion geboten hat!«

»Für dieses alte Stück Papier?«

»Für dieses – wie du dich auszudrücken pflegst – alte Stück Papier. Ich bin ganz sicher.«

Anne und Adrian sahen sich an, und es schien, als dächten beide das gleiche: Wenn es sich bei diesem Stück Pergament um das vielgefragte Dokument handelte, dann mußte es entweder vor Guidos Tod Kontakte zwischen ihm und Vossius gegeben haben, oder aber Vossius war es gelungen, sich nach dem verhängnisvollen Unfall in den Besitz des Pergaments zu bringen. Und natürlich stellte sich damit auch die Frage: Hatte Vossius mit offenen Karten gespielt?

Ein Vergleich mit den Kopien ergab: Anne hatte recht. Dies war das Pergament, das, aus welchen Gründen auch immer, den einen ein Vermögen, anderen sogar Morde wert war. Der Gedanke beunruhigte sie. Denn so bedeutsam der Fund auch sein mochte, er war im selben Maße gefährlich.

»Vermutlich«, sinnierte Anne vor sich hin, »habe ich das alles bisher nur deshalb überlebt, weil man wußte, daß ich nur die Kopien hatte. Wenn bekannt wird, daß sich das Original in unserem Besitz befindet, dann gnade uns Gott.«

»Aber wir können damit doch gar nichts anfangen«, wandte Adrian ein. »Wir müssen, um die Bedeutung des Pergaments zu erkennen, einen Experten einschalten. Außerdem ist das Blatt ein Vermögen wert.«

»Genau darauf spekulieren irgendwelche Hintermänner. Sie vertreten die Ansicht, ich würde angesichts der gebotenen Summe schwach werden. Dann, glaube ich, wären meine Tage gezählt. Nein, dieses Pergament ist für mich wie eine Lebensversicherung.«

In der Aufregung über das kostbare Pergament gerieten zwei weitere Funde ins Hintertreffen: ein Flugticket von Olympic Airways Thessaloniki – Athen – Paris, dem sie zunächst keine Bedeutung zumaßen, und ein Brief ohne Datum und ohne Umschlag, von zarter Hand und in englischer Sprache geschrieben. Im Briefkopf der Absender: Aurelia Vossius, 4083 Bonita View Drive, San Diego, California 91902.

»Vossius war verheiratet«, bemerkte Adrian.

»Tatsächlich«, erwiderte Anne und begann den Brief zu lesen. Er war nicht lang, gerade zwanzig zierlich geschriebene Zeilen – ein Abschiedsbrief des Inhaltes, die Jahre mit ihm,

Vossius, hätten zu den schönsten in ihrem Leben gehört und auch jetzt, da ihre Ehe geschieden sei, bereue sie nichts. Sie habe zwar kein Verständnis für seine Pläne, wünsche ihm jedoch Erfolg, und vielleicht würden sich beider Wege noch einmal kreuzen. Love – Aurelia.

»Ob sie weiß, daß Vossius tot ist?« fragte Anne, ohne eine Antwort zu erwarten. »Ein rührender Brief.«

»Er muß auch dem Professor nicht gleichgültig gewesen sein«, meinte Kleiber, »sonst hätte er ihn nicht aufgehoben.«

Anne nickte zustimmend: »Abgesehen von der Tatsache, daß Vossius verheiratet war, scheint mir am interessantesten der Hinweis, sie habe kein Verständnis für seine Pläne. Fragt sich, ob diese Pläne im Zusammenhang stehen mit dem rätselhaften Pergament.«

»Wer will das wissen!«entgegnete Adrian. »Da gibt es nur eine Möglichkeit: Du mußt sie fragen.«

»In Kalifornien?«

»Warum nicht. Die Frau ist vermutlich die einzige, die uns noch weiterhelfen kann. In jedem Fall weiß sie mehr über die Hintergründe seiner Arbeit.«

Annes Bedenken, die Frau hätte wohl kaum eine Veranlassung, wildfremden Menschen aus Europa Auskunft über ihren geschiedenen Mann zu geben, waren nicht von der Hand zu weisen. Sie mußten deshalb eine Geschichte erfinden, die Vossius' Ex-Frau zum Reden brachte, oder – und das war Kleibers Idee – der Frau die ganze Wahrheit berichten. Sie wollten Mrs. Vossius den Abschiedsbrief aushändigen, der für die Frau gewiß nicht ohne Bedeutung war, während sie kaum etwas damit anfangen konnten. Auf diese Weise müßte es ihnen gelingen, ihr Vertrauen zu gewinnen.

Also faßten sie von einer Stunde auf die andere den Entschluß, nach San Diego zu fliegen. In ihren Reiseplänen sahen sie sogar einen gewissen Vorteil für ihre eigene Sicherheit, wenn sie plötzlich aus Paris verschwanden. Wußten sie, ob sie nicht längst unter heimlicher Beobachtung standen, ob nicht jeder ihrer Schritte verfolgt, jedes Ziel registriert wurde?

jedenfalls erschien das, nach allem, was geschehen war, nicht abwegig.

Deshalb arbeitete Adrian Kleiber einen raffinierten Plan aus, mit dem er die Dokumente aus Vossius' Gepäck in Sicherheit bringen konnte. Dazu verließ Anne alleine das Haus, um sich mit einem Taxi zum Louvre zu begeben, während Kleiber zur selben Zeit mit den Dokumenten des Professors das Haus an der Avenue de Verdun durch den Hofeingang verließ, einen Fahrradschuppen durchquerte und am Quai de Valmy herauskam, von wo er, den Canal Saint Martin überquerend, seine Bank an der Place du Colonel Fabien erreichte.

Kleiber unterhielt in der Bank ein Schließfach, weniger um dort Reichtümer aufzubewahren als wichtige Dokumente, mit denen er bisweilen von Berufs wegen umzugehen hatte. In diesem Fach verstaute er das Pergament und die übrigen Vossius-Papiere.

Zum Essen trafen sich Adrian und Anne in einem Restaurant an der Bourse du Commerce und freuten sich über den gelungenen Coup. Adrian hatte sich in seiner Redaktion abgemeldet – was keine Besonderheit darstellte, denn nicht selten recherchierte er mehrere Wochen an einem Thema, bevor er mit einer Geschichte zurückkehrte. Der Flug nach Kalifornien war für den folgenden Tag gebucht, Donnerstag, Abflug 9.30 Uhr Le Bourget.

## 8

KALIFORNIEN EMPFING SIE anders als erwartet, mit Sturm und sintflutartigem Regen, wie er hier selten, dafür um so heftiger ist. Vor allem der Weiterflug von Los Angeles nach San Diego, südwärts die Küste entlang, gestaltete sich zu einem Kampf des Piloten gegen die Elemente, so daß Anne heilfroh war, als die kleine Maschine von Osten her bedrohlich nah über dem Häusermeer auf dem Airport Lindbergh Field einschwebte.

Kleiber kannte die Stadt von früheren Reisen und hatte ein Hotel am North Harbor Drive reserviert, von wo der Blick über die San Diego Bay zur Insel Coronado schweifte. Am Pier ankerte die ›Star of India‹, ein mehrfach umgebautes Segelschiff aus dem vorigen Jahrhundert, das nun als Museum diente. Und die Zimmer im sechsten Stock – Adrian hatte bewußt zwei nebeneinander liegende Einzelzimmer gebucht – erreichte man mit einem Lift, der an der Außenfassade des Hotels nach oben schwebte.

Den ersten Tag verbrachten sie schlafend, unterbrochen nur von einem Abendessen und einem kurzen Spaziergang zur Endstation der Santa-Fe-Eisenbahn. Als sie am folgenden Morgen erwachten, schimmerte die Bay türkisfarben in der Sonne, als gäbe es hier kein anderes Wetter.

Gegen Mittag mieteten sie einen Wagen, um nach Bonita im Süden der Stadt zu fahren, wo, wie der freundliche Portier, ein junger Mexikaner, erklärt hatte, das gesuchte Haus zu finden sei. Also fuhren sie den Freeway Nr. 5 in Richtung Tijuana, verließen die Schnellstraße nach zehnminütiger Fahrt an der Ausfahrt East Street, durchquerten eine kilometerlange Vorstadtsiedlung mit Schnellrestaurants, Tankstellen und Supermärkten und gelangten so geradewegs auf die Bonita Road, von der nach zwei Kilometern, über die sich zur linken ein gepflegter Golfplatz erstreckte, an einer Ampel eine Straße abzweigte, die den weiten Hang hinauf zu der angestrebten Adresse führte.

Das flache, wie die meisten Häuser der Umgebung mit Holzschindeln gedeckte Holzhaus lag, von der Straße gesehen, etwas tiefer und bot einen atemberaubenden Blick über das Tal. Orangenbäume verrieten die Vorliebe der Bewohner für Grünkultur, vor allem Strelitzien und meterhohe Agaven verliehen dem im übrigen eher schlicht wirkenden Haus eine gewisse Exotik.

Aurelia Vossius war nicht zu Hause, aber die Nachbarin,

eine schwarzhaarige Ostasiatin, die hier mit ihrem Mann während des Koreakrieges eine Bleibe gefunden hatte – wie sie ihnen freimütig erzählte –, erklärte, Mrs. Vossius arbeite beim City Council von San Diego und kehre meist gegen 17 Uhr zurück, ob sie etwas ausrichten könne.

Adrian und Anne verneinten und kündigten an, sie würden nach drei Stunden wiederkommen. Zeit genug für einen Trip nach Coronado, das mit dem Festland über eine hohe Brücke verbunden ist, welche die Bay von San Diego wie der runde Bogen einer Laute überspannt.

Als sie zum Bonita View Drive zurückkehrten, hatte Mrs. Vossius bereits Kunde von ihrem Besuch; auch daß es sich bei den Fremden um Deutsche handeln mußte, hatte die Nachbarin bereits gemeldet.

Aurelia Vossius, eine zierliche Amerikanerin aus Nebraska, die nach dem Marinedienst in San Diego hängengeblieben war, begegnete ihnen mit amerikanischer Höflichkeit, ohne ein gewisses Mißtrauen abzulegen. Erst als Anne Aurelias Brief an Marc Vossius hervorzog – sie erkannte ihn auf den ersten Blick wieder –, wich die Unsicherheit aus ihrem Blick, und sie bat die Besucher ins Haus.

Sie hatten sich abgesprochen, ihren Mordverdacht im Falle Vossius nicht zu erwähnen, da ihnen Beweise fehlten für diese Tat und die Information nur auf dem Hinweis des zwielichtigen Pflegers beruhte; aber, dachten sie, über den Tod des Professors durften sie seine geschiedene Frau nicht im unklaren lassen. Schließlich war das auch der Grund, warum sie, Anne und Adrian, in den Besitz des Nachlasses gekommen waren, aus dem dieser Brief stammte.

Mrs. Vossius, in deren Erscheinungsbild die Zähigkeit und Beherrschtheit zutage trat, die kleinwüchsigen Menschen eigen ist, nahm die Nachricht unerwartet gelassen auf, obwohl sie – und das konnte man der Reaktion auf den alten Brief entnehmen – zu Vossius noch eine starke Bindung hatte. Sie wußte auch nichts von dem Säureattentat ihres Ex-Mannes, doch schien sie dieses nicht ungewöhnlich zu beeindrucken; jedenfalls kam es den Besuchern vor, als sei sie in der Vergangenheit Kummer gewöhnt gewesen, was das eigenwillige Verhalten des Professors betraf.

Um ihr Vertrauen zu gewinnen, und damit Aurelia Vossius sah, daß Annes Schicksal und das des Professors auf rätselhafte Art und Weise verknüpft waren, holte Anne weit aus und schilderte wahrheitsgemäß den Tod ihres Mannes und die damit verbundenen Ereignisse, die sie letztlich hierher geführt hatten.

Gleiches Schicksal verbindet, und Mrs. Vossius gewann allmählich Zutrauen zu den Fremden, sie legte ihre anfängliche Reserviertheit ab und sagte, nachdem sie sich Annes Geschichte angehört hatte: »Ich hoffe, es schockiert Sie nicht, wenn ich Ihnen sage, daß mich das alles nicht sehr verwundert.«

Anne und Adrian sahen sich an. Die Aussage kam überraschend.

»Nein«, fuhr Aurelia Vossius fort, »nicht einmal Marcs Tod überrascht mich. Er war vorauszusehen. Ich glaube sogar, sie haben ihn in den Tod getrieben.«

»Sie?«

»Sie! Die Orphiker, die Jesuiten, die Forschermafia, was weiß ich, wer alles hinter ihm her war.«

Anne und Adrian horchten auf: »Orphiker, Jesuiten, Forschermafia? Was hat das zu bedeuten?«

Die kleine Frau nestelte an einer Schachtel Mentholzigaretten. Ihre Finger verrieten jetzt große Nervosität. »Sie beide sind vermutlich die einzigen, mit denen ich offen darüber reden kann«, sagte sie, während sie sich eine Zigarette anzündete, »jeder andere würde mich für verrückt erklären.«

# 9

»WENN ICH ES mir recht überlege«, begann Aurelia, während sie in kurzen Abständen kleine Rauchwolken in die Luft blies, »begann das Dilemma schon vor zehn Jahren, als Marc nach Kalifornien kam. Er hatte einen Lehr- und Forschungsauftrag der University of San Diego in seinem Fachgebiet Komparatistik. Er galt als einer der Besten der Welt auf seinem Gebiet; aber er machte gleich zu Beginn seiner Arbeit einen entscheidenden Fehler, er legte sich mit den Kunsthistorikern an, konkret, er sagte ihnen, den Experten, was diese noch nicht wußten, auch gar nicht wissen konnten, und das hatte zur Folge: Marc hatte von Anfang an nur Feinde.«

»Und worum ging es dabei?«

»In einfachen Worten gesagt: Marc lieferte den Kunstprofessoren eine Theorie, nach der Leonardo da Vinci nicht nur ein genialer Künstler, sondern ein ebenso großer Philosoph war, der über geheimes Wissen verfügte, geeignet, die Welt zu verändern. Das paßte natürlich den Kunstforschern nicht, weil ein Literaturforscher ihnen einen ihrer Größten streitig machen wollte, und sie meinten, Vossius solle lieber bei Shakespeare und Dante bleiben.«

»Ähnliches hat uns Vossius in Paris berichtet«, bemerkte Anne. »Das Säureattentat auf das Gemälde Leonardos richtete sich also keineswegs gegen das Gemälde oder seine Darstellung, schon gar nicht gegen Leonardo, sondern es richtete sich gegen die Kunstforscher und ihre sture Haltung. Das hat uns Vossius erklärt. Aber Sie erwähnten ›Orphiker‹ und Jesuiten?«

Mit einer abfälligen Handbewegung tat Mrs. Vossius ihren Unmut kund. Schließlich quetschte sie ihre Zigarette aus und murmelte irgend etwas wie: »Gangster sind das, alles Gangster.«

Anne und Adrian verständigten sich mit den Augen. Es schien ihnen nicht ratsam, mit weiteren Fragen nachzubohren. Wenn Aurelia Vossius reden wollte, würde sie es aus freien Stücken tun. »Der Professor«, meinte Anne eher beiläufig, »war sehr stolz, in dem Gemälde einen Hinweis auf Barabbas zu finden.«

Mrs. Vossius blickte auf: »So, hat er das?« Ihre Stimme klang bitter.

»Ja, auf dem Gemälde kam eine Halskette zum Vorschein, aus deren Steinen sich der Name ›Barabbas‹ zusammensetzen läßt.«

»Ach.« Aurelia schien verblüfft. »Dann wissen Sie ohnehin schon alles ...«

»O nein, im Gegenteil«, beeilte sich Anne zu erwidern, »als wir, nachdem der Professor uns einen Einblick in seine Forschungen gegeben hatte, am folgenden Tag in die Klinik zurückkehrten, war er bereits tot.«

»Halten Sie das für einen Zufall?« fragte Aurelia Vossius kühl.

Anne erschrak. »Wie meinen Sie das, Mrs. Vossius?«

»Nun, ich glaube nicht daran, daß Marc eines natürlichen Todes gestorben ist.«

»Warum nicht, Mrs. Vossius?«

Aurelia Vossius schlug die Augen nieder und sagte mit einer gewissen Verlegenheit: »Ich nehme an, daß Sie meinen Brief an Marc gelesen haben. Dabei wird Ihnen klar geworden sein, daß wir uns nicht im Bösen getrennt haben. Ja, die Jahre mit Marc waren die schönsten meines Lebens.« Bei diesen Worten zerknüllte sie den Brief mit beiden Händen, dann fuhr sie fort: »Aber dann verdrängte sein Forscherdrang unsere Liebe. Es gibt Männer, die sind mit ihrem Beruf verheiratet; das ist schwer zu ertragen für eine Frau. Bei Marc war es anders, er sah in seinem Beruf eine Geliebte, und das führt unweigerlich zur Katastrophe. Er kannte nur noch einen Gedanken, seine Geliebte. Und als andere kamen, um ihm seine Geliebte streitig zu machen, da drehte er durch.«

Anne und Adrian hatten Schwierigkeiten, Aurelias Andeutungen zu folgen. Zweifellos wußte die Frau mehr, als sie zu hoffen gewagt hatten, doch es würde nicht einfach sein, das wurde immer deutlicher, ihr das Geheimnis zu entlocken.

»Was wollen Sie damit andeuten: Er drehte durch?« fragte Anne.

»Auf der Suche nach Beweisen für seine Hypothese reiste Marc mehrere Male um die halbe Welt, kaufte irgendwelche Papyri und Pergamente, die er niemandem zeigte, und überzog den Forschungsetat seines Instituts um ein Vielfaches, so daß die University of San Diego ihm eine Rüge erteilte und androhte, ihn hinauszuwerfen. Marc weigerte sich nämlich standhaft, Einsicht in seine neueren Forschungsergebnisse zu geben. Er schwieg; auch ich bekam nur am Rande mit, worum es eigentlich ging.«

»Und worum ging es?« Anne rutschte ungeduldig auf ihrem Stuhl hin und her.

»Sind Sie katholisch?« fragte Mrs. Vossius unvermittelt an Anne gewandt.

»Protestantisch«, erwiderte diese überrascht, und kleinlaut fügte sie hinzu: »Jedenfalls auf dem Papier.«

»Ich sollte«, fuhr Aurelia Vossius fort, »der Reihe nach berichten. Weil Marc sich weigerte, irgend etwas von seinen Forschungen bekanntzugeben, und daher mit seiner Kündigung rechnen mußte, quittierte er seinen Dienst. Wir waren nicht arm, aber für den wenig einträglichen Job eines Privatgelehrten reichten meine Einkünfte allein nicht aus. Dafür hatte Marc auf einer seiner Reisen einen komischen Kerl kennengelernt. Er nannte sich ›Thales‹ und ...«

»Wie?« rief Anne in heftigster Erregung. »Thales – Ein weißhaariger Mann mit ungewöhnlich roten Backen und dem frommen Aussehen eines Ordensbruders?«

»Das weiß ich nicht«, erwiderte Mrs. Vossius, »ich habe den Mann nie gesehen, aber er *war* so etwas wie ein Ordensbruder. Er gehörte den Orphikern an, einem obskuren Eliteorden, der angeblich nur die gescheitesten Köpfe der Welt bei sich aufnimmt, jeweils den klügsten in seinem Fachgebiet.«

»Thales!« rief Anne und schüttelte den Kopf.

»Sie kennen ihn?«

»Und ob! Er war hinter einem alten Pergament her, das er im Besitz meines Mannes glaubte. Nach Guidos Tod traf ich mit ihm in Berlin zusammen. Er inszenierte ganz merkwürdige Dinge und bot mir viel Geld für ein kleines Dokument.«

Mrs. Vossius nickte zustimmend: »Der Orphiker-Orden ist steinreich. Diese Leute verfügen über unglaubliches Kapital. Marc erzählte mir, Thales habe nur gelacht, als mein Mann finanzielle Forderungen für seine Forschungen stellte. Er habe gesagt, Marc könne über soviel Geld verfügen, wie er für notwendig halte.«

»Unglaublich«, staunte Kleiber, »aber die Sache hatte natürlich einen Haken.«

»Die Leute stellten Bedingungen. Bedingung Nummer eins: Marc mußte alle Brücken hinter sich abbrechen und dem Orden, der irgendwo im Norden Griechenlands angesiedelt ist, beitreten. Bedingung Nummer zwei: Marc sollte alle seine Forschungen in den Dienst der Orphiker-Bewegung stellen. Bedingung Nummer drei: Der einmal geschlossene Vertrag war unauflöslich, das heißt, er hatte auf Lebenszeit Gültigkeit. Die beiden ersten Bedingungen hat Marc mir gegenüber erwähnt, über die dritte Bedingung haben wir ausführlich gesprochen. Sie bereitete ihm wohl die größten Bedenken. Marc erzählte, auf seinen Einwand, er wisse nicht, wie er in zehn Jahren über sein Leben denke, habe Thales geantwortet, das müsse er sich eben vorher überlegen. Orphiker verfügten, einmal in die Gemeinschaft aufgenommen, über soviel geheimes Wissen, daß sie eine Gefahr für die Welt darstellten. Deshalb würden sie, falls sie den Orden verlassen wollten, von der Gemeinschaft gezwungen, sich umzubringen.«

»Das sind Wahnsinnige!« rief Kleiber. »Alles Wahnsinnige!«

Mrs. Vossius hob die Schultern: »Möglich. Aber vielleicht verstehen Sie jetzt, warum ich nicht an einen natürlichen Tod meines geschiedenen Mannes glaube.«

»Ich verstehe«, meinte Adrian kleinlaut und sah Anne von der Seite an. Die beiden verstanden sich: Nein, in der gegenwärtigen Situation erschien es wirklich nicht angebracht, Mrs. Vossius die ganze Wahrheit zu beichten.

Die aber erhob sich, ging zu der dem Kamin gegenüber liegenden Bücherwand und zog aus einem hölzernen Kästchen ein Papier hervor. »Marcs letzter Brief«, sagte sie und strich mit dem Handrücken über das längsgefaltete Papier. Dann gab sie, ohne eine Zeile zu lesen, den Inhalt des Briefes mit ihren eigenen Worten wieder. Vossius, sagte sie, habe sich mit dem Gedanken getragen, den Orden zu verlassen. Es habe Auseinandersetzungen gegeben, weil der Professor darauf bestand, seine Entdeckung zu veröffentlichen. Die Orphiker hingegen hätten das Wissen für sich behalten wollen, weil, wie sie sagten, Wissen die einzig wahre Macht auf Erden sei. Marc habe nie erklärt, was das eigentlich Brisante an seiner Entdeckung gewesen sei; er habe nur angedeutet, sie sei geeignet, den ganzen Vatikan zum Museum und den Papst zu einer Operettenfigur werden zu lassen.

»Der Professor war offensichtlich kein Freund der Päpste«, stellte Adrian mit einem Schmunzeln fest.

»Er haßte sie«, ergänzte Mrs. Vossius. »Er haßte sie mit aller Leidenschaft, nicht aus Glaubens-, sondern aus Wissensgründen. Er war von der Idee besessen, Galileo Galilei zu rächen, dem die Inquisition so übel mitgespielt und den die Kirche bis heute nicht rehabilitiert hat. Der 22. Juni war für ihn immer ein Gedenktag, an dem er sich meditierend irgendwohin zurückzog und Rache schwor.«

Anne, die den Worten Mrs. Vossius' wie gebannt folgte, erkundigte sich: »Was bedeutet der 22. Juni?«

»An einem 22. Juni wurde Galileo von der Inquisition verurteilt, dem kopernikanischen System abzuschwören. Allein der Gedanke an dieses Ereignis machte Marc krank und aggressiv, weil, wie er sich ausdrückte, die Dummheit über das Wissen gesiegt habe.«

Diese Aussage war geeignet, den merkwürdigen Charakter des Professors Marc Vossius zu erklären. Mit einem Mal fügte sich sogar das Säureattentat auf das Leonardo-Gemälde in dieses Bild. Vossius brauchte die Öffentlichkeit seines Falles, um die Menschen auf seine Entdeckung aufmerksam zu machen.

»Und Sie haben keine Ahnung«, fragte Anne nach, »welche Entdeckung der Professor gemacht hatte?«

Mrs. Vossius sah den beiden in die Augen, als wollte sie ihre Vertrauenswürdigkeit prüfen. Sie holte tief Luft, ohne jedoch zu antworten. Seit einer Reihe von Jahren schleppte Aurelia Vossius Dinge mit sich herum, über die sie mit niemandem reden konnte, von denen nur sie wußte, und nun kamen zwei Fremde, und sie sollte ihnen alles beichten?

Andererseits ließ sie der Gedanke nicht los, daß sie und die fremde Frau eine Art Schicksalsgemeinschaft verband; jedenfalls zweifelte sie nicht daran, daß auch von Seydlitz einem Anschlag zum Opfer gefallen war. Dies gab wohl den Ausschlag für ihre Entscheidung.

Sie stand auf. »Kommen Sie mit«, sagte sie. Sie führte Anne und Adrian in ein kleines, quadratisches Zimmer, dessen Fenster zum Garten mit Sträuchern beinahe zugewachsen war, so daß kaum Licht eindringen konnte. Unzählige alte Bücher und ein nackter Schreibtisch ließen kaum Zweifel aufkommen, daß es sich dabei um das Arbeitszimmer des Professors handelte.

»Es mag Ihnen merkwürdig erscheinen«, bemerkte Mrs. Vossius, »aber ich habe seit Marcs Weggang nichts verändert. Sie können sich ruhig umsehen.«

Eher aus Verlegenheit – in Gedanken war Anne mit dem seltsamen Verhalten Aurelias beschäftigt – betrachtete sie die Bücherreihen an den Wänden, und zu ihrer Verblüffung stellte sie fest, daß es sich um eine Ansammlung von Bibeln und Kommentaren über das Neue Testament handelte, Bücher in allen Sprachen, und manche mehrere hundert Jahre alt. Die Folianten verbreiteten einen ätzenden Geruch.

»Mein Mann hat ein bisher unbekanntes Evangelium gefunden, sozusagen das Urevangelium, auf dem die vier anderen Evangelien fußen«, sagte Mrs. Vossius ruhig. »Das heißt, Marc entdeckte nur Teile davon. Sie stammen aus einem Pergamentfund, der vor einer Reihe von Jahren in Minia, in Mittelägypten, gemacht wurde. Auf der Suche nach Kalkstein stieg ein Steinschleifer auf das Versteck. Er schenkte die alte Pergamentrolle seinen drei Söhnen, und die teilten sie untereinander auf, und jeder machte seinen Teil zu Geld. Marc hat versucht, die Einzelteile wieder aufzuspüren. Dabei merkte er schon bald, daß auch andere hinter diesen Fragmenten her waren, und daraus entwickelte sich ein regelrechter Krieg.«

Aurelias Erklärung brachte Anne Seydlitz völlig aus der Fassung. »Dieses Evangelium«, sagte sie tonlos vor sich hin, »muß wohl Fakten enthalten, die irgendwelche Leute geheimhalten wollen ...« In Gedanken war Anne bei Guidos Unfall. Für sie gab es jetzt kaum noch Zweifel, daß Guido Opfer eines Attentats geworden war, um in den Besitz des Pergaments zu gelangen.

»Da, sehen Sie nur!« Mrs. Vossius zog einzelne Bücher aus den Regalen, schlug sie auf und hielt sie Anne vors Gesicht. In den Büchern waren Passagen gekennzeichnet, andere durchgestrichen, wieder andere mit fremdartigen Schriftzeichen ergänzt, ein Labyrinth von Verbindungslinien, Kreuzen und Balken, und alles nicht nur einmal, nicht zehnmal, nein Hunderte Male in Hunderten von Büchern mit Randbemerkungen, Hinweisen, Übersetzungen und Querverbindungen. Wahllos griff Aurelia Vossius in die Bücherwände und zog immer neue Bücher hervor mit immer groteskeren Markierungen und Hinweisen.

In einem der Bücher las Anne die unterstrichenen Zeilen: *Hütet euch vor dem Sauerteig, ich meine vor der Heuchelei der Pharisäer. Nichts ist verborgen, was nicht offenbar, und nichts geheim, was nicht bekannt werden wird. Darum wird alles, was ihr im Finstern gesprochen habt, am hellen Tage vernommen werden; und was ihr ins Ohr gesagt habt in den Kammern, das wird verkündet werden auf den Dächern.*

Mit roter Tinte hatte Vossius an den Rand geschrieben:

Lukas 12, 1–3
Matthäus 10, 26f.
Markus 8, 15
Lukas 8, 17
*Barabbas 17, 4*
Die letzte Zeile war zweifach unterstrichen.

Barabbas! Anne von Seydlitz schauderte, sie deutete mit dem Finger auf die Stelle im Buch und reichte es Kleiber. Der sah Anne an: Barabbas, das Phantom.

Anne mußte für die folgende Frage allen Mut zusammennehmen, schließlich konnte sie nicht absehen, wie Aurelia Vossius reagieren würde: »Mrs. Vossius, hat der Professor Ihnen erzählt, was es mit diesem ›Barabbas‹ auf sich hat?« Dabei hielt sie der Gefragten die Stelle im Buch vor das Gesicht.

»Barabbas?« Aurelia Vossius las, dachte nach und schüttelte den Kopf: »Ich kann mich nicht erinnern, daß er den Namen je erwähnt hätte.«

»Merkwürdig«, erwiderte Anne, die in dem Buch weiterblätterte. An einer anderen Stelle war der folgende Text gekennzeichnet: *Dies ist das Zeugnis des Johannes, als die Juden von Jerusalem Priester und Leviten zu ihm sandten, um ihn zu fragen: »Wer bist du?« – Und er bekannte und verhehlte nicht, er bekannte: »Ich bin nicht der Messias!« – Da fragten sie ihn: »Was dann? Bist du Elias?« – Er sprach: »Ich bin es nicht.«– »Bist du der Prophet?« Er antwortete: »Nein.« – Da sagten sie zu ihm: »Wer bist du dann? Damit wir denen, die uns gesandt haben, Antwort bringen. Was sagst du von dir selbst?« – Er sprach: »Ich bin die Stimme eines Rufers in der Wüste: ›Bereitet den Weg des Herrn‹, wie der Prophet Isaias gesagt.«*

Auch an dieser Stelle Anmerkungen des Professors:
Johannes 1, 19
Matthäus 11, 14; 17 10
Markus 9, 11
*Barabbas??* – Barabbas wieder unterstrichen.

»Nein«, nahm Mrs. Vossius ihre Rede wieder auf, »er hat diesen Namen nie genannt. Ich höre ihn zum ersten Mal, dessen bin ich sicher. Was hat er zu bedeuten?«

Kleiber, in die Textstelle versunken, antwortete mit einem Kopfschütteln: »Aus den Randbemerkungen könnte man schließen, daß sich die Textstellen bei den verschiedenen Evangelisten ergänzen, und das würde bedeuten, daß Barabbas Urheber dieses fünften Evangeliums ist. Die Tatsache allein erklärt jedoch nicht die Brisanz, die diesen Namen umgibt, wo immer er auftaucht.«

»Der Name Barabbas«, ergänzte Anne, »muß irgendeine geheime Bedeutung haben, er scheint eine Art Codewort zu sein, mit dem nur Eingeweihte etwas anfangen können, gleichsam der Schlüssel zu einem Geheimnis von überragender Bedeutung.«

Mrs. Vossius vermittelte den Eindruck, als verstünde sie von all dem nichts. War das nur gespielt, oder hatte sie in der Tat keine Ahnung, womit ihr Mann acht Jahre lang seine Zeit verbracht hatte? jedenfalls machte sie in den Augenblicken, da Anne und Adrian sich mit den Büchern aus der Bibliothek beschäftigten, einen ungewöhnlich ruhigen Eindruck. Sie hatte sich wohl abgefunden mit dem eigenen Schicksal und dem ihres Mannes.

Verwirrt von den zahllosen Hinweisen in den verschiedenen Büchern richtete Anne an Mrs. Vossius die Frage, ob der Professor nie über seine Forschungen gesprochen habe, ob er ihr nie das Ziel seiner Arbeit verraten habe.

Vossius, erwiderte Aurelia, sei ein sehr verschlossener Mensch gewesen. Natürlich habe er über seine Arbeit gesprochen, doch hätten ihr solche Gespräche Schwierigkeiten bereitet, oft habe sie seine Gedankengänge einfach nicht verstanden, vor allem, wenn es um sein Fachgebiet, die Komparatistik, ging. Marc, sagte sie, habe zwei Menschen verkörpert, den liebenswerten und charmanten Durchschnittsmann, mit dem sie im Bonita-Club Golf spielte, und den besessenen Wissenschaftler, der Schwierigkeiten hatte, sich im alltäglichen Leben zurechtzufinden. Leider habe der zweite den ersteren

Menschen in zunehmendem Maße verdrängt, und das sei ihrer Ehe nicht gerade förderlich gewesen. Aber, meinte Mrs. Vossius abschließend, jetzt habe sie vielleicht schon zuviel gesagt.

Anne und Adrian sahen darin eine Aufforderung zu gehen, und sie verabschiedeten sich.

## 10

AUF DER RÜCKFAHRT zu ihrem Hotel, die zuerst schweigend verlief, weil ein jeder seine Gedanken zu ordnen suchte, begann Anne schließlich: »Was hältst du von Mrs. Vossius?«

Kleiber verzog das Gesicht zu einer Grimasse zwischen Lachen und Weinen. »Schwer zu sagen«, entgegnete er, »ich möchte nicht behaupten, daß sie lügt; aber ich kann mich des Eindrucks nicht erwehren, daß uns Mrs. Vossius etwas Wichtiges verschwiegen hat.«

»Daß sie nicht gewußt haben will, woran ihr Mann eigentlich arbeitete?«

»Zum Beispiel«, erwiderte Kleiber. »Du kannst nicht acht Jahre mit einem Mann verheiratet sein, ohne zu wissen, womit der Mann sein Geld verdient.«

»Nun ja, gewußt hat sie es ja. Sie kannte nur nicht die Einzelheiten, mit denen Vossius sich beschäftigte. Ich weiß doch auch, was du in deinem Beruf machst, ohne über Einzelheiten Bescheid zu wissen. Ehrlich gesagt, es interessiert mich auch nicht, und so ist es durchaus denkbar, daß Mrs. Vossius sich nicht für seine Arbeit interessiert hat.«

Kleiber schüttelte den Kopf: »Ich kann mir das einfach nicht vorstellen. Der Mann ist nicht nur einmal um die halbe Welt gereist auf der Suche nach irgendeinem kleinen Stück Pergament. Er muß seiner Frau doch erklärt haben, warum ein solches Stück Papier für ihn so wichtig ist. Und wenn er es nicht von sich aus erklärte, hat seine Frau ihn gefragt. Das aber hat Mrs. Vossius abgestritten. Ich glaube das nicht.«

Als sie den Golfplatz des Bonita-Clubs passierten, hielt Kleiber den Wagen an. »Erwähnte Mrs. Vossius nicht, sie hätten hier Golf gespielt?«

»Ja, natürlich«, erwiderte Anne. »Ich glaube, wir haben beide dieselbe Idee.«

Kleiber bog auf den großen Parkplatz ein. Auf der Terrasse des Clubhauses saßen plaudernd ein paar Spieler und tranken Eistee. Anne und Adrian gaben sich als Freunde von Vossius aus Deutschland aus und erkundigten sich, ob jemand den Professor näher gekannt habe.

Was heißt gekannt, sie seien sich begegnet, war die Antwort, aber näher gekannt habe den Professor nur Gary Brandon, sein Assistent, und einer zeigte zum nahen Fairway, wo ein Mann und eine Frau damit beschäftigt waren, einen Ball aus dem Rough zu fischen. Das seien Gary und seine Frau.

Gary Brandon und seine Frau Liz, im Gegensatz zu ihrem Mann ziemlich wohlbeleibt, erwiesen sich als sehr herzlich und zuvorkommend. In einem kurzen Gespräch war zu erfahren, daß Brandon inzwischen Vossius' Nachfolger geworden war. Als Anne den Brandons von Vossius' Tod in Paris erzählte, meinte Liz, ob sie nicht abends zu einem Drink vorbeikommen wollten. Sie würden gerne mehr über die Sache erfahren.

Anne und Adrian kam die Einladung sehr gelegen. Vielleicht war von den Brandons mehr über Vossius und seine Arbeit herauszubekommen.

Gary und Liz wohnten auf Coronado, in der 7. Straße westwärts der Orange Avenue, in einem Bungalow aus Holz mit einem winzigen Vorgarten und einem kleinen Innenhof an der Rückseite, in dem ein kitschiger Springbrunnen plätscherte, dessen Wasserfläche, elektrisch beleuchtet, alle zehn Sekunden die Farbe wechselte wie ein bedrohtes Chamäleon. An den Wänden und auf dem dunkelbraunen, rustikalen Mobiliar hingen und standen gerahmte Fotografien – ein paar Hundert mochten es sein –, die das Ehepaar Brandon im Kreise seiner großen Familie oder zahlreicher Freunde zeigte – die ältesten noch aus den vierziger Jahren.

Das Gespräch kam schnell auf Vossius, der, wie sich herausstellte, in Gary Brandon einen großen Bewunderer hatte. Vossius, so wußte er zu berichten, habe über das sogenannte absolute Gedächtnis verfügt, eine Eigenschaft, die nur einmal unter Millionen vorkommt, und die den Betreffenden in die Lage versetzt, einmal Gelesenes im Gehirn zu speichern und bei Bedarf, auch nach vielen Jahren, Wort für Wort abzurufen. Allein diese Fähigkeit habe Vossius für die vergleichende Literaturwissenschaft prädestiniert. Vossius sei in der Lage gewesen, exakt wie ein Computer zu arbeiten, zu einer Zeit, da alle anderen noch ihre Zettelkästen bemüht hätten – ein Glücksfall für die Wissenschaft. Nach Belieben habe der Professor Textstellen aus Dantes ›Göttlicher Komödie‹ und Goethes ›Faust‹ aus dem Gedächtnis zitiert und miteinander verglichen; er sei eben ein Genie gewesen. Allerdings – und dabei wurde Brandon ernst – sei dieses sein absolutes Gedächtnis auch schuld daran gewesen, daß Vossius allmählich, aber mit zunehmender Deutlichkeit den Verstand verloren habe.

Aber Vossius sei ihnen, als sie mit ihm in St. Vincent de Paul geredet hätten, völlig normal vorgekommen, gab Anne empört zu bedenken. Sie hätten zwar anfangs ebenfalls geargwöhnt, ob Vossius bei klarem Verstand sei, aber mehrere Gespräche hätten dann alle Zweifel beseitigt.

Eben, meinte Brandon, das sei typisch für sein Verhalten gewesen. Man habe mit Vossius über die kompliziertesten Probleme diskutieren können, ohne zu merken, daß derselbe Mann auf einmal Unsinn zu reden begann.

Er habe da seine Lieblingsthemen gehabt; eines sei der Absolutheitsanspruch der römischen Kirche gewesen. Anders als die Apologetik habe Vossius die Frage, ob die Überlegenheit des Christentums über alle anderen Religionen auch ohne Annahme des christlichen Glaubens, also rein wissenschaftlich oder vernunftsmäßig bewiesen werden könne, verneint und ständig neue Gegenbeweise zusammengetragen – zuletzt dieses angeblich neue Evangelium.

Die Frage, welchen Inhalts dieses neue Evangelium sei, vermochte Brandon nicht zu beantworten. Keiner im Institut könne diese Frage beantworten, denn Vossius habe um sich eine Mauer der Geheimtuerei errichtet. Es könne ja sein, daß die von ihm zusammengetragenen Fragmente Teile eines unentdeckten Evangeliums seien, aber über seine wahre Bedeutung habe er beharrlich geschwiegen.

Auch gegenüber seinem Assistenten?

Auch gegenüber seinem Assistenten.

Natürlich sei das äußerst merkwürdig gewesen und habe schließlich auch zu der Trennung geführt, denn mit seinem eigentlichen Fachgebiet habe die Sache nichts mehr zu tun gehabt. Bedauerlich, er habe Vossius wirklich geschätzt.

Während Brandons Rede hatte Anne die zahlreichen Fotografien betrachtet, und an einer war ihr Blick hängengeblieben. Sie zeigte Gary und Liz mit einem weiteren Paar vor der atemberaubenden Kulisse des Monument Valley. Der zweite Mann war Vossius in übermütiger, beinahe jugendlicher Haltung, wie sie ihn nicht erlebt hatten. Die zweite Frau, eine langhaarige Schönheit, löste bei Anne den Verdacht aus, ihr schon einmal begegnet zu sein, doch wußte sie nicht wo.

Liz bemerkte Annes Blick und meinte, das sei nun auch schon fünf Jahre her. Eine tragische Geschichte.

Anne sah Liz fragend an.

»Die Geschichte mit Hanna und Aurelia!« erwiderte Liz. »Sie kennen die Geschichte nicht?«

»Nein«, sagte Anne, »welche Geschichte?«

Gary nahm seiner Frau die Antwort ab, und er sprach dabei sehr behutsam: »Marc und Aurelia führten ein paar Jahre eine sehr glückliche Ehe. Bis Hanna kam. Sie war Altphilologin und lehrte obendrein klassische Archäologie. Hanna gehörte zu den wenigen Frauen, die blitzgescheit und atemberaubend schön sind. Hanna wickelte Vossius um den Finger, und Marc war ihr hörig. Für Aurelia hingegen brach eine Welt zusammen; sie kämpfte, aber sie kämpfte auf verlorenem Posten. Sie tat uns leid. Ich glaube, sie liebt ihn noch heute.«

Brandons Aussage erklärte manches im Verhalten von Aurelia Vossius. Welche Ehefrau berichtet schon ungeniert, daß ihr Mann sie betrogen habe.

»Für uns«, fuhr Gary fort, »war die Situation nicht einfach. Wir schätzten Aurelia, aber wir mochten auch Hanna. In den letzten Jahren nahm Hanna Marc voll und ganz in Beschlag, sein Privatleben ebenso wie sein Berufsleben. Und je mehr ich darüber nachdenke, desto mehr gelange ich zu der Überzeugung, daß Hanna auf Marc angesetzt worden war.«

Anne und Adrian sahen sich fragend an. »Was heißt angesetzt?« fragte Kleiber. »Das müssen Sie uns erklären.«

»Nun, es war Hanna, die Vossius mit dem sogenannten Orphiker-Orden in Verbindung brachte. Ich glaube, Hanna gehörte, schon bevor sie nach Kalifornien kam, diesem Orden an, und sie kam mit dem Ziel zu uns, Marc dafür zu gewinnen.«

»Wissen Sie Näheres über diesen mysteriösen Orden?« erkundigte sich Anne zaghaft.

»Mysteriös ist das richtige Wort für diesen Club. Die Orphiker sind unter Wissenschaftlern ein Mythos, und viele glauben, daß es sie gar nicht gibt: eine Gruppe, die die größten Genies der Welt an einem Ort zusammenbringt und sie mit unerschöpflichen Mitteln ausstattet. Wenn ich nicht Vossius' Assistent gewesen wäre, würde ich wohl ebenso denken. Es gibt sie wirklich, und sie sind mächtig – und gefährlich. Ich halte sie sogar für kriminell in ihren Machenschaften. Es ist bekannt, daß sie nicht gerade zimperlich sind bei der Durchsetzung ihrer Ziele …«

»Welcher Ziele?« unterbrach Kleiber.

»Vossius«, erwiderte Gary, »dem ich einmal dieselbe Frage stellte – das war kurz bevor er hier überstürzt alle Zelte abbrach –, antwortete folgendermaßen: Jeder Tag in Unwissenheit sei ein verlorener Tag.«

»Dagegen gibt es nichts zu sagen«, stellte Kleiber fest.

»Nein«, erwiderte Gary Brandon, »aber diese Orphiker leben in einem Wissenswahn, und der ist wie jeder Wahn gefährlich. Ich glaube, diese Leute gehen über Leichen, und ich bin ganz froh, nicht so klug zu sein wie Vossius oder Hanna. Auf diese Weise bleibe ich von derartigen Nachstellungen verschont.«

»Sie meinen, daß den beiden ihre Klugheit zum Verhängnis wurde?« Adrian machte ein amüsiertes Gesicht.

»Ja, es klingt verrückt«, entgegnete Brandon, »die Jünger des Orpheus sind ständig auf der Suche nach Genies. Ein normaler Wissenschaftler findet bei ihnen nicht das geringste Interesse.« Er lachte.

»Und hatte Vossius eine Vorstellung davon, was ihn bei den Orphikern erwartet?«

Gary Brandon hob die Schultern: »Er hat nie darüber geredet, und, ehrlich gesagt, habe ich mich damals auch nicht dafür interessiert – ich wußte ja nicht, wie das einmal enden würde. Marc hatte nur Augen für Hanna, und mit ihr wäre er auch in den afrikanischen Busch gegangen. Eine fürchterliche Geschichte.«

»Und Sie haben nie mehr von Professor Vossius gehört?«

»Nie mehr. Aurelia bekam von ihm einen Brief. Was er darin schrieb, hat sie uns nicht erzählt, und wir wollten nicht aufdringlich sein, Sie verstehen?«

»Wußten Sie, wo Vossius sich aufhielt?«

»Irgendwo in den Bergen Nordgriechenlands. Marc hat einmal den Ort erwähnt, wo das Orphiker-Kloster zu finden sei: Leibethra. Ich habe den ungewöhnlichen Namen notiert, weil er schwer zu behalten ist, dann habe ich die besten Landkarten bemüht – ohne Ergebnis. Selbst die großen Enzyklopädien kennen den Ort nicht. Fündig wurde ich schließlich in einem uralten Lexikon der Antike. Dort stand zu lesen, Leibethra sei ein Ort am Fuße des Olymp in der makedonischen Landschaft Priterien, und nach verschiedenen Überlieferungen soll an diesem Ort Orpheus geboren, gestorben oder begraben sein. Die Bewohner von Leibethra galten von altersher als sprichwörtlich dumm.«

An Kleiber gewandt, meinte Anne: »Griechenland ist nicht aus der Welt. Wenn es noch eine Chance gibt ...« Dabei starrte sie immer wieder auf die Fotografie.

## 11

SPÄTER, NACHDEM ANNE und Adrian sich von den Brandons verabschiedet hatten, wobei sie versprechen mußten, ihnen alle Neuigkeiten im Fall Vossius mitzuteilen, später also, auf der Rückfahrt zu ihrem Hotel, kreisten Annes Gedanken noch immer um die Fotografie, und Kleiber fragte nach dem Grund ihrer Schweigsamkeit, und als Anne nicht antwortete, nicht antworten wollte, meinte er, wohl eher um Anne zu provozieren als aus Überzeugung: »Liz und Gary Brandon haben uns vermutlich ebenso nicht alles gesagt wie Aurelia Vossius.«

Anne widersprach heftig: »Ich glaube, die Brandons haben uns alles gesagt, was sie wissen. Sie sind persönlich an dem Fall interessiert, sonst hätten sie uns – im Gegensatz zu Mrs. Vossius – nicht gebeten, sie über neue Entwicklungen zu informieren. Ich habe das Gefühl, die Geschichte hat sie sehr mitgenommen.«

»Obwohl Brandon doch glücklich sein müßte, daß Vossius ihm ganz unerwartet seinen Platz freigemacht hat. Sie müssen wirklich gute Freunde gewesen sein.«

»Da ist nur diese Frau auf der Fotografie, Vossius' Geliebte ...«

»Sie sprachen über sie mit einem gewissen Respekt, mehr mit Bewunderung als mit Zuneigung. Sollte sie wirklich von den Orphikern auf Vossius angesetzt worden sein, dann gewönne der Fall eine neue Dimension, er würde gewissermaßen zur Geheimdienstaffäre.«

Dies wollte Anne nicht gelten lassen: »Da geht dir wohl deine Phantasie durch«, meinte sie mit einem Unterton von Spott in der Stimme, um sogleich wieder ernst zu werden: »Halten wir uns an die Tatsachen …«

»Tatsachen, Tatsachen!« Adrian brauste auf, als habe Anne ihn in seinem Innersten verletzt. »Die Tatsachen in dieser Geschichte sind ohnehin wahnwitziger, als sie die ausschweifende Phantasie eines Dichters hervorzubringen vermag.«

Anne nickte und schwieg wie zur Entschuldigung. Vor dem Hotel angelangt, wo Adrian den Wagen parkte, schlug Anne vor, noch einen Spaziergang zu machen. Die Sonne stand tief über der Bay, und das blaugrüne Meerwasser blinkte und blitzte in tausend weißen Funken. Aus den rückwärtigen Fenstern des schwimmenden Fischlokals am B-Street-Pier quoll der stinkende Rauch verbrannten Öls, und fliegende Händler aus dem nahen Mexiko forderten hinter ihren aus Pappkartons errichteten Verkaufsburgen mit witzigen Sprüchen die Passanten auf, es sei notwendig, Hemd oder Hose zu wechseln, hier finde man beides.

»Ich wage es beinahe nicht zu sagen«, begann Anne zögernd, während sie den Weg nordwärts einschlugen, wo der Verkehr ruhiger wurde, »mir geht die Frau auf der Fotografie nicht aus dem Kopf …«

»Die Geliebte von Vossius?«

»Ja, die Geliebte von Vossius.«

»Was ist mit ihr?« Kleiber stellte sich Anne in den Weg und sah ihr in die Augen.

Anne machte einen ziemlich ratlosen Eindruck. »Ich erzählte dir doch«, begann sie zögernd, »daß ich auf der Suche nach der Frau, die bei Guido in dem Unfallwagen saß, bei Donat war …«

»… dem Mann, der sich plötzlich in Luft aufgelöst hat.«

»Genau bei diesem. – Der Mann, also Donat, hatte eine Frau, querschnittsgelähmt, sie saß im Rollstuhl und konnte kein Glied ihres Körpers bewegen, nur den Kopf.«

»Was ist mit dieser Frau, sag schon!«

»Ich glaube, diese Frau im Rollstuhl ist die Frau auf der Fotografie bei Brandons, Vossius' Geliebte.«

Kleiber ließ von Anne ab, machte zwei Schritte zur Kaimauer und blickte auf die tanzenden Wellen. Er mühte sich vergeblich, den Sachverhalt, so er denn zuträfe, in die bisherigen Erkenntnisse einzuordnen – vergeblich, wie gesagt. »Also hat uns Brandon doch etwas verschwiegen«, sagte Adrian.

»Er hat nicht gewußt, daß ich mit Hanna Donat eine seltsame Begegnung hatte.«

»Oder er hat es gewußt und hatte einen Grund, ihre wahre Identität zu verschweigen.«

»Unsinn«, erwiderte Anne schroff, »dann hätte er ihr einen anderen Namen gegeben.«

»Er nannte sie bei ihrem Vornamen, Hanna.«

»Eben. Wir haben auch nicht nach ihrem Familiennamen gefragt!«

»Und du bist dir sicher, daß diese Hanna Donats Frau ist.«

»Die angebliche Frau Donats«, korrigierte ihn Anne. »Und sicher bin ich mir keineswegs. Sie sieht ihr nur verblüffend ähnlich; aber ein Unfall mit so schweren Folgen verändert ein Gesicht. Sie könnte es durchaus gewesen sein: Hanna Luise Donat.«

»Hanna Luise Donat!« rief Kleiber und faßte Anne an den Armen. »Diesen Namen hat doch auch die Frau benutzt, die zusammen mit Guido verunglückte.«

Im Gesicht Annes spiegelte sich die ganze tiefe Ratlosigkeit des Augenblicks, sie schluckte, aus Verzweiflung, weil auch sie nun nicht mehr weiter wußte, weil ihr von einem Augenblick auf den anderen klargeworden war, daß Guido sie doch nicht betrogen hatte, daß sie sich aussichtslos verfangen hatten in dem Labyrinth aus bösartigen Intrigen und anonymer Angst. Da war sie wieder, jene unbeschreibliche Angst, die an ihrem Körper hochkroch und sich um ihre Kehle legte, daß es ihr schwerfiel zu sprechen, jene unbeschreibliche Angst vor dem Unbekannten, die ihr überall begegnete, die überall auf sie lauerte, Angst.

Kleiber führte Anne in das Hotel zurück. Und hatte nichts dagegen, daß Anne sich auf ihrem Zimmer mit einer Flasche Malt sinnlos betrank. Als sie eingeschlafen war, verließ Kleiber ihr Zimmer und rief Gary Brandon an, ob Hanna, Vossius' Geliebte, Donat geheißen habe.

*Oh yes*, antwortete Brandon, ob er das nicht erwähnt habe?

## 12

DIE UNERWARTETE ENTDECKUNG, daß zwischen Professor Vossius und der Frau im Wagen ihres Mannes eine geheimnisvolle Verbindung bestanden hatte, schien Anne völlig aus der Fassung gebracht zu haben. Sie mochte nichts essen und hatte Schwierigkeiten, irgend etwas herunterzuschlucken. Die nervösen, hastigen Mahlzeiten der folgenden zwei Tage endeten meist abrupt, weil Anne vom Tisch aufsprang und sich übergeben mußte. Begann Adrian ein Gespräch, bemerkte er schon nach kurzer Zeit, daß Anne ihm überhaupt nicht zuhörte.

Und dann kam jener verhängnisvolle Donnerstagmorgen, als Kleiber in seiner Hilflosigkeit Anne in die Arme nahm und mit Zärtlichkeiten überhäufte, streichelte und küßte wie ein Wunderheiler mit einer ungewöhnlichen Therapie.

Im ersten Augenblick schien es, als genieße Anne die Wärme des Mannes, als wolle sie sich ihm hingeben; aber als Kleiber sie in den Sessel ihres Hotelzimmers drückte, wo die Szene sich zufällig abspielte, als er vor ihr kniete und sein Gesicht in ihrem Schoß vergrub, da schüttelte sich Anne plötzlich, als würde ihr Körper von einem Stromstoß durchfahren, sie packte Adrian an den Haaren und schleuderte ihn beiseite und schrie ihn an, ob er nichts anderes im Kopf habe und er solle sich zum Teufel scheren.

Kleiber beendete den peinlichen Zwischenfall, der ihm selber mehr leid tat als Anne (sie schien an diesem Morgen wirklich nicht bei klarem Verstand), indem er auf den Parkplatz vor dem Hotel lief, ins Auto sprang, den Motor aufheulen ließ, was eine ungemein beruhigende Wirkung auf ihn ausübte, und den schweren Dodge auf den Freeway Nr. 5 in südlicher Richtung lenkte.

Nach zehn Minuten zügiger Fahrt passierte Kleiber die mexikanische Grenze, wo ihn ›die größte Kleinstadt der Welt‹, wie ein Transparent über der Straße verkündete, mit Lärm, Staub und zahlreichen Gerüchen ekelerregender Art empfing. Einen Tag und eine halbe Nacht soff Kleiber sich durch die Kneipen von Tijuana, schüttelte Scharen bettelnder Kinder und ebenso viele billige Huren von sich ab wie lästiges Ungeziefer, und suchte gegen Mitternacht den Weg zurück über die wie ein breiter weißer Strich erleuchtete Grenze nach San Diego.

Im Hotel angekommen, eröffnete ihm der Portier, Mrs. Seydlitz habe sich zur vorzeitigen Abreise entschlossen, und Kleibers Frage, ob sie ihm eine Nachricht hinterlassen habe, beschied der freundliche Alte mit nein, er bedauere.

Es wäre falsch zu behaupten, daß es ihm in dem Augenblick leid getan hätte. Anne hatte ihn in seinem Innersten gekränkt, und er konnte sich auch gar nicht vorstellen, was geschehen wäre, falls Anne noch das Nebenzimmer bewohnt hätte. Wie hätte er sich verhalten sollen? Sie um Verzeihung bitten? Wofür? War er ihr nicht in den letzten Wochen mit aller Zurückhaltung und Zuvorkommenheit begegnet, die einen wahren Freund auszeichnet?

Zweifellos hatte Anne mit ihrer Szene am Vortag Kleiber auf unverzeihliche Weise gedemütigt. Nicht nur die Ereignisse der letzten Zeit, auch die Persönlichkeit Annes hatte etwas Unheimliches, Unberechenbares angenommen. Dabei hatte er diese Frau lieben gelernt, trotz ihres immer unberechenbarer werdenden Verhaltens, ihre Mischung aus Hilflosigkeit und wacher Intelligenz, ihre Schutzbedürftigkeit auf der einen und Selbständigkeit auf der anderen Seite. Ja, er liebte sie und wünschte nichts sehnlicher als die Lösung ihrer Probleme; doch wenn er eine Bilanz der gemeinsamen Recherchen zog, mußte er sich eingestehen, daß seine persönlichen Probleme dadurch eher größer als kleiner geworden waren. Und Anne von Seydlitz schien inzwischen zu der Überzeugung gelangt zu sein, daß sie sehr gut ohne ihn auskommen konnte. War ihre Abreise nicht der beste Beweis dafür?

Kleiber überlegte, wie es wohl in Annes Kopf aussehen mochte, ob sich überhaupt Platz fand für ihn. Hatte sie ihn jetzt nicht nur benutzt, seine Hilfe gebraucht, um ihn nun, da sie erkannte, daß er ihr nicht weiterhelfen konnte, abzuschieben wie einen unliebsamen Einwanderer? Doch hatte er eine andere Wahl, als ihr nachzureisen?

Mit weinerlichen Gedanken, die einen von Tequila triefenden Mann befallen, und ohne seine Kleider auszuziehen, schlief Kleiber auf seinem Hotelbett ein.

# SECHSTES KAPITEL

## Der Pferdefuß des Teufels
## Indizien

# 1

AN DER STIRNSEITE des langen Saales, durch dessen hohe Fenster zur Linken das glänzende Morgenlicht eines römischen Herbsttages fiel, prangte, auch von den hinteren Plätzen sichtbar, die Inschrift in goldenen Lettern: *Omnia ad maiorem Dei gloriam*. Alles zur höheren Ehre Gottes. Wie die Sprossen einer Leiter waren schmale Tische in dem Saal quergestellt, exakt ausgerichtet in gleichem Abstand, einer hinter dem anderen, und nur auf der rechten Seite, wo sich Bücher und alte Folianten bis zur hohen Decke des Raumes stapelten – eine jede Reihe mit einem Buchstaben-Code versehen, der in Kürzeln wie ›Scient. theol.‹ oder ›Synop. hist.‹ oder ›Mon. secr.‹ viel Wissen und viel Heiligkeit verriet –, war ein schmaler Gang, durch den sich die schwarzgrau gekleideten Jesuiten Zugang zu ihren Arbeitsplätzen verschafften.

Der Saal in einem Rückgebäude der päpstlichen Universität Gregoriana an der Piazza della Pilotta, einem wuchtigen Bau aus den dreißiger Jahren, vergleichbar eher einem protzigen Ministerium als einer *Alma mater*, war den meisten Studenten unbekannt, und selbst die Studenten des Bibelinstituts, die sich in dem Labyrinth der Gänge und Treppen durch Zufall hierher verirrten, wurden an den hohen doppelten Türen von einem Wächter am Zutritt gehindert. Wer den Saal betrat – und vom Aussehen und dem ganzen Habitus handelte es sich dabei keineswegs um Studenten –, mußte sich mit Unterschrift in ein ausliegendes Buch eintragen und ging stumm an sein Werk.

Auf den langen, schmalen Tischen lagen Faltpläne ausgebreitet wie in einem Architekturbüro, doch bei näherem Hinsehen entpuppten sich die Schriftrollen als ein einziges, riesiges Puzzle, zusammengesetzt aus Hunderten einzelner kleiner, unregelmäßiger Felder und zahlreichen Fehlstellen, durch die das blanke Holz der Tische in Erscheinung trat wie abgesprungene Farbe in einem Gemälde.

Einige Tische standen verweist, um einen anderen schürte sich ein halbes Dutzend Jesuiten, von denen insgesamt etwa dreißig den Saal bevölkerten und in einem undurchschaubaren System ihrer Arbeit nachgingen. (Natürlich hatte die Arbeit der Jesuiten System, ein sorgfältig ausgeklügeltes sogar, beinahe mathematisch geordnet; aber man hätte schon sehr aufmerksam, vor allem aber sehr nahe, hinsehen müssen, um zu erkennen, daß die auf die Tische geklebten Papierteile auf allen Tischen gleich und obendrein Kopien eines Originals waren, insgesamt dreißig gleiche Puzzlespiele.)

Unterschiedlich wie die Charaktere der Menschen gingen die Jesuiten ans Werk: Die einen vergruben ihre Stirn in die Hände und starrten in tiefer Verzweiflung vor sich hin wie jener Sünder in Michelangelos Jüngstem Gericht; andere hatten sich mit großen Lupen bewaffnet und skizzierten, was das Vergrößerungsglas ihnen vermittelte, auf weiße Blätter, fremdartige Schriftzeichen, vielfach unvollständig; wieder andere tanzten mit teuflischem Gesichtsausdruck um ihre Texte, als handelte es sich um ein Versteckspiel mit einem unsichtbaren Gegner.

Dort, wo sich sechs um einen Tisch scharten, herrschte, im Gegensatz zu den anderen Plätzen, große Aufregung, weil, was nicht alle Tage vorkam, Dr. Stepan Losinski, ein hagerer Pole mit kleinem glattrasiertem Schädel, tiefliegenden Augen und einer knochigen Höckernase, eine Wort-, in diesem Fall sogar eine Satzfolge vortrug, die, wie er glaubte, den koptischen Schriftzeichen auf einem der Fragmente entsprach und den Umstehenden Schauder einjagte, als handelte es sich um eine unerhört gruselige Angelegenheit.

»›Nicht war er selbst das Licht‹«, las Losinski und deutete

mit dem Finger auf die Textstelle vor sich auf dem Tisch, » ›sondern zeugen wollte er vom Licht. Das wahre Licht, das jeden Menschen erleuchtet, kam in die Welt. In der Welt war er, und die Welt wurde durch ihn, aber die Welt erkannte ihn nicht, und das war gut so ...‹«

Professor Manzoni, Profeß und einer der vier Generalassistenten des Ordens und als solcher mit der Leitung der unter strenger Geheimhaltung stehenden Arbeitsgruppe betraut, schob die Umstehenden beiseite, beugte sich über Losinskis Skizzenblatt, verglich es mit dem auf den Tisch geklebten Vorbild, bewegte, während er las, tonlos die Lippen und sagte schließlich mit seiner hohen, unangenehmen Stimme: »Das klingt verdammt nach Johannes, erstes Kapitel, acht bis elf ...«

»Ist es aber nicht«, erwiderte Losinski schnippisch, »das wissen Sie genau wie ich.«

Manzoni nickte. Zwischen den beiden herrschte eine unüberbrückbare Feindschaft, obwohl der Pole ein einfacher Koadjutor und der Italiener Profeß und einer der fünf höchsten Würdenträger des Ordens, von Rang und Status also dem anderen kein ebenbürtiger Gegner war. Ihre Rivalität beruhte vielmehr auf wissenschaftlichem Gebiet. Als Bibelwissenschaftler war Losinski ein As, zumindest, was das Neue Testament betraf, und als solcher hatte er mehrfach Manzoni korrigiert, ja, ihm peinliche Fehler nachgewiesen, die einem Manne seines Ranges unwürdig und sogar geeignet schienen, den Ruf des ganzen Ordens zu ruinieren, der sich gerne als Elitetruppe christlicher Wissenschaft bezeichnet.

Die anderen schmunzelten, sie waren die Gefechte der beiden gewohnt, die sich oft ereiferten wie kämpfende Hähne und in einem Gemisch aus Italienisch und Latein bösartige Gemeinheiten an den Kopf warfen wie ›*caveto, Romane*‹ – zu deutsch: ›Bleib mir bloß vom Leibe, Römer!‹, was der Gegner stets mit den Worten bedachte: ›*Nullos aliquando magistros habuis nisi quercus et fagos*‹ – ›Ach du, du hast doch keine anderen Lehrer gehabt als Eichen und Buchen!‹

Der seltsame Umgangston unter den freisinnigen Mönchen konnte jedoch nicht darüber hinwegtäuschen, daß sie in allerhöchstem Auftrag mit einer Sache befaßt waren, die furchtbare Verwirrung stiftete wie der Turmbau zu Babel. Vom Bibelinstitut der Gregoriana wurde sie als *secretum maximum*, also unter Geheimhaltungsstufe eins, bearbeitet, vergleichbar nur mit dem Mysterium der zehn Tage, die Papst Gregor aus dem Kalender strich, als er die nach ihm benannte Zeitrechnung einführte. Manzoni hatte Koptologen, Altphilologen, Bibelwissenschaftler und die besten Paläographen aus der Schule Traubes und Schiaparellis um sich versammelt und unter Ordenseid zu Stillschweigen verpflichtet, ohne daß auch nur einer wußte, worum es wirklich ging.

Genaugenommen beruhte die Arbeit der dreißig Jesuiten auch zu diesem Zeitpunkt noch auf reinen Theorien, aber die ganze Kirche beruht auf Hypothesen, und deshalb nimmt die Kurie jede neue Theorie ernst. In diesem Fall waren Fragmente einer Pergamentrolle aufgetaucht, ein furchtbares Menetekel für die Mutter Kirche, wie die Geisterschrift beim Gastmahl des babylonischen Königs Belsazar, der ein elendes Ende fand. Keiner der gelehrten Männer wagte auszusprechen, worum es sich dabei handeln könnte, derweil immer neue Blätter und Fetzen derselben Quelle auftauchten, schon in Andeutungen furchterregend genug.

Erschwerend kam hinzu, daß die Fragmente, wie Untersuchungen mit der Radiocarbonmethode erwiesen hatten, in das erste Jahrhundert unserer Zeitrechnung datiert werden mußten, ein Zeitraum, der die römische Kurie stets in höchste Unruhe versetzt, sobald eine schriftliche Hinterlassenschaft auftaucht. Nicht zum ersten Mal war offensichtlich ein Zufallsfund oder eine heimliche Ausgrabung unsachgemäß behandelt und um des größeren Profits zerteilt und in verschiedene Länder verkauft worden, ohne zu ahnen, worum es sich bei der Pergamentrolle handeln könnte.

Außer daß es ein koptisches Textbuch war, fand sich zunächst kein Hinweis, bis sich vor etwa fünf Jahren Experten an die

Entschlüsselung einzelner Fragmente machten, die verblüffende Ähnlichkeit mit den Evangelientexten von Matthäus, Markus, Lukas und Johannes aufwiesen, bisweilen aber auch seltsame Abweichungen und Ungereimtheiten, vergleichbar etwa dem Gegensatz der drei zusammenhängenden Evangelien von Matthäus, Markus und Lukas und jenem ganz anders gearteten des Johannes, das der Kirche noch heute Schwierigkeiten macht wie das Dogma der unbefleckten Empfängnis.

Dies, vorausgeschickt, mag erklären, warum Ordensgeneral Piero Ruppero von allerheiligster Seite unter strengster Geheimhaltung beauftragt wurde, mit Hilfe seiner fähigsten Ordensbrüder Societatis Jesu alle erreichbaren Fragmente aufzukaufen, unter Verschluß zu nehmen und zu übersetzen oder, wo der Erwerb unmöglich sei, Textkopien zu beschaffen. General Ruppero hatte das geheime Projekt nach der Ordo SJ an seinen Generalassistenten Manzoni delegiert, der wiederum von den Regionalassistenten aller 63 Provinzen Experten anforderte, darunter den Polen Losinski, einen Mann, dessen äußere Erscheinung sogar den Teufel schrecken konnte wie ein Weihwasserwedel.

Losinski hatte das Zeug zum Geheimagenten; er war ein Draufgängertyp und – vor allem im Umgang mit Manzoni – von einer Direktheit, die die anderen manchmal zusammenzucken ließ. Den Koadjutor *Societatis Jesu* sah man Losinski nicht an, nicht einmal aus der Nähe; im Gegenteil, bei Bedarf stellte er glaubhaft einen Hehler der Unterwelt dar, der sich als Antiquitätenschieber durchs Leben schlägt. Wahrhaft fromm, pflegte er zu sagen, sind ohnehin nur die, denen man die Frömmigkeit nicht ansieht. (In erster Linie war dieser Satz gegen Manzoni gerichtet, der seine Entrücktheit – um kein abfälliges Wort zu gebrauchen – stets im blassen Gesicht trug und auch im dunklen Straßenanzug den Jesuiten nie verheimlichen konnte.)

Die besondere Stärke Losinskis lag in seiner Vielfalt und der damit verbundenen Weltgewandtheit, die Ordensbrüdern gemeinhin abgeht. Seinem außerordentlichen Geschick war es zu verdanken, daß er von einer Amerika-Reise drei Fragmente der genannten Pergamentrolle mitgebracht hatte. Eines hatte er einem Privatsammler abgeschwatzt, für eine stolze Summe zwar, aber immerhin; ein zweites hatte er beim Bibelinstitut der Universität Philadelphia im Tausch gegen ein größeres Ritenfragment erworben; und ein drittes, das vielleicht bedeutendste, hatte Losinski, weil ihm das Original in San Diego am dortigen Institut für Komparatistik der Universität von Südkalifornien versagt blieb, zumindest als brauchbare Kopie erworben, ohne zu wissen, welche Bedeutung jedem dieser drei Mosaiksteine zukam.

Von der Komplettierung der zahlreichen Felder in dem mühevollen Puzzle abgesehen, kam den beiden ersten Fragmenten der Pergamentrolle keine Bedeutung zu, nur das dritte, das nur als Kopie vorlag, gab den Jesuiten Rätsel auf in bezug auf den Inhalt seiner Worte, vor allem aber hinsichtlich der Einordnung an der richtigen Stelle. Gewisse Anhaltspunkte ließen die Einordnung an drei verschiedenen Stellen zu, und das machte die Arbeit nicht gerade leicht.

Auf Weisung Manzonis hatte Losinski mit der kalifornischen Universität korrespondiert und versucht, das Original doch noch zu erhaschen und zum Tausch ein Leonardo-Autograph über anatomische Forschungen angeboten. Die Antwort war ausgeblieben. Mit Erstaunen mußte Losinski in der Zeitung erfahren, daß sein Verhandlungspartner, der damalige Leiter des Instituts, nach einem Säureattentat auf ein Gemälde Leonardos im Pariser Louvre verhaftet und in eine psychiatrische Anstalt eingewiesen worden war.

Die Nachricht traf Losinski schwer. Er hatte Professor Marc Vossius als lebensfrohen, hochgebildeten Mann kennengelernt, der ihm gewisse Sympathien entgegenbrachte, wenn er sich auch deutlich zurückhielt, was seine eigentliche Forschungsarbeit betraf. Wie Vossius in geistige Umnachtung fallen konnte, die ihn zu einer solchen Tat befähigte, war dem Jesuiten unerklärlich. Losinski hatte darin indes eine letzte Chance erblickt, Vossius in Paris aufzusuchen und nach der

Bedeutung seines Fragmentes zu befragen. Dabei war er einem anderen begegnet als dem, mit dem er in Kalifornien verhandelt hatte, was Losinski dem psychischen Zustand des Patienten zuschrieb. Jedenfalls hatte Vossius sich abweisend verhalten und auf das Institut der Universität verwiesen, das für derlei Belange zuständig sei, so daß der Jesuit die Unterredung nach kurzer Diskussion abbrach und sich mit dem Segen des Allerhöchsten empfahl.

Die Jesuiten der Gregoriana in Rom waren weit davon entfernt, einen Zusammenhang zwischen dem Pergament und der Wahnsinnstat des Professors zu suchen; dennoch setzten sie seit jenem Ereignis ihre paläographischen Studien an diesem Fragment mit besonderem Nachdruck fort, und zum ersten Mal tauchte der Verdacht auf, der Professor könne die überlassene Kopie verfälscht, also in wesentlichen Punkten auf teuflische Weise verändert oder mit zusätzlichen Fehlstellen versehen haben, um seinen eigenen Forschungen einen uneinholbaren Vorsprung zu verschaffen. Denn mit dem Wissen wachsen die Zweifel, und nirgends ist das Mißtrauen größer als in Wissenschaft und Forschung.

## 2

FÜR DAS MISSTRAUEN in der Wissenschaft waren Manzoni und Losinski das beste Beispiel. Der listige Pole versuchte, wann immer er dazu Gelegenheit fand, den trägeren, aber gewiß nicht weniger gescheiten Italiener mit *seinem* Wissen zu provozieren oder vor den übrigen Jesuiten zu blamieren. Daß Manzoni der umgekehrte Fall noch nie gelungen war, obwohl er es schon viele Male versucht hatte, darunter litt der Profeß sehr. Manzoni, ein Kerl wie ein Kleiderschrank mit einem quadratischen Schädel und kurzgeschorenen grauen Haaren, bewegte sich nicht nur träger als Losinski, er dachte auch langsamer, was nach außen in einer für einen Italiener ungewöhnlich schleppenden Sprache und nervenden Pausen zwischen den einzelnen Sätzen zum Ausdruck kam.

Das Textbruchstück, das Losinski soeben vorgetragen hatte, war geeignet, eine neuerliche Grundsatzdiskussion anzufachen, welche Bedeutung der Pergamentrolle zukommen könne; und auch dabei waren Manzoni und Losinski unterschiedlicher Ansicht. Auch wenn bisher gerade der zehnte Teil der gesamten Pergamentrolle – und der keineswegs in Abfolge, sondern mit großer Lückenhaftigkeit – übersetzt war, so konnte man aufgrund des Inhaltes, der das Auftreten und die Lehre Jesu zum Inhalt hatte, auf einen Evangelientext schließen.

Lofinski faltete die Hände, aber er tat dies nicht in frommer Absicht, sondern um seinen Worten mehr Nachdruck zu verleihen: »Bruder in Christo«, sagte er an Manzoni gewandt, »ich gestehe ihnen ja zu, daß der Text gewisse Ähnlichkeiten mit Johannes aufweist, aber Sie müssen endlich zur Kenntnis nehmen, daß dieses Pergament fünfzig Jahre älter ist als der Urtext des Johannesevangeliums. Das Johannesevangelium stammt aus der Zeit um 100 nach Christus; Naturwissenschaftler haben unwiderlegbar ermittelt, daß diese Schrift um 50 entstanden ist. Daraus folgt: Nicht unser Autor, dessen Namen wir noch nicht einmal kennen, hat abgeschrieben, sondern Johannes.«

»Ach was!« Manzoni holte Luft. »Es gibt mehr als ein Dutzend apokrypher Evangelien und ebenso viele apokryphe Apostelgeschichten. Es gibt ein Thomasevangelium, ein Judasevangelium, ein Ägypterevangelium, die Petrusakten, Paulus- und Andreasakten, sogar einen Briefwechsel zwischen Seneca und Paulus und zwischen Jesus und Abgar von Edessa. Der Sache der Kirche haben diese frommen Machwerke nicht geschadet. Ich halte die Geheimnistuerei um unsere Arbeit für übertrieben.«

Da fuchtelte Losinski wild vor Manzonis Gesicht herum, daß die anderen Jesuiten zusammenliefen, um Zeuge der höchstklerikalen Auseinandersetzung zu sein. »Das können Sie doch nicht vergleichen!« rief er zornig. »Alle von Ihnen genannten Apokryphen sind Schriften, die auf beklagenswerte Weise neutestamentliche Dokumente nachahmen. Gar nicht einmal mit dem Hintergedanken einer Fälschung, sondern einfach in frommer Absicht. Aber das Wesentliche ist, sie stammen alle – und das ist nachgewiesen – aus viel späterer Zeit.«

Da hob Manzoni wütend die Faust und schlug sie krachend auf den schmalen Tisch. »Ich weigere mich, über das Neue Testament mit naturwissenschaftlichen Methoden zu urteilen. Bibelforschung ist Sache der Philologen und Geschichtsforscher und meinetwegen auch noch der Paläographen, Kryptologen und Linguistiker. Aber Strahlenforscher sollten ihre Finger von den vier Evangelien lassen.«

»Fünf!« sagte Losinski mit jenem unverschämten Grinsen im Gesicht, das er immer in Augenblicken des Triumphes zur Schau trug und das ihn bei den übrigen Jesuiten unbeliebt machte.

»Wie bitte?«

»Ich sagte fünf, Bruder in Christo. Jedenfalls können wir die Möglichkeit nicht mehr ausschließen, daß sich fünf Evangelisten mit Lehre und Leben unseres Herrn Jesus beschäftigt haben.«

Losinskis Aussage löste Unruhe unter den Mönchen aus. Eine seltsame Unruhe, seltsam deshalb, weil jeder einzelne seit der Übernahme seiner Aufgabe wußte, woran er arbeitete. Die meisten waren jedoch mit dem Gedanken angetreten, daß nicht sein könne, was nicht sein darf, und Losinskis klare Worte versetzten die Mönche in Schrecken wie sündige Gedanken. Aber wie Lust und Qual sündigen Gedanken stets auf dem Fuße folgen, plagte die Jesuiten der Gregoriana eine wachsende Neugierde nach der Wahrheit.

Kessler, einer der jüngsten der Gruppe, gehörte zur Partei Losinskis, die die Sache ohne Rücksicht auf das Ergebnis antrieb. Er nahm den Faden auf und meinte: »Sollte sich unsere Annahme bestätigen, daß es fünf Evangelien gibt, dann wäre der Urheber unseres Textes allerdings nicht der fünfte

Evangelist, sondern der erste; dann müßte Markus dem, dessen Namen wir nicht kennen, Platz machen.«

»Kein Beweis!« tat Manzoni den Hinweis ab. »Nein, kein Beweis«, erwiderte der junge Kessler, »aber es gibt da eine nicht uninteressante Beobachtung.«

»Wir hören.«

»Was den vier bekannten Evangelien fehlt, sind biographische Angaben über das Leben unseres Herrn Jesus. In allen vier Evangelien sucht man auch vergeblich nach irgendeiner Angabe über das Aussehen unseres Herrn. Nichts! Warum? Wir sind uns mit der Lehrmeinung der Kirche einig, daß keiner der vier Evangelisten unseren Herrn Jesus gekannt und nur die mündliche Überlieferung aufgezeichnet hat. Historisches Interesse lag ihnen fern. Sie versuchten Glaubenshilfe zu geben. Markus mit dem Vorhaben, die Römer mit anschaulichen Worten für seinen Glauben zu gewinnen. Matthäus in der Absicht, die jüdisch denkenden Zeitgenossen zu überzeugen, daß sich in Jesus die menschliche Erwartung des Alten Bundes erfüllt habe. Lukas, der Intellektuelle unter ihnen, gebrauchte das Markusevangelium als Quelle, wandte sich aber an die gebildeten Schichten und widmete sich auch philosophischen Fragen wie der Problematik des Heiligen Geistes. Johannes hingegen tanzte aus der Reihe, ja man kann sagen, er setzte die Kenntnis der drei synoptischen Evangelien voraus, als er an sein Werk ging und sich die Selbstoffenbarung unseres Herrn Jesus zum Hauptthema nahm. Aber keiner der vier geht auf seinen Charakter und seine Person ein.«

»Bei Gott, Bruder in Christo«, warf Manzoni mit seiner bedächtigen Stimme ein, »das ist keine Neuigkeit, die Sie da berichten. Ich zweifle auch, ob es von Wichtigkeit ist zu wissen, wie unser Herr Jesus aussah. Ob er 180 Zentimeter groß, 75 Kilogramm schwer und wie die meisten seiner Zeitgenossen von dunkler, langer Haarpracht war.«

»Gewiß nicht«, antwortete der junge Kessler, und seine Augen hinter der randlosen Brille blitzten listig, »aber wenn wir davon Kenntnis hätten, müßten auch Sie, Bruder in Christo, eingestehen, daß die Quelle, der diese Information zu entnehmen wäre, sich von allen anderen dadurch unterschiede, daß der Urheber Jesus gekannt hat.«

Es war auf einmal still geworden im Saal. Sogar jene, die bisher in ihre Textfragmente vertieft waren, hielten inne und blickten auf. Kessler hielt ein kleines Pergamentpapier in der Hand, etwa zwanzig mal zwanzig Zentimeter, eine Pause, wie sie von allen Jesuiten gebraucht wurde, indem sie das durchscheinende Blatt über die Vorlage legten und mit Bleistift abzeichneten. Diese Technik bot die Möglichkeit, Fehlstellen auf dem Blatt zu ergänzen ohne das Original zu beschädigen.

»Ich trage das Ergebnis seit gestern bei mir«, sage Kessler, »ich habe noch einmal darüber geschlafen ...«

»Nun machen Sie es doch nicht so spannend, Kessler!« Manzoni war ungehalten, er schnaubte wie ein unwilliges Roß. »Lassen Sie uns teilhaben an Ihren Erkenntnissen!«

Es hatte sich eingebürgert unter den Jesuiten, daß derjenige, der ein Fragment übersetzt oder ergänzt hatte, seine Arbeit vortrug, die dann gemeinsam auf ihren Inhalt und ihre Wahrscheinlichkeit diskutiert wurde. Kessler, der den fragwürdigen Vorzug genoß, den Anfang der Pergamentrolle – oder das, was man aufgrund verschiedener Anzeichen für den Anfang halten konnte – zu bearbeiten, Kessler hatte bisher noch nie über seine Arbeit referiert. Der Grund lag darin, daß der Anfang jeder Pergamentrolle die größten Beschädigungen aufweist, Einrisse, Ausfransungen, fehlende Ecken und Teile, so daß sich gerade diese Arbeit am schwierigsten gestaltet.

»Ich will vorausschicken«, begann Kessler, »daß ich meine Ergänzung und Übersetzung bereits mit unserem Bruder Stepan Losinski besprochen habe und daß er mit meiner Übersetzung konform geht. Demnach beginnt das Pergament mit drei Zeilen, die uns fehlen und die vermutlich auch nicht mehr zu finden sein werden, weil es sich um mechanische Beschädigungen handelt. Der Überlauf der vierten Zeile setzt ein mit den Worten: › ... Vater. Jesus, der von sich sagte, daß er von Gott gekommen als Lehrer, um uns ein Zeichen zu geben ...

Messias gesandt … so war ich sein Zeuge … wie der Vater liebt den Sohn … und verehrten die Menschen seine Gestalt, welche vier Ellen bis zum Scheitel, und sein wallendes Haupthaar von Farbe wie Ebenholz, während ich klein blieb von Wuchs wie die meisten Männer in Galiläa. Um seiner sanften Stimme zu lauschen kamen die Menschen von weit her …‹.«

Zuerst schwiegen die Patres, und es schien, als ließe ein jeder für sich den Text noch einmal vor sich ablaufen. Manzoni reagierte als erster: »Mein Gott«, sagte er und stellte die Frage: »Wieviel von dem Text ist gesichert, wieviel ist ergänzt oder aus anderen Gründen fragwürdig?«

»Zwanzig Prozent ist ergänzt«, erwiderte Dr. Kessler, »der fünfte Teil.«

»Und die Beschreibung unseres Herrn Jesus?«

»Kann als gesichert gelten. Sie ist der am besten erhaltene Teil, wie überhaupt der Text zum Ende hin besser ist als am Anfang.«

Kessler händigte Manzoni seine Pergamentpause aus.

Manzoni verschlang die Aufzeichnung mit den Augen. Seine heftigen Bewegungen, die dem Profeß für gewöhnlich so fremd waren wie der Zweifel an einem Dogma der Heiligen Mutter Kirche, verrieten die innere Anspannung, die ihn gefangennahm.

Während er mit Zeige- und Mittelfinger seiner Rechten jedes einzelne Wort bedeutete, bewegten sich seine Lippen. Schließlich gab er Kessler das Blatt zurück, blickte durch das hohe Fenster nach draußen und sagte, ohne seinen Blick abzuwenden: »Wenn sich Ihre Traduierung als richtig erweist, hätten Sie recht, Bruder in Christo. Dann müßte der Urheber dieses Textes in der Tat mit unserm Herrn Jesus in sehr enger Verbindung gestanden haben.« Und bevor er an seinen Arbeitsplatz an der Stirnseite des Saales zurückkehrte, fügte er leise hinzu: »Gute Arbeit. Wirklich gute Arbeit.«

# 3

LOSINSKI PUFFTE KESSLER in die Seite und machte mit dem Kopf eine Bewegung auf den sich entfernenden Profeß hin. »Wenn das alles ist, was er darauf zu sagen hat«, raunte er dem Jungen zu.

Kessler schüttelte den Kopf: »Er war nicht darauf vorbereitet. Ich glaube, ihm geht jetzt einfach zuviel durch den Sinn.« Er lachte: »Armer Manzoni!«

Auch Losinski schmunzelte ein wenig; dann wurde er ernst: »Wir müssen damit rechnen, daß wir kaserniert werden. Es kommt darauf an, welche Bedeutung man unseren Erkenntnissen beimißt, aber es wäre nicht das erste Mal, daß die Kurie einen solchen Schritt verfügt. Das Konklave ist eine Erfindung der katholischen Kirche.«

»Zur Papstwahl.«

»Zur Papstwahl; ursprünglich, um die Kardinäle zu einer schnelleren Wahl zu zwingen. Inzwischen spielt ein anderer Gedanke eine wesentliche Rolle: die Geheimhaltung. Kein Christenmensch soll erfahren, wie der Papst gewählt wurde, wer für, wer gegen ihn war. Ich könnte mir vorstellen, daß die Aufgabe, mit der wir hier befaßt sind, für die Kurie bedeutsamer werden könnte als die Wahl eines neuen Papstes und daß sie bemüht ist, das alles geheimzuhalten.«

»Wir stehen unter Ordenseid, Bruder in Christo!«

»Ihr Glaube an den Ordenseid in Ehren, aber sehen Sie sich doch hier einmal um. Würden Sie einem jeden, dem Sie hier begegnen, trauen? Dem Holländer Veelfort, dem Querulanten aus Frankreich oder Ihrem Landsmann Röhrich? Ordenseid hin, Ordenseid her, einem Drittel unserer Mitbrüder würde ich nicht über den Weg trauen, wenn die Versuchung an sie herantritt.«

»Versuchung?«

Losinski hob die Schultern und drehte die Handflächen nach außen, als wollte er sagen: Wer weiß? Doch was er damit meinte, konnte Kessler sich nicht erklären. Jedenfalls empfand er seine Gedanken nicht gerade als tugendhaft.

Mit gesenktem Blick trat der Pole näher an Kessler heran: »Wissen Sie, der Baum der Erkenntnis hat viele Neider, denn seit es Menschen gibt, streben diese nach Erkenntnis. Und weil Wissen eine Art Lust ist wie die Wollust des Fleisches, so ist Unkenntnis eine Art Schmerz; und da es nur wenige gibt, die sich an Schmerzen erfreuen, streben alle nach Erkenntnis, nach Wissen, und dieses Wissen und, in Verbindung damit, diese Macht wird auch von der Heiligen Mutter Kirche beansprucht. Oder würden Sie mir widersprechen, wenn ich behaupte, der Einfluß des Papstes auf seine Schäflein beruht in der Hauptsache auf seinem Wissensvorsprung gegenüber diesen?«

»Bruder in Christo!« Kesslers Entrüstung war nicht gespielt. So ketzerische Worte aus dem Munde eines Ordensbruders hatte er nie gehört.

Losinski machte eine Handbewegung zu der Inschrift an der Stirnseite des Saales hin, wo der Profeß über seinem Tisch gebeugt saß: »Der Wahlspruch unseres Ordensgründers Ignatius heißt *Omnia ad maiorem Dei gloriam*, nicht *Omnia ad maiorem ecclesiae gloriam*. Wir stehen im Dienste des Allerhöchsten, nicht im Dienste der Kirche.«

Zum wiederholten Male huschte dieses unverschämte Grinsen über sein Gesicht, dann fuhr er fort: »Daß Portugiesen, Franzosen, Spanier, Schweizer und zuletzt die Deutschen unseren Orden verboten haben, ist verwerflich genug, aber daß sich sogar ein Papst zu diesem Schritt hinreißen ließ, ist eine Schande für die Institution der Kirche. Warum tat er das? Die Geschichtsbücher wollen uns weismachen, unter dem Druck der Bourbonen; ach was, Clemens XIV. fürchtete unser Wissen. Insofern befinden wir uns in einer nicht sehr angenehmen Situation. Stellen Sie sich einmal vor, was passieren würde, wenn sich unsere Annahme erhärtete, daß wir es mit fünf Evangelien zu tun haben, daß unsere vier Evangelien auf ein Ur-Evangelium zurückgehen.«

»An die Folgen habe ich, ehrlich gesagt, noch gar nicht

gedacht«, erwiderte Kessler vorsichtig, »aber ich glaube, das hängt auch vom Inhalt und der Aussage ab, die in dem Pergament enthalten ist.«

»Der Teufel stellt überall seinen Pferdefuß dazwischen.« Losinski blickte den jungen Ordensbruder prüfend an. Er schätzte ihn wegen seines schnellen Verstandes, der sich deutlich von der Trägheit Manzonis unterschied, aber er wußte nicht, ob er diesem Deutschen trauen konnte. Dazu kannte er ihn einfach zu wenig. Denn was kein Außenstehender ahnen konnte, war, daß sich unter dem frommen Deckmantel *Societatis Jesu* Komplizenschaften entwickelt hatten, wie sie eher einem dubiosen Kartell zukamen als einer christlichen Ordensgemeinschaft.

»Ich weiß nicht, ob Sie meine Ansicht teilen, junger Freund«, fuhr Losinski fort, »aber ich halte es mit dem ›Doctor mirabilis‹ Roger Bacon, der die Berufung auf kirchliche Autorität ablehnte, die ohne einsichtige Gründe Anspruch auf Glauben erhebt, und genauso die philosophisch-dialektische Methodik, weil sie nicht gestatte, die Dinge selbst zu erfassen. Bacon vertrat die Ansicht, nicht jede Erkenntnis einer wissenschaftlichen Forschung müsse zwangsläufig bekanntgemacht werden; denn in falschen Hirnen sei sie geeignet, mehr Schaden als Nutzen anzurichten.«

Kessler lachte: »Darüber läßt sich trefflich streiten, obwohl seine Gedanken 700 Jahre alt sind!«

»Das macht sie nicht schlechter. Aristoteles lebte vor 2300 Jahren, aber sein Gottesbeweis bringt noch heute die Philosophen, die für gewöhnlich an allem herummäkeln und zweifeln, mitunter in arge Bedrängnis. Oder sind Sie da anderer Ansicht, Bruder in Christo?«

»Ich bin Koptologe und Paläograph. Die Schriften des Aristoteles habe ich nie eingehend studiert.«

»Ein Fehler. Aristoteles weist selbst die größten Zweifler in ihre Schranken. Wissen Sie, er geht, um Gott zu beweisen, aus von der Zeit. Die Zeit ist ewig. Aber die Zeit ist auch eine Bewegung, nach vorne die Zukunft, rückwärts die Vergangenheit.

Doch alles, was in Bewegung ist, bedarf einer Ursache. Man kann nun für die Ursache der ewigen Bewegung wieder eine andere annehmen, und für diese wieder, und immer so weiter. Da das aber nicht ins Unendliche weitergehen kann, muß es ein Primum movens, ein erstes Bewegendes geben, welcher selbst unbewegt ist. Das ist Gott.«

»Das ist ein guter Gedanke!« rief Kessler aus, und ein kinnbärtiger Jesuit, der sich in seiner Arbeit gestört fühlte, blickte auf und mahnte zur Ruhe. »Das ist ein guter Gedanke«, wiederholte Kessler im Flüsterton, »aber wir sind vom Thema abgeschweift. Glauben Sie, daß es besser sei, unsere Forschungsergebnisse geheimzuhalten, habe ich Sie da richtig verstanden?«

Losinski hob die Schultern, was dem hageren Mann ein geierhaftes Aussehen verlieh, und sagte: »Das liegt weder in ihrer noch in meiner Entscheidung. Ich glaube nicht einmal, daß er dabei mitzureden hat«, und dabei machte er eine Kopfbewegung zu Manzoni hin, die eine gewisse Verachtung erkennen ließ. »Jedenfalls«, fügte er schließlich hinzu, »sollten Sie sich mit der Bekanntgabe Ihrer Forschungen etwas zurückhalten. Was Sie im Kopf behalten, kann ihnen niemand stehlen, Bruder in Christo.«

Nach diesen Worten wandten sich beide wieder ihrer Arbeit zu, Losinski am Fuße des ersten Fensters im Saal, Kessler am anderen Ende der Tischreihe vor der haushohen Bücherwand.

Die Unterredung mit dem polnischen Mitbruder hatte Kessler verwirrt. Er vermochte sich keinen Reim darauf zu machen, was dieser überhaupt sagen wollte, aber es schien da irgendeine geheime Absprache zu geben, deren Inhalt er, Kessler, nicht kannte.

Noch am Abend desselben Tages, der im übrigen ohne neue Erkenntnisse verlief, nahm Manzoni Kessler beiseite und erklärte ihm mit ernster Stimme, er solle vor Losinski auf der Hut sein. Losinski sei zwar ein hervorragender Wissenschaftler und obendrein von überragender Allgemeinbildung, die selbst vor unorthodoxen Disziplinen eines Klerikers wie Jazzmusik und Esoterik nicht haltmache, aber im Grunde seines Herzens sei Losinski ein Ketzer, und er, Manzoni, könne sich vorstellen, daß er unseren Herrn Jesus für dreißig Silberlinge verrate wie Judas Ischariot.

Manzonis Aussage hinterließ bei Kessler einen zwiespältigen Eindruck, und er antwortete kühl, nicht einmal einem Profeß stehe es zu, über einen Mitbruder zu richten, vor allem, wo sich dieser bisher keiner Untat schuldig gemacht habe. Und selbst Petrus, der unseren Herrn dreimal verleugnete, ehe der Hahn krähte, habe dafür Vergebung erlangt.

Er möge, konterte Manzoni, seine Worte nicht auf die Goldwaage legen. Natürlich sei er weit davon entfernt, den hochwürdigen Mitbruder Stepan Losinski eines Frevels wider den Glauben zu bezichtigen, aber daß er mit der Heiligen Mutter Kirche in gespannter Zwietracht lebe, sei ein offenes Geheimnis. Er, Manzoni, würde es daher vorziehen, wenn er, Kassier, sich an die glaubensfesten Mitbrüder Dr. Lucino und den Franzosen Bigou halte, die ihm für jedes Gespräch offenstünden.

Das versprach Kessler – was hätte er auch anderes tun sollen aber auf dem Nachhauseweg in das Kloster der Jesuiten auf dem Aventin, in dem er seit Übernahme seiner Aufgabe in der Gregoriana Wohnung genommen hatte (andere Jesuiten, die dem Klosterleben entwöhnt waren, logierten in Pensionen der Stadt), wurde er den Gedanken nicht los, daß er in ein feines Gespinst unerklärlicher Zusammenhänge verwickelt war, die geeignet schienen, die Eintracht der Mönche zu stören. Was heißt Eintracht! Seit Wochen hatte Kessler das ungute Gefühl, daß zwischen seinen Mitbrüdern eine unsichtbare Mauer emporwuchs und sie in zwei Parteien trennte, wobei er selbst nicht ausmachen konnte, welcher Seite er angehörte.

## 4

DAS VERHALTEN DER Jesuiten fernab jeder Gottesfurcht und Frömmigkeit versetzte Kessler in Zorn, und er ertappte sich dabei, daß er in den folgenden Tagen seine Aufmerksamkeit mehr auf das Verhalten seiner Mitbrüder als auf die wissenschaftliche Arbeit lenkte. Losinski lebte wie er im Kloster San Ignazio auf dem Aventin, sie bewohnten sogar Zimmer auf demselben Gang, aber er hatte dem Polen bisher keine Aufmerksamkeit geschenkt. Jesuiten sind Regularkleriker, das heißt, sie unterscheiden sich von anderen Orden durch den Verzicht auf eigene Tracht, sie tragen statt dessen die jeweilige Tracht der weltlichen Geistlichen. Sie kennen auch keinen Chordienst, und ihr Leben ist weniger mönchisch als weltlich geprägt.

So beobachtete Kessler, als er seine Aufmerksamkeit Losinski zuwandte, daß dieser an manchen Abenden das Kloster verließ und erst nach Mitternacht zurückkehrte, was in der illustren Lebensgemeinschaft nicht weiter auffiel, es sei denn aufgrund seiner Regelmäßigkeit. Kessler schwankte, ob er Losinski deshalb ansprechen oder ob er ihm eines Abends einfach folgen sollte. Er entschied sich dafür, sich an seine Fersen zu heften wie ein Jünger dem Herrn.

Schon am folgenden Abend verließ Losinski gegen 20 Uhr sein Zimmer, gab, wie üblich, den Schlüssel an der Pforte ab, ging schnellen Schrittes die Via di Santa Sabina zur Piazzale Romulo e Remo hinab, wo er ein Taxi bestieg. Kessler folgte in einem zweiten. Die Fahrt ging ein Stück am Tiber entlang bis zur Piazza Campo dei Fiori, wo Losinski das Taxi verließ und in eine kleine, dunkle Seitenstraße einbog, die zum Corso Vittorio Emanuele führt. Dort verschwand er im Eingang eines hohen sechsstöckigen Hauses.

Kessler hatte nicht den Mut, Losinski unmittelbar in das Haus zu folgen. Deshalb ließ er, auf der gegenüberliegenden Straßenseite wartend, einige Zeit verstreichen. Die ersten beiden Stockwerke lagen im Dunkeln, die dritte, vierte, fünfte und sechste Etage waren erleuchtet. Schließlich wagte er sich über die Straße.

Römische Hausportale sind ein Kapitel für sich, sie vermitteln den Eindruck von Pomp und Wohlstand, selbst wenn sich dahinter nur ein heruntergekommenes Mietshaus versteckt. Das traf auch auf diesen Eingang zu. Vier hochglanzpolierte Messingschilder verwiesen auf einen Rechtsanwalt, zwei Ärzte und eine Werbeagentur namens ›Presto‹. Das altmodische Klingelbrett umfaßte, soweit es die matte Beleuchtung erkennen ließ, acht Namen ohne Aussagewert. Die Tür war verschlossen, und Kessler kehrte in sein Kloster zurück und überlegte.

Gepackt von jener sündhaften Neugierde, die zum unstillbaren Verlangen werden kann wie die Sucht nach einer Frau, entschloß sich Kessler, das Wirken Losinskis auf akribische Weise zu ergründen. Kaum hatte der Mitbruder zwei Tage später seine Zelle verlassen und die Richtung zur Piazzale Romulo e Remo genommen, da ging Kessler zur Pforte, nahm Losinskis Zimmerschlüssel vom Haken, hängte den seinen an dessen Stelle und schaffte sich so Zutritt zu dem Zimmer des Mitbruders.

Der Raum unterschied sich nicht wesentlich von seiner eigenen Zelle: ein dreitüriger Schrank aus der Zeit Pius X., schwarz, würdevoll und wuchtig gezimmert und geeignet, den Codex Iuris Canonici aufzunehmen; ein noch älterer Sekretär mit symmetrischen Türen auf beiden Seiten, geziert von je einem Strahlenherz und in einem Zustand, als hätte er die Kölner Wirren unter Papst Gregor XVI. nicht unbeschadet überstanden (der zugedachte Stuhl mit hoher und mit senkrechten Sprossen versehener Lehne paßte sich dem Studiermöbel wenn nicht in seiner Form, so zumindest in seiner Scheußlichkeit an); und ein quadratischer, hölzerner Waschtisch mit versenkter Schüssel, von unscheinbarem Aussehen wie Benedikt XV., aber wie dieser durchaus nützlich, was seine eigentliche Aufgabe betraf. Das jüngste Möbelstück war eine Liegestatt aus den Jahren Pius XII., ein dunkelrotes Ungetüm von Couch, deren Sockel den Bettkasten aufnahm.

Das beschriebene Mobiliar drängte sich auf einer Fläche von kaum mehr als drei mal fünf Metern. Von der Decke hing eine weiße Kugel zur Beleuchtung. Es gab nur ein einziges, hohes Fenster an der der Tür gegenüberliegenden Schmalseite. Ein ehemals roter, unter vielen Sohlen braun getretener Kokosläufer deckte das hölzerne Parkett, das bei jedem Schritt leise ächzte und knarrte wie die Takelage eines alten Schoners.

Kessler tappte auf Zehenspitzen durch die Zelle, obwohl diese Haltung die Geräusche in keiner Weise verhinderte, und öffnete den linken Flügel des Schrankes. Das Innere quoll über von Büchern, abgegriffenen Akten und gebündelten Briefen, auf vier Fächer verteilt – das Chaos vor Noahs Arche, bevor die Flut auf die Erde kam, kann nicht größer gewesen sein. Hinter den beiden Türen, die sich von der Mitte her öffneten, war zur Linken Wäsche gestapelt; getrennt durch eine senkrechte Wand, nahm der rechte Teil Losinskis Kleidung auf, sorgfältig gebügelte dunkle Anzüge und einen schwarzen Mantel, wie ihn Jesuiten mit Vorliebe zu tragen pflegen.

Unten in dem Kleiderfach lag quer ein prall gefüllter Sack, nicht unähnlich einem Seesack, in dem Matrosen ihre Kleidung verstauen. Zwei Lederriemen mit Schnallen hielten die Öffnung an der Oberseite verschlossen. Kessler versuchte, den kantigen Inhalt mit den Händen zu ertasten, aber je länger er den geheimnisvollen Sack befühlte, desto größer wurde seine Neugierde, was sich in dem grünen Segeltuch verbarg. Kurzentschlossen öffnete er die Schnallen.

»Jesus, Maria!« entfuhr es dem Jesuiten, und noch einmal »Jesus, Maria!« Kessler zog einen feuerroten, hochhackigen, spitzen Damenschuh aus dem Sack; nie im Leben hatte er derart sündhaftes Schuhwerk gefühlt. Der kleine Fuß, der dieses Kunstwerk einmal trug, mußte aufregende Biegungen vollbracht und seine Trägerin dürfte den Eindruck vermittelt haben, als stünde sie immer auf Zehenspitzen, was geeignet war, ihre schlanken Beine noch länger erscheinen zu lassen als vom Schöpfer zugedacht. Vermutlich trug sie durchsichtige Strümpfe von schwarzer Farbe und mit einer Naht wie ein Bleistiftstrich von den Waden bis zu den Schenkeln.

Verwirrt von schmutzigen Gedanken steckte Kessler die rote Sünde aus Leder zurück in den Sack, und er wollte diesen schon mit Abscheu schließen, doch konnte er nicht umhin, einen Blick auf den weiteren Inhalt zu werfen: lauter einzelne Schuhe unterschiedlichster Machart, luftige Sandaletten, strenge Pumps von schwarzer Farbe, sogar ein Stiefel befand sich darunter mit einem Absatz so dünn wie ein Bleistift.

Kesslers besondere Aufmerksamkeit erweckte ein schneeweißes Gebilde mit langen weißen Bändern, er mußte es einfach hervorziehen. Seine Ahnung trog ihn nicht: Es handelte sich um den seidenen Ballettschuh einer Ballerina. »Jesus, Maria!« wie weich er war, die Sohle aus Wildleder! Kessler steckte seine Hand hinein, zog sie jedoch sofort wieder zurück, als hätte er einen Frevel begangen. Dieser Schuh war nur geschaffen für die weißbestrumpften Beine eines jungen Mädchens, die zierlich wie Blumenstiele unter einem hochgeschürzten Röckchen verschwanden. Kessler hielt inne.

Mit einem Mal wurde ihm bewußt, daß das von Losinski in schmutziger Absicht zusammengetragene Schuhwerk ihm die gleichen sündhaften Gedanken vorgaukelte wie dem Polen, den er bei seiner Entdeckung noch verurteilt hatte. In großer Verwirrung verschloß Kessler den Sack und verstaute ihn wieder in dem Schrank. Er war gerade dabei, die breiten Türflügel zu schließen, als sein Blick auf einen unansehnlichen braunen Koffer fiel, kaum größer als ein Missale, der oben auf dem Schrankungetüm abgestellt war.

Er mußte sich strecken, um überhaupt an den Koffer heranzukommen. Der war verschlossen. In der obersten Schublade des Sekretärs entdeckte Kessler drei verschiedene Schlüssel, von denen der kleinste dem Koffer zugehörig zu sein schien. Der Schlüssel paßte. Nach der Erfahrung mit dem sündigen Seesack war Kessler auf vieles gefaßt, und doch traute er seinen Augen nicht, als er den Deckel hob: Der Koffer enthielt Geld, sorgfältig gestapelte Dollarnoten, Zwanzig- und Hundert-Dollar-Scheine.

Kessler, dem jedes Verhältnis zum Geld abging, hatte keine Ahnung, wieviel das sein mochte, zehn-, fünfzig- oder hunderttausend? Aber diese Entdeckung bestärkte ihn in der Ansicht, daß mit Losinski irgend etwas nicht stimmte, und während er den Koffer verschloß, auf den Schrank hievte und den Schlüssel in die Lade zurücklegte, machte Kessler sich Gedanken, was der Mitbruder für ein Spiel trieb, ob er Helfershelfer hatte und welches Ziel er verfolgte.

Situationen wie diese sind geeignet, einen Spürhund auf eine falsche Fährte zu locken, weil *eine* Witterung alle anderen Empfindungen überlagert. Deshalb hielt Kessler sich nicht mit weiteren Überlegungen auf und forschte nach Indizien, die geeignet waren, Losinski auf irgendeine Weise zu entlarven.

Die Schubladen des Sekretärs, drei auf der linken, drei auf der rechten Seite, von deren Inhalt sich Kessler am meisten versprach, erwiesen sich als wenig ergiebig, weil er in der Unordnung, die eher einem wirren Geist als einem Mitglied *Societatis Jesu* zukam, keinen Gegenstand ausfindig machen konnte, der geeignet war, Rückschlüsse auf Losinskis Absichten oder Umgang zu ziehen.

So wandte sich Kessler abermals der linken Schranktüre zu, hinter der er Bücher und Akten wußte. Bücher haben etwas Verräterisches; aufs Hinterhältigste aber entlarven Bücher, die man nicht hat. Ein kurzer Blick genügte Kessler, um zu erkennen, daß Losinski an Erbauungsliteratur, die dem frommen Christenmenschen zu Gebote steht, überhaupt nicht und an theologisch-philosophischen Werken jesuitischer Tradition nur wenig interessiert war. Dafür stachen ihm ketzerische Druckwerke ins Auge wie *The History of the Knights Templars* oder *Die messianische Unabhängigkeitsbewegung vom Auftreten Johannes des Täufers bis zum Untergang Jakobs des Gerechten, nach der neuerschlossenen Eroberung von Jerusalem des Flavius Josephus und den christlichen Quellen*, oder *Die biblische Erlösererwartung als religionsgeschichtliches*

*Problem* oder *Die physiologische Unmöglichkeit des Todes Christi am Kreuz* oder *Die Wunderüberlieferung der Synoptiker in ihrem Verhältnis zur Wortüberlieferung* – ein jedes geeignet, den christlichen Glauben zu verunglimpfen.

Hatte Manzoni recht, wenn er sagte, Losinski sei ein Ketzer? Warum in aller Welt beschäftigte er dann diesen Ketzer in einem Projekt, das von so fundamentaler Bedeutung für die Kirche war?

Für Kessler gab es dafür nur eine einzige Erklärung: Manzoni mochte Losinski verachten, er mochte ihn hassen, aber er brauchte sein Wissen. Daß der Pole klüger und gebildeter war als alle anderen, stand außer Frage; dies allein hatte ihm viele Feinde geschaffen. Aber war Losinski wirklich unersetzlich? Drängte sich da nicht die Frage auf, ob der wenig geachtete Losinski nicht nur deshalb in ihren Reihen gehalten wurde, weil er an anderer Stelle mehr Schaden anrichten konnte als in der Gregoriana?

Was wußte Losinski?

Zwischen Aktendeckeln entdeckte Kessler Abklatsche, Skizzen, Rekonstruktionen und Kopien alter Papyri und Pergamente in griechischer und koptischer Schrift. Hunderte Literaturhinweise in akkurater, winziger Schrift, die der sonstigen Unordnung widersprach, waren an den Rand geschrieben und ließen den Schluß zu, daß Losinski sich in diese Probleme verbissen hatte wie ein reißender Wolf, der das Lamm, das er in den Fängen hat, nicht mehr losläßt. Kessler fehlte die Ruhe, sich mit den einzelnen Blättern auseinanderzusetzen, doch im Vorübergehen konnte er feststellen, daß es sich allesamt um ur- und frühchristliche Texte handelte, Losinskis Spezialgebiet. Zahlreiche Zeichnungen und Fotografien des Titus-Bogens, eines römischen Bauwerkes des gleichnamigen Kaisers, ließen nur den einen Schluß zu, daß Losinski sich mit einem Problem außerhalb der Gregoriana beschäftigte oder beschäftigt hatte.

Ein zwischen zwei dicken Kartons mit besonderer Sorgfalt aufbewahrtes Blatt erregte das Interesse des jungen Jesuiten, weil es, mit einer durchsichtigen Folie luftdicht verschlossen, aufs Haar jenem Fragment glich, dessen Übersetzung er wenige Tage zuvor geliefert hatte. Der Schein trog jedoch, weil der koptische Text dem seinen nur ähnlich, aber keinesfalls gleich war. Dieses fragmentarische Schriftstück war ungewöhnlich gut erhalten und leserlich, so daß Kessler sich, ohne es zu wollen, an der gebräunten Schrift versuchte und dabei vorging, wie unter Paläographen üblich, indem er sich zuerst den am leichtesten lesbaren Wörtern widmete wie Orts- und Eigennamen oder dem Subjekt des Satzes, sofern es als solches kenntlich am Satzbeginn stand.

Auf diese Weise stieß er gleich zu Beginn auf einen Namen, der ihn innehalten ließ, weil er ungewöhnlich und selten war wie der Name Jesus, vor allem in einem koptischen Text. Der Name lautete Barabbas.

Barabbas?

Kesslers Gedanken wurden jäh unterbrochen, weil sich auf dem Gang schlurfende Schritte näherten. Deshalb legte er die Folie hastig zwischen die Kartons zurück und verstaute diese an der Stelle, wo er sie entnommen hatte. Er hielt die Luft an und lauschte. In Augenblicken wie diesen werden Sekunden zu Stunden – jedenfalls gewann Kessler diesen Eindruck, und er wagte erst wieder zu atmen, als sich die Schritte in entgegengesetzter Richtung entfernt hatten.

Diese Begebenheit hatte Kessler derart erschreckt, daß er am ganzen Leib zitterte; deshalb zog er es vor, seine Nachforschungen für diesen Tag zu beenden. Er tauschte die Schlüssel am Schlüsselkasten der Pforte wieder aus, zog sich in seine Zelle zurück und ließ sich so, wie er war, auf sein Bett fallen. Mit hinter dem Kopf verschränkten Händen starrte er zur Decke.

# 5

SEIN ERSTER GEDANKE war, er müsse sich Manzoni anvertrauen. Er erinnerte sich der Worte seines Ordensvorgesetzten, der, als ihm die Aufgabe in Rom angetragen wurde, von Integrität gesprochen hatte, die der Grund sei, warum gerade er ausgewählt worden sei, und in seinem bisherigen Leben hatte Kessler sich in der Tat nichts zuschulden kommen lassen, was Zweifel an dieser Haltung geweckt hätte. Aber redete er mit Manzoni, dann müßte er auch eingestehen, daß er in die Zelle Losinskis eingedrungen war, von den anderen Dingen dort ganz zu schweigen – bei der Reinheit der heiligen Jungfrau.

Wie konnte er Losinski zum Sprechen bringen? Sollte er ihn einfach zur Rede stellen, ihn fragen, mit welchen obskuren Forschungen der Mitbruder befaßt sei? Der Pole würde alles abstreiten, und er, Kessler, wäre in jedem Fall der Blamierte, egal ob er sein Nachspionieren verschwieg oder ob er es offenlegte. Losinski war nicht der Mann, den das eine oder das andere aus der Fassung gebracht hätte; nein, Kessler mußte zugeben, daß er diesem Mann an Kraft und Willensstärke unterlegen war. Und wenn er es sich auch nie eingestanden hätte – in seinem Innersten begann Kessler zu zweifeln, ob er sich nicht selbst in etwas hineingesteigert hätte, ob sich all das nicht eines Tages von selbst aufklären würde wie der Stammbaum des Sem im 1. Buch Mose.

Gewiß, da war die Sache mit dem sündigen Inhalt des Sackes in Losinskis Schrank, die einem geistlichen Kragen nicht zukam; aber hatte er sich nicht an dem liederlichen Schuhwerk mit der gleichen Lust ergötzt wie dieser? War Losinski, der seine fleischliche Lust, die auch den frömmsten Christenmenschen bisweilen mit der Macht ägyptischer Plagen verfolgt, der bessere Ordensmann, weil er seine unruhige Phantasie mit Leder und Seide befriedigte, während er – der Herr sei einem armen Sünder gnädig – an solchen Tagen die

Häuser in Trastevere heimsuchte, wo in den düsteren Eingängen Frauen vor jedem Mann die Röcke heben, wenn sie überhaupt Röcke tragen, damit auch der härteste Zölibatär mit dem Unterschied konfrontiert wird, der nach dem Willen des Vaters aus Adams Rippe hervorging. Und wäre er nicht am Tage nach dem Fest des Unbefleckten Herzens Maria, als ihn in der Hitze des Sommers der Trieb übermannte, im verruchtesten dieser Etablissements Padre Francesco von den Minoriten begegnet, der ihm allwöchentlich die Beichte abnahm, er selbst hätte sich an diesem Abend nicht nur der Lust des geilen Betrachters hingegeben, sondern sich weggeworfen an eine Hure mit roten Haaren. So aber sahen beide in ihrer Begegnung einen Wink des Allerhöchsten, und sie verließen gemeinsam den Ort und sprachen nie mehr darüber.

Was Losinskis undurchschaubare Machenschaften betraf, schien es eher ratsam, sich mit dem gescheiten Polen anzufreunden und sein Vertrauen zu gewinnen; schließlich war er es, der ihn zur Zurückhaltung bei der Übersetzung des Pergamentes gemahnt hatte – eine Aufforderung, die Kessler bis heute rätselhaft geblieben war.

Doch der Pole machte es Kessler nicht leicht. Er ging ihm in den folgenden Tagen bewußt aus dem Weg – jedenfalls hatte er diesen Eindruck. Sogar während der Arbeit in der Gregoriana, wo die Diskussion über Wörter und Textstellen zum Alltäglichen gehörte, blieb Losinski ungewohnt schweigsam. Über seine Übersetzungen gebeugt, sprach er zwei Tage kein Wort, und auf Kesslers höfliche Frage, ob er vorankomme, antwortete er mit einem abweisenden Nein, so daß es Kessler geraten schien, seinerseits einen großen Bogen um ihn zu machen.

Trotzdem, er ließ den Mitbruder nicht aus den Augen, notierte scheinbar unbedeutende Ereignisse wie den Kauf einer Zeitung am Kiosk oder den Weg zum Briefkasten und folgte, soweit das, ohne entdeckt zu werden, möglich war, Losinski auf Schritt und Tritt. Dies geschah nach wenigen Tagen mit einer gewissen Keckheit, die Kessler ermutigte, wie ein Detektiv in einem schlechten Roman unter Verwendung wechselnder Kleidung zu agieren und so immer mehr Einblick in das Leben des rätselhaften Mannes zu gewinnen.

Am Tage nach Allerseelen verließ Losinski das Kloster erneut und begab sich mit einem Taxi in die Via Cavour, wo er vor der steinernen Treppe, die rechter Hand zu der Kirche San Pietro in Vincoli hinaufführt, halten ließ. Er trug wie immer einen schwarzen Mantel, und sein Aussehen verriet in keiner Weise den Jesuiten. Ohne sich umzudrehen – so sicher fühlte Losinski sich bereits – sprang er die Steinstufen empor, immer zwei auf einmal nehmend, Kessler hatte Mühe, ihm zu folgen.

San Pietro in Vincoli ist bekannt für die Ketten des Apostels Petrus, die dort aufbewahrt werden, vor allem aber durch die Moses-Skulptur des Michelangelo, eine der großen Tragödien der Kunstgeschichte, und Losinskis Besuch an diesem Ort hätte nichts Außergewöhnliches dargestellt. Auch daß der Mitbruder zielstrebig auf einen der knorrigen Beichtstühle zuging und vor dem hölzernen Gitterwerk niederkniete, während er sich bekreuzigte, schien noch nicht bemerkenswert; doch Kessler, der die Szene hinter einer Säule aus allernächster Nähe beobachtete, fiel auf, daß die Confessio des Jesuiten eher einer Schelte des Beichtvaters gleichkam. Losinski suchte nicht Lossprechung von seinen Sünden, sondern er las dem Bedauernswerten im Innern derart die Leviten, daß jener überhaupt nicht mehr zu Wort kam – jedenfalls hatte es den Anschein.

Der Vorgang endete abrupt. Durch den Schlitz unter dem Gitter, im Sinne der Heiligen Mutter Kirche dazu ausersehen, den Bekennern Heiligenbilder zur Erbauung hindurchzuschieben, kam ein dicker Umschlag zum Vorschein, den Losinski in der Manteltasche verschwinden ließ. Er selbst gab auf demselben Weg einen kleineren Umschlag zurück, schlug ein flüchtiges Kreuzzeichen und entfernte sich.

Die Begegnung bekräftigte Kessler in seiner Ansicht, daß der polnische Mitbruder ein Doppelspiel trieb. Er ließ Losinski gehen, denn in diesem Augenblick interessierte ihn viel mehr, wer sich in dem knorrigen Beichtstuhl verborgen hielt.

Kessler war sicher, daß dies kein Priester war, der armen Sündern die Beichte abnahm.

Tatsächlich aber trat ein Mann mittleren Alters von durchaus mönchischem Aussehen aus dem Beichtstuhl, auch wenn er gepflegte, moderne Kleidung trug. Er wirkte, im Gegensatz zu Losinski, äußerst beunruhigt und blickte forschend nach allen Seiten, bevor er die düstere Kirche verließ.

Kessler folgte ihm in gebührendem Abstand, und er hätte sich nicht gewundert, wenn der Mann den Weg über den Corso Vittorio Emanuele zum Vatikan genommen hätte und dort in einem der Offizien verschwunden wäre. Doch Kessler irrte. Der Unbekannte trank in einem der Straßencafés auf der Via Cavour einen Espresso und steuerte geradewegs das Hotel Excelsior an, eine der fernsten Adressen der Stadt.

In der Halle herrschte so dichtes Gedränge, daß Kessler kein Risiko auf sich nahm, als er sich dem Mann auf wenige Schritte näherte. In seinem Auftreten lag durchaus etwas Weltmännisches, und der junge Jesuit, der natürlich als solcher nicht kenntlich war, kam sich im Vergleich mit diesem eher jungenhaft vor und ziemlich hilflos. Was sollte er tun?

Die rätselhafte Begegnung Losinskis mit dem Unbekannten in San Pietro in Vincoli hatte Kessler in einen Zustand totaler Ratlosigkeit versetzt, und nicht einmal die Meditation, der er sich noch am selben Abend auf dem Betschemel seiner Zelle hingab (in Losinskis Zelle, stellte er im nachhinein fest, fehlte ein solches Einrichtungsstück), vermochte ihn in seinen Mutmaßungen weiterzubringen. Doch wenn er bisher aus mancherlei Gründen noch an der Schlechtigkeit des Polen gezweifelt hatte, so war er sich nach Beobachtung des Tauschgeschäftes in dem Beichtstuhl sicher, daß Losinski in undurchsichtige, schmutzige Geschäfte verwickelt sein mußte.

Ob es sich dabei um das Geheimprojekt der Gregoriana handelte oder um eine ganz andere Angelegenheit, wagte Kessler nicht zu entscheiden; er wagte auch nicht, Losinski zur Rede zu stellen, weil dieser gewiß alles abgestritten hätte und ihm fortan mit soviel Mißtrauen begegnet wäre, daß Kessler die Hintergründe nie mehr hätte durchleuchten können. Aber das wollte er. Je länger er darüber nachdachte, desto mehr wuchs bei Kessler die Überzeugung, daß unter allen Mitbrüdern *Societatis Jesu* das Mißtrauen zu Hause war, und der Gedanke, er könnte in seiner Ahnungslosigkeit mißbraucht worden sein, kränkte ihn heftig. So heftig, daß er beschloß, der Sache auf den Grund zu gehen.

# SIEBENTES KAPITEL

## Unverhoffte Begegnung
## Einsamkeit

## 1

SEIT JENER UNHEIMLICHEN Erscheinung mied Anne von Seydlitz ihr eigenes Haus. Sie hatte sich fest vorgenommen, bis zur Klärung der Angelegenheit keine Nacht mehr in diesem Haus zu verbringen. Für die zwei Tage, die sie sich in München aufhielt und die sie in der Hauptsache damit verbrachte, ihre Wäsche zu wechseln und geschäftliche Dinge zu regeln, nahm sie ein Zimmer in dem Hotel, in dem auch Kleiber gewohnt hatte.

Die Sache mit Adrian tat ihr leid, aber in gewisser Weise war sie auch froh, daß es so gekommen war, denn sie hatte den Eindruck, daß Kleiber sich viel mehr für sie als für ihre Probleme interessierte. Und wenn sie in dieser Situation etwas nicht brauchte, dann waren das die Nachstellungen eines Mannes. Gewiß, sie würde ihm, falls er käme, die Hand reichen, und dabei kamen ihr die Worte ihrer Pflegemutter in den Sinn, die mit strenger Stimme gelehrt hatte, man dürfe nie eine dargereichte Hand zurückweisen, nicht einmal die eines Feindes, aber vorerst konnte sie sicher sein, daß es zu dieser Begegnung nicht kommen würde. Für den Augenblick drängten sich in Annes Kopf so viele Gedanken, daß einfach kein Platz blieb für einen Mann.

Es ist der Stolz, der eine betrogene Frau zu unvorstellbaren Leistungen anspornt. Unvorstellbar wäre es früher für Anne von Seydlitz gewesen, allein auf sich gestellt eine Spur aufzunehmen, die sie um die halbe Welt führte, verbunden mit Risiken und Gefahren, nur um Klarheit in eine Affäre zu bringen, die ihr – so sie diese überhaupt jemals aufzuklären vermochte – nicht den geringsten Vorteil einbrachte. Aber zwischen ihr und dem Unbekannten, dem Geheimnisvollen und Mysteriösen hatte sich eine, wie es schien, magische Bindung entwickelt; jedenfalls fühlte sich Anne außerstande, davon abzulassen.

War dies die oft beschriebene Magie des Bösen, die sie gefangenhielt, die sich all ihrer Gedanken bemächtigte und sie nicht mehr losließ? Warum tat sie das alles?

Gedanken wie diese nahmen in ihrem Leben jedoch nur unbedeutenden Raum ein. In der gegenwärtigen Situation war das auch gut so; denn sonst hätte Anne von Seydlitz bemerkt, wie sehr sie sich bereits verändert hatte.

Noch nie in ihrem Leben war sie von einer Idee besessen gewesen, und sie hatte Leute, die selbstverachtend ein Ziel verfolgten, eher mit Unbehagen betrachtet als mit Bewunderung. Nun, besessen von einer Idee, kannte sie sich selbst nicht mehr, stellte sie alles hintan, Liebe, Leben, Geschäft, aber sie merkte es nicht. Es gibt Dinge, denen man nicht entfliehen kann.

Die Nachforschungen in Kalifornien hatten Anne in ihrer Überzeugung bestärkt, daß ihr Mann Guido in ein weltweites Komplott verstrickt gewesen sein mußte – mit oder ohne sein Wissen, das vermochte sie zum gegenwärtigen Zeitpunkt nicht zu sagen. Die Entdeckung eines neuen biblischen Textes allein konnte es wohl nicht sein, was Wissenschaftler zu Jägern werden ließ und andere zu Gejagten.

Mrs. Vossius, die Frau des Professors, nahm in ihren Überlegungen eine zwielichtige Rolle ein. Anne zweifelte an ihrer Ehrlichkeit, ja, nach einigen Tagen Abstand stellte sie sich sogar die Frage, ob Aurelia Vossius nicht ein falsches Spiel spielte. Die wichtigste Fährte war zweifellos Brandons Hinweis auf den Orphiker-Orden, irgendwo im Norden Griechenlands. Anne hatte keine Ahnung, was sie dort erwarten könnte, ob sie überhaupt Zugang finden würde zu dem mysteriösen Orden, aber ihr Entschluß stand fest.

Sie mußte nach Leibethra.

## 2

DANK DER PRÄZISEN Beschreibung Gary Brandons flog Anne von Seydlitz nach Athen, weiter nach Thessaloniki, das dort Saloniki genannt wird, der Kürze wegen, und quartierte sich im Makedonia Palace, Leoforos Megalou Alexandrou, ein, in der malerischen Altstadt.

Guido, von Berufs wegen als Reisender erfahren, hatte ihr einmal den Tip gegeben: Wenn du in einer Stadt keine Freunde hast, dann gebe dem Hotelportier ein fürstliches Trinkgeld.

Der junge Mann an der Rezeption hieß Nikolaos wie jeder Zweite in der Gegend, sprach blendend Englisch, und der große Schein, den Anne ihm zuschob, setzte bei ihm ungeahnte Fähigkeiten frei. Anne traf sich mit ihm nach Dienstschluß in einem Straßencafé nahe dem Weißen Turm, von wo man das Meer sieht, und sie begann ohne Umschweife zu erzählen, daß ihr verstorbener Mann in ein sonderbares Komplott verwickelt sei, dessen Hintermänner möglicherweise in Leibethra zu suchen seien. Nähere Angaben machte Anne nicht.

Nikolaos, nicht älter als fünfundzwanzig, mit schwarzem Kraushaar und flinken, dunklen Augen, fühlte sich von der Offenheit und dem Vertrauen der Fremden geschmeichelt und versprach, ihr behilflich zu sein. Zunächst, meinte er ehrlich, müsse er jedoch eingestehen, daß er von dem Orden in Leibethra zwar gehört habe, aber niemand in Saloniki wisse Näheres über diese Leute. Die meisten, so auch er, glaubten vom Hörensagen, es handle sich um einen frommen Orden, der in Leibethra eine Irrenanstalt betreibe. Allerdings handele es sich bei den Behinderten keineswegs um Griechen oder Leute aus der Gegend, sondern um Ausländer, die dorthin gebracht würden.

Vermutlich, erklärte Anne, werde die Anstalt nur zur Tarnung unterhalten, in Wirklichkeit verberge sich hinter Leibethra etwas ganz anderes.

Es traf sich, daß Nikolaos' Schwager Vasileos in Katerini, eine Autostunde südlich von Saloniki, ein Hotel betrieb mit Namen ›Alkyone‹, und Nikolaos glaubte sich zu erinnern, sein Schwager habe ihm schon einmal von dem unheimlichen Felsenkloster an den Hängen des Olymp berichtet, aber weil er sich nicht sonderlich dafür interessiert habe, könne er sich an Einzelheiten nicht erinnern.

Am folgenden Tag brachte Nikolaos Anna von Seydlitz mit seinem Wagen nach Katerini zu Schwager Vasileos, der, obwohl Anne in seinem Hotel und nicht im benachbarten ›Olympion‹ abstieg und obwohl sie von Nikolaos mit freundlichen Worten empfohlen wurde, der Fremden mit großem Mißtrauen begegnete. Überhaupt erwies sich Vasileos als das genaue Gegenteil von Nikolaos: träge und finster dreinblickend und verschlossen, vor allem seinen Gästen gegenüber. Hinzu kam, daß man sich mit ihm nur mit Hilfe eines Kauderwelsch aus seltsamerweise rheinisch gefärbtem Deutsch und mühsam angelerntem Englisch mit trockenem nordgriechischem Akzent verständlich machen konnte.

Die meisten Leute in der Gegend seien hier so, entschuldigte Nikolaos sein mürrisches Verhalten, und er unterhielt sich mit Vasileos in lautem und ernstem Tonfall. Zwar verstand Anne kein Wort, aber den Gesten und Reaktionen der beiden konnte sie entnehmen, daß Nikolaos seinem Schwager Vorhaltungen machte, er solle seine Gäste gefälligst besser behandeln und die Kiria aus Deutschland sei sehr großzügig. Dann steckte er Anne seine Telefonnummer in Saloniki zu, für den Fall, daß sie seine Hilfe brauchte, und reiste ab.

Katerini ist äußerst malerisch, sogar an trüben, kalten Tagen, ein Landstädtchen, abseits der einzigen Autobahn des Landes. Nach Katerini reist man nicht, man kommt zufällig vorbei. Auch in Vasileos' Hotel – es nannte sich zwar so, verdiente aber eher den Namen Herberge – blieb selten einer länger als eine Nacht. Insofern war Anne von Seydlitz eine Besonderheit, und am zweiten Tag, nachdem sie die Gassen des Städtchens und den malerischen Marktplatz erkundet hatte und noch immer nicht abgereist war, begannen die alten Männer, die auf geflochtenen Stühlen vor den Haustüren saßen, zu tuscheln, wer die Fremde wohl sei und was sie hier zu suchen habe. Es war merkwürdig, aber in dem fremden Land, unter fremden Menschen fühlte Anne von Seydlitz sich sicherer als zu Hause, wo sie sich überwacht und beobachtet glaubte.

Ziemlich viele Männer, und nicht nur alte, hockten vor den Türen ihrer Häuser, Männer mit kantigen Gesichtern und buschigen Brauen, ausgemergelt und hart vom Widerstand gegen das Leben, das hier kein Honiglecken ist. Einer lebt vom anderen, der Krämer vom Maurer, der Maurer vom Baumeister, der Baumeister vom Sägewerksbesitzer, der Sägewerksbesitzer vom Krämer – nicht wie die im Süden, die allein von der Geschichte leben konnten, sogar vom Unrat, den diese irgendwo hinterlassen hatte. Armut schürt Mißtrauen, und die Leute von Katerini waren sehr mißtrauisch – untereinander, vor allem aber gegenüber Fremden, und eine alleinreisende Frau machte sich noch mehr verdächtig, so daß sie der Kiria tunlichst aus dem Wege gingen.

## 3

NUR GEORGIOS SPILIADOS, der fliegende Bäcker, dessen Geschäft auf drei Rädern durch die Gassen rollte (der rückwärtige Teil bestand aus einem alten Fahrrad samt Pedalantrieb, der vordere hingegen aus einer zweirädrigen Holzkiste, der Verpackung einer Waschmaschine, die der Elektriker des Ortes vor zehn Jahren in Katerini verkauft hatte und in die Georgios Glasfenster geschnitten hatte, damit jeder auf der Straße seine knusprig gelbbraunen Baklawa und Kataifi bewundern konnte), nur der Bäcker Spiliados begann mit Anne ein Gespräch, als sie ihm ein Gebäck abkaufte, das Georgios in ein braunes Papier wickelte, aus hygienischen

Gründen. Dabei stellte sich heraus, daß Spiliados früher, es sei lange her, in Deutschland gearbeitet hatte und nun als Selbständiger sein Auskommen suchte. Im Ort kenne man zwar seinen griechischen Namen – und er zeigte auf den Namenszug an seinem Wagen –, aber für die meisten sei er immer ›der Deutsche‹ geblieben.

Ob sie hier Urlaub mache, wollte Spiliados wissen, dann habe sie die falsche Jahreszeit gewählt – im April sei Katerini am schönsten, mild und von blühendem Duft. Anne verneinte lachend und erkundigte sich im Gegenzug, ob Georgios etwas über Leibethra wisse. Da trat der Bäcker heftig in die Pedale, um schnell zu verschwinden, aber noch ehe ihm das gelang, hatte ihn Anne am Ärmel gepackt und hielt ihn zurück.

Ihre Frage, warum er sich aus dem Staub machen wolle, beantwortete Georgios Spiliados mit einer Gegenfrage: Ob sie dazugehöre zu denen – so drückte er sich aus. Erst als Anne beteuerte, nein, um Himmels willen, sie interessiere sich aus anderen Gründen für die Leute, blieb er stehen.

Georgios Spiliados, ansonsten ein Schlitzohr im Umgang mit Menschen, wischte sich mit der Hand die Stirn und sprach nur noch leise. Falls sie eine Journalistin sei, wolle er sie daran erinnern, daß ein Reporter vom ›Daily Telegraph‹, der sich zwei Wochen in der Gegend herumgetrieben und Informationen über die Leute von Leibethra gesammelt habe – er habe sogar dafür Geld bezahlt –, eines Tages mit eingeschlagenem Schädel gefunden worden sei. Offiziell habe es geheißen, er sei auf dem Olymp von einem Felsen gestürzt, aber Joannis, der ihn gefunden habe und ein Freund von ihm sei, habe beteuert, an der Fundstelle habe es weit und breit keinen Felsen gegeben. Es sei wohl das beste, wenn sie umgehend abreise.

Für Anne war Georgios Spiliados der einzige Mann, der ihr helfen konnte. Deshalb steckte sie dem Bäcker einen Schein zu, den dieser zunächst empört zurückwies. Es dauerte jedoch nicht lange, bis seine Empörung verflachte, und Georgios schob das Geld in den Innenrand seiner schwarzen Mütze. Anne beschwor Spiliados, mit niemandem über ihr Interesse an Leibethra zu reden. Georgios versprach es.

Für den Nachmittag verabredeten sich beide in seinem Laden zwei Straßen weiter. Falls er sich verspäte, werde er Vanna, seiner Frau, Bescheid geben. Es fiele auf, wenn sie sich hier in aller Öffentlichkeit länger unterhielten.

Als Anne später den Laden betrat, steckte Vanna den Kopf durch eine Art Vorhang aus bunten Plastikstreifen an der Rückseite des gefliesten Lädchens. Der Verkaufsraum bestand nur aus einem schmalen, länglichen Tisch und einem rohgezimmerten Holzregal an der Wand, in dem nur noch ein paar Fladenbrote zum Verkauf standen. Mit ihrem dunklen Bart auf der Oberlippe und dem faltigen Gesicht hätte man Vanna eher für Georgios' Mutter halten können.

Der rückwärtige Raum, in den sie die Fremde bat, war nicht weniger karg ausgestattet: in der Mitte ein quadratischer, blanker Holztisch mit vier Stühlen, ein hoher Schrank ohne Türen mit buntem Geschirr, daneben ein weißes Waschbecken, gegenüber ein Bord, von breiten Eisenwinkeln an der Wand gehalten. Vanna brachte Raki und sagte ›bitte‹, das einzige deutsche Wort, das sie konnte.

Kurz darauf erschien Georgios. Anne versuchte dem Mann zu erklären, warum sie nach Katerini gekommen war. Sie erzählte von Guidos mysteriösem Unfall und den bisherigen Nachforschungen, die sie hierher geführt hätten, und erntete so bei Georgios ehrliches Mitgefühl. Georgios hörte sich ihre Erzählung an, dann trank er ein Glas verwässerten Rakis auf einen Zug aus, sperrte die Ladentür ab, kam zurück und setzte sich wieder an den quadratischen Tisch. Mit den Fingern trommelte er auf der Tischplatte; Spiliados tat das immer, wenn er angestrengt nachdachte.

Blasses Licht von einer nackten Glühbirne an der gekalkten Decke füllte den Raum. Annes Augen wanderten abwechselnd vom Gesicht zu den nervösen Händen und wieder zurück zum Gesicht ihres Gegenübers. Georgios blickte vor sich hin, er schwieg, und je länger er stumm blieb, desto mehr sank Annes Hoffnung, er würde ihr helfen.

»Unglaubliche Geschichte ist das«, sagte er endlich, »unglaubliche Geschichte, wirklich.«

»Glauben Sie mir etwa nicht?«

»Doch, doch«, meinte Georgios beschwichtigend. »Mir scheint, diese Leute sind wirklich gefährlich. Wir alle hier wissen kaum etwas über sie. Was man sich im Ort über sie erzählt, sind mehr oder weniger Gerüchte. Einer berichtet es dem anderen hinter vorgehaltener Hand. Alexia, die Frau des Schmieds, will gesehen haben, daß sie Menschen auf Scheiterhaufen verbrennen und dazu tanzen. Und Sostis, dem der Steinbruch am Osthang gehört, sagt, es seien Verrückte, die sich gegenseitig umbrächten. Daß es Neunmalgescheite sein sollen, höre ich zum ersten Mal. Ich kann mir das einfach nicht vorstellen. Wie, sagten Sie, nennen sie sich?«

»Orphiker, Jünger des Orpheus.«

»Verrückt. Wirklich verrückt.«

»Ich glaube«, erklärte Anne dem Griechen, »sie setzen derartige Gerüchte ganz bewußt in die Welt, um von ihrem eigentlichen Tun abzulenken.«

»Offiziell«, berichtete Georgios, »ist Leibethra ein Pflegeheim für geistig Behinderte; aber was wirklich hinter dem Zaun vor sich geht, der den Zugang zu dem Tal versperrt, weiß niemand. Sie versorgen sich selbst wie die Mönche am Berg Athos, sie haben ihre eigenen Fahrzeuge, mit denen sie in Saloniki ihre Großeinkäufe erledigen, und der Postmeister von Katerini sagt, sie würden sogar ihre Post nur mit dem Hauptpostamt in Saloniki abwickeln.«

»Und sie verfügen über ein unvorstellbares Vermögen«, fügte Anne hinzu.

Georgios schüttelte ungläubig den Kopf.

»Und wie soll ich Ihnen behilflich sein?« fragte der Grieche schließlich.

»Ich möchte, daß Sie mich nach Leibethra bringen!« sagte Anne von Seydlitz mit entschlossener Stimme.

Georgios fuhr sich mit den Fingern durch die krausen Haare.

»Sie sind verrückt«, sagte er aufgeregt. »Das mache ich nicht.«

»Ich bezahle Sie gut!« wandte Anne ein. »Sagen wir – zweihundert Dollar.«

»Zweihundert Dollar? Sie sind wirklich verrückt!«

»Hundert sofort, und hundert an Ort und Stelle.«

Die kühle Beharrlichkeit, mit der Anne von Seydlitz verhandelte, brachte Georgios aus der Fassung. Er sprang auf und ging unruhig in dem kahlen Raum auf und ab. Anne beobachtete ihn genau. Zweihundert Dollar waren eine Menge Geld für einen Bäcker in Katerini. Heilige Mutter, zweihundert Dollar!

Anne zog eine Hundert-Dollar-Note aus der Tasche und breitete sie in der Mitte des Tisches aus. Da verschwand Georgios wortlos durch die Tür nach hinten. Anne hörte seine Schritte auf der ächzenden Holztreppe nach oben. Sie wunderte sich selbst über ihren Mut, aber sie war jetzt zu allem entschlossen. Wenn es eine Chance gab, Licht in das Dunkel dieser Affäre zu bringen, dann mußte sie nach Leibethra.

Genaugenommen wußte sie überhaupt nicht, was sie dort erwarten würde. Aber wie ein geheimnisvoller Zwang Mörder und Opfer zusammenführt, so spürte Anne den Drang, das Felsenkloster an den Hängen des Olymp zu erkunden, als lägen dort alle Geheimnisse verborgen. Den Kopf in beide Hände gestützt, den Blick auf die Dollarnote gerichtet, wartete Anne auf Georgios' Rückkehr.

Dieser kam mit einer alten, aufgefalteten Landkarte. Er sagte kein Wort, nahm den Geldschein und legte an seine Stelle die Faltkarte. »Da«, knurrte er und pochte mit dem Mittelfinger seiner Rechten auf einen bestimmten Punkt auf der Karte: »Leibethra.«

Der Ort war mit einem Symbol markiert, ein Kreis, darüber ein Kreuz. Das wies auf ein Kloster hin. Die Ortsbezeichnung fehlte. Stumm fuhr er mit dem Finger die Straße von Katerini nach Elasson entlang, zeigte auf eine dünne, verschlungene Linie, die wohl einen unbefestigten Saumpfad markierte und sich irgendwo an den Hängen des Olymp verlor, und deutete mit ein paar fahrigen Bewegungen an, daß der Weg hier irgendwo weiterführe. »Wenn überhaupt«, murmelte er unwillig vor sich hin, »muß man es in den frühen Abendstunden versuchen. Bei Tag sehen sie einen schon von weitem kommen.«

»Einverstanden!« erwiderte Anne, als wäre das die selbstverständlichste Angelegenheit der Welt, und mutig fügte sie hinzu: »Wann?«

Spiliados erhob sich umständlich, knipste das elektrische Licht aus und blickte aus dem Fenster zum Himmel. »Die Zeit ist günstig«, meinte er, »wir haben Halbmond. Wenn Sie wollen – morgen.«

Nachdem Georgios das Licht wieder eingeschaltet hatte, setzte er sich zu Anne an den Tisch. Über die Landkarte gebeugt, faßten beide den Plan für den folgenden Tag. Der Grieche hatte ein Motorrad, eine Horex, die nicht weiter auffallen würde auf der Straße nach Elasson. Mit dem Motorrad würde Spiliados um vier hinter der Schmiede auf sie warten. Er wollte kein Aufsehen erregen, und Anne stimmte dem Plan sofort zu. Die Leute von Katerini sollten keine Gelegenheit zu Redereien haben.

## 4

DER ERSTE TAG sollte nur zur Erkundung der Lage dienen. Anne ging es in erster Linie darum, in Erfahrung zu bringen, ob es überhaupt eine Möglichkeit gab, unbemerkt in den Ordenskomplex der Orphiker einzudringen. Sie wußte natürlich, daß das gefährlich war, und Georgios bezeichnete ihr Vorhaben als glatten Selbstmord. Aber es gab da eine Überlegung, die ihre Selbstsicherheit stützte: Irgendein

Grund mußte vorhanden sein, warum sie die Orphiker bisher verschont hatten.

Die Nacht war kühl, aber nicht kalt, als Anne zu ihrem Hotel zurückging. Seit sie ihre Hotelrechnung für eine Woche im voraus bezahlt hatte, zeigte sich Vasileos ihr gegenüber unerwartet freundlich, was sich bei einem von Natur aus mürrischen Menschen wie ihm auf die Worte beschränkte: ›*Kali mera*, wie geht's‹ oder ›*kali spera*, Frau Seydlitz‹; aber da Vasileos allen Leuten zumeist stumm begegnete, mußte Anne auch nicht befürchten, daß er ihr Vorhaben ausplaudern würde.

Ihr Zimmer lag zur Straße hin, und in dieser Nacht kreisten ihre Gedanken um das bevorstehende Abenteuer. Lange nach Mitternacht kläfften Hunde; einer antwortete dem Gebell des anderen, und ihr Heulen hallte durch die leeren gepflasterten Gassen. Aus einem Kaphinion um die Ecke, das, wie die meisten Häuser in Katerini, eher einer Garage als einem Wohnhaus glich, dudelte endlos Bouzoukimusik, und der Abzugsventilator in Vasileos' Restaurant, das das Erdgeschoß des Hotels ›Alyone‹ einnahm, blies brabbelnd und brummend scharfen Essensgeruch ins Freie. Späte Bummler unterhielten sich rufend über die Straße und traten auch nach einer guten halben Stunde offener Konversation nicht näher aufeinander zu, was die Möglichkeit geboten hätte, ihren Stimmaufwand zu reduzieren. Zum vierten oder fünften Mal stakte eine Frau mit hellklingenden hohen Absätzen zielstrebig die Straße entlang, um nach wenigen Minuten ebenso zielstrebig zurückzukehren. Im übrigen wurde die Nacht nur von dröhnenden Automobilen unterbrochen, deren Fahrer den leeren, glatten Asphalt des Marktplatzes als Rennbahn für ihre Fahrzeuge benutzten.

Sie hatte geglaubt, Kleibers Abwesenheit würde ihr angst machen und sie verunsichern, aber allein und auf sich gestellt, kam sie zu der Erkenntnis, das genaue Gegenteil war der Fall. So ließ Anne ihren ursprünglichen Plan, ihr Vorhaben auf der Polizeistation von Katerini zu melden, wieder fallen, nur Georgios sollte, für den Fall, daß es nach einer Woche noch immer kein Lebenszeichen von ihr gebe, Anzeige erstatten. Woher sie den Mut nahm, wußte sie selbst nicht zu erklären.

Gegen Morgen, es war noch finster, mußte Anne dann doch noch eingeschlafen sein, denn sie träumte, ein Erdbeben habe den Olymp erschüttert, und über die zerklüfteten Hänge floß glühende rote Lava in zahllosen Rinnsalen wie reißende Bäche ins Tal, und Männer und Frauen in metallisch glänzenden Booten steuerten ihre sausenden Kähne mit langen Stangen und schlugen aufeinander ein, wenn einer dem anderen den Weg nahm. Die, von denen die Boote gesteuert wurden, trugen bunte Masken vor dem Gesicht; sie waren in weite, wallende Mäntel gehüllt, und ihre Hände steckten in weißen Handschuhen, aber aus ihren Bewegungen konnte man erkennen, daß es Männer und Frauen waren. Viele der Boote, die in rasender Fahrt ins Tal schossen, zerschellten an den Felsklippen, die die Lavaströme zerteilten, und verschwanden zischend in der brodelnden Glut.

Am Fuße des Berges vereinigten sich die einzelnen Rinnsale zu einem Strom, der breit anschwoll und Dörfer und Städte unter sich begrub. Menschen, die das Unheil kommen sahen, standen wie gelähmt und unfähig zu fliehen – auch Anne. Doch als der rote Fluß sie erreichte und zischend und fauchend ihre Zehen verbrannte, da erwachte Anne mit zitternden Gliedern, und sie schüttelte den Alptraum aus ihrem Körper wie verflogene Asche.

Zum vereinbarten Zeitpunkt traf sie sich mit Georgios hinter der Schmiede an der Straße, die nach Elasson führt. Anne hatte sich weite, lange Hosen beschafft, wie sie die Frauen in der Gegend trugen, und der Grieche blickte verwundert an ihr herab, weil sie aussah, wie alle Frauen aussehen, und weil er ihr das nicht zugetraut hatte. Als wollte sie sich für ihre ungewohnte Verkleidung entschuldigen, hob Anne die Schultern. Sie lachte. Sie war noch nie in ihrem Leben mit einem Motorrad gefahren, was der Grieche wiederum überhaupt nicht begreifen konnte, weil, wie er zu verstehen gab, jeder Autofahrer erst einmal auf einem Motorrad gesessen haben müsse.

# 5

DIE STRASSE FÜHRTE westwärts und wurde einsamer, je weiter sie sich von Katerini entfernten. Nur hin und wieder begegnete ihnen ein Lastauto, dann kam noch eine Kreuzung mit weiß-schwarzen Wegschildern, und schließlich schlängelte sich die Straße durch menschenleeres, karges Land. Annes Augen tränten, sie war die zugige Luft auf dem Motorrad nicht gewohnt.

Nach einer halben Stunde Weges verlangsamte Georgios die Fahrt und suchte mit den Augen die linke Straßenseite ab. Zwei Zypressen markierten eine unbefestigte Abzweigung. Es gab keinen Wegweiser, und der Weg bestand nur aus zwei mit Geröll gefüllten Fahrrinnen. Georgios hielt an.

»Das ist der Weg nach Leibethra«, sagte er, und als koste es ihn große Überwindung, bog er auf die Fahrspur ein.

Es war nicht einfach, die schwere Maschine in der schmalen Fahrrinne zu lenken; Georgios vollführte wahre Kunststücke im Balancieren. »Festhalten!« rief er immer, wenn er, weil er dort den besseren Weg sah, von der einen in die andere Fahrspur wechselte.

Vor einem mit Zypressen bewachsenen Hügel ging es steil bergan. An dieser Stelle war das Geröll auf dem Fahrweg so brüchig, daß das Hinterrad durchdrehte und Schottersteine wie Geschosse nach hinten flogen. Georgios bat Anne, den Berg zu Fuß zu erklimmen; er selbst steuerte sein Motorrad unter Zuhilfenahme beider Beine den steilen Weg nach oben.

Es dämmerte, als sie auf dem Scheitel der Kuppe, den eine breite, von unten nicht sichtbare Felsnase markierte, ankamen. Georgios stellte den Motor ab und kippte sein Fahrzeug zur Seite. Er blinzelte in die Landschaft und machte mit ausgestrecktem Arm eine Bewegung nach Westen. Der Weg schlängelte sich abwärts und stieg nach etwa einem Kilometer – soweit man das erkennen konnte – wiederum steil bergan, um dort hinter schwarzen Nadelbäumen zu verschwinden.

»Dort«, sagte er, »ist der Zugang zu der Schlucht, die nach Leibethra führt.«

Anne holte tief Luft. Sie hatte sich den Weg einfacher vorgestellt. Die Stille, die sie umgab, wirkte bedrückend, die Landschaft feindselig. Dazu kam eine feuchte Kühle, die unter die Kleider drang.

»Wir fahren bis zu dem nächsten Berganstieg«, sagte Georgios, »das letzte Stück müssen wir zu Fuß zurücklegen. Man könnte den Motorradlärm hören.«

Anne nickte. Daß dort oben hinter den schwarzen Bäumen eine menschliche Ansiedlung anzutreffen sei, war für sie nur schwer vorstellbar.

Als sie an der bezeichneten Stelle angelangt waren, schob Georgios das Motorrad in das angrenzende Gestrüpp. Aus der Ferne hörte man ein Rauschen wie von einem Sturzbach. Es kam aus der Richtung, in die der Weg führte. Dieser wand sich nun, von unten nicht sichtbar, weil er durch dichten Nadelwald führte, steil bergan. Anne keuchte.

»Sie sind verrückt!« bemerkte der Grieche zum wiederholten Male, ohne Anne anzusehen.

Die antwortete nicht. Der Grieche hatte recht; aber verrückt war alles, was sie in den letzten Monaten erlebt hatte. Und dieser gottverdammte, düstere, steile, steinige Weg war der einzige, der sie einer Lösung näher brachte. Für einen Außenstehenden war das schwer zu begreifen.

Je höher sie stiegen in der grauen Dunkelheit, desto lauter wurde das Rauschen. Im Gehen vermittelte es den Eindruck von vielstimmigem Flüstern. Vom Tal her kam leichter Wind auf und fauchte leise durch das Nadelgeäst. Aus dem moorigen Boden zu beiden Seiten des Weges stieg dumpfer Geruch auf. Dann, ganz unvermittelt, trat der Weg aus dem Wald heraus und eröffnete den Blick in eine Mulde, deren gegenüberliegender Rand einen keilförmigen Einschnitt aufwies, flankiert von zwei knorrigen Felsnasen.

»Das muß er sein«, murmelte Georgios, »der Eingang zur Felsenschlucht.«

Er lag keine dreihundert Meter entfernt, und im Näherkommen machte Anne vor dem rechten der beiden Felsen eine kleine hölzerne Hütte aus, mit einem quadratischen, ins Tal gerichteten Fenster.

»O Gott!« stöhnte Anne und faßte den Griechen am Arm.

»Vermutlich ein Wächterhaus vor dem Eingang der Schlucht«, meinte Spiliados.

»Und was machen wir jetzt?« Ratlos starrte Anne in die eine Richtung.

Der Grieche wußte keine Antwort und ging wortlos weiter. Er wollte den Auftrag hinter sich bringen. Schließlich wurde er nicht schlecht bezahlt. »Gegen einen bewaffneten Wächter haben wir doch keine Chance«, knurrte er unwillig.

Das Wächterhaus lag im Dunkeln. In Rufweite bezogen Anne und Spiliados Deckung hinter einem Gestrüpp, ein paar Schritte abseits des Weges. Dann hob der Grieche einen Stein auf und schleuderte ihn in Richtung auf das Holzhaus. Das Wurfgeschoß klatschte laut gegen die Wand und kullerte auf den Weg. Stille.

»Die Herrschaften scheinen ausgeflogen zu sein«, flüsterte Georgios.

Anne nickte. Behutsam näherten sie sich der Hütte. Sie vermittelte den Eindruck, als hätte sich hier schon längere Zeit niemand aufgehalten.

Anne zog ihre Taschenlampe hervor und leuchtete durch das Fenster: Ein Kasten, ein einfacher Holztisch und zwei Stühle waren das gesamte Mobiliar. An der Wand hing ein altes Feldtelefon, der erste Hinweis, daß irgendwo in dieser Einsamkeit Menschen hausten. Die Tür war verschlossen.

»Die Leute von Leibethra müssen sich verdammt sicher fühlen«, bemerkte Anne, »wenn sie schon ihre Wachposten nicht mehr besetzen.«

»Wer weiß«, erwiderte Spiliados, »vielleicht werden wir längst beobachtet und tappen gerade in eine Falle.«

»Sie haben Angst, Spiliados!« zischte Anne von Seydlitz

wutentbrannt. »Gut, Sie haben Ihren Teil erfüllt. Ich danke Ihnen.«

Anne streckte dem Griechen die Hand entgegen. »Hier sind Ihre hundert Dollar!«

Es schien wirklich, als hätte Georgios Angst, aber die abfällige Bemerkung der Kiria hatte zur Folge, daß er trotzig entgegnete: »Behalten Sie Ihr Geld! Ich will es erst, wenn Sie wieder heil zurück sind. Ich werde Sie so weit begleiten, bis ich sicher sein kann, daß Sie am Ziel sind.«

Nichts anderes hatte Anne mit ihrer Provokation erreichen wollen; denn sie ahnte, daß das gefährlichste Stück Weges noch vor ihnen lag. Der unbefestigte Weg teilte die Sohle der Schlucht mit einem reißenden Bach, der an Stellen, wo sich beide um einen Felsvorsprung wanden, die Fahrspur aushöhlte, so daß man, wollte man nicht durch das gurgelnde Wasser waten, von einem Stein zum anderen springen mußte – ein waghalsiges Unternehmen in dem fahlen Mondlicht.

Spiliados' Gedanke, sie könnten längst beobachtet werden, schien Anne keineswegs so absurd, wie sie gegenüber ihrem Begleiter zugeben wollte. Hier in der Enge der Schlucht ließ sie der Gedanke nicht los, irgendwo könnte eine Schleuse geöffnet werden. Dann hätten sie keine Chance zu entkommen. Aber das dachte sie nur, und sie schwieg.

Die Kälte, die der Bach mit sich führte, kroch an Beinen und Armen empor und ließ sie frösteln. Vielleicht war es aber auch der Gedanke, daß es aus dieser Schlucht kein Entrinnen gab. Ihr Atem ging schwer, und die kalte Luft schmerzte in den Lungen wie ein schartiges Messer; aber Anne stapfte weiter, immer bergan. Wo der Weg über die freie Landschaft geführt hatte, war es hell gewesen; doch zwischen die hohen Felswände fiel nur selten ein Lichtschein. Georgios ging voran.

Plötzlich – Anne wußte nicht, wie lange sie schweigend hinter Georgios hergetrottet war – blieb der Grieche stehen. Jetzt sah es auch Anne: Keine hundert Meter entfernt beleuchtete ein elektrischer Scheinwerfer ein Wächterhaus, das zwischen Bach und Fahrweg lag, der sich an dieser Stelle verbreiterte.

Georgios drehte sich um. »Wie wollen Sie da vorbeikommen«, sagte er und blickte in die Höhe zum Kamm der Schlucht, der hier deutlich niedriger war als auf dem bisherigen Weg; aber fünf bis zehn Meter Fels mochten es noch immer sein, unüberwindbarer Fels.

»Erst mal sehen, ob der Wachposten besetzt ist«, meinte Anne leise, aber noch während sie redete, wurde die Tür des Holzhauses geöffnet und heraus trat ein Mann. Er ging gelangweilt ein paar Schritte auf und ab. Dabei konnte man sehen, daß er ein Gewehr umhängen hatte. Schließlich verschwand er wieder in seinem Holzhaus.

Behutsam schlichen Anne und Georgios näher an die Wachstation heran. Sie glich genau jenem Holzhaus, das sie weiter abwärts inspiziert hatten. Eine lange Weile blickten sie auf die Sperre; dann sagte Georgios: »Ich glaube, wir haben beide dieselbe Lösung im Auge.«

»Ja, die einzige Möglichkeit, da unbemerkt vorbeizukommen, ist der Bach.«

»Und der ist verdammt kalt.«

»Ja«, sagte Anne. Aber während Georgios zweifelte, ob die Kiria das Risiko und die Strapaze auf sich nehmen würde, hatte Anne sich längst entschieden. »Danke, Georgios«, sagte sie und schüttelte dem Griechen die Hand. Dann reichte sie dem Griechen das Geld und begann Schuhe und Strümpfe auszuziehen. Während sie ihre Hosen hochkrempelte, sagte sie ruhig: »Sollten Sie innerhalb einer Woche nichts von mir hören, dann benachrichtigen Sie die Polizei.«

»Ich befürchte nur, das wird nichts nützen. Hierher hat sich, seit die Erde besteht, noch keine Polizeiuniform verirrt.«

Anne machte eine beschwichtigende Handbewegung: schon gut, und ging los.

# 6

WENIGE METER VOR der Hütte, wo der Lichtschein einen hellen Kreis über den Weg warf, stieg sie in den Bach und watete, vorsichtig einen Fuß vor den anderen setzend, durch das eiskalte Wasser. Sie hielt ihre Tasche und Schuhe vor die Brust gepreßt. Zum Glück reichte das Wasser nur bis zu den Knien. So gelangte Anne leichter, als sie es erwartet hatte, auf die andere Seite der Wachstation.

Im Schutze der Dunkelheit schlüpfte sie in ihre Schuhe und stieg weiter bergan. Der Weg war jetzt zur Rechten in den Fels geschlagen, während auf der linken Seite der Berg steil abfiel und die Sicht freigab in ein finsteres, steiniges Tal.

Als Anne um einen Felsvorsprung bog, blieb sie wie angewurzelt stehen: Vor ihr erhob sich in der Einsamkeit des Gebirges eine hellerleuchtete kleine Stadt. Häuser und schmale Gassen schienen wie aus dem Boden gewachsen. Als wollte sie einen Traum aus ihrem Gedächtnis wischen, fuhr Anne mit der flachen Hand über ihr Gesicht. Dabei wanderte ihr Blick nach oben, und dieser Anblick raubte ihr beinahe den Atem. Auf den Felsen in schwindelnder Höhe klebten weitere Häuser, aber sie lagen, anders als die Unterstadt, in Dunkel gehüllt, als hätten sie ein düsteres Geheimnis zu verbergen.

Die Traumstadt war menschenleer. Man konnte nicht einmal das Bellen eines Hundes vernehmen. Das machte die Erscheinung noch unwirklicher. Vor allem das grelle Licht, in das die Häuser der Unterstadt getaucht waren, wirkte geisterhaft, metaphysisch, als hätte ein Blitzstrahl alles Leben ausgelöscht. War das Leibethra?

Im Näherkommen bemerkte Anne, daß diese Stadt, die taghell erstrahlte, gar keine Straßenlaternen hatte; dennoch leuchteten die Häuser auf unerklärliche Weise. Obwohl der Ort uneinnehmbar wie eine Festung an dem Berghang klebte, umgab ihn zur Talseite ein hoher Drahtzaun. Der steinige Weg mündete in einem breiten Einfahrtstor. Es stand weit offen.

Dahinter war die Straße mit dunklen Quadersteinen gepflastert und sauber gefegt wie ein Bühnenbild vor der Premiere, und irgendwie erinnerte sie diese menschenleere Geisterstadt an die Kulissen eines Theaters. Zum Aussehen einer wirklichen Stadt fehlten der Straßenstaub, das Papier, das für gewöhnlich auf den Straßen herumliegt, und die Gerippe herbstlicher Bäume, vor allem aber fehlten die Geräusche, die auch eine Stadt im Schlaf verursacht.

Während Anne den Anblick von Leibethra in sich aufsog wie eine überirdische Erscheinung und überlegte, wie sie sich nun verhalten sollte, da geschah das ganz und gar Unerwartete, sie vernahm eine monotone menschliche Stimme, die sich, durch die Straßen hallend, aus dem Hintergrund näherte, allmählich lauter werdend. Anne dachte zuerst an einen mittelalterlichen Nachtwächter, so jedenfalls klang das laute Rufen, doch im Näherkommen erkannte Anne den lateinischen Text eines gregorianischen Chorals.

Hastig schlüpfte sie durch das Einfahrtstor und verbarg sich im Eingang des nächsten Hauses, von wo sie, durch eine steinerne Säule geschützt, einen Blick auf die gesamte Hauptstraße hatte. Es dauerte nicht lange, und aus einer der Seitengassen tauchte die ausgemergelte Gestalt eines Mannes auf. Sein Kopf war kahlgeschoren, und er trug ein helles, langes Gewand, eine Art Mönchskutte, die in großen Falten an seinem mageren Körper herabfiel. Inbrunstig wie ein Beter in der Kirche sang er seinen frommen Choral.

Anne erschrak. Hatte er sie entdeckt? Der Mann kam, während er mit fester Stimme weiter deklamierte, geradewegs auf sie zu. Ängstlich suchte sie Schutz hinter der Säule. Da blieb der Kahlköpfige stehen, breitete die Arme aus und rief in die Nacht, daß es von den Wänden der Häuser hallte: *»Qui amat animam suam, perdet eam; et qui odit animam suam in hoc mundo, in vitam aeternam custodit eam.«* Dann drehte er sich in die entgegengesetzte Richtung und verkündete: *»Ego sum via, veritas et vita. Nemovenit ad Patrem, nisi per me.«*

Der weißgekleidete Mann machte einen verwirrten Eindruck. Er ließ langsam die Arme sinken und blickte zum Himmel. So stand er regungslos starr wie eine Statue. Anne hätte erwartet, daß sich irgend jemand von dem einsamen Rufer gestört fühlte, daß irgendwo ein Fenster sich öffnete oder jemand auf die Straße trat. Aber nichts dergleichen geschah. Man hätte meinen können, der Kahlkopf sei der einzige Bewohner von Leibethra.

Sollte sie ihn anreden? Noch bevor sie sich zu einer Entscheidung durchgerungen hatte, trat Anne hinter der Säule hervor, daß der andere sie sehen mußte. Der jedoch blieb in seiner ekstatischen Haltung und ließ sich auch durch ein heftiges Räuspern, von dem Anne annehmen mußte, daß er es vernommen hatte, nicht aus der Ruhe bringen.

»Hallo!« rief Anne und trat noch einen Schritt näher auf den Kahlkopf zu. »Hallo!«

Da neigte dieser seinen Kopf in ihre Richtung und öffnete mit unendlicher Langsamkeit seine Augen. Er wirkte keineswegs überrascht, ja es schien beinahe, als habe er sie erwartet, denn er lächelte Anne gütig zu und streckte ihr eine Hand entgegen. Das Erstaunlichste war jedoch, er begann zu reden und sagte: »Wer seid Ihr, Fremde?«

»Sie verstehen meine Sprache?« entgegnete Anne verblüfft.

»Ich verstehe jede Sprache«, antwortete der Kahlkopf indigniert, so als ob es die größte Selbstverständlichkeit wäre. »Ihr habt meine Frage nicht beantwortet.«

»Ich heiße Selma Döblin«, log Anne. Weil ihr gerade nichts anderes einfiel, gebrauchte sie den Mädchennamen ihrer Mutter.

Der Kahlkopf nickte: »Meinen Namen kann ich Euch nicht verraten. Ich darf es nicht. Es würde Euch erschrecken. Ich bin die Zwietracht in Person. Nennt mich Zwietracht.«

»Merkwürdiger Name für einen frommen Mönch«, erwiderte Anne.

»Dann nennt mich Hoffart, wenn Euch das besser gefällt«, entgegnete der Mann, »oder Hybris, aber nennt mich nicht fromm, zum Teufel.«

Anne zuckte zusammen, weil die eben noch gutmütigen Augen des Kahlkopfes von einem Augenblick zum anderen einen stechenden Blick angenommen hatten, der einem Angst einflößte. Zwietracht oder Hoffart oder Hybris oder wie auch immer der Mann heißen wollte, hielt den Blick starr, beinahe hypnotisch auf Anne gerichtet. Anne sah in das Angesicht eines Menschen, in dem sich die Stupidität eines Irren und die Schlauheit eines Philosophen auf wundersame Weise vermischten, und sie begriff jäh, daß der kahlköpfige Mann vor ihr zu jenem menschlichen Schutzschild gehörte, mit dem die Orphiker sich umgaben, um sicher zu sein vor unwillkommenen Eindringlingen. Sie erkannte aber auch, daß dieser Mann ihr behilflich sein konnte, wenn sie es nur richtig anstellte.

»Ihr habt das Gesetz übertreten«, sagte der Kahlkopf mit eisiger Stimme. »Kein Bewohner von Leibethra verläßt nachts ungestraft sein Haus. Das müßt Ihr wissen, auch wenn Ihr neu seid. Ich werde Meldung machen von dem Vorfall.« Dabei deutete er mit erhobenem Zeigefinger himmelwärts, wo sich die Oberstadt im Dunkeln erhob. »Und jetzt kommt!«

Der ausgemergelte Mönch packte Anne kraftvoll am Arm und schob sie neben sich her wie eine Diebin auf dem Weg zum Verhör. Sie hätte fliehen können, doch für den Fall stellte sich die Frage wohin? Also ließ sie es geschehen und ging neben Bruder Zwietracht her die Hauptstraße entlang bis zu einer Kreuzung. Das Eckhaus zur Rechten besaß zwei Stockwerke wie alle anderen Häuser auch, aber es war breiter und hatte viele kleine Fenster. Ein kahler Gang führte zu einem Treppenhaus mit steinernen Stufen und einem kantigen, eisernen Geländer. Es wirkte wie ein riesiger Käfig, weil zwischen den einzelnen Stockwerken Maschendraht gezogen war. Wie die Straßen war auch das Treppenhaus grell erleuchtet.

Anne versuchte, nicht daran zu denken, was auf sie zukommen könnte. Du hast es so gewollt, sagte sie bei sich. Ohne seinen Griff zu lockern, führte der Kahle Anne in die erste Etage des Hauses, durch eine offenstehende Tür in einen großen Raum. Hier herrschte Dämmerlicht, und Anne erkannte etwa zwanzig Feldbetten, auf denen Menschen schliefen. Der Schlafsaal machte einen durchaus sauberen Eindruck, aber die Vorstellung, einer der Schlafenden könnte plötzlich aufspringen, hatte etwas Bedrohliches.

Zwietracht zeigte auf ein leeres Feldbett in der Nähe des Fensters und verschwand, ohne ein Wort zu sagen. Anne verstaute ihre Tasche unter dem Feldbett, dann setzte sie sich. Bis zum Morgen, dessen war sie sich klar, mußte sie von hier verschwinden. Zwietracht würde sie verraten, und wer weiß, was sie mit ihr anfangen würden.

## 7

WÄHREND SIE DASASS, den Kopf in die Hände gestützt, und nachdachte, hatte sie das Empfinden, als träte jemand von hinten an sie heran, sie glaubte sogar, eine Hand in ihrem Haar zu spüren. Mit einem Ruck drehte sie sich um, bereit, auf einen Angreifer loszugehen, da blickte sie in das verschreckte Gesicht eines Mädchens, beinahe noch ein Kind, mit zarten, weichen Zügen. Das Mädchen hielt die Hände schützend vors Gesicht, als fürchte es Schläge. Anne hielt inne. Als das Mädchen merkte, daß die Fremde sie nicht schlagen wollte, kam es näher, faßte vorsichtig in Annes Haar und streichelte es wie eine Kostbarkeit. Anne begriff: Das Haar des Mädchens war kurz geschoren. Alle Köpfe in diesem Raum waren kurz geschoren.

»Hab keine Angst«, flüsterte Anne, aber das scheue Mädchen schreckte zurück und versteckte sich unter der Decke seines Bettes.

»Sie versteht Euch nicht«, kam eine Stimme aus der hinteren Ecke, »sie ist taubstumm, außerdem leidet sie an Infantilismus, wenn Ihr wißt, was das ist.« Die Frau war alt, derbe Falten zerfurchten ihr Gesicht, und ihre hängenden Augenlider vermittelten den Eindruck unendlicher Traurigkeit. Dabei wirkte sie in gewisser Weise durchaus intelligent. Darüber konnten auch ihre kurz geschorenen Haare, die alle zu Anstaltsinsassen degradierten, nicht hinwegtäuschen.

Anne musterte die alte Frau. Die legte eine Hand auf ihre Brust und sagte beinahe stolz: »Hebephrene Schizophrenie, Ihr versteht!« Und nach einer Weile, während der sie Annes Staunen auskostete: »Und ihr?«

Anne wußte nicht, was sie antworten sollte. Offenbar interessierte sich die Alte für den Grund ihrer Einlieferung. »Ihr könnt offen mit mir reden«, meinte sie schließlich, »ich bin Ärztin.« Die Alte sprach ziemlich laut, und Anne befürchtete, die anderen in dem Schlafraum könnten erwachen. Als Anne nicht antwortete, stieg die Alte aus ihrem Bett. Sie trug ein langes Nachthemd, unter dem ungewöhnlich große, weiße Füße hervorragten, und kam auf sie zu.

»Keine Angst«, sagte sie, jetzt in etwas leiserem Tonfall, »ich bin hier die einzig Normale. Dr. Sargent. Laßt mich raten, warum Ihr hier seid.« Bei diesen Worten trat sie vor Anne hin, drückte mit beiden Daumen gegen ihre Backenknochen und zog ihr rechtes Augenlid nach oben. »Ich würde sagen, perniziöse Katatonie, wenn Ihr wißt, was das ist.«

»Nein«, erwiderte Anne.

»Nun, Katatonie, also Spannungsirresein, wird bestimmt durch Bewegungsstörungen, Unruhezustande und psychische Erregungen. In gewissen Fällen geht sie mit einer zentral bedingten Erhöhung der Körpertemperatur einher. Dann sprechen wir von perniziöser Katatonie. Nicht ungefährlich, mein Kind.«

Das Wissen und die Klarheit, mit der die Alte sprach, machten Anne staunen. Was sollte sie von dieser rätselhaften Dr. Sargent halten? Sie mußte zugeben, ihr Puls raste, die unerwartete Situation beunruhigte sie zutiefst, und es mochte sein, daß ihre Bewegungen unkontrolliert erschienen; wie in aller Welt hatte die Alte das so schnell erkannt?

»Was hat er Euch gesagt?« fragte Dr. Sargent unvermittelt.

»Wer?«

»Johannes!«

»Er wollte mir seinen Namen nicht nennen. Ich heiße übrigens Selma, Selma Döblin.«

Die Alte nickte: »Nennt mich einfach Doktor. Alle hier nennen mich Doktor.«

»Also gut, Doktor. Warum gebrauchen Sie hier diese merkwürdige Anrede, warum sagen Sie ›Ihr‹?«

Dr. Sargent hob die Hände: »Von oben verordnet. Alles, was hier geschieht, ist von oben verordnet. Ich würde Euch raten, sich dem nicht zu widersetzen. Sie haben harte Strafen. – Hat Euch Johannes zum christlichen Glauben bekehrt?«

»Er rezitierte irgend etwas in lateinischer Sprache.«

»Armer Kerl. Er ist noch nicht lange hier. Ein ehemaliger Priester, der den Verstand verloren hat, und nun glaubt er, der Evangelist Johannes zu sein; er singt Tag und Nacht aus den Evangelien und will alle bekehren. Typischer Fall von Paranoia. Wäre interessant zu wissen, wodurch sie ausgelöst wurde. Es gibt Augenblicke, da flucht er wie ein Steinschleifer. Im übrigen ist er harmlos.«

»Er sagte, niemand dürfe nachts auf die Straße, das sei gegen das Gesetz.«

»Stimmt«, antwortete Dr. Sargent. »Es halten sich auch alle daran, außer Johannes. Er genießt eine Art Sonderstellung. Warum weiß niemand.«

Es lag Anne auf der Zunge zu fragen: Warum sind Sie eigentlich hier, Doktor? Sie machen doch einen leidlich normalen Eindruck? Ja, es drängten sich noch viele Fragen auf: Warum machen Sie sich keine Gedanken, woher ich eigentlich komme, mitten in der Nacht? Warum unterhalten Sie sich mit mir, als hätten Sie mich seit langem erwartet? Warum interessieren Sie sich nicht näher für *meinen* geistigen Zustand? Aber all das fragte Anne von Seydlitz nicht. Sie wagte es nicht.

»Sie stellen Euch eine Diagnose«, begann Dr. Sargent von neuem, »und es empfiehlt sich, das Krankheitsbild dieser Diagnose zu erfüllen.« Anne kam es so vor, als würde diese Frau ihre Gedanken erraten. »Tut ihnen den Gefallen«, zischte sie laut, »dann geht es Euch nicht schlecht hier. Andernfalls …«

»Andernfalls?«

»Hier ist noch keiner ohne Zustimmung von oben herausgekommen! Ich habe jedenfalls noch von keinem Fall gehört.«

Nach diesen Worten entstand eine lange Pause, in der jeder über den anderen nachdachte. Schließlich faßte Anne sich ein Herz und sagte fragend: »Sie sind schon lange hier, Doktor?«

Dr. Sargent ließ die Augen sinken, und Anne befürchtete, sie hätte mit ihrer Frage einen wunden Punkt berührt, der geeignet sei, Dr. Sargents psychischen Zustand ins Gegenteil zu lenken; aber nach einer Weile antwortete die Frau resigniert, aber gefaßt: »In Leibethra lebe ich seit zwölf Jahren. Hier allerdings« – und dabei klopfte sie mit dem Zeigefinger auf ihre Bettkante – »bin ich erst seit einem Jahr. Schizophrenie, behaupten sie. Hört Ihr, Schizophrenie! In Wirklichkeit paßten meine Forschungen nicht mehr in ihr Konzept.«

Plötzlich legte Dr. Sargent ihren Finger auf den Mund. Auf dem Flur hörte man Schritte. »Kontrollgang«, sagte der Doktor, »schnell unter die Decke!« Und ehe sie sich versah, hatte Dr. Sargent sie auf ihr Bett gedrückt und beiden ihre Wolldecke über den Kopf gezogen.

Im selben Augenblick traten zwei uniformierte Wächter in den Raum und ließen ihre Blicke über die Schlafenden schweifen. Sie trugen lederne Helme und Koppelzeug, an dem Schlagstock und Pistolentasche befestigt waren.

Als sie den Raum verlassen hatten, zog Dr. Sargent die Decke zurück und sagte: »Jetzt haben wir Ruhe bis morgen früh. Es empfiehlt sich nicht, sich mit diesen Kerlen anzulegen. Brutale Menschen sind das, glaubt mir, richtige Bluthunde.«

Anne erhob sich. Die kurze Zeit mit Dr. Sargent unter der Decke hatte ihr tiefes Unbehagen bereitet. Sie ging zu ihrem Feldbett und legte sich nieder. Nun auf einmal machte sich die Anstrengung bemerkbar, die der Weg hierher gefordert hatte, und ihre Glieder wurden schwer. Steif und stumpf lag sie da und lauschte, Anne lauschte in die Nacht, weil sie nicht glauben konnte, daß sie in einer Stadt ohne Geräusche lebte.

So dämmerte sie vor sich hin, nur halb dem Schlaf ergeben, weil ein Teil ihres Gehirns nicht aufhören konnte sich vorzustellen, wie der kommende Tag verlaufen würde, nicht aufhören konnte zu sinnieren, ob sie nicht besser davonliefe und sich versteckte. Aber dazu war sie viel zu müde. Die Schwere in ihrem Körper drückte sie auf das harte Feldbett, und Anne hatte ein Gefühl wie im Traum, wenn man fortlaufen will und nicht kann, weil die Glieder ihren Dienst versagen.

So lag sie zwei, drei Stunden zwischen Qual und Erholung, als von draußen eine Stimme näher kam, weinerlich klagend; die Stimme eines Mannes wiederholte ein und dasselbe Wort. in der eisigen Stille empfand Anne das nicht enden wollende Rufen ungewöhnlich genug, aber mit einem Mal war ihr, als rufe jemand ihren Namen.

Anne fuhr auf. Sie lauschte mit offenem Mund, und jetzt hörte sie es deutlich. »Anne – Anne.« Behutsam, um ja keinen Lärm zu machen, stand Anne auf und schlich zum nahen Fenster.

In der Mitte der hellerleuchteten Straße, keine fünfzig Meter entfernt, stand ein schwarzgekleideter Mann mit auffallend weißem Gesicht. Guido. Anne schluckte. Sie riß die Augen auf. Mit der rechten preßte sie ihre linke Hand, daß es schmerzte, denn sie wollte sicher sein, daß sie nicht träumte. Anne wollte schreien. Es ging nicht. Als wüßte der schwarzgekleidete Mann, daß sie hinter diesem Fenster stand, wandte er ihr sein Gesicht zu: Er war es.

Auf Zehenspitzen ging Anne zu Dr. Sargent. Die aber schlief, und Anne mußte sie erst wachrütteln, und selbst als sie wach war, ließ sie sich nur schwer dazu bewegen, einen Blick aus dem Fenster zu werfen. »Hören Sie nicht den Rufer?« flüsterte Anne eindringlich.

»Das ist unser Evangelist Johannes«, knurrte Dr. Sargent unwillig.

»Nein!« entgegnete Anne. »Werfen Sie doch einmal einen Blick aus dem Fenster!«

»Dann ist es Mauro, der Ballettänzer. Der muß manchmal nachts eingefangen werden. Er behauptet, früher beim Bolschoi getanzt zu haben.«

Anne faßte Dr. Sargent am Arm. »Bitte kommen Sie. Ich will nur, daß Sie mir bestätigen, was ich sehe.«

Dr. Sargent setzte sich auf. »Bestätigen? Warum soll ich das bestätigen ?«

Anne antwortete stockend: »Der Mann auf der Straße – ich glaube – ich bin sicher – der Mann auf der Straße ist mein Mann.«

»Er ist hier?«

Nach einer langen Weile: »Er ist vor drei Monaten bei einem Verkehrsunfall gestorben.«

Die unerwartete Behauptung rüttelte Dr. Sargent wach. Sie blickte Anne ins Gesicht und erhob sich unwillig, als wollte sie sagen: Wenn es sein muß. Jedenfalls schlurfte sie in dicken Socken, die sie auch nachts nicht auszuziehen pflegte, zu dem kleinen Fenster und blickte nach draußen. Anne hörte noch immer das klagende Rufen: »Anne – Anne – Anne.«

Verärgert bewegte Dr. Sargent den Kopf hin und her, stellte sich, um besser sehen zu können, auf die Zehenspitzen, dann drehte sie sich um und brummte, während sie zu ihrem Feldbett zurückging: »Ich sehe niemanden auf der Straße!«

»Aber hören Sie doch, die Rufe!«

»Ich höre nichts, und ich sehe nichts«, erwiderte Dr. Sargent barsch. »Halluzinose in Verbindung mit Akoasmen, organische Erkrankung des Schläfenlappens im Gehirn.« Dann zog sie ihre Wolldecke über den Kopf und kehrte Anne den Rücken.

Anne verstand ihre Worte nicht, aber sie vernahm noch immer das Rufen und preßte ihre Stirn gegen die Fensterscheibe: Guido war verschwunden. Doch in ihrem Kopf hallte das böse Echo: Anne – Anne. Ihre Augen bohrten sich in das Pflaster, aus dem das Rufen schallte, aber das Pflaster lag einsam und hell. Es *konnte* nicht sein, es *durfte* nicht sein. Näherte sie sich dem Wahnsinn? Anne fühlte, ihr ganzer Körper war zum Zerreißen gespannt. Sie begann sich Gedanken zu machen, ob sie nicht in einer Traumwelt lebte, ob sie Guidos Tod und seine fatalen Folgen nur geträumt hatte, ob sie nicht zu einer hilflosen Figur geworden war in ihrem eigenen Delirium.

Die Scheibe kühlte ihre heiße Stirn, und Anne preßte sie mit aller Kraft dagegen. Sie war nicht in der Verfassung, daran zu denken, daß Glas eine spröde Festigkeit besitzt, die mit einem Schlag nachgibt. Sie zitterte und starrte auf die leere Straße, und in ihren Augen sammelten sich Tränen. Da sprang das Glas mit schrillem Knall. Anne spürte, wie ein warmer Strahl über ihr Gesicht rann, dann war ihr, als stürzte sie endlos in die Tiefe, sie fühlte die Kälte eines schwarzen Abgrundes, der näher und näher kam, bevor sie hart aufschlug und das Bewußtsein verlor.

## 8

ALS SIE ERWACHTE, war es noch immer (oder schon wieder?) Nacht, und in dem kahlen Schlafraum hatte sich nichts verändert. Mit den Händen tastete Anne nach ihrem Kopf. Sie trug einen Verband um die Stirn, am meisten aber erschrak sie darüber, daß ihre Haare kurz geschoren waren wie die der übrigen Bewohner auf Leibethra.

Hier kannst du nicht bleiben, war ihr erster Gedanke. Aber noch bevor sie einen Plan fragte, was zu tun sei, kam ihr zu Bewußtsein, daß sie so, mit ihren geschorenen Haaren, in Leibethra aufgenommen war: Sie gehörte dazu, und es würde sich nie eine bessere Chance bieten, das Geheimnis dieses Ortes zu erforschen. Dabei hatte sie Angst, Angst vor Guido, der sich zu solchem Schauspiel hinreißen ließ, oder – wenn er es nicht war – Angst vor denen, die sie und ihre Angst in ihre Machenschaften eingeplant hatten.

»Na, seid Ihr wieder klar?«

Anne blickte nach hinten. Es war Dr. Sargent, die, auf einen Unterarm gestützt, interessiert Annes Bewegungen verfolgte.

»Was haben Sie mit mir gemacht?« erkundigte sie sich besorgt und zupfte nervös an ihrem Kopfverband.

»Ihr solltet lieber fragen, was Ihr gemacht habt!« geiferte Dr. Sargent zurück. »Ihr wart im Delirium und wolltet mit dem Kopf durch die Glasscheibe. Ihr hättet Euch den Hals abgeschnitten, wenn ich Euch nicht im letzten Augenblick weggezogen hätte. Dazu habt Ihr andauernd von einem Guido gefaselt.«

Der abfällige Tonfall in ihrer Stimme machte Anne wütend: »Soll ich Ihnen danken, weil Sie mir das Leben gerettet haben?« fragte sie herausfordernd.

»Ich bin Dr. Sargent«, antwortete die Alte kühl, »es ist meine Pflicht, Leben zu retten.«

»Danke«, sagte Anne.

»Schon gut.«

Das Licht in dem Raum war gedämpft, aber doch so hell, daß man alles erkennen konnte. Anne blickte zum Fenster. »Dr. Sargent«, rief sie leise, »das Fenster!«

»Was ist mit dem Fenster?« fragte Dr. Sargent gelangweilt.

»Ich dachte, ich hätte mit dem Kopf die Glasscheibe zertrümmert?«

»Habt ihr auch!«

»Aber die Glasscheibe ist doch ganz? Wollen Sie sagen, daß die Scheibe schon wieder repariert ist?«

»Ja, das will ich sagen. Schließlich habt Ihr vier Tage geschlafen!«

»Wie bitte?«

»Zwei Tage und zwei Nächte. Doktor Normann ist da nicht zimperlich. Niemand hier ist zimperlich, wenn es darum geht, einen Insassen der Anstalt ruhigzustellen. Valium wird hier kanisterweise verbraucht.«

Anne streifte die Ärmel des langen weißen Hemdes zurück, das man ihr übergestülpt hatte. Beide Armbeugen wiesen Einstiche auf.

»Ihr wundert Euch?« fragte Dr. Sargent. »Habt ihr geglaubt, die Leute hier seien von Natur aus so friedlich? Seht Euch doch einmal um. Schaut Euch jeden einzelnen genau an, jeden einzelnen.«

Wie unter Zwang erhob Anne sich von ihrem Feldbett und ging mit langsamen Schritten durch den Schlafsaal. Da lagen Frauen mit Akromegalie, mit großen roten Köpfen und überproportionierten, derben Gesichtszügen, als wären sie aus rohem Holz geschnitzt, Mißgeburten sah Anne, mit verdrehten Gliedern und blödem Grinsen und andere von einer Statur, die Zweifel aufkommen ließ, ob sie sich überhaupt selbst fortbewegen konnten. Annes Herz klopfte wild, und das Blut hämmerte in ihrem Schädel. Sie war verwirrt.

An Dr. Sargents Bett angelangt, kniete sie nieder und flüsterte: »Das ist ja furchtbar. Wie lange haltet Ihr das schon aus?«

»Man kann sich an alles gewöhnen«, bemerkte Dr. Sargent knapp.

Im Vergleich zu den anderen Frauen in diesem Saal machte Dr. Sargent einen ziemlich normalen Eindruck. Anne konnte nicht anders, sie mußte die Frage loswerden: »Sagen Sie, Doktor, warum sind *Sie* überhaupt hier?«

Da begannen die Augen der Frau wild und zornig zu funkeln. Sie wollte zu einer Erklärung ansetzen, aber man sah, daß sie ein schlimmer Gedanke daran hinderte, und schließlich antwortete sie nur kurz: »Da müßt Ihr die da oben fragen.«

Es würde nicht einfach sein, das Vertrauen dieser Frau zu gewinnen. Dessen war Anne sich sicher. Deshalb versuchte sie es auf andere Weise, indem sie die Vermutung äußerte, Dr. Sargent sei hier keineswegs als Patientin, sondern ihr obliege die Bewachung dieses Saales. Davon aber wollte Dr. Sargent nichts wissen; sie meinte vielmehr, hier bewache jeder jeden, das sei ein Grundprinzip in Leibethra.

Anne mißtraute dieser Erklärung, und ihre Vermutung, Dr. Sargent könnte zu der Kaste der Orphiker gehören und nicht zu den Geisteskranken der Anstalt, wurde noch verstärkt, als Anne die Bitte äußerte, sie möge ihr mehr über diesen seltsamen Bruder Johannes berichten, über seine Vergangenheit und wo er sich aufhalte. Sie hatte das ungewisse Gefühl, daß dieser beklagenswerte Mann in irgendeinem Zusammenhang mit ihrem Fall stehen könnte.

Doch da gab ihr Dr. Sargent unmißverständlich zu verstehen, daß derlei Nachforschungen unerwünscht seien, vor allem von ihr als Patientin. Dr. Sargent ließ auch keinen Zweifel, daß sie sie als Pflegefall betrachtete, nach jener angeblichen Erscheinung auf der Straße, an die sie einfach nicht glauben wollte. Zu der Abteilung, in der Johannes sich aufhalte, habe sie ohnehin keinen Zutritt, und daran möge sie sich halten.

Anne war es nicht entgangen, daß das taubstumme Mädchen während der gesamten Unterhaltung ihren Mund beobachtet hatte, als wolle es jedes Wort von ihren Lippen ablesen. Am Nachmittag, den die Frauen in kleinen Gruppen im Freien verbrachten, wobei Anne zum ersten Mal die gewaltige Ausdehnung der Felsenstadt hoch über ihren Köpfen erkennen konnte, steckte ihr das taubstumme Mädchen unbemerkt von den beiden Wärtern und von Dr. Sargent einen kleinen, gefalteten Zettel zu. Das Papier enthielt eine Zeichnung, aus der Anne bei näherer Betrachtung einen Plan erkennen konnte mit zunächst unverständlichen Markierungen und Pfeilen, an deren Anfang sie ihre Unterkunft erkennen konnte, während am Ende das Wort ›Johannes‹ zu lesen war, zweimal unterstrichen.

Obwohl Anne während des Tages nach Johannes Ausschau hielt, bekam sie den beklagenswerten Evangelisten nicht zu Gesicht, so daß sie sich abends, trotz Verbots, heimlich auf die Suche machte. Dabei leistete ihr die Zeichnung des Mädchens wertvolle Dienste; denn Leibethra war eine verwinkelte Ansammlung von Häusern und Gäßchen und glich einem

Labyrinth wie dem des Minotaurus auf Kreta; und niemand wunderte sich mehr darüber als Anne selber, daß sie keine Furcht verspürte, als sie sich mutterseelenallein auf den Weg machte.

Ihr einziges Bedenken galt der Möglichkeit, in einer der hellerleuchteten Gassen Guido zu begegnen. In diesem Fall, wenn Guido plötzlich vor ihr gestanden hätte, wußte sie nicht, wie sie reagieren solle. Fortlaufen? Oder auf ihn zugehen und mit der Hand ins Gesicht schlagen? Oder eine hämische Bemerkung machen über einen schlechten Schauspieler?

Die Häuser von Leibethra trugen keine Nummern, sondern Buchstaben oder Codewörter, und das machte die Orientierung für einen Unbefugten beinahe unmöglich. Doch die Zeichnung des taubstummen Mädchens erwies sich als so exakt, daß Anne sogar von der vorgeschriebenen Route abwich und einem fremdartigen Geräusch nachging, das sich wie das Winseln einer Katze oder eines Hundes oder von beiden anhörte.

Wie alle Gebäude war auch dieses nicht verschlossen – man brauchte nur den eisernen Riegel an dem einflügeligen Holztor zurückzuschieben und fand Zugang zu einem Innenhof, in dem sich über drei Stockwerke, verbunden durch steile Holztreppen, vergitterte Käfige von unterschiedlicher Größe türmten. Obwohl nicht einmal die Hälfte der Käfige belegt war, herrschte in dem Innenhof große Unruhe, so daß Annes Eintreten nicht einmal bemerkt wurde.

Das laute Winseln kam aus einem Käfig im Erdgeschoß, und als sie vor die unruhigen Tiere hintrat, erkannte sie zwei furchterregende Fabelwesen, Windhunde mit einem Katzenkopf und einem unbehaarten Schwanz. Man hätte sie von weitem für Hunde halten können, wären da nicht ihre katzenhaften Bewegungen gewesen, mit denen sie sich unter Zuhilfenahme scharfer Krallen an einem Baumstumpf emporzogen.

Anne erschrak über diese verunstalteten Katzenwesen, aber unwillkürlich forschte sie in den übrigen Käfigen nach weiteren Schöpfungen der verantwortungslosen Tierzüchter.

Da gab es Ziegenschafe mit buschigen Hundeschwänzen und ein Schwein mit Hörnern wie ein Geißbock und doppelt so lang wie ein normales Tier, daß der Bauch auf dem Boden schleifte.

Der größte Käfig war einem schwarzbraunen Ungeheuer vorbehalten, das einem Orang-Utan glich, aber nur vom Nabel abwärts. Der Oberkörper des Ungeheuers hingegen – und das war das Erschreckendste – zeigte eine rosige, nackte Haut wie ein Mensch. Unnatürlich lang hingen die Arme herab, die Hände, jedoch vor allem die Fingernägel, waren die eines Menschen. Der kahle, stark gerötete Kopf mit winzigen Ohren glich dem eines Catchers, und die Augen unter den wulstigen Brauen blickten Anne mit solcher Klarheit an, daß es sie nicht gewundert hätte, wenn das Ungeheuer zu sprechen begonnen und sie durch das Gitter gefragt hätte, was sie hier zu suchen habe.

Diese Vorstellung versetzte Anne in Unruhe, und sie verließ die schauervolle Zuchtstation überstürzt und nahm die Fährte wieder auf, die ihr das taubstumme Mädchen aufgezeichnet hatte. Diese führte aus einer engen Häuserreihe heraus über einen Platz, an dessen gegenüberliegender Seite drei hohe, offene Tore den Blick in eine gewaltige Felsenhöhle freigaben, aus der das monotone Summen von Generatoren und Aggregaten drang. Auf dem Platz herrschte geschäftiges Treiben, so daß Anne kaum auffiel, als sie die Einfahrt in das Gewölbe in Augenschein nahm, von wo mehrere Aufzüge in die Oberstadt führten.

Die Menschen, die hier ein und aus gingen und nach oben schwebten, unterschieden sich auffallend von den übrigen Einwohnern von Leibethra. Nur wenige trugen kurzgeschorene Haare, und ihre meist dunkle Kleidung wirkte vornehm und klerikal. Keiner redete mit einem anderen, und die, die sich begegneten, würdigten sich keines Blickes.

Offenbar gab es keine Wachen, die irgend jemanden daran hinderten, in die Oberstadt von Leibethra zu gelangen. Das verblüffte Anne, wie sie überhaupt erstaunt war über die nachlässigen Sicherheitsmaßnahmen an diesem Ort. Zwar bekam sie martialisch aussehende, bewaffnete Wärter zu Gesicht, doch diese zeigten sich nur selten, und ihr Erscheinen erregte auch keine Furcht. Ruhe und Disziplin, die überall herrschten, wirkten auf Anne in gewisser Weise rätselhaft; schließlich handelte es sich um eine geschlossene Anstalt von gewaltigem Ausmaß.

Mit dem Plan des taubstummen Mädchens in der Hand suchte Anne weiter den Weg zu Johannes, dem verwirrten Evangelisten, von dem sie sich neue Informationen erhoffte.

## 9

SIE FAND DAS Haus hinter einer Biegung der beschriebenen Gasse, kenntlich, wie aus dem Zettel hervorging, an einem eisernen Brunnenrohr, das wie ein Kanonenlauf aus der Hauswand ragte. Aus dem Rohr plätscherte ein dünnes Rinnsal auf das Pflaster.

Erwartet hatte Anne von Seydlitz eine Krankenstation ähnlich jener, in der sie untergebracht war; zu ihrer Verwunderung jedoch verbarg sich in dem Haus eine Bibliothek oder wie immer man die Ansammlung von Büchern und Folianten in den düsterverstaubten Räumen nennen mochte. Beim Eintreten durch die unverschlossene Tür und nach Durchquerung eines Vorraumes, der zu einer schmalen schwarzen Eichentreppe führte, wurde Anne Zeuge einer Unterhaltung, die in einem Nebenraum stattfand, aus welchem ein heller Lichtschein fiel.

Zunächst verstand Anne nur zusammenhanglose Wörter, weil die beiden Stimmen in höchster Erregung sprachen, aber allmählich wurde ihr der Inhalt der Diskussion klar. Vor allem glaubte sie sicher zu sein, in einer der beiden Stimmen den Evangelisten Johannes zu erkennen, der mit erregter Stimme gegen den anderen wetterte. Das versetzte Anne insofern in Erstaunen, als Johannes, den sie als einen verwirrten Menschen kennengelernt hatte, von seinem Gegner durchaus ernst genommen wurde; auch gaben seine Worte keinen Anlaß, an seinem Verstand zu zweifeln.

Das Thema, um das es ging, war der erste Johannesbrief, in dem dieser seine Leser in Kleinasien vor Irrlehrern warnt, die vor allem dann in besonderer Zahl aufträten, wenn das Ende der Welt nahe. Über diese Worte machte sich der Unbekannte lustig, und er verwies auf Matthäus 24, daß selbst Jesus vor Falschpropheten und falschen Messiassen gewarnt habe, was nicht grundlos geschehen, aber ohne Nutzen geblieben sei.

Anne vermochte der fachlichen Diskussion nur oberflächlich zu folgen, sie sah sich neugierig in dem düsteren Vorraum um. Zimmer, in denen Bücher einen großen Teil der Möblierung darstellen, strahlen für gewöhnlich Ruhe und Harmonie aus; doch in diesem Raum wirkten die unzähligen Bücher wie Bausteine eines gewaltigen Chaos. In der Hauptsache rührte das daher, weil viele Bücher nicht ihre kaschierten Rücken zeigten, sondern die nackte, weiße Vorderseite oder die ebensolche Oberseite (was daher rührte, daß sie entweder verkehrt, also mit dem Rücken zur Wand, oder auf dem Rücken, also mit der Unterseite zur Wand aufgestellt waren). Hinzu kam, daß aus nahezu jedem zweiten Buch einzeln oder stapelweise Papiere quollen, und der Staub, der sie einhüllte, ließ vermuten, daß sie ihre einstige Bedeutung und ihren Inhalt längst überlebt hatten. Einrichtung gab es keine, wenn man von dem hohen, quadratischen Holztisch und einem Stuhl in der Mitte des Raumes absah.

Die Diskussion der beiden Männer endete abrupt, und Anne versteckte sich hinter einem Mauervorsprung an der Rückseite. Zuerst erschien Johannes in der Tür; er schüttelte verärgert den Kopf, murmelte ein paar unverständliche Worte und stieg die schmale Holztreppe empor in das obere Stockwerk, wo er eine Tür mit lautem Knall zuschlug.

Wenig später folgte der andere mit einem Bündel Akten

unter dem Arm. Anne erkannte ihn sofort, aber die unerwartete Begegnung ließ sie verstummen, als sie aus dem Schatten auf den Mann zutrat. Natürlich hatte sie auch diese Stimme schon einmal gehört; sie erinnerte sich:

*Guthmann.*

Der erkannte sie nicht gleich, weil Anne noch immer ein schwarzes Tuch um die Stirn trug, wie ein Turban verschlungen, um ihren Verband zu verstecken.

»Ich bin Menas«, trat Guthmann auf Anne zu und neigte den Kopf zum Gruß.

»Menas? Sie sind Professor Werner Guthmann!« erwiderte Anne, die ihre Haltung wiedergefunden hatte. »Und Sie schulden mir noch eine Antwort.«

Guthmann trat näher und stammelte verlegen: »Ich verstehe nicht ...«

»Ich bin Anne Seydlitz.«

»Sie?« Guthmann erschrak. Anne konnte sehen, wie der Mann zusammenfuhr und wie seine Finger sich in die Akten krallten. »Aber das ist doch nicht möglich!« rief er aus.

Anne gab sich unerwartet selbstbewußt; sie trat einen Schritt auf Guthmann zu und bemerkte in spitzem Tonfall: »In diesen Mauern ist alles möglich. Oder meinen Sie nicht?«

Guthmann nickte zustimmend. Wie er sich hilflos an seinen Akten festhielt, konnte man erkennen, daß ihm die Begegnung nicht nur peinlich, sondern äußerst unangenehm war. Anne hätte sich nicht gewundert, wenn der verwirrt wirkende Mann plötzlich fortgelaufen wäre.

»Sie schulden mir noch eine Antwort«, wiederholte Anne eindringlich. »Ich habe Ihnen eine Pergamentkopie überlassen mit einem koptischen Text, aber statt ihn zu übersetzen, sind Sie einfach verschwunden.«

»Ich habe Sie gewarnt«, entgegnete Guthmann, ohne auf Annes Worte einzugehen. »Hat man Sie hierher verschleppt?«

»Verschleppt?« Anne lachte gekünstelt. »Ich bin freiwillig hierhergekommen. Ich will wissen, was hier gespielt wird.«

Guthmann blickte ungläubig, beinahe hilflos, und in weinerlichem Tonfall meinte er: »Kein vernünftiger Mensch kommt freiwillig nach Leibethra.«

»Warum sind Sie dann hier?« fragte Anne.

»Nun ja, ich bin auch freiwillig hier, wenn man so will«, gab der Professor zu. »Unter dem Zwang der Versuchung – es war eine gut ausgelegte Schlinge, und jetzt steckt mein Hals drin.«

»Und was machen Sie hier?«

Guthmann nickte, als habe er die Frage erwartet, und er erwiderte: »Sie brauchen mein Wissen und meine Arbeit ...«

»... weil Vossius tot ist und weil er der einzige war, der von dem Geheimnis um Barabbas Bescheid wußte!«

»Mein Gott, woher wissen Sie?«

»Herr Professor Guthmann«, begann Anne förmlich, »ich hetze seit Monaten einem Phantom hinterher, das an den verschiedensten Orten der Welt Spuren hinterlassen hat. Der Name dieses Phantoms ist Barabbas. Und wie es den Anschein hat, hat es sich in ein Evangelium eingeschlichen, das die Bibelwissenschaft bisher nicht kannte. Es ist sozusagen das fünfte Evangelium.«

»Sie wissen zuviel!« rief Guthmann entsetzt. »Warum lassen Sie die Sache nicht auf sich beruhen?«

»Ich weiß noch immer zu wenig. Vor allem will ich die Wahrheit über das Doppelleben meines Mannes erfahren. Kennen Sie Guido von Seydlitz?«

»Nein«, beteuerte Guthmann.

»Eigentlich müßte ich sagen: Kannten Sie Guido von Seydlitz; denn eigentlich kam er bei einem Autounfall ums Leben, und ich habe für seine Beerdigung zweieinhalbtausend Mark bezahlt. Aber vor drei Tagen stand er hier nachts auf der Straße und rief meinen Namen, und er saß auch schon nachts zu Hause in unserer Bibliothek. Ich weiß nicht mehr, was ich glauben soll. Jedenfalls gebe ich nicht auf, bis ich nicht völlige Klarheit habe.«

Eine Weile sagte Guthmann kein Wort, er blickte vor sich auf den Boden, dann erkundigte er sich bei Anne: »Und warum kommen Sie hierher?«

»Ganz einfach«, antwortete sie, »der Mann, den sie den Evangelisten nennen, war der erste, dem ich hier begegnet bin. Man sagt, er sei verwirrt, und tatsächlich macht er bisweilen auch den Eindruck; aber als ich vorhin Zeuge ihrer Diskussion wurde ... jedenfalls habe ich den Eindruck, daß er irgend etwas weiß. Wer ist dieser Mann?«

»Sein Name ist Giovanni Foscolo, aber das ist ohne Bedeutung. Er ist ein italienischer Jesuit und ein Genie auf seinem Gebiet. Er ist Neutestamentler und kann nicht nur die vier Evangelien und die Apostelgeschichte auswendig, er zitiert auch alle Briefe des Apostels Paulus an die Römer, Korinther, Galater, Epheser, Philipper, Kolosser, Thessaloniker, an Timotheus, Titus und Philemon sowie die Offenbarung des Johannes aus dem Gedächtnis. Vor allem aber kennt er alle Querverbindungen, also von Matthäus 16, 13–20 zu Markus 8, 27–30 oder Lukas 9, 18–21. Wirklich ein Genie.«

»Deshalb die vielen alten Bücher und Folianten!« bemerkte Anne und sah sich in dem düsteren Raum um. »Aber warum sagen alle, er sei verrückt, wenn er ein Genie ist?«

Guthmann hob die Schultern, aber Anne von Seydlitz hatte den Eindruck, daß er etwas verschweigen wollte.

»Könnte es vielleicht sein«, fragte Anne umständlich, »daß der Jesuit auf einen Hinweis gestoßen ist, der seine Welt zum Einsturz brachte?«

Da sah sie der Professor erschreckt an: »Was wollen Sie damit sagen?«

»Nun, wenn die Orphiker soviel Energie aufwenden, um hinter das Geheimnis des fünften Evangeliums zu kommen, und wenn Giovanni Foscolo ein so genialer Forscher war, dann wäre es doch denkbar, daß er das Phantom Barabbas enttarnt hat – und daß er darüber verrückt geworden ist.«

Die Worte versetzten Guthmann in Unruhe, er begann seine Akten zu sortieren, und seine Stimme klang unsicher wie zu Beginn der Begegnung. »Ich habe schon zuviel ausgeplaudert«, meinte er verlegen. »Außerdem werde ich erwartet. Wenn Sie mich entschuldigen wollen.«

»Nein, Professor Guthmann!« protestierte Anne. »Sie können hier nicht einfach verschwinden! Sie haben mich schon einmal im Stich gelassen.«

Guthmann beschwichtigte Anne mit ausholenden Handbewegungen. »Leise. In Leibethra haben alle Wände Ohren. Es wäre jedem von uns von Schaden, wenn man uns zusammen entdecken würde. Ich schlage vor, wir treffen uns morgen hier um die gleiche Zeit.« Und noch bevor Anne dem Vorschlag zustimmen konnte, hatte sich Guthmann umgedreht und war verschwunden.

## 10

ANNE WAR WIEDER allein inmitten stummer Wissenschaft, auf der sich, bei näherem Hinsehen, der Staub festgesetzt hatte wie Schnee in einer Winterlandschaft. Und wie in einer Winterlandschaft hatte Giovanni Foscolo Spuren hinterlassen, wo er Bücher aus ihrer Reihe genommen und wieder an ihren Ort zurückgestellt hatte. Manche dieser Spuren hatten die Frische dieses oder des Vortages, andere wiederum verbargen ihr Alter unter neuem Staub, und es würde nicht lange dauern, bis sie ganz verschwunden sein würden. Buchtitel in allen Sprachen auf den breiten Rücken tanzten vor den Augen der heimlichen Besucherin: *Mithras – Hysterien und Urchristentum, The Damascus-Fragments and the Origins of the Jewish-Christian Sect, Theologische Studien und Kritiken: Wann ist Matthäus 16, 17–19 eingeschoben?, Die Apokryphen Schriften zum Neuen Testament, Liber di Veritate Evangeliorum.*

Wie die Kleidung den Menschen verrät, so wiesen die Bücherrücken auf Herkunft und Alter hin; aber es fiel auf, daß manche Bücher gekennzeichnet zu sein schienen, indem ein O oder P mit schwarzem Stift oder schwarzer Tinte ausgemalt war. Und je mehr Titel Anne von den Bücherwänden ablas, desto mehr kam sie zu der Überzeugung: Fromme und erbauliche Bücher waren dies nicht, die hier aufbewahrt wurden, im Gegenteil, aus den Regalen sprang dem Betrachter eine gewisse Bedrohlichkeit entgegen. So hatte Anne beinahe Hemmungen, eines der gekennzeichneten Bücher aus dem Fach zu nehmen. Es trug den Titel »Die apokryphen Schriften zum Neuen Testament«, wobei der Anfangsbuchstabe D schwarz ausgemalt war, vermittelte aber beim flüchtigen Durchblättern keine aufregenden Erkenntnisse, so daß Anne es an seinen Ort zurückstellte.

Gerade in dem Augenblick, als Anne sich anschickte, über die steile Treppe nach oben zu steigen, um mit Giovanni Foscolo zu sprechen, vernahm sie Schritte, die sich dem Haus näherten, und es schien ihr ratsam, sich hinter einem der hohen Bücherregale zu verstecken. Zwei Männer in Wächteruniform, wie sie sie schon bei ihrer Ankunft in Leibethra gesehen hatte, traten durch die Tür und suchten zielstrebig den Weg in das obere Stockwerk.

Anne vernahm einen kurzen, heftigen Wortwechsel, und aus ihrem sicheren Versteck, abgeschirmt durch eine Wand von Büchern, konnte sie beobachten, wie der geistesgestörte Jesuit abgeführt wurde.

Anne folgte den Männern in gebührendem Abstand. Sie verstand, was Foscolo mit lauter Stimme in die Nacht rief: »Selig, wer die prophetischen Worte liest und hört und sich an das hält, was darin geschrieben steht. Denn die Zeit ist nahe«, aber sie konnte nichts damit anfangen. Foscolo schien den Weg zu kennen, denn er ging den Wächtern durch die menschenleeren Straßen voraus bis zu einem großen, hellerleuchteten Gebäude mit weißen, undurchsichtigen Fenstern und einem Portal aus gläsernen Türen, das das Erscheinungsbild einer Klinik vermittelte.

In diesem Gebäude verschwanden Foscolo und seine Wächter, und obwohl niemand am Eingang den Zugang verwehrte, vermied es Anne, das Haus zu betreten. Sie ertappte sich bei dem Gedanken, Guido könnte, falls er wirklich noch am Leben war, sich hinter diesen Mauern aufhalten.

Die einzigen Menschen, die ihr in dieser Situation weiterhelfen konnten, waren Dr. Sargent und Professor Guthmann. Der Ärztin mißtraute Anne; auch Guthmanns Rolle gab zu Bedenken Anlaß, aber seine Zurückhaltung schien nur ein Beweis dafür zu sein, daß er viel mehr wußte, als er eingestand.

Am Tag darauf um die Abendstunde erschien Anne zu der Verabredung mit dem Professor. Es wunderte sie nicht, daß die Bibliothek, in der sie am Vorabend Guthmann und Foscolo angetroffen hatte, offenstand und hell erleuchtet war, obwohl niemand sich darin aufhielt. Das gehörte zu den Eigenheiten von Leibethra. Kein Mensch sollte sich allein und unbeobachtet fühlen, niemand. Neugierde trieb sie zu der Treppe, die in das obere Stockwerk führte, und obwohl Anne mit großer Behutsamkeit die hölzernen Stufen hinaufstieg, verursachte sie knarrende Geräusche, die, hätte sich jemand in dem Hause aufgehalten, ihre Ankunft verraten hätten.

Auf dem Treppenabsatz blieb Anne stehen. Sie lauschte, und da sich nichts rührte, tat sie drei Schritte vor in Richtung auf eine geschlossene Tür. Anne verwarf den Gedanken anzuklopfen, wie es sich für einen Fremden gehörte – aber was gehörte sich schon an diesem Ort –, und sie öffnete die Tür. Zu ihrer Überraschung lag der Raum, der sich vor ihr auftat, im Dunkeln. Anne berührte den Lichtschalter, eine helle Deckenleuchte flammte auf und beleuchtete eine einfach möblierte Studierstube. Auf einem breiten Holztisch zwischen den beiden Fenstern zur Straße stapelten sich Akten, Karten und mit Schnüren gebündeltes Papier. Die Wand zur Linken war mit Blättern beklebt, die ein unregelmäßiges Mosaik ergaben und mit Schriftzeichen versehen waren, die Anne nicht kannte, die jedoch jenen auf ihrem Pergament ähnelten. An der rechten Wand stand ein altes Sofa mit rötlichbraunem, geometrischem Muster, wie man es in Griechenland häufig sehen kann.

Als Anne die Tür hinter sich schloß, erschrak sie, denn an

einem Haken baumelte eine jener langen Kutten, in denen Foscolo aufzutreten pflegte. Zweifellos war dies Foscolos Studierstube, und Anne fragte sich, ob so das Arbeitszimmer eines Verrückten aussehe. Das vermeintliche Chaos an Papier, das sich von den Wänden über den Tisch bis auf den Fußboden fortsetzte, wo weitere Akten gestapelt lagen, ließ durchaus ein System erkennen.

Ein dicker Einband erregte Annes besonderes Interesse. Er lag auf einem Stapel obenauf, war mit Schreibmaschine geschrieben und trug die Aufschrift: *Marc Vossius. Das namenlose Grab von Minia in Mittelägypten und seine Bedeutung für das Neue Testament*. Diese Entdeckung führte Anne von Seydlitz zu zwei wesentlichen Schlüssen: Vossius war in der Tat die Schlüsselfigur in dem Fall gewesen, und eine bisher unbekannte Spur führte möglicherweise nach Ägypten.

Während sie aufgeregt in dem dicklcibigen Manuskript blätterte, dessen Inhalt für Anne zum großen Teil unleserlich und unverständlich war, überkam sie mit einemmal das Gefühl, daß jemand hinter ihr stand. Sie wollte sich umdrehen, aber Angst lähmte ihre Bewegung. In diesem Augenblick der Starrheit legte sich von hinten ein Arm um ihren Hals, und noch bevor sie sich wehren konnte, wurde ihr ein Tuch gegen Mund und Nase gepreßt, und Anne verlor das Bewußtsein.

## 11

SIE ERWACHTE IM Halbschlaf; jedenfalls fand sie später die Erinnerung an das folgende Geschehen. Ob sie das alles geträumt oder ob es sich in Wirklichkeit so zugetragen hatte, vermochte sie nicht mehr zu sagen. Sie wußte auch nicht, wo das folgende stattgefunden hatte, sie sah nur eine Frau, die aus dem Dunkeln auf sie zutrat und ihr, die sie mit schweren Gliedern dalag, ein Pendel vor die Augen hielt, das mit zappelnden Bewegungen hin- und herschwang.

Da begann die Unbekannte zu sprechen, sie redete mit leisen, eindringlichen Worten auf Anne ein, und obwohl ihr Gesicht im Dunkeln blieb, erkannte sie Dr. Sargent an ihrer Stimme. Sie klang dumpf und anders, als sie sie gesprächsweise kennengelernt hatte, und der Atem der Frau ging schwer, als habe sie eine anstrengende Arbeit zu verrichten.

Der Tonfall, mit dem Dr. Sargent auf sie einredete, wirkte auf Anne so abstoßend wie die ganze Erscheinung der Frau, und obwohl sie nicht in der Lage war, sich zu bewegen, wehrte sie sich mit aller Kraft gegen sie.

»Ihr hört meine Stimme?«

»Ja«, erwiderte Anne schwach und merkte, daß ihr das Sprechen schwerfiel.

»Ihr seht das Pendel vor Euren Augen?«

»Ja. Ich sehe es.« Anne sah es in der Tat, obwohl sie nicht wußte, ob sie ihre Augen offen oder geschlossen hielt.

»Konzentriert Euch auf meine Stimme und nur auf meine Stimme. Alles andere ist von nun an für Euch ohne Bedeutung. Habt ihr mich verstanden?«

»Ja«, antwortete Anne beinahe mechanisch. Es widerstrebte ihr zu antworten, doch sie konnte nicht anders.

»Ihr werdet jetzt auf alle meine Fragen antworten, und wenn ihr erwacht, werdet Ihr Euch an nichts mehr erinnern.«

Anne sträubte sich, sie stemmte sich mit aller Kraft gegen den eigenen Willen, aber eine unbezwingbare Macht preßte aus ihr die Antwort heraus: »Ich werde antworten und mich später an nichts mehr erinnern.«

Sie ärgerte sich über sich selbst, und am liebsten wäre sie aufgesprungen und fortgelaufen, doch sobald sie den Gedanken zu Ende dachte, überkam sie wieder die bleierne Schwere, und sie blieb regungslos.

»Was sucht Ihr in Leibethra?« drang die abstoßende Stimme auf sie ein.

»Die Wahrheit!« antwortete Anne spontan. »Ich suche die Wahrheit!«

»Die Wahrheit? – Hier werdet Ihr die Wahrheit nicht finden!«

Anne wollte fragen. Wo dann, wenn nicht hier? Aber sie fühlte, daß sie die Fähigkeit verloren hatte, Fragen zu stellen. Ihre Stimme gehorchte nicht. Unruhig wartete sie deshalb auf die nächste Frage Dr. Sargents.

»Wo habt Ihr das Pergament versteckt?« fragte die Stimme laut und eindringlich.

»Ich weiß nicht, wovon Sie reden«, erwiderte Anne, ohne nachzudenken.

»Ich spreche von dem Pergament mit dem Namen des Barabbas!«

»Kenne ich nicht.«

»Ihr habt das Pergament!«

»Nein.«

Gebannt wartete Anne auf die nächste Frage; aber Dr. Sargents Stimme schwieg. Anne wußte nicht, wo sie war, und so sehr sie sich auch mühte, irgendein Geräusch zu identifizieren, das einen Hinweis auf ihren Aufenthaltsort hätte geben können, sie hörte nichts und lag da wie taub. Ihr Versuch, die Augen zu öffnen, mißlang, wie überhaupt alles, was sie mit ihrem Willen durchzusetzen versuchte, an der Schwere in ihren Gliedern scheiterte, und sie begriff, daß Dr. Sargent bemüht war, sie mit Hilfe von Hypnose gefügig zu machen.

Die Worte der Ärztin schallten wie ein böses Echo in ihrem Kopf: *Wo habt Ihr das Pergament versteckt … versteckt … versteckt …*

Anne hatte den Gedanken hundertmal gedacht, und deshalb blieb er ihr auch in dieser Situation gegenwärtig: Wenn du das Pergament verrätst, ist dein Leben keinen Pfifferling mehr wert. Sie werden dir nichts tun, solange sie nicht im Besitz des Pergaments sind.

Wie lange sie in dieser lähmenden Starre dalag, Anne vermochte es nicht zu sagen; sie hielt sich nur an den einen

Gedanken, nichts zu verraten. Und auf einmal nahm sie, obwohl sie die Augen geschlossen hielt, über sich einen Schatten wahr, und Dr. Sargents Stimme tönte erneut: »Ihr werdet jetzt auf alle meine Fragen antworten und nichts von dem verschweigen, was in Eurem Gedächtnis ist.«

Anne spürte die Finger der Ärztin auf ihrer Stirn, eine unangenehme Berührung, aber sie brachte es nicht fertig, ihr auszuweichen und sich zu wehren.

»Kennt Ihr den Inhalt des Pergaments?« fragte die Stimme drängend.

Anne antwortete: »Nein, ich kenne ihn nicht.«

»Aber Ihr habt eine Kopie!«

»Niemand kann sie entschlüsseln.«

»Und das Original?«

»Ich weiß es nicht.«

»Ihr wißt es genau!« Dr. Sargent stürzte auf Anne zu. Anne fühlte, wie sie von der Frau an den Armen gefaßt und geschüttelt wurde. Sie hörte die Drohungen ihrer kalten, geifernden Stimme: »Wir werden sie mit Injektionen zum Reden bringen.«

An mehr konnte sie sich nicht mehr erinnern.

## 12

ALS SIE ERWACHTE, lag Anne in einem abgedunkelten Raum in unnatürlicher Stille. Sie streckte sich und versuchte so, die Schwere aus ihren Gliedern zu pressen. Die Situation war durchaus angetan, Todesangst zu vermitteln, aber Anne empfand nicht die geringste Furcht. Alles, was sie an Angst hatte, hatte sich in den vergangenen Wochen aufgebraucht. Im Gegenteil, in Situationen wie dieser entwickelte sie nie gekannten Mut. Sie stand auf, tappte im Dunkeln auf einen winzigen Lichtschein zu, der einen diffusen Strich in den Raum zeichnete, und stieß gegen ein Fenster. Sie ertastete einen Griff, öffnete es und stieß auf einen hölzernen Fensterladen, den sie, nach Entriegelung eines Schlosses, einen Spalt aufstieß.

Die Helligkeit schmerzte in ihren Augen, und es dauerte lange, bis Anne sich daran gewöhnt hatte. Zuerst sah sie nur Himmel; doch als sie ihren Blick senkte, sah sie tief unter sich gebirgiges Land, und ihr wurde klar, daß sie sich in der Oberstadt befand. Sie war entdeckt, und sie mußte erkennen, daß sie sich keineswegs heimlich in Leibethra eingeschlichen, sondern von Anfang an unter Beobachtung gestanden hatte.

Für Anne gab es keinen Grund, den Laden geschlossen zu halten, also ließ sie das helle Tageslicht in das Zimmer, und sie erkannte einen karg möblierten Raum mit nackten Bodenbrettern und ein weißgestrichenes Eisenbett von ausgeprägter Scheußlichkeit. Die Tür hatte wie alle Türen in Leibethra kein Schloß, war also unversperrt, und ein Blick nach draußen ließ einen unendlich langen, mit vielen Türen versehenen Gang erkennen.

Es erschien ihr nicht angebracht, die Umgebung zu erkunden. Allein die Tatsache, daß man sie auch hier nicht eingesperrt hatte, ließ erkennen, wie sicher die Orphiker sich fühlten. Offenbar gab es keine Chance zur Flucht. In der gegenwärtigen Situation war Anne dazu auch viel zu müde. Ihr Kopf schmerzte, und sie kämpfte, nachdem sie sich auf dem Eisenbett niedergelassen und den Kopf in den Händen vergraben hatte, mit dem Schlaf, und zu alldem war ihr hundeübel. Und während Anne vor sich hin in das seltsame Zimmer starrte, fiel ihr Blick auf einen Stuhl, über den sauber gebügelte Kleider gelegt waren, und erst jetzt bemerkte Anne, daß sie ein langes, steifes Nachthemd trug wie in psychiatrischen Anstalten üblich, und sie erschrak vor ihrer eigenen Erscheinung.

Aber je länger sie den Blick auf die Kleider gerichtet hielt – dabei wischte sich Anne die Augen mit den Händen aus, denn sie glaubte zu träumen –, desto heftiger ging ihr Atem, ihr Herz schlug bis zum Hals, das Blut pochte in ihren Schläfen. Die Kleidungsstücke vor ihr auf dem Stuhl gehörten Guido.

Anne erhob sich und ging vorsichtig, als könnten die Kleider plötzlich zum Leben erwachen und sie angreifen, auf den Stuhl zu. Über der Lehne hing das Sakko, die Hose lag auf der Sitzfläche, von der die Hosenbeine herabhingen.

Anne verspürte zunächst Hemmungen, die Kleidungsstücke zu berühren, aber dann gab sie sich einen Stoß, und sie erkundete die Innenseite des Sakkos, in der sie das Etikett eines Münchner Schneiders wußte. In der Tat – es war Guidos Anzug.

Anne ließ das Kleidungsstück fallen, als hätte sie sich die Finger verbrannt. Drohend stand auf einmal das Bild Guidos vor ihr. Anne fühlte, wie Panik in ihr hochkroch. Was war das für ein grausames, makabres Spiel, das Guido, das die Orphiker oder wer auch immer sich hinter all dem verbergen mochte, mit ihr trieben?

Eben wollte sie das kalte Zimmer verlassen, da hörte Anne auf dem Gang die langsamen und schweren Schritte eines Mannes.

*Guido!*

Sie zitterte am ganzen Körper; sie fühlte, wie ihre Knie nachgaben. Hilflos klammerte sie sich an das eiserne Bett, und mit weit aufgerissenen Augen starrte sie auf die Tür.

Die Schritte kamen näher, und je mehr sie sich näherten, desto bedrohlicher empfand Anne das Geräusch, das sie verursachten. Schließlich, vor der Tür, blieben sie stehen. Es klopfte.

Annes Kehle war wie zugeschnürt. Selbst wenn sie gewollt hätte, sie hätte es nicht fertiggebracht zu antworten. Sie rang nach Luft, und dabei sah sie, wie langsam die Klinke niedergedrückt und die Tür geöffnet wurde. Anne wollte schreien, aber sie konnte nicht, sie konnte nur zusehen, wie ihr die Tür entgegenkam.

Für Sekunden standen sie sich wortlos gegenüber: Anne und – Thales. Es war der Rotbäckige, und er fand zuerst die

Sprache: »Ihr habt mich wohl nicht erwartet?« meinte er mit jenem unverschämten Grinsen, das sie schon kannte, und das sein breites rosiges Gesicht noch roter erscheinen ließ.

Anne, noch immer nicht fähig zu sprechen, schüttelte heftig den Kopf. Sie hatte geglaubt, auf den Schock vorbereitet zu sein, den ihr die Begegnung mit Guido bereitet hätte. Aber nun, da ihr dieses Zusammentreffen erspart geblieben war, mußte sie erkennen, daß sie der Situation in keiner Weise gewachsen war, und sie wünschte nur das eine, daß Guido tot war, tot, tot, tot!

»Seit unserer letzten Begegnung in Berlin«, begann der Rotbäckige grinsend, »habt Ihr uns mit Eurem Verhalten nur Schwierigkeiten bereitet, und ich will Euch nicht verheimlichen, daß Ihr ein gefährliches Spiel treibt, ein sehr gefährliches Spiel sogar.«

»Wo – ist – Guido?« stotterte Anne, als hätte sie Thales' Worte überhaupt nicht gehört, und dabei deutete sie auf die Kleidungsstücke auf dem Stuhl. Die Abneigung, die sie von Anfang an gegen diesen Mann verspürt hatte, war nun zu Haß geworden. Annes Haß hätte gereicht, ihn zu töten.

»Wo befindet sich das Pergament?« fragte Thales ungerührt und ohne auf ihre Frage einzugehen und fügte kühl hinzu: »Ich meine natürlich das Original«, wobei er mit der ihm eigenen ungewöhnlichen Heftigkeit Luft durch die Nase preßte.

Als er merkte, daß Anne nicht gewillt war, zuerst auf seine Fragen zu antworten, besann er sich und sagte mit jener abstoßenden Art von Selbstbeherrschung, die ihn auszeichnete: »Ihr wart mit Guido von Seydlitz verheiratet? Sagtet Ihr nicht, er sei bei einem Verkehrsunfall ums Leben gekommen?«

Die Eiseskälte, mit der Thales ihr begegnete und sie der Lächerlichkeit preisgab, ließ Anne verzweifeln. »Ja«, erwiderte sie, »bei einem Verkehrsunfall.«

»Ich wiederhole meine Frage: Wo ist das Pergament? Wenn Ihr wollt, können wir über jede Summe verhandeln. Also?«

»Ich weiß es nicht«, log Anne, und sie mühte sich, die gleiche Selbstbeherrschung an den Tag zu legen wie ihr Gegenüber. Jedenfalls klang es äußerst provozierend, als sie kühl hinzufügte: »Und wenn ich es wüßte, bin ich nicht sicher, ob ich es Ihnen verraten würde.«

»Nicht für eine Million?«

Anne hob die Schultern. »Was ist schon eine Million im Vergleich zu jener Lebensversicherung, der das Wissen um das Pergament gleichkommt. Glauben Sie ernsthaft, es wäre mir verborgen geblieben, daß alle, die über das Pergament Bescheid wußten, elend umgekommen sind? Da bleibt für die Tatsache, daß ich noch am Leben bin, doch nur eine einzige Erklärung.«

Thales machte nicht den Eindruck, als würde er über Annes Worte lange nachdenken. Er schüttelte unwillig den Kopf, und der Geste konnte man entnehmen, daß er nicht geneigt war, auf Vorhaltungen zu antworten. Der Mann war jedoch viel zu intelligent, um nicht umgehend seine Strategie zu ändern: Anne von Seydlitz hatte recht, sie verfügte über die besseren Karten – jedenfalls mußte Thales das glauben, und mit Drohungen würde er bei dieser Frau überhaupt nichts ausrichten.

Deshalb wechselte er den Tonfall und begann mit aufgesetzter Freundlichkeit zu berichten, daß sie seit ihrer Ankunft in Thessaloniki von den Orphikern beobachtet worden sei, und als er den Zweifel in ihrem Gesicht erkannte, bemerkte Thales mit einem Lächeln: »Ich glaube, Ihr unterschatzt mich ein wenig. Meint Ihr wirklich, es sei Euch gelungen, Euch heimlich in Leibethra einzuschleichen?«

»Ja«, erwiderte Anne mit herausfordernder Offenheit, »jedenfalls gab es niemanden, der mich entdeckt und am Betreten von Leibethra gehindert hätte.«

Wütend wie ein gereizter Stier blies Thales die Luft durch die Nase: »Wenn Ihr Leibethra betreten habt, dann entsprach das *meinem* Wunsch«, fauchte er; aber schon im nächsten Augenblick setzte er wieder sein abstoßendes Lächeln auf: »Georgios Spiliados, der Bäcker aus Katerini, der Euch hierher gebracht hat, ist einer von uns. Das nur nebenbei.«

»Aber das ist doch nicht möglich!« rief Anne von Seydlitz entsetzt.

»Ich sage doch, Ihr habt mich unterschätzt. Hier in Leibethra ist nichts dem Zufall überlassen. Was hier geschieht, geschieht, weil wir es wollen. Habt Ihr geglaubt, Euch hier unbemerkt einschleichen zu können? Dieser Gedanke ist ebenso absurd wie die Idee, man könnte aus Leibethra fliehen. Versucht es, es wird Euch nicht gelingen. Nur ein Narr würde einen solchen Entschluß fassen. Ihr seht ja, in Leibethra gibt es keine verschlossenen Türen. Wozu auch?«

Mit dem Gedanken, daß Georgios zu den Orphikern gehörte, konnte sich Anne nicht abfinden. »Georgios hat nicht nur Gutes über Sie gesprochen«, sagte sie nachdenklich, »und ich mußte ihn mühsam überreden, mich hierher zu bringen. Ich habe ihn gut bezahlt.«

Thales hob grinsend die Schultern und bog die Handflächen nach außen: »Um ans Ziel zu gelangen, ist uns jedes Mittel recht, versteht Ihr das?«

Dem konnte Anne nur beipflichten, aber sie schwieg. Zu viele Dinge gingen ihr durch den Kopf. Schließlich stellte sie Thales die Frage: »Was haben Sie mit Guido gemacht, mit Vossius und Guthmann? Ich will eine Antwort!«

Da verfinsterte sich Thales' Gesichtsausdruck, und er sagte: »An eines müßt Ihr Euch gewöhnen: In Leibethra stellt man keine Fragen, man gehorcht. In dieser Beziehung sind wir ein ganz normaler christlicher Orden. Aber nur in dieser Beziehung.«

»Ich hatte ein Gespräch mit Professor Guthmann«, begann Anne.

»Mit Bruder Menas«, verbesserte Thales und fügte hinzu: »Ich weiß.«

»Er klang nicht sehr zuversichtlich.«

»Sollte er das?«

»Ich habe den Eindruck, Guthmann hat Angst.«

»Menas ist ein Hasenfuß.«

»Aber ein bedeutender Wissenschaftler.«

»Wie man's nimmt.«

»Und Sie brauchen seine Erfahrung.«

»So ist es.«

»Finden Sie nicht, daß es Zeit wird, mir die Wahrheit zu sagen?«

»Ihr stellt schon wieder eine Frage«, entgegnete Thales. »Im übrigen kennt Ihr die Wahrheit. Ihr wißt, worum es geht: In einem Grab wurde ein koptisches Pergament gefunden, und in diesem Pergament ist ein fünftes Evangelium aufgezeichnet. Leider wurde die Bedeutung dieser Schrift erst viel später erkannt, als ihre Einzelteile bereits in alle Welt verstreut waren.« Thales ging zum Fenster und verschränkte die Hände auf dem Rücken. Den Blick nach draußen gewandt, fuhr er fort: »Dieses Papier ist geeignet, die Macht der katholischen Kirche zu brechen. Mit diesem Pergament werden wir die Kirche vernichten!«

Thales' Stimme klang laut und dröhnend, wie sie sie noch nie vernommen hatte. »Ich bin auch kein Anhänger der Kirche«, bemerkte Anne, »aber aus Ihren Worten spricht abgrundtiefer Haß.«

»Haß?« antwortete Thales. »Es ist mehr als Haß, es ist Verachtung. Der Mensch ist ein göttliches Wesen. Aber jene, die sich anmaßen, im Namen Gottes zu sprechen, verneinen alles Göttliche. Zweitausend Jahre Kirchengeschichte sind nichts weiter als zweitausend Jahre Demütigung, Ausbeutung und Kampf gegen den Fortschritt. Die Pfaffen haben Jahrhunderte riesige Dome gebaut, zur Ehre Gottes, wie sie sagten; in Wirklichkeit steckte die Idee dahinter, den Christenmenschen zu unterdrücken, ihm seine Kleinheit und Bedeutungslosigkeit vor Augen zu führen. Bedeutungslosigkeit hindert am Denken, und Denken ist Gift für die Kirche. Die Kirche wird von Befehlen am Leben erhalten. Ihre Lehre heißt schlicht befehlen und gehorchen. Und alles unter dem Motto: Glauben. Glauben ist leichter als Denken. Wer in Glaubenssachen den Verstand befragt, erhält unchristliche Antworten. Und das ist der Grund, warum die Kirche sich seit ihrem Bestehen dem

Fortschritt und Wissen entgegenstemmt. Wissen ist das Ende des Glaubens. Alle Unsinnigkeiten, die die Kirche verbreitet, wurden bisher mit dem einen Zauberwort vom Tisch gewischt: *Glauben*. Wer immer gegen die Kirche auftrat, dem wurde bescheinigt, es fehle ihm an Glauben. Und gegen den Glauben gibt es keine Beweise, nur gegen den Unglauben.« Thales wandte sich Anne zu: »Dieses Pergament ist für die Kirche der Sprengstoff, der ihre Macht von einem Tag auf den anderen auslöscht, versteht Ihr?«

Anne verstand, aber sie begriff nicht, warum gerade jenes eine Pergamentblatt, das sie besaß, von so großer Wichtigkeit sein sollte.

Sie wagte aber auch nicht zu fragen, weil sie damit indirekt zugegeben hätte, im Besitz des Pergamentes zu sein. Welche Bedeutung verbarg sich hinter dem Namen Barabbas im Zusammenhang mit der Kirche?

»Ich biete Euch eine Million!« hörte sie Thales sagen. »Überlegt es Euch gut. Früher oder später gelangen wir ohnehin in den Besitz des Blattes. Aber dann werdet Ihr nichts mehr davon haben.«Dann verließ Thales das Zimmer, und seine Schritte hallten in dem langen Gang.

Wenn es stimmte, was Thales sagte, daß das Pergament Sprengstoff war, dann war dieses Dokument für die römische Kirche von noch weit höherem Wert als für die Orphiker. Anne erschrak, daß sie mit diesem Gedanken spielte.

## 13

ZWAR WUSSTE SIE nun, worum es den Orphikern ging, über Guido hatte sie jedoch nichts erfahren. Aber da lagen seine Kleider, seine Hose und sein Jackett, und während sie ängstlich darauf starrte, als warte sie darauf, daß sie lebendig würden, kam ihr die Idee, mangels eigener Kleidungsstücke diese anzuziehen und die Oberstadt von Leibethra auf eigene Faust zu erkunden.

Die Idee war so unverfroren und kam ihr so plötzlich, daß Anne daran Gefallen fand, ja, sie schmunzelte bei dem Gedanken, daß Guido so lange nicht mehr auftauchen konnte, solange sie seine Kleider trug. Es gibt eine Theorie, Angst könne nur durch das Objekt der Angst besiegt werden, die Angst vor Schlangen zum Beispiel durch Berühren einer Schlange, die Angst vorm Fliegen durch eine Fliegerausbildung – in Guidos Kleidern empfand sie mit einemmal keine Angst mehr vor Guidos Erscheinung, ja, sie nahm sich vor, diesem makabren Spiel endlich auf den Grund zu gehen.

Der lange Korridor vor ihrem Zimmer wurde an beiden Enden von undurchsichtigen Glastüren verschlossen, doch auch diese Türen waren nicht abgesperrt. Alles erinnerte an eine Krankenstation. In der Mitte befand sich eine Art Ärzte- oder Schwesternzimmer mit Schiebefenstern zum Flur. Das Zimmer war leer. Neugierig lauschte Anne an den Türen, aber sie vernahm keinen Laut. Die Einsamkeit vermittelte ein beklemmendes Gefühl, und Anne begann eine Tür nach der anderen zu öffnen; dabei wurde ihre Vermutung bestätigt: Es handelte sich um eine Krankenstation ohne Patienten.

Die Leere, die ihr überall entgegenstarrte, war geeignet, einen normalen Menschen verrückt zu machen, und gewiß, dachte Anne, steckte sogar System dahinter. Jedenfalls begann sie zuerst bedächtig, dann immer schneller, eine Tür nach der anderen auf dem endlosen Korridor aufzureißen und wieder zu schließen, nachdem sie festgestellt hatte, daß sich niemand darin aufhielt.

Im letzten Zimmer auf der ihrem Zimmer entgegengesetzten Seite des Korridors hielt Anne inne. Sie erschrak, weil sie dreißig oder vierzig leere Krankenzimmer gesehen hatte, doch in diesem lag ein Patient. Anne trat näher.

»Adrian!«

Der Patient war Adrian Kleiber.

Es gibt Situationen, die treffen einen mit solcher Wucht,

daß man zu keinem klaren Gedanken fähig ist, und der Verstand weigert sich, die Realität zu verarbeiten. In einer solchen Situation befand Anne sich in diesem Augenblick: das einzige, was sie hervorbrachte, war: »Adrian!« Und noch mal: »Adrian!«

Kleiber machte einen apathischen Eindruck, er wirkte jedenfalls weit weniger bestürzt als sie und lächelte freundlich. Es konnte kein Zweifel bestehen, er stand unter Drogen.

»Erkennst du mich, Adrian?« fragte Anne.

Kleiber nickte, und nach einer Weile sagte er: »Natürlich.«

In Anbetracht ihrer Verkleidung und der kurzgeschorenen Haare war dies keineswegs selbstverständlich. »Was haben sie mit dir gemacht?« fragte Anne wütend.

Da schob Kleiber den linken Ärmel seines Pyjamas zurück und blickte auf seinen Unterarm. Der war von Nadeleinstichen übersät. »Sie kommen zweimal am Tag«, sagte er müde.

»Wer?« rief Anne erregt, und über ihren Augen bildete sich eine senkrechte Falte.

»Mit Namen hat sich noch keiner vorgestellt.« Er rang sich ein Lächeln ab.

In der Zwischenzeit hatte Anne die ganze Tragweite der Situation begriffen, nun bestürmte sie Kleiber mit tausend Fragen. Kleiber antwortete mühsam, aber klar, und so erfuhr Anne von Seydlitz, daß Adrian von einem Kommando der Orphiker entführt und auf abenteuerlichen Wegen über Marseille nach Saloniki gebracht worden war.

»Aber das ist doch Wahnsinn!« tobte Anne, »Interpol wird dich suchen. Du kannst doch nicht von einem Tag auf den anderen verschwinden, du nicht!«

Kleiber machte eine abweisende Handbewegung: »Diese Leute sind eiskalte Gangster. Sie müssen mich tagelang beobachtet und ausgeforscht haben. Jedenfalls wußten sie, daß ich im Besitz eines Flugtickets nach Abidjan war. Sie kannten das Abflugdatum und die Flugnummer, und als ich in Le Bourget ankam, zerrten sie mich in ein Auto. Dann verlor ich das Bewußtsein. Als ich zu mir kam, befand ich mich mit drei

Männern, die wie Priester gekleidet waren, in einer Limousine auf dem Weg nach Südfrankreich. Kein Mensch wird mich suchen. Offiziell bin ich an die Elfenbeinküste geflogen.«

»Und wie lange bist du schon hier?«

»Ich weiß es nicht. Fünf, sechs Tage, vielleicht zwei Wochen. Ich habe jeden Begriff für Zeit verloren. Diese gottverdammten Injektionen.«

»Und die Verhöre? Haben sie dich ausgequetscht?« Kleiber rang nach Luft; man sah, wie er sich mühte, irgendeine Erinnerung zu finden, wie er versuchte, keine Schwäche zu zeigen. Schließlich schüttelte er den Kopf: »Nein, es gab keine Verhöre, jedenfalls kann ich mich nicht daran erinnern, befragt oder belästigt worden zu sein. Ich müßte mich doch erinnern.«

Anne bemerkte mit einer gewissen Bitterkeit: »Die Leute hier verstehen etwas von Drogen, und es gibt Mittel, die für eine begrenzte Zeit jede Erinnerung ausschließen. Allerdings lähmen sie auch das Gedächtnis, so daß diesen Leuten damit nicht gedient wäre. Nein, ich glaube, sie wollen dich ganz allmählich gefügig machen, und irgendwann werden sie damit beginnen, dich auszuquetschen.«

Adrian faßte Annes Hand. Der Freund, der sonst jeder Situation gewachsen und nie um eine Idee verlegen war, machte einen beklagtenswert hilflosen Eindruck. »Was sie nur von mir wollen«, stammelte er weinerlich. In diesem Augenblick der Hilflosigkeit des Mannes empfand Anne auf einmal tiefe Zuneigung zu Kleiber: ja, sie glaubte zu erkennen, daß die Augen des weltgewandten Journalisten Adrian Kleiber sie um Hilfe anflehten. Und während sie seine Rechte zwischen ihre beiden Hände nahm, sagte Anne leise: »Es tut mir leid wegen damals in San Diego.«

Adrian nickte, als wollte er sagen: Das Bedauern liegt auf meiner Seite. Sie sahen sich an und verstanden sich, sie verstanden sich besser als je zuvor.

Es bedarf ungewöhnlicher Situationen, um zueinanderzufinden, und sie dachten nun wohl beide dasselbe: an die Nacht in dem Münchner Hotel, als sie – für beide unerwartet – miteinander geschlafen hatten, in einem Anflug von Wahnsinn, ausgelöst durch Guidos nächtliches Erscheinen in seinem Arbeitszimmer. Ja, sie hatten wirklich beide denselben Gedanken, denn Adrian begriff sofort, was sie meinte, als Anne unvermittelt sagte: » Er ist hier. Ich habe ihn zweimal gesehen.«

»Und du glaubst, er ist es?« fragte Kleiber und betrachtete ihren Männeranzug.

»Ich weiß selbst nicht mehr, was ich glauben soll, und es ist mir auch ganz egal; möglich ist alles. Die Tatsache, daß du hier bist und wir uns unterhalten, ist nicht weniger verrückt. Als ich dich sah, habe ich im ersten Augenblick ebenso an meinem Verstand gezweifelt wie damals, als ich Guido begegnete.«

»Anne«, sagte Kleiber und drückte ihre Hand noch fester, »was haben diese Leute mit uns vor?«

Der Tonfall seiner Stimme verriet Angst. Dies war nicht der Adrian, den sie kannte, dies war ein menschliches Wrack, von tausend Ängsten gepeinigt. Obwohl selbst nicht frei von Angst, befand Anne von Seydlitz sich in weit besserer Verfassung. Ihre Gefühle hatten jene hohe Grenze überschritten, an der Angst in Wut umschlägt, Wut gegen die Verursacher der Angst.

»Du mußt dich nicht fürchten«, sagte sie. »Solange du nichts ausplauderst, werden sie dir nichts tun. Sie haben dich nicht hierhergebracht, um dich umzubringen, das hätten sie auch in Paris tun können. Denk nur an Vossius. Nein, sie haben dich hierhergeholt, weil sie von dir den Verbleib des Pergaments erfahren wollen. Und solange sie den nicht kennen und glauben, du könntest ihnen in dieser Sache einen entscheidenden Hinweis geben, solange mußt du dich nicht fürchten, hörst du!«

»Aber was können wir tun? Früher oder später werden sie alles Wissen aus uns herauspressen. Sie scheuen vor nichts zurück. Was sollen wir tun?« Verzweiflung stand in Kleibers Gesicht geschrieben.

»Vor allem dürfen wir uns nicht unserem Schicksal ergeben!« erwiderte Anne ermunternd. »Wir müssen versuchen, hier herauszukommen.«

»Unmöglich«, bemerkte Kleiber, »sie fühlen sich so sicher, daß sie es nicht einmal für nötig erachten, ihre Gefängnistüren abzuschließen.«

»Das ist unsere Chance, und es ist die einzige.«

## 14

ANNE RÜCKTE NÄHER an Kleiber heran, und die folgende Unterhaltung fand nur im Flüsterton statt. »Seit Tagen beobachte ich von meinem Fenster aus eine kleine Materialseilbahn. Sie verkehrt unregelmäßig, und zur Bergstation hat man ungehinderten Zugang.«

»Du meinst ...« Kleiber sah Anne an.

»Adrian, es ist unsere einzige Chance! Nicht ganz ungefährlich, aber ich habe gesehen, daß in der hölzernen Gondel sogar Ölfässer transportiert werden. Ein Faß Öl wiegt soviel wie du und ich zusammen. Ich glaube, das Risiko, hier umzukommen, ist größer als das Risiko der Flucht.«

Kleiber nickte apathisch, und nach einer Weile des Nachdenkens, das ihm deutlich Kraft abverlangte, sagte er mit trauriger Stimme: »Ich würde sofort mitmachen, aber es geht nicht. Ich schaffe das nicht. Diese Injektionen lähmen jeden Unternehmungsgeist. Versuche es allein. Vielleicht gelingt es dir später, mich auf andere Weise hier herauszuholen.«

In den langen Korridoren näherten sich Schritte.

»Die Ärztin mit meiner nächsten Spritze«, bemerkte Kleiber entmutigt.

Der Hinweis versetzte Anne in Aufregung. Man durfte sie hier unter keinen Umständen antreffen, dann wäre alles aus.

Was in dem nächsten Augenblick geschah, war Anne später selbst ein Rätsel. Sie hatte das nicht geplant, und wenn sie darüber nachdachte, kam sie nicht umhin, sich selbst Respekt zu zollen. Andererseits bestätigte ihr Verhalten nur die alte Erfahrung, daß Menschen, die in die Enge getrieben werden oder in aussichtslose Situationen, zu unglaublichen Taten fähig sind. So auch Anne von Seydlitz: Sie trat ohne Bedenken hinter die Tür und wartete, bis diese geöffnet wurde.

Auch von hinten erkannte sie Anne sofort: Es war die kleine, schwerfällige Ärztin aus dem Schlafsaal. Offensichtlich hatte sie den Auftrag gehabt, ihr Vertrauen zu erschleichen. Dr. Sargent trug eine Injektionsnadel in der Hand. Ohne nachzudenken, griff Anne nach dem Handtuch, das an einem Haken hinter der Tür hing, warf es der kleinen Frau über den Kopf und zog an beiden Enden zu. Die Frau stieß einen unterdrückten Schrei aus, ihre Spritze fiel auf den Boden, ohne zu zerbrechen. Mit aller Kraft, die sie aufbringen konnte, schnürte Anne der Ärztin die Luft ab. Diese war so geschockt, daß sie dem Angriff keine Gegenwehr entgegensetzte und nach kurzer Zeit steif wie ein Brett zu Boden sank.

Adrian hatte die unerwartete Szene mit weit aufgerissenen Augen verfolgt. Doch nun, da er die Ärztin am Boden liegen sah, sprang er aus seinem Bett und kam Anne zu Hilfe. Die aber wehrte seine Hilfe ab und zischte leise: »Dieses Ungeheuer wird dir nichts mehr tun!«

Erst als Adrian Kleiber besorgt ausrief: »Hör auf, du bringst sie ja um«, kam Anne wieder zu Verstand und lockerte das Handtuch um den Hals der Ärztin. Die röchelte schwer und schnappte nach Luft wie ein Fisch auf dem Land. Anne wollte die Frau nicht töten, aber ihre Wut, Ausdruck ihres Selbsterhaltungstriebes, war noch immer nicht verflogen. Anne hob die Spritze auf und jagte sie der Frau in den Oberschenkel.

Kleiber musterte Anne bewundernd, als wollte er sagen: Das hätte ich dir nie zugetraut. Schließlich meinte er ängstlich: »Und was soll nun werden?«

Die Frau auf dem Fußboden stöhnte leise. Anne kniete an ihrer Seite, Adrian kauerte neben ihrem Kopf.

»Wie ist das nach so einer Injektion?« fragte Anne.

Adrian holte tief Luft. Er antwortete schwerfällig: »Die ersten zwei, drei Stunden schwebst du wie auf einer Wolke. Du nimmst alles aus der Ferne wahr, aber du bist nicht in der Lage zu reagieren. Dein Wille gehorcht dir nicht. Du willst zum Beispiel etwas sagen, aber du kannst nicht, du willst aufstehen, aber deine Beine gehorchen nicht. Es ist ein Zustand totaler Apathie.«

Anne reagierte eiskalt: »Gut«, stellte sie nüchtern fest, »dann haben wir von ihr nichts zu befürchten, jedenfalls nicht in den nächsten zwei Stunden.«

Kleiber nickte.

»Wie fühlst du dich?«

»Ganz gut«, log Kleiber.

Anne faßte Adrian an den Armen: »Wir müssen es schaffen. Wenn sie uns erwischen, schlagen sie uns tot! Uns bleibt keine andere Wahl, verstehst du!«

Adrians Puls beschleunigte sich. Er begriff, daß er jetzt hellwach sein und die letzten Kräfte mobilisieren mußte. Für Überlegungen war keine Zeit. Er vertraute Anne. Mit ihr zusammen würde die Flucht gelingen; davon war er überzeugt.

»Komm, pack an!« kommandierte Anne und faßte die kleine, untersetzte Frau an den Beinen. Adrian ergriff die Oberarme, auf diese Weise wuchteten sie die Bewußtlose auf das Bett. Sie deckten sie zu, so daß man bei einem flüchtigen Blick durch die Tür annehmen konnte, es handele sich um Kleiber. Der schlüpfte hastig in seine Kleider; das Taschentuch, das dabei zu Boden fiel, steckte Anne ein; dann verließen sie das Zimmer, und Anne nahm Adrian bei der Hand: »Komm!«

# 15

BEI IHREN ERKUNDUNGSZÜGEN durch das Labyrinth der Oberstadt hatte Anne von Seydlitz schon am ersten Tag den kleinen, hölzernen Vorbau entdeckt, in dem die Gondel der Materialseilbahn hing, und schon am ersten Tag hatte sie in Erwägung gezogen, dieses Transportmittel zur Flucht zu benutzen. Wie alle Türen in Leibethra war auch der Zugang zu der Bergstation nicht bewacht.

Leere Fässer, Kisten und Säcke stapelten sich bis zur Decke des engen Raumes und warteten auf den Transport ins Tal. Was lag näher, als sich einen der Säcke über den Kopf zu ziehen und derart getarnt talwärts zu schweben?

Aufgeregt inspizierte Kleiber die elektrische Anlage, die sich im Vergleich zu der übrigen technischen Ausstattung von Leibethra eher primitiv ausnahm: Ein wuchtiger Handschalter mit altmodischem Porzellangriff steuerte den elektrischen Antrieb, zwei Pfeile markierten Berg- und Talfahrt, und die einzige Schwierigkeit, stellte Adrian fest, würde darin bestehen, den Handschalter umzulegen und auf die anfahrende Gondel, eine an vier Ketten aufgehängte Kiste ohne Deckel, aufzuspringen; dann, meinte Kleiber, müßten sie in ihren Säcken verschwinden und stillhalten, denn die offene Gondel sei von der Bergstadt aus einzusehen. Ob ihr die Talstation bekannt sei?

Anne lächelte verschmitzt: »Der Mann, der mich hierhergeführt hat, gehört, was ich nicht wußte, zu den Orphikern. Er war von Anfang an auf mich angesetzt. Das habe ich erst hier erfahren. Aber er hat einen Fehler gemacht, er hat mir auf dem Weg hierher die Talstation gezeigt. Sie liegt abseits hinter der Wachstation am Eingang der Unterstadt.«

Da fuchtelte Adrian aufgeregt in der Luft herum: »Eine Falle, das ist eine Falle!«

»Glaube ich nicht«, erwiderte Anne ruhig, »obwohl – diesen Leuten muß man alles zutrauen. Hast du Angst?«

Statt zu antworten, fiel Kleiber Anne in die Arme. Sie fühlte, daß Adrian sich fürchtete, und wenn sie ehrlich war, mußte sie zugeben, daß auch sie Angst verspürte. Was würde geschehen, wenn ihre Flucht auf halbem Weg entdeckt würde? Sie beide hilflos zwischen Himmel und Erde? Anne mochte nicht daran denken.

Wie sie Adrian in den Armen hielt, stürmten wieder jene aufgestauten Gefühle auf sie ein, die sie in den letzten Wochen erfolgreich verdrängt hatte. Sie liebte diesen Mann – auch wenn sie nicht den Mut aufbrachte, ihm ihre Liebe einzugestehen. Schon gar nicht in dieser Situation. Draußen begann es zu regnen. Dicke Tropfen klatschten auf das Blechdach, und vom Tal krochen Nebelschwaden bergwärts. Anne verzog das Gesicht und blickte skeptisch ins Tal. »Verdammt!« sagte sie leise, »auch das noch.«

»Warum?« wehrte Kleiber ab. »Etwas Besseres konnte uns gar nicht passieren.« Er zog eine grüne Plane unter den Säcken hervor. »Auf diese Weise können wir uns unter einer Plane verstecken, ohne daß irgend jemand Verdacht schöpft.«

»Du hast recht«, erwiderte Anne, während Kleiber, der zusehends an Rührigkeit gewann, sich an dem elektrischen Schalter zu schaffen machte.

»Da ist ein Problem«, murmelte Adrian nachdenklich.

»Und welches?« Anne trat näher.

»Wenn ich diesen Schalter umlege, fährt die Gondel los – ohne mich.«

»Hm.« Anne machte ein nachdenkliches Gesicht. »Und nun?«

»Ich habe da eine Idee«, meinte Kleiber und sah sich in dem engen Raum um.

»Und die wäre?«

»Ich brauche ein Stück Draht oder eine starke Schnur.«

»Hier!« rief Anne und zeigte auf ein Seil, das dazu diente, die Planen zu verschnüren.

Kleiber nahm das Seil und machte sich daran, das eine Ende an dem Griff des Handschalters zu verknoten. Dann führte er es senkrecht nach unten, durch die Klinke eines Werkzeugschrankes und geradewegs zu der Gondel. Anne staunte: »Das ist ja genial. Ja, so muß es funktionieren. Einfach genial!«

Kleiber lachte: »Das wird sich herausstellen. Ich sehe jedenfalls keine andere Möglichkeit.«

Wind war aufgekommen. Er heulte durch die Ritzen der Bergstation, und Anne blinzelte besorgt nach draußen. Adrian lud leere Säcke in die Gondel, darüber breitete er die Plane aus und warf Anne einen Blick zu. Einsteigen! »Angst?« fragte er mit einem aufmunternden Lächeln.

Ohne zu antworten, kletterte Anne in die Gondel und schlüpfte unter die Plane. Adrian gab ihr das Seil, das zum Schalter führte, in die Hand, dann schwang er sich selbst in das schaukelnde Gefährt und machte es sich bequem, so gut es ging. Für Augenblicke schwiegen beide, den Blick zu Tal gerichtet, wo sich ein Unwetter zusammenbraute.

Um sich selbst Mut zu machen, sagte Anne: »In zehn Minuten ist alles vorbei«, und ironisch fügte Kleiber hinzu: »Da unten steht sicher schon das Empfangskomitee bereit.« Dann zog er an der Leine.

Mit einem quietschenden Geräusch fuhr der Handgriff des Schalters nach unten, gleichzeitig setzte sich die hölzerne Gondel zuckend und ruckend in Bewegung. Anne und Adrian zogen die Plane über ihre Köpfe und ließen nur einen Spalt frei, durch den sie talwärts blicken konnten. Der Regen wurde heftiger, er prasselte lautstark auf die Plane. Heftige Windböen brachten die Gondel zum Schwanken, und in ihrer Angst drückte Anne Kleibers Hand. War es die anhaltende Wirkung der Drogen, oder hatte Adrian seinen Mut wiedergefunden, jedenfalls zeigte er kaum noch Furcht – er schien zu allem entschlossen, denn schlimmer konnte es wohl auch nicht kommen.

Sie hatten in ihrem schaukelnden Kasten noch keine fünfzig Meter zurückgelegt, als Anne heftig zu zittern begann. »Nur nicht nach unten«, sagte sie leise, und sie hielt die Augen geschlossen. Je weiter die Gondel sich von der Bergstation entfernte, desto heftiger schaukelte sie in alle Richtungen, seitwärts und auf und nieder. Ein Blick zurück auf die von Regenwänden verhangene Felsenstadt zeigte Kleiber die gewaltige Ausdehnung von Leibethra mit seinen Türmen und bizarren Aufbauten, die bei diesem Wetter eher der verlassenen Burg Frankensteins glichen als einem Kloster.

Inzwischen hatte die Gondel jene Stelle erreicht, von der aus weder die Berg- noch die Talstation gesehen werden konnte, so daß Kleiber kaum feststellen konnte, ob sich ihr Fahrzeug überhaupt noch nach unten bewegte. Das heftige Schaukeln tat dazu ein übriges.

»Wir stehen!« rief Anne, nachdem sie für einen Moment die Augen geöffnet hatte. »Sie haben abgeschaltet!«

Kleiber preßte seine Hand vor Annes Mund. »Das sieht nur so aus! Bleib ruhig, in ein paar Minuten ist alles vorbei.« Dann legte er seinen Arm um ihre Schultern. Anne atmete hastig, sie verspürte Übelkeit. Unfähig, einen klaren Gedanken zu fassen, dachte sie nur: Hoffentlich hat diese Horrorfahrt bald ein Ende. Selbst wenn sie ihre Flucht entdeckt hatten und die Gondel zurückholten – Hauptsache festen Boden unter den Füßen!

Was Adrian Kleiber betraf, so war er von Berufs wegen an außergewöhnliche Situationen gewöhnt, und Mut zum Risiko gehörte zu seinen hervorragenden Eigenschaften. Vor allem aber konnte er sich in dieser Situation Anne beweisen. Er hatte längst beobachtet, daß sich die Räder auf dem Drahtseil, an denen die Gondel hing, weiter talwärts drehten. Doch die Sicherheit, in der sich Kleiber wiegte, wurde jäh unterbrochen.

Vor ihnen tauchte aus dem Nebel ein Trägermast auf, und ehe sie sich versahen, krachte die hölzerne Gondel gegen eine Eisenstrebe. Die dem Mast zugewandte Seitenwand, an der Kleiber saß, splitterte und schrammte Adrian gegen den rechten Oberschenkel, daß er laut aufschrie. Instinktiv hatte er Anne, als er das Unheil kommen sah, an sich gerissen, um so zu verhindern, daß sie aus der offenen Gondel geschleudert würde. Das hatte ihm möglicherweise das Leben gerettet, denn dabei hatte er sich von der Außenwand weg zur Seite gedreht. Sein Oberschenkel schmerzte, und als er die Hand vors Gesicht hielt, war sie rot gefärbt von Blut.

»Du bist verletzt!« rief Anne hysterisch.

»Nicht der Rede wert«, erwiderte Kleiber mit gespielter Ruhe. Er wußte nicht, wie die Verletzung an seinem Oberschenkel aussah; er spürte nur einen stechenden Schmerz. Als er Anne ansah, erkannte er, daß sie mit geschlossenen Augen weinte. Kleiber hielt es nicht für angebracht, in dieser Situation irgend etwas zu sagen. Er sehnte nur den Augenblick herbei, in dem sie die Talstation erreichten.

Unwirklich wie eine wundersame Erscheinung tauchte vor ihnen auf einmal ein Holzschuppen auf, ein primitiver Bretterbau mit einer großen, dunklen Öffnung. Weder Anne noch Adrian hatte die geringste Ahnung, wie sie die Gondel zum Stehen bringen sollten.

»Abspringen«, rief Adrian, »wir müssen abspringen«, und er riß die Plane beiseite, aber Anne stemmte sich mit weit aufgerissenem Mund gegen die Vorderwand, unfähig, sich zu erheben. Der Abstand zum Boden betrug nur noch zwei oder drei Meter, so daß es durchaus möglich gewesen wäre, aus dieser Höhe abzuspringen, aber Anne konnte nicht. Und während Adrian sie an den Schultern faßte und versuchte, sie über den Gondelrand zu zerren, während er immer wieder ausrief: »Komm, du schaffst es, du schaffst es bestimmt!«, tat das wankende Gefährt auf einmal einen mächtigen Ruck. Vom Tragseil her spürte man ein Zittern, dann war es still. Nur der Regen trommelte auf das Blechdach.

Allmählich löste sich Annes Verkrampfung, und Adrian sah sich in dem Schuppen um, in dem sie gelandet waren. Der Raum ähnelte der Bergstation; auch hier standen Kisten und Säcke gestapelt und Kartons mit Vorräten. Ihre Flucht schien wirklich nicht bemerkt worden zu sein; jedenfalls gab es niemanden, der sie erwartete.

Adrian und Anne blickten sich in die Augen. Sie lachten – ein befreiendes, glückliches Lachen nach Augenblicken größter Anspannung.

»Noch haben wir es nicht geschafft«, gab Anne zu bedenken, während sie durch ein kleines Seitenfenster nach draußen blickte. Keine fünfzig Meter entfernt lagen das Wachhaus und der Bach, kaum zu erkennen im dichten Regen.

»Wo sind wir?« erkundigte sich Kleiber unsicher.

»Keine Sorge, ich kenne mich aus. Wenn es uns gelingt, unbemerkt an dem Wärterhaus vorbeizukommen, haben wir das Schlimmste hinter uns. Glaub mir!«

Anne war bestrebt, Kleiber Mut zu machen; sie selbst wollte nicht so recht glauben, daß es wirklich so einfach gewesen sein sollte, aus Leibethra zu entkommen. Vor allem, wenn sie daran dachte, wie sie hierher gelangt war, kamen ihr Zweifel. Jedenfalls hätte sie sich nicht gewundert, wenn aus dem Wärterhaus ein Mann getreten wäre und mit vorgehaltener Waffe gesagt hätte: »Wir haben Sie schon erwartet. Kommen Sie.« Aber nichts geschah.

## 16

DER REGEN WIRKTE nicht gerade wie eine Aufforderung, die schützende Hütte zu verlassen, dennoch waren sich die beiden einig, daß sie hier keine Minute länger verweilen dürften. Kleiber legte Anne einen leeren Sack um die Schultern, ein bescheidener Schutz vor Regen und Kälte; er selbst rollte die Plane zu einem Bündel, dann öffnete er das Tor, von dem ein Weg geradewegs zu dem Wärterhaus führte, einen Spalt und sagte im Flüsterton: »Warum in aller Welt verschwinden wir nicht in entgegengesetzter Richtung? Warum müssen wir unbedingt an dem Haus vorbei?«

Anne stieß das Tor etwas weiter auf, so daß Adrian die nächste Umgebung erkennen konnte. »Deshalb«, sagte sie kühl, und Kleiber erkannte, daß hinter der Talstation steiler Fels zu dem Bach abfiel, und mit einem Fingerzeig fügte Anne hinzu: »Glaube mir, das ist der einzige Weg, der ins Tal führt.«

Da packte Kleiber mit der einen Hand sein Bündel, mit der anderen faßte er Anne bei der Hand, dann rannten beide los, auf die Hütte zu.

Kalter Regen prasselte ihnen ins Gesicht, der Boden war aufgeweicht und matschig. Ihren Blick starr auf das Wärterhaus gerichtet, hetzten sie in diese Richtung. Dort angekommen, schlichen sie in geduckter Haltung vorbei, dann rannten sie den steinigen Weg talwärts, immer talwärts, bis Anne, von einem Stechen in der Seite gepeinigt, keuchend innehielt.

In den Bäumen um sie herum rauschte der Regen. Reifenspuren auf dem Fahrweg verrieten, daß vor nicht allzu langer Zeit ein Auto die Stelle passiert haben mußte; aber außer dem Regen war kein Geräusch zu vernehmen. Adrian entrollte die Plane, zog sie über seinen Kopf und forderte Anne auf, ebenfalls unter dem Regendach Schutz zu suchen.

So trotteten sie in enger Umarmung talwärts. Sie hatten keine Zeit zu verlieren, nicht nur, weil ihre Flucht bald bemerkt werden würde – die Dämmerung brach herein, und in der Dunkelheit war an ein Weiterkommen nicht zu denken. Sie redeten kaum, während sie entkräftet talwärts stolperten; ab und zu nur hielten sie inne und lauschten nach verdächtigen Geräuschen, dann setzten sie ihren Weg fort.

Anne hatte Mühe, den Weg wiederzuerkennen. Regen verändert die Landschaft. Aber sie wußte, daß es nur den einen Weg ins Tal gab. Ihre Füße schmerzten, weil sie immer wieder ausglitt und das Gleichgewicht verlor. Dazu kam die Kälte, die ihr mehr und mehr zu schaffen machte und ihr das Ende ihrer Kräfte signalisierte.

Sie hatten gerade ein Zehntel der Strecke bis zur Einmündung des Feldweges in die Hauptstraße zurückgelegt, und als Anne Adrian davon in Kenntnis setzte, meinte dieser, sie müßten irgendwo abseits einen Unterschlupf suchen, wo sie die

Nacht verbringen konnten. Anne erinnerte sich an einen Heustadel oder Schafstall am Ende des steileren Teiles des Weges, aber bis dorthin, gab sie zu bedenken, seien es gewiß noch zwei Stunden, und dann sei es dunkel.

Aus diesem Grund verließen sie den Fahrweg und stiegen ein Stück bergwärts auf eine Böschung zum Fuße eines Felsenkamins, dessen steinerne Nadeln wie zwei Schwurfinger in den dunklen Himmel ragten. Wind und Wetter hatten das Gestein brüchig gemacht und die Fundamente mehrfach gesprengt, so daß dort, wo der Fels in das steinige Erdreich überging, natürliche Aushöhlungen entstanden waren, als Schutz für die Nacht gut geeignet.

»Nicht komfortabel«, bemerkte Kleiber, »aber trocken, und vor der Kälte schützt die Höhle auch.«

Anne nickte zustimmend. Nicht einmal als Kind hatte sie je im Freien übernachtet, aber jetzt war ihr alles gleichgültig. Sie war todmüde und wollte nur etwas schlafen. Kleiber erging es nicht anders. Zwar versuchte er den Eindruck zu erwecken, daß er noch Herr der Lage war, in Wirklichkeit fühlte er sich völlig ausgepumpt und dem Zusammenbruch nahe.

An die Rückwand der Felsenhöhle gelehnt, versuchten beide, es sich ein wenig bequem zu machen. Adrian zog die Plane über sie als Schutz gegen die Kälte. So dösten sie vor sich hin in der Hoffnung, Schlaf zu finden.

»An was denkst du?« fragte Anne nach zwei oder drei Stunden in die Dunkelheit. Der Regen hatte nachgelassen, von den Bäumen jedoch klatschten die Tropfen weiter auf die Erde.

Kleiber antwortete: »Ich überlege, wie wir am besten von hier wegkommen.« Durch die nassen Kleider spürte Adrian die Wärme, die von Annes Körper ausging.

»Da haben wir beide denselben Gedanken«, bemerkte sie mit einer gewissen Ironie in der Stimme. »Und – warst du erfolgreich in deinen Überlegungen?«

Kleiber hob die Schultern. Die Nacht war so finster, daß sie ihre Gesichter nur ahnen konnten. »Sie werden uns jagen, wie sie Vossius und Guthmann und alle anderen gejagt haben«, brummte er vor sich hin. »Und alles wegen eines alten, vergilbten Fetzen Papier. Es ist absurd.«

»Du weißt, daß es kein gewöhnlicher Fetzen Papier ist«, entgegnete Anne verärgert, »auch wenn wir seinen Inhalt nicht kennen, seine Bedeutung ist epochal, sonst würden sich die Orphiker nicht mit solchem Aufwand darum bemühen.«

»Nun gut, da gibt es ein fünftes Evangelium. Mag sein, daß das Neue Testament deshalb ergänzt oder in Einzelheiten geändert werden muß. Das rechtfertigt doch nicht die Aufregung, die es ausgelöst hat; vor allem rechtfertigt es nicht, daß Menschen umgebracht werden, nur weil sie um irgendwelche Zusammenhänge Bescheid wissen.«

»Nein, natürlich nicht«, rief Anne, daß Adrian ihr den Mund zuhielt und zur Besonnenheit mahnte, bevor sie mit gedämpfter Stimme fortfuhr: »Der Schlüssel zu dem Geheimnis liegt in dem Namen Barabbas. Solange wir nicht wissen, was es damit auf sich hat, werden wir ewig im dunkeln tappen.«

»Das werden wir nie erfahren«, sagte Kleiber, und nach einer langen Pause: »Ich weiß auch nicht, ob es überhaupt klug ist, sich darum zu kümmern. Du siehst ja, in welche Lage uns unsere Neugierde gebracht hat. Es hätte nicht viel gefehlt ...«

»Du nennst es Neugierde«, unterbrach Anne, »ich glaube, Notwehr ist das bessere Wort. Ich bin nun mal in diese Sache hineingeraten, und ich werde keine Ruhe finden, solange die Hintergründe nicht aufgeklärt sind. Versteh das doch, bitte.«

Da drückte Kleiber Anne noch fester an sich, als wollte er sich für seinen Einwand entschuldigen. Eng aneinandergeschmiegt redeten sie die ganze endlose Nacht; und wenn der eine vor Erschöpfung endete, begann der andere von neuem. Sie redeten über alles, was sie bedrückte.

»Ich muß dir ein Geständnis machen«, sagte Adrian.

»Ich muß dir auch etwas gestehen«, fiel ihm Anne ins Wort. »Ich liebe dich.«

Diese Erklärung traf Kleiber völlig unerwartet. Er schwieg.

Und so begann eine seltsame Liebesnacht unter einem Felsvorsprung, der sonst nur Tieren als Unterschlupf diente.

Gegen Morgen, als das erste Tageslicht durch die naßtriefenden Äste der Bäume schimmerte, schreckten sie hoch. Vom Berg her näherte sich Motorengedröhn.

»Sie haben unsere Flucht entdeckt!« flüsterte Anne. »Sie werden die Hunde auf uns hetzen, ihre gräßlichen Mißgeburten, die sie da oben züchten.«

Kleiber versuchte sie zu beruhigen: »Keine Angst, mein Liebling, der Regen ist auf unserer Seite, er hat alle Spuren verwischt.«

Das Fahrzeug kam näher. Dicht unter ihnen erkannten sie die Scheinwerfer eines Geländewagens, der sich mit heulendem Motor den Weg ins Tal bahnte. Die Insassen waren nicht zu erkennen. Schnell, wie er gekommen war, verschwand er wie ein Spuk in der Morgendämmerung; nur das Motorengeräusch konnten sie noch kilometerweit hören. Anne atmete auf.

In der Nacht hatten sie sich einen Plan zurechtgelegt: Sie mußten davon ausgehen, daß die Orphiker den Flughafen von Saloniki überwachten; deshalb wollten sie sich in den Süden des Landes durchschlagen. Vor allem wollten sie Katerini meiden, den Ort, der, wie es schien, von den Orphikern unterwandert war. Über Elasson planten sie nach Larissa zu gelangen; dort sollten sich ihre Wege trennen.

Kleiber schlug vor, Anne sollte die Heimreise von Korfu aus antreten. Er selbst wollte sich nach Patras durchschlagen. In beiden Orten gab es Konsulate, die ihnen weiterhelfen würden. Kleibers Idee lag der Gedanke zugrunde, daß die Orphiker alle Hebel in Bewegung setzen würden, um ihrer habhaft zu werden. Getrennte Wege verdoppelten ihre Chance. Vor allem war die anonyme Reise mit einem Fährschiff sicherer als eine Flugpassage. Als Treffpunkt vereinbarte Adrian mit ihr das Hotel ›Castello‹ in Bari.

Drei Tage später kam Anne von Seydlitz in Bari an; aber das von Kleiber genannte Hotel ›Castello‹ existierte nicht. Es gab auch kein Hotel ähnlichen Namens, und von Adrian fehlte jede Spur.

# ACHTES KAPITEL

## Das Attentat
## dunkle Hintermänner

## 1

JEDESMAL, WENN SIE sich begegneten, und dies geschah zwangsläufig mehrmals am Tag, schlug Kessler die Augen nieder – er schämte sich. Er schämte sich mit der Scham eines reuigen Christenmenschen, weil er diesen Stepan Losinski, dem er auf wissenschaftlichem Gebiet soviel Hochachtung entgegenbrachte, seit Wochen mit Argwohn verfolgte wie einen Verbrecher, obwohl sie beide das Band ihres Ordens und die geheime Aufgabe in der päpstlichen Universität Gregoriana verband. Doch gerade dieser geheime Auftrag war es, der zunehmend Zwietracht säte unter den Jesuiten und der den Leitspruch über dem Saal, in dem sie, abgeschirmt von der Außenwelt, der Entschlüsselung jenes Pergaments nachgingen – *Omnia ad maiorem Dei gloriam* –, zur Farce machte wie ein Rorate-Amt zu Pfingsten.

Nun ist Zwietracht an sich nichts Schlechtes, schon gar nicht verwerflich, weil gegenteilige Meinungen einer Sache mehr dienen als stupide Harmonie; in Glaubensfragen der römischen Kirche aber gilt dieser Grundsatz nicht, weil schon der Evangelist Matthäus seinem Herrn und Meister die Worte in den Mund legte: Es werden falsche Messiasse aufstehen und falsche Propheten; und sie werden große Zeichen und Wunder tun, um, wenn möglich, sogar die Auserwählten zu verführen.

Dies war die prophezeite Stunde, jedenfalls glaubten das jene unter den Jesuiten, die für Professor Manzoni sprachen, denn an jedem Tag, der neue Textstellen des Pergaments bekanntmachte, wuchs der Verdacht, daß alles ganz anders gewesen sein könnte mit unserem Herrn Jesus. Jedenfalls hatten sich in dem Saal zwei Parteien gebildet, jene der Eintracht unter Manzoni, der sich mit frommen Worten den neuen Erkenntnissen entgegenstemmte wie Joseph dem Weibe Potiphars, und jene der Zwietracht, die in Losinski ihren Anführer sah. Zu ihr gehörte auch Kessler.

Dr. Kessler hatte nicht geringen Anteil an den Übersetzungen des koptischen Pergamentes; er wußte um den bisher bekannten Inhalt genau Bescheid und hegte keinen Zweifel, daß es sich dabei um das Ur-Evangelium handelte, und für ihn und Losinski war es nur noch eine Frage von Wochen, wann die Kurie ihre Arbeit zur Geheimsache erklären und alle damit befugten Jesuiten von der Außenwelt abschotten würde wie das Kardinalskollegium im Konklave.

Losinski, der verschlagene Pole, begab sich noch immer zweimal in der Woche abends in Richtung des Campo dei Fiori, wo er in die dunkle Seitenstraße einbog und nach hundert Metern in dem sechsstöckigen Haus verschwand. Mindestens siebenmal war ihm Kessler gefolgt, unbemerkt und in der Hoffnung, irgendeine Auffälligkeit zu beobachten oder nur einen Hinweis zu erhaschen auf den Grund seiner nächtlichen Streifzüge. Aber er hatte sich nur die Beine in den Bauch gestanden und die Aufmerksamkeit zweier Polizeistreifen erregt, die, zufällig oder nicht, des Weges kamen, worauf es Kessler ratsam erschien, das Weite zu suchen.

Frömmigkeit und Verbrechen gehen nirgends so Hand in Hand wie in Rom, und Kleriker, in üble Machenschaften verwickelt, sind keine Seltenheit. Der Teufel trägt auch Talar. Jedenfalls glaubte Kessler Losinski in dunkle Geschäfte verstrickt, vielleicht aber auch in sexuelle Ausschweifungen niedrigster Art, denen er zweimal in der Woche nachging. So dachte er.

Aber nichts ist so absurd wie die Wirklichkeit, und die Wirklichkeit offenbarte sich Kessler auf unerwartete Weise am Tag nach Epiphanie, besser: am Abend dieses Tages, der kalt war und grau wie die meisten Tage um diese Jahreszeit.

Er hatte Losinski wieder einmal verfolgt bis zu jenem rätselhaften Haus, diesmal jedoch mit dem festen Vorsatz, seine Nachforschungen einzustellen für den Fall, daß er wieder erfolglos bliebe. Aus diesem Grund ging Kessler ein größeres Risiko ein als die Male zuvor, indem er dem Polen direkt auf den Fersen blieb und ihm sogar in das düstere Treppenhaus folgte, wo Losinski hinter einer weißgestrichenen Tür im dritten Stock verschwand. Auf dem Namensschild stand zu lesen: Rafshani, ein arabischer, eher persischer Name, der ihm nichts sagte, der höchstens seine Phantasie beflügelte wie der Fund zierlicher Damenschuhe in der Zelle des Mitbruders.

Und während Kessler mit dem einen Ohr an der Wohnungstür lauschte, während das andere die Vorgänge im Treppenhaus überwachte, geschah das Unerwartete: Die Tür wurde von innen geöffnet, und plötzlich stand Losinski vor ihm, klein und geierhaft mit seiner Höckernase und tiefliegenden Augen.

Die beiden sahen sich stumm an, aber beider Blicke sagten dasselbe: Ha, ich habe dich ertappt. Losinski, der schneller seine Fassung wiederfand als der andere, trat ganz nahe an Kessler heran, verzog sein Gesicht zu einem Grinsen, wobei er – bei ihm ein Zeichen drohender Angriffslust – den Kopf leicht schräg stellte wie ein Geier, und zischte leise: »Sie spionieren mir nach, Bruder in Christo? Von Ihnen hätte ich das zuletzt erwartet. *Veritatem dies aperit …*«

In der Tat fühlte sich Kessler ertappt wie ein Ministrant bei sündhaftem Treiben, deshalb fand er auch keine Antwort, obwohl ihm seine innere Stimme sagte, daß es doch eigentlich Losinski war, der sich ertappt fühlen mußte. Der aber zog die Tür hinter sich zu, faßte den Mitbruder am Arm und drängte ihn zur Treppe nach unten: »Ich glaube, wir müssen uns unterhalten. Meinen Sie nicht auch?«

Kessler nickte heftig. Fürs erste schien die Spannung zwischen den beiden gelöst. Kessler empfand es jedenfalls so, und nachdem sie schweigend das düstere Haus verlassen hatten, nahm Losinski das Gespräch wieder auf. Er wirkte in keiner Weise verunsichert und erkundigte sich freundlich, ob er, Kessler, Näheres über ihn, Losinski, in Erfahrung gebracht habe. Kessler verneinte und gestand, daß ihm zunächst nur seine regelmäßige Abwesenheit im Kloster San Ignazio aufgefallen sei; aber erst im Zusammenhang mit seinen scharfen Angriffen auf Manzoni sei er nachdenklich geworden und schließlich neugierig. Losinski nickte lächelnd.

## 2

Auf dem Campo dei Fiori suchten sie eine Trattoria auf, und der Pole bestellte Lambrusco. Warum Kleriker mit Vorliebe Lambrusco trinken, soll hier nicht weiter erörtert werden, es ist auch für den Fortgang der Geschichte nur insofern erwähnenswert, als Lambrusco schneller die Zunge löst als andere süße Weine, und man kann annehmen, daß Losinski durchaus eine Absicht damit verband.

Lange Zeit tappte Kessler im dunkeln, worauf der Mitbruder hinauswollte, ja, er wunderte sich, warum Losinski ihm keine Vorhaltungen machte; aber nichts dergleichen geschah. Im Gegenteil, der Pole lobte Kesslers Intelligenz und Einsicht, die jener der meisten Mitbrüder überlegen und deshalb durchaus geeignet sei, größere Aufgaben zu bewältigen als die Übersetzung eines koptischen Pergaments nach den Vorgaben der römischen Kurie, und er fügte hinzu: »Wenn Sie verstehen, was ich meine.« Einen Augenblick dachte Kessler nach, erfolglos, dann erwiderte er mit einem Kopfschütteln: »Kein Wort, Bruder Losinski, tut mir leid.«

Losinski strich sich mit der flachen Hand über den glattrasierten Schädel, ein gewohnter Hinweis, daß er angestrengt nachdachte, dann goß er sich und Kessler ein weiteres Glas Lambrusco ein und begann umständlich: »Unsere Arbeit ist genaugenommen eine Farce, weil Manzoni unsere Übersetzungen des Pergaments verfälscht.«

»Verfälscht?«

»Ja, verfälscht. Und zwar im Auftrag der Kurie. Die Kongregation für Glaubensfragen hat allergrößte Schwierigkeiten, mit dem Inhalt des fünften Evangeliums – das, wie wir beide wissen, eigentlich das erste ist – fertig zu werden. Die Herren Purpurträger fürchten um ihre Pfründe, und deshalb lautet die Order aus dem Heiligen Offizium, das fünfte Evangelium den bekannten in Wort und Inhalt anzugleichen, damit keine Diskussion um die Glaubhaftigkeit der anderen losgetreten werde; es gebe schon genug Häretiker, die die Glaubenskongregation beschäftigen.«

»Aber das ist doch nicht möglich, Bruder in Christo!« Kessler schlug mit der Hand auf den Tisch.

»Es *ist* möglich!« beteuerte Losinski und ließ von seinem unbehaarten Schädel ab. »Das Offizium wird sich sogar alle Mühe geben, die Veröffentlichung des Pergaments zu verhindern.«

»Obwohl es doch zweifelsfrei echt ist ...«

»Obwohl es zweifelsfrei echt ist. Ihr kennt doch die trefflichste aller christlichen Tugenden!«

»Demut!«

»O nein, Bruder in Christo: Schweigen. Denken Sie an die *Causa Galilei*. Bis heute hat kein Papst ein gutes Wort für den beklagenswerten Galileo Galilei gefunden, obwohl jedes Kind in der Schule erfährt, daß Urban VIII. Galileo zu Unrecht verurteilte. Die Kirche gedenkt dieses Irrtums nicht in Demut, sondern mit Schweigen.«

Kessler starrte in sein Glas und nickte.

»Warum«, fuhr Losinski mit Heftigkeit fort, »sind wir Jesuiten die ungeliebten Ordensbrüder des Papstes? Warum wurde unser Orden mehr als einmal verboten? Weil wir nicht schweigen können. Gott sei Dank können wir nicht schweigen.«

»Gott sei Dank können wir nicht schweigen«, wiederholte Kessler, den Blick fest auf seinen Lambrusco gerichtet, mit verwaschener Stimme. Der moussierende Wein war nicht ohne Wirkung geblieben. »Gott sei Dank«, wiederholte er, »können wir nicht schweigen. Aber was hat das damit zu tun, daß Sie, Bruder Losinski, zweimal in der Woche ein finsteres Haus aufsuchen und dort Ihre Nächte verbringen?« Kessler erschrak, kaum hatte er den Satz ausgesprochen. Aber da er sich nun schon einmal so weit vorgewagt und nichts mehr zu verlieren hatte, und weil er ahnte, was in diesem Haus vorging, verstieg er sich zu der Bemerkung: »Der Zölibat macht uns alle kaputt!«

Losinski verstand nicht. Er sah Kessler fragend an, als habe der soeben behauptet, daß die Sonne sich doch um die Erde drehe, aber allmählich dämmerte es ihm, und er begann laut zu lachen, und sein Lachen übertönte den gewöhnlichen Lärm in der Trattoria. »Jetzt verstehe ich, Bruder in Christo«, rief er und drehte die Augen zum Himmel wie der heilige Antonius von Padua in Verzückung. »Aber Sie sind auf dem Holzweg. Dies ist ein sehr ehrenwertes Haus – jedenfalls was das sechste Gebot betrifft. Wenn Sie es wünschen, kann ich Ihnen da eine diskrete Adresse nennen, wo nur unseresgleichen verkehrt.«

»O nein, so war das nicht gemeint!« wehrte Kessler ab, und er spürte, daß ihm die Röte in den Kopf schoß. »Ich bitte Sie um Vergebung für meine schmutzigen Gedanken.«

»Ach was«, knurrte Losinski mit einer heftigen Handbewegung, die besagen sollte: nicht der Rede wert!, und er rückte näher an den Mitbruder heran: »Ich halte Sie für ebenso klug wie kritisch.«

»Das ist ein Grundsatz unseres Ordens. Sonst würde ich wohl nicht der *Societas Jesu* angehören.«

»Nun gut.« Losinski machte eine Pause. Er fuhr sich mit der Hand über den Kopf, und man sah ihm an, wie angestrengt er nach den richtigen Worten suchte. Schließlich stellte er die Frage: »Wie steht es um Ihren Glauben, Bruder, verstehen Sie mich recht, nicht um den Glauben an den Allerhöchsten, ich meine, wie stehen Sie zur Autorität der Mutter Kirche, zu den

Dogmen *de fide divina et catholica*, dem *Privilegium Paulinum* oder dem Zölibat?«

Die Frage überraschte Kessler, und er wußte nicht recht, wie er antworten sollte. Losinski war ein verschlagener Kerl, man dürfte ihm jede Gemeinheit zutrauen. Also antwortete er vorsichtig und beinahe dogmatisch: »Die Lehren der heiligen Mutter Kirche unterliegen unterschiedlichen dogmatischen Gewißheitsgraden. *De fide divina* ist von Gott geoffenbarte Wahrheit und über jeden Zweifel erhaben, der Gewißheitsgrad *de fide divina et catholica* sieht vor, daß der Offenbarungscharakter einer Wahrheit sicher feststeht, und daß dieser auch vorbehaltlos gelehrt wird, *de fide definita* hingegen ist der schwächste, vom Papst *ex cathedra* verkündete Gewißheitsgrad. Wenn Sie darauf ansprechen, so beruht das Dogma von der päpstlichen Unfehlbarkeit auf der dogmatischen Tatsache, daß das Erste Vatikanische Konzil rechtmäßig war. Was das *Privilegium Paulinum* betrifft, so machen Sie mir die Antwort leicht. Ich verweise auf Paulus' ersten Brief an die Korinther. Daraus leitet die Kirche die Rechtsvorschrift ab, daß eine zwischen Nichtgetauften gültig geschlossene Ehe geschieden werden kann, wenn ein Ehepartner sich katholisch taufen läßt und eine neue Ehe mit einem Katholiken eingeht. Aus demselben Korintherbrief bezieht der Zölibat seine biblische Grundlage. Paulus spricht, der Ehelose sorge für die Sache des Herrn, der Verheiratete dagegen sei geteilt.«

Als bereite ihm die Antwort Schmerz, verzog Losinski sein Gesicht zu einer Grimasse. Eine Weile sagte er kein Wort, so daß Kessler nachdachte, was er Falsches gesagt habe; dann aber schimpfte der Pole los, er benötige keine Nachhilfe in Sachen Lehrmeinung der Kirche. Die habe er schon heruntergebetet zu einer Zeit, da er, Kessler, noch in die Windeln geschissen habe – bei der heiligen Dreieinigkeit, so drückte er sich aus.

Trotz der unverkennbaren Wut beglich Losinski die Rechnung für beide, aber an diesem Abend fand er kein freundliches Wort mehr für Kessler. Schweigend gingen beide den Weg zum Kloster San Ignazio.

Was hatte er nur falsch gemacht? Sosehr Kessler auch nachdachte, er fand keine Erklärung für Losinskis Verhalten.

## 3

AM NÄCHSTEN TAG, nach getaner Arbeit im Institut, stellte der Junge den Älteren zur Rede: Er solle sagen, ob und womit er ihn beleidigt habe, er bitte im voraus um Vergebung.

Beleidigt? Dies, meinte Losinski, sei wohl nicht das richtige Wort. Er sei eher enttäuscht. Schließlich habe er sich bei ihm nicht nach der Lehrmeinung der Kirche erkundigt, sondern nach seiner persönlichen Ansicht. Sollte diese jedoch mit jener übereinstimmen, so sei jede Unterhaltung zwischen ihnen vergeudete Zeit und Manzoni sicher ein dankbarerer Gesprächspartner.

Das also war der Grund für Losinskis unverständliches Schweigen. Nun gut, wenn *er* sich offenbarte, brauchte Kessler sich nicht länger zu verstecken, und er antwortete, es könne doch überhaupt keine Frage sein, welcher Partei er zuneige, er achte Manzoni in seinem Amt als Profeß, aber er, Losinski, sei dem anderen an Kritik und Verstand überlegen, und daher müsse er für jeden Ordensbruder ein Vorbild sein, auch in seiner ablehnenden Haltung der Amtskirche gegenüber.

Die Worte Kesslers brachten Losinskis Augen zum Funkeln. Er hatte sich aufs angenehmste in diesem Kessler getäuscht. Kessler verstand es vorzüglich – und dadurch unterschied er sich grundlegend von ihm selbst –, seine eigene Meinung für sich zu behalten, eine Eigenschaft, die wahrhaft kluge Menschen auszeichnet. Wenn es einen Mitbruder gab, der für ihre Bewegung von Nutzen sein konnte, dann war es Kessler.

Einen Mann wie Kessler davon zu überzeugen, daß sein ganzes bisheriges Leben von einem Irrtum bestimmt worden war, bedurfte nicht großer Worte, sondern unumstößlicher Fakten, und deshalb entschloß sich Losinski, den deutschen Ordensbruder auf denselben Pfad der Erkenntnis zu führen, der ihn, Stepan Losinski, vom Paulus zum Saulus gemacht hatte.

Zuerst ging er mit Kessler auf das alte römische Forum, und er war nicht bereit, auch nur eine Andeutung zu machen, in welchem Zusammenhang dieser Ort mit dem fünften Evangelium stehe. Die Sonne stand tief und wärmte die Kühle des Nachmittags. Auf dem höchsten Punkt der Via Sacra, dort, wo ein Triumphbogen von den Ruhmestaten des Kaisers Titus kündet, hielt Losinski inne und sprach: »Ich weiß nicht, wie es um Ihr Wissen um die römische Geschichte steht, Bruder, aber sollte ich Dinge vorbringen, die Sie ohnehin kennen, so fallen Sie mir ins Wort.«

Kessler nickte.

»Dieser Bogen«, fuhr Losinski fort, »wurde im Jahre 81 nach Christus von Kaiser Domitian zum Andenken an seinen Bruder Titus errichtet. Nach der vorherrschenden Lehrmeinung verherrlicht dieses Bauwerk den Sieg des Kaisers Titus über die Juden im Jahre 70. Aber das ist nur die halbe Wahrheit.«

»Die halbe Wahrheit?«

»Die Reliefs im Durchgang des Bogens zeigen den Kaiser mit einem Viergespann und eine Siegesgöttin, die einen Kranz über seinem Kopf hält. Auf der gegenüberliegenden Seite römische Legionäre, die Beutestücke aus dem Tempel in Jerusalem mit sich schleppen, den siebenarmigen Leuchter und die silbernen Trompeten. Die Reliefs zeigen nicht nur den Sieg der Römer über die Juden, sie verherrlichen auch den Sieg der römischen über die jüdische Religion. Ich glaube, da erzähle ich Ihnen nichts Neues.«

»Nein«, erwiderte Kessler. »Wenn ich nur wüßte, worauf Sie hinauswollen!«

Losinski grinste. Er genoß die unruhige Neugierde des Mitbruders, schließlich faßte er ihn am Arm und führte ihn um den Triumphbogen herum. Auf der dem Colosseum zugewandten Seite deutete er auf ein weiteres Relief: »Ebenfalls Szenen aus dem Triumphzug des Titus. Doch jetzt passen Sie auf, Bruder in Christo.«

Losinski drängte Kessler auf die gegenüberliegende Seite: »Was sehen Sie?«

»Nichts. Verwittertes Gestein. Man könnte sogar zweifeln, ob die Steine nicht erst später an dieser Stelle eingefügt wurden.«

»Gut beobachtet«, rief Losinski und klatschte gegen das Mauerwerk. »Sie sind es in der Tat.«

»Schön und gut«, erwiderte Kessler, »ich verstehe nur nicht, in welchem Zusammenhang das mit unserem Problem stehen soll.«

Losinski nahm Kessler beiseite und hieß ihn, keinen Steinwurf entfernt, auf den Stufen des Tempels des Jupiter Stator Platz zu nehmen, dann zog er eine Fotografie aus der Tasche, und auf einmal erinnerte sich Kessler, daß er bei seinem verbotenen Eindringen in das Zimmer des Polen viele Ansichten des Titus-Bogens gesehen hatte. Die Fotografie zeigte ein Relief, nicht unähnlich jenem im Durchgang des Triumphbogens. Es stellt römische Legionäre dar, die allerlei Beutestücke nach Rom bringen. »Ich verstehe nicht«, sagte Kessler und wollte Losinski die Fotografie zurückgeben.

Doch der wies sie zurück und begann zu erklären: »Zu Beginn meiner Arbeit an dem Pergament suchte ich vergleichendes Material der apokryphen Schriften, und Manzoni verschaffte mir die Erlaubnis, mich im vatikanischen Geheimarchiv umzusehen und Pergamenttexte aus derselben Zeit abzulichten. Der Aufwand war im übrigen wenig hilfreich; vor allem forderte er viel Zeit, weil nicht einmal die Scrittori, die Hüter dieser Geheimnisse, über ihre Geheimnisse Bescheid wissen. Tage und Nächte habe ich in dem Archiv zugebracht, und ich habe Dinge zu Gesicht bekommen, an die ein frommer Christenmensch nicht einmal zu denken wagt. Das Leben eines einzelnen Menschen ist zu kurz, alles zu sichten, geschweige zu lesen, was dort aufbewahrt wird, und mir kam der Gedanke, ob eine Kirche, die soviel zu verheimlichen hat, die Kirche der Wahrheit sein kann, als die sie sich immer ausgibt.«

»Ein beängstigender Gedanke!« pflichtete ihm Kessler bei.

»Jedenfalls sah ich mich im Geheimarchiv des Vatikans weit mehr um, als es für meine eigentliche Arbeit erforderlich gewesen wäre, und dabei stieß ich auf dieses Dokument.« Losinski klopfte mit dem Zeigefinger auf die Fotografie in der Hand Kesslers.

»Auf dieses Relief?«

»Bei der heiligen Dreieinigkeit, ja. Ich stellte mir natürlich dieselbe Frage, die Sie sich jetzt stellen, Bruder in Christo, und – Ihnen zum Trost sei es gesagt – ich fand ebenfalls keine Antwort. Damals wußte ich noch nicht einmal, daß dieses Relief vom Triumphbogen des Kaisers Titus stammt. Ich fand es nur äußerst merkwürdig, daß diese Darstellung von der Kirche als ›streng geheim‹ eingestuft und hinter gepanzerten Eisentüren, die nur von wenigen Auserwählten durchschritten werden dürfen, aufbewahrt wird. Offiziell dürfte ich das Relief nicht einmal gesehen haben, denn ich mußte vor meinen Recherchen geloben, daß ich mich in der geschlossenen Abteilung nur mit den mir aufgetragenen Dingen beschäftigen würde. Aber in einem unbewachten Augenblick, von denen es während meiner zweimonatigen Arbeit überhaupt nur zwei gab, fotografierte ich den Stein.«

Kessler schwenkte das Bild: »Und das ist die Aufnahme?« Als Losinski bejahte, hielt Kessler die Fotografie direkt vor die Augen, als könnte er ihr auf diese Weise ihr Geheimnis entlocken. Dann fragte er: »Wie in aller Welt gelangte dieses Relief in das vatikanische Geheimarchiv? Vor allem aber – warum?«

Losinski schmunzelte wissend: »Zu Ihrer ersten Frage: Es ist in Vergessenheit geraten, daß das Forum im Mittelalter unter meterhohen Schuttmassen begraben war, und darauf weideten die Kühe. Andere Ruinen dienten als Grund- oder Festungsmauern. So auch der Titus-Bogen. Er war in die Festung der Frangipanie einbezogen, und von seinen Reliefs an der Augenseite war jahrhundertelang nichts zu sehen. Die Festung wurde geschleift, und als Papst Pius VII. 1822 den Wunsch äußerte, den Titus-Bogen zu restaurieren, da entdeckte sein Restaurator Valadier an der Außenseite diese Darstellung römischer Legionäre. Pius, der, wie wir wissen, unserem Orden wohlgesonnen war, zeigte sich zuerst hocherfreut über die Entdeckung aus dem 1. Jahrhundert, aber eines Morgens kam er in Begleitung seines Kardinalstaatssekretärs Bartolomeo Pacca und forderte von dem Restaurator, das Relief müsse sofort herausgebrochen und in den Vatikan gebracht werden. Valadier entgegnete seiner Heiligkeit, das sei nicht möglich, ohne das Risiko in Kauf zu nehmen, daß der Titus-Bogen einstürze. Da befahl Pius, den Triumphbogen Stein für Stein abzutragen und an derselben Stelle wieder aufzubauen. Anstelle des Reliefs mit den Legionären ließ Pius Travertinsteine einbauen, um auf diese Weise den Eindruck zu erwecken, das Relief sei dem Zahn der Zeit zum Opfer gefallen. Das Original aber wird seit dieser Zeit im Geheimarchiv des Vatikans aufbewahrt. Nun zu Ihrer zweiten Frage, Bruder Kessler.«

Ohne den Blick von der Fotografie zu lassen, sagte Kessler: »Das klingt phantastisch. Es muß doch einen Grund geben, warum frommen Christenmenschen der Anblick dieser Darstellung verboten wurde. Ich selbst erkenne nur Soldaten mit ihrer Beute, mit Gerätschaften und Tieren, die sie nach Hause bringen, ich sehe keine nackte Frauensperson und kein Fluchwort gegen die eine heilige katholische Kirche. Aber irgend etwas muß Seine Heiligkeit doch in Unruhe versetzt haben! Ich platze, wenn Sie mich nicht sofort in das Geheimnis einweihen.«

»Die Wahrheit wird Sie nicht glücklicher machen«, wandte Losinski ein, »ich muß Sie warnen!«

»Mag sein«, erwiderte Kessler, »aber Unwissenheit macht mich krank. Also reden Sie schon!«

# 4

DIE BEIDEN MÄNNER erhoben sich. Im Gehen fiel Losinski das Reden leichter. Vor allem mußte er sich nicht vor unliebsamen Lauschern fürchten, und so gingen sie in Richtung der Kurie über die glatten Quadersteine der Heiligen Straße, und Losinski begann weit ausholend, indem er Kessler eine Frage stellte: »Bruder, erinnern Sie sich an einen Vorfall, der vor zwei Monaten durch die Zeitungen ging: Ein geistesverwirrter Professor spritzte im Louvre Säure über ein Madonnenbild von Leonardo«

»Ja, ich erinnere mich dunkel«, antwortete Kessler, »wieder so ein Verrückter. Sie brachten ihn in die Irrenanstalt, wo er starb. Armer Irrer.«

»So, glauben Sie.« Losinski blieb stehen und sah Kessler prüfend an.

Der lachte abfällig und bemerkte: »Aus Liebe zur Kunst wird er es wohl nicht getan haben.«

»Nein«, antwortete Losinski, »aber vielleicht aus Liebe zur Wahrheit.« Und im selben Atemzug fügte er hinzu: »Sie müssen schweigen. Kein Wort von dem, was ich Ihnen jetzt sagen werde! Es ist in Ihrem eigenen Interesse.«

»Mein Wort, bei Gott und allen Heiligen!« Der geschichtsträchtige Ort, die zweitausend Jahre alten Säulen und Figuren schienen Kessler der geeignete Rahmen für eine bedeutungsvolle Eröffnung.

Losinski hatte diese Reaktion erwartet, aber er ließ sich nicht beirren und fuhr fort: »Seit beinahe zwei Jahrtausenden gibt es ein Geheimnis, in das nur wenige eingeweiht sind. Es wird von Generation zu Generation weitergegeben unter der Bedingung, es niemals in schriftlicher Form festzuhalten. Denn der erste Hüter dieses Geheimnisses sprach die Worte: Alle Schrift ist vom Teufel. Damit das Unerklärliche jedoch nicht verlorengeht, ist es den jeweiligen Geheimnisträgern gestattet, ihr furchtbares Wissen auf ihre Art zu verschlüsseln.«

»Ich verstehe«, unterbrach Kessler den Koadjutor, und seine Stimme klang aufgeregt. »Leonardo da Vinci war einer jener Geheimnisträger, und dieser Professor muß irgendeinen Hinweis auf sein Wissen gefunden haben.«

»Ja, so muß es gewesen sein. Denn der Professor schüttete die Säure zielgerecht auf eine Stelle des Bildes, wo etwas zum Vorschein kam, womit niemand rechnen konnte: Leonardos Madonna trug eine Halskette mit acht verschiedenen Edelsteinen. Als ich davon hörte, wurde mir sofort bewußt, womit wir es zu tun hatten. Es war die gleiche Entdeckung, die der Kardinalstaatssekretär von Pius VII. auf dem Relief des Titus-Bogens gemacht hatte.«

Kessler blieb erschreckt stehen. Er hüpfte unruhig von einem Fuß auf den anderen. »Wenn ich nicht wüßte, daß Sie ein ernsthafter Mensch sind, Bruder Losinski, würde ich glauben, Sie treiben Ihre Späße mit mir.«

Losinski blickte ernst, er nickte und fuhr fort: »Ich verstehe ihre Bedenken, Kessler. All das ist wirklich schwer zu begreifen – vor allem, wenn man es von einem Augenblick auf den anderen erfährt. Ich selbst habe Jahre daran gearbeitet und die Wahrheit bruchstückweise erfahren, es war, als setzte ich ein Mosaik aus einzelnen Steinchen zusammen, so daß erst allmählich ein Gesamtbild erkannt werden konnte. Sie, Bruder, werden mit einem Mal mit dem Gesamtbild konfrontiert.«

»Zurück zu Leonardo!« forderte Kessler fieberhaft.

»Der deutsche Professor, der in Amerika das Fach Komparatistik lehrte, muß durch Literaturstudien auf einen Hinweis gestoßen sein, der ihn in der Erkenntnis bestärkte, daß Leonardo da Vinci in das Geheimnis eingeweiht war und es in einem seiner Werke verschlüsselt hat. In diesem Fall in einer Halskette, an der er jeden Edelstein präzise ausarbeitete, daß er für jeden Fachmann erkennbar ist.«

»Und als er die Kette auf seinem Gemälde vollendet hatte, hat er sie übermalt?«

»Ganz richtig. Es ist zu vermuten, daß er irgendeinen Hinweis auf dieses Geheimnis hinterlassen hat, einen Hinweis, auf den der Professor bei seinen Forschungen gestoßen ist, den jedoch offensichtlich kein Kunsthistoriker ernst genommen hat. Scheinbar wußte er keinen anderen Rat, als so seine Theorie zu beweisen.«

So sehr ihn die Erklärung faszinierte, so stand Kessler Losinski noch immer skeptisch gegenüber: »Nun gut, angenommen Sie haben recht und Leonardo war in der Tat Mitwisser eines Weltgeheimnisses, dann stellt sich natürlich die Frage, von wem wurde er eingeweiht und wem hat er sein Geheimnis weitergegeben?«

Losinski starrte vor sich auf den Boden. Er schwieg und wirkte durch die Frage verletzt. Dieser Kessler schien seiner Rede noch immer nicht mit dem gebührenden Ernst zu folgen. Schließlich antwortete er: »Das weiß ich nicht, *ich* weiß es nicht. Vielleicht wissen es andere. Es gibt viele große Geister, in deren Werk dunkle Hinweise vorhanden sind, die niemand zu deuten weiß. Vor Leonardo ist es Dante, nach ihm sind es Shakespeare und Voltaire, vor allem Voltaire, dessen Name, den er sich selber gab – er hieß eigentlich Arouet –, ein Anagramm ist, so wie Leonardos Kette und die Darstellung im Titus-Bogen versteckte Anagramme sind. Den beiden Darstellungen und Voltaires Namen ist gemeinsam, daß sie sich aus jeweils acht Buchstaben zusammensetzen. Ich bin ganz sicher, daß sich hinter dem Namen Voltaire der Hinweis auf seine Mitwisserschaft verbirgt. Ich habe den Namen in seine Buchstaben zerlegt und versucht, daraus französische Wörter zu bilden, die, aneinandergereiht, einen Sinn ergeben, ich habe ganze Nächte dabei verbracht – ohne Ergebnis.«

»Vielleicht irren Sie sich mit Ihrer These. Vielleicht steckt hinter dem Namen Voltaire nur ein einfaches Wortspiel.«

»Ja, ich weiß, irgendwelche Einfaltspinsel sehen in dem Namen Voltaire ein Anagramm aus AROVET L(e) j(eune), also Arouet der Jüngere. Aber diese holpernde Deutung ist eines Voltaires unwürdig. Ein Mann, der zu den größten Geistern der Weltgeschichte zählt, verbirgt sich nicht hinter einem so harmlosen Wortspiel. Voltaire glaubte zwar an Gott als

Ursprung der moralischen Ordnung, aber für christliche Hysterien fehlte ihm der Sinn, vor allem für die heilige katholische Kirche. Der Mensch, behauptete er, bedürfe keiner göttlichen Erlösung, und an den Bibeltexten ließ er kein gutes Haar. All das ist höchst ungewöhnlich für einen Mann seiner Zeit, wird aber verständlich, wenn man zugrunde legt, daß er um das Weltgeheimnis wußte. Kessler, ich bin sicher, er wußte Bescheid, als er diesen seltsamen Namen Voltaire annahm!«

»Mit Verlaub«, wandte Kessler ein, »wenn ich Sie recht verstehe, dann steht Voltaire mit diesem Relief im Titus-Bogen in Zusammenhang?«

Losinski nahm dem Mitbruder die Fotografie aus der Hand und hielt sie ihm provozierend vors Gesicht: »Was sehen Sie auf diesem Foto, Kessler?«

»Römische Legionäre mit ihrer Beute.«

»Und worum handelt es sich bei dieser Beute?«

»Ich erkenne einen – vielleicht goldenen – Badescheffel, ein Lamm, einen Baumzweig, einen Elch, eine Kriegsfahne, ein Zweigespann, eine Ente und eine Ähre. Was ist daran ungewöhnlich?«

»An der Beute an sich – nichts, fast nichts. Aber es gibt da einen Hinweis, der den aufmerksamen Betrachter mißtrauisch machen muß.«

»Der Elch!«

»In der Tat. In dem Land, in dem Titus und seine Legionäre Beute machten, gibt es die wundersamsten Wüstentiere, aber keine Elche. Dieses Paradoxon wurde vom Schöpfer des Reliefs also mit Bewußtsein gewählt, um einen Hinweis zu geben, daß sich hinter der Darstellung eine geheime Botschaft verbirgt.«

»Aber Kaiser Titus muß doch den Entwurf begutachtet und seinen Bildhauern gesagt haben: ›Ich erinnere mich nicht, einen Elch unter unserer Kriegsbeute gesehen zu haben!‹«

»Das hätte er zweifellos getan, Bruder, aber Titus hat seinen nach ihm benannten Triumphbogen nie gesehen. Der wurde erst nach seinem Tod von seinem Bruder und Nachfolger Domitian errichtet, und der junge Mann hatte solche Probleme, daß ihm Einzelheiten auf einem Denkmal mit Sicherheit so gleichgültig waren wie die Worte der römischen Philosophen. Und die Römer selbst waren ein dummes Volk. Sie kannten nur ihre Hauptstadt, und alles, was außerhalb ihrer Grenzen lag, betrachteten sie als exotisch. Ihnen wäre nicht einmal aufgefallen, wenn Pinguine in diesem Beutezug mitgeführt worden wären.«

## 5

LOSINSKI UND KESSLER hatten sich inzwischen auf das entgegengesetzte Ende des Forums zubewegt, vorbei an der Kurie und dem Bogen des Septimius Severus, hinter dem die Via Consolazione einen Bogen um das Kapitol schlägt. Kessler sollte sich später schwere Vorwürfe machen, gerade diesen Weg für ihre Unterhaltung gewählt zu haben, dabei war es Losinskis Idee.

Von der Straße her drang Verkehrslärm, der Losinskis Erklärungen störte, aber ausschloß, daß sie ungewollte Zuhörer hatten. So nahm der Pole seine Rede wieder auf und sagte: »Im Troß des Kaisers Titus müssen sich Leute befunden haben, die im Osten mit der neuen Bewegung konfrontiert wurden, deren Mitglieder sich Christen nannten. Für die Römer waren diese *Christiani* nichts weiter als Anhänger einer der zahllosen Sekten, die aus dem Orient kamen; aber um den Mann, der diese Sekte populär gemacht hatte, rankten sich so viele Sagen und Legenden, daß der Sekte die Menschen scharenweise zuliefen. Der Mann behauptete allen Ernstes, Sohn eines unbekannten Gottes zu sein, und er lieferte Beweise, indem er Dinge tat, deren sich nicht einmal Magier zu rühmen wagten: Er zauberte aus fünf Broten und zwei

Fischen Nahrung für fünftausend Männer – Frauen und Kinder nicht gerechnet ..., er ließ Wasser zu Wein werden und erweckte Tote zum Leben. Als die Römer ihn wegen Gotteslästerung verurteilten, wurde er von den Juden getötet, und dann geschah etwas, was die Menschen jener Zeit vollends in Verwirrung stürzte. Von den Anhängern dieses Mannes wurde behauptet, sie hätten mit eigenen Augen gesehen, daß ihr Meister von den Toten auferstanden sei.«

»Halt, Bruder«, warf Kessler ein, »Sie reden wie ein Ketzer. Was Sie tun, ist nicht recht.«

Der Einwand machte Losinski wütend, er legte seine Stirn in Falten und entgegnete: »Vielleicht sollten Sie mich erst zu Ende hören, Bruder, danach ist Ihnen jede Meinungsäußerung freigestellt.«

Sie standen sich jetzt in kurzem Abstand gegenüber, beinahe wie Gegner, die bereit sind, ihre Kräfte zu messen, Losinski dem Forum zugewandt, Kessler mit dem Blick zum Kapitol. Losinski blickte kalt und siegesgewiß, Kessler kritisch, aber durch das forsche Auftreten des Koadjutors verunsichert. In dieser Haltung begann Losinski aufs neue: »Vor allem durch den missionarischen Eifer eines Zeltmachers aus Tarsos namens Paulus, der seinem Meister nie begegnet ist, erhielt die Bewegung starken Zulauf, daß sie allmählich zu einer ernsthaften Bedrohung für die römischen Staatsgötter wurde. Im ganzen Reich bildeten sich nämlich Gemeinden mit Anhängern dieser Sekte; nicht nur in Palästina, in Kleinasien und Griechenland, sogar in Rom, wo die Götter zu Hause waren, hatten die Christen ihre Anhänger. Ja, diese Leute bemächtigten sich eines missionarischen Eifers, wie ihn noch keine Religion an den Tag gelegt hatte. Und weil sie sich von allen, die nicht ihres Glaubens waren, abkapselten und weil sie bei ihren geheimen Zusammenkünften fremdartige Riten praktizierten, kamen sie bald ins Gerede im ganzen Römischen Reich. In ihrem Fanatismus gingen diese Leute soweit, daß sie ihre vorgefaßte Meinung sogar gegen Leute verteidigten, die den wundertätigen Mann aus Nazareth von Angesicht gekannt hatten. Und als einer kam und behauptete, das mit dem Jesus damals, das war alles ganz anders, ich muß es wissen, besser als jeder andere, da drohten sie, diesen Mann zu steinigen, und dieser Mann entging dem Tod nur durch die Flucht. Er floh nach Ägypten und schrieb alles auf, was er erlebt hatte.«

»Mein Gott«, stammelte Kessler und blickte auf die Fotografie. Immer mehr Dinge ergaben mit einem Mal einen Sinn. Er war nicht so naiv zu glauben, daß Losinski sich all das aus den Fingern gesogen hätte. Wenn er je einen ernsthaften Menschen kennengelernt hatte, dann war es der Koadjutor aus Polen. Dieser Mann prüfte jeden Sachverhalt zweimal, bevor er ihn als Tatsache gelten ließ. Kessler ahnte, daß der im nächsten Augenblick einen Trumpf aus dem Ärmel ziehen würde, der ihn, Kessler, sprachlos machte. Er schwieg, aber sein Kopf war zum Zerreißen gespannt.

Mit einem Grinsen um die Mundwinkel, das einen Sadisten auszeichnet, genoß Losinski den Augenblick, bevor er endlich fortfuhr: »Was dieser Mann zu berichten wußte, nahmen andere mit Staunen auf; aber wo immer sie den Versuch unternahmen, dieses öffentlich zu verkünden, wurden sie von den Christen mundtot gemacht, sie wurden vertrieben oder getötet oder unter Drohungen eingeschüchtert. Deshalb bildeten sie eine Gegenbewegung gegen die Christen, an der sich bedeutsame Männer beteiligten. Sie erkannten, daß nichts den Zulauf zu einer Sekte brechen kann, die sich aufgrund jüngster Zeitumstände im Aufwind befindet – nicht die Lüge und nicht die Wahrheit. Deshalb verschlüsselten sie ihr Wissen für die Nachwelt auf unterschiedliche Weise. Der Künstler, der den Titus-Bogen mit Reliefs versah, war entweder selbst ein Mitglied dieser Gegenbewegung, oder er wurde bestochen, gerade diese Darstellung zu wählen, ohne deren Bedeutung zu kennen. Als Pius VII. die Wortfolge in dem Relief entdeckte, da muß seine Bestürzung groß gewesen sein; denn im Geheimarchiv des Vatikans ruht eine mit dem Siegel des jeweiligen Papstes versiegelte Kassette, von der es heißt, daß die von jedem Nachfolger auf dem Stuhle Petri nur einmal geöffnet und wieder verschlossen und versiegelt wird. Päpste, die diese Kassette geöffnet hätten, sollen ohnmächtig und wie vom Blitz getroffen zusammengebrochen sein, oder ihr Charakter habe sich von diesem Augenblick an auf seltsame Weise verändert ...«

Wie gebannt hing Kessler an Losinskis Lippen. Er sah, wie sie plötzlich ihre Bewegung einstellten, wie sich sein Mund zu einer Fratze verzerrte und ein Schwall Blut auf der Zunge hervortrat, er sah, wie der Blutstrom über Losinskis Kinn schoß und sein Hemd dunkel färbte, er sah, wie er die Augen langsam zum Himmel drehte und, ohne einen Laut von sich zu geben, wie im Zeitlupenfilm einknickte. Gleichzeitig spürte Kessler einen peitschenden Schmerz im rechten Oberarm.

Erst jetzt drang der Lärm, den ein Maschinengewehr verursachte, an sein Ohr. Er kam von der höher gelegenen Via Consolazione, wo er im Taumeln ein mit zwei Männern besetztes Motorrad wahrnahm und ein grelles Mündungsfeuer. Dann verließ ihn das Bewußtsein.

## 6

ALS KESSLER SITZEND an eine Mauer gelehnt zu sich kam, waren Sanitäter bemüht, einen Verband um seinen Oberarm zu legen. Der eine, ein junger Mann mit kurzgeschorenem Schädel, sagte, er könne von Glück reden, daß er überlebt habe, den da – und dabei deutete er auf Losinski, der reglos vor ihm auf dem Boden lag – habe es erwischt. Schuß in den Hinterkopf.

Erst Stunden später begriff Kessler, was an diesem Tag auf dem Forum Romanum eigentlich vorgefallen und daß Losinski Opfer eines Attentats geworden war, und er stellte sich immer wieder die eine Frage: War es Absicht oder Zufall, daß er überlebte?

Wie immer, wenn die italienische Polizei im dunkeln tappt, war ein Schuldiger schnell gefunden. Dahinter, so hieß es, stecke die Mafia, und Kessler mußte sich endlosen Verhören unterziehen, wobei ihm sein geistlicher Stand in keiner Weise zu Hilfe kam, weil, wie man weiß, die Soutane dem organisierten Verbrechen nicht selten als Tarnung dient. Als schließlich Kesslers geistliche Identität geklärt und Dr. Stepan Losinski auf dem Jesuitenfriedhof beerdigt war, begannen die Verhöre erneut, weil ein sprachen- und schreibkundiger Untersuchungsbeamter eine verdächtige Namensgleichheit zwischen Kessler und einem *Capo di tutti Capi ke*, also einem Boss der Bosse namens Bobby Cesslero, festgestellt hatte, der seit drei Jahren steckbrieflich gesucht wurde, ohne daß die Polizei ein Foto von ihm besaß. Cesslero, genannt ›il Naso – die Nase‹, zog von Italien über Frankreich bis nach Amerika eine Duftspur hinter sich her, indem er die teuersten Parfüms der Welt fälschte und waggonweise verkaufte; aber wie Cesslero aussah, wußte niemand.

Es dauerte deshalb gut zwei Wochen, bis dieser Verdacht aus dem Weg geräumt werden konnte und Kessler sich in der Lage sah, seine Arbeit wieder aufzunehmen. Aber Kessler war ein anderer geworden. Das Attentat, von dem nur eine vier Zentimeter lange Naht an seinem Oberarm zurückgeblieben war, hatte ihn, hatte sein Denken verändert. Er ertappte sich mehr als einmal, daß er dachte, wie Losinski gedacht haben mochte, daß er Zusammenhänge kombinierte, wie sie Losinski verknüpft haben könnte; ja, er bemerkte zu seinem Schrecken, daß er grinste wie Losinski, wenn Textstellen aus dem Pergament diskutiert wurden.

Natürlich machte sich Kessler Gedanken (eine schwache Formulierung für endlose schlaflose Nächte), wer ein Interesse gehabt haben konnte, Losinski oder ihn oder beide zu beseitigen, und dabei entdeckte er sich als Mitwisser, als einen, der für irgendwelche Leute zuviel wußte, obwohl er doch nur die halbe Wahrheit kannte. In einer dieser schlaflosen Nächte in seiner Klosterkammer zog er sein Sakko hervor, und zum wiederholten Male betrachtete er den gebräunten Fetzen am oberen rechten Ärmel, den der Einschuß gerissen hatte, und zum wiederholten Male kam ihm in den Sinn, daß es eine Fügung des Schicksals gewesen sein mußte, der er sein Überleben verdankte. Die Absicht der Attentäter, so dachte er, war es jedenfalls nicht, und daraus folgerte Kessler, daß er sich in acht nehmen mußte – ein zweiter Versuch würde *nicht* fehlschlagen.

Kessler mußte annehmen, daß jene, die ihm nach dem Leben trachteten, davon ausgingen, er sei von Losinski in das Geheimnis eingeweiht worden. Vielleicht hätte er in Kenntnis der ganzen Wahrheit keine ruhige Minute mehr zugebracht? Von Zweifeln geplagt wurde Kessler, was sich in dem geheimen Treff am Campo dei Fiori abgespielt haben mochte. Er glaubte jetzt fest daran, daß Losinski in dem alten Haus keineswegs eine Sünde wider das sechste Gebot begangen hatte, wie es ursprünglich seine Ahnung gewesen war, vielmehr mußten wohl seine nächtlichen Streifzüge in das wenig vornehme Viertel in Zusammenhang gestanden haben mit dieser Geschichte.

Und während er so überlegte und über den zerfetzten Ärmel seines Sakkos strich, da fühlte seine Hand etwas in der Innentasche des Kleidungsstücks – Losinskis Fotografie, geknickt und zusammengefaltet. Einer der Sanitäter mußte sie ihm wohl auf dem Forum, in der Meinung, sie gehöre ihm, in die Tasche geschoben haben. Zwar war das Bild zerknüllt wie eine Einkaufstüte, aber dennoch konnte man die Einzelheiten erkennen, und Kessler begann instinktiv, die Symbole der Kriegsbeute untereinander auf einen Zettel zu schreiben, zuerst in seiner Muttersprache, dann daneben auf lateinisch.

Das Ergebnis sah etwa so aus:

Badescheffel – *Balnea*
Lamm – *Agnus*
Baumzweig – *Ramus*
Elch – *Alces*
Kriegsfahne – *Bellicum*

Zweigespann – *Bigae*
Ente – *Anas*
Ähre – *Spica*

Dann las er die Anfangsbuchstaben der lateinischen Begriffe: BARABBAS:

»Großer Gott!« entfuhr es Kessler. Diesem Namen war er doch in einem Textfragment des fünften Evangeliums begegnet: Barabbas! Bei der Heiligen Dreieinigkeit, welches Mysterium verbarg sich hinter diesem Namen?

## 7

AM FOLGENDEN TAG war Kessler in der Gregoriana nur halb bei der Sache. Seit dem Attentat machte er einen fahrigen Eindruck; auch wenn er es nicht eingestehen wollte, er hatte Angst. Manzoni schien seit Losinskis Tod verändert. Gewiß, er hatte den Polen nie leiden gemocht, aber die christliche Moral hätte geboten, mit einem Gefühl des Mitleids über ihn zu sprechen; doch Manzoni sah in der Ermordung Losinskis eher ein organisatorisches Problem in bezug auf die Arbeit an dem koptischen Pergament.

Kessler schien es, als habe Manzoni ihm mit voller Absicht ein Fragment übertragen, das dem Bearbeiter aufgrund seines lückenhaften Zustandes kaum eine Chance ließ. Nicht größer als eine Handfläche, war es durchlöchert wie ein von Motten zerfressener Stoffetzen. Nicht ein Wort fügte sich an ein anderes – ein aussichtsloses Unternehmen.

Mehrmals am Tag begegneten sich die Blicke der beiden Männer, ohne daß einer ein Wort fand. Es hatte den Anschein, als würden sie stillschweigend ihre Gegnerschaft akzeptieren. Und während Kessler sich der Betrachtung seiner Hände hingab, überlegte er, wie er Manzoni beikommen konnte. Manzoni, der seine Hauptaufgabe darin sah, zwischen den Reihen der Übersetzer hindurchzugehen wie ein Schulmeister und hier und da über eine Textstelle zu diskutieren, hatte jedesmal, wenn er neben Kessler hintrat, eine gewisse Schadenfreude in seinem Blick, die dem anderen nicht entgehen konnte und die ihn reizte bis aufs Blut.

Und auf einmal – er hatte es gar nicht gewollt, aber es war wohl der Ausdruck seiner Wut – rief Kessler über zwei, drei Tischreihen hinweg Manzoni zu: »Sagen Sie, Professore, wer ist eigentlich dieser Barabbas?«

Im Saal wurde es totenstill. Alle Augen richteten sich auf Manzoni, der, als wollte er sich auf den vorlauten Rufer werfen, Kessler entgegeneilte mit dunkelgerötetem Kopf, sich niederbeugte und fassungslos auf das durchlöcherte Pergamentstück starrte. Die Frage hing im Raum wie ein gotteslästernder Satz von Karl Marx, dabei hatte Kessler doch nur eine Frage gestellt.

Erst musterte Manzoni das Pergament, dann prüfte er Kesslers Gesichtsausdruck, schließlich herrschte er ihn an: »Zeigen Sie mir die Stelle! Wo sind Sie auf Barabbas gestoßen?«

Kessler grinste, weil er merkte, daß er mit seiner Provokation Erfolg hatte, und deshalb ließ er sich mit seiner Antwort Zeit. Dabei wurde ihm bewußt, Manzoni mußte den vor ihm liegenden Text zumindest so gut kennen, daß ihn die Erwähnung des Namens überraschte. Kesslers Wut steigerte sich: Wozu mühte er sich dann überhaupt noch mit diesem Fragment ab?

»Ich habe Sie etwas gefragt, Bruder in Christo«, zischte Manzoni leise. Die Situation, vor allem, daß die übrigen Brüder mithörten, war ihm äußerst unangenehm. Deshalb kam er ganz nahe an Kessler heran, damit dieser möglichst leise sprach. Aber Kessler ließ sich nicht einschüchtern, und er antwortete lauter als nötig: »Monsignore, zuerst habe *ich* Ihnen eine Frage gestellt. Warum antworten Sie nicht?«

Mit soviel Unverfrorenheit aus dem Munde des jüngsten Jesuiten hatte der Profeß offensichtlich nicht gerechnet. Er hüstelte verlegen und blickte nervös um sich, dann zog er ein weißes Taschentuch hervor und wischte über seinen Hals (eine Geste, die eher dazu diente, Zeit zu gewinnen als den Schweiß abzutrocknen). »Barabbas?« meinte er schließlich mit gespielter Ruhe. »Ich verstehe Ihre Frage nicht, Barabbas ist der Urheber dieser Schrift. Das wissen Sie doch!«

Kessler ließ nicht locker: »Das ist nicht meine Frage, Monsignore. Was ich wissen will, ist: Wer verbirgt sich hinter diesem Namen?«

»Eine völlig unsinnige Frage«, erwiderte Professor Manzoni schnoddrig, »da könnten Sie ebenso die Frage stellen: Wer verbirgt sich hinter dem Namen Paulus!«

»Ein schlechter Vergleich!« rief Kessler. »Diese Frage brauche ich nicht zu stellen, weil sie bereits in zahllosen theologischen Abhandlungen beantwortet wurde.«

Da fand Manzoni endlich eine Erwiderung, um Kessler zum Schweigen zu bringen, er sagte: »Es wird unsere Aufgabe sein, das zu erforschen; warum übernehmen nicht Sie diesen Part, Bruder in Christo?« Manzoni lachte, und mit ihm jene Jesuiten, die er auf seiner Seite wußte.

»Nun aber zu *meiner* Frage«, sagte Manzoni, der nun die Fassung wiedergefunden hatte. »An welcher Stelle sind Sie auf den Namen Barabbas gestoßen?«

»Keinesfalls hier auf diesem von Mäusen zerfressenen Blatt«, sagte Kessler, »ich hatte nur so eine Ahnung ...«

»Eine Ahnung? Was soll das heißen, Sie hatten so eine Ahnung?«

Kessler hob die Schultern und verzog sein Gesicht, aber er antwortete nicht, er sah Manzoni nur an und lächelte süffisant. Ja, er gab sich betont gleichgültig und unbeteiligt, und das mußte seinem Gegner Angst einjagen. Die Augen Manzonis irrten nervös durch den Saal, als suche er Hilfe bei einem anderen, aber die gaben sich mit besonderer Geschäftigkeit ihren Textstudien hin.

## 8

VON STUND AN trennte Kessler und Manzoni ein Graben abgrundtiefen Mißtrauens, und Kessler hätte eigentlich erwarten müssen, daß der Profeß ihn nach Hause schickte, ihm unter einem fadenscheinigen Grund die Zusammenarbeit aufkündigte; doch er ahnte nicht, wie sehr Manzoni ihn fürchtete. Manzoni war der festen Überzeugung, daß Kessler, dank Losinski, mehr wußte, als er preisgab. Insofern wäre es töricht gewesen, den jungen Deutschen auszuschließen; im Gegenteil, Manzonis Plan war es, Kessler mit Sonderaufgaben zu betrauen, die verhindern sollten, daß er sein Wissen ausplauderte. Jeder Orden verfügt über zahlreiche solcher Sonderaufgaben, die geeignet sind, einen Kleriker für viele Jahre verschwinden zu lassen, wenn nicht für immer.

Kessler muß das geahnt haben – und bei nüchterner Betrachtung seiner Situation lag ein solches Vorhaben auf der Hand –, jedenfalls ließ er große Vorsicht walten und entwickelte ungewöhnliche Aktivitäten. Der erste Versuch, über Losinskis Nachlaß an weitere Informationen heranzukommen, scheiterte. Zwar gab ihm der Abt des Klosters San Ignazio, ein kleiner weißhaariger Römer namens Pio, die Erlaubnis, sich unter seiner Aufsicht in Losinskis Zimmer umzusehen (schließlich seien sie Freunde gewesen), aber die Klosterzelle war äußerst gründlich durchsucht worden – was der Abt mit Entrüstung zurückwies –, jedenfalls fehlten alle Dokumente und vor allem die Mappe, die Hinweise auf seine Forschungen gaben. Sogar der Sack mit dem Schuhwerk, an dem Losinski sich über die Maßen ergötzt hatte, war nicht mehr da.

Für Kessler gab es unter den Spuren, die Losinski gelegt hatte, nur noch eine, die Erfolg versprach: das Haus nahe dem Campo dei Fiori. Natürlich mußte er damit rechnen, daß er auf Schritt und Tritt beobachtet wurde. Deshalb legte er sich einen Plan zurecht, wie er mögliche Verfolger abschütteln konnte. Der Plan war ebenso einfach wie genial: Zu Fuß kundschaftete er einen umständlichen Weg von San Ignazio zum Campo dei Fiori aus, ohne sich seinem eigentlichen Ziel zu nähern, am Tag darauf bestieg er gegen Abend ein Fahrrad, das er vom Pförtner geliehen hatte. Damit kam er im dichten römischen Verkehr schneller voran als mit jedem anderen Fortbewegungsmittel.

Kessler verschwand mit seinem Fahrrad in dem finsteren, kalten Hauseingang. Und während er die breiten, ausgetretenen Treppen nach oben stieg zu der Wohnung, die Losinski so oft besucht hatte, machte er sich seine Gedanken, was ihn dort erwarten würde. Er wußte es nicht, er ging nur einem Gefühl nach, das ihm sagte, daß die häufigen Besuche in diesem Haus in irgendeinem Zusammenhang standen mit seiner Entdeckung. Er wußte nicht einmal, auf welche Weise er sich Zutritt verschaffen sollte außer mit dem Hinweis, er sei ein Freund Losinskis und er habe das Attentat auf wundersame Weise überlebt.

Gleichzeitig kam ihm ein Gespräch in den Sinn, das er vor langer Zeit mit Manzoni geführt hatte. Dabei war es um Losinski gegangen, und die Worte des Profeß klangen ihm noch im Ohr: Er solle vor Losinski auf der Hut sein, denn Losinski sei zwar ein hervorragender Wissenschaftler, aber im Grunde seines Herzens sei Losinski ein Ketzer, und Manzoni könne sich vorstellen, daß Losinski unseren Herrn Jesus für dreißig Silberlinge verrate wie Judas Ischariot.

Nach all dem, was Kessler von Losinski erfahren hatte, bekamen diese Worte ein anderes Gewicht. Es schien, als hätten sich Manzoni und Losinski weniger in ihrem Wissen unterschieden als in ihrer Bereitschaft, dieses Wissen zu verbreiten. An sich ist Schweigen keine Sünde, jedenfalls spricht sich keines der zehn Gebote gegen das Schweigen aus; doch der Kirche ist es gelungen, schweigend mehr zu sündigen als andere mit bösen Worten.

Ohne innezuhalten, drückte Kessler auf den Klingelknopf neben der weißen Tür im dritten Stock. Innen näherten sich

Schritte, die Tür wurde einen schmalen Spalt geöffnet, und das breite Gesicht eines Mannes erschien in der Öffnung: »Was wollen Sie? Wer sind Sie?«

»Mein Name ist Kessler. Ich bin ein Freund Losinskis«, sagte Kessler kleinlaut. In diesem Augenblick hatte er alles andere vergessen.

»Losinski hatte keine Freunde«, entgegnete der Mann durch die Türöffnung und schickte sich an, die Tür zu schließen.

Da schob Kessler seine Hand dazwischen, und er rief heftig: »Ich bin der Mann, der mit ihm erschossen werden sollte!«

Einen langen Augenblick geschah nichts. Dann wurde langsam die Tür geöffnet, und es erschien die Gestalt eines untersetzten Mannes mit glattem Schädel. Der Mann machte eine einladende Handbewegung, und Kessler trat ein. In der Mitte des großen Vorraumes mit sechs Türen nach allen Richtungen blieb er stehen. Der untersetzte Mann trat auf ihn zu, und ehe er sich versah, riß er Kessler in seine Arme. Im selben Augenblick wurde eine der Türen geöffnet, und Kessler erkannte eine Frau im Rollstuhl.

# NEUNTES KAPITEL

## Die Verliese des Innozenz wiederentdeckt

# 1

DIE WÖCHENTLICHE PRESSEKONFERENZ in der Sala d'Angeli im Vatikan ging langweilig zu Ende wie an den meisten Donnerstagen. Nicht einmal fünfzig Journalisten waren der Einladung von Padre Mikos Vilosevic, einem jugoslawischen Geistlichen, der das vatikanische Presseamt leitete, gefolgt. Die übrigen in Rom akkreditierten Pressevertreter wußten, daß Vilosevic nichts zu sagen hatte, weil alles, was hinter den Leoninischen Mauern ablief, ohnehin höchster Geheimhaltung unterlag.

So wäre auch diese Pressekonferenz, bei der es in der Hauptsache um die mögliche Seligsprechung einer südamerikanischen Nonne ging, die ihre Sozialarbeit in den Slums von Rio vor sieben Jahren mit dem Leben bezahlt hatte, in keiner Weise erwähnenswert gewesen, hätte nicht Desmond Brady, Leiter des Rom-Büros des US-Senders NBC und für gewöhnlich gut unterrichtet über alle Interna des Vatikans, abschließend die Frage gestellt: »Padre, was ist dran an den Gerüchten, daß seine Heiligkeit an einer neuen Enzyklika arbeite?«

Vilosevic' Antwort kam knapp und kühl: »Davon ist mir nichts bekannt. Ich bedauere.«

»Sie soll den Namen tragen ›*Fides Evangelii*‹.« Brady ließ nicht locker.

Der Hinweis versetzte die anwesenden Journalisten in Unruhe. Wieder einmal schien sich zu bewahrheiten, daß der Amerikaner aus Atlanta über allerbeste Kontakte im Vatikan verfügte, die, so wurde gemunkelt, bis ins Vorzimmer des Papstes reichten.

Vilosevic hatte gehofft, die Angelegenheit mit einer knappen Antwort aus der Welt zu schaffen, doch nun wurde er auch von den übrigen Journalisten bedrängt, und als Verteidiger seiner angeblichen Unwissenheit machte er nicht die beste Figur.

»Meine Herren«, sagte Vilosevic, »Sie alle kennen die Auffassung der Kirche, nach der alle die katholische Lehre betreffenden Angelegenheiten Sache der Kirche sind und nicht Sache der Öffentlichkeit.«

Das veranlaßte Cesare Bonato von der italienischen Nachrichtenagentur ANSA zu dem Zwischenruf *»Chiacchierone!«*, was soviel wie ›Schwätzer‹ bedeutet und ihm, hätte Vilosevic die Bemerkung verstanden, eine ernsthafte Rüge eingebracht hätte; so aber fügte er dem Schimpfwort die Frage hinzu, ob er, Vilosevic, damit andeuten wolle, daß die Angelegenheit *päpstlicher Geheimhaltung* unterliege, was im Sprachgebrauch der Kurie die oberste Geheimhaltungsstufe darstellt.

Ungehalten und mit einem Anflug von Gekränktsein erwiderte der vatikanische Beamte: »Es gibt keine Enzyklika, und deshalb kann sie auch nicht *päpstlicher Geheimhaltung* unterliegen. Ich danke Ihnen für Ihre Aufmerksamkeit.«

Damit war eigentlich das Ritual der allwöchentlichen Pressekonferenz im Vatikan beendet, und Vilosevic und seine beiden Assistenten, zwei junge Kapläne, der eine aus Rom, der andere ein Veroneser, schickten sich an, das weißgedeckte Podium (in der katholischen Kirche geht nichts ohne Podium) zu verlassen, da rief Bonato laut, daß seine Stimme auch in der allgemeinen Aufbruchstimmung nicht zu überhören war: »Padre Vilosevic, die Tatsache, daß Sie eine Enzyklika seiner Heiligkeit in Abrede stellen, bedeutet aber wohl nicht, daß es dies nicht gibt?«

Bonatos verklausulierte Sprechweise reizte zum Schmunzeln, aber sie entsprach genau der Diktion, deren sich päpstliche Beamte mit Vorliebe bedienen. Vilosevic kannte Bonato, und er wußte um dessen Sachverstand in Kirchenfragen, der nur einem eigen ist, der selbst einmal kurz davor stand, Priester zu werden, bevor die Versuchung in Gestalt einer Frau an ihn herantrat. Deshalb eilte Vilosevic auf Bonato zu in der Hoffnung, das folgende Gespräch unter vier Augen abwickeln zu können; doch kaum standen sich die beiden gegenüber, da wurden sie von den übrigen Journalisten umringt wie Jesus und Philippus vor der wunderbaren Brotvermehrung.

»Was wollten Sie damit sagen?« fragte Vilosevic nervös.

»Nun ja«, erwiderte Bonato mit jener Freundlichkeit, die geeignet ist, den äußeren Anschein ins Gegenteil zu verkehren, »wir alle kennen die Politik der Geheimhaltung des Vatikans als besondere Lebensform, und diese macht unsere Arbeit nicht gerade einfach.«

»Sie hören von mir alles, was ich weiß!« beteuerte Vilosevic, aber in seinen unsicheren Augen war zu erkennen, daß er selbst nicht überzeugt war von seiner Rede.

»... was Ihnen zu sagen erlaubt ist!« korrigierte Desmond Brady den Padre. »Und das ist nicht viel hinter einer Mauer des Schweigens.«

In wenigen Augenblicken schlug die Stimmung um. Gereiztheit machte sich breit, und der Padre blickte hilfesuchend zu seinen Assistenten; doch die schienen nicht weniger ratlos, wie der Situation zu begegnen sei. Vor allem Brady versetzte sie in Angst, ein äußerst kritischer Journalist, der schon einmal in einem Bericht die vatikanische Geheimhaltungspolitik gegeißelt und behauptet hatte, weder Nazis noch Kommunisten sei es gelungen, sich mit einem so dichten Schleier von Geheimnissen zu umgeben wie die Kurie in Rom. Aber Geheimnisse lassen sich nicht aus der Welt reden, sie lassen sich nur aus der Welt schweigen, und so fand Bradys Behauptung innerhalb der leonischen Mauern keinen Widerhall, nicht einmal Worte der Anklage; jene verpuffte wie Weihrauch beim *Te deum*.

Vilosevic sah Brady herausfordernd an: »Was wollen Sie damit sagen?«

»Ich habe mich doch klar ausgedrückt – im Gegensatz zu Ihnen, Padre Vilosevic. Aber«, füge er betont freundlich hinzu,

»mein Vorwurf richtet sich nicht gegen Sie persönlich, das wissen Sie, aber das Staatssekretariat und das Heilige Offizium sollten sich vielleicht einmal daran erinnern, in welcher Zeit wir leben.«

Cesare Bonato wollte es damit bewenden lassen, und er machte eine Bemerkung, die geeignet ist, jedem Papisten Schamröte ins Gesicht zu treiben: »Es wäre nicht die erste Enzyklika, die, obwohl für die Gläubigen verfaßt, diese nie erreicht. Ich denke nur an Pius XI.«

Die Bemerkung traf Padre Vilosevic hart wie der Schlag eines Boxers. Vilosevic suchte mit den Augen den Ausgang, aber die Journalisten hatten ihn umringt; an ein Entkommen war nicht zu denken. Der Padre, Brady und die meisten anderen wußten, worauf Bonato anspielte: Plus XI. hatte 1938 eine Enzyklika *Humani Generis Unitas* vorbereitet, die nie veröffentlicht wurde. Die Umstände, warum sie nie herausgegeben wurde, blieben ungeklärt, klar ist nur, daß der päpstliche Erlaß mit dem Thema Rassismus und Antisemitismus für jene Zeit von großer Bedeutung gewesen wäre.

Auf diese Weise in die Enge getrieben, ging Vilosevic zum Angriff über, er attackierte Bonato: »Vielleicht sind Ihre Kontakte zur Kurie besser als die meinen. Was wissen Sie über die neue Enzyklika? Das würde mich interessieren.«

Vilosevic' ironisch gemeinte Bemerkung war dazu angetan, den Unwillen der übrigen Journalisten zu wecken, und es kam zu einem Durcheinander, in dessen Verlauf sich herausstellte, daß lange schon wilde Gerüchte im Umlauf waren über ein neu entdecktes Pergament aus der Zeit des Jesus von Nazareth, dessen Übersetzung vom Heiligen Offizium unter Verschluß gehalten werde wie die Weissagungen des Malachias, deren Inhalt bekannt ist, die jedoch noch kein gewöhnlicher Mensch zu Gesicht bekommen hat.

»Alles Gerüchte!« rief Vilosevic zornig, und im Zorn schwoll auf seiner Stirn eine senkrechte Ader von dunkler Farbe, die seinem Aussehen etwas Dämonisches verlieh. »Nennen Sie mir die Quelle Ihrer Informationen, dann will ich mich gerne für Sie einsetzen und eine offizielle Stellungnahme erwirken!«

Brady lachte hämisch. Kein Journalist der Welt nennt, so er über vertrauliche Informationen verfügt, seinen Informanten, denn das bedeutet das Ende dieser Nachrichtenquelle. Auch Bonato hatte für den Pressemann des Vatikans nur ein mitleidiges Lächeln übrig. Doch die so in Gang gekommene Diskussion machte deutlich, daß jeder der anwesenden Journalisten von der seltsamen Unruhe gehört hatte, die sich seit geraumer Zeit im Vatikan breitmachte. Allerdings wußte ein jeder vom Hörensagen einen anderen Grund. Ein spanischer Radiokorrespondent sprach von einer schweren unheilbaren Krankheit seiner Heiligkeit; der Kolumnist des ›Messagero‹ wußte gar, daß sich das dritte Geheimnis der Prophezeiungen von Fatima auf furchtbare Weise erfüllt habe (ohne freilich den Grund der Furchtbarkeit zu kennen); der römische SPIEGEL-Korrespondent glaubte zu wissen, der Zölibat werde noch in diesem Jahr fallen; und Larry Stone von »Newsweek« wollte gar von einem Massenaustritt der südamerikanischen Bischöfe aus der Kirche wissen – eine Spekulation, die, trotz der Ernsthaftigkeit Stones, in heftigem Gelächter unterging.

Vilosevic nutzte die unverhoffte Heiterkeit, um sich aus der Sala d' Angeli zu drängen, er raffte seine Soutane, eine Haltung, die einen Padre äußerst unwürdig erscheinen läßt, aber sich trefflich eignet, seinen Schritten größere Weite und infolgedessen ihm eine hohere Geschwindigkeit zu verleihen. In dieser Haltung hastete Vilosevic den langen, steinernen Korridor entlang zu der Marmortreppe, die zum dritten Stock des Apostolischen Palastes führt, wo hinter hohen weißen Türen, die alle bis auf eine von innen verschlossen sind, der Kardinalstaatssekretär residierte.

## 2

MIT FELICI, DEM Kardinalstaatssekretär, einem gütigen alten Mann mit kurzen weißen Haaren und zitternden Händen – er führte sein Amt schon unter drei Päpsten –, pflegte Vilosevic ein vertrauensvolles Verhältnis, man kann auch sagen, Vilosevic war sein Gefolgsmann; aber diese Gefolgschaft machte ihn gleichzeitig zum Feind für Kardinal Berlinger, den Leiter des Heiligen Offiziums, der die andere Hausmacht innerhalb des Vatikans anführte. In Berlinger und Felice begegneten sich Erde und Feuer: Berlinger, der Konservative, unnachsichtig gegenüber jeder Neuerung oder Erneuerung, und Felici, ein liberaler, progressiver Kardinal, der schon vor dem letzten Konklave als *papabile* galt, dem aber, wie er selbst zu sagen pflegte, die Schuhe des Fischers eine Nummer zu groß erschienen. Nachdem Vilosevic zwei hintereinanderliegende Vorzimmer mit Wandteppichen und spärlichem, dunklen Mobiliar durchquert hatte – als Vorzimmerdamen fungieren im Vatikan ausnahmslos schwarzgekleidete Padres –, trat er mit einer Verbeugung in den überheizten Raum, wo Felici hinter einem endlos breiten Schreibtisch mit Aktenstößen und Papier hervorlugte.

»Herr Kardinal!« rief Vilosevic von weitem (eine andere Anrede als diese duldete Felici nicht). »Herr Kardinal, Sie müssen etwas tun. Die Journalisten haben von irgend etwas Wind bekommen. Ich weiß nicht mehr, wie ich sie bändigen soll. Manche von ihnen wissen mehr als ich selbst – jedenfalls habe ich den Eindruck.«

Mit einer freundlichen Geste verwies der Kardinal den Presseamtsleiter auf einen rot bezogenen Stuhl mit hoher Lehne, der in gebührendem Abstand von seinem Schreibtisch einsam auf einem riesigen Teppich stand. »Immer der Reihe nach«, mahnte Felici, und dann gebrauchte er eine Redewendung, über die im Vatikan gespöttelt wurde, weil der Alte sie in keinem Gespräch ausließ: »... und mit Distanz!«

»Sie haben leicht reden, ›mit Distanz‹«, ereiferte sich Vilosevic, »mich haben fünfzig Presseleute bestürmt und mit den abenteuerlichsten Gerüchten konfrontiert, ausgehend von einer Enzyklika, die in Vorbereitung und von großer Bedeutung für die Kirche sei.«

Felici zeigte Gelassenheit: »Jede Enzyklika ist von fundamentaler Bedeutung für die heilige katholische Kirche. Warum nicht diese?«

»Also dürfen wir nun mit einer Enzyklika rechnen? Frage eins: Wann? Frage zwei: Welchen Inhalts?«

»Ich habe nicht gesagt, daß eine Enzyklika in Vorbereitung ist, Padre Vilosevic. Ich habe nur angedeutet, wenn eine Enzyklika in Vorbereitung wäre, so hätte sie dieselbe fundamentale Bedeutung wie alle, die bisher veröffentlicht wurden.«

»Herr Kardinal!« Vilosevic rutschte unruhig auf seinem Stuhl hin und her. »So kommen wir doch nicht weiter! Ich habe nun einmal, bei Gott und allen Heiligen, dieses Presseamt inne, ich bin das Sprachrohr des Stellvertreters, die Journalisten erwarten zu Recht von mir eine Erklärung, Die Spatzen pfeifen es von den Dächern, daß seit Monaten im Vatikan Unruhe um sich greift, aber keiner weiß warum, niemand redet darüber. Kein Wunder, wenn wilde Gerüchte im Umlauf sind! Eben wurde ich damit konfrontiert, die südamerikanischen Bischöfe planten einen Massenaustritt aus der Kirche.«

»Sie haben hoffentlich sofort dementiert, Vilosevic!«

»Nichts habe ich. Ich habe zu den absurden Behauptungen geschwiegen, und ich werde so lange dazu schweigen, bis ich eine Erklärung von höherer Stelle erhalte. Wer weiß, vielleicht ist etwas dran an dieser Behauptung?«

»Lächerlich!« zischte Felici und erhob sich von seinem Schreibtisch. Er verschränkte die Hände auf dem Rücken, trat an eines der hohen Fenster und blickte auf den Petersplatz, der um diese Jahreszeit verlassen dalag – selbst die weißen Marmorfiguren auf den Kolonnaden des Bernini, die für gewöhnlich in den Himmel leuchteten wie Fackeln in der Nacht, verbreiteten Melancholie.

»Dem Herrn sei Dank«, begann Felici, ohne seinen Blick von dem Fenster zu wenden, »dem Herrn sei Dank, daß diese Angelegenheit nicht mir obliegt, sondern dem Leiter des Heiligen Offiziums, Kardinal Berlinger.«

Von der Seite her konnte Vilosevic sehen, daß Felicis Gesicht einen Anflug von Schadenfreude zeigte, als er den Namen nannte. Schließlich kam der Kardinal auf Vilosevic zu. Der erhob sich, und als sich beide ganz nahe gegenüberstanden, sagte Felici bedächtig: »Ich möchte, da Sie mein Freund sind, Sie mit der Wahrheit konfrontieren, die die Ursache ist für die Unruhen innerhalb der Kurie. Aber, Bruder in Christo, geben Sie mir Ihr Wort, daß Sie Stillschweigen darüber bewahren werden – bis höhere Weisung kommt. Diese Wahrheit ist bitter für unsere Kirche, und manche, die sie kennen, vertreten die Ansicht, sie könnte diese Wahrheit nicht überleben – deshalb die Unruhe.«

»Bei Gott und allen Heiligen, worum geht es?«

»Wie es scheint, müssen wir uns damit abfinden, daß Matthäus, Markus, Lukas und Johannes nicht die einzigen Evangelisten sind. Wie es scheint, gibt es ein fünftes Evangelium, das Evangelium nach Barabbas. Man hat es in einem koptischen Grab entdeckt, und Jesuiten der Gregoriana sind gerade dabei, es zu übersetzen.«

»Ich verstehe nicht!« wandte Vilosevic ein. »Ein fünftes Evangelium bedeutete doch nur eine Stärkung für die Lehre der heiligen Mutter Kirche.«

»Ja, gewiß, aber nur, wenn es die Texte der vier anderen stützte.«

Vilosevic wurde kleinlaut: »Und das tut es nicht?«

Felicis Schweigen nahm die Antwort vorweg. »Im Gegenteil«, erwiderte der Kardinal, »es deckt die Schwächen der vier Evangelien auf, die in der Hauptsache darauf beruhen, daß Matthäus, Markus, Lukas und Johannes die Dinge, über die sie schrieben, nur vom Hörensagen kannten. Barabbas hingegen, der Urheber des fünften Evangeliums, war ein Zeitzeuge. Er schreibt, als habe er unseren Herrn Jesus gekannt, und bei ihm lesen sich große Teile der neutestamentarischen Überlieferung ganz anders.«

»Herr Jesus!« Vilosevic holte Luft. »Herr Jesus!« wiederholte er und fuhr fort: »Wer ist dieser Barabbas?«

»Das ist die Frage. Manzoni von der Päpstlichen Universität arbeitet fieberhaft daran. Er hat die besten Leute seines Ordens zusammengezogen, aber – so behauptet er – die entscheidenden Textstellen in bezug auf den Urheber des Evangeliums sind entweder zerstört, oder sie fehlen. Das Pergament wurde nämlich, bevor man seine Bedeutung erkannte, in Teilen verkauft, und es ist schwer, die einzelnen Fragmente wieder aufzufinden und zusammenzufügen.«

»Aber«, wandte Vilosevic verzweifelt ein, »es gibt doch eine ganze Reihe apokrypher Evangelien, die allesamt als Fälschungen entlarvt worden sind. Wer sagt, daß ausgerechnet dieses Evangelium echt ist?«

»Sowohl die Naturwissenschaftler als auch Bibelwissenschaftler und Koptologen kommen zu demselben Ergebnis: Der Text ist echt.«

»Und was ist der Inhalt?«

Der Kardinal ging zum Fenster zurück und blickte hinaus, aber er sah nicht den Petersplatz und nicht die Kolonnaden, er blickte ins Leere und antwortete: »Ich weiß es nicht, ich weiß nur, daß der Satz: ›Du bist Petrus, der Fels, und auf diesem Felsen will ich meine Kirche bauen‹, in dem ganzen fünften Evangelium nicht vorkommt. Wissen Sie, was das heißt, Vilosevic, wissen Sie es?« Felici wurde laut, und seine Augen wurden feucht: »Das bedeutet, daß alles hier um uns herum unsinnig ist. Sie, ich und Seine Heiligkeit und eine Dreiviertelmilliarde Menschen haben ihren Glauben verloren!«

»Herr Kardinal!« Vilosevic trat auf Felici zu. »Herr Kardinal, mäßigen Sie sich, ich bitte Sie im Namen aller Heiligen.«

»Aller Heiligen!« entgegnete Felici bitter. »Auch die können Sie vergessen.«

Der Padre sank auf seinen Stuhl nieder und vergrub sein

Gesicht in den Händen. Er konnte es einfach nicht fassen, was der Kardinal gerade berichtet hatte.

»Vielleicht verstehen Sie jetzt die Unruhe, Padre, von der die Kurie erschüttert wird«, bemerkte Felici.

Und Vilosevic antwortete entschuldigend: »Ich habe das alles nicht gewußt, Eminenza, ich hatte wirklich keine Ahnung.«

Da fuhr der Kardinal wütend dazwischen: »Ihre ›Eminenza‹ können Sie sich sparen! Hören Sie! Gerade jetzt ...«

Der Padre nickte ergeben. Nach einer endlos scheinenden Pause, in der Felici unbewegt aus dem Fenster starrte, begann Vilosevic vorsichtig: »Wenn Sie die Frage gestatten, Herr Kardinal, wie viele Mitwisser hat diese Entdeckung?«

»Das ist nicht die Frage«, erwiderte der Kardinal. »Die Entdeckung an sich ist allgemein bekannt, jedenfalls was die Wissenschaft betrifft. Koptologen und Altphilologen wissen seit langem von einem Pergamentfund in der Nähe von Minia. Aber weil die Grabräuber, denen das Pergament in die Hände fiel, ihren Schatz des größeren Profits wegen in einzelnen Stücken verkauften, konnte kein wissenschaftliches Institut das Pergament einer textkritischen Analyse unterziehen. Insofern ist der Inhalt weitgehend unbekannt geblieben. Anfang der fünfziger Jahre jedoch muß irgendein Wissenschaftler Verdacht geschöpft haben, denn zu dieser Zeit zeigten mit einem Mal verschiedene Leute Interesse an dem Pergament und begannen, Fragmente aufzukaufen.«

»Wußte die Kurie davon?«

»Einer der Aufkäufer war Kardinal Berlinger, der dem Heiligen Offizium vorsteht. Er schickte Emissäre aus mit der Maßgabe, jedes Stück zu jedem Preis für die Vatikanischen Museen zu gewinnen. Die Leute wußten selbst nicht, worum es sich bei den Pergamenten handelte; sie hatten nur den Auftrag, sie um alles in der Welt herbeizuschaffen.«

»Und ist das Vorhaben geglückt?«

»Zu einem gewissen Teil, Padre.«

»Aber das bedeutet doch ...«

»... daß Manzoni über einen beträchtlichen Teil des fünften Evangeliums verfügt.« Und nach einer Pause bemerkte der Kardinal: »Ich weiß, was Sie jetzt denken, Padre. Ich sehe es Ihnen an den Augen an, Sie denken, wenn sich das Pergament zu einem Teil im Besitz der Kirche befindet, dann könnte die Kirche dieses Pergament oder zumindest jene Passagen, die für sie eine Gefahr bedeuten, heimlich verschwinden lassen. Das denken Sie doch, Padre!«

Vilosevic nickte. Er schämte sich und murmelte: »Gott möge mir verzeihen!«

»Sie müssen sich nicht schämen«, entgegnete Felici, »ich selbst hatte den gleichen Gedanken, und ich bin nicht das einzige Mitglied der Kurie, das so dachte, als es davon erfuhr. Die Sache hat nur einen Haken, Padre.«

»Einen Haken?«

Felici nickte heftig: »Ausgerechnet die wichtigsten Teile des Pergamentes befinden sich nicht im Besitz Manzonis. Berlinger ist es nicht gelungen, jene Fragmente zu erwerben, in denen Barabbas über sein Verhältnis zu unserem Herrn Jesus berichtet oder in denen Jesus über die Zukunft seiner Jünger spricht.«

»Merkwürdig«, sagte Vilosevic nachdenklich. »Das kann doch kein Zufall sein!«

»Natürlich nicht«, antwortete Felici, »das ist mit Sicherheit kein Zufall.«

Vilosevic sprang auf. »Es gibt also noch andere Interessenten an dem fünften Evangelium.«

»Ihre Vermutung ist richtig, Padre.«

»Die Kirche soll erpreßt werden?« Vilosevic trat neben Felici ans Fenster. Er nahm dieselbe Haltung ein wie der Kardinal.

»Das ist denkbar, aber bisher gibt es keine Forderungen. Ich glaube auch nicht, daß irgend jemand aus dieser Sache Geld machen will, ich glaube vielmehr, daß unsere Heilige Mutter Kirche gedemütigt werden soll.«

»Mein Gott!« rief Vilosevic fassungslos, und in seiner Ratlosigkeit schlug er ein heftiges Kreuzzeichen. »Wer hat ein Interesse, sich an der Heiligen Mutter Kirche zu vergreifen?«

Der Kardinal hob die Schultern. »Die Leute Berlingers haben zwei Gruppen ausfindig gemacht. Beide bekriegen sich im Kampf um die Kirche bis aufs Blut, beide sind Fanatiker, wenn auch aus ganz unterschiedlichen Motiven, und beide scheinen nicht nur über Abschriften jener vier Fünftel zu verfügen, die Manzoni mit den Jesuiten erarbeitet; es gibt Anzeichen, daß sie sogar über die fehlenden Fragmente verfügen, daß sie also im Besitz der vollen Wahrheit sind.«

»Was sind das für Leute?«

»Die eine Gruppe ist ein gefährlicher Eliteorden, fern aller Glaubensinhalte und unter dem Kommando eines wahnsinnigen Hermaphroditen, der sich als Wiedergeburt des Sängers Orpheus sieht. In der anderen Gruppe haben sich islamische Fundamentalisten zum Ziel gesetzt, die Heilige Mutter Kirche zu unterwandern und in die Knie zu zwingen. Eine Clique ist so gefährlich wie die andere, denn beide gehen mit unvorstellbarem Fanatismus ans Werk, die Orphiker – so nennt sich der Orden – aus intellektuellem Standesdünkel, die Fundamentalisten aus religiösem Sendungsbewußtsein. Beide Parteien verfügen über ein Netz von über die Welt verstreuten Anhängern und Kommandozentralen, von denen niemand so recht weiß, wo sie sich überhaupt befinden. Angeblich beherrschen die Orphiker ein Kloster im Norden Griechenlands, während die islamischen Fundamentalisten aus dem persischen Ghum gesteuert werden. Geld spielt bei beiden keine Rolle; deshalb haben sie nicht nur alle verfügbaren Fragmente des Pergaments erworben – oft für aberwitzige Summen –, sie haben auch die bedeutsamsten Wissenschaftler aufgekauft und, wenn diese sich nicht freiwillig zur Mitarbeit bereit erklärten, Gewalt angewendet, sie entführt oder durch Todesdrohungen eingeschüchtert.«

»Und diese Leute sind in der Lage, das fünfte Evangelium so auszuwerten, daß es gegen die Kirche angewendet werden kann?«

»Padre, das ist keine Frage. Einige der namhaftesten Experten auf den Gebieten der Koptologie und Bibelwissenschaft, die es auf der Welt gibt, sind in den vergangenen Jahren von einem Tag auf den anderen verschwunden. Sie haben ihre Familien zurückgelassen und ihre Karriere. Das ist kein Zufall. Orphiker wie islamische Fundamentalisten träumen von der Weltherrschaft, und der Islam hat uns vorgemacht, daß ein Buch mit 114 Suren in der Lage ist, die Welt zu verändern. Ein Buch, das vom Umfang ziemlich genau dem des Neuen Testamentes entspricht und mit unterschiedlichsten Mitteln rekonstruiert wurde. Denn es ist ungewiß, ob der Koran bereits zu Lebzeiten des Propheten Mohammed aufgezeichnet wurde. Die Überlieferung sagt, die weitverstreuten Aufzeichnungen seien erst wenige Jahre nach Mohammeds Tod zusammengetragen worden. Bruchstücke des Textes wurden auf Lederstücken, Steintafeln, Palmrippen, Holzbrettchen, den Schulterblättern von Kamelen und auf Pergament gefunden und zu einem Ganzen zusammengefügt. Es wird diesen Leuten keine Schwierigkeit bereiten, das fünfte Evangelium zu rekonstruieren und für ihre Zwecke einzusetzen.«

Vilosevic ging zu seinem Stuhl zurück und schüttelte nur immer wieder den Kopf. Dann fragte er: »Und Sie kennen den Text dieses Barabbas-Evangeliums?«

»Nein«, antwortete der Kardinal, »keiner kennt den ganzen Wortlaut; zum einen, weil er nur in Bruchstücken existiert, zum anderen, weil Professor Manzoni selbst diese Bruchstücke unter Verschluß hält, damit keiner der Übersetzer Einblick in das Ganze erhält. Die Geschichte lehrt, daß einem Jesuiten immer mit Mißtrauen zu begegnen ist.«

Der Padre zeigte sich irritiert von den Worten des Kardinalstaatssekretärs, und bei anderer Gelegenheit hätte er sie kaum unwidersprochen gelassen, aber in dieser Situation war die Diskussion über die Kirchentreue des Jesuitenordens zweitrangig.

»Warum dann die Furcht vor dem fünften Evangelium«,

erkundigte er sich unsicher, »wenn noch niemand den Text gelesen hat?«

»Manzoni hat ihn gelesen«, erwiderte Felici, »er kennt einen großen Teil davon, Berlinger kennt Bruchstücke und ich ebenso.«

Der Kardinal, der bisher mit dem Blick zum Fenster gesprochen hatte, begann nun in dem großen Raum auf und ab zu gehen. Er war äußerst nervös, als er fortfuhr: »Dem gläubigen Christenmenschen nennen die vier Evangelisten acht Ereignisse als Grundlage seines Glaubens: Jesus ist empfangen vom Heiligen Geist – er ist geboren von der Jungfrau Maria – er hat gelitten unter Pontius Pilatus – er wurde gekreuzigt – er ist gestorben – er ist zu den Toten hinabgestiegen – er ist am dritten Tag auferstanden – er ist zum Himmel aufgefahren.«

»Herr Kardinal! Wozu diese Aufzählung?«

Felici ging auf den im Stuhl sitzenden Vilosevic zu. Er faßte ihn an den Oberarmen, schüttelte ihn wie einen Schlafenden, der endlich aufwachen soll, und rief mit erregter Stimme: »Weil dieser Barabbas alle diese Ereignisse in Abrede stellt! Wissen Sie, was das bedeutet, Padre? Wissen Sie es?«

Vilosevic nickte.

## 3

Aus dem Vorzimmer drang Stimmengewirr, und nach kurzer Zeit erschien der Sekretär in der Tür und kündigte das Erscheinen seiner Eminenz, des Leiters des Heiligen Offiziums, Kardinal Berlinger, an. Er hatte noch nicht ausgesprochen, als der rotgekleidete Berlinger, gefolgt von drei Monsignori in wallenden Soutanen, in den Raum stürmte und, noch bevor er das Wort an Felici richtete, den anwesenden Vilosevic mit abfälligem Blick musterte, als wollte er sagen:

Verschwinden Sie, aber schnell. Vilosevic machte auch Anstalten, sich zu entfernen, aber der Kardinalstaatssekretär kam ihm zuvor und sagte: »Bleiben Sie ruhig hier, Padre«, und an Berlinger gewandt: »Er ist in alles eingeweiht. Eminenza, Sie müssen kein Blatt vor den Mund nehmen.«

Berlinger zog die Augenbrauen hoch, um anzuzeigen, daß er diese Entscheidung mißbilligte, doch für Diskussionen war nicht länger Zeit. Wenn Berlinger den weiten Weg zurücklegte von der außerhalb der Kolonnaden gelegenen Piazza del Sant' Uffizio, wo er in einem Gebäude herrschte, das eher einem Verteidigungsministerium glich als der kirchlichen Behörde für Glaubensfragen, dann mußte das einen triftigen Grund haben. Vor allem die Begleitung dreier Monsignori seiner Behörde, die Berlinger selbst stets nur als Congregatio zu bezeichnen pflegte, eine Kurzform für *Congregatio Romanae et Universalis Inquisitionis*, so wie sie unter Paul III. vor vierhundert Jahren zur Bekämpfung des Protestantismus ins Leben gerufen wurde, verlieh seinem Erscheinen noch größere Bedeutung.

Die Monsignori nahmen, ihre Soutanen sorgsam glättend wie drei modebewußte Damen, auf einer Stuhlreihe an der den Fenstern gegenüberliegenden Wand Platz. Ebenso Vilosevic. Dann ergriff Berlinger mit seiner unangenehm hohen Stimme das Wort: »Die Spreu macht nicht einmal vor den Leoninischen Mauern halt«, rief er voll Empörung. Wie stets bedurfte seine Redeweise der Interpretation; denn Berlinger hatte es sich zur Gewohnheit gemacht, in biblischen Worten und Gleichnissen zu sprechen, was den Vorsitzenden des Obersten Gerichtshofes der Apostolischen Signatur, Kardinal Agostini, zu der ironischen Bemerkung veranlaßte, das Neue Testament habe durchaus seine Qualitäten, aber sprachlich sei Berlinger besser.

Als Spreu bezeichnete Berlinger alle Menschen, die nicht dem rechten Glauben anhingen, wobei sich die Frage, was unter dem rechten Glauben zu verstehen sei, nicht stellte. Berlinger berichtete, die Schweizer Garde habe einen Hochstapler festgenommen, der sich als Priester verkleidet in das Geheimarchiv des Vatikans eingeschlichen und versucht habe, die *Riserva* zu betreten, die geschlossene Abteilung, deren Inhalt nur den Päpsten zur Kenntnis gelangen darf. Er habe sich in der Nacht einschließen lassen und während dieser Zeit versucht, das Schloß, das den geheiligten Zugang zu den Geheimnissen der Christenheit verschließt, zu erbrechen. Zwar habe das Schmiedewerk aus der Zeit Pius VII. dem Eindringling getrotzt, bis Gardisten, durch den verursachten Lärm aufgeschreckt, den falschen Priester festnahmen; nun aber stellte sich die Frage, wer dieser Mann war und welches Motiv ihn zu seinem Handeln bewog. Doch der Mann schwieg. Es scheint ein Deutscher zu sein.

»Ich befürchte ...«, begann Felici.

»Ich glaube«, fiel Berlinger ihm ins Wort, »wir befürchten beide das Gleiche. Es scheint ein Zusammenhang zu bestehen zwischen dem Einbruch und – *horribile dictu* – dem fünften Evangelium.«

Felici nickte: »Das dachte ich. Wer ist dieser Mann, und wo befindet er sich jetzt?«

Berlinger blickte zur Seite, als schiene er gehemmt, weiterzusprechen. »Ich möchte Sie unter vier Augen sprechen«, sagte er leise.

Felici und Berlinger erhoben sich, sie gingen zum vorderen Fenster und steckten die Köpfe zusammen. Berlinger murmelte: »Sie kennen die Verliese Innozenz X. unter dem Cortile Ottagono?«

»Ich habe davon gehört. Es heißt, Innozenz habe sie unter dem Einfluß seiner Schwägerin Olimpia Maidalchini errichten lassen, um die Familie seines Vorgängers Moffeo Barberini mundtot zu machen.«

»Das ist vortrefflich ausgedrückt, Eminenza, wirklich vortrefflich.« Berlinger kicherte in sich hinein.

»Soviel ich weiß, sind die Verliese des Innozenz seit drei Jahrhunderten zugemauert!«

»Das schon«, antwortete Berlinger verlegen, »aber das

bedeutet ja nicht, daß man diese Verliese nicht öffnen könnte, wenn Bedarf vorhanden ist.«

Felici trat einen Schritt zurück, er bekreuzigte sich flüchtig und rief, daß es alle hören konnten: »Berlinger, Sie wollen doch nicht etwa sagen, daß Sie das Verlies haben öffnen lassen, um ...«

Da trat Berlinger dem Amtsbruder entgegen und preßte ihm die flache Hand auf den Mund: »Pssst!« sagte er. »*In nomine Domini*, schweigen Sie, Eminenza.«

»Sie sind wahnsinnig!« fauchte Felici nun leise. »Wollen Sie den Eindringling bei lebendigem Leib einmauern?«

»Es ist schon geschehen«, sagte Berlinger leise. »Oder wollen Sie ihn der römischen Polizei übergeben, damit er verhört wird und auspacken kann, warum er in das vatikanische Geheimarchiv eingedrungen ist. Wollen Sie die Verantwortung übernehmen?«

Felici faltete die Hände und blickte zu Boden, als wollte er beten, aber der Schock war zu groß, er bestürmte Berlinger: »Wer weiß von der Geschichte?«

»Drei in diesem Raum – außer uns.« Er warf den Monsignori einen Blick zu, den diese jedoch nicht erwiderten. Sie starrten betont teilnahmslos zu Boden. »Und Gianni, der die Maurerarbeit verrichtete«, fügte der Kardinal hinzu.

»Wer ist Gianni?«

»Unser Faktotum, ein frommer und gutmütiger Mensch, der jede Arbeit verrichtet, die man ihm aufträgt.«

»Aber er wird früher oder später auspacken und berichten, welche grauenvolle Arbeit man von ihm verlangt hat!«

Berlinger schüttelte den Kopf: »Das weiß Gott der Herr zu verhindern.«

»Wie meinen Sie das, Herr Kardinal?«

»Gianni ist stumm und taub.«

»Er wird sich auf andere Art verständlich machen!«

»Man wird ihm nicht glauben. Alle wissen, daß der Mann verrückt ist.«

Felici wankte zu seinem Schreibtisch. Er ließ sich in seinen

Stuhl fallen und zog ein großes weißes Taschentuch aus seinem Ärmel, dann wischte er über sein rotes Gesicht. Die anderen sahen, wie er ratlos den Kopf schüttelte, den Kopf schüttelte, als könne, als wolle er nicht begreifen, was er soeben gehört hatte. Schließlich sprang er auf, trat auf Berlinger zu, der noch immer am Fenster stand, und brüllte, wie man es noch nie von ihm gehört hatte: »Berlinger, schaffen Sie mir diesen Gianni herbei. Er soll sein Werkzeug mitbringen. Wir treffen uns in fünf Minuten vor den Verliesen des Innozenz!«

Berlinger war noch nie, nicht einmal auf dem Priesterseminar in Regensburg, so angebrüllt worden. Er erschrak zu Tode über die unerwartet laute Stimmgewalt Felicis; er wollte noch etwas sagen, aber der Kardinalstaatssekretär kam ihm zuvor und rief: »Und beten Sie zu Gott, daß der Delinquent noch am Leben ist.« Im Gehen, während er Berlinger vor sich herschob, als wäre dieser der Angeklagte, sagte er: »Ich dachte, die Inquisition hat im vorigen Jahrhundert ihre Tätigkeit eingestellt.«

## 4

DAS GESICHT DES Mannes, das in dem Mauerloch zum Vorschein kam, zeigte keine Regung. Mit zusammengekniffenen Augen starrte der Fremde in das grelle Licht der Handlampe, mit der Felici die Arbeit des taubstummen Gianni beleuchtete. Er hatte wohl mit dem Leben abgeschlossen, und die unverhoffte Rettungsaktion mußte ihm wie ein Traum erscheinen.

Vilosevic ging dem Taubstummen zur Hand. Berlinger und die drei Monsignori des Heiligen Offiziums standen abseits. Keiner sagte ein Wort. Als das Loch in der Mauer groß genug war, um hindurchsteigen zu können, trat Kardinal Felici vor und streckte dem Gefangenen die Hand entgegen. Erst jetzt erkannte er, daß der Mann an den Händen gefesselt war. Felici warf Berlinger einen Blick zu, aber der sah zur Seite.

Langsam schien der Gefangene zu begreifen, daß der Kardinal gekommen war, um ihn zu befreien. Über sein Gesicht huschte ein ungläubiges, beinahe verlegenes Lächeln, und während er sich durch das Mauerloch zwängte, stammelte er: »Ich ... ich will alles erklären.«

»Auf einmal will er alles erklären!« rief Berlinger hämisch aus dem Hintergrund.

Felici machte eine unwillige Handbewegung und erwiderte: »Sie sollten besser schweigen, Herr Kardinal, denn für Ihr Verhalten gibt es keine Rechtfertigung.«

»Ich fordere ein Verhör *ex officio*!« geiferte Berlinger. »Er soll seine Hintermänner nennen, ich will Namen, ich fordere restlose Aufklärung!«

Der Gefangene wiederholte seine Beteuerung: »Ich will alles erklären!«

Dann nahm Felici dem Mann die Fesseln ab, und die drei Monsignori führten ihn über Treppen und Korridore, auf denen sie sicher sein konnten, daß ihnen niemand begegnete, zum Heiligen Offizium.

Das Verhör im zweiten Stock des Gebäudes an der Piazza del Sant'Uffizio geriet zur Inquisition wie jede heimliche Zusammenkunft von mehr als zwei Purpurträgern im Vatikan. Berlinger hatte ein halbes Dutzend Würdenträger, die mit dem fünften Evangelium befaßt waren, unter päpstlicher Geheimhaltung zusammengerufen (wie es stets bei besonders brisanten Fällen geschieht, etwa bei jenem Fall einer levitierenden Nonne aus der unmittelbaren Umgebung seiner Heiligkeit, die in religiöser Verzückung die Röcke raffte und frei über dem Boden zu schweben begann – ein Fall für den Exorzisten, weil, wie die Naturwissenschaften sagen, dies wider die Natur und somit von Dämonen herbeigeführt ist).

Hinter einem schmalen, langen Tisch saßen aufgereiht die drei Monsignori, Kardinalstaatssekretär Felici, der Vorsitzende des Obersten Gerichtshofes der Apostolischen Signatur

Kardinal Agostini, der Leiter des päpstlichen Geheimarchivs Monsignore della Croce, der Leiter des Heiligen Offiziums Kardinal Berlinger, Monsignore Pasquale, der Privatsekretär seiner Heiligkeit, Professor Manzoni von der Päpstlichen Universität, Vilosevic, der Leiter des Vatikanischen Presseamtes, und ein Prälat als Protokollführer. Auf dem Tisch brannten zwei hohe, dünne Kerzen. Davor hatte der Angeklagte Platz genommen. Wie in allen vatikanischen Amtsräumen roch es aus unerfindlichen Gründen nach Bohnerwachs.

Nach Anrufung des Heiligen Geistes, die jeder Handlung des Heiligen Offiziums vorausgeht, begann Berlinger mit hoher, schneidender Stimme: »Nennen Sie Ihren Namen!«

Der Gefragte erschien klein und unscheinbar, er setzte sich gerade aufrecht und antwortete laut, aber mit zitternder Stimme:

»Mein Name ist Professor Dr. Werner Guthmann.«

»Deutscher?«

»Ja. Ich bin Professor für Koptologie.«

Murmeln unter den Purpurträgern.

»Ich habe das alles nicht freiwillig getan!« beteuerte Guthmann.

Berlinger streckte dem Angeklagten den Zeigefinger entgegen: »Sprechen Sie nur, wenn Sie gefragt sind! – Was haben Sie im päpstlichen Geheimarchiv gesucht?«

»Ein Beweisstück!«

»Ein Beweisstück wofür?«

»Ein Beweisstück dafür, daß der Kirche das Evangelium des Barabbas seit Jahrhunderten bekannt ist.«

Die Kardinäle, Monsignori und Padres zeigten deutliche Unruhe, sie rutschten auf ihren Stühlen umher wie Märtyrer auf glühendem Rost. Berlinger warf Felici einen verstohlenen Blick zu, als wollte er sagen: Habe ich es nicht geahnt? Wir sind nicht die einzigen, die von dem fünften Evangelium Kenntnis haben. Dann stellte er Guthmann die Frage: »Sie glauben also zu wissen, daß im päpstlichen Geheimarchiv ein fünftes Evangelium aufbewahrt wird, das die Kirche unter Verschluß hält.«

Guthmann hob die Schultern: »Das wird vermutet; als sicher gilt nur, daß ein Beweisstück im Geheimarchiv aufbewahrt wird.«

Neugierig beugte sich Monsignore della Croce, der Leiter des Geheimarchivs, über den Tisch und sagte fragend: »Man hat eine Kamera bei ihnen gefunden, aber der Film war leer.«

»Ja«, erwiderte Guthmann, »meinen Auftraggebern hätte es genügt, eine Fotografie des Beweisstückes zu erhalten.«

»Und worum handelt es sich bei dem Beweisstück?«

»Um ein Relief aus dem Titusbogen, das, als man seine Bedeutung erkannte, von Papst Pius VII. beseitigt wurde.«

Manzoni beugte sich zu Berlinger hinüber und flüsterte ihm etwas zu, das die übrigen nicht verstanden. Dann fuhr er fort: »Nennen Sie Ihre Hintermänner. Und wagen Sie nicht zu lügen!«

»Ich habe das alles nicht freiwillig getan«, wiederholte Guthmann. »Sie haben mich mit Drogen gefügig gemacht. Eine Frau – Helena – war ihr Werkzeug, ohne es zu wollen. Sie haben angekündigt, mich zu töten, wenn ich nur ein Wort über meine Auftraggeber verliere.« Guthmann sprang auf: »Ich will die ganze Wahrheit berichten, aber ich bitte Sie, schützen Sie mich. Der Vatikan ist der einzige Ort auf der Welt, an dem sich jemand sicher fühlen kann, der in den Augen der Orphiker versagt hat.«

»Orphiker, sagten Sie?« erkundigte sich Felici.

Da nickte Guthmann heftig. »Die Orphiker sind ein Geheimorden, der sich die Weltherrschaft zum Ziel gesetzt hat, und sein erstes Ziel ist die Beseitigung der Kirche ...«

»Danke, danke, Professor«, bremste Felici den Angeklagten, »wir wissen Bescheid.«

Guthmann blickte den Kardinal fragend an, aber Berlinger kam Felici mit seiner Antwort zuvor: »Sie dachten wohl, Sie hätten es im Vatikan mit Armen im Geiste zu tun?«

Die übrigen schmunzelten wissend und stolz. Nur Manzoni blieb ernst, er war totenblaß.

»Ich ahnte es schon lange«, bemerkte er in das lange

Schweigen, »wir hatten mit Losinski eine Laus im Pelz.« Und an Guthmann gewandt: »Sie haben doch Padre Losinski gekannt, den polnischen Jesuiten?«

»Losinski?« Guthmann dachte nach: »Ich kenne keinen Losinski, und einen Jesuiten schon gar nicht; aber das hat nicht viel zu sagen. Ich lebte erst kurze Zeit bei den Orphikern.«

»Das ist«, entgegnete Berlinger, während er die Augen zusammenkniff, daß nur noch ein Strich übrig blieb, »eine erstaunliche Feststellung, wenn man bedenkt, mit welch verantwortungsvoller Aufgabe Sie betraut wurden.«

»Ich weiß. Ich war auch nur ein Lückenbüßer, wenn Sie so wollen, denn der Mann, der ursprünglich mit dieser Aufgabe betraut war, hat dem Orden den Rücken gekehrt, und das ist in den Augen der Orphiker todeswürdig. Ich habe gehört, er sei in einem Pariser Irrenhaus an Herzversagen gestorben. Aber daran will ich nicht glauben. Ich weiß, daß die Männer mit den mythologischen Namen über Leichen gehen, und gewiß stehe auch ich schon auf ihrer Todesliste.«

Felici schaltete sich ein: »Wie hieß der Mann?«

»Vossius. Er war Professor für Komparatistik und ist auf dem Umweg über Michelangelos Tagebücher auf das Barabbas-Geheimnis gestoßen.«

»Und gibt es noch andere Mitglieder dieses Ordens, die sich mit dem fünften Evangelium befassen?«

»Wie soll ich das wissen!« erwiderte Guthmann. »Es gehört zu den Praktiken der Orphiker, daß keiner von der Arbeit des anderen Kenntnis hat. Das fördert den Ansporn, glauben sie. Ein jeder soll sich von jedem kontrolliert fühlen – ein teuflisches System teuflischer Menschen.«

»Mir ist nur eines nicht klar«, wandte Felici ein. »Wenn die Orphiker das Ziel verfolgen, unsere Heilige Mutter Kirche zu zerschlagen, und wenn sie das fünfte Evangelium besser kennen als wir, die Männer der Kurie, warum haben sie dann bisher noch keinen Gebrauch davon gemacht?«

»Das will ich ihnen sagen, Herr Kardinal. Dafür gibt es einen triftigen Grund.«

Berlinger wurde ungeduldig: »So reden Sie schon, in Gottes Namen!«

»In dem Pergament, dessen Teile über die ganze Welt verstreut waren, gibt es eine einzige Stelle, in der der Evangelist Barabbas seine Identität preisgibt. Und eben dieses Fragment befindet sich *nicht* im Besitz der Orphiker.«

*»Deo gratias!«* sagte Monsignore della Croce leise vor sich hin, eine unpassende Bemerkung – wie Berlinger fand –, die zeigte, daß der Leiter des päpstlichen Geheimarchivs von dem Fall keine Ahnung hatte. Berlinger zog die dünnen Augenbrauen hoch, warf dem Monsignore einen verächtlichen Blick zu und zischte: *»Si tacuisses!«* – eine nicht seltene Redensart in der Kurie, obwohl heidnischen Ursprungs. Dann sagte er an Guthmann gewandt: »Aber die Orphiker kennen natürlich den Aufenthaltsort dieses Dokuments und haben nichts unversucht gelassen, um seiner habhaft zu werden.«

»So ist es, Herr Kardinal«, antwortete Guthmann.

»Und mit Erfolg?«

Guthmann blickte zu Boden. Er fühlte gleichsam die Augen der Kardinäle und Monsignori auf sich gerichtet. In dem großen, kahlen Raum herrschte atemlose Stille, als er antwortete: »Es tut mir leid, aber das vermag ich nicht zu sagen. Das Original befand sich im Besitz einer Deutschen, die wohl versucht hat, möglichst viel Geld daraus zu machen. Sie kannte nicht einmal den Inhalt des Pergaments; aber je mehr Leute Interesse daran bekundeten, desto eigensinniger wurde sie. Zuletzt begegnete ich ihr in der Ordensburg der Orphiker, wo sie vorgab, über alles Bescheid zu wissen – über das fünfte Evangelium, über Barabbas, alles.«

»Halten Sie das für möglich?« fragte Berlinger unruhig. »Ich kann es mir nicht vorstellen. Woher sollte sie diese Informationen gehabt haben?«

»Ihr Name?«

»Anne von Seydlitz.«

## 5

GUTHMANN WURDE IN einen entfernt liegenden Raum, eine Art Archiv, gebracht, in dem Tausende Buste in Sachen wider die kirchliche Lehre gestapelt waren: Verfahren wegen Übertretung und Mißachtung kirchlicher Gesetze, Irrlehren, Blasphemie und unerlaubte Reformationsversuche, die mit Bann oder Exkommunikation verfolgt worden waren wie die Bewegungen der Katharer und Waldenser. Guthmann wurde von zwei Gardisten bewacht; dabei dachte der Professor nicht im Traum daran zu fliehen.

Die Kongregation des Heiligen Offiziums indes beriet, was nach der neuen Sachlage geschehen solle, und dabei vertraten die Herren Kardinäle und Monsignori die unterschiedlichsten Auffassungen, die, wie überhaupt die ganze Anhörung, *ex officio* protokolliert wurde, und ein jeder redete nach seiner Eigenart.

Für Felici, den Alten, war die Endzeit der Kirche gekommen, hoffnungslos. Er verglich Rom mit der Hure Babylon und zitierte aus der Offenbarung des Johannes, wo der Engel mit mächtiger Stimme ruft: »Sie ist gefallen, sie ist gefallen, die große Stadt. Sie wurde zur Behausung für Dämonen, zum Schlupfwinkel für jeglichen unreinen Geist und zum Schlupfwinkel für jegliches unreine und verabscheuungswürdige Federvieh.« Eine Chance für die heilige Mutter Kirche erkannte er nicht mehr.

Dem wollte sich Kardinal Agostini, der oberste Richter der Kurie, keinesfalls anschließen. Die Kirche, argumentierte er einsichtig, habe größere Krisen als diese überstanden. Sie habe die Reformation des Doktor Luther mit einer Gegenreformation beantwortet, und sie habe Zeiten überstanden, in denen zwei Päpste an verschiedenen Orten um die Vorherrschaft kämpften und jeder den anderen als Teufel bezichtigte. Warum sollte sie nicht diese Krise überstehen.

Kardinal Berlinger stimmte dem mit der Maßgabe zu, die

Kurie dürfe nicht den Dingen freien Lauf lassen und warten, was auf sie zukomme. Sie müsse vielmehr selbst die Initiative ergreifen und um ihren Fortbestand kämpfen, das heißt, sie müsse mit allen Mitteln versuchen, selbst in den Besitz des ketzerischen Pergamentfragments zu gelangen.

Dem gegenüber gab der Leiter des Geheimarchivs, Monsignore della Croce, zu bedenken, ob der Text des in Umlauf befindlichen fünften Evangeliums nicht schon vernichtend genug sei für die Lehre der heiligen Mutter Kirche, so daß alle Bemühungen von vornherein zum Scheitern verurteilt sein müßten.

Nur einer behielt seine Meinung für sich und schwieg beharrlich: Professor Manzoni von der Gregoriana. Er hielt den Blick auf den blankpolierten Tisch gerichtet, und es schien, als wäre er mit seinen Gedanken weit fort.

Auf Berlingers Frage, ob Seine Heiligkeit in vollem Umfang informiert sei und wie er dem Problem gegenüberstehe, gab Monsignore Pasquale zu verstehen, daß Seine Heiligkeit die Informationen aus dem Munde des Herrn Kardinalstaatssekretärs mit großer Bestürzung und ebensolcher Demut entgegengenommen habe, was bei seinem angegriffenen Gesundheitszustand äußerst bedenklich sei. Seine Heiligkeit verweigere seit geraumer Zeit jede Nahrungsaufnahme, und der Leibarzt sei zu künstlicher Ernährung mittels Infusionen übergegangen. Er spreche nur noch selten und wenn, dann ganz leise, wie sich die Herren in den letzten Tagen hätten selbst überzeugen können. Sein psychischer Zustand müsse als depressiv bezeichnet werden. In dieser depressiven Haltung habe seine Heiligkeit den Entschluß gefaßt, ein Konzil einzuberufen ...

Vilosevic hüstelte nervös.

Berlinger sprang auf. Er starrte Pasquale an, als habe dieser soeben eine furchtbare Eröffnung gemacht, dann wandte er sich dem Kardinalstaatssekretär zu und fragte leise: »Eminenza, haben Sie das gewußt?«

Felici nickte stumm und blickte verlegen zur Seite.

Da polterte Berlinger los, und seine unangenehme Stimme hallte gellend durch den Raum: »Vermutlich wissen bereits alle davon, die Wächter in den Vatikanischen Museen, die Küster von San Pietro und die Volontäre beim ›Osservatore Romano‹, nur dem Leiter des Heiligen Offiziums ist davon nichts bekannt.«

»Es ist noch keineswegs offiziell«, versuchte Felici den Kardinal zu beschwichtigen, »ich selbst habe es auch nur in einem vertraulichen Gespräch mit Seiner Heiligkeit erfahren.«

## 6

BERLINGER LÜMMELTE AUF seinem Stuhl, stützte den rechten Ellenbogen auf dem Tisch auf und preßte die geballte Faust gegen die Stirn. In seinem Hirn ging alles durcheinander, doch das vorherrschende Gefühl war Wut. Er hätte erwartet, daß er in einer Situation wie dieser, die unmittelbar in seinem Einflußbereich lag, als erster von dem Vorhaben des Papstes informiert worden wäre, er und nicht der Kardinalstaatssekretär.

Minutenlang flackerten seine Gedanken um dieses Problem, und auch die anderen Anwesenden wagten nicht, den schmerzhaften Zorn Berlingers zu stören. Endlich unterbrach dieser die lähmende Stille, nachdem er sich die Augen mit dem Ballen seiner rechten Hand ausgewischt hatte: »Und was ist das Ziel dieses Konzils?« Er sah Felici herausfordernd an, als wollte er sagen: Du kennst doch sicher die Antwort, mit dir hat Seine Heiligkeit gewiß darüber gesprochen.

Felici blickte unsicher in die Runde, ob ihm niemand die Antwort abnehmen könne, aber von den anderen zeigte keiner eine Reaktion, so daß der Kardinal antwortete: »Darüber wurde nicht gesprochen; aber wenn Seine Heiligkeit angesichts der Lage ein Konzil einberuft, dann ...« Er stockte.

»Dann?« hakte Berlinger nach. Alle Augen richteten sich auf Felici.

»Dann kann es sich nur um ein Konzil handeln, das die Auflösung der heiligen Mutter Kirche zum Ziel hat.«

*»Miserere nobis.«*

*»Luzifer!«*

*»Penitentiam agite!«*

*»Fuge,* Idiot!«

»Ketzer!«

»Gott sei uns armen Sündern gnädig!«

Wie ein Käfig voller Narren brüllten Kardinäle und Monsignori durcheinander, erkannten, angesichts des drohenden Endes, weder Freund noch Feind, schrien nur und beschimpften sich gegenseitig auf unflätigste Weise, ohne erkennbaren Grund. Der Grund lag in ihren Seelen verborgen und in ihrem Verstand, der dieser Eröffnung und den zu erwartenden Folgen einfach nicht gewachsen war. Ihre Welt, in der sie hervorragende Plätze einnahmen, drohte zu zerbrechen. Nicht einmal ein Heiliger war einer solchen Situation gewachsen, geschweige denn ein Monsignore.

Allmählich verebbte das Geschrei, das eher einer Kneipe in Trastevere angemessen gewesen wäre als dem Heiligen Offizium, und einer nach dem anderen fand den Verstand wieder. Sie schämten sich wohl voreinander, und keiner wagte, das Gespräch wieder aufzunehmen, obwohl es viel zu sagen gegeben hätte im Angesicht der Niederlage. Aber wenn die Zeiten schlecht waren für die Kirche, gab es im Vatikan immer mehr Feinde als Diener Gottes.

»Vielleicht«, begann einer der Monsignori aus der Begleitung Berlingers, »vielleicht hat uns der Herr diese Prüfung auferlegt, vielleicht hat er es so gewollt, wie er verraten werden wollte in Gethsemane. Vielleicht will er uns strafen für unsere Hoffart.«

Der Kardinal fiel ihm ins Wort: »Ach was, Hoffart! Dummes Gerede. Ich kenne keine Hoffart und Felici nicht und nicht Agostini.«

Der Monsignore schüttelte den Kopf. »Ich meine nicht die Hoffart des einzelnen, ich denke an die Hoffart der Institution. Unsere Heilige Mutter Kirche spricht seit jeher mit einer Omnipotenz, die einem frommen Christenmenschen Angst einflößt. Hat uns der Herr nicht Demut gelehrt? Das Wort Macht kam kein einziges Mal über seine Lippen.«

Bei den anderen verursachten die einfachen Worte des Monsignore Nachdenken. Nur Berlinger, der soeben noch resigniert über den dunklen Tisch gehangen hatte wie ein Betrunkener, richtete sich auf und nahm eine drohende Haltung ein: »Sie wissen, Bruder in Christo«, fistelte er in verächtlichem Tonfall, »eine Bemerkung wie diese ist dazu angetan, Ihren Fall vor der Congregatio zu behandeln ...«

Da wurde der Monsignore laut, und der aufgeregte Redeschwall, in der er seine Erwiderung vorbrachte, ließ vermuten, daß er noch nie im Leben mit einem Kardinal in diesem Ton gesprochen hatte. »Herr Kardinal«, sagte er, »Sie scheinen noch immer nicht begriffen zu haben, daß die Zeit vorbei ist, in der Andersdenkende auf dem Scheiterhaufen verbrannt wurden. Sie werden es sich in Zukunft wohl gefallen lassen müssen, eine andere Meinung als die Ihre zur Kenntnis zu nehmen.«

Die beiden anderen Monsignori ließen blitzschnell ihre Hände in den weiten Ärmeln ihrer Obergewänder verschwinden, ein Vorgang, der auf kuriose Art dem Verschwinden der Küken unter den Federn der Glucke ähnelt, und sie suchten wohl auch Schutz in dieser Haltung, weil sie das Strafgericht des Kardinals fürchteten; aber zu ihrer Verwunderung geschah nichts. Berlinger wirkte geschockt, daß sich ein Monsignore überhaupt erkühnte, dem Leiter des Heiligen Offiziums auf diese provokante Weise zu begegnen.

Agostini, von Amts wegen mit der Schlichtung von intellektuellen Streitfällen befaßt, versuchte die Wogen zu glätten, indem er in die Debatte warf: »Meine Herren, mit Einzelgefechten ist hier niemandem gedient. Wir werden jede einzelne Seele brauchen im Kampf gegen unsere Feinde – wenn es überhaupt noch eine Chance gibt.«

»Chance?« Der Kardinalstaatssekretär lachte bitter, es klang kauzig aus dem Mund des Achtzigjährigen.

Agostini wandte sich Felici zu: »Eminenza, Sie glauben nicht mehr an unsere Chance?«

Der Gefragte verdrehte die Augen, als machte er sich lustig über diese Frage: »Wenn bereits die Posaunen erschallen, die das jüngste Gericht ankündigen, dann wird es auch Ihnen nicht mehr gelingen, den Termin zu verschieben, Bruder in Christo!«

Während der Diskussion war einer auffallend still geblieben, der Jesuit Professor Manzoni. Das widersprach seiner sonstigen Art; aber seine Zurückhaltung war weniger auf Ergriffen- oder Betroffenheit zurückzuführen als auf die Tatsache, daß er die Situation besser kannte als alle anderen und daß der Jesuit bereits einen teuflischen Entschluß gefaßt hatte. Jedenfalls verfolgte er die Diskussion mit einer gewissen Gleichgültigkeit, wie sie für gewöhnlich Philosophen eigen ist. Wären die Kardinäle und Monsignori nicht so erregt gewesen und in jener Endzeitstimmung, dann hätte ihnen auffallen müssen, daß Manzoni das Geschrei seiner Mitbrüder insgeheim belächelte.

Manzoni lächelte auch, als Kardinal Berlinger in rührender Einfalt zu bedenken gab, ob sie nicht angesichts der ernsten Lage den wundertätigen Kapuziner Padre Pio aus dem fernen Apulien herbeizitieren sollten, einen Mann mit thaumaturgischen Kräften und der Gabe der Bilokation. Padre Pio trage seit über vierzig Jahren die Wundmale unseres Herrn, stehe also in nichts dem heiligen Franz von Assisi nach; im Gegenteil, während Franz den Umgang mit Tieren pflegte und ihre Sprache verstand, kämpfe Pio des Nachts mit dem größten Untier, dem Teufel, und er werde stets am Morgen schreiend und blutüberströmt in seiner Zelle aufgefunden wie ein Krieger nach grausamer Schlacht.

Hinter Barabbas, dem Urheber jenes fünften Evangeliums, könne sich doch nur *einer* verbergen, Luzifer. Vielleicht sei es dem apulischen Padre gegeben, diesen Luzifer und sein gottverdammtes fünftes Evangelium zu besiegen – so sagte der Kardinal.

»Mein Gott!« kommentierte Felici diesen gedanklichen Alleingang seines Amtsbruders. Mehr sagte er nicht.

Darauf entgegnete Berlinger wütend: »Herr Kardinal, wenn Sie der Realität des Übernatürlichen skeptisch gegenüberstehen, dann leugnen Sie wohl auch die Existenz des Teufels, und wenn Sie Luzifer leugnen, dann – gestatten Sie mir den Hinweis – stehen Sie außerhalb dieser unserer heiligen Mutter Kirche.«

Da sprang der alte Felici auf, er wollte sich über Kardinal Agostini hinweg auf Berlinger stürzen, aber bevor es dazu kam, erhob sich Agostini, ein Hüne von Mann, und drückte die Kampfhähne zur Seite. Während Felici ein Kreuzzeichen schlug und die Hände faltete, verwendete Berlinger unendlich viel Zeit, um zwei Knöpfe seiner Soutane, die in der Erregung aufgesprungen waren, zuzuknüpfen.

Manzoni erhob sich umständlich und sagte: »So, meine Brüder, kommen wir nicht weiter. Aber geben Sie mir vier oder fünf Tage Zeit. Vielleicht löst sich das Problem ganz von selbst.«

# ZEHNTES KAPITEL

## Via Baullari 33
## zwielichtig

# 1

MIT DEN ERSTEN wärmenden Strahlen der Februarsonne werden vor dem Café George V. auf den Champs-Ülysées Tische und Stühle auf die Straße gestellt, und die Menschen sitzen in Mänteln und lassen das bunte Treiben von Paris Revue passieren. Es war Februar, aber es waren nicht ganz so viele Gäste wie gewöhnlich; Männer, die versuchten, irgend etwas darzustellen, was sie nicht waren, und Mädchen, die versuchten, das, was sie waren, zu vertuschen. Sie rauchten Zigaretten und schlürften Kaffee, und bisweilen nötigte eine dem anderen einen Blick ab, oder einer versuchte sich zu einem verkrampften Lächeln.

Am Tag zuvor war Anne von Seydlitz in Paris eingetroffen, um Kleiber zu suchen. Am Telefon hatte er sich nicht gemeldet; obwohl sie es mehrmals versucht hatte, hatte immer nur ein Mann in einer unbekannten Sprache geantwortet, die sie nicht verstand. Nun saß sie im Café George V. und beobachtete den Ober in einer langen weißen Schürze, der mit Hingabe die große Glasscheibe putzte, welche den Straßenlärm von den Gästen abhalten soll.

Sie hatte sich gleich nach ihrer Ankunft zu Kleibers Wohnung an der Avenue de Verdun zwischen Canal Saint Martin und Gare de l'Este begeben, dort jedoch drei Männer angetroffen, ziemlich finstere Typen, die nur Arabisch oder Persisch sprachen und sie gestenreich aufforderten einzutreten, eine Aufforderung, der sie dann aber, nachdem sie bei Nennung des Namens Kleiber nur verständnislos die Schultern hoben, lieber nicht nachkommen wollte.

Ihre Gedanken irrten hin und her, und obwohl ihr zunehmend klar wurde, daß irgend etwas nicht stimmte an dieser Situation, war sie zwar rat- aber nicht mutlos. Dazu hatte sie zuviel erlebt in letzter Zeit. Annes Argwohn war schon in Bari gewachsen, wo es das von Kleiber genannte Hotel ›Castello‹ nicht gab. Zuletzt hatten sie sich in Elasson gesehen, wo sich ihre Wege trennten. Mein Gott, ihm mochte doch nichts zugestoßen sein! Sie liebte ihn doch, diesen Kleiber!

Aus ihrer Handtasche zog Anne von Seydlitz zwei Münzen hervor, legte sie auf die runde Glasplatte des Tischchens und ging. Sie hatte eine Telefonzelle im Auge und suchte in ihrer Manteltasche nach Kleingeld. Das Telefonbuch in der Zelle war, wie überall, zerfleddert, aber sie fand sofort die Nummer, die sie suchte: Redaktion ›Paris Match‹, Rue Pierre-Charon 51. Noch bevor die Verbindung zustande kam, hielt Anne inne. Sie verließ die Telefonzelle und winkte ein Taxi herbei. »Rue Pierre-Charon!« sagte sie dem Fahrer durch das Fenster und nahm im Fond Platz.

Der freundliche Pförtner im Verlagshaus, ein Franzose mit Schnauzbart und lustigen Äuglein, meinte auf ihre Bitte, sie wolle Monsieur Adrian Kleiber sprechen, der Monsieur sei schon seit drei Jahren nicht mehr bei ›Paris Match‹, es könnten auch vier sein. Anne ließ sich nicht entmutigen. Die vergangenen Monate hatten sie vieles gelehrt, vor allem eine gewisse Hartnäckigkeit. Also bat sie, der Pförtner möge sie beim Chefredakteur des Blattes – wie war doch gleich der Name? – Déruchette – melden. Sie sei eine Freundin von Kleiber aus Deutschland.

Nach einem längeren Telefongespräch, während dem sie der Pförtner prüfend musterte, wies er ihr den Weg zum Aufzug und nannte die Zimmernummer 504. Die Vorzimmerdame empfing Anne mit dem gleichen abschätzenden Gesichtsausdruck wie der Portier; höflich, aber ziemlich kühl bat sie die Besucherin in das Zimmer des Chefredakteurs.

Déruchette zeichnete sich zuallererst dadurch aus, daß in seinem linken Mundwinkel eine Zigarette hing, die er nur im äußersten Notfall aus demselben entfernte. Ein solcher Notfall schien die Begrüßung der rätselhaften Dame aus Deutschland zu sein, jedenfalls angelte er den halblangen Stummel mit Daumen und Zeigefinger seiner Linken aus dem Mund, streckte Anne die Rechte entgegen und bot ihr einen Platz an auf dem schwarzen Ledersofa.

»Es ist wegen Kleiber«, sagte Anne von Seydlitz; »wir sind befreundet, Jugendfreunde, verstehen Sie, wir haben uns vor sieben Tagen zuletzt gesehen. Es wird Sie überraschen, wenn ich Ihnen sage, daß das in Griechenland war, denn Sie glauben sicher, daß sich Adrian Kleiber irgendwo anders aufhält. Aber Kleiber ist entführt worden, und wir konnten fliehen. Wir wollten uns in Bari treffen, aber Kleiber kam nicht. Jetzt mache ich mir Sorgen. In seiner Wohnung wohnen wildfremde Menschen. Haben Sie ein Lebenszeichen von Kleiber? Wissen Sie, wo er sich aufhält?«

Der Chefredakteur, der Annes Worten mit großer Aufmerksamkeit gefolgt war, begann nervös an seinem Zigarettenstummel zu ziehen; dabei stieß er den Qualm durch die Nase aus.

»Ich weiß«, setzte Anne von neuem an, »das klingt alles etwas wirr, und ich bin auch bereit, Ihnen alle Einzelheiten unserer Odyssee zu erzählen, aber bitte sagen Sie mir: Wo ist Kleiber?«

Déruchette antwortete noch immer nicht. Er begann umständlich, eine neue Zigarette an dem brennenden Stummel zu entzünden, und als er den Vorgang beendet hatte, sah er auf und fragte zurück: »Wann, sagen Sie, Madame, haben Sie Kleiber zuletzt gesehen?«

»Heute vor einer Woche, in einem Städtchen im Norden Griechenlands mit Namen Elasson. Seitdem fehlt von ihm jede Spur. Ich fürchte, seine Entführer haben ihn ein zweites Mal entführt.«

»Sind Sie sicher?«

Am liebsten hätte Anne dem unsympathischen Menschen ins Gesicht geschlagen. Sie hatte den Eindruck, daß er kein

Wort von dem glaubte, was sie sagte, und die Auskunft sadistisch lange hinauszögerte. Sie hätte losheulen können vor Wut, aber dann gab sie sich einen Ruck und entgegnete freundlich: »Ich bin sogar absolut sicher. Warum fragen Sie?«

Déruchette fingerte die Zigarette aus dem Mundwinkel, und Anne sah darin ein untrügliches Vorzeichen für eine bedeutungsvolle Antwort. Schließlich sagte er: »Weil Adrian Kleiber seit fünf Jahren tot ist.«

Es gibt Augenblicke, da weigert sich der Verstand, die Realität zu begreifen, und er reagiert unvereinbar mit den Gegebenheiten. In Annes Hirn ging alles durcheinander. Erinnerungsfetzen und Gedanken kreuzten sich, vermengten sich blitzschnell zu absurden Theorien, wuchsen ins Unverständliche und platzten wie Seifenblasen, den Schaum tiefer Ratlosigkeit zurücklassend. Und so begann Anne von Seydlitz laut schallend zu lachen; ein Lachkrampf schüttelte ihren Körper; sie sprang auf, kreischte und kicherte und verfolgte mit den Augen Déruchette, der zu einem Wandregal ging, in dem alte Ausgaben von ›Paris Match‹ gestapelt lagen.

Déruchette zog eine Illustrierte hervor, schlug sie auf und hielt sie Anne, die sich noch immer nicht beruhigt hatte, vors Gesicht: »Wir reden doch von diesem Adrian Kleiber?« erkundigte er sich, durch die Reaktion der Besucherin verunsichert.

Anne starrte auf ein großformatiges Portrait Adrians. Darunter auf einer halben Seite eine entsetzlich zugerichtete Leiche, deren linke Hand eine zerschossene Kamera umklammert, und zwischen beiden Fotos die Bildzeile: *›Paris-Match‹-Reporter Adrian Kleiber – im Algerienkrieg getötet.*

Mit einem Aufschrei ließ Anne sich auf die Couch sinken, sie preßte die geballten Fäuste vor den Mund und starrte auf den Boden. Déruchette, der die Begegnung bisher weniger ernst genommen hatte, zeigte nun Anteilnahme, er drückte seine Zigarette aus, nahm neben Anne von Seydlitz Platz und sagte: »Sie haben das wirklich nicht gewußt, Madame?«

Anne schüttelte den Kopf: »Bis vor einer Minute hätte ich schwören können, daß wir uns noch vor einer Woche gesehen haben. Wir waren zusammen in Amerika, ich habe ihn aus dem Gefängnis seiner Entführer in Griechenland befreit. Wer, um Himmels willen, war dieser Mann?«

»Ein Hochstapler, Madame. Es gibt keine andere Erklärung.«

Dann – aber das sagte sie nicht, sie dachte es nur – dann habe ich also mit einem Hochstapler geschlafen. Wer war dieser Mann?

Déruchette zeigte aufrichtiges Interesse. Vielleicht witterte er auch eine ungewöhnliche Story, jedenfalls bot er Anne seine Hilfe an bei der Aufklärung des Sachverhaltes und sagte: »Ich nehme an, Madame, Sie befinden sich in einer unangenehmen persönlichen Lage. Vielleicht haben Sie einen schweren Schicksalsschlag erlitten und haben dadurch den Boden unter den Füßen verloren. Solche Situationen werden von Hochstaplern mit Vorliebe genutzt; denn ein Mensch im Ausnahmezustand verliert die Kritikfähigkeit. Ich will sagen, es wäre durchaus denkbar, daß Sie in einer solchen Ausnahmesituation einen Mann, der auf Sie zukam und behauptete, er sei Kleiber, als diesen erkannt haben.«

»Wir hatten uns siebzehn Jahre nicht gesehen«, sagte Anne entschuldigend. »Aber er hat genauso ausgesehen wie Kleiber. Es *war* Kleiber!«

»Er *kann* es nicht gewesen sein, Madame!« entgegnete Déruchette heftig und legte die Hand auf die aufgeschlagene Seite der Illustrierten. »Sie müssen sich mit dem Gedanken abfinden!«

Anne sah dem Chefredakteur ins Gesicht. Der Mann, dem sie noch vor wenigen Augenblicken eine Ohrfeige geben wollte, gewann zunehmend an Sympathie. »Sie haben sicher geglaubt, hier kommt eine Verrückte, und vermutlich sind Sie noch immer dieser Ansicht, Monsieur!«

»Aber keineswegs!« erwiderte Déruchette. »Das Leben besteht aus Verrücktheiten. Davon lebt unsere Illustrierte. Ich habe gelernt, damit umzugehen, und ich habe die Erfahrung gemacht, daß diese Verrücktheiten, geht man ihnen erst einmal auf den Grund, oft gar nicht so verrückt sind, wie es zunächst den Anschein hat, daß sie vielmehr nur das Ergebnis einer logischen Entwicklung sind.«

Die Worte des Chefredakteurs machten Anne von Seydlitz nachdenklich. Am liebsten hätte sie dem Mann ihre ganze Geschichte erzählt; aber dann kam ihr in den Sinn, daß Déruchette für sie ein wildfremder Mensch war und daß sie in ihrer Vertrauensseligkeit daran ging, den gleichen Fehler zu wiederholen, den sie mit Kleiber begangen hatte. Deshalb ließ sie den Mann in dem Glauben, es handle sich um eine Liebesaffäre, nichts weiter, und seine folgende Frage bestätigte auch, daß Déruchette nichts anderes vermutete:

»Sie müssen sich jetzt klarwerden, Madame, wen Sie geliebt haben, Kleiber oder die Person des Unbekannten. Die Frage, ob man einen Menschen in der Person eines anderen lieben kann, ist von vielen Dichtern aufgegriffen und negativ beschieden worden; aber das soll Ihrer Entscheidung keinesfalls vorgreifen.«

Im Augenblick vermochte Anne von Seydlitz selbst nicht zu sagen, wem ihre Zuneigung galt. Liebte sie Kleiber, oder liebte sie den Mann, den sie für Kleiber hielt? Aber diese Frage schien ihr auch weniger wichtig als die unerwartete Situation, die dadurch entstanden war, daß Kleiber nicht Kleiber war.

Für wen arbeitete der falsche Kleiber? Hatte er ihr seine Entführung nur vorgespielt, und stand er in Wirklichkeit in den Diensten der Orphiker? Sein spurloses Verschwinden deutete darauf hin. Fest stand, daß dieser falsche Kleiber sie um das Pergament und alle ihre Kopien gebracht hatte. Anne wußte nicht einmal, in welches Schließfach er die Dokumente gebracht hatte. Sie hatte ihm ja vertraut.

Gewiß, manchmal hatte sie sich gewundert, wenn ›Kleiber‹ auf ihre Fragen merkwürdige Antworten gegeben hatte, aber dann hatte sie sich gesagt, siebzehn Jahre sind eine lange Zeit, und in diesem Zeitraum gerät vieles in Vergessenheit.

»Und Sie haben keine Ahnung, wo der falsche Kleiber sich aufhalten könnte, Madame?«

»Er hatte eine Wohnung an der Avenue de Verdun. Aber dort wohnen jetzt irgendwelche Araber.«

»Kleiber in der Avenue de Verdun!« Déruchette lachte. »Nie im Leben hätte Kleiber am Canal Saint Martin gewohnt! Kleiber war ein Mann, der Maßhemden von Yves St. Laurent trug und Koffer von Louis Vuitton benutzte; er wohnte in einem Appartement am Boulevard Haussmann, einer der ersten Adressen in Paris. – Was wollen Sie jetzt tun?«

Anne von Seydlitz kramte in ihrer Handtasche und zog ein Streichholzheftchen hervor. Sie öffnete es und reichte es Déruchette. Auf der Innenseite stand, in flüchtiger Handschrift hingekritzelt, zu lesen: Via Baullari 33 (Campo dei Fiori). »Ich weiß nicht, ob das von Bedeutung ist«, bemerkte Anne, »aber in einer so aussichtslosen Situation klammert man sich auch an Kleinigkeiten. ›Kleiber‹ weiß nicht, daß ich dieses Streichholzheftchen besitze. Es fiel ihm mit seinem Taschentuch aus einer Tasche. Sagt *Ihnen* die Adresse etwas? Offensichtlich italienisch. Aber Italien ist groß.«

Déruchette betrachtete die Schrift und gab Anne das Heftchen zurück: »Ich kenne nur *einen* Campo dei Fiori, und der ist in Rom. Hatte Kleiber – ich meine, der falsche Kleiber – Kontakte nach Italien?«

»Davon ist mir nichts bekannt«, erwiderte Anne, »aber ich halte das aus bestimmten Gründen für sehr gut möglich.« Zugleich mit dieser Antwort kam Anne zu Bewußtsein, daß sie zu Déruchette viel zuviel Zutrauen gewonnen hatte und daß, wollte sie nicht Gefahr laufen, sich zu verplaudern, es höchste Zeit war, sich zu verabschieden. »Monsieur«, sagte sie höflich, »ich hoffe, ich habe nicht allzuviel Ihrer kostbaren Zeit gestohlen. Ich danke Ihnen für Ihre Hilfe.«

»Aber ich bitte Sie, Madame!« Déruchette zeigte sich ernsthaft um gute Umgangsformen bemüht. »Wenn ich Ihnen noch auf irgendeine Weise behilflich sein kann, rufen Sie mich an. Im übrigen entspringt es meiner ganz persönlichen Neugierde, den Ausgang Ihrer Geschichte zu erfahren.«

Vor dem Verlagshaus Rue Pierre-Charon 51 atmete Anne

von Seydlitz erst einmal tief durch. Sollte sie aufgeben? Nein, dachte sie, das würde alles nur noch schlimmer machen. In ihrer Ungewißheit würde sie nie mehr zur Ruhe kommen. Vor allem, dachte sie, war ihr Leben jetzt, da der falsche Kleiber mitsamt dem Pergament verschwunden war, keinen Pfifferling wert. Man würde sie in eine Falle locken und auf so hinterhältige Weise beseitigen wie Vossius und all die anderen Mitwisser.

## 2

IHR ENTSCHLUSS WAR schnell gefaßt. Am folgenden Tag reiste Anne von Seydlitz nach Rom, wo sie in einem kleinen Hotel an der Via Cavour nahe Stazione Termini abstieg. Dort wurde ihr auch bestätigt, daß es am Campo dei Fiori eine Via Baullari gab, aber, mahnte der Portier mit erhobenem Zeigefinger, für eine wirkliche Dame schicke es sich nicht, dort zu später Stunde gesehen zu werden, und dabei verdrehte er die Augen himmelwärts – was immer das zu bedeuten hatte. Bei Tag, meinte er, sei das jedoch eine Gegend wie alle anderen.

Diese Eröffnung nahm Anne von Seydlitz zum Anlaß, sich erst einmal auszuschlafen.

In Rom herrschte in diesen Tagen große Aufregung. Sie dauerte schon seit dem 25. Dezember, seit Kardinal Felici in der Vorhalle der Vatikanbasilika die Bulle ›*Humanae salutis*‹ vorgelesen hatte, mit welcher der Papst ein Konzil einberief. Im Laufe des Tages war dieser Akt von Prälaten in den drei Hauptbasiliken Roms wiederholt worden. Über das Datum, vor allem aber über die Gründe des Konzils hatte sich die Kurie in Schweigen gehüllt und damit zu wilden Spekulationen Anlaß gegeben.

Wie bedeutungsvoll dieses Konzil von der Kurie erachtet wurde, ging aus Zeitungsmeldungen hervor, wonach 829 Personen mit der Vorbereitung betraut waren und sich zumindest zeitweise in Rom aufhielten, unter ihnen 60 Kardinäle, fünf orientalische Patriarchen, 120 Erzbischöfe, 219 Mitglieder des Weltklerus, 281 Ordensleute, darunter 18 Generalobere.

Vor wenigen Tagen, genau am Freitag, dem 2. Februar, hatte der Papst die Eröffnung des Konzils für den 11. Oktober verkündet. Er hatte dabei krank und zerfahren gewirkt, ohne das Lächeln, das ihn früher auszeichnete. Und als eine Woche später das Päpstliche Schreiben ›*Sacrae laudis*‹ veröffentlicht wurde, das den Klerus aufforderte, das Brevier als Sühnegebet für das Konzil zu verrichten, da kamen die ersten Journalisten angereist, um aus erster Quelle zu erfahren, was von dem bevorstehenden Konzil zu erwarten sei. Doch die Kurie schwieg wie die Steine der Leoninischen Mauern.

Tags darauf, es war ein Donnerstag, gab Anne dem Portier die Adresse ›Via Baullari‹ und bat, er möge, falls sie bis zum späten Abend nicht zurück sei, die Polizei verständigen. Mit dem Taxi fuhr sie auf der Via Nazionale zur Piazza Venezia, wo sich der Verkehr in ohrenbetäubendem Hupkonzert staute, weiter zum Corso Vittorio Emanuele, von den Römern einfach Corso genannt, bis in Höhe des Palazzo Braschi. Dort, bedeutete der Fahrer, münde die Via Baullari in den Corso.

Nachdem Anne den Corso überquert hatte – jede Überquerung einer Hauptstraße kommt in Rom einem Abenteuer gleich –, bog sie in die Via Baullari ein und entdeckte sogleich das alte, sechsstöckige Haus Nummer 33. Wen oder was sie hier zu finden hoffte, wußte Anne von Seydlitz selbst nicht genau; aber sie dachte nicht daran aufzugeben. Vielleicht hegte sie die Hoffnung, Kleiber, den falschen Kleiber, hier zu treffen, denn sie war sich noch immer nicht im klaren, welches Gefühl in ihr stärker war, die Wut über ihn oder die Zuneigung zu diesem Menschen. Jedenfalls kam es ihr nicht darauf an, das Pergament zurückzuerobern, Anne wollte nur Klarheit.

Sie hätte nie geglaubt, daß sich mit dem Niederdrücken des Klingelknopfes an der Türe im dritten Stock des Hauses

Via Baullari 33 die Ereignisse auf einmal überstürzen könnten, daß sich mit einem Male alle verworrenen und dunklen Erlebnisse der letzten Monate zu einer logischen Abfolge zusammenfügen würden. Vor allem hätte sie nie geglaubt, daß die Lösung der Dinge so klar und einfach sein würde.

Der Mann, der auf ihr Klingeln öffnete, war Donat.

»Sie?« sagte er mit langgedehntem Tonfall, ohne jedoch von Annes Erscheinen schockiert zu sein.

Anne von Seydlitz hingegen brachte zunächst keinen Laut hervor. Ihre Gedanken waren so auf Kleiber, den falschen Kleiber, fixiert, daß sie eine Weile brauchte, bevor sie ihre Sprache wiederfand: »Ich muß gestehen«, sagte sie dann, »*Sie* hätte ich hier nicht erwartet.«

Donat machte eine entschuldigende Handbewegung und erwiderte: »Ich habe es schon immer prophezeit, Sie würden eines Tages hier auftauchen, bei Ihrer Hartnäckigkeit. Ich wußte es!«

Anne sah Donat fragend an.

»Wissen Sie«, begann Donat erklärend, »wir haben Sie, um an unser Ziel zu gelangen, ständig beobachtet.«

»Wir? Wer ist wir?«

»Jedenfalls sind *wir* nicht die Leute, die Sie hinter all dem vermuten. Aber wollen Sie nicht hereinkommen?«

## 3

ANNE VON SEYDLITZ trat ein und wurde in einen hohen, düsteren Raum geführt mit einem langen Konferenztisch in der Mitte und einem Dutzend altmodischen Stühlen darum herum. Zwei hohe Fenster zeigten in einen Hinterhof, so daß ohnehin nicht viel Licht eindringen konnte; aber es waren auch noch die Jalousien heruntergelassen. Das uralte Parkett knarzte widerlich, und außer Tisch und Stühlen gab es keine Möblierung, so daß jedes Geräusch in dem halbleeren Raum von einem kleinen Echo begleitet wurde.

»Um es gleich vorwegzunehmen«, begann Donat, nachdem sie Platz genommen hatten, »das Pergament ist in unserem Besitz. Aber keine Angst, wir werden Sie angemessen entschädigen, mindestens ebensogut, wie es die Orphiker getan hätten.«

Das alles klang nüchtern, beinahe geschäftlich, und Donat redete mit einer Freundlichkeit, die nichts mehr gemein hatte mit der finsteren Wirrnis von früher. Als schien er ihre Gedanken zu erraten, sagte Donat plötzlich: »Wir standen unter einem ungeheuren Druck, und das Pergament ist für meine Freunde wirklich von fundamentaler Bedeutung. Es wird, dessen sind wir sicher, die Welt verändern, und deshalb mußten wir ungewöhnliche Methoden anwenden, um in seinen Besitz zu gelangen. Die anderen taten das auch.«

»Entschuldigen Sie«, unterbrach Anne, die Donats Rede mit Unruhe verfolgte, »ich verstehe kein Wort von dem, was Sie sagen. Wer ist eigentlich alles hinter dem Pergament her?«

Donat setzte ein überlegenes Lächeln auf und antwortete: »Nun, da sind einmal die Orphiker, mit denen Sie unliebsame Bekanntschaft gemacht haben. Über sie brauche ich vermutlich kein Wort zu verlieren. Dann gibt es eine zweite Gruppe, die unter großem Einsatz bemüht war, das Pergament an sich zu reißen. Das sind Jesuiten und Agenten des Vatikans. Und dann gibt es eine dritte Gruppe. Sie kämpft im Namen Allahs, des Allerhöchsten, gegen die Ungläubigen und Schriftbesitzer, wie es im Koran heißt. Der Tag wird kommen, da alle Ungläubigen wünschen, sie wären Muslims.«

Während Donat redete, fiel Annes Blick auf eine runde Scheibe mit arabischen Schriftzeichen an der gegenüberliegenden Wand. Sie musterte Donat kritisch, denn in ihrem Hirn wurde eine Ahnung wach. Obwohl alles in ihr vibrierte, bemühte sie sich um ein ausdrucksloses Gesicht. »Irgendwie«, sagte sie zurückhaltend, »kommt mir das alles doch ziemlich grotesk vor. Jede Partei gibt vor, im Namen des Allerhöchsten zu handeln, und dabei schrecken sie nicht vor Mord und Totschlag zurück.«

»Erlauben Sie«, wandte Donat ein, »da ist ein großer Unterschied. Der Gott der Orphiker ist das allmächtige Wissen. Der Gott der Christen ist ein Lakai der Kurie, das heißt, die wahren Götter der Kirche, das sind die Herren Prälaten, Monsignori und Kurienkardinäle. Es gibt nur einen wahren Gott, und der ist Allah, und Mohammed ist sein Prophet.«

»Aber auch der Islam verbietet das Töten!«

»Im Koran heißt es wörtlich: Tötet keinen Menschen, da Gott es verboten hat – *es sei denn im Namen der gerechten Sache*. Die Suche nach dem Pergament *war* eine gerechte Sache, vielleicht die gerechteste von allen. Schließlich sagt der Prophet: Kämpft gegen die Ungläubigen. Besiegen kann man diese nur mit ihren eigenen Waffen. Ihre gefährlichste Waffe ist die Schrift, und diese Schrift soll ihnen jetzt den Todesstoß versetzen.«

Der Haß und Fanatismus, mit dem Donat redete, veranlaßte Anne von Seydlitz zu der Frage: »Sie sind ...?«

»Ja«, fiel ihr Donat ins Wort, »ich bin Muslim. Das wollten Sie doch fragen?«

»Das wollte ich fragen«, wiederholte Anne und fügte hinzu: »Aber da ist noch etwas, was mich in diesem Zusammenhang interessiert: Woher rührt Ihr tiefer Haß gegen die Institution der Kirche?«

Donat trug ein legeres, ausgebeultes Sakko. Aus der Innentasche zog er eine Brieftasche. Diese öffnete er mit einer gewissen Andacht, wie man ein kostbares Buch aufschlägt, und entnahm ihr eine Fotografie. Er legte sie vor Anne auf den Tisch. Das Bild zeigte einen Mönch in Benediktiner- oder Franziskanerkutte: Donat. Donat schwieg.

Das also war der Grund. Von Anfang an, seit sie diesem Mann zum ersten Mal begegnet war, war ihr aufgefallen, er hatte etwas Klerikales an sich. Die Kutte verändert nicht nur den Habitus, sie verändert auch ein Gesicht. Aber was hatte Donat dazu gebracht, die Kutte an den Nagel zu hängen?

»Der Grund war eine Frau«, begann Donat ganz von selbst zu berichten, »der Grund war Hanna Luise, meine spätere Frau.«

Mit einem Mal stand alles wieder vor ihr, aufgereiht wie eine Reihe lebender Bilder; Guidos Unfall, die rätselhafte Frau in seinem Wagen. Was in aller Welt hatte sie mit Guido zu tun?

»Ich konnte Ihnen damals nicht die volle Wahrheit sagen«, fuhr Donat fort, »Sie hätten sie mir ohnehin nicht geglaubt, und die halbe Wahrheit hätte Sie nur noch mißtrauischer gemacht. Für mich aber gab es nur ein Ziel, das Pergament, verstehen Sie?«

Anne verstand überhaupt nichts, und wenn sie auch den Eindruck hatte, daß Donat sich ehrlich mühte, ihr alles zu erklären, so blieben ihr die Zusammenhänge dennoch verborgen. »Wer war die Frau im Unfallauto meines Mannes?« fragte sie drängend, und unsicher fügte sie hinzu: »Ist Guido noch am Leben?«

»Ihr Mann ist tot, Frau von Seydlitz. Was im Zusammenhang mit Ihrem verstorbenen Mann an Schabernack passiert ist, geht auf das Konto der Orphiker. Die wollten Sie nervlich fertigmachen, sie hofften damit leichter an das Pergament zu kommen. Und was die Frau im Auto Ihres Mannes betrifft, so hatte sie zwar die Ausweispapiere meiner Frau bei sich, aber die Frau in dem Auto war nicht meine Frau.«

»Wer dann?«

»Ich weiß es nicht. Ich weiß nur, daß es eine Agentin der Orphiker gewesen sein muß; denn die Orphiker befanden sich im Besitz der Personalpapiere meiner Frau.«

In Annes Kopf ging alles durcheinander. »Gestatten Sie mir die Frage«, sagte sie entschuldigend, »Ihre Frau ist doch an den Rollstuhl gefesselt? Was, um alles in der Welt, hat Ihre Frau mit den Orphikern zu tun?«

Donat überlegte kurz, dann erhob er sich und sagte: »Es ist am besten, wenn Hanna Ihnen das selbst erzählt. Kommen Sie!«

# 4

DURCH DEN FLUR mit vielen Türen nach allen Seiten führte Donat die Besucherin zu einem zweiten, schmalen Treppenhaus, von dem, ein Stockwerk tiefer, ein niedriger, spärlich beleuchteter Gang zu einem Hinterhaus führte mit vielen kleinen Fenstern und ebenso vielen Räumen. Hier herrschte eine eigenartige Büroatmosphäre. Anne hörte Schreibmaschinengeklapper und einen Fernschreiber.

»Offiziell«, bemerkte Donat, »ist das ein islamisches Kulturzentrum, aber in Wirklichkeit haben wir uns hier seit drei Jahren mit nichts anderem beschäftigt als dem fünften Evangelium.« Am Ende des Ganges öffnete Donat eine Tür und machte eine einladende Handbewegung.

Der Raum war hell erleuchtet. Vor einem Tisch, der an allen vier Wänden entlangführte, saß Hanna Luise Donat in ihrem Rollstuhl. Auch die Frau schien weniger erstaunt, als Annes unerwartetes Erscheinen hätte vermuten lassen. Sie zeigte sich außergewöhnlich freundlich, und Anne bemerkte, daß vor ihr auf den Tischen Kopien des vollständigen Pergaments aufgeklebt waren, fünfzig oder sechzig aneinandergereihte Fragmente. Sie deutete mit dem Kinn auf eines der zerfledderten Teilstücke: »Und dieses Fragment, das letzte in der Reihe, kommt Ihnen vielleicht bekannt vor. Nein, es ist nicht das Original, nur eine Arbeitskopie. Das Original ist in einem Safe, und wir werden es an einen Ort bringen, wo es sicher ist.«

Natürlich erkannte Anne von Seydlitz ihr Fragment wieder. Sie war geneigt zu sagen: Und deshalb die ganze Aufregung? Aber sie hielt sich zurück.

Donat erklärte seiner Frau, er habe die Besucherin bereits eingeweiht, sie wisse, worum es ihnen ginge, aber vor allem sei Frau von Seydlitz an der Frage interessiert, welche Frau bei dem Unfall im Auto ihres Mannes gesessen habe und auf welche Weise sie in den Besitz ihrer Personalpapiere gekommen sei.

Die Frau im Rollstuhl wandte den Blick und sah Anne an. »Sie müssen wissen, ich bin von Beruf Altphilologin und Archäologin und habe für das *Comité international de Papyrologie* in Brüssel gearbeitet. Bei einem Kongreß in Brüssel sind wir uns zum ersten Mal begegnet, der Benediktiner Donat und ich. Und irgendwie ist es dann passiert – wir verliebten uns ineinander. Unsere Kongreßbesuche häuften sich, denn sie waren für uns zunächst die einzige Möglichkeit, uns zu treffen. Wir hofften anfangs beide, die Verliebtheit würde vorübergehen, aber das Gegenteil war der Fall, aus der Verliebtheit wurde Liebe. Die Situation stürzte uns beide in große Gewissenskonflikte. Donat ersuchte die Kurie um Dispens. Zuerst antwortete die Kurie überhaupt nicht, nach über einem Jahr kam der Bescheid, er dürfe, wenn es sich nicht umgehen ließe, sündigen, aber vom Zölibat könne ihm keine Dispens erteilt werden. Mit anderen Worten: Die Kirche duldete, daß ein Mönch ein heimliches Verhältnis hatte, aber öffentlich sich dazu bekennen und eine Frau ehelichen durfte er nicht. Ich sah damals nur einen Ausweg, ich mußte von einem Tag auf den anderen aus Donats Leben verschwinden. Es traf sich gut, daß auf einem Kongreß in München ein gutgekleideter Herr an mich herantrat. Er nannte sich Thales.«

»Thales?« Anne schreckte auf. Sie ahnte Zusammenhänge.

»Thales erklärte, er leite ein Institut in Griechenland und suche einen Experten für Pergament- und Papyruskunde und bot ein unverschämt gutes Gehalt. Ich sah darin eine Möglichkeit, unterzutauchen und Donat zu vergessen. Natürlich ahnte ich nicht, daß ich mich mit meiner Unterschrift dem Geheimorden der Orphiker verschrieben hatte, und als ich die Zusammenhänge erkannte, war es zu spät. Orphiker ist man auf Lebenszeit ...«

Die Stimme der Frau im Rollstuhl wurde unsicher, sie begann zu zittern, und ihre Mundwinkel zuckten, als sie weiterredete: »Ich wollte aufhören, wollte zurück in meinen alten Beruf, aber sie hielten mich fest. Ich verweigerte die Arbeit, später sogar die Nahrung, da entschied Orpheus, der auch ihr oberster Richter ist, ein Gottesurteil zu statuieren. Sie stürzen Orphiker, die sich nicht an ihre Gesetze halten, über den Phrygischen Felsen. Wer den Sturz überlebt, den lassen sie laufen. Kein Mensch wollte mir sagen, ob jemals jemand den Sturz überlebt hatte. Ich überlebte, aber ich konnte meine Beine nicht mehr bewegen. Zwei Irre aus der Unterstadt transportierten mich bis zur Straße nach Katerini und warfen mich in einen Graben. Wenig später entdeckte mich ein Lastwagenfahrer. Später hieß es, es sei ein Unfall mit Fahrerflucht gewesen.«

Man sah, wie sehr der Bericht Hanna Donat mitnahm. Sie atmete in kurzen Stößen und blickte ins Leere. Donat ergriff ihre Hand und drückte sie.

Zu Anne gewandt sagte er: »Als ich davon erfuhr, zog ich meine Kutte aus und ging. Ich schickte damals einen Fluch zum Himmel und brüllte meinen Schmerz heraus. An diesem Tag reifte in mir der Entschluß, an der Kirche Rache zu nehmen, weil sie keine Kirche der Gnade ist, sondern ein Institut gnadenloser Beamter. ›Mögen sie sich auch noch so sehr mit ihren Gewändern verhüllen‹, spricht Mohammed, der Prophet, ›so kennt doch Allah ebenso das, was sie verbergen, wie das, was sie öffentlich zeigen; denn er kennt die geheimsten Winkel des menschlichen Herzens‹.«

Da nahm die Frau im Rollstuhl ihre Rede wieder auf und sagte: »Man hatte mir zwar die Fähigkeit genommen, mich fortzubewegen, aber die Kraft meiner Gedanken war ungebrochen. Ich wußte jetzt, worum es den Orphikern ging, und ich wußte von den Orphikern, daß sie Konkurrenten hatten, die sich mit aller Macht um das fünfte Evangelium bemühten: islamische Fundamentalisten. Allein auf mich gestellt, hätte ich nie den Mut aufgebracht, gegen zwei Parteien zu kämpfen, gegen die Orphiker und gegen die Mafia der Kurie. Es fehlte mir auch die Zuversicht, daß Donat mich noch lieben könnte, mich, einen bewegungsunfähigen Krüppel.«

»Du sollst nicht so reden«, unterbrach Donat seine Frau. »Liebe ist nicht von der Bewegungsfähigkeit irgendwelcher

Gliedmaßen abhängig. Als ich dich zum ersten Mal sah, liebte ich dich, nicht deinen Gang.«

Anne von Seydlitz staunte über die einfühlsamen Worte des Mannes. Dieser Donat war ein Mann mit zwei Seelen, einer zärtlichen, empfindsamen gegenüber seiner Frau und einer rücksichtslos radikalen gegenüber der Kirche. Schließlich wiederholte sie an Donat die Frage: »Wie kam die Frau im Wagen meines Mannes dazu, sich als Ihre Frau auszugeben?«

»Die Kunde, daß ein deutscher Kunsthändler, vermutlich ohne seine Bedeutung zu kennen, in den Besitz des letzten fehlenden und dabei wichtigsten Fragmentes des fünften Evangeliums gelangt war, verbreitete sich unter allen, die damit in Verbindung standen, wie ein Lauffeuer. Ein Verkaufstermin, den Thales mit Ihrem Mann in Berlin vereinbart hatte, erschien den Orphikern wohl mit einemmal gefährlich spät, so daß sie eine – uns unbekannte – Agentin, ausgestattet mit den Personalpapieren, die meine Frau in Griechenland zurücklassen mußte, vorausschickten. Die genauen Umstände des Zusammentreffens Ihres Mannes mit dieser Frau sind schwer zu rekonstruieren.«

»Soviel mir bekannt ist, befand Guido sich auf dem Weg nach Berlin. Er muß zu diesem Zeitpunkt das Pergament jedoch schon an Professor Vossius verkauft haben, denn er führte es nicht mit sich, und später tauchte es bei Vossius in Paris auf. In diesem Zusammenhang stellt sich natürlich die Frage, welches Ziel verfolgte die Frau in Guidos Wagen?«

»Ich halte es durchaus für möglich«, unterbrach Donat, »daß die Orphiker, die offenbar glaubten, Ihr Mann habe das Pergament noch immer in seinem Besitz, einen Lockvogel ansetzten, eine Frau, die Ihrem Mann schöne Augen machen sollte, um so in den Besitz des Pergamentes zu gelangen, und wer weiß …« Donat unterbrach seinen Redefluß.

»Sie können ruhig aussprechen, was Sie vermuten«, nahm Anne seine Rede auf, »wer weiß, vielleicht suchte der Mann nur ein Abenteuer. Vielleicht. Aber dann passierte der verhängnisvolle Unfall.«

Donat nickte.

»Und Vossius?« erkundigte sich Anne, der nun auf einmal tausend Gedanken durch den Kopf gingen. »Wer hat Professor Vossius auf dem Gewissen?«

»Vossius war kein Einzelkämpfer. Er war einer von den Orphikern. Sollte er eines gewaltsamen Todes gestorben sein, so erübrigt sich die Frage nach seinen Mördern.«

»Ich verstehe«, erwiderte Anne nachdenklich, »nur eines begreife ich noch immer nicht. Islamisten, Orphiker und die Kurie beschäftigen sich seit Jahren mit der Übersetzung des fünften Evangeliums. Warum ist gerade dieses kleine Fragment von so großer Bedeutung, daß, um in den Besitz zu gelangen, Menschen getötet und ungeheure Mittel eingesetzt werden, warum?«

## 5

HANNA DONAT GAB ihrem Mann ein Zeichen, und er lenkte ihren Rollstuhl zu der Stelle, wo vor ihr auf dem Tisch die Fotokopie des kleinen Pergaments eingeklebt war. Beinahe andachtsvoll blickte sie auf die unleserlichen Schriftzeichen und sagte: »Ich glaube, Sie haben ein Recht zu erfahren, worum es hier geht. Schließlich sind Sie, auch wenn Sie nicht mehr darüber verfügen, immer noch die rechtmäßige Besitzerin.« Und dann holte sie weit aus und berichtete von den vier Evangelien, die im Abstand von fünfzig bis neunzig Jahren vom tatsächlichen Geschehen aufgezeichnet worden seien, von Menschen, die die Hauptfigur des Geschehens nie gekannt und voneinander abgeschrieben hätten wie freche Schuljungen. Daneben gebe es eine ganze Reihe von Apokryphen, Evangelien, deren historische Bedeutung noch weit geringer sei als die der eigentlichen Evangelien. Mit anderen Worten, die christliche Überlieferung des Neuen Testamentes stehe auf tönernen Füßen. Das fünfte Evangelium hingegen werde in seiner Echtheit sogar von Naturwissenschaftlern bestätigt. Die Thermolumineszenzmethode habe den Beweis erbracht, daß dieses Pergament exakt in der Zeit aufgezeichnet wurde, die sein Verfasser beschreibt, also auf jeden Fall vor den vier übrigen Evangelien, und dieses Evangelium stelle das Leben des Jesus von Nazareth in ein ganz anderes Licht. Anne wandte ein, der Kirche werde es gewiß auch in diesem Fall gelingen, die Dinge zu ihrer Zufriedenheit zu interpretieren.

Da schüttelte die Frau im Rollstuhl den Kopf. »Das mag für die eine oder andere Stelle möglich sein, aber nicht für diese. Ich gebe sie im Wortlaut wieder: › … ER, DER DIES NIEDERSCHREIBT – TRÄGT DEN NAMEN BARABBAS – UND WISSET, BARABBAS IST DER SOHN DES JESUS VON NAZARETH – SEINE MUTTER HEISST MARIA MAGDALENA – JESUS, MEIN VATER, WAR EIN PROPHET – ABER WEIL ER WASSER ZU WEIN UND LAHME GEHEN GEMACHT HAT WIE DIE ÄGYPTISCHEN MAGIER – HABEN MANCHE GERUFEN, ER SEI EIN GOTT – DOCH DAS GESCHAH GEGEN SEINEN WILLEN …‹«

## 6

ES DAUERTE EINE Weile, bis Anne von Seydlitz die Tragweite dieser Worte begriff. Sie verharrte lange in Gedanken; sie war kein sehr gläubiger Mensch, schon gar kein frommer, aber der Inhalt des Gehörten versetzte sie doch in Aufregung, weil ein Gedanke alle anderen überlagerte: Das Wissen um diesen schlichten Text würde verheerende Konsequenzen nach sich ziehen, wenn er veröffentlicht werden sollte. Das fromme Leben von Milliarden Menschen seit zweitausend Jahren, die Institution der Kirche, der Vatikan – alles Schall und Rauch.

»Verstehen Sie jetzt«, wandte sich Donat an die Besucherin, »warum wir, die Orphiker und der Vatikan alles darangesetzt haben, um in den Besitz dieses Stückes Pergament zu gelangen?«

Anne nickte stumm.

»Ich bin im übrigen befugt, Ihnen als Entschädigung die Summe von einer Million Dollar anzubieten. Sind Sie damit einverstanden?«

Anne von Seydlitz nickte nur. Sie hatte sehr wohl begriffen, daß die Islamisten mit diesem Pergament die Macht in Händen hielten, die Welt zu verändern; und sie würden es auch tun, daran zweifelte sie keinen Augenblick.

Anne begriff jetzt vieles, was in den letzten Wochen und Monaten passiert war, und es erschien ihr beinahe lachhaft, wie ihr der Zufall die Schlüsselrolle in einem Stück Weltgeschichte zugespielt hatte. Immer wieder wanderten ihre Augen über die Schriftzeichen, die sie nicht lesen konnte und die von so großer Bedeutung waren, und mit einemmal empfand sie Angst, die Angst um dieses Geheimnis, und sie stellte die Frage: »Das Original – wo befindet sich das Pergament jetzt?«

Die Frau im Rollstuhl sah Donat an, der wandte den Blick Anne zu und erwiderte: »Sie erwarten gewiß nicht, daß ich Ihnen darüber Auskunft gebe; aber das Pergament befindet sich an einem Ort, wo es vor dem Zugriff der anderen sicher ist.«

»Und Sie haben die einzigen Kopien, die es gibt?«

»Die Frage möchte ich eigentlich Ihnen stellen! Wenn auf dem Film aus Ihrem Besitz die einzigen Kopien sind, die je gemacht wurden, dann kann ich Ihre Frage mit ja beantworten. Im übrigen sind Kopien in diesem Fall als Beweismittel wertlos. Die Kurie würde sie verfälschen, wie sie schon andere Schriftfunde verfälscht hat. Um die Kirche zu sprengen, bedarf es eindeutiger Beweise.«

»Rauschenbach und Guthmann!« rief Anne unvermutet. »Den beiden habe ich Kopien des Pergamentes überlassen.«

Donat antwortete gelassen: »Das ist uns bekannt. Beide Kopien befinden sich im Besitz der Orphiker. Den armen Rauschenbach haben sie ermordet, weil sie glaubten, Sie hätten ihm das Original übergeben. Und Guthmann steht heute noch in ihren Diensten. Er treibt sich mit einem Killerkommando hier in Rom herum. Sie hatten einen Spitzel im Vatikan, einen schlauen Jesuiten namens Doktor Losinski. Sie wissen bis heute nicht, daß er ein Doppelspiel getrieben hat. Und es gab da einen Deutschen namens Doktor Kessler, ebenfalls ein Jesuit. Die beiden arbeiteten an demselben Projekt.« Dabei machte Donat eine Handbewegung und zeigte auf das über die Tische ausgebreitete Pergament. »Als die beiden Freundschaft schlossen, wurde den Orphikern der Boden zu heiß, denn sie glaubten – fälschlicherweise –, Kessler sei einer von uns. Bei einem Attentat sollten beide sterben. Losinski fand auch den Tod, Kessler überlebte.«

»Mein Gott!« flüsterte Anne leise.

»Kessler ist jetzt auf unserer Seite«, fügte Donat hinzu. »Und da ist noch jemand, der sich schließlich unter unseren Schutz begeben hat. Aber dazu lassen wir Sie besser allein.«

## 7

DONAT FASSTE DEN Rollstuhl seiner Frau und schob ihn hinaus, ohne ein weiteres Wort zu sagen. Anne blieb völlig verwirrt zurück, allein in dem fremden Haus. Ratlos wandte sie sich dem Tisch mit den vielen unverständlichen Bruchstücken des fünften Evangeliums zu, jenem gewaltigen Puzzle, in das ihr Fragment nun als letzter, entscheidender Stein eingefügt worden war, der das ganze Rätsel löste – ein Stein, der die gewaltige Lawine ins Rollen bringen konnte, welche Kirche, Papst und Glauben hinwegfegen würde. Ihr schauderte, als ihr plötzlich bewußt wurde, daß dieser lang vergessene Text, vor dem sie jetzt stand – oder zumindest dessen Original, an einem sicheren Ort verwahrt –, die Macht besaß, die gesamte Welt zu verändern. Und nichts mehr würde sein, wie es war.

Sie hörte, wie hinter ihr die Tür aufging, und wandte sich um. Vor ihr stand Kleiber – der falsche Kleiber –, in der Hand einen Strauß orange-blauer Paradiesvogelblumen.

Anne trat einen Schritt auf ihn zu, ohne zu wissen, was sie damit zum Ausdruck bringen wollte. Sie war zutiefst verunsichert. So standen sie sich gegenüber, und jeder wartete verlegen auf ein Wort des anderen.

»Ich weiß nicht«, begann ›Kleiber‹ schließlich stockend, »soll ich mich entschuldigen? Was soll ich tun?«

»Wonach ist dir zumute?« fragte Anne mit einem schnippischen Unterton.

»Ich weiß es wirklich nicht«, erwiderte Kleiber ausweichend.

»Mir ist natürlich bewußt, daß ich dich auf gemeine Weise betrogen habe.«

»Ach ja. Immerhin.«

»Aber ich habe dich nur mit meiner Identität betrogen, nicht mit meinen Gefühlen. Die waren echt. Von Anfang an.«

»Und du meinst, das kann man trennen?«

»Ich glaube ja.«

»Das mußt du mir erklären.«

»Ich will es versuchen. Also – ich heiße weder Adrian noch Kleiber, mein Name ist Stephan Oldenhoff. Aber wie Kleiber bin ich Journalist, freilich nicht so erfolgreich, einer, der mal hier mal dort eine Geschichte verkauft und froh ist, wenn er seine Miete bezahlen kann. Da nimmst du jeden Auftrag an, der Geld bringt. Eines Tages sprach mich ein Mann an und sagte, ich hätte verblüffende Ähnlichkeit mit einem anderen Journalisten, ob ich bereit sei, für eine große Summe in seine Rolle zu schlüpfen. Ich überlegte nicht lange und sagte, wenn es nichts Illegales sei, würde ich es tun – das Honorar war wirklich sehr anständig. Der Auftraggeber hieß Donat, und der Auftrag lautete, ich sollte mich in den Besitz des Pergaments bringen.

Dazu mußte sich Stephan Oldenhoff in Adrian Kleiber verwandeln. Äußerlich war das nicht allzu schwer, zumal wir ja wußten, daß deine letzte Begegnung mit Kleiber siebzehn Jahre zurücklag, Donat hatte gründlich recherchiert, wobei ihm seine Frau die wertvollsten Hinweise gab. Über Kleibers Gewohnheiten und Eigenheiten wußte niemand besser Bescheid als Hanna Luise Donat, seine Witwe. Er hatte sie nämlich geheiratet. Seither schickte er dir keine Blumen mehr zum Geburtstag.

Ich wußte genau Bescheid über deine Situation, und ich erhielt von den Fundamentalisten jede denkbare Unterstützung. Ich wußte aber auch, daß mir von den Orphikern große Gefahr drohte, vor allem von dem Augenblick an, in dem ich das Pergament in meinen Besitz gebracht hatte – oder genauer: von dem Augenblick an, da die Orphiker glaubten, ich hätte das Pergament in meinem Besitz. Deshalb kam mir die Idee, nach Amerika zu reisen, sehr gelegen. Dort fühlte ich mich sicher.«

Anne schüttelte den Kopf. Es fiel ihr schwer, Oldenhoffs Worten zu glauben. »Dann war«, meinte sie nach einer Zeit des Nachdenkens, »deine Entführung nach Leibethra auch nur gespielt!«

»Wo denkst du hin!« rief Oldenhoff entrüstet. »Das war bitterer Ernst. Als die Orphiker herausgefunden hatten, daß sich das Pergament nicht mehr bei dir befand, sondern daß *ich* es versteckt halten mußte, da kidnappten sie mich nach der Art sizilianischer Mafiosi. Ich weiß wirklich nicht, wie sie mich nach Leibethra gebracht und was sie mit mir angestellt haben, um das Versteck des Pergaments aus mir herauszupressen. Tatsache ist, daß ich dir mein Leben verdanke; denn wenn sie erfahren hätten, daß das Pergament längst in den Händen der Fundamentalisten war, hätten sie mich vermutlich totgeschlagen.«

Anne von Seydlitz sah dem falschen Kleiber ins Gesicht. Sie

haßte diesen Menschen; jedoch nicht wie man einen Feind haßt oder einen Widersacher, Anne haßte Oldenhoff einzig und allein, weil er Oldenhoff war und nicht Kleiber. Aber dies war eine jener Arten von Haß, die leicht in Liebe umschlagen, und dieser Punkt war näher, als sie dachte.

## 8

SEIT JENER BEGEGNUNG in einem Hinterhaus in der Via Baullari war genau eine Woche vergangen. Anne von Seydlitz hatte sich zu einem Erholungsurlaub nach Capri zurückgezogen, um nachzudenken. Sie bewohnte eine Suite im sündhaft teuren Hotel Quisisana – das konnte sie sich leisten. Donat hatte ihr einen Scheck über eine Million Dollar ausgehändigt; aber trotz des vielen Geldes war Anne nicht glücklich. Ihr kam es so vor, als hätte sie in den vergangenen Monaten das Leben eines fremden Menschen gelebt, und es dauerte lange, bis ihre Zweifel zu Staunen und das Staunen endlich zur Überzeugung wurde, daß sie nicht geträumt, daß sie das alles wirklich erlebt hatte.

In langen, wachen Nächten hämmerte ein böses Echo in ihrem Hirn: Barabbas, Barabbas, Barabbas. Es tat weh wie ein dumpfer Kopfschmerz, und Anne war nahe daran zu verzweifeln. Sie ahnte, was kommen würde, sie war eine der wenigen, die das überhaupt ahnen konnte, aber sie konnte sich in keiner Weise vorstellen, wie diese Katastrophe – anders konnte man das Bevorstehende wohl nicht bezeichnen – vonstatten gehen würde. Einmal ertappte sie sich dabei, daß sie ein Stoßgebet zum Himmel schickte, es möge etwas ganz und gar Unerwartetes geschehen, etwas, das alles, was sich bisher ereignet hatte, auslöschte wie Regen, der ein Pflasterbild fortspült.

Natürlich war das unsinnig, denn man kann die Zukunft

beeinflussen, nicht jedoch die Vergangenheit. Und so schmiedete Anne von Seydlitz Pläne, auf welche Weise sie an einem fernen Ort der drohenden Katastrophe entgehen könnte. Doch dann kam alles ganz anders.

Montag, 5. März 1962.

Flug ALITALIA 932 Rom – Amman. An Bord 76 Passagiere und acht Besatzungsmitglieder. In Reihe 8 auf den Plätzen A und B ein untersetzter Mann mit kahlem Schädel. Neben ihm seine gelähmte Frau. Eintrag in der Passagierliste: Donat, MR. und Donat, MRS. Die beiden waren durch einen Separatausgang vor den übrigen Passagieren an Bord gebracht worden. Mrs. Donat im Rollstuhl. Dem Steward war der Aktenkoffer aufgefallen, den die gelähmte Frau an ihr Handgelenk gekettet hatte.

In Reihe 6 auf Platz D ein dunkel gekleideter Herr mit kurzem grauen Haar. Das Revers seines Anzuges zierte ein fingernagelgroßes goldenes Kreuz. Eintrag in der Passagierliste: Manzoni, MR. Manzoni war erst in letzter Minute an Bord gekommen. Er hatte eine schwarze Reisetasche bei sich.

In kurzen Abständen drehte sich Manzoni während des Fluges um und blickte zu Donat und seiner gelähmten Frau. Die beiden sahen ihm provozierend ins Gesicht. Manzoni grinste unverschämt. Es schien, als fühlte sich jeder als Sieger über den anderen, die Donats über Manzoni, Manzoni über die Donats.

Nach 80 Minuten Flugzeit griff Manzoni in die schwarze Tasche. Er fingerte an irgend etwas herum. Donat sah noch, daß er die Hand aus der Tasche zog und lachend ein heftiges Kreuzzeichen schlug. Dann traf ihn ein greller Blitz. Eine Explosion. Das Flugzeug zerbarst in tausend Teile, 25 000 Fuß über Normalnull.

# 9

NATÜRLICH GIBT ES keine Zeugen für diese letzte Szene. Aber so oder so ähnlich könnte sie sich abgespielt haben.

Die italienische Nachrichtenagentur ANSA meldete am 5. März 1962: *Rom:* – Auf dem Flug von Rom nach Amman ist am heutigen Montag eine Passagiermaschine der italienischen Fluggesellschaft ALITALIA explodiert und ins Meer gestürzt. An Bord befanden sich 76 Passagiere und acht Besatzungsmitglieder. Die Absturzstelle liegt 60 Seemeilen südlich von Zypern, 90 Seemeilen westlich von Beirut, in einer der tiefsten Stellen des Mittelmeeres. Besatzungsmitglieder eines Zerstörers der Sechsten amerikanischen Flotte wollen beobachtet haben, wie das Flugzeug in der Luft explodierte. Die Einzelteile stürzten brennend ins Meer. Es gilt als sicher, daß keiner der 84 Insassen die Katastrophe überlebt hat. Über die Unfallursache gibt es vorläufig nur Spekulationen. Ein Sprecher der ALITALIA erklärte in Rom, man könne nicht ausschließen, daß die Explosion der Maschine durch eine Bombe ausgelöst wurde.

# NACHSATZ 1

AM DONNERSTAG, DEM 11. Oktober 1962, eröffnete Papst Johannes XXIII. in Rom das Zweite Vatikanische Konzil. Von 3044 geladenen Konzilsvätern waren 2540 anwesend, darunter 115 Mitglieder der Kurie. Von diesen 115 kannten nur etwa 30 den wahren Anlaß für diese erste globale Kirchenversammlung seit beinahe hundert Jahren.

Konzilien, das hat die Vergangenheit gezeigt, hatten immer einen wichtigen Grund und bedeutungsvolle Ergebnisse. Konzilien brachten die sogenannte Homousie hervor, die göttliche Wesensgleichheit des Sohnes mit dem Vater (Nicäa), sie beendeten die Kirchenspaltung (Konstanz) oder bescherten den Christenmenschen das Dogma der Erbsünde (Trient) oder der Unfehlbarkeit des Papstes (Vatikan I). Die Ergebnisse des Zweiten Vatikanischen Konzils erscheinen dagegen dürftig.

Dennoch wird das Zweite Vatikanische Konzil als Reformkonzil in die Geschichte eingehen, und natürlich wird das, wovon in diesem Buch die Rede ist, nie stattgefunden haben.

# NACHSATZ II

ANNE VON SEYDLITZ und Stephan Oldenhoff heirateten im Mai 1964 in Paris. Sieben Jahre später fand Anne bei einem mysteriösen Unfall den Tod. In der Station Pont-Neuf stürzte sie vor eine einfahrende Metro. Beerdigt wurde Anne auf dem Pariser Friedhof Cimetière du Père-Lachaise, einen Steinwurf entfernt von Dr. Guillotin, dem Erfinder der Guillotine.

Ihr außergewöhnlich beschrifteter Grabstein fällt nicht weiter auf in einem Meer einzigartiger Grabsteine. Die Inschrift lautet:

ANNE
1920–1971

Darunter finden sich die unverständlichen lateinischen Worte:

BARBARIA ATQUE RETICENTIA ADIUNCTUM
BARBATI BASIS ATRII SACRI

Bis vor wenigen Monaten, als dieses Buch zu Papier gebracht wurde, sah man beinahe täglich einen alten Mann den Friedhof von Père-Lachaise betreten, in der Hand eine orangeblaue Paradiesvogelblume.

Gefragt nach der Bedeutung der geheimnisvollen Inschrift*,

* Barbarei und Schweigen sind das charakteristische Merkmal des römischen Papstes und das Fundament des Kirchenpalastes.

beteuerte er, die Übersetzung nicht zu kennen, sie sei auch nicht wichtig. Wichtig seien nur die Initialen der einzelnen Wörter.

# MARGINALIE

HIERMIT ENTSCHULDIGE ICH mich in aller Form bei Stephan Oldenhoff. Er war der Mann, dem ich im Cimetière du Père-Lachaise begegnet bin und der die Fährte zu diesem Buch gelegt hat. Ich weiß, ich habe sein Vertrauen mißbraucht und diese Geschichte entgegen seinem Wunsch nach eigenen Recherchen veröffentlicht. Der Grund für diesen Schritt wird weder ihn noch meine Leser überraschen. Ich bin der Überzeugung, das Thema ist zu bedeutungsvoll, als daß es nicht aufgeschrieben werden durfte.

Philipp Vandenberg

# PHILIPP VANDENBERG

## DER POMPEJANER

BASTEI LÜBBE

# 1

DAS JAHR WAR noch jung, und am Morgen sandte Neptun vom Meer her den lauen Favonius, einen kräftigen Westwind. Wie in jedem Jahr um die Iden des Februarius, wenn Sonnengott Sol, der beim Wagenrennen im Circus den Viergespannen die Spur weist, in das Sternbild des Wassermanns tritt, brachte der Favonius die Schnee und Hagel treibenden Winde Aquilo und Como zum Schweigen, pustete sie wirbelnd zurück in den asiatischen Osten oder den unwirtlichen Norden Germaniens, um dann, kurz vor den Kalenden des Martius, dem Chelidonias das Feld zu räumen, dem Schwalbenwind, der seinen Namen hat, weil um diese Zeit die Schwalben um die Giebel der Tempel schießen wie asiatische Pfeile.

Ein strahlender Himmel verfärbte die Hänge des Vesuv milchig-blau; die Schatten der Häuserzeilen wurden kürzer, und die Quader der Straßen und Plätze sogen die Frühlingssonne auf. Zögernd kamen die Pompejaner aus ihren Häusern, Männer strebten zum Forum, gierig nach Neuigkeiten, während Frauen auf dem angrenzenden Macellum die Preise von Fleisch, Fisch und schwarzen Bohnen verglichen.

Glückliches Pompeji, samtweiche Quitte im Garten der Venus, wohlhabendste aller campanischen Städte und Lieblingskind der römischen Mutter, anmutig, verhätschelt wie Amphitrite auf dem Delphin, obwohl doch Poseidon, der geile Räuber, kein Gott der Römer war, sondern ein Grieche! Aber der sprichwörtliche Stolz der Pompejaner machte vor der Vergangenheit nicht halt, im Gegenteil: Jedes Kind in Pompeji sprach Lateinisch und Griechisch und konnte seinen Homer hersagen, weil es Schrift und Sprache in der Schule lernte und weil, wie die Alten ihren Kindern erzählten, Pompejis aufrechte Ahnen am Fuße des Berges den delischen Apollon verehrten, den Gott des Lichtes und der Weissagung, während das römische Völkchen noch im Dunkeln tappte – kulturlose Plebs! Auch samnitische Besatzer, denen die Pompejaner nachfolgend Treue schworen, schwören mußten, vermochten jenes Selbstwertgefühl nicht zu brechen, und Sulla, der ›Glückliche‹ – wie er selbst immer wieder zu betonen pflegte –, tat gut daran, den Kuhhandel seiner Veteranen zu tolerieren, die das geschenkte pompejanische Land nie betraten, sondern es ohne Verzug den ursprünglichen Besitzern zurückverkauften, dem Mercurius sei Dank. An Geld mangelte es nie in Pompeji, und so blieb man weitgehend unter sich, gönnte den römischen Massen das kostenlose Getreide und die Willkür ihrer Cäsaren.

»In Rom erzählen sich die Leute, der Göttliche habe einen Flötenspieler bestochen, damit der behaupte, mit der Kaiserin ein Verhältnis zu haben«, sagte Vesonius Primus, während er mit seinem Begleiter in die Straße der Fortuna einbog.

»Das ist immer noch besser, als sie umzubringen, wie er es mit seiner Mutter getan hat!« Terentius Proculus war ein Freund des Vesonius; sie hatten denselben griechischen Schulmeister gehabt und galten seither als unzertrennlich. »Wer sagt's?« fügte Terentius hinzu.

»Nigidius.«

Terentius blies verächtlich durch die Lippen. Er haßte diesen Nigidius, einen typischen Römer, arrogant und kaltschnäuzig. Nicht, daß er ihm je etwas getan hätte, nein! Aber die Art, wie er aus seiner Sänfte hervorlugte, den Mund zu einem maskenhaften Grinsen verzogen, ließ ihn erschauern. Daß er, Nigidius, der Römer, in Pompeji eine Großbäckerei mit drei Mühlen betrieb, sei hier nur deshalb erwähnt, weil auch Terentius Bäcker war – nur buk der etwas kleinere Brötchen.

»Er hat die besten Verbindungen«, begann Vesonius aufs neue. »Wer wußte als erster von Poppäas Liaison mit dem

Göttlichen? – Nigidius! Wer posaunte laut heraus, der Cäsar werde sich von Octavia scheiden lassen? – Nigidius!« Vesonius Primus, der in Pompeji bekannt war, weil er, seinem Stand als Färberei-Unternehmer gemäß, täglich eine andersfarbige Toga zu tragen pflegte, versuchte das peinliche Schweigen des Freundes zu übergehen, indem er ihn in die Seite puffte und mit einer ruckartigen Bewegung des Kopfes zur anderen Straßenseite zeigte: »Ululitremulus! Wen die Götter mit diesem Namen strafen, der kann nur Schauspieler sein. Schauspieler!« Vesonius war entrüstet.

Am Tempel der Fortuna Augusta, einem eleganten Marmorbau mit vier hohen korinthischen Säulen, an dessen Eingangsstufen das ewige Feuer zu Ehren des *pater patriae* loderte, wandten sich die beiden nach Süden zur Straße des Forums, in der dichtes Gedränge herrschte. Jetzt machten sich die beiden Sklaven der angesehenen Männer bemerkbar, die ihren Herren bisher wortlos vorangegangen waren: »Platz da für meinen Herrn Vesonius Primus!« – »Aus dem Weg, mein Herr Terentius Proculus kommt, der Bäcker!« Ein ums andere Mal wiederholten sie ihren Ruf, und wo immer die Warnung ihre Wirkung verfehlte, nahmen die Sklaven ihre Ellbogen zu Hilfe und schubsten im Wege Stehende beiseite.

»Um ganz sicherzugehen«, raunte Vesonius seinem Schulfreund hinter vorgehaltener, Hand zu, »soll der Göttliche in seinem Scheidebrief Octavia der Unfruchtbarkeit beschuldigt haben ...«

Terentius hob die Schultern: »Nach neun Jahren Ehe? Kein Wunder! *Ex nihilo nihil!*«

Vesonius schüttelte den Kopf: »Es soll gar nicht an Octavia liegen, meint Nigidius.«

»Nigidius, Nigidius, Nigidius!« platzte Terentius heraus. »Er war wohl dabei, dieser Pfau aus dem Ei einer Henne?«

Indigniert steckte Vesonius die Hände in die Ärmel seiner zartgelben Toga und murmelte irgend etwas von einem Gerücht, das er wiedergebe, in den Stabianer Thermen rede man ganz offen darüber, aber wenn es ihn nicht interessiere, dann werde er eben still sein und die Sonne auf seinem spiegelnden Schädel genießen. Er habe gedacht, man sei befreundet, sei's drum.

»Nun sei doch nicht gleich beleidigt!« versuchte Terentius den Freund aufzumuntern, und beinahe wäre er Opfer eines Zusammenstoßes geworden, weil ein störrischer Esel wie von Furien gehetzt auf sie zustürmte, daß die Menschen schreiend auseinanderstoben; auch Terentius konnte gerade noch ausweichen.

Vesonius lachte. »Wohl einer aus Poppäas Herde!«

»Kaum!« erwiderte Terentius. »Poppäas Esel sind auf dem Landgut vor den Toren der Stadt. Es sollen über fünfhundert sein.«

»Dann stimmt es wirklich, wenn die Leute sich erzählen, sie bade jeden Tag in Eselsmilch?«

»Siehst du einen anderen Grund, sich ein halbes Tausend Esel zu halten?«

Terentius und Vesonius überquerten die Straße der Augustalen und betraten beim Jupitertempel das Forum.

»Ich kann mich noch gut an ihre Mutter erinnern, sie lebte mit ihrem Mann Quintus nahe dem Odeon und der Gladiatorenkaserne. Ein schönes Haus!«

»Und eine schöne Frau!« fügte Vesonius hinzu.

»Den Poppäern gehören immer noch vier Häuser in der Stadt, obgleich sie doch schon lange nicht mehr hier leben. Die junge Poppäa habe ich nie gesehen.«

»Sie soll schön sein wie Venus, und ihr Liebreiz soll sogar schon Männer zur Raserei gebracht haben, die bis dahin in pausbäckigen Knaben das schönere Ideal erkannten.«

»Du meinst Otho.«

»Ach was, Otho ist ein Dummkopf, und ich verstehe einfach nicht, was Poppäa Sabina an diesem Laffen finden konnte! Das einzige, was er hat, sind gute Kontakte zum Kaiser.«

»Eben«, stellte Terentius fest, »eben. Poppäa hatte es von vorneherein auf den Kaiser abgesehen.«

»Und er auf sie!«

»Und er auf sie«, wiederholte Terentius. »Warum, glaubst du, hat er Otho als Statthalter nach Lusitanien geschickt, nach Lusitanien hinter den Säulen des Herkules?«

Beide lachten und verdrehten die Augen himmelwärts. Vom Macellum wehte schneidender Fischgeruch und mischte sich mit dem pestilenzialischen Gestank warmer Innereien. Das Geschrei der Händler – wohl hundert trafen sich hier jeden Vormittag – wurde lauter, je näher die Mittagsstunde kam, denn frische Ware, die nicht am selben Tag verkauft werden konnte, mußte vernichtet werden. Darüber wachten die Marktaufseher.

*Macellum*, das war mehr als eine einfache Markthalle, in der Händler vom Land Waren feilboten. Die Markthalle nahm eine ganze Straßenzeile ein. Unter ihrem lichten Gebälk erhob sich eine Rotunde mit zwölf Säulen, die eine Kugel trugen, darunter ein Marmorbecken mit Fischen, den größten und schmackhaftesten, welche das Mittelmeer hergab. Die Händler wurden in gemauerte Kojen an den Außenwänden der Halle gedrängt. Eine Ecke blieb allerlei Kleintieren, Geflügel, Schafen und Ziegen vorbehalten. Welch unbeschreiblicher Lärm!

Aphrodisius, der Freigelassene des steinreichen Bankiers Lucius Cäcilius Serenus, ein drahtiger, schlanker Bursche mit einem breiten Schädel, der seine fremdländische Herkunft verriet, drängte von Händler zu Händler, schüttelte Münzen in einer bronzenen Schale und mahnte mit dem Ausruf ›*Mercatus, mercatus!*‹ zur Abgabe der Standmiete. Scherzend fand er für jeden ein gutes Wort; auch für den Fleischer, der, das Mietgeld mißmutig in die Schale werfend, auf einem Berg Flachsenfleisch sitzengeblieben war.

»Vielleicht nimmt dir Scaurus das Zeug ab?« meinte Aphrodisius lachend, »es stinkt ja schon!« Scaurus, unter Kaiser Claudius Duumvir, war durch den Gestank fauliger Innereien und Fische zum reichen Mann geworden; sein *garum pompejanum*, eine salzige Würzsoße, wurde in alle Welt exportiert, was der Stadt hohe Steuereinnahmen, aber auch den Ruf der

Genußsucht einbrachte. Am Salztor, wo die Maultiertreiber das am Ufer des Meeres gewonnene Salz abluden und die wenig vornehmen Bewohner des Viertels den Namen *Salienses* trugen, produzierte Scaurus seine würzige Soße unter freiem Himmel. Gesalzene Fisch- und Fleischreste faulten in riesigen Zisternen, in der Hauptsache Makrelen und Thunfische und Innereien von Schlachttieren. Nach Wochen des Reifens über dem Feuer eingedickt, zauberte Scaurus dann unter Zusetzung von saurer Milch die vielgefragte Soße, doch das genaue Wie blieb sein Geheimnis.

Die Schafe des Kleintierhändlers Statius blökten laut, einige rannten blind gegen den Pferch, daß die Einfriedung zu splittern drohte. »Sie fürchten wohl deinen Dolch?« rief Aphrodisius dem Kleintierhändler zu, der seine Tiere vor den Augen des Käufers abzustechen pflegte. Der konnte nicht einmal antworten, sondern warf Aphrodisius nur das Standgeld zu, weil sich ein buntscheckiger Hahn aus seinen Fesseln befreit hatte und unter ohrenbetäubendem Kreischen das Weite suchte. Einem dunkelhäutigen asiatischen Sklaven, der das wild flatternde Federvieh mit ausgebreiteten Armen aufzuhalten versuchte, flog der in Todesangst schreiende Vogel ins Gesicht, hackte und kratzte, daß der Sklave blutüberströmt von seinem Vorhaben abließ. Der Vorfall versetzte zudem auch die übrigen Tiere im Macellum in Aufregung, das Blöken der Schafe, das Brüllen der Kälber, das Kreischen der Hühner und das Zischen der Gänse wuchs zur Unerträglichkeit, und viele der Matronen, die mit ihren Sklaven Einkäufe verrichteten, drängten ängstlich ins Freie.

»Beim Bacchus!« rief Aphrodisius. »Als ob die Mänaden hinter ihnen her wären!«

Vor dem Eingang zur Markthalle, den zur Rechten eine Wechselstube, zur Linken eine Schenke flankierte, gaffte eine johlende Menschentraube auf eine Frau von behaglicher Üppigkeit, die, auf einem umgestülpten Korb stehend, die Fäuste in die Hüften gestemmt, das zottige schwarze Haar von Zeit zu

Zeit zornig aus dem Gesicht schleudernd, lautstark die Vorzüge des Vibius Severus pries, eines Mannes, der aufgrund seiner Lauterkeit für das Ädilenamt prädestiniert sei.

Ascula hieß das begehrliche Weib, die Frau des Schankwirtes Lucius Vetutius Placidus, und jeder Mann in Pompeji kannte ihren Namen, der im schlampigen Dialekt der Pompejaner (über den sich vor allem die Römer lustig machten, weil er die Hälfte aller Vokale verschluckte) ›Ascla‹ ausgesprochen wurde. ›Ascla‹, das klang wie ein Schnalzen mit der Zunge, wie ein Laut der Bewunderung für eine Frau, der mancher einen Weinberg am Vesuv geopfert hätte, hätte sie ihn auch nur ein einziges Mal erhört. *Sed varium et mutabile semper femina*: Ascula, die zwischen modrigen Weinfässern und öligen Pfannen bei den Gästen von Placidus' Schenke tagtäglich aufs neue Begehren erweckte, die enggeschnürt und breitbrüstig wie Diana zwischen den rohen Holztischen tänzelte, sie schien ein Ausbund von Tugend; jedenfalls hatte man noch nie, auch nicht gerüchteweise, von irgend etwas Anstößigem gehört.

Vielleicht lag es daran, daß Ascula ebenso begehrt wie gefürchtet war, daß bei ihr sich Schönheit und Klugheit paarten wie einst bei Agrippina, der Mutter des Göttlichen, und daß ein wohlhabender und konservativer Pompeianer gemeinhin Jupiter anrief und zwei Täubchen opferte, wenn ein Frauenzimmer eine politische Meinung vertrat. *O tempora, o mores!* Doch genau das tat die schöne Ascula, und ein Kandidat, der ihre Unterstützung fand, konnte sich seiner Wahl sicher sein.

»Wenn ich für Vibius Severus spreche«, rief Ascula von ihrem Weidenkorb-Podest, »so deshalb, weil Severus einen feierlichen Eid geschworen hat, sein Amt, sollte er gewählt werden, zum Wohle *aller* auszuüben, weil er geschworen hat, bei der Aufsicht über Tempel, Straßen und Märkte nicht das Wohl des einzelnen zu berücksichtigen oder jenes Mannes, aus dessen Hand das höchste Bestechungsgeld fließt, weil er geschworen hat, Hände abzuhacken, die sich ihm mit schmutzigen Geldern entgegenstrecken!«

»Severus für das Ädilenamt«, schallte es vereinzelt aus der Menge, »wir wollen Severus!«, und Vesonius und Proculus, die die Rede der Schankwirtin interessiert verfolgten, verrenkten ihre Hälse nach den Beifallklatschern, um zu sehen, ob sie nicht zu jenen gehörten, deren lautstarke Zustimmung man hundertfach auf dem Forum kaufen konnte.

»Du hast es nötig«, krächzte ein ältliches Männchen, das Reizen wie denen der Ascula zeit seines Lebens abhold gewesen zu sein schien, »predigst Lauterkeit und Gerechtigkeit und schenkst in deiner Kaschemme den erdigen Vesuv-Wein als samtigen Falerner aus. Bacchus möge dich strafen!«

Das aber war der schönen Wirtin zuviel. Sie stieg einen Schritt von ihrem Weidenkorb herab, angelte sich das Männchen, das ängstlich die Ellenbogen vor das Gesicht hielt wie ein Kind, welches die Schläge des Schulmeisters fürchtet, und schob mit kräftigen Armen den Alten auf den Korb. »Da, seht sie euch an, diese weinerliche Kreatur, der Priaps das Gemüt eines Weibes in die Wiege gelegt hat, reißt das Maul auf wie ein Herold bei der Ankündigung von Spielen! Also rede, welche Klage hast du gegen mich vorzubringen?« Dabei schüttelte Ascula den Alten, daß man fürchten mußte, Kopf und Arme würden von dem klapprigen Mann abfallen. Die Zuhörer johlten vor Vergnügen.

»Du Sohn eines Storchs und einer abgehalfterten Hure aus dem Lupanar«, ereiferte sich Ascula, »kannst du überhaupt Ziegenmilch von Rebensaft unterscheiden? Ich will dir sagen, und euch allen, die ihr mir zuhört: In Placidus' Schenke wird nur Falerner ausgeschenkt, der diesen Namen verdient, Wein aus den Gärten der Vibier und Arrier, die zwischen der sechsten und siebzehnten Meile der Via Appia liegen. Und jetzt verschwinde!«

Wütend stieß Ascula den Alten von ihrem Podest, daß er in die Menge stolperte, wo er von einem zum andern geschubst wurde, bis es ihm gelang, sich mühsam freizukämpfen.

»Ich stehe freilich nicht hier«, begann die Wirtin von neuem, »um euch die Vorzüge des roten Falerners zu erklären, die kennt ihr Männer von Pompeji besser als die Römer, die noch immer, wie vor hundert Jahren, den Wein mit Wasser vermischen. Ich will euch vielmehr erklären, warum Vibius Severus der rechte Mann für das Amt des Ädilen ist.«

»Er ist ein Freigelassener, ein Libertinus, und seinem Herrn Valens zu Ehrerbietung und Gehorsam verpflichtet«, wandte der wohlbeleibte Viehzüchter Marcus Postumus ein. »Er ist, beim Jupiter, nicht Herr seiner Entschlüsse!«

»Er *ist* Herr seiner Entschlüsse, und unsere Gesetze erlauben ihm die Ausübung dieses Amtes!« erwiderte Ascula. »Vielleicht ist er sogar unabhängiger als du, Postumus – jedenfalls muß Severus nicht immer erst seine Frau fragen, bevor er eine Entscheidung trifft!«

Da lachten die Umstehenden laut und klatschten in die Hände, und der dicke Postumus drängte mit hochrotem Kopf aus der Menge.

»Pompejaner«, begann Ascula abermals, »wenn ich hier für Severus spreche, so nicht wegen des eigenen Vorteils ...«

Die Schankwirtin hielt inne, sie starrte erschreckt zum Himmel, von wo ein heiseres Quäken zu hören war, ja, jetzt hörten es alle, einen furchtbaren, klagenden Gesang. Doch noch ehe die Menschen nach der Ursache sehen konnten, krachte ein großes, helles Etwas gegen das hohe Portal des Macellums, man sah einen Blutspritzer und Federn zerstäuben, dann klatschte ein Körper lautstark zu Boden. »Ein Schwan, ein Schwan!« ging es wie ein Aufschrei durch die Menge, und eine alte Frau reckte die Arme gen Himmel und rief: »Jupiter sei mit uns, das bedeutet nichts Gutes!«

Das betroffene Schweigen, die Ratlosigkeit, mit der die aufgebrachten Pompejaner der ungewöhnlichen Situation zunächst begegneten, wich schon bald einem wilden Schreien, Rufen und Gestikulieren. Ein jeder wollte das Tier aus einer anderen Richtung kommen gesehen haben, vom Westen, vom Meer, vom Norden, vom Averner See, ja, einige behaupteten sogar, der Schwan sei senkrecht vom Himmel gestürzt, ein Zugtier vom Wagen des Apollon. Doch als Marcus Holconius

Rufus das Wort ergriff, ein weißhaariger Priester des Jupiter, der in seinem Leben schon alle Ämter und Würden der Stadt bekleidet hatte, da schwieg das erregte Menschenrund von einem Augenblick auf den anderen.

Er habe, erklärte Rufus mit zitternder Stimme, schon viele Boten des Unheils gesehen, Opferstiere, deren Herzen auf der falschen Seite lagen, die Leber von Lämmern ohne Fortsatz, Blitze aus dem Unglück verheißenden Nordwesten, aber dies sei das schrecklichste aller Vorzeichen, mögen die Götter Pompeji gnädig sein.

Zerfetzt wie nach einem Kampf mit dem Adler der Berge lag das stolze Tier auf dem Marmorboden des Forums, ein Bild des Todes und der Verwüstung. Ekel überkam die Pompejaner. Rufus aber, dessen Alter selbst ihm ein Geheimnis war, weil er seine Eltern nicht kannte, Rufus weinte im Anblick des Kadavers, und er verkündete unter Tränen, daß ein Schwan nur einmal in seinem Leben singe, nämlich im Sterben, und daß dieser Schwan freiwillig den Tod gesucht habe, um einer düsteren Zukunft zu entgehen.

Da wandten sich viele ab, denen das abgründige Orakel Furcht einflößte, unter ihnen auch Terentius und Vesonius.

In Pompeji konnte jeder Wanderwahrsager ein Vermögen verdienen, sagte er nur den Leuten Gutes voraus, denn Pompeji war eine Stadt der Lebensfreude, und für Unglück, Leid und Mißerfolge schien kein Platz. Mehr als einer dieser Unglückspropheten wurde aus der Stadt geprügelt, weil man nicht hören wollte, was nicht geschehen sollte. Und Marcus Holconius Rufus, den Priester des Jupiter, bewahrten nur sein Alter und seine Weisheit vor einem ähnlichen Schicksal.

Aphrodisius hatte die Worte des Alten mit pochendem Herzen vernommen; er trat an Rufus heran und fragte: »Sprich, wie sollen wir den Zorn der Götter besänftigen?«

»Bete, mein Sohn«, erwiderte der Priester, »bete und opfere im Tempel des Apollon, dessen heiliges Tier der Schwan ist!«

Der Tempel des Apollon lag auf der gegenüberliegenden Seite des Forums, inmitten eines von einem Säulenwald umgebenen heiligen Bezirkes, das größte Heiligtum der Stadt. Vom Quästor Campanius war dieses Bauwerk, wie eine Inschrift auf dem Marmorboden in goldenen Leitern verriet, dem Gott des Sibyllinischen Orakels zu Ehren prunkvoll errichtet worden, und Cäsar Augustus wußte dem Tempel und seiner Priesterschaft neuen Glanz und hohes Ansehen zu verleihen, weil er Apollon, den Gott des Friedens und der geistigen Erleuchtung, als seinen Schutzgott betrachtete.

Unter den Kolonnaden des Forums boten fliegende Händler ihre Waren feil. Sandalen und Schuhwerk aus feinem, weichem Leder, Stoffe ballenweise, kostbares Geschirr aus den Kolonien, kunstvoll gefertigte Werkzeuge und Gerätschaften, Sicheln, Ketten und Pferdegeschirre, Schmuck und hunderterlei Süßigkeiten. Aber auch hier auf dem Forum schienen die Menschen von einer seltsamen Unruhe befallen. Anders als sonst, wenn gelassene Geschäftigkeit herrschte, redeten die Händler gereizt auf ihre Kunden ein, fluchten beim Mercurius, schimpften laut. Hunde hetzten klaffend über den Platz, und Krähen kreisten krächzend um die Giebel. Nie hatte Aphrodisius Ähnliches erlebt.

Ein Raunen ging über das Forum. Die Pompejaner steckten die Köpfe zusammen und machten einander darauf aufmerksam, daß Eumachia vorübergehe, die Priesterin. Eumachia, Tochter des Ludus, war die reichste Frau in der Stadt, hatte das Monopol über den Wollhandel inne, besaß mehr Weinberge als alle anderen Winzer zusammen und bezog riesige Gewinne aus Ziegeleien. Wie stets befand Eumachia sich in Begleitung ihres Sohnes Numistrius Fronto, eines verweichlichten Jünglings, der mit dem Geld seiner Mutter die Schauspieler der Paris-Truppe unterstützte, einer Art Wanderbühne, die in Pompeji hängengeblieben war. Frontos sehnlichster Wunsch war es, selbst Schauspieler zu werden, aber Eumachia war dagegen, weil er das Geschäftsimperium der Eumachier übernehmen sollte. Man tuschelte in Pompeji, daß das Verhältnis der beiden nicht dem normalen Verhältnis von Mutter und Sohn entspreche; hinter vorgehaltener Hand wurde geflüstert, Eumachia liebe ihren Sohn nicht nur so, wie es einer Mutter zukomme; sie sei auch seine Geliebte, weil sie Fronto keiner anderen Frau gönne, so wie es einst – *vivant sequentes!* – Agrippina mit Nero getan habe.

Auf dem östlichen Forum besaß Eumachia ein Geschäftsgebäude, das beinahe so groß wie das gesamte Macellum war. Jeder mußte an einer weißen Marmorstatue, die Eumachia darstellte, vorbei, wollte er den Handelspalast, diesen Tempel des Geldes, betreten, und wagte er es bei all dem Prunk, erhobenen Hauptes einzutreten, dann leuchtete ihm auf dem Architrav eine Inschrift entgegen.

*Eumachia, Tochter des Lucius, öffentliche Priesterin, hat in ihrem Namen und im Namen ihres Sohnes Numistrius Fronto auf eigene Kosten eine Vorhalle, einen Kryptoporticus und einen Porticus errichten lassen und hat sie selbst zu Ehren der Concordia und der Pietas Augusta geweiht.*

Ihre Wege kreuzten sich inmitten des Forums, der des Aphrodisius und jener der Eumachia. Der Jüngling errötete und blieb stehen, um der Priesterin und ihrem Sohn den Vortritt zu lassen. Zwei Sklavinnen vor und hinter den beiden ließen Mutter und Sohn außerordentlich vornehm erscheinen. Fronto mochte so alt sein wie Aphrodisius, kaum älter als achtzehn Jahre; doch als dieser Eumachia im Vorübergehen musterte, die Anmut ihrer Bewegungen unter einem vielfaltigen Umhang, das Gesicht wie Alabaster unter gewellten Haaren, ein Abbild einer griechischen Göttin, da traf ihn der Blick Eumachias aus dunklen, rätselhaften Augen, und Aphrodisius spürte, wie ihm das Blut in den Kopf schoß. Die Priesterin schien es zu bemerken; sie hielt ihren Kopf leicht schräg, und über ihr Gesicht huschte ein Lächeln.

Aber noch ehe der Junge sich verneigen oder auch nur nicken konnte, war Eumachia an ihm vorbei, nicht einmal ihr

Lächeln hatte er erwidert, welch eine Frau! Wie vom Donner Jupiters gerührt stand Aphrodisius da, wagte nicht, sich umzusehen, der Boden unter seinen Füßen schien zu zittern. Er gab sich einen Ruck und ging weiter. Beim Castor und Pollux, welche Wärme ging von dieser Frau aus, welches Feuer! Am liebsten hätte Aphrodisius kehrtgemacht, sich der Priesterin zu Füßen geworfen und sie angebetet wie die Laren im Hause seines Herrn.

»Gefällt dir wohl, was?« Die Stimme des alten Tuchmachers Vecilius Verecundus holte Aphrodisius in die Wirklichkeit zurück.

»Ich weiß nicht, was du meinst, Verecundus«, heuchelte der Junge.

»Brauchst mir doch nichts vorzumachen«, grinste Verecundus, »sogar ein alter Philemon wie ich könnte an einer so schönen Frau Gefallen finden.« Und dabei tätschelte er seine Wange.

Obwohl er sich schon zu erwachsen vorkam für diese Geste, ließ es Aphrodisius geschehen; schließlich kannte er den Alten seit frühester Kindheit. Verecundus war wie er ein Freigelassener, das heißt, sein Herr hatte ihm nach der Hälfte seines treuen arbeitsreichen Lebens als Sklave die Freiheit geschenkt und ihn mit einer Abfindung bedacht, die es Verecundus erlaubte, eine kleine Tuchmacher-Werkstätte aufzumachen.

»Sie ist schön wie eine Göttin«, erwiderte Aphrodisius verlegen, und als er merkte, daß Verecundus nicht reagierte, fügte er schnell hinzu: »Ich will im Tempel des Apollon ein Rauchopfer darbringen.«

»Um diese Zeit?«

»Die Götter kennen keine Stunden!«

»Was zwingt dich zu solcher Frömmigkeit?«

»Ein düsteres Vorzeichen. In vollem Flug prallte ein Schwan gegen den Eingang des Macellums, dabei sang er mit klagender Stimme. Das soll Unglück verheißen, sagt Rufus.«

»Rufus ist ein weiser Mann«, erwiderte Verecundus. »Warum aber, beim Apollon, muß er sich mit Weissagungen abgeben?«

»Du glaubst nicht an Vorzeichen?« erkundigte Aphrodisius sich vorsichtig.

»Nicht an solche von Schwänen und nicht an solche aus den Eingeweiden geschlachteter Tiere.«

»Aber solche Vorzeichen kündeten vom Tod des göttlichen Cäsar!«

Verecundus ergriff den Arm des Jungen. »Glaube mir, Aphrodisius, der göttliche Cäsar wäre auch ohne Vorzeichen unter den Dolchen seiner Mörder gestorben.«

Aphrodisius wollte antworten, aber dazu kam es nicht, denn ein störrischer Ziegenbock rannte, den Strick des Hirten hinter sich herschleifend, geradewegs auf den Jungen zu. Aphrodisius bemerkte ihn zu spät, und ehe er sich versah, hatte ihn das aufgebrachte Tier zu Boden gestoßen und war über ihn hinweggetrampelt.

Der Alte lachte, und im Weggehen rief er feixend: »Schon wieder so ein übles Vorzeichen, he?«

Die Ellenbogen schmerzten, als Aphrodisius sich erhob und den Staub von seinem Gewand klopfte. Er hatte den festen Willen, den Worten des Alten Glauben zu schenken, diese Anhäufung seltsamer Ereignisse als Zufall abzutun, aber schon im nächsten Augenblick kamen wieder Zweifel auf. Noch nie im Leben hatte er einen Schwan sich zu Tode stürzen sehen, noch nie hatte im Macellum eine solche Unruhe geherrscht unter Menschen und Tieren. Und ein Ziegenbock auf dem Forum der Stadt, der ihn einfach über den Haufen rannte?

Der Junge wurde von einer unheimlichen Angst befallen. obwohl ein seidigblauer Frühlingshimmel über Pompeji glänzte, lähmte Aphrodisius eine unerklärliche Furcht. Im Kopf dröhnte entferntes, unergründliches Donnern; ihm war, als poche das Blut in seinen Schläfen hart wie der Hammer des Schmieds an der Via Pompeiana. Er wollte laufen, rennen, ohne zu wissen wohin, wollte die müde Luft in seine Lungen pumpen, doch ein lähmendes Band umschloß seinen Brustkorb, er spürte Schweiß im Nacken und ein Zittern in den Schenkeln und glaubte sich von einer Seuche befallen, wie sie bisweilen von afrikanischen Kaufleuten eingeschleppt wurde.

Mit unsicheren Schritten suchte Aphrodisius Zuflucht im heiligen Bezirk des Apollontempels, der den Lärm des angrenzenden Forums abschirmte. Im Schatten des Säulenganges ließ er sich nieder, legte den Kopf auf die Knie und schloß die Augen. Gewiß würde ihm Cerrinus, der Arzt am Salztor, mit einem seiner galligen Getränke helfen können. Der Gedanke beruhigte ihn, und er sah auf. Von dem endlosen Wandgemälde, das das Innere des Säulenganges ausschmückte, blickte Äneas auf ihn herab. Griechische Künstler hatten hier Szenen aus der Ilias zu neuem Leben erweckt, und die Menschen kamen von weither, diese Wunder der Farben zu betrachten. Was der blinde Sänger mit hundertmal tausend Worten erzählte, die Geschichte von Ilions listiger Einnahme nach zehnjähriger Belagerung, des Raubes der schönen Helena wegen, war von griechischer Hand – den Namen des Künstlers wußte niemand zu nennen – in einen festlichen Rausch kostbarster Farben getaucht und so wahrheitsgetreu wie möglich nachgezeichnet worden. Nichts galt den Pompejanern als größerer Beweis von Glückseligkeit, als wenn die Nachkommen das Aussehen der Vorfahren zu erfahren trachteten. Auch hatte der Künstler weder mit Licht gespart noch mit Schatten, deren gelungene Darstellung als Ausdruck höchster Vollendung galt, und sogar die wechselvolle Abstufung getroffen, die zwischen beiden liegt und von den Griechen *tonos* genannt wird. Kostbarste Farben waren den Pompeianern nicht zu teuer für diese orgiastische Vorführung ihres heldenhaften Ahnen Äneas, der, dem trojanischen Brand entronnen, in italisches Land entkam und auf dem Bild in hellem Zinnober glänzte, der Farbe, die bei den Römern in heiliger Verehrung stand, teurer als Gold und ausersehen, an hohen Festtagen das Gesicht des Jupiter Capitolinus zu färben.

Man sagte, ein Athener namens Kallias habe das leuchtende Rot vor einem halben Jahrtausend entdeckt, aber nicht auf der Suche nach Farbe, sondern als er den roten Sand einer Silbergrube im Feuer zu Gold schmelzen wollte. *Auri sacra fames!*

Ob es nun der von den Pompejanern ›Drachenblut‹ genannte Zinnober war, der natürliche Rötel aus Sinope-Erde, der giftige Scharlach oder das getragene Syrischrot aus der dortigen Erde – die Menschen in dieser Stadt schwelgten in Rot, sie liebten den geheiligten Luxus dieser Farbe, das Samtige, Blutige, Sexuelle. Kein Haus in Pompeji, von dessen Wänden nicht auf irgendeinem Wandgemälde Rotes troff, Zinnober in den Hallen der Götter, äthiopisches Kicherrot, zu acht As das Pfund, in den verkommenen Häusern der Salienses.

Mit den Augen folgte Aphrodisius der homerischen Erzählung, erkannte Äneas, der seinen vom Blitz gelähmten Vater Anchises aus dem brennenden Troja trug. Im Schein des Feuers schimmerte seine Rüstung blutrot, dunkler Qualm hüllte Mauern und Türme ein. Einer der mächtigen Wehrtürme drohte zu bersten, ein klaffender Spalt durchzog das Mauerwerk von oben nach unten, ja, es schien, als wachse dieser Mauerspalt in die Breite und das Bauwerk drohe jeden Augenblick einzustürzen.

Aphrodisius war so in den Anblick des Wandgemäldes vertieft, daß er die Rufe, die aufgeregt durch den heiligen Bezirk des Tempels hallten, überhaupt nicht wahrnahm. Je länger er das Bild betrachtete, desto mehr neue Eindrücke taten sich ihm auf. Da lagen trojanische Kämpfer nach Luft ringend am Fuße der Mauer, zerschlagene Schilde, Menschen stürzten sich von der Mauerkrone, und auf einmal schien das Gemälde zu leben: Aphrodisius hörte das Bersten des Mauerwerks, und beißender Steinstaub stieg in seine Nase. An den trojanischen Mauern taten sich immer neue Risse auf, die Wehrtürme verschoben sich gegeneinander, und plötzlich begann das Mauerwerk unter klagendem Ächzen zu brechen.

Erst allmählich begriff Aphrodisius, daß dieses Zerstörungswerk nicht seiner Phantasie entsprang, sondern der Wirklichkeit.

Die Säulen, welche den heiligen Bezirk einsäumten, hoben und senkten sich langsam, Kapitelle barsten mit ohrenbetäubendem Knall, und kunstvoll modellierte Akanthusblätter klatschten zu Boden wie vom Herbstwind geschütteltes Laub.

Aphrodisius tat ein paar Schritte ins Freie, wischte sich ratlos über die Augen und hielt die Hände vor den Mund gepreßt: Der Tempel Apollons, Stolz pompejanischer Vergangenheit, verformte sich wie das Spiegelbild der Häuser in den Lachen, die der Regen in der Straße der Thermen zurückließ. Schreiende Menschen rannten an Aphrodisius vorbei, zwei Priester zerrten einen dritten über die Tempelstufen herab, sein Kopf hing leblos auf der Brust. Beim Jupiter, die Erde bebte!

Wie gelähmt stand Aphrodisius da; er spürte das polternde Donnern unter seinen Füßen, fühlte, wie er von einer unsichtbaren Macht emporgehoben und im nächsten Augenblick wieder niedergelassen wurde, kaum konnte er sich auf den Beinen halten. Der Boden wankte, ohne zu brechen, Wogen trieben auf ihn zu wie im Meer bei ruhigem Seegang. Venus auf der hohen Säule vor dem Tempel drehte sich wie im Tanz, bekam das Übergewicht und stürzte in die entgegengesetzte Richtung wie die Säule. Aus dem Fries des Tempels sprangen die Figuren übermütig wie Kinder und zerschellten klirrend auf der breiten Treppe. Die Ecksäule des Tempels knickte plötzlich wie ein Halm unter der nassen Ähre, für kurze Augenblicke hing der Architrav ungestützt in der Luft, dann barst die zweite Säule, die dritte, und langsam, unendlich langsam, als sträube er sich gegen die Vernichtung, senkte sich die rechte Seite des Giebels, zu der Generationen Pompejaner hilfeflehend emporgeblickt hatten, zerbrach in der Mitte wie ein dürrer Ast, stürzte donnernd in die Tiefe und hüllte das geschundene Heiligtum in eine jäh aufwallende Wolke aus Staub wie ein tödlich getroffener Imperator, der seinen Mantel über das Gesicht zieht zum Zeichen der Trauer.

Aphrodisius rang nach Luft; der feine Steinstaub drang in

seine Lungen, er hustete, spuckte und verlor die Orientierung. Wo war der schmale Mauerdurchlaß zum Forum? Schon schwankten die Kolonnaden. Fiel auch nur ein Säule, so würden alle stürzen. *Absit!* Aphrodisius wankte in die Richtung, wo er den Zugang vermutete, aber der weiße Staub nahm ihm die Sicht. Steine prasselten von irgendwoher, er wich zurück, stolperte über einen Quader, schlug mit dem Kopf auf, daß ihm schwarz wurde vor Augen, versuchte sich zu erheben, spürte ein Stechen im Kopf, kam hoch und tappte weiter nach vorne. Hundeelend, apathisch wankte er auf die Kolonnaden zu, sah die erste Säule fallen, spürte Marmor unter den Sohlen, und plötzlich sah Aphrodisius einen hellen Schein: der Durchlaß!

Noch ein paar Schritte trennten ihn von der rettenden Maueröffnung. Er hätte ja rennen können, um dem Inferno zu entkommen, aber er blieb stehen, Aphrodisius machte aus unerfindlichen Gründen halt, blickte nach oben, wo aus den Fugen gehobene Quader mahlende Geräusche von sich gaben, und noch ehe er einen klaren Gedanken fassen konnte, machte er kehrt und stolperte zurück in die Richtung, aus der er gekommen war. Im selben Augenblick fiel die Kolonnade in sich zusammen, polternd stürzte eine Säule die andere.

In entgegengesetzter Richtung, an der Straße des Meeres, lag der Haupteingang des Heiligtums. Er war größer und breiter als der Zugang zum Forum. Vielleicht gab es hier noch ein Durchkommen. Der Staub hatte Aphrodisius blind gemacht. Seine Augen tränten. Irgendwann im Gehen, Stolpern, Kriechen bemerkte er das Blut auf seinem Handrücken; er mußte es von seinem Kopf gewischt haben. Doch es kümmerte ihn nicht. Die Erde dröhnte, und eine neue Angst befiel ihn: Der weiche Boden könnte sich öffnen und ihn verschlingen wie Pluto, der Persephone durch den Erdspalt entführte.

Noch stand das hohe Tor aufrecht, aber je näher Aphrodisius kam, desto bedrohlicher wankte das Bauwerk. Wollte er je lebend aus dieser bebenden Falle herauskommen, so mußte er rennen, er mußte alles riskieren, bei allen Göttern Roms, er mußte es tun! Aphrodisius lief los, blind, kopflos, mit Todesverachtung, was war dieses sein Leben schon wert? Und zum ersten Mal in seinem jungen Leben zog Aphrodisius Bilanz. Von einem Augenblick auf den anderen, mühsam nach Luft ringend, wurde ihm plötzlich bewußt, daß er nicht sonderlich an diesem Leben hing, und dieser Gedanke erschreckte ihn. Nicht der Tod war es, der ihm Furcht einflößte, sondern die Angst vor dem Sterben, vor einem qualvollen Dahinsiechen.

Also sprang der Junge mit Riesensätzen durch das berstende Tor. Die Straße des Meeres schien umgepflügt wie ein campanischer Acker im Frühling, die blauschwarzen Quadersteine standen aufgeworfen. Das Tribunal zur Rechten war schwer beschädigt, aber es stand noch wankend. Aus dem Inneren drangen furchtbare Schreie von Männern, denen herabfallende Trümmer die Gliedmaßen zerquetscht und zerschlagen hatten und für die es keine Rettung mehr gab.

Lusovia, seine Mutter, Imeneus, der Vater, was mochte ihnen geschehen sein? Und Serenus, sein Herr? Das Haus an der Straße nach Stabiä?

Das Forum glich einem Schlachtfeld. Zu Hunderten lagen Menschen niedergestreckt. Aphrodisius stieg über sie hinweg, taumelte auf den Tempel des Jupiter zu, von dem nur eine Säule gefallen war. Aus dem Inneren drangen schwarze Rauchwolken und mischten sich mit dem weißgrauen Steinstaub im Freien. Wie der Trommelwirbel eines Herolds, zurückhaltend erst, dann schnell lauter werdend, kündigte sich mit dumpfem Donnergrollen ein neuer Erdstoß an. Aphrodisius hielt inne, blickte hilfesuchend um sich, spürte, wie ihn eine Erdwoge hochhob, sah die Welle wassergleich vor sich herlaufen direkt auf den Jupitertempel zu, die Stufen erfassend wie den Bug eines Schiffes, sie hochreißend, daß die Treppe platzte, in Teile zerriß wie splitterndes Holz, gegen die Säulen des Porticus schlagend, sie hochhebend mit ungebändigter Kraft. Und der große, stolze Tempel des Jupiter bäumte sich auf wie ein gezügelter Gaul, verharrte einen Augenblick in dieser Haltung, um dann aber schneller, als man es von einem so großen Bauwerk erwarten durfte, krachend und schnaubend in sich zusammenzusinken. Eine Wolke aus Staub stieg zum Himmel, die Sonne verfinsterte sich, und Aphrodisius begann zu beten, halblaut erst, furchtsam, dann zornig sein Gebet herausschreiend: »O Jupiter Optimus Maximum, der du Blitze und Donner schlägst mit deinem Stab, der du dem Beben der Erde gebietest, dem Wind und den Wellen, laß diese Stadt leben!«

Als hätte Jupiter das Flehen des Pompejaners erhört, entfernte sich das Donnergrollen der Erde; es blieben die Schreie, das gespenstische Poltern von vereinzelt noch herabstürzenden Steinen. Aphrodisius kam nur mühsam voran. Das Macellum zur Rechten hatte die Erdstöße, wie es schien, am besten überstanden; vielleicht hätte der Triumphbogen des Tiberius die Katastrophe sogar überlebt, doch der berstende Jupitertempel hatte auch dieses Bauwerk zum Einsturz gebracht. Jetzt türmten sich Berge von Schutt und Gestein auf, und über allem lagen beißende Staubwolken. Der Staub drang in die Lungen ein, und Aphrodisius spie weißen Schleim.

Der Gedanke an seine Eltern, an den Patron, der immer gut zu ihm gewesen war, trieb Aphrodisius vorwärts. Wasser stand in der Straße des Forums. Die bleiernen Leitungen der Thermen zur Linken waren geplatzt, zusammengesunken die wuchtigen Atlanten, die das kunstvolle Gewölbe am Eingang trugen. Seine Hoffnung, das Beben würde die kleineren Bauwerke verschont haben, bewahrheitete sich nicht, im Gegenteil: nicht ein Stein war vom kleinen Tempel der Fortuna Augusta auf dem anderen geblieben, und die Wohnhäuser an der Straße der Fortuna lagen in Trümmern, wie zerschlagen von einer riesigen Faust.

Da begann Aphrodisius zu laufen, so schnell er konnte. Die Vorstellung, seine Eltern könnten unter den Trümmern des Hauses verschüttet sein, mochten vielleicht noch am Leben sein und auf Hilfe warten, beschleunigte seine Schritte, obwohl jeder einzelne Schritt schmerzte. Seine Fußsohlen waren aufgerissen, am rechten Schienbein klaffte eine tiefe Wunde. Vor dem Haus des Appius – oder besser: vor der Ruine des Hauses – stellten sich dem Jungen zwei schreiende Frauen in den Weg und versuchten, Aphrodisius mit sich zu ziehen; er möge helfen, beschworen sie ihn, mit bloßen Händen die Trümmer wegzuräumen. Aber Aphrodisius riß sich los. Der Schmerz, die Hilflosigkeit und Verzweiflung in den Gesichtern der beiden Frauen trieben ihm Tränen in die Augen.

Aphrodisius konnte sich nicht erinnern, jemals geweint zu haben. Als Sohn eines Sklaven wirst du hart. Du bekommst dein Brandmal und bist ein mit Sprache begabtes Werkzeug, hast zu leben, wo man dich hinstellt, zu tun, was man dir aufträgt, kannst gefoltert werden, wenn man dich der Lüge bezichtigt, und das Gesetz bestraft dich ungleich höher als einen freien Bürger. Und wenn Seneca, des göttlichen Nero zwielichtiger Hausphilosoph, tausendmal predigte, Sklaven seien auch Menschen, du bleibst ein minderwertiger Mensch, dem die Toga zu tragen versagt bleibt.

Warum er, Aphrodisius, an seinem achtzehnten Geburtstag von seinem Herrn freigelassen worden war, hatte er bis heute nicht begriffen. Ihr Verhältnis war bis dahin korrekt gewesen, mehr nicht, doch seither hegte er ein Gefühl ehrlicher Zuneigung und Dankbarkeit gegenüber dem Patron und konnte hoffen, den Makel der unfreien Geburt abzustreifen wie ein verschmutztes Pallium.

Sein Herz schlug zum Hals, als er in die Straße nach Stabiä einbog. Dem Jupiter sei Dank, das Haus stand noch, nur die Fassade zur Straße schien eingestürzt. Im Näherkommen bemerkte Aphrodisius jedoch, daß dicke Rauchschwaden aus der seitlichen Fensteröffnung quollen. Die Eingänge, von denen das Haus des Serenus zwei hatte, einen privaten und einen zum Geschäftstrakt des Hauses, waren verschüttet. Aus den Trümmern stieg Qualm auf und verbreitete ekelhaften Gestank.

Erst jetzt bemerkte Aphrodisius, daß das Haus schwankte und zitterte, langsam aber stetig wie der Wipfel eines hohen Baumes. Das obere Stockwerk mit der umlaufenden Altane ruhte nur noch auf den Säulen des Innenhofes, Vorder- und Rückwand waren eingestürzt. Nur noch der Seiteneingang bot einen Weg ins Innere.

»Vater«, rief er gequält, »Mutter, hört ihr mich?«

Doch anstelle einer Antwort drang aus dem schmalen Einlaß das Geräusch von prasselndem Feuer.

»Jupiter, stehe mir bei«, sagte Aphrodisius leise. Das war ein Gebet, aber gleichzeitig eine Aufforderung an sich selbst, ein hilfloser Versuch, sich Mut zu machen, sich selbst zu überwinden, und er war drauf und dran hineinzuspringen, den langen Korridor entlangzulaufen in den hinteren Trakt des Hauses, wo er seine Mutter in der Küche, den Vater im Sklaventrakt vermutete. Er konnte die Augen schließen, den Weg kannte er blind. Aber dann blickte er noch einmal nach oben, sah die wankenden Säulen der Loscha, und die Furcht, unter den Trümmern des Hauses begraben zu werden, lähmte seine Glieder.

Aphrodisius wußte nicht, wie lange er in dieser Starrheit verharrt hatte, atemlos, gedankenlos, allein in dem Gefühl lähmender Angst. Erst ein furchtbarer Schrei schüttelte ihn wach. Der Junge war nicht sicher, ob dieser Schrei überhaupt aus dem Innern des Hauses gedrungen war, aber vielleicht war es der Vater, der, von den Flammen eingeschlossen, um Hilfe rief – und da sah er, Aphrodisius, tatenlos zu, wie das Haus niederbrannte und in sich zusammenstürzte. Dieser Gedanke peitschte ihn zu der nun folgenden Tat.

Ein Fetzen seines Gewandes, der an ihm herabhing, diente als Mundschutz; noch einmal holte Aphrodisius tief Luft, dann stürmte er los. Jetzt blickte er nicht mehr furchtsam nach oben, weil er genau wußte, daß ein solcher Blick den neugewonnenen Mut bremsen und die letzte Hoffnung zunichte machen würde. Aphrodisius sprang durch die Tür, schloß die Augen vor dem beißenden Rauch, die Linke wie einen Fühler vor sich herschwenkend, wandte er sich nach rechts. Hitze schlug ihm entgegen, und in dem langen Korridor hallte das Prasseln des Feuers laut und unheilverheißend. Rauchwolken leuchteten gelb und rot, sobald er die Augen öffnete. So gelangte er in das Triclinium, ein langgestrecktes Speisezimmer; es war leer. Soweit er es durch den Rauch erkennen konnte, lagen überall Scherben von Geschirr auf dem Boden herum.

Der Brandherd schien nicht hier, sondern im rückwärtsgelegenen Küchentrakt zu liegen, wo die Laren das Herdfeuer bewachten. »Mutter!« rief Aphrodisius, »Mutter!«, während er sich mühevoll einen Weg bahnte. Die Wände des Hauses ächzten, sie konnten jeden Augenblick einstürzen, ihn unter sich begraben, aber daran mochte er nicht denken, nicht in diesem Augenblick! Das Atmen fiel zunehmend schwerer, je näher er dem Feuer kam, seine Lungen schienen zu kochen.

Benommen erreichte er das Atrium, den fensterlosen zentralen Innenraum, doch seine Hoffnung, der Rauch würde hier durch die Öffnung in der Decke abziehen, bewahrheitete sich nicht. Im Gegenteil: die Dachöffnung verursachte einen starken Sog, wodurch die Hitze jaulend entwich. Das kostbare Mobiliar an den Wänden, die langen Vorhänge an den Seiten hatten bereits Feuer gefangen und strömten einen beißenden Geruch aus.

Aphrodisius tauchte seinen Kleiderfetzen in das Impluvium, ein knietiefes Marmorbecken, das den Regen von der Dachöffnung auffing. Den nassen Lappen vor Mund und Nase pressend, stolperte er weiter, hustend und schnaubend, bis ihm eine Feuerwand den Weg versperrte.

»Mutter«, rief er immer wieder, »Mutter!«, aber durch das Rasen des Feuers drang keine Antwort. Schmutzige Tränen rannen über sein Gesicht, die Hitze in seinem Haupthaar schmerzte, die Haut brannte.

Aphrodisius wußte selbst nicht mehr genau, warum er eigentlich hier stand, irgend etwas trieb ihn durch diese Feuerwand, nur schnell mußte es gehen. Und da hatte der Junge eine Idee: Er lief zurück, sprang in das Impluvium, drehte sich in dem Becken wie ein Pferd, das sich im Staub der Koppel wälzt, und wollte gerade den Fuß auf den Beckenrand setzen, als die Decke über der Feuerwand krachend zusammenfiel.

Nun begann auch das Atrium zu bersten, einzelne Kassetten der Decke stürzten polternd ins Feuer, ein Pflaster löste sich von der Wand und krachte, in viele Teile zerspringend, auf den Boden. Was langsam begonnen hatte, setzte sich in rasender Eile fort, und Aphrodisius verfiel in Panik. Würde er hier je lebend herauskommen? Triefend suchte er den Weg zurückzufinden, den er gekommen war.

Im Tablinum stolperte er über ein Hindernis, schlug längs auf den Boden, brüllte vor Schmerz und blieb entkräftet und benommen liegen. In diesem Augenblick wollte Aphrodisius nicht mehr leben, er wollte einschlafen, nie mehr aufwachen, tot sein. Ein paar Sekunden hing er diesem Gedanken nach, dann kehrte der Lebenswille zurück; er raffte sich auf, mühsam nach Luft schnappend, und dabei fiel sein Blick auf das Hindernis, das ihn zu Fall gebracht hatte.

Beim Jupiter! Aphrodisius wischte die nassen Haare aus dem Gesicht, drückte die Knöchel seiner Zeigefinger in die zusammengekniffenen Augen, als mißtraute er seinen Sinnen: Da lag Serenus, sein Herr, zusammengerollt wie eine Katze, den Kopf mit den Ellenbogen schützend, und rührte sich nicht.

»Herr?« rief Aphrodisius ungläubig, aber er bekam keine Antwort. Heulend packte der Junge den kleinen, untersetzten Mann unter den Achseln und schleifte den leblosen Körper rückwärts aus dem Tablinum. Lang, endlos lang erschien ihm der finstere, rauchverhangene Korridor. Heißer Schweiß preßte aus allen seinen Poren, jeder Atemzug stach wie ein glühendes Schwert in seine Lungen. Endlich wurde es hell.

Aphrodisius zog den Patron auf die Straße und blickte hilfesuchend um sich. Menschen hetzten an ihm vorbei, aber sie beachteten ihn nicht; ein jeder trug an seinem eigenen Schicksal. Aphrodisius schluchzte laut, und während er seinen Herrn auf das Pflaster bettete, während er hilflos die Arme des leblosen Körpers ergriff und wieder auf den Boden fallen ließ, während er mit bloßen Händen das kleine, trockene Blutrinnsal abwischte, das eine dunkle Spur von Serenus' Mund über das Kinn zum Hals zeichnete – da machte er eine grausige Entdeckung: Im Hals des Patron steckte ein Dolch, bis zum Schaft.

Aphrodisius zitterte. Vorsichtig, als sei es ein heißes Eisen, berührte er den geschwungenen Griff, dann packte er zu, zog die Waffe heraus und schleuderte sie in das brennende Haus.

Da gab Serenus einen leisen, seufzenden Laut von sich. Serenus lebte! Er lebte! Am liebsten hätte es Aphrodisius laut herausgeschrien, doch Serenus öffnete die Augen, nicht ganz, gerade so weit, daß man seine Pupillen sehen konnte. Den Falten auf seiner Stirne war anzusehen, wie sehr ihn das anstrengte. Und nun versuchte er mit den Lippen ein Wort zu formen.

»Herr«, flüsterte Aphrodisius. »Herr, was ist geschehen?«

Ein unverständliches Gurgeln war die Antwort. Serenus schloß die Augen, aber seine Lippen bewegten sich weiter: »Popidius Pansa.« Ja, Aphrodisius verstand die Worte ganz deutlich: »Popidius Pansa.«

Im Bewußtsein, eine große Tat vollbracht zu haben, riß Serenus die Augen weit auf, als wollte er das Bild dieser brennenden, zerstörten Welt tief in sich aufnehmen, und Aphrodisius glaubte auf den Lippen des Patrons ein Lächeln zu erkennen, ein Lächeln, das ihm, Aphrodisius, galt. Dann sank sein Kopf zur Seite.

»Herr!« rief Aphrodisius noch einmal, ein hilfloses, leises »Herr!«

Das alles geschah am vierten Tag vor den Nonen des Februarius unter dem Konsulat des Publius Marius und Ludus Asinius, im achten Jahr der Regierung des göttlichen Nero.

## 2

*DECIMILLUS SUCHT SEINE Schwester Decimilla.*

*Angehörige der Vettier melden sich bei Rufus in der Straße der Fortuna.*

*Wer kann Angaben machen über den Verbleib der kleinen Tullia, einzige Tochter des Gärtners Florealis?*

*Aesquilia, ich lebe! Dein Pollus.*

Das pompejanische Forum war vom Erdbeben in eine Trümmerwüste verwandelt worden, nun kündeten Inschriften auf Mauerresten, Säulenstümpfen und Steinplatten vom Überleben. Viele Bewohner hatte die Katastrophe um den Verstand gebracht, sie irrten schreiend oder betend durch die Straßen oder versteckten sich zitternd in den Ruinen. Hier und da ragte eine Tafel aus dem Schutt, mit der die reichen Pompejaner gerne ihre Hauseingänge versahen, wie *Lucrum gaudium* – ›Gewinn macht Spaß‹ oder der Wahlaufruf an einer Hauswand: *Stimmt für Marcellus, er wird herrliche Spiele veranstalten!* Und ein Schelm hatte unter die Empfehlung einer Schenke, die ihren zweifelhaften Ruf mit den Worten *Hier wohnt das Glück* in Erinnerung brachte, die humorvolle Zeile gekritzelt: *Mit unbekanntem Ziel verzogen.*

In Trauben umlagerten die Menschen die Totenlisten, die auf dem Forum ausgehängt wurden: Verecundus, der Tuchmacher, hatte Frau und Sohn verloren, Ascula ihren Mann Placidus, Terentius Proculus war von einer umstürzenden Mauer erschlagen, Numidius Fronto, der Sohn der mächtigen Priesterin Eumachia, vor den Augen seiner Mutter zerquetscht worden. Tot war auch der hoffnungsvolle Kandidat für das Ädilenamt, Severus.

Lucius Cäcilius Aphrodisius hatte seine Eltern verloren; sie waren zusammen mit siebzehn anderen Sklaven in der brennenden Ruine umgekommen. Aber seltsamerweise empfand er keine Trauer, er spürte nur eine große Leere, und ein Gefühl der Gleichgültigkeit machte sich breit. Doch darin unterschied er sich kaum von den anderen, die dem Inferno entgangen waren.

Sieben Tage und sieben Nächte loderten die Totenfeuer am Salztor außerhalb der Stadt. Dort verbrannten die Pompejaner auf mächtigen Scheiterhaufen die Opfer, welche das Erdbeben gefordert hatte. Die Urnen mit ihrer Asche setzten sie in eilends errichteten Grabstätten an der Via consularis bei.

Gleichgültig starrte er in das Feuer, das den Leichnam seines Herrn verzehrte, er weinte keine Träne. Auch Fulvia, Serenus' Frau, die nur deshalb dem Tod entronnen war, weil sie sich zum Zeitpunkt der Katastrophe auf den Märkten aufhielt, schien teilnahmslos. Allein zu sein, ohne Zuneigung und Hilfe eines anderen, zukunftlos, das war das einzige, was Aphrodisius empfand. Aphrodisius wußte nicht, ob Fulvia die tiefe Wunde am Hals ihres Gatten bemerkt hatte, eigens darauf hingewiesen hatte er sie jedenfalls nicht. Beider Rede beschränkte sich nur auf das Nötigste, nicht anders als in all den Jahren zuvor. Im übrigen war es ihm gleichgültig, ob sein Herr durch den Rauch des Feuers oder durch den Dolch in seinem Hals umgekommen war – er war tot, und den Namen, den Serenus sterbend gemurmelt hatte, hatte Aphrodisius in der Aufregung des Augenblickes vergessen.

Serenus tot, das bedeutete für Aphrodisius das Ende seines Aufstiegs, der doch gerade erst begonnen hatte. Gewiß, er war ein Freigelassener, war ein Bürger, durfte die Toga tragen, wie es einem Libertinus zukam –, konnte sich frei bewegen zwischen Numidien und dem Mare Germanicum, zwischen Lusitanien und dem parthischen Osten. Aber ein Römer ohne Besitz war ein schlechter Römer und taugte nicht einmal zum Wehrdienst. Früher oder später würde er deshalb den Freiheitsstab zurückgeben und sich wieder als Sklave verdingen müssen, unabwendbar wie der Schicksalsspruch der Parzen.

Pompeji, der Venus campanischer Stolz, trug Trauer, Ruinen ragten klagend zum Himmel, wo einst Tempel den Ruhm der Götter verkündeten. Keines der Heiligtümer hatte das Beben überstanden, und im nahen Nuceria, vor allem aber in Neapel, wo die Erdstöße nur ein paar Statuen auf öffentlichen Plätzen zum Bersten gebracht hatten, sprachen die Menschen von der Rache der Götter für den Stolz und die Hoffart der lebensgierigen Pompejaner. Auch der Göttliche in Rom ließ seiner Schadenfreude freien Lauf und rührte keinen Finger, als die Hiobsbotschaft in Rom eintraf, obwohl doch Tiberius den Städten Kleinasiens, die ein ähnliches Schicksal erduldet hatten, großzügige Hilfe hatte zuteil werden lassen.

Aber vielleicht war es gerade das Gefühl des Alleingelassenseins, das die Pompejaner motivierte, die Stadt wieder aufzubauen, reicher und prächtiger als je zuvor: Von überall strömten Handwerker herbei; Bauarbeiter, Zimmerleute, Steinschneider und Mosaikleger sahen beim Wiederaufbau der Stadt gute Verdienstmöglichkeiten. Sie hausten in den herrenlosen Ruinen, von denen es genügend gab, und zogen plündernd durch die Stadt wie streunende Hunde.

Wohlhabende Pompejaner wie Serenus besaßen ein Landgut vor den Toren, und diese Landgüter hatten unter dem Beben weit weniger gelitten; zum Teil waren sie gänzlich unversehrt geblieben. Auch Fulvia bezog ihren campanischen Besitz, und Aphrodisius dachte zunächst, sie würde seine Dienste schätzen, weil sie niemanden hatte, der ihre Geschäfte verrichtete, und weil er die rechte Hand seines Herrn gewesen war. Doch eines Abends rief sie ihn ins Tablinum.

»Du hast«, begann sie beinahe verlegen, »Serenus, deinem Herrn, immer treu gedient.«

»Seit den Tagen meiner Kindheit, Herrin!«

»Dafür hat Serenus dir die Freiheit geschenkt.«

»Die Götter mögen es ihm lohnen.« Aphrodisius wußte, worauf Fulvia hinauswollte. Er wußte, was sie sagen würde: Daß sie ihn nicht mehr brauche, daß er endlich verschwinden solle, ein Fußtritt für einen Hund, und er sagte: »Ich glaube zu verstehen, Herrin, *ad rem*!«

Fulvia schien erleichtert. Sie zog einen ledernen Beutel hervor und warf ihn vor Aphrodisius auf den Tisch: »Der Lohn für deine Arbeit, Mercurius auf allen Wegen.« Er war entlassen.

In dem Beutel befanden sich tausend Sesterzen, exakt abgezählt in Bronzemünzen, der Preis zweier Maultiere oder eines schlechten Sklaven.

Rom, an den Kalenden des Martius.

Pyrallis, die Zofe, überbrachte die Botschaft: »Der Quästor kommt!«

»Jupiter möge mich schützen!« rief Poppäa Sabina. »Woher bringst du die Nachricht?« Und als Pyrallis das Haupt senkte, fuhr sie fort: »Ach, ich hätte wohl gar nicht fragen müssen – Longinus?«

Die Zofe nickte heftig. Erst vor wenigen Tagen hatte Poppäa entdeckt, daß ihre Dienerin mit Longinus, dem Prätorianer von der Leibwache des Göttlichen, ein Verhältnis hatte. Poppäa hätte dagegen kaum etwas einzuwenden gehabt – nur legte sie Wert darauf, stets als erste darüber informiert zu sein, wer gerade mit wem das Lager teilte.

»Longinus sagt, der Göttliche habe einen großen Empfang vorbereitet, als der Bote die Nachricht überbrachte.« Pyrallis sah die Herrin mit furchtsamen Augen an. Gleich würde Poppäa wutschnaubend wie ein Stier in der Arena durch das Haus stürmen und den Quästor, ihren Mann, verfluchen und wünschen, er möge zur Hölle fahren; sie kannte das.

Aber Poppäa blieb ruhig, beängstigend ruhig, rief nach Polybius, ihrem Privatsekretär, und erkundigte sich, ob er vergessen habe, eine Botschaft zu übermitteln. Polybius verneinte bei allen Göttern und verschwand.

»Pyrallis«, sagte Poppäa, »was wird hier gespielt?«

Ihr feuerrotes Haar glänzte golden im Widerschein der Fackeln; sie trug es streng gescheitelt, wie eine griechische Göttin, und wie ein Götterbild leuchtete auch ihre Haut, weiß und durchsichtig. Das lange, wallende Gewand, entgegen gängiger Mode hochgeschlossen, umspielte züchtig die Konturen ihres Körpers und enthüllte dennoch mehr, als es verbarg. Sie lag hingegossen auf einem purpurbespannten Diwan und sog, während sie überlegte, goldbraune Datteln in den Mund – nein, Poppäa aß die mehligen afrikanischen Früchte nicht, sie umschloß eine jede mit den Lippen, ließ die Frucht in den Mund gleiten, ein kurzer Biß, dann spuckte sie den langen Kern weit von sich, als zielte sie auf eine imaginäre Gestalt.

Pompejanische Maler hatten die Wände des Tablinums in der ihnen eigenen Art in gedämpften Farben ausgemalt, und wer je Einlaß fand in das weiträumige Haus auf dem Esquilin, mußte ohne Übertreibung bekennen, daß es der Kaiservilla auf dem Palatin in nichts nachstand. Ein dunkelhäutiger, gehörnter Pan blies, von einer Harfenspielerin begleitet, die Flöte, verführerische Klänge für zwei halbbekleidete Mädchen, die, als habe man sie ertappt, ängstlich auf den Betrachter blickten. An der gegenüberliegenden Wand saß Europa auf dem kretischen Stier, nackt bis zu den Hüften, aber mit einem Schleier im Haar. Der bullige, von drei spielenden Mädchen umgebene Stier zeigte nichts von der Wildheit des Zeus, ließ sich von einem der Mädchen zärtlich umgarnen, nur die großen, wachen Augen verrieten sein kühnes Vorhaben.

»Was mag den Quästor bewegen, unverhofft in Rom aufzukreuzen?« sagte Poppäa vor sich hin.

»Wenn Ihr mich fragt, Herrin«, erwiderte Pyrallis, »dann ist es die Sehnsucht nach seiner Frau ...«

»Ach was!« fiel ihr Poppäa ins Wort. »In Lusitanien gibt es genug Weiber für einen Mann wie den Quästor. Oder glaubst du, der Quästor ist wählerisch? Er bespringt eine Kuh, wenn es seiner Karriere förderlich ist, dieser Quästor!«

Dieser Quästor! In Poppäas Worten lag soviel Spott, soviel Haß, dabei war sie noch immer mit diesem Mann verheiratet, einem Mann, dem die Kinder auf der Straße nachriefen, weil er extrem krumme Beine hatte, gleichzeitig aber eitel war wie ein Pfau und seine Glatze unter einer Perücke verbarg. Wenn eine Schönheit wie Poppäa Sabina einen solchen Mann heiratete, dann natürlich nicht ohne Grund – nur Liebe war jedenfalls nicht im Spiel.

Marcus Salvius Otho, so hieß der Angetraute, war ein intimer Freund des Kaisers, ja, er schlief auch mit ihm, und dieses Verhältnis konnte Poppäa nur nützlich sein. Eine Meisterin der Verführungskunst, hatte sie sich Otho an den Hals geworfen, ohne ihm vor der Ehe je das Letzte zu geben. Aber auch als der Kaiserintimus ihrer Forderung nachgekommen war, gab Poppäa nicht nach. Erst wollte sie Nero kennenlernen. Und als sie am Ziel ihrer Wünsche war und als der Göttliche rasend wurde vor Verlangen nach der schönen Frau, da forderte sie von Nero, er möge sie von Otho, diesem lästigen Ehegemahl, befreien – erst wenn sie ihn weit genug fort wisse von Rom, könne sie sich ihm, dem Göttlichen, hingeben. Da suchte denn der Kaiser auf der Karte seines Weltreiches und fand im äußersten Westen die Provinz Lusitanien, dorthin entsandte er Otho mit dem Titel eines Quästors; er sollte dort – recht lange – nach dem Rechten sehen.

»Ich glaube«, meinte Poppäa und spuckte einen Dattelkern verächtlich in die Ecke, »da haben die beiden einen Plan ausgeheckt.«

»Noch seid Ihr mit ihm verheiratet, Herrin!« entgegnete Pyrallis. »Ihr könnt Otho wohl nicht das Haus verbieten.«

»Ich will diesen Namen nicht hören!« zischte Poppäa. »Der Quästor wird, beim Hercules, keinen Fuß über diese Schwelle setzen. So wahr ich Poppäa Sabina bin, die Enkelin des Poppäus Sabinus, des Konsuls und Triumphators, des Statthalters von Mösien, Achaia und Mazedonien.«

Die schöne Sabinerin ließ kaum eine Gelegenheit aus, auf ihren prominenten Großvater mütterlicherseits hinzuweisen, dessen Namen sie angenommen hatte, weil ihr leiblicher Vater Ollius kaum mehr als ein Nichts war; sie verachtete ihn, denn er hatte die falschen Freunde und war zu Fall gekommen, noch ehe er auch nur ein einziges höheres Amt bekleidet hatte. Das galt im übrigen auch für ihren ersten Mann, Rufrius Crispinus, ein Ritter zwar von vornehmer Haltung, aber ohne höhere Ambitionen, den sie über Nacht verließ, um sich Otho an den Hals zu werfen.

»Meine Sänfte!« Poppäa klatschte in die Hände. »Pyrallis, einen Schleier.«

Die Zofe brachte einen langen bauschigen Schleier, schlang ihn ihrer Herrin zweimal um Kopf und Hals und befestigte das lange, herabhängende Ende im Gürtel ihrer Tunika. »Ihr solltet vorsichtig sein, Herrin«, meinte sie zaghaft, »die Stadt ist voller Unruhe. Erst der Tod der Kaiserinmutter – jetzt Octavias Verbannung nach Pandateria ...«

Poppäa sprang auf: »Das Weib soll froh sein, daß ihr Kopf noch auf dem Hals sitzt. Pandateria ist eine liebliche Insel ...«

»... aber die wenigsten haben den Aufenthalt dort überlebt«, warf die Dienerin ein.

»Verräterinnen verdienen keine Milde. Octavia hat Nero nach dem Leben getrachtet.« Pyrallis schwieg. »Du glaubst meinen Worten nicht?« fuhr Poppäa fort. »Hat nicht Anicetus, der Kommandant der Flotte von Misenum, ein Mann, der über jeden Zweifel erhaben ist, bezeugt, daß Octavia die Schiffe ausspioniert und Anhänger unter den Mannschaften gesucht hat? Nicht nur der Kaiser, ich selbst mußte um mein Leben fürchten!«

Poppäa zog den Schleier vors Gesicht. Im Atrium warteten vier galatische Sklaven mit der Sänfte, einem engen, mit Blütenranken verzierten Möbel mit je einer Tragestange an beiden Seiten, die Fenster mit Purpur verhängt. »Zum Kapitol!« kommandierte Poppäa barsch.

Die drahtigen Galater hoben die Sänfte mit der Herrin hoch wie einen leichten Weidenkorb, dann rannten sie los durch die nächtlichen Straßen der Stadt. Zerlumpte, grölende Gestalten drängten sich vor den Kaschemmen und Garküchen, die es an jeder Straßenecke gab, weil die wenigsten Häuser – und schon gar nicht die zahllosen *insulae*, die, oft vierstöckig und aus Holz gebaut, die Straßen säumten – über eine Kochgelegenheit verfügten. Poppäa nahm den Umweg über die Heilige

Straße, um zu kontrollieren, ob der Göttliche ihren Willen erfüllt und die Standbilder Octavias beseitigt und durch ihre, Poppäas, ersetzt hatte. Zwölf Bildhauern aus Achaia hatte sie eine ganze Woche Modell gestanden, und obwohl alle zwölf hohe Meister ihrer Kunst waren, hatten sie nach vollendeter Arbeit übereinstimmend bekannt, nur Phidias, der Liebling der Götter, der Athene Promachos zum Leben erweckte, wäre der Aufgabe gewachsen gewesen, ein ihrer wirklichen Schönheit gemäßes Abbild zu schaffen. Das aber störte die Sabinerin nur wenig, obgleich sie jeden Pfau an Eitelkeit übertraf. Allein wichtig war ihr die jedem Römer sichtbare Postierung anstelle der verstoßenen Kaiserin.

So schlug ihr Herz höher, als sie in der Dunkelheit ihr Konterfei vor dem Tempel des Göttlichen Gaius Julius Cäsar erkannte, stolz und selbstbewußt, doch traf es sie wie ein Donnerschlag, als sie gegenüber der Julischen Halle, vor dem Triumphbogen des göttlichen Tiberius, ihre Statue im Staub liegen sah.

»Schneller!« herrschte Poppäa die Sklaven an, um an jeden einzelnen Aufstellungsort zu gelangen. Aber wohin sie auch kam, überall waren die Standbilder umgestoßen, demoliert oder mit schwarzer Farbe beschmiert. Rasend vor Wut trieb sie die Sklaven zum Kapitol hinauf, wo die Sabinerin ihre lebensgroße Marmorstatue neben dem göttlichen Nero in einer Reihe mit Augustus, Tiberius, Caligula und Claudius wußte. Hier Hand anzulegen würde der Pöbel nicht gewagt haben, und tatsächlich erkannte sie im Dämmerlicht, daß ihr Abbild aufrecht stand, in einer Reihe mit den Kaisern des Imperiums. Erst im Näherkommen entdeckte sie das Furchtbare: Man hatte ihrem Bildwerk und dem des göttlichen Nero einen Sack über den Kopf gestülpt, so wie es Gatten- und Muttermördern zukam, die nach ergangenem Urteil zusammen mit einem Hahn oder einer Schlange in einen Sack gesteckt und ertränkt wurden.

»Bringt mich auf schnellstem Weg nach Hause!« rief Poppäa empört, und die Galater rannten, so schnell sie nur konnten;

die Unbeherrschtheit ihrer Herrin war gefürchtet. Poppäas Zorn schwoll an zu blinder Wut, als sie an jener Stelle vorbeikam, wo noch kurz zuvor ihr eigenes Standbild Entzücken hervorgerufen hatte: Dort stand nun eine Skulptur Octavias, und ein Blumenkranz krönte ihr Haupt.

»Sie muß sterben, sie muß sterben!« Poppäa wiederholte die Worte, leise, beschwörend, wie einen Fluch. Sie muß sterben! Es war ein Fehler, sie nach Pandateria zu verbannen, Octavia muß sterben! Warum hassen mich die Römer so? Gewiß, ich bin schöner, reicher, begehrter als alle anderen, aber ist das ein Grund, mich zu hassen?

Der göttliche Nero hatte ihr zugesichert, sich von Octavia scheiden zu lassen, sobald es die Umstände erlaubten. Das war gewiß nicht einfach, weil Octavia zurückgezogen lebte wie eine Vestalin und weil selbst ein gekaufter alexandrinischer Flötenspieler, der behauptete, die Kaisergemahlin eine Nacht und einen Tag geliebt zu haben, vor Gericht keinen Glauben fand – höchst erstaunlich für einen Mann dieses Berufes und dieser Herkunft.

Unterwegs begegneten Poppäa Koprophagen und Müßiggänger, die in der Menge Stärke suchten; sie trugen lodernde Fackeln und riefen: »Octavia, Octavia!«, daß die Sabinerin ihre Hände auf die Ohren preßte, so schmerzte sie dieser Name. Ob nicht Seneca hinter all diesen Aktionen steckte? Der Alte konnte sie nicht leiden und hatte schon mehrfach beim Kaiser gegen sie intrigiert, doch obwohl er reich und mächtig war, obwohl er mit seinem Freund Burrus ein halbes Dezennium lang das Weltreich regiert hatte, weil der göttliche Nero noch ein Kind war, gelang es ihm nicht, den Kaiser umzustimmen. Der vergötterte seine Poppäa.

Die Sabinerin wußte sehr wohl um den Grund seiner Parteinahme gegen sie, hatte sie ihn doch, als er, der alternde Philosoph und Redner, um eine einzige Nacht mit ihr buhlte, abgewiesen und ins Lupanar hinter dem Theater des Pompejus verwiesen, wo sie es ihm zu dritt für drei Sesterzen besorgten, sie selbst koste 300 Millionen, so viel also, wie, Gerüchten zufolge, Senecas gesamtes Vermögen. Diesen Scherz verstand der geile Bock sehr wohl, und seither hatte sie ihn zum Feind – und er sie.

Auf dem Esquilin wartete der Verwalter ihrer pompejanischen Güter, Marcus Silanus. Die Nachricht von dem Erdbeben hatte Poppäa nicht weiter erschüttert; nur eine genaue Aufstellung der Schäden wollte sie haben und Vorschläge, wie man sie zu beheben gedenke. Das riesige Landgut im Nordosten Pompejis hatte, im Gegensatz zu den drei Stadthäusern, keinen Schaden genommen – nur: von den fünfhundert Eseln, die dort gehalten wurden, war die Hälfte während des Bebens in wilder Panik entlaufen, und es war trotz großer Anstrengungen der Sklavenschaft nicht gelungen, mehr als ein Dutzend der Grautiere wieder einzufangen. Esel als Last- und Zugtiere seien während des Wiederaufbaues der Stadt gefragt wie nie zuvor, meinte Marcus Silanus, zur Zeit könne er daher nicht mehr als drei Faß Eselsmilch täglich liefern, er bedauere.

»Du willst also, daß ich im harten Wasser der Aqua Julia bade!« geiferte Poppäa. »Du willst, daß meine Haut rauh wird wie die eines Waschweibes aus der Vorstadt! Du willst, daß ich in den Thermen des Agrippa bade, wo die Huren verkehren und mit den Prätorianern Orgien feiern!«

»Herrin«, versuchte Silanus sie zu beschwichtigen, »Jeder Römer spricht von Eurer Schönheit, Euer Ruf geht weit über die Grenzen Pompejis hinaus, und jedermann weiß, daß die Milch der pompejanischen Esel dazu beiträgt, diese Eure Schönheit zu erhalten. Aber, beim Hercules, ich kann nicht mehr Esel melken lassen als im Stall stehen!«

»Dann kaufe eine neue Herde.«

»Leicht gesagt«, entgegnete Silanus, »die Märkte, wo sonst Dutzende dieser Tiere feilgeboten werden, sind wie leergefegt. Eumachia, die mächtige Priesterin, hat alle Esel, Maultiere und Zugochsen aufgekauft, sie erwirbt Häuserruinen zu einem Spottpreis und baut sie wieder auf, um sie später teuer zu verkaufen.«

Poppäa legte den Kopf zur Seite und sagte: »Nicht übel, diese Frau.«

»Dabei kommt ihr zugute«, fuhr Marcus Silanus fort, »daß sie neben ihren Landgütern und Weinbergen auch die größten von Pompejis Ziegeleien besitzt.«

»Und da kommst du und teilst mir mit, daß ich, Poppäa Sabina, unter den Folgen eines Erdbebens leiden soll – eines Bebens, das nicht einmal in Neapel zu verspüren war!«

»Herrin, große Teile Pompejis sind zerstört. Jupiters Wille war es, daß kein Heiligtum der Stadt erhalten blieb. *Quod dei bene vertant.*«

»Jupiters Wille ist es offenbar auch, daß Eumachia sich an der Katastrophe bereichert, während du mir den Verlust von ein paar Hundert Eseln meldest.« Poppäa ging unruhig auf und ab. »Die Einkünfte aus meinen pompejanischen Gütern sind ohnehin so dürftig, daß ich mich frage, ob du der richtige Verwalter bist für meine Besitzungen.«

Silanus ließ den Kopf hängen; er wollte sich rechtfertigen, erklären, daß der Sommer ungewöhnlich trocken, der Ertrag deshalb bescheiden war, doch er kam gar nicht dazu, weil Poppäa wutschnaubend durchs Haus eilte und ihn durch Gesten aufforderte, ihr zu folgen. So schlurfte denn Silanus mit schlechtem Gewissen hinter Poppäa her wie ein gezüchtigter Hund, ständig mit neuen Befehlen und weiteren Zornesausbrüchen rechnend. Im Gehen rief Poppäa nach Pyrallis, ließ den Schleier auf den Boden fallen und forderte, im Garderobenraum angelangt, ein neues Kleid für den Abend. Pyrallis trat hinzu, löste die Fibeln an den Schultern der Herrin, und das Gewand glitt von ihr herab wie ein Segel, das bei der Einfahrt in den Hafen gerefft wird. Nackt und blendend wie eine achaische Statue stand Poppäa da, und Silanus senkte den Blick. Er wollte sich umdrehen, aus dem Raum fliehen, doch dann begriff er, daß Poppäa ihn mit dieser Handlung demütigen wollte, daß sie sagen wollte: Du bist für mich Luft, bist kein Mann, ein Werkzeug bist du, ein Knecht, nichts weiter. Und obwohl er ihre Schönheit erkannte, das Weiß ihrer Haut, von dem sich das rote Haar abhob wie die Sonne am Himmel, die Äpfel ihrer Brüste und die sanfte Rundung ihrer Hüften, fühlte Silanus nichts – im Gegenteil, die Demütigung verursachte ihm tiefes Mißbehagen. Pyrallis streifte der Herrin ein anderes, dunkelgrünes Kleid über, und noch immer stand der Verwalter da, mit gesenktem Blick.

»Ich will dir einen Vorschlag machen«, begann Poppäa und forderte die Zofe mit einer Kopfbewegung auf zu verschwinden. Sie winkte Silanus so nahe zu sich heran, daß er ihren Atem hören konnte. »Ich könnte dich davonjagen wie einen Hund, der nach dem Wild auf der Festtafel des Herrn geschnappt hat, aber ich will dir eine Chance geben ...«

Silanus beugte das Knie, ergriff die Hand der Herrin und preßte sie gegen die Stirne, so wie er es als Sklave getan hatte, als er noch nicht in Freiheit stand, und sagte: »Sprich, Herrin, was soll ich tun?«

»Octavia ...«

»Die Frau des Göttlichen?«

»Er verbannte sie auf die Insel Pandateria, die der Küste von Cumä vorgelagert ist, dorthin, wo einst die euböische Sibylle weissagte, keine Tagesreise von Pompeji entfernt.«

»Ein furchtbares Vorzeichen! Kaum einer hat diese Insel jemals lebend verlassen – und wenn, so folgte der Tod ihm auf dem Fuße. Octavia sieht einem traurigen Schicksal entgegen.«

»Also ist es ein Gebot der Menschlichkeit, der Kaisergemahlin dieses traurige Los zu ersparen. Ich glaube, der Tod wäre eine Erlösung für Octavia.«

Silanus schwieg. Es dauerte eine ganze Weile, bis er begriff, was Poppäa mit diesen hämischen Worten meinte. Dann aber erschrak er und begann am ganzen Körper zu zittern.

»Sie ist mir im Weg«, sagte Poppäa zornig und warf ihr volles Haar in den Nacken. »Die Römer bekränzen ihre Statuen mit Blumen und stürzen die meinen in den Sand. Solange sie am Leben ist, werde ich immer eine Nebenbuhlerin haben. Du mußt sie mir aus dem Weg schaffen.«

Als Poppäa das versteinerte Gesicht des Pompejaners sah,

sagte sie beschwichtigend: »Du mußt es ja nicht selbst besorgen! Man wird dir zwanzigtausend Sesterzen aushändigen, über die du mir keine Rechenschaft schuldig bist. Führst du die Tat selbst aus, so sind sie dein, willst du dir die Finger nicht schmutzig machen, so dinge einen der zahllosen Taugenichtse, die überall auf den Straßen herumlungern. Nur hüte dich, das in Rom zu tun, denn in Rom haben die Wände Ohren, die Decken Augen und selbst das Straßenpflaster ist mit Nasen ausgestattet, Spürhunde folgen jedem deiner Schritte ...«

Poppäa rief nach Polybius, dem Schreiber, und beauftragte ihn, dem pompejanischen Verwalter sechzigtausend Sesterzen auszuhändigen.

»Sechzigtausend Sesterzen?« fragte Silanus ungläubig.

»Für den Kauf neuer Esel, du Dummkopf«, erwiderte Poppäa, »meinetwegen läßt du sie – *rebus sic stantibus* – aus Karthago herbeischaffen.«

Silanus rechnete – und verstand.

»Verdoppelt die Nachtwachen!« rief Poppäa Sabina, als Silanus gegangen war. »Und sollte der Quästor aus Lusitanien Einlaß fordern, dann werft ihn hinaus.«

Aphrodisius war so arm, wie Poppäa reich war. Er trug die tausend Sesterzen unter seinem Gürtel auf dem Leib, denn er mußte befürchten, in den öffentlichen Schlafstellen, die für die Obdachlosen eilends eingerichtet worden waren, bestohlen zu werden. Tagelang war er ziellos durch die Ruinenstraßen geirrt, als laufe er dem eigenen Schicksal hinterher – doch wenn der Abend sich herniedersenkte, wenn kühler Wind durch die Ruinen heulte, wenn er fröstelnd zu den anderen Obdachlosen schlich, dann holte ihn das Schicksal wieder ein. Den Plan, nach Rom zu gehen und sich dort bei einem anderen Patron zu verdingen, hatte er aufgegeben, weil ihm bei dem Beben sein Freiheitsstab abhanden gekommen war. Unter dem Arm, da trug er indessen noch immer das eingebrannte Sklavenmal – wer würde ihm schon glauben in der großen, fremden Stadt?

Das Macellum, wo er für seinen Herrn Serenus den Marktzins kassiert hatte, lag verlassen da. Bald jedoch tauchten Händler vom Land auf, um ihre Stände an Straßenkreuzungen aufzuschlagen. Früher, vor dem Erdbeben, war das streng verboten gewesen – jetzt mußten die Pompejaner zufrieden sein, daß es überhaupt wieder etwas zu kaufen gab. Murrend zahlten sie Wucherpreise für Getreide, Linsen, Bohnen und Gemüse, vereinzelt wurde sogar Fleisch angeboten zum dreifachen Preis. Doch als die Ädilen drohten, bei Cäsar eine Senkung des Münzwerts zu erwirken, da blieben tags darauf die Stände leer wie das Forum nach einem Herbststurm, obwohl es Waren gab im Überfluß. Die aber lagerten in Vorratsräumen, und von nun an konnte man dieselben Händler beobachten, wie sie sich nach Einbruch der Dämmerung in Hausnischen herumdrückten, mit Säcken und Körben von Haus zu Haus schlichen wie Diebe in der Vorstadt, all jenen Recht gebend, die seit alters her behaupteten, Handel sei die Mutter des Reichtums.

Erblickte ein Reicher in diesen trüben Tagen den einzigen Trost in seinem Geldsack, so fand ihn der Arme im Gebet. Schlechte Zeiten sind Zeiten der Götter, denn mit knurrendem Magen betet sich's leichter, und so pilgerten Priester und Propheten in die zerstörte Stadt, um Gefolgsleute buhlend wie brünftige Wölfe und nie um eine verlockende Versprechung verlegen. Eumachia, die Priesterin, ließ zuerst auf dem Forum ein Larenheiligtum errichten, für die Schutzgötter des Hauses und der Familie. Aus dem Osten kamen Priester des felsengeborenen Mithras, dem auch der göttliche Nero zugetan sein sollte, und predigten strenge Gebote und Prüfungen im Kampf gegen das Böse. Für Isis mit dem Kuhgehörn, die Schicksalsherrscherin, sprachen Jünger aus Rom, wo die Göttermutter vom Nil des Nachts mit furchterregenden Riten wie Demeter verehrt wurde.

Am stärksten berührten Aphrodisius die Reden eines Mannes aus Kilikien, der, von Geburt ein römischer Bürger und Zeltmacher von Beruf, kahlköpfig, aber mit wehendem Bart auf die Stufen der Tempelruine des Jupiter trat und in griechischer Sprache zu den Pompejanern redete. Er komme aus Rom, sagte er, wo er zwei Jahre gefangengehalten, dank römischer Gerichte jedoch in Freiheit gesetzt worden sei. Als er vom Unglück, das Pompeji traf, hörte, habe er sich sofort auf den Weg gemacht. Sein Name sei Paulus; er sei Jude, geboren im kilikischen Tarsos und aufgewachsen in Jerusalem. Unterrichtet bei dem Pharisäer Gamaliel nach der Strenge des väterlichen Gesetzes als ein Eiferer für seinen Gott.

Zornig habe er die Anhänger einer Sekte verfolgt, die sich Christen nannten nach einem Mann mit Namen Jesus Christus, der gerade hingerichtet worden war wegen politischer Umtriebe. Unvermittelt auf dem Wege nach Damaskus habe ihn ein Strahl des Himmels getroffen, er sei zu Boden gestürzt, und eine Stimme habe zu ihm gesprochen, er sei Jesus, den er verfolge, und als er die Augen öffnete, sei er blind gewesen. In Damaskus sei ihm ein Mann namens Ananias entgegengetreten, habe ihm die Hände aufgelegt und erklärt, dieser Jesus habe ihm das Augenlicht genommen, damit er sehend werde und erfüllt von der Erkenntnis. Und sogleich sei es ihm wie Schuppen von den Augen gefallen, er habe sehen können und den Glauben gefunden an seinen Gott.

Da klatschten die Pompejaner begeistert Beifall, weil sie nichts lieber hörten als Geschichten von geheimnisvollem Zauber, und Vesonius Primus, der Färber, rief, er solle den Zauber wiederholen, sie alle wollten die Stimme vom Himmel hören, und wenn er verspreche, ihn wieder sehend zu machen, würde er sogar bereitwillig erblinden. Die Pompejaner johlten.

»Wir werden dir glauben und uns zu deinem Glauben bekehren«, rief der reiche Nigidius, »wenn du über Nacht unsere eingestürzten Häuser wiederaufbaust.« – Und Ascula, die Schankwirtin, schluchzte: »Ich schenke dir sogar mein Haus, wenn du meinen Mann Placidus zum Leben erweckst.« – »Und meine Frau und meinen Sohn!« fügte der Tuchmacher Verecundus mit gebrochener Stimme hinzu. Und der alte Priester Amandus fragte: »Sage mir, Fremder, wie erklärst du die

Willkür der Götter, die Ungerechten und Gerechten das gleiche Unglück zuweisen? Wie erklärst du den Zorn der Götter über diese Stadt, die gewiß nicht sittenloser ist als das sittenlose Korinth und die Gesetze gewiß nicht mehr mißachtet als das gesetzlose Rom? Aber weder Rom noch Korinth mußten ein solch schweres Schicksal erleiden.«

Nun aber erhob der Mann aus Tarsos seine Stimme, und die aufgebrachte Menschenmenge verstummte: »O Mensch«, sprach Paulus, »wer bist du, daß du rechten willst mit Gott? Will etwa das Gebilde zu seinem Bildner sagen: ›Warum hast du mich so gemacht?‹ Oder hat der Töpfer nicht Macht über den Ton, um aus derselben Masse das eine Gefäß zu machen zur Ehre, das andere zur Unehre? Wenn nun Gott, da er seinen Zorn zeigen und sein Mächtigsein kundtun wollte, in großer Geduld Gefäße des Zorns ertrug, die hergerichtet waren zum Untergang, und wenn er zeigen wollte den Reichtum seiner Herrlichkeit an den Gefäßen der Erbarmung, die er im voraus bereitet hat zur Herrlichkeit?«

Da schwiegen die Pompejaner. Viele verstanden die Worte des Fremden nicht, und Amandus hielt Paulus entgegen: »Du bist ein weitgereister Mann und erfahren in den Lehren der griechischen Philosophen. Du bist ein Sophist und wirst uns gleich beweisen, daß Achilles den Wettlauf gegen die Schildkröte nie gewinnen kann.«

Paulus hob die Hand: »Hört mich an, ich bin weder ein asiatischer Zauberer noch ein Sophist. Ich bin euer aller Bruder; denn es gibt keine Unterschiede zwischen Römern, Hellenen und Juden. Ein und derselbe ist der Herr aller, und jeder, der ihn anruft, wird gerettet werden.«

»Gerettet? Wovor?« warf Nigidius Maius ein, und die Pompejaner drängten näher an den Fremden heran.

»Vor der ewigen Verdammnis!« erwiderte Paulus. »Ihr sollt am Stand der Zeit erkennen, daß die Stunde gekommen ist, vom Schlafe aufzustehen. Die Nacht ist vorgerückt, es naht der Tag. Deshalb laßt uns ablegen die Werke der Finsternis und anlegen die Waffen des Lichts. Wie am Tage laßt uns ehrbar wandeln, uns nicht ergehen in Schmausereien und Trinkgelagen, nicht in Wollust und Ausschweifungen, nicht in Streit und Eifersucht.«

Das aber war zuviel für die Pompejaner. Ein jeder fühlte sich irgendwie verletzt, persönlich getroffen, ertappt, und Nigidius rief voller Häme: »Auch nur einer von diesen Bangemachern! Verschone uns mit deinen Reden! Wir haben Götter genug, wir brauchen deinen Gott nicht! *Pereat, pereat!*« Die übrigen unterstützten ihn lautstark. Bald erhob sich die Forderung, der fremde Prediger solle verschwinden und auf dem Lande nach Dummen suchen, die seiner Lehre glaubten, und sie drängten Paulus von den Stufen der Tempelruine.

Doch der schien furchtlos, erwiderte ihre zornigen Blicke mit gütigem Lächeln, und als er an Fabius Eupor, einem Krämer aus der Via consularis, vorbeikam, der seit seiner Jugend an Krücken ging, da legte er ihm die flache Hand auf die Stirne, daß der arme Teufel strauchelte und zu Boden fiel. Er war nicht gerade beliebt in Pompeji, weil seine Fische meistens stanken und das Gemüse, das er verkaufte, oft faulig war. Aber nun, vor dem Fremden, taten die Pompejaner entrüstet, weil er einen der Ihren zu Boden gestoßen hatte, noch dazu den hilflosen lahmen Eupor, und sie hoben die Fäuste gegen den Mann aus Tarsus. Aphrodisius, der das alles aus nächster Nähe beobachtete, mußte befürchten, die Menge würde den Prediger erschlagen, doch dem gelang im verwirrenden Handgemenge die Flucht.

»Sieh nur, Amandus!« Aphrodisius zog den alten Priester am Ärmel und deutete auf den lahmen Krämer. Eupor stand plötzlich inmitten der aufgebrachten Pompejaner und blickte sprachlos an sich herab. Niemand konnte sich erinnern, Fabius Eupor je ohne Krücken unter den Achseln gesehen zu haben – doch nun stand er aufrecht da, ohne hölzernes Gehwerkzeug, staunend, betroffen. Immer mehr Pompejaner wurden auf ihn aufmerksam, das hektische Getümmel verstummte allmählich, und in der Stille heulte der Krämer plötzlich los: »Meine Beine, meine Beine, ich fühle Leben in meinen Beinen, ich kann sie bewegen, Jupiter, ich kann gehen, ich kann gehen, glotzt nicht so ungläubig, ich kann gehen, gehen!«

Die Schreie des Krämers hallten über das brache Forum wie der Kranichschrei über die weiten campanischen Felder. Nigidius schien als erster das Unfaßbare zu begreifen. Er rief: »Der Zauberer, wo ist der kilikische Zauberer?« Und obwohl ihn ein jeder soeben noch gesehen haben wollte, blieb Paulus aus Tarsos verschwunden, war wie vom Erdboden verschluckt. Da bedrängten die Pompejaner Fabius Eupor mit eindringlichen Fragen, wollten wissen, was er gefühlt habe, als der Fremde ihn berührte, ob er Schmerzen verspüre, wenn man ihn ins Bein zwicke, ob er wirklich jener Fabius Eupor sei, der in der Via consularis stinkenden Fisch verkaufe, und Ascula wollte wissen, was der Fremde bezahlt habe, damit er dieses Schauspiel mitmache.

Da schluchzte der Krämer laut, und die Tränen rannen über sein gefurchtes Gesicht, und er fluchte und schalt Ascula, ob sie denn glaube, daß es eine Freude sei, ein Leben lang auf Krücken herumzulaufen anstatt auf den Beinen, und er riß die Ärmel seines Gewandes hoch und zeigte die wundgescheuerten Fleischfalten seiner Achselhöhlen.

Der seltsame Vorfall auf dem Forum trennte die Pompejaner in zwei Parteien. Die einen riefen nach dem fremden Prediger, weil sie mehr hören wollten von dem unbekannten Gott, der diesen Zauber vollbrachte, die anderen schalten den Mann aus Tarsos der Volksverhetzung und forderten, ihn festzunehmen und abermals vor Gericht zu stellen; der Tod durch das Schwert sei ihm sicher.

Amandus, der alte Priester, verfolgte die Diskussionen schweigend, und Aphrodisius trat verwirrt an ihn heran und fragte: »Du schweigst, Priester? Dabei wäre es doch deine Sache zu reden. Hast du nicht mit eigenen Augen gesehen, was alle gesehen haben? Nun sag uns doch, wem sollen wir glauben, unseren Augen oder unserem Verstand?«

Da lächelte der Alte mühevoll, beinahe gequält, und antwortete: »Jüngling, glaube nie deinen Augen, denn sie können dich täuschen. Sie gaukeln dem Wanderer in der Wüste eine Oase vor, die es nicht gibt; andererseits siehst du bei Tage kein Funkeln der Sterne, obwohl die Astronomen seit tausend Jahren verkünden, sie schienen auch am Tage. Glaube aber auch nicht deinem Verstand, denn dieser Weg entfernt dich mehr von den Göttern als jeder andere. Wirklich glauben kannst du nur deinem Herzen. Spricht es aus deinem innersten: glaube, so zögere nicht, und dein Glaube wird dir Glück bedeuten.«

»Glaubst du an den Prediger aus Kilikien?« erkundigte sich Aphrodisius.

»Es geht nicht um ihn«, erwiderte Amandus, »es geht um den Gott, den er verkündet.«

»Ein fremder Gott aus der Wüste. Frevelt er nicht die Götter Roms?«

Amandus legte die Hand auf den Arm des Jungen: »Mein Sohn, mein Haar ist weiß geworden in all den Jahren, in denen ich Dienst an den Göttern verrichtet habe. Ich habe Götter kommen und gehen gesehen, erhöht und erniedrigt, ich habe Statuen errichtet und wieder geschleift. Welch eine Zeit, die ihre Götter wechselt wie die Dienerschaft.«

»Dann glaubst du also an den fremden Gott, Amandus?«

Der Priester hob die Schultern bis zum Hals, daß sich sein Kinn in viele Falten legte, und ließ sie wieder sinken.

»Aber verboten ist es nicht, an den fremden Gott zu glauben?«

»Sie haben den Tarsier zweimal verhaftet und zweimal wieder freigelassen, also ist seine Lehre wohl nicht verboten. In Rom und in Korinth gibt es bereits Gemeinden, die ihm folgen; man läßt sie gewähren, und das ist richtig so. Denn würde der Kaiser die Lehre verbieten – sei versichert, der Tarsier hätte einen größeren Zulauf als je zuvor! Denn zwei Dinge lieben die Römer vor allen anderen: das Fremde und das Verbotene.«

»Dann bin ich in der Tat kein wahrer Römer!« rief Aphrodisius aus, und Amandus erkundigte sich: »Ein Freigelassener, he?«

Aphrodisius nickte.

»Woher kommt dein Vater?«

Aphrodisius schwieg. – »Aus Germanien«, antwortete er nach einer Weile.

»Ist er … ?«

»Ja«, sagte Aphrodisius, »meine Mutter auch, und Serenus, mein Herr.«

»Beim Jupiter! Und nun?«

»Ich weiß nicht«, antwortete der Junge, »ich weiß nicht, wie es weitergehen soll. Vielleicht werde ich mich wieder – *pro tempore* – als Sklave verdingen.«

»Du willst freiwillig in den Sklavenstand zurückkehren?« Amandus schlug die Hände zusammen. »Die Götter mögen dich vor so viel Dummheit schützen!«

»Meine Herrin Fulvia hat mich hinausgeworfen. Sie gab mir tausend Sesterzen. Jetzt lebe ich bei den Obdachlosen. Was bleibt mir anderes übrig? Ich bin jung, ich muß wieder ganz von vorne anfangen. Die Götter wollen es so. Ein Sklave ist ein Sklave, und so soll es bleiben.«

»Dummes Geschwätz!« Amandus fuchtelte zornig in der Luft herum. »Müßte ein Mensch der bleiben, als der er geboren wird, dann dürften wir keinen unserer Cäsaren als Gott verehren, Nero nicht und nicht Claudius, Tiberius nicht und nicht den göttlichen Cäsar Augustus. Und sind es nicht gerade Männer deines Standes, Freigelassene, die zu höchster Macht im Staat gelangt sind? Männer wie Pallas, dem Antonia die Freiheit schenkte, und der so reich wurde, daß selbst der Göttliche ihn fürchtete, Männer wie Atilius, der in Rom sein eigenes Theater erbaute und Gladiatoren kämpfen ließ, Männer wie Epaphroditos, der das höchste Vertrauen des Cäsars besitzt? Und war nicht Horaz, den seine Oden unsterblich gemacht haben, der Sohn eines Freigelassenen aus Venusia?«

Da mußte Aphrodisius eingestehen, daß er das Gut der Freiheit leichtfertig aufs Spiel setzte und daß Freiheit ein Geschenk der Götter sei, das zurückzugeben einem Frevel gleichkam. So versprach er dem alten Priester, seine Freiheit zu bewahren wie ein wertvolles Gut.

Doch das war leichter gesagt als getan, weil des Abends im Asyl der Obdachlosen, einer Viehhalle vor den Mauern der Stadt, Sklavenhändler durch die Reihen der am Boden Ruhenden schlichen und mit Versprechungen von Geld und anständiger Unterkunft billige Arbeitskräfte warben für den Wiederaufbau der Stadt. Ein um das andere Mal lehnte Aphrodisius diese Angebote ab, weil sie für einen jungen Freigelassenen nichts anderes als die Rückkehr in den Sklavenstand bedeutet hätten.

Eines Abends redete ihn ein Herrenloser an. Er lag neben ihm, den Kopf auf sein Bündel gestützt, und machte, trotz seines heruntergekommenen Aussehens, einen zufriedenen Eindruck. Er reichte Aphrodisius einen abgestoßenen Tonkrug.

»Kein Falerner, aber unverdünnt reicht er zum Fröhlichsein.«

Aphrodisius schob den Krug beiseite und schüttelte den Kopf.

»O verzeiht vielmals, hoher Herr, daß ich es wagte, Euch anzusprechen«, sagte der Sklave mit übertriebener Ehrerbietung.

Und Aphrodisius erwiderte: »Schon gut, war nicht so gemeint.«

»Libertinus, he?« erkundigte sich der andere vorsichtig?

Aphrodisius nickte.

»Fortuna liebt dich.«

Aphrodisius sah auf: »Und du?«

»Gavius. Meine Herrschaft kam um.«

»Meine auch. Ich bin Lucius Cäcilius Aphrodisius.«

»Du bist ein Freigelassener, das sieht man.«

Aphrodisius grinste spöttisch: »Woran willst du das erkennen, alter Schmeichler? Mein Magen knurrt nicht weniger laut als der deine.«

Der Sklave zeigte mit beiden Fingern auf sein Gegenüber: »Du trägst die Miene eines Freien zur Schau« – er wies mit den

Fingern auf sich –, »ich hingegen werde immer ein Sklave bleiben, auch wenn mir Cäsar persönlich das Bürgerrecht verleiht.«

Beide lachten, und Aphrodisius gewann Interesse an dem Kauz. »Hast wohl auch noch keinen neuen Herrn gefunden?«

Gavius winkte ab: »Arbeit gibt es genug ...«

»... aber?«

»*Zuviel* Arbeit! Diese Sklaventreiber verlangen zuviel. Vierzehn Stunden Steine schleppen am Tag, und das für zehn As. Nein, danke.«

»Was willst du tun, Halunke?«

»Vor allem will ich reich werden, Libertinus. Bist du erst einmal reich, so bist du frei.«

»Wer möchte das nicht!« lachte Aphrodisius. »Die Frage ist nur: Wie willst du das anstellen?«

»Man muß nachdenken«, sagte Gavius mit todernstem Gesicht. »So!« Dabei legte er seinen Kopf in die hohle Hand.

»Und?« erkundigte sich Aphrodisius. »Ist dir schon etwas eingefallen?«

»Nein. Das heißt doch. Etwas will ich dir sagen: Durch Arbeit kann man nicht reich werden. Wenn du das einmal begriffen hast, bist du auf dem richtigen Weg.«

»Du glaubst also, all die reichen Pompejaner, Loreius Tiburtinus, Herrenius Florus, Umbricius Scaurus, Eumachia und nicht zuletzt mein Herr Serenus, seien ohne Arbeit reich geworden? Da irrst du, mein lieber Gavius! Was meinen Herrn Serenus betrifft, so hat er angefangen wie ich, als Pachteintreiber im Macellum, und als er starb, war er der größte Geldverleiher der Stadt.«

»Eben«, fiel ihm Gavius ins Wort, »eben. So etwas geht doch nicht mit rechten Dingen zu, ich meine, ein Pachteintreiber des Macellums wird nicht so einfach Geldverleiher.«

»Natürlich nicht. Dazwischen liegen viel Arbeit, Sparsamkeit gegen sich selbst und geschicktes Anlegen des Verdienten. Mein Herr Serenus investierte in ein Landgut, aus den Erträgen kaufte er eine Ziegelei, beide Unternehmen warfen schließlich so viel Geld ab, daß er sein Geld verleihen konnte, womit er sich dann eine neue Einnahmequelle erschloß.«

»Sag' ich doch«, plapperte Gavius, »Hast du erst einmal Geld, so vermehrt es sich ganz von selbst.«

»Tölpel!« Aphrodisius fuhr den Sklaven an. »So kann nur einer reden, der von Geld keine Ahnung hat! Glaube mir, es ist schwerer, ein Vermögen zu erhalten als ein Vermögen zu verdienen. Sic!«

Das aber wollte Gavius überhaupt nicht gelten lassen. Er schlug zornig mit der Faust auf sein Bündel und rief so laut, daß die Umliegenden erschrocken auffuhren: »Auf dieser Welt wird aus einem Reichen kein Armer, weil die Lumpen immer zusammenhalten!«

Als Gavius bemerkte, daß viele Augen auf ihn gerichtet waren, stellte er sich schlafend. Doch kurze Zeit später blinzelte er mit den Augen, ob das Interesse der Umliegenden nachgelassen habe, schließlich stupste er Aphrodisius an: »He, kann man dir vertrauen, Libertinus?«

»Das kannst du halten wie du willst, Sklave«, antwortete Aphrodisius.

»Die Götter mögen wissen warum, aber ich vertraue dir, Libertinus.«

»Den Göttern sei Dank.«

»Du machst dich lustig über mich, Libertinus!«

»So ist es auch.«

»Aber es ist eine ernste Angelegenheit. Es geht um viel Geld!«

Aphrodisius rückte näher: »Laß hören, Sklave.«

»Du kennst Silanus, den Herrn der Güter der Poppäa?«

»Jedes Kind kennt Silanus.«

Hinter vorgehaltener Hand flüsterte Gavius: »Es geht um zehntausend Sesterzen.«

Aphrodisius holte tief Luft: »Zehntausend Sesterzen! Schon mit der Hälfte wären wir reich, Sklave.«

»Du kannst sie dir verdienen«, meinte Gavius vorsichtig.

»Zehntausend Sesterzen? Was nützt dir so viel Geld, wenn

du nicht mehr Gelegenheit hast, es auszugeben? Ich meine, an diesem Geschäft ist etwas faul, vermutlich bezahlt man mit seinem Leben.«

Gavius hob die Schultern. »Silanus sucht einen Mann, der nach Pandateria segelt.«

»Er wird ihn gewiß nicht für die Seefahrt entlohnen. Pandateria ist eine unfreundliche, felsige Insel. Kein Mensch geht freiwillig dahin.«

»Du scheinst nicht zu wissen, wer dort Aufenthalt genommen hat – nicht freiwillig natürlich«, erwiderte der Sklave, und nach einer Weile fügte er hinzu: »Octavia, die Gemahlin des Göttlichen.«

»Beim Hercules!« entfuhr es dem Jungen. »Jetzt begreife ich! Silanus handelt im Auftrag Poppäas.« Und auf einmal sah Aphrodisius den Dolch im Hals seines Herrn Serenus, doch schnell, wie es gekommen war, verdrängte er das Bild aus seinem Gedächtnis, zweifelte sogar, ob er das Ganze nicht bloß geträumt habe, schließlich hatte Fulvia Serenus mit allen Ehren bestattet. Sollte sie wirklich die Wunde in seinem Hals nicht gesehen haben … ?

»Je mehr Geld, desto schlechter der Charakter.« Die Worte des Sklaven holten Aphrodisius in die Wirklichkeit zurück, und er fragte: »Wäre das nicht ein Geschäft für dich?«

»Für mich?« erwiderte Gavius entrüstet. »Lieber vierzehn Stunden Steine schleppen, aber ein reines Gewissen. Auf solchen Reichtum kann ich verzichten!«

»Und du glaubst, ich würde eine solchen Auftrag übernehmen? Danke den Göttern, daß hier so viele Leute schlafen, sonst würde ich die Sohlen meiner Sandalen auf deinem Hinterteil tanzen lassen!«

Gavius brummte etwas in sich hinein. Aphrodisius verstand nur soviel wie: Man müsse ja nicht gleich glauben, daß er, Gavius, ein schlechter Mensch sei, nur weil er berichte, was in den finsteren Ecken der Stadt geflüstert werde. Darüber schlief er auf seinem Bündel ein.

Aphrodisius aber hatte in dieser Nacht einen seltsamen

Traum: Sklaven trugen ihn in einer Sänfte durch die zerstörten Straßen der Stadt, und hinter ihm erhoben sich die Steine und kehrten an ihren ursprünglichen Ort zurück, Stein auf Stein, und die Häuser erstrahlten in ihrem alten Glanz. Und am Ende der Straße nach Stabiä stand ein wunderschönes Mädchen, und Aphrodisius befahl den Sklaven, schneller zu laufen, aber so schnell sie auch liefen, sie erreichten das Mädchen nicht. Da sprang Aphrodisius aus der Sänfte und rannte, bis seine Lungen kochten, und als er einen ganzen Tag gelaufen war, wurde es Nacht um ihn herum, so finster, daß er nicht einmal die eigenen Füße erkennen konnte, und sein Atem stockte, daß er das Bewußtsein verlor. Da erwachte Aphrodisius.

Schneller als man erwarten durfte, erholten sich die Pompejaner von dem Schrecken, den das Erdbeben verbreitet hatte, ja, hier und da gewann man sogar den Eindruck, daß die reichen Pompeianer die Katastrophe gar nicht als Unglück betrachteten, sondern als einen Wink Fortunas mit dem Füllhorn. Denn wer reich war in der Stadt und bei dem Beben nicht Hab und Gut verloren hatte, dem bot sich nun Gelegenheit, Grund und Boden von den weniger Begüterten zu erwerben, die sich nicht in der Lage sahen, ihre zerstörten Häuser aus eigenen Mitteln wiederaufzubauen. Und das große Angebot hatte zur Folge, daß Baugrund und Häuserruinen zu Spottpreisen feilgeboten wurden. So kam es, daß die Reichen noch reicher wurden, während die Armen ihres einfachen Lebensunterhalts beraubt wurden und sich als Tagelöhner verdingen mußten, für zwölf As am Tag.

Die reichen Familien der Stadt aber, die Vettier, Sittier, Postumier, Vibier und Comelier, lebten froh auf ihren Landgütern und vergnügten sich abends bei ausschweifenden Gelagen, die täglich ein anderer Gastgeber ausrichtete. Da protzten sie dann mit ihren neuerworbenen Häusern, als handelte es sich um einen Wettbewerb in der großen Palästra.

Alleius Nigidius Maius bot alles auf, was seinen gewaltigen

Reichtum zur Geltung brachte: Dreihundert Fackeln beleuchteten die Auffahrtsallee zu seinem Landgut, die Marmorkolonnade am Eingang leuchtete blendend weiß, das Innere des Hauses gliederte sich um einen dunkelgrünen Teich, in dem rote Goldfische wie von Zauberhand gelenkt ihre Bahnen zogen. Wie viele Räume die Zimmerfluchten bargen, wußte selbst Nigidius nicht zu sagen, doch rühmte er sich, Gemächer für hundert Gäste bereitzuhalten. Überall im Haus begegnete der Gast dem Duft herber Blüten, dessen Geheimnis in einem kaum sichtbaren Röhrensystem lag, durch das in regelmäßigen Abständen von der Decke herab kostbare Essenzen versprüht wurden.

»Das mag für Scaurus, den Fischsoßenpanscher, ja vonnöten sein«, meinte der dicke Viehzüchter Marcus Postumus lachend, während er sich mit beiden Händen an einer knusprig braunen Gans zu schaffen machte, »aber unsereins kennt durchaus seine eigenen Essenzen.« Und Florus, der neben ihm bei Tische lag und große Mengen Wein in sich hineinschüttete, Florus mokierte sich, die Verführungen der Nase unterdrückten den Geschmackssinn des Gaumens, und sie seien doch wohl zum Essen und Trinken zusammengekommen und nicht zum Riechen.

»Nganz recht, nganz recht!« näselte der Schauspieler Ulultremulus, der mit seinem Freund Caldus eine einzige Liege teilte, um seinen Liebling besser füttern zu können. »Welch ein Geflatter auf all den Tischen!« entrüstete er sich. »Wohin ich sehe, nur Gänse, Enten, Hühnchen, Wachteln, Stieglitze und Ringeltauben. Ich glaube, wir werden alle nach Hause fliegen!«

Die anderen Gäste klatschten vor Vergnügen. Keiner von ihnen konnte Nigidius leiden, und das einzige was sie verband, war das Verlangen, anders sein zu wollen, anders als alle anderen, wohlhabender, schöner, einflußreicher, berühmter. Dafür ließ man sich auch verspotten. Und doch tat Nigidius nur einen Wink, und Sklaven schleppten auf silbernem Tablett ein Wildschwein herein, rotgeröstet und glänzend wie ein Spiegel, daß die Gäste vor Entzücken in Tränen ausbrachen, weil sie nie ein malerischeres erblickt hatten. Nigidius aber strahlte über das ganze breite Gesicht und verkündete, Pylades, sein phrygischer Koch, habe dieses Wunder der Kochkunst geschaffen, und mit dem Ruf: »Dem Kaiser, dem Vater des Vaterlandes!« rammte er ein Küchenmesser in den Wildschweinrücken, daß heiße Luft aus seinem Inneren entwich.

»Nun, Ululitremulus«, spottete Nigidius, »ich hoffe, du wirst nach dem Genuß des Wildschweinbratens nicht auf dem Bauch nach Hause robben, so wie du zuvor beim Geflügelessen fürchtetest, nach Hause fliegen zu müssen.« Nun hatte Nigidius die Lacher auf *seiner* Seite. Dann aber begann ein lautes, lustvolles Schmatzen und Schlürfen, ein Grunzen und Stöhnen, denn ein Pompejaner aß nicht nur für sich, sondern auch für jene, die mit ihm bei Tische lagen. Man aß im Liegen, den Kopf auf die Linke gestützt, mit der Rechten Essen schaufelnd. Der Wein, vom besten Falerner, wurde in flachen Schalen gereicht, *ad libitum*, und wollte man einem dringenden Bedürfnis nachkommen, erhob man sich nicht, sondern schnippte mit dem Finger, und der dem Gast zugeteilte Sklave trat vor und hielt einem, von den anderen unbeachtet, einen Tonkrug unter.

Trebius Valens, ein einflußreicher Politiker, den der reiche Klüngel zum Duumvir vorgesehen hatte, erkundigte sich beim Hausherrn, wer denn nun besser zu essen verstehe, die Römer oder die Pompejaner.

Diese Frage, erwiderte Nigidius, der Römer, bedürfe keiner Antwort, nur eines Hinweises, und in Anspielung auf den Ruf des Feinschmeckers Lucius Licinius Lucullus meinte er, Leute, die einen Feldherrn im Mithridatischen Krieg als Gott des Bauches verehrten, sollten besser bleiben, was sie sind, Getreidefresser. Vom Essen hätten sie jedenfalls keine Ahnung. Und er fügte hinzu: »Besser Duumvir in Pompeji als Konsul in Rom.«

»Was zahlst du mir für meine Stimme?« wollte Loreius Tiburtinus von dem Kandidaten wissen.

Der aber lachte: »Tiburtinus, du bist keine Ascula! Wer Ascula hinter sich weiß, der kann mit seiner Wahl rechnen. Aber du, Tiburtinus?«

»Aber du, Tiburtinus?« wiederholten die anderen seine Worte und verschluckten sich vor lauter Lachen: »Aber du, Tiburtinus?«

Ascula gab das Stichwort, denn in Gesellschaft gab es für die Pompejaner vor allem zwei Themen: Frauen und Geld. Frauen fehlten bei diesen Gelagen, anständige Frauen jedenfalls, wozu Ehefrauen und höhere Töchter zu zählen sind, denen das Feuer zu hüten aufgetragen war. Jenen Damen, die zwischen den einzelnen Gängen singend, tanzend oder sich entkleidend auftraten, ging der Ruf des Unzüchtigen voraus.

Ermattet von der Anstrengung des Essens, ließ Scaurus sich auf sein Ruhebett fallen und streckte alle viere von sich, und während Sklaven mit duftenden, heißen Tüchern Gesicht und Hände des Gesättigten abwischten, rief der Fischsoßenpanscher prustend: »Was ist das für ein Fest, bei dem der Bauch befriedigt wird, während die Augen darben?«

Da tat Nigidius einen Wink, und die Sklaven, die zuvor das Wildschwein gebracht hatten, trugen nun auf einer großen Silberschale über ihren Köpfen ein dunkelhäutiges nacktes Mädchen herein. Es kniete zusammengesunken mit ausgestreckten Armen wie ein schlafender schwarzer Schwan auf dem weiß schimmernden Silber, eine Statue des Phidias konnte nicht schöner sein. Die Sklaven setzten die Schale auf den niedrigen Tisch, und zur Musik von Flöte, Harfe und Schlagwerk, die hinter einem Vorhang erschallte, begann die schwarze Perle ihre geschmeidigen Glieder zu bewegen, langsam wie eine Schlange, lasziv wie eine Hure im Lupanar, und die Musik wurde immer schneller.

Sie heiße Lycoris, stamme aus Karthago und sei geboren, als der göttliche Caligula starb, erklärte Nigidius voll Stolz, also gerade einundzwanzig Jahre, und Trebius Valens, der keine Gelegenheit versäumte, seine hohe Bildung herauszustreichen, zitierte eine Ode des Horaz:

*»Lycoris, die hübsche, feine,*
*Mit der schmalen Stirne, brennt*
*Nur für Cyrus ganz alleine,*
*Der ihr Lieben nicht erkennt;*
*Denn er seufzt mit Ach und Weh*
*Nach der spröden Pholoe.«*

»Und wer darf das schöne Kind mit nach Hause nehmen?« erkundigte sich der dicke Viehzüchter Postumus lachend. »Aber wie ich dich Geizhals kenne, Nigidius, willst du Lycoris für dich behalten. Schöne Gastfreundschaft ist das!«

»Wir werden sie verlosenl« rief Nigidius, nachdem die kraushaarige Karthagerin ihren ekstatischen Tanz beendet hatte.

»Und was, wenn Ululitremulus gewinnt?« fragte Florus lachend.

»Dann schenke ich sie dir, Florus!« erwiderte der Verspottete.

Ein Sklave brachte einen Krug mit hölzernen Stäbchen. Nigidius zog eines heraus, zeigte es herum und sprach, während er das eine Ende in die Flamme eines Öllämpchens hielt, so daß das Holz schwarz verkohlte. »Wer das schwarze Stäbchen zieht, erhält Lycoris zum Geschenk.« Dann steckte er das angesengte Stäbchen wieder in den Krug zurück.

Loreius Tiburtinus machte das Rennen; doch der hatte zu allerletzt soviel Glück erwartet und bekundete freiheraus sein Desinteresse, weil Plautia, seine Frau, streng sei wie eine Vesta-Priesterin und nur Sklavinnen jenseits von Anmut und Schönheit in seinem Haus dulde. Da überboten sich die Pompejaner gegenseitig, um in den Besitz des dunkelhäutigen Mädchens zu kommen: Postumus bot eine Kuh, Scaurus ein Faß Garum, Valens versprach seine Freundschaft als Duumvir und Florus Wein für ein Jahr. Nur Priscillianus, der reiche Bankier, schien desinteressiert; er saß aufrecht, die Hände über den Bauch gespannt, und sagte kein Wort.

»He, Priscillianus«, neckte Nigidius, »das Mädchen ist ein

Kapital, oder wäre dir ein schöner Knabe lieber?« Und dabei faßte er den Bankier an der Schulter. Starr wie eine Statue auf dem Forum kippte Priscillianus zur Seite, sein wuchtiger Körper bekam das Übergewicht und schlug mit einem dumpfen Schlag auf dem roten Marmor auf. Von einem Augenblick auf den anderen wurde es still im Raum. Alle starrten auf den verkrümmt daliegenden Koloß, und es dauerte eine ganze Weile, bis sie das Furchtbare begriffen: der starre Blick, ein verzerrter Mund – Priscillianus war tot. In seinem Rücken steckte ein Dolch. Wie eine Qualle am Strand lag er da, milchigweiß, mit verbogenen Gliedmaßen, und Ululitremulus trat hinzu, faßte die Hand des Toten und ließ sie entsetzt auf den Boden fallen. Wer hatte den Dolch gegen Priscillianus geführt?

Natürlich fiel der erste Verdacht auf Nigidius Maius, den Gastgeber, und der Ädil nahm den angesehenen Geschäftsmann in Gewahrsam. Doch der schwor beim Leben seiner Mutter und bei seiner rechten Hand, mit dem Attentat nichts zu tun zu haben, welches Motiv sollte er auch gehabt haben? Ja, es gelang ihm sogar mit Hilfe seines Advokaten glaubhaft zu machen, daß ihm, Nigidius, der Mord in die Schuhe geschoben werden sollte. Denn, so argumentierte er schlüssig, sogar der dümmste Mörder begehe seine Tat nicht im eigenen Haus.

Wer aber stand dann hinter dem Anschlag auf den reichen Bankier?

Trebius Valens, weil er in Priscillianus einen potentiellen Gegner sah? Loreius Tiburtinus, sein Gutsnachbar? Herrenius Florus, mit dem er Geschäfte machte? Ululitremulus und Caldus, denen er gewiß gleichgültig gegenüberstand? Umbricius Scaurus, den er einen ›Stinker‹ schimpfte? Marcus Postumus, den er nur vom Sehen kannte?

Wie immer in diesen Tagen, wenn ein Verbrechen nicht aufgeklärt werden konnte, wurden von den Ädilen die Sklaven angeklagt; denn jede Tat brauchte einen Täter, und jeder Täter bedurfte seiner Strafe. Und mit Sklaven gingen die Gesetze, denen auch sie unterstanden, nicht zimperlich um: ›*Ad leo-*

*nes* – zu den Löwen mit ihnen!‹ lautete oft der Schuldspruch, weil ein Römer einen Sklaven nicht für wert erachtete, ehrenvoll zu sterben – durch das Schwert.

Trotz eindringlicher Verhöre jedes einzelnen der siebzig Sklaven auf Nigidius' Landgut fand der Ädil keinen Hinweis auf den Täter; aber einer mußte ja wohl den Dolch gegen Priscillianus geschleudert haben, und so fällten die Richter ein grausames Urteil: alle siebzig Sklaven den Löwen zum Fraß vorzuwerfen, wie es das Gesetz in einem solchen Falle erlaubte, und nicht einmal der Volkstribun konnte Einspruch erheben. Wie Tiere zusammengebunden, führten zwei Centurionen die schreienden, klagenden Sklaven auf der Appischen Straße nach Rom, wo der Bedarf größer war, denn das pompejanische Theater lag zerstört.

Nigidius aber suchte unter den Obdachlosen Pompejis neue Sklaven für sein Landgut. Die meisten lehnten es ab, sich freiwillig wieder in Abhängigkeit zu begeben, auch wenn der Magen knurrte und die nächtliche Kühle im Asyl wohlige Erinnerungen wach werden ließ an ein anständiges Dach über dem Kopf. Sie wollten die unverhofft gewonnene Freiheit so lange wie irgend möglich auskosten. Viele flohen in die Berge, andere suchten im Hafen von Neapel ein Schiff zu besteigen und außer Landes zu gelangen; wer blieb, war alt und gebrechlich, ihm fehlte der Mut, ein neues Leben zu beginnen, oder aber ein Draufgänger wie Gavius, einer, der dem Schicksal die Stirn bot und die ausweglose Situation als Herausforderung betrachtete.

Der Sklavenmarkt am Tor zum Meer lag verödet, es gab keine Ware – *mancipium*, wie die Pompejaner zu sagen pflegten. Vorbei waren die Zeiten eines Gaius Julius Cäsar, der Zehntausende Sklaven aus Gallien mitbrachte, Bithynien war durch den Sklavenhandel entvölkert, und für den Wiederaufbau der Stadt wurden ganze Sklavenvölker gebraucht. Deshalb schickten die Duumviri, die obersten Hüter der Stadt, eine Gesandtschaft nach Rom, der Kaiser möge den Pompejanern ein Sklavenkontingent überlassen.

Nero aber warf die Sendboten hinaus. Feldzüge und die Eroberung neuer Provinzen, bei denen die Kaiser Roms immer neue Arbeitskräfte requirierten, waren dem Göttlichen höchst zuwider. Er selbst brauche, ließ er wissen, ein ganzes Sklavenheer, um endlich einen standesgemäßen Palast bauen zu können; bisher hause er auf dem Palatin unter seiner Würde. Wen die Götter mit der Zerstörung seiner Stadt straften, den solle der Cäsar nicht mit Sklaven belohnen.

So faßten die Duumviri den Beschluß, alle Obdachlosen der Stadt, alle Beschäftigungslosen und alle herrenlosen Sklaven zusammenzutreiben und sie am folgenden Tag meistbietend zu versteigern. Die Götter mochten wissen, wie Gavius von diesem Vorhaben erfuhr; am Abend vor der Menschenjagd kehrte er jedenfalls aufgeregt in das Asyl zurück und nahm Aphrodisius beiseite: »Nichts wie weg von hier, Libertinus, morgen ist es zu spät!« Und als er das ungläubige Gesicht des Freigelassenen erkannte, erklärte er, was er auf Umwegen erfahren hatte.

»Ich habe nichts zu fürchten!« entgegnete Aphrodisius. »Warum sollte ich fliehen? Vor allem – wohin?«

»Du hast kein Haus, du hast keinen Herrn, du hast keine Arbeit, nicht einmal einen Freiheitsstab, der dich als Freigelassenen ausweist. Sie werden dich morgen wieder zum Sklaven machen wie in den Tagen deiner Kindheit!«

»Und warum sagst du mir das alles?« erkundigte sich Aphrodisius. »Ich meine, was hast *du* davon?«

Gavius wurde verlegen. »Ich tue dir gerne einen Gefallen. – Vielleicht kannst du mir auch einen Gefallen tun.«

»Ach so ist das!« lachte Aphrodisius. »*Manus manum lavat*! Laß hören!«

»Nun ja, ich dachte, daß du mich vielleicht mitnimmst. Ein Sklave wie ich, dem das Gesetz verbietet, sich frei zu bewegen, hat keine Chance, auch nur eine Meile weit zu kommen. Mir sieht man den Sklaven doch schon von weitem an – mit dir als meinem Herrn kann ich gehen, wohin ich will.«

Aphrodisius schüttelte den Kopf: »Ich bin kein Herr!«

Und Gavius beschwichtigte ihn: »Es kommt im Leben nicht darauf an, was einer ist, es kommt darauf an, wie er aussieht. Und du siehst aus wie ein Herr, als wärst du schon als echter Herr geboren.«

Aphrodisius konnte sich einfach nicht zu dem Entschluß durchringen zu fliehen, schon gar nicht mit dem Sklaven. »Wovon sollen wir leben?« fragte er herausfordernd.

»Hast du gar nichts?«

»Beim Mercurius! Ein paar Sesterzen ...«

»Das reicht!« wandte Gavius ein, ohne nachzufragen, wie viele es überhaupt seien.

»Die werden doppelt so schnell verbraucht sein, wenn wir zu zweit sind!«

Gavius winkte ab. »Na und? Dafür hast du einen Sklaven. Einen Sklaven, der dir am Abend die Sandalen löst; einen Sklaven, der dir den Weg weist; einen Sklaven, der deine Kleider in Ordnung bringt; einen Sklaven ...«

»Genug, genug, Gavius, ich weiß, wozu ein Sklave gut ist. Nur, auf der Flucht kommt es auf dergleichen weniger an.«

»Außerdem bin ich ein Bithynier!«

»Ein Bithynier? Was macht das?«

Da tat Gavius entrüstet: »Libertinus, die Götter gaben dir einen klugen Kopf und eine Gestalt wie ein Standbild auf dem Forum, und du kennst das Geheimnis der bithynischen Sklaven nicht?«

»Nein«, erwiderte Aphrodisius, »woher sollte ich?«

»Dabei warst du selbst einmal Sklave, Libertinus! Aber das ist es eben, worin bithynische Sklaven sich von allen anderen Sklaven unterscheiden.«

»Du machst mich neugierig, Gavius.«

»Es ist über hundert Jahre her, daß unser letzter König starb. Er trug den Namen Nikomedes Philopator, und weil Bithynien seit alters ein Zankapfel war zwischen den mächtigen Völkern des Westens und Ostens, setzte er, um dem Land den Frieden zu bewahren, Rom als Erben ein. Als Erben, wohlgemerkt. Was aber taten die Römer? Sie machten das stolze Bithynien zu einer Provinz und raubten ihm die Wälder, die Frauen und die Männer. Damals schworen alle Bithynier einen heiligen Eid: Wohin auch immer das Schicksal sie verschlagen würde, wollten sie einander durch ihre Sprache zu erkennen geben, damit ein Bithynier dem anderen helfe.«

»Deshalb also bist du stets über alles informiert«, staunte Aphrodisius.

Gavius nickte. »Wohin du auch kommst, ein Bithynier war immer schon da.«

Die Worte des Sklaven überzeugten Aphrodisius. Dieser Gavius konnte von ungeheurem Nutzen sein. Er reichte dem Sklaven die Hand: »Du sollst mir mehr sein als ein Sklave, du sollst mir Freund sein!«

Der Bithynier weinte vor Glück. »Du sollst es nicht bereuen, Libertinus, du sollst es nicht bereuen.« Und in dieser Nacht schlichen sie sich aus dem Asyl vor der Stadt, um nach Rom zu gehen – in eine ungewisse Zukunft.

## 3

DEN FREMDEN, DER von Süden kam, empfing Rom mit einer Allee von Gräbern, die zu beiden Seiten die Appische Straße säumten: Tempel und geräumige Häuser für die Reichen, Columbarien, Taubenschlägen gleich, für die Urnen der Armen. Die Römer verbrannten ihre Toten in festlicher Kleidung, im Mund eine Münze für Charon, den greisen Fährmann, der die Schatten in ihr ewiges Reich übersetzte – mit Ausnahme eines Fingers, der, kein Mensch wußte warum, abgeschnitten und parfümiert in der Erde bestattet wurde. Die Gräberstraße war kein Ort der Trauer, auch nicht der Andacht oder der Erbauung, und die Wagen, denen Aphrodisius und sein treuer Sklave zu Hunderten begegneten, hüpften ratternd durch die endlos scheinende Reihe, Wolken von Staub aufwirbelnd über dem grobschlächtigen Pflaster.

Hier, im dichter werdenden Verkehr, fühlten sie sich sicherer als in der Einsamkeit der Pontinischen Sümpfe, die die Appische Straße, von Capua kommend, durchquerte, und wo sie gewahr sein mußten, in die Hände einer Ädilenstreife zu laufen. Das hätte das Ende ihrer Freiheit bedeutet – denn ohne Freiheitsstab warst du kein Mensch, du warst *mancipium*, nicht mehr. Appius hatte der Straße vor Jahrhunderten den Namen gegeben, ein rühriger Censor, nach dem auch die Aqua Appia benannt war, Roms erste Wasserleitung aus dem Quellenland von Präneste, die an der Porta Capena aus dem Boden trat und von dort aus Straßen und Häuser auf Bogen überquerte.

An der Porta Appia lagerten Hunderte von Fremden, aus einer Garküche wehte schneidender Geruch, fliegende Händler verkauften Brot und eingeweichte Bohnen, eimerweise, dazwischen sah man Fremdenführer mit lautem Organ ihre Dienste anpreisend, man sah Ausrufer für zwielichtige Herbergen, bettelnde Kinder und alte Weiber. Ermattet ließen die beiden Pompejaner ihr Bündel fallen, setzten sich zu den anderen in den Staub und beratschlagten, was zu tun sei.

Aphrodisius schien entmutigt; er zweifelte, ob er angesichts dieser Menschenmassen je Aussicht haben würde, eine Arbeit zu finden. Aber Gavius tröstete ihn, er habe viele Tausend Freunde in der Stadt, alles Bithynier, er solle nur warten, bis er zurück sei. Gavius verschwand im Gewühl.

Aphrodisius genoß die warmen Sonnenstrahlen und schlief ein. Helios, den die Römer Sol nannten, ein Sohn der Titanen Hyperion und Theia, welcher mit dem von vier feurigen Sonnenrossen gezogenen Wagen alltäglich aus dem Ozean steigt, um in hohem Bogen über den Himmel zu jagen, forderte den Pompejaner auf, mit ihm in den goldenen Becher zu steigen, jenen, den er Herakles für die rasende Fahrt nach der Insel des Westens auslieh, um die Rinder des Geryoneus zu holen; er müsse nichts fürchten, denn es geschehe in jeder Nacht, daß der mit Flügeln versehene Becher in reißender Fahrt über den Spiegel des Meeres gleite, die Stätte der Hesperiden zurücklassend, das Land der Aithiopen als Ziel, wo die frühgeborene Schwester Eos mit neuen Rossen warte. Doch Aphrodisius weigerte sich, seinen Fuß in das wankende Gefährt zu setzen, und bat, den Morgen abwarten zu dürfen, um den Sonnenwagen zu besteigen, der den täglichen Weg über das Firmament nahm. Da schüttelte Helios sein weithin leuchtendes Antlitz und rief laut in die Helle des Himmels, ob er die Gefahren nicht kenne, die der hohe Bogen mit sich bringe, ob er etwa das Schicksal seines Sohnes Phaethon teilen wolle, der seinen Mut, den Wagen des Vaters besteigend, mit dem Leben bezahlte, weil er, nach kurzem steilem Aufstieg, kopfüber in die Tiefe stürzte, wovon noch heute der Morgenstern künde – früh aufgehend und bald schon verschwindend. Aber sosehr der Pompejaner auch flehte, Helios blieb unerbittlich, weil das Wasser der Erde und damit den Menschen, die Luft aber dem Himmel und damit den Göttern vorbehalten sei, und jeder Mensch, der in das Reich der Unsterblichen eindringe, müsse dies büßen wie Odysseus und seine Gefährten, welche die dreihundertfünfzig Sonnenrinder geraubt und gegessen hätten und denen dafür alle dreihundertfünfzig Tage des Jahres des Mondes, und somit auch der Tag ihrer Heimkehr, genommen wurden. Denn es sei den Menschen aufgetragen, das Schicksal der Menschen zu leben und nicht jenes der Götter, und jeder, der sich in höhere Gefilde versteige, werde tiefer stürzen als all jene Menschen, die den Lebenspfad nie verließen. So sprach der Gott mit dem goldenen Strahlenkranz, und er stieg in den Becher, und seine Flügel teilten schäumend das Meer.

Er wußte selbst nicht, wie lange er vor sich hin geträumt hatte. Als er aufwachte, lag das Appische Tor im dämmrigen Licht, und Gavius stand vor ihm und grinste von einem Ohr zum anderen und sagte, als Aphrodisius ihn erblickte: »Alles in Ordnung, Libertinus.«

»Was heißt das, alles in Ordnung? Nichts ist in Ordnung!

Wir haben seit zwei Tagen nichts gegessen und wissen nicht, wo wir uns schlafen legen sollen in der großen, fremden Stadt.«

»Ich sagte doch, alles in Ordnung!« erwiderte Gavius, »Bithynier haben überall Freunde, komm!«

Aphrodisius war erschöpft. Nach elf Tagen endlich am Ziel, überfiel ihn eine unsägliche Müdigkeit, und er stolperte hinter dem Sklaven her wie ein wundgelaufenes Tier, das der Hirte von der Weide heimholt. Er sprach kein Wort, wollte nicht reden, und eine Art Ehrfurcht machte dem anfänglichen Staunen Platz, Ehrfurcht vor dem Erhabenen, dem sie beiderseits des Weges begegneten, immer wieder Marmor, weiß, selten rot, Marmor, nicht Ziegel wie in Pompeji, und dazwischen hölzerne Wohnbauten, vier, fünf Stockwerke übereinandergetürmt, beängstigend in ihrer filigranen Architektur, öffentlich für Augen und Ohren und ohne sanitäre Einrichtungen. »Vorsicht!« Von oben wurden Nachttöpfe geleert, die natürlich auch als Tagtöpfe dienten. Und das Lärmen nahm zu, das Drängen, Rennen und Hasten, je näher sie dem Stadtzentrum kamen.

Gavius' Ziel war die Rennbahn, der Große Circus, eingesenkt zwischen die Hügel Palatin und Aventin, wo sich Herbergen, Läden und Werkstätten der Plebs quetschten, wo täglich kostenlose Getreiderationen ausgegeben wurden und wo es eine eigene bithynische Kolonie gab, meist Freigelassene, die als Handwerker ihr Glück versuchten. Winzige Holzhäuser drückten sich an die Außenmauern der langgestreckten Rennbahn, wo Bigen und Quadrigen, zwei- und vierspännige Pferdewagen, um jenen *spina* genannten Mittelbau rasten, an dessen beiden Enden sieben riesige Delphine hochschnellten und nacheinander verschwanden, sobald eine Runde zurückgelegt war. Wahrsager, Astrologen und käufliche Frauen säumten das Viertel in armseligen Hütten, denn ein Wagenrennen war ein Fest, das lange vor dem Start begann und das der Zieleinlauf nicht beendete. Da wetteten Grüne, Rote, Weiße und Blaue – so die Anhänger der einzelnen Rennställe – auf Sieg oder Niederlage, und mancher Freigelassene wurde über Nacht berühmt und reich, wenn Prämien lockten oder Bestechung, und sogar die Namen der Hengste schlug man in Marmor, wollte man sie nicht gar zum Konsul machen, wie der göttliche Spinner Gaius Cäsar, den sie Caligula nannten – das Stiefelchen.

Aphrodisius blieb stehen, sah die Rennbahn in ihrer ganzen Länge, die der Nord-Süd-Ausdehnung Pompejis gleichkam, und fühlte sich winzig wie nie zuvor im Leben. Wie sollte es ihm je gelingen, in diesem Moloch Fuß zu fassen? Forderte er nicht zuviel von Lachesis, der Schicksalsgöttin, die das Lebenslos zuteilt? Er war als pompejanischer Sklave geboren, sein Herr Serenus hatte ihm die Freiheit geschenkt, und Klotho sei Dank, daß er das Beben überlebte – was wollte er hier in Rom? Er, Lucius Cäcilius Aphrodisius, Sohn des Sklaven Imeneus?

»Herr!« Gavius zupfte ihn am Ärmel. Ja, Gavius sagte ›Herr‹. Und dieses eine Wort zerstreute alle Bedenken. Sie sollten alle ›Herr‹ zu ihm sagen, alle, denen er je im Leben begegnete, ›Herr‹, zu ihm, dem gebürtigen Sklaven Aphrodisius, und er wandte sich Gavius zu und sagte: »Verzeih, ich war mit meinen Gedanken abwesend. Wohin gehen wir?«

»Dort!« Gavius deutete auf eine der zahllosen Schenken und Herbergen, die den Circus säumten. »Ist nicht besonders luxuriös, aber billig. Der Wirt, ein Bithynier, nimmt uns dreißig As.«

»Pro Nacht?«

»Das ist nicht viel, Herr! Rom ist die teuerste Stadt der Welt. In den vornehmen Häusern auf dem Cälius verlangen sie siebzig Sesterzen, das ist das Zehnfache!«

Der Wirt hieß Myron, und die Herberge war ein baufälliger Holzbau, durch den der Wind strich. In zwei Stockwerken übereinandergetürmt und durch Leitern verbunden, glichen die Unterkünfte eher Hühnerställen, wie sie auf den pompejanischen Landgütern zu finden waren. Aphrodisius und Gavius bekamen einen Verschlag im obersten Stockwerk zugewiesen, in dem es außer zwei Holzpritschen und einer Bank ohne Lehne nichts zu entdecken gab. Holzläden verschlossen die winzigen Fensteröffnungen, aber sie schirmten den Lärm, der von der Straße kam, in keiner Weise ab, weshalb sich die beiden Pompejaner, nachdem sie ihr Bündel verstaut hatten, in den Schankraum begaben, wo Männer herumhingen, denen Fortuna bisher ihr Füllhorn versagt hatte.

Der einzige erfreuliche Anblick im Dämmerlicht der stinkenden Wirtsstube war ein schwarzgelocktes Mädchen, dessen fremdes Lächeln den Pompejaner streifte wie ein blühender Mandelzweig. Es war jenes erste Lächeln in einer fremden Stadt, das man nicht vergißt.

»Gefällt dir wohl, wie?« erkundigte sich Gavius spottend. »Leda heißt sie, Myrons Tochter.«

Aphrodisius nickte und wandte seinen Blick den heruntergekommenen Gästen zu.

»Du mußt dich nicht wundern, Herr, das ist nur die eine Seite von Rom«, sagte Gavius tröstend, als er Aphrodisius' ratlose Blicke erkannte, »der andere Teil, das ist das Volk auf den sieben Hügeln.«

»Ich wundere mich nicht«, entgegnete Aphrodisius spöttisch und stürzte eine Schale billigen, grünen Weins hinab, »wir passen doch ganz gut hierher. Oder etwa nicht?«

»Gib mir drei Tage Zeit«, sagte Gavius und spreizte Daumen, Zeige- und Mittelfinger, »und du wirst in einem richtigen Bett, in einem richtigen Haus schlafen und für richtiges Geld arbeiten, wie es einem Freigelassenen zukommt. Ich schwöre es bei meiner rechten Hand.«

Abend senkte sich über die Hügel der Stadt, und um den Circus herum kamen die Menschen aus ihren Löchern, und der Lärm nahm zu, so daß an Schlafen nicht zu denken war. Das Essen war schlecht und teuer – ein Pampf aus gekochtem Gemüse mit zähen Fleischresten versetzt – aber es sättigte.

Tausende Fackeln erhellten die engen Gassen. Händler schoben ihre Karren mit Fladenbrot und Süßigkeiten über das Pflaster, andere drängten durch die Menge und schenkten billigen, grünen Wein aus Ziegenschläuchen aus; man trank aus tönernen Schalen, redete im Vorübergehen mit jedem, kritisierte die letzten Spiele, die niedrigen Getreiderationen und, *cum grano salis*, das Liebesleben des Göttlichen, bei Venus und Amor.

Dazwischen sah man Mädchen, die sich selbst verkauften, für zwei As im nächsten Hauseingang, üppige Ägypterinnen mit wogenden Brüsten unter fließenden Gewändern, und Sklaventöchter aus Numidien, zierlich und schlank wie afrikanische Gazellen und kaum älter als vierzehn Jahre. Als Aphrodisius die lüsternen Blicke seines Sklaven sah, griff er zum Gürtel, zog zwei Münzen hervor und gab sie Gavius, ohne ein Wort zu sagen. Der nahm das Geld und strahlte über das ganze Gesicht wie ein Sklave bei den Saturnalien, die den Dienern Freiheit gewährten für einen Tag und ein gemeinsames Mahl mit dem Herrn, und verschwand in der Menge.

Auf dem Bürgersteig, der kniehoch über dem Straßenpflaster lag, wurde gewürfelt. Der erste Spieler bestimmte den Einsatz, die nachfolgenden legten die gleiche Summe darauf, wer die höchste Punktzahl würfelte, steckte die Gesamtsumme ein. Das alles ging so schnell, daß Aphrodisius Mühe hatte, dem Spielverlauf zu folgen. Auf Schritt und Tritt begegnete man diesen Würfelspielern, und der Pompejaner wunderte sich über die zerlumpten Gestalten, die bisweilen den Eindruck erweckten, als hätten sie kein festes Dach über dem Kopf, dann aber einen Aureus in den Kreidekreis warfen, was hundert Sesterzen gleichkam, und meistens gewannen – sechshundert Sesterzen, ein kleines Vermögen.

War es der Wein oder war es das vielhundertfache Klappern der Würfel auf den Steinen, das bei Aphrodisius alle Bedenken zerstreute, das ihn in seinen Gürtel greifen ließ? Auf einmal warf er einen Aureus in den Kreis, griff nach dem Würfel, kullerte ihn über das Pflaster, Fortuna auf der rollenden Kugel um Beistand anrufend. Aber die nahm das Flehen des Pompejaners nicht wahr, und so versuchte es Aphrodisius ein zweites, ein drittes Mal, hoffend, daß beim nächsten Mal die

Reihe an ihm sei, damit er wenigstens den Einsatz zurückgewänne. Den Glauben daran, sein Geld zu versechsfachen, hatte er bereits aufgegeben. Nur nicht alles verlieren, dieser eine Gedanke brachte ihn dazu, die letzte Münze einzusetzen. Aber das Glück ist eine Hure; es macht dir schöne Augen und verheißt dir den Himmel auf Erden, es gaukelt dir vor, du seist der einzige – doch zum Zug kommst du nie. Und so würfelte Aphrodisius ein letztes Mal und verlor.

Er ging wie im Traum, wußte selbst nicht, ob er sich das alles nur eingebildet hatte und griff zu seinem Gürtel, an dem sein Beutel befestigt war. Der Beutel war leer. Aphrodisius hatte sein ganzes Geld verspielt, ein Vermögen für einen wie ihn, er verstand sich selbst nicht. An eine Hauswand gelehnt, blickte er durch die drängenden, hastenden, lärmenden Menschen hindurch wie durch einen Schleier, das Klappern der Würfel hämmerte in seinem Kopf, Geruchsschwaden aus den Garküchen, die sich dicht an dicht drängten, erregten Übelkeit in ihm.

Als Gavius zurückkehrte, sah er sofort, daß etwas nicht stimmte mit seinem Herrn. Er packte ihn übermütig an der Schulter und rief: »Warum stehst du herum wie ein Opfertier vor dem Tempel? Nimm dir ein Mädchen oder, wenn es sein muß, einen Knaben, hier gibt es Hunderte.«

Aphrodisius reagierte nicht, er blickte durch Gavius hindurch und sagte tonlos, beinahe teilnahmslos: »Gavius, als du gingst, hatte ich ein Vermögen im Gürtel, nun bin ich ärmer als jeder Bettler, mir blieb kein As.«

»Beim Castor und Pollux!« rief Gavius. »Du hast gewürfelt!«

Aphrodisius nickte stumm, und der Sklave fuchtelte mit den Armen wild in der Luft herum, als wollte er eine unsichtbare Last in die Höhe heben, und dabei rief er immer wieder: »Kann ein Sklave seinen Herrn nicht einen Augenblick alleine lassen?« Aber als er das verzweifelte Gesicht des Aphrodisius erkannte, versuchte er ihn zu trösten; er hätte ihn warnen müssen vor den üblen Machenschaften der Würfelspieler, die allesamt mit falschen Würfeln spielten und nur darauf aus seien, einem Fremden, der ihre Praktiken nicht kenne, das Geld aus dem Beutel zu ziehen.

»Und ich dachte, unter den Armen gebe es keine Gauner«, brach es aus Aphrodisius hervor. Er war dem Weinen nahe.

»Wer sagt denn, daß es Arme waren, von denen du übers Ohr gehauen wurdest?«

»Sie sahen so aus.«

Gavius lachte laut. »Ich bin zwar nur ein bithynischer Sklave, habe weder lesen noch schreiben gelernt, von den Lehren der griechischen Philosophen ganz zu schweigen, aber ich habe Erfahrungen im Umgang mit Menschen gemacht, mit Armen und Reichen, und eine Erfahrung ist die: jene, die den Reichtum zur Schau stellen, sind weit weniger begütert als jene, die so scheinen, als sei die Armut ihr ständiger Begleiter.«

»Du meinst, alle diese zerlumpten Würfelspieler sind wohlhabende Römer?«

»Nicht alle – wohl aber jene, die den Fremden das Geld aus der Tasche ziehen. Sie kommen in Lumpen gehüllt, weil sie wissen, daß du mit einem Bettler eher spielst als mit einem Senator in Purpurtoga. Oder hättest du je mit so einem vornehmen Römer gewürfelt?«

»Nein. Nie.«

»Siehst du. *Dies diem docet.*«

Aphrodisius preßte die Hände vors Gesicht und murmelte leise: »Gavius, ich schäme mich.«

»Ach was«, antwortete der Sklave, »das Leben besteht aus Erfahrungen. Der Dumme lernt aus eigener Erfahrung, der Kluge aus der Erfahrung der anderen, Herr!«

»Herr, Herr, nenn mich nicht Herr!« brauste Aphrodisius auf, »ich beneide jeden Sklaven in Rom, weil er ein Dach über dem Kopf hat und sein geregeltes Essen.«

»Sei unbesorgt«, erwiderte Gavius, »du wirst weder verhungern noch im Rinnstein verkommen. Vergiß nicht, wir haben viele tausend Freunde in Rom, alles Bithynier. Komm!«

Als der Morgen graute, stand Aphrodisius auf, warf sich die Tunika über und stahl sich unbemerkt aus der Herberge.

Die Stadt empfing ihn in weißem Dunst. Anders als in Pompeii, wo mit dem Morgengrauen die Geschäftigkeit begann, schlief Rom dem Tag entgegen. Vor den Tempeln des Jupiter auf dem Aventin, dem des Apollon auf dem Palatin und dem des göttlichen Julius loderten gelbrote Feuer und verbreiteten schwarzen Qualm, der sich wallend in die Straßen ergoß. Auf Schritt und Tritt stieß man hier auf einen Tempel, dem Mars geweiht oder Saturn, der Juno oder Minerva. Am höchsten Punkt der Via sacra glänzte das Heiligtum der Laren, und den Penaten wurde im Bezirk der Velia Tempelehre zuteil. Wie im Traum irrte Aphrodisius durch die erwachende Stadt, sah den Kaiserpalast, von dem man erzählte, daß er tausend Zimmern Raum bot, und machte beim Triumphbogen des göttlichen Augustus halt, den der Senat in Auftrag gegeben hatte, als der Sohn des Divus Julius die an die Panther verlorenen Feldzeichen zurückholte.

Wo mochte er sein, der Tarpejische Felsen, von dem die Römer üble Verbrecher zu stürzen pflegten? Aphrodisius suchte den Horizont mit den Augen ab – aber wohin er auch blickte, er sah nur Säulenhallen, Tempelfassaden und Triumphbögen, als hätten die Götter selbst eine Kulisse vor ihm errichtet, um ihn daran zu hindern, freiwillig aus dem Leben zu scheiden.

»Du trauerst wohl den Gelegenheiten der vergangenen Nacht nach?«

Aphrodisius erschrak. Er drehte sich um. Lautlos, als wären sie aus dem Boden gewachsen, hatten vier bullige Sklaven eine Sänfte abgestellt, und hinter dem Vorhang, den eine schmale, weiße Hand beiseite schob, tauchte ein Gesicht auf, schön wie Venus, von Goldlocken umspielt. Aphrodisius wollte fortlaufen, aber noch ehe er den ersten Schritt tat, sagte die Schöne: »Komm näher, Jüngling.«

Der Pompejaner blickte sich um, ob auch wirklich er gemeint sei, und dann ermutigte ihn das sanfte Lächeln der

Römerin. Er trat einen Schritt näher, sah unsicher die Sklaven an; doch die erwiderten seinen Blick nicht, verschränkten wie auf ein unhörbares Kommando die Arme über der Brust und blickten streng und scheinbar teilnahmslos zum Himmel.

»Aurora schenke dir einen guten Morgen«, sagte Aphrodisius höflich und machte den ungelenken Versuch einer Verbeugung.

»Jupiter begleite dich durch den Tag«, erwiderte die Römerin ebenso freundlich, und indem sie den Kopf leicht zur Seite neigte und die Brauen ihrer schwarzgerahmten Augen hochzog, so daß sich auf der Stirne feine Fältchen bildeten, fragte sie: »Ist's Bacchus mit dem Wolfsfell, der dein Gesicht verfinstert, oder der elternlose Cupido?«

»O nein, schöne Römerin«, erwiderte Aphrodisius, »nicht der Wein ist schuld an meiner Trauer, und eine Frau schon gar nicht – ich selbst bin es, der mir Unmut bereitet.«

»Du bist nicht von hier«, stellte die Schöne fest, während sie aus ihrer Sänfte stieg.

»Nein«, sagte der Junge, »ich bin Pompejaner, ein Freigelassener.« Jetzt erst sah Aphrodisius, wie überaus schön diese Frau war. Ihr langes Gewand floß, in kunstvolle Falten gelegt, an ihrem Körper herab, und unwillkürlich blieb Aphrodisius' Blick an jener Stelle hängen, wo zwei kräftige Halbkugeln durch die Kannelüren dieser weißen jonischen Säule drängten.

»Ein Pompejaner, ach«, wiederholte die Römerin und streckte dem Jungen die geöffnete Rechte entgegen.

Die Wärme, die von ihrer weißen Hand ausging, traf ihn unerwartet. Aphrodisius ließ die Schöne gewähren, die ihn näher zu sich heranzog, bis sich ihre Augen in gleicher Höhe gegenüberstanden. »Ja, Herrin«, sagte er verlegen.

»Du bist nach dem Erdbeben geflohen?«

»Ja, Herrin, ich habe meine Eltern verloren und meinen Herrn Serenus, und meine Herrin Fulvia brauchte mich nicht mehr. Das Macellum, in dem ich die Pacht eintrieb, ist zerstört, da gab es für mich nichts mehr zu tun. Sie gab mir tausend Sesterzen, damit ich ein neues Leben beginnen konnte, aber ...«

»Aber?«

Aphrodisius blieb stumm.

»Aber?« fragte die Römerin mit Nachdruck.

»Als ich gestern hier ankam, habe ich mein gesamtes Vermögen beim Würfeln verspielt.« Während Aphrodisius das sagte, traten Tränen in seine Augen, Tränen ohnmächtiger Wut. Er riß die Augen weit auf, weil er hoffte, die schöne Römerin würde nicht merken, daß er weinte, aber die wischte mit den Fingern über seine Lider und sagte: »Großer, dummer Junge.« Da warf Aphrodisius sich der Römerin in die Arme, verbarg sein Gesicht an ihrem Hals und schluchzte wie ein Kind. Die Unbekannte aber hielt ihn fest, fuhr abwechselnd mit beiden Händen über seinen Rücken wie eine Mutter, die ihr Kind tröstet, und wiederholte: »Großer, dummer Junge.«

Als er zur Besinnung kam, blickte Aphrodisius erschreckt auf. Am liebsten wäre er fortgelaufen, weil er sich schämte vor der schönen Frau, aber die hielt ihn fest mit sanfter Gewalt und zwang ihm ihren Blick auf: »Du hast richtige Tränen geweint«, sagte die Unbekannte, »das ist selten in Rom.«

Aphrodisius sah sie fragend an.

»Weißt du, in dieser Stadt wird viel geweint. Die Römer kennen kein größeres Vergnügen, als Tränen zu weinen. Wer weint, vermindert seinen Gram. Seltsamerweise aber weinen auch jene, die von Not und Gram entfernt sind wie Zypern von den Säulen des Hercules, weil sie den Armen das Privileg der Tränen nicht gönnen. Wie heißt du, Fremder?«

»Aphrodisius.«

»Aphrodisius – der auf dem Schaum des Meeres Wandelnde, welch schöner Name! Er paßt zu einem schönen Jüngling, wie du es bist, Aphrodisius.«

Der Pompejaner wagte nicht, die Römerin nach ihrem Namen zu fragen, ja, er zweifelte sogar, ob sie eine Römerin sei. Das üppige Blondhaar verlieh ihr etwas Exotisches – vielleicht war sie Germanin oder eine jener wilden Britannierinnen, die der göttliche Claudius von seinem letzten Feldzug mitgebracht hatte, vielleicht Freigelassene wie er, aber mit mehr Glück. Sie mochte beinahe doppelt so alt sein wie er, eine zu vollendeter Schönheit erblühte Frau. Nein, Aphrodisius wagte es nicht, sie anzureden.

»Komm mit mir!« sagte die Unbekannte, und es klang wie ein Befehl, dem sich zu widersetzen Aphrodisius nie gewagt hätte; sie schaute auch gar nicht, ob der Jüngling der Aufforderung nachkam, sondern nahm in ihrer Sänfte Platz, gab den Sklaven einen Wink, worauf sich deren statuenhafte Starrheit in beflissene Geschäftigkeit verwandelte, und blickte lächelnd aus dem Fenster, während Aphrodisius neben der wankenden Sänfte herlief wie ein gutmütiger Hund. Die Sklaven, bemüht, die Erschütterungen möglichst gering zu halten, machten sehr kleine, schnelle Schritte und wandten sich dem Esquilin zu, dessen großzügige Parkanlagen mit ihren unzähligen Rhododendronbäumen betörenden Duft verströmten.

»Schöner Jüngling«, hatte sie gesagt, und sie hatte ihn gemeint, ihn, Ludus Cäcilius Aphrodisius, Sohn des Sklaven Imeneus, Freigelassener des Serenus! Er hatte nie darüber nachgedacht, ob er von Gestalt und Angesicht schön war. Als Sklave siehst du zu, deine Arbeit zu verrichten und keine Schläge einzufangen; du bist dankbar, dich trefflich satt zu essen und hin und wieder ein paar As zu erhalten für besondere Leistung. *Pauper ubique iacet.* Als Freigelassener gar schuftest du mehr als ein Sklave, weil du es für Lohn tust und für die eigene Tasche, und von der Möglichkeit, dich überall frei zu bewegen, machst du wenig Gebrauch, weil dich deine Arbeit Tag und Nacht im Zaum hält. Und fängst du erst einmal an, darüber nachzudenken, ob deine Nase edel, dein Blick sanft, dein Körper wohlgestaltet ist, so hast du schon verloren, denn die Schönheit eines Mannes ist sein Verstand.

Vor einem prachtvollen Haus mit einem Porticus und hohen Säulen setzten die Träger die Sänfte ab, und die schöne Unbekannte stieg aus. Sofort kamen Bedienstete von allen Seiten, eine Zofe in Begleitung zweier Dienerinnen; ein Sekretär, ein

Leibsklave hielten sich im Hintergrund, und ohne sie auch nur eines Blickes zu würdigen, sagte die Schöne, während sie die breite Treppe zum Eingang emporstieg: »Das ist Aphrodisius, ein junger Pompeianer. Die Badesklavinnen sollen ihn waschen und salben. Beschafft ihm Schuhwerk und neue Kleider und gebt ihm einen Beutel mit tausend Sesterzen. Dann bringt ihn in mein Tablinum.«

Aphrodisius rang nach Luft. Das alles war kein Traum, das war Wirklichkeit, wie der Tarpejische Felsen. Oder war es jene Wirklichkeit, der du auf dem Weg zu den Gefilden der Seligen begegnest?

Die einen nannten den Krämer Fabius Eupor einen Scharlatan, den die Götter eines Tages furchtbar strafen würden. Wie Bellerophon, der Sohn Neptuns, der auf dem geflügelten Roß versuchte, den Himmel zu erklimmen und ins Meer stürzte, würde auch Eupor abstürzen zur Strafe für seine Überheblichkeit. Die anderen aber sahen in der Heilung des lahmen Eupor ein Zeichen des unbekannten Gottes, den der Kilikier verkündet hatte. Diese fanden sich bei dem Krämer ein wie Korybanten im Tempel der Kybele, welche Fruchtbarkeit brachte nach dem Regen des Winters, und sangen freudige Lieder zur Ehre jenes Gottes, der von den Reichen Armut, von den Stolzen Demut und von Streitsüchtigen Verträglichkeit, von den Drängenden Geduld und von den Zweiflern Glauben forderte – lachhaft in Pompeji, der Stadt der Reichen, Stolzen, Streitbaren, Ehrgeizigen und Gottlosen.

Tagaus, tagein wurde Eupor bestürmt zu erklären, wie die Lähmung von ihm abgefallen sei, warum gerade er diese Gunst erfahren habe und was zu tun sei, um ähnliches Glück zu erlangen. Aber Eupor, ein Mann von schlichtem Gemüt, der in einer Welt aus Fisch, Dörrobst, Käse und Gemüse lebte, vermochte das Wunder nicht zu erklären; er wisse auch nicht, sagte er, welcher Art dieser Gott sei, der weder in Rom noch in Hellas einen Tempel besitze. Ihm sei nur bekannt, daß sein Sohn, Jesus genannt, unter dem Procurator Pontius Pilatus von Judäa, im sechzehnten Jahr der Regierung des göttlichen Tiberius, wegen Volksverhetzung verurteilt und hingerichtet worden sei, zuvor aber angedroht habe, wiederzukehren und die Welt zu richten, und alle die sich nicht zu ihm bekannt hätten, würden seinen Zorn erfahren. Er selbst habe dem namenlosen Gott schon ein Lamm geopfert im Larenheiligtum, der einzigen Opferstätte, die wiederhergestellt sei.

Vielleicht wäre die wundersame Heilung des Fabius Eupor sogar in Vergessenheit geraten, wäre nicht eines Tages der römische Centurio Julius von der Kohorte Auguste eingetroffen, der Grüße des kilikischen Zauberers überbrachte und behauptete, Paulus auf seiner Reise nach Cäsarea zum campanischen Hafen Puteoli begleitet zu haben. Er habe Paulus während der zweijährigen Untersuchungshaft in Rom bewacht und dabei die Lehre des Kilikiers angenommen. Julius wußte auch zu berichten, daß der Kilikier in die spanische Provinz aufgebrochen sei, um dort seine Heilslehre zu verkünden.

Das Bekenntnis des Centurio zog viele Pompejaner an – vor allem solche, die auf der Schattenseite des Lebens standen, denn gerade ihnen versprach die Botschaft bessere Tage. Sie bestürmten den Hauptmann mit allerlei Fragen: Wie sie in den Genuß des Heiles kommen könnten, welche Opfer der namenlose Gott fordere. Verecundus, der Tuchmacher, bot die Hälfte seines bescheidenen Vermögens, und Cassia, die Frau des Ladenbesitzers Pinarius Cerealis, die Einnahmen eines ganzen Monats, damit dem Gott aus dem Osten ein kleiner Tempel errichtet werden könne nach dem Vorbild der Fortuna Augusta an der Straße zum Forum.

Doch zur Verblüffung der Pompejaner erklärte der römische Centurio, sein Gott brauche keinen Tempel; weder in Rom noch in Korinth noch in Ephesus, wo sich große Gemeinden gebildet hätten, sei ein Tempel vorhanden. Der Gott sei überall anwesend, wo sich zwei oder drei in seinem Namen versammelten. Auf einem Heringsfaß stehend, berichtete Julius von der römischen Gemeinde: Sie würden sich Christen nennen, nach Jesus, der den griechischen Beinamen *Christós* trug, der Gesalbte, und machten sich untereinander kenntlich durch ein großes lateinisches X, das dem griechischen Chi entsprach, dem ersten Buchstaben von Christos, und mit einem Stück Kreide malte er das Zeichen an die Wand. In Rom, so fuhr der Centurio fort, werde eine vieltausendköpfige Gemeinde von einer Gerusia, einem Rat der Alten, regiert und von jährlich neu zu wählenden Archonten betreut. Ein *frontistes* kümmere sich um das gemeinschaftliche Vermögen, und jene, die sich durch Alter und Weisheit vor allen anderen hervortäten, würden sie ›Vater‹ nennen und ›Mutter‹, und die so Genannten sähen eine Ehre darin.

Der alte Schulmeister Saturnius gab zu bedenken, ob nicht all dies gegen die römischen Gesetze verstoße, die andere Ämter und Würden vorsähen, und ob andererseits den Gesetzen des Cäsars Folge zu leisten sei.

Dem Kaiser sei zu gehorchen, erwiderte Julius, denn wer sich der Obrigkeit widersetze, widersetze sich der Anordnung Gottes. Ein Christ gebe jedem, was er ihm schulde, Steuer, wem Steuer gebühre, Zoll, wem Zoll gebühre, Furcht, wem Furcht gebühre, und Ehre, wem Ehre gebühre. Ein Christ bleibe niemandem etwas schuldig, und zudem sei es Gebot, einen jeden zu lieben.

Da umarmten sich die Pompejaner im Krämerladen des Fabius Eupor wie Sklaven und Herren bei den Saturnalien, und beseelt von der Hoffnung auf ein besseres Leben, beschlossen sie die Gründung einer Christengemeinde. Auf Zuruf wählten sie den Tuchmacher Verecundus, den Wundarzt Cerrinus, den Schulmeister Saturnius und den Schauspieler Norbanus Sorex in den Rat der Alten und Fabius Eupor, der als erster in den Genuß des Heiles gekommen war, zum Archonten.

Unbeachtet von den anderen wohnten zwei Frauen der Versammlung bei, Statia hieß die eine, Petronia die andere. Sie waren Angestellte in der Bäckerei des Nigidius und standen in dem Ruf, die Männer zu hassen wie der Löwe das Feuer.

Ihre losen Reden waren ebenso gefürchtet wie ihre Klatschsüchtigkeit, weshalb dem reichen Nigidius nachgesagt wurde, er höre alles mit sechs Ohren.

»Man darf diesen Leuten kein Wort glauben«, zischte Petronia, »sie geben sich den Anschein der Gesetzmäßigkeit, doch sind sie in Wirklichkeit Feinde des Volkes, die den Umsturz planen.«

»Was sollen wir tun?« erwiderte Statia. »Der Kaiser hat ihr Treiben bisher nicht verboten?«

»Er hat es aber auch nicht ausdrücklich gebilligt. Vermutlich weiß er gar nicht, wie gefährlich diese Leute sind. Er müßte handeln wie der göttliche Tiberius, der alle Wahrsager und Magier aus dem Land vertrieb und Lucius Pituanius, den Schlimmsten von allen, vom Tarpejischen Felsen stürzte.«

Heimlich, ohne daß es jemand bemerkte, stahlen sich Statia und Petronia davon. Aber in ihrem Gedächtnis behielten sie jeden einzelnen.

Es hatte bis in den Mittag gedauert, bevor die Badesklavinnen Aphrodisius entließen. Sie hatten ihn in betörend duftendem heißem Wasser geschrubbt, das aus glänzenden Rohren in ein blaugefliestes Becken strömte. Sie hatten sein blondes Haar gewaschen mit schäumenden Essenzen, sie hatten ihn auf eine Kline mit weichen weißen Tüchern gebettet und seinen Körper geknetet, daß er wohlig erschauerte, sie hatten ihm den Saft frischer Früchte gereicht, während eine Korintherin zur Kithara schmeichelnde Weisen vortrug, sie hatten ihm jeden Wunsch erfüllt, noch ehe Aphrodisius ihn aussprechen konnte. Nur eines hatten sie ihm versagt: Aufklärung darüber, wer die Frau war, der er dies alles verdankte.

Als die beiden Mädchen, von denen jede die Schönheit einer Nymphe zur Schau trug, Aphrodisius, angetan mit einer safrangelben Tunika, den Beutel mit tausend Sesterzen am Gürtel, in das Tablinum führten, da war er willenlos, beinahe gleichgültig, weil er schon einmal erlebt hatte, wie Fortuna sein Leben von einem Augenblick auf den anderen veränderte.

Auf dem Tisch des Empfangsraumes standen, farbenprächtig mit Früchten und Blumen dekoriert, die köstlichsten Speisen: Geflügel, malerisch zerlegt, Soßen in silbernen Schüsselchen und Fladenbrot, in verspielten Formen gebacken. Mit einladenden Gesten komplimentierten die Dienerinnen den Fremden auf eine Liege, und Aphrodisius machte es sich, den Kopf auf die linke Hand stützend, bequem, und wenn auch nur ein Blick auf eine der Speisen fiel, wurde sie ihm von den Mädchen sofort gereicht.

Ob er roten dem weißen Wein vorziehe?

Aphrodisius deutete auf eine Karaffe aus Alabaster, in der Wein von dunkler Farbe schimmerte, und eines der Mädchen füllte eine Schale zur Hälfte, goß klares Wasser auf und reichte sie dem Gast. Da streckte Aphrodisius den Arm aus und schüttete, so wie er es oft bei seinem Herrn Serenus gesehen hatte, einen Schluck auf den Boden, den Göttern zum Opfer. Der Pompejaner trank gierig, und er hätte gewiß die Schale in einem einzigen Zug geleert, doch da trat hinter einem Vorhang die Herrin des Hauses hervor.

Daß sie wirklich die schöne Unbekannte war, erkannte Aphrodisius nur an ihrer Stimme, denn sie sah nun ganz anders aus: Sie trug eine *recta*, ein langes silberfarbenes Gewand, das im Stehen, das heißt aufwärts gewebt war, ohne Überwurf getragen und auf den Schultern von zwei Gemmen gehalten wurde. Die besondere Webart verursachte bei jedem Schritt wellenartige, fließende Bewegungen, die ihre Hüften und Brüste umspielten und in unregelmäßigem Rhythmus den Blick freigaben auf zwei schwarze Arbylen, zierliche, spitze, bis zu den Knöcheln reichende geschlossene Schuhe, wie sie griechische Tragöden zu tragen pflegten, wenn sie weibliche Rollen darstellten. Das Augenfälligste aber war ihr Haar, das nun feuerrot leuchtete, hochgetürmt wie das Rutenbündel der Liktoren und wie dieses umwickelt mit silbernen Bändern. Die weiße Haut ihrer nackten Arme, der in leichter Biegung nach außen gekrümmte Hals und ihr Gesicht – die Augen geschwärzt wie die einer Ägypterin, Zinnober auf den breiten Lippen – all das verlieh der Schönen den Zauber des Unwirklichen. Nicht anders sah er Aphrodite in seinen Träumen, die vor Zypern dem Meerschaum entstiegene Göttin der Schönheit, die mit Hephaistos, dem Krüppel, verehelicht war und ihn mit Ares betrog, dem Wilden, der selbst den Göttern verhaßt war.

»Du wunderst dich?« sagte die Schöne. Aphrodisius brachte keinen Laut hervor. Was sollte er auch sagen? Sollte er sagen, daß er noch nie eine so schöne, die Sinne verwirrende Frau gesehen hatte? Daß er, bei allen Göttern, doch endlich einmal wissen wolle, welches Ziel die Unbekannte verfolgte? Ausgerechnet mit ihm, dem Freigelassenen aus Pompeji?

»Weißt du«, begann die Unbekannte und setzte sich zu Aphrodisius auf die Kline, »ich muß mich verkleiden, um unerkannt zu bleiben. Ich wechsle täglich Perücken und Kleider und tausche die Sänften und Sklaven aus, denn ich bin nicht sehr beliebt in Rom und habe viele Feinde. Ich bin Poppäa Sabina. Ja, ich stamme aus Pompeji, wie du.«

Beim Jupiter! Aphrodisius wagte nicht zu atmen. Poppäa Sabina. Welch eine Frau! Hetäre, Mänade, Furie in einem. Wie eine Fliege hing er im Spinnennetz und verstrickte sich mit jedem Blick nur noch mehr. Poppäa drückte Aphrodisius mit sanfter Gewalt auf das Lager, ihre langen weißen Finger hielten ihn wie Krallen gefangen, und er gab nach, ließ die Schöne gewähren, als sie, einer Schlange gleich, unter seine Tunika glitt, seinen Priapos suchte, packte und festhielt wie eine Beute, auf die man stolz ist; und Aphrodisius stöhnte, weil es Schmerz und Lust zugleich erzeugte, nicht wissend, welches Gefühl das stärkere war.

»Ich will dich, Pompejaner!« sagte Poppäa tonlos und schob ihr Knie zwischen seine Beine. Das Rascheln ihrer silbrigen Recta, unter der er die höchste Wollust ahnte, erregte ihn so sehr, daß sich sein Becken zu heben und senken begann, heimlich und langsam zuerst, dann immer schneller und kraftvoller.

»Ich will dich!« wiederholte Poppäa, doch diesmal klang

ihre Stimme schrill und beinahe ekstatisch, und Aphrodisius griff ihren Schenkel, der sich unter dem Kleid abzeichnete, rund und geschmeidig wie ein Delphin des Apoll, und das Weib antwortete, indem es das andere Bein an sich heranzog und aufstellte wie ein Zelt, daß der schwere Stoff von ihrem Knie rutschte und den anderen Schenkel freigab, nackt und weiß.

Aus dem Vorraum drang auf einmal wildes Geschrei. Als sie die gellende Stimme ihrer Zofe Pyrallis vernahm, ließ Poppäa von Aphrodisius ab, erhob sich blitzschnell und strich ihre Recta zurecht. Aphrodisius, der nicht begriff, wollte schreien, flehen, sie solle wieder seinen Priapos fassen, ihn pressen, bis er schmerzte, nie habe er größere Lust verspürt. Doch da stand plötzlich ein leibhaftiger römischer Hauptmann im Tablinum und mühte sich heftig, die Zofe und zwei Haussklaven abzuschütteln.

»Anicetus?« rief Poppäa erstaunt und gab den anderen ein Zeichen, von dem Eindringling abzulassen. »Du magst ein guter Präfekt der Flotte von Misenum sein, und dein rauhes Verhalten mag deine Ruderknechte einschüchtern, aber hier ist nicht Misenum, hier bist du in Rom, und hier gelten immer noch Gesetz und Anstand.«

Anicetus strich verlegen über die Lederlappen seines Brustpanzers, dann zog er den Helm vom Kopf, klemmte ihn zwischen Hüfte und Beuge seines linken Armes und nahm Haltung an: »Verzeihe mein ungestümes Eindringen, Poppäa, aber ich bringe eine Nachricht von höchster Wichtigkeit, und die Diener wollten mich nicht vorlassen.«

»Sie haben recht getan«, entgegnete Poppäa schnippisch, »so wichtig kann keine Nachricht sein, daß man mich in meiner Mittagsruhe stören dürfte.«

»Ich glaube doch!« antwortete der Hauptmann, ging ein paar Schritte zur Tür und gab mit der Hand ein Zeichen nach draußen. Ein Rudersklave im blauen Sagum, einem auf der rechten Schulter zusammengehaltenen kurzen Soldatenmantel, trug einen Weidenkorb herein und stellte ihn wortlos auf den Boden. Aphrodisius erhob sich von der Kline und machte Anstalten, den Raum zu verlassen.

»Du bleibst!« sagte Poppäa, ohne den Pompejaner anzusehen, und zu dem Hauptmann: »Was soll das, Alter?«

»In diesem Korb befindet sich die Nachricht, die ich im Auftrag des Cäsars überbringe.«

»Laß schon sehen!« sagte Poppäa barsch und nahm den Deckel von dem Korb. Poppäa stieß einen kurzen, heftigen Schrei aus. Jetzt erkannte auch Aphrodisius den furchtbaren Inhalt: In dem Korb lag, – *homo homini lupus!* – der abgeschlagene Kopf einer Frau, blutverkrustet, das Haar in wirren Strähnen.

»Octavia?« fragte Poppäa.

Der Hauptmann nickte.

Da huschte ein triumphierendes Lächeln über das Gesicht Poppäas, und von einem Augenblick auf den anderen verwandelte sich das Antlitz zur bösen Fratze, und Poppäa lachte, laut und wild, und schlug die Hände über dem Kopf zusammen und tanzte wie eine Mänade des Dionysos.

Starr sah Aphrodisius zu. War von dieser Frau soeben noch höchste Begehrlichkeit ausgegangen, so empfand Aphrodisius nun auf einmal tiefe Abscheu, und diese Abscheu packte ihn plötzlich und hart wie der Griff des Scharfrichters im Mamertinischen Kerker und preßte das eben zu sich Genommene aus ihm heraus: Er erbrach sich über der Liege. Poppaa schien Aphrodisius' Unbill entweder nicht zu bemerken oder nicht bemerken zu wollen und fragte den Hauptmann in schmeichlerischem Tonfall: »Hat Marcus Silanus dich gedungen?«

»Marcus Silanus?« fragte Anicetus zurück. »Nein. Ich habe im Auftrag des Göttlichen gehandelt. Was ist mit diesem Silanus?«

»Ach, nichts«, erwiderte Poppäa. Und Anicetus fügte hinzu: »Ich hoffe, du bist mit mir zufrieden.«

Poppäa ging auf den Hauptmann zu und faßte ihn an den Armen: »Du hast mir einen großen Gefallen erwiesen, Alter, der Göttliche wird es dir zu lohnen wissen!«

Anicetus nahm Haltung an und hob die Hand zum Gruß. »Salve!« Mit eiligen Schritten verließ er das Tablinum.

Poppäa aber klatschte in die Hände: »Pyrallis!« Sie zeigte auf den Korb: »Bring das nach draußen. Man soll es den Hühnern vorwerfen oder den Schweinen.«

Aphrodisius erhob sich. Im Nacken spürte er kalten Schweiß. Er wankte zur Tür. Poppäas Aufforderung zu bleiben mißachtend, taumelte er durch einen Vorraum zum Atrium. Er hatte nur ein Verlangen: Luft zu holen, tief einzuatmen, einen unsichtbaren Würger abzuschütteln. An einer Wand unter tanzenden Nymphen stand ein Tisch mit einer Obstschale. Und daneben lag ein Dolch, ein Dolch, der ihm auffiel, weil er den gleichen geschwungenen Griff hatte wie jenes seltsame Mordwerkzeug, das im Hals seines Herrn Serenus steckte, gekrümmt wie der Schnabel eines phönizischen Schiffes. Aphrodisius zögerte; er wollte sich den Dolch näher ansehen, doch dann tauchte vor ihm das Bild seines sterbenden Herrn auf, und er sah, wie er den Dolch aus dem Hals zog, sah das Blut hervorquellen und das Pflaster, das sich dunkel verfärbte, und er stürzte ins Freie und sog die Luft ein wie ein gehetztes Tier, das mit Mühe dem Jäger entkommen war.

Aphrodisius konnte nicht wissen, daß er, seit er Poppäas Haus, betreten hatte, unter ständiger Beobachtung stand. Und es waren nicht etwa Poppäas Leute, wie vielleicht anzunehmen wäre, nein, ein geheimer Bund interessierte sich für den jungen Pompejaner und überwachte jeden seiner Schritte. Dahinter stand eine verschworene Gemeinschaft reicher Adliger, einflußreicher Senatoren und kampfbereiter Soldaten. Ihr Ziel: die Beseitigung des Cäsars, dessen Handlungen zunehmend unberechenbar und unkalkulierbar erschienen, seit er seinen väterlichen Freund Burrus durch Gift beseitigt hatte. Außerdem hatte Nero seinen Erzieher und engsten Berater Seneca aufs Land abgeschoben, Seneca, der für den Kaiser ein zweiter Vater war, und es schien wohl nur eine Frage der Zeit, wann auch er einem Anschlag zum Opfer fallen würde, war Seneca doch mit Poppäa tödlich verfeindet.

Poppäa Sabina wurde von den Verschwörern als Schwachstelle in dem Schutzschild betrachtet, mit dem Kaiser Nero sich seit der Ermordung seiner Mutter Agrippina umgab; denn der Cäsar lebte abgeschieden von der Außenwelt, Tag und Nacht beschützt von einer doppelten Leibwache, und nur Poppäa lockte ihn bisweilen aus seinem goldenen Käfig, weil sie es ablehnte, den palatinischen Palast zu betreten, solange Nero ihr die Ehe verweigerte.

So geriet Aphrodisius unversehens und nichtsahnend zwischen die Mühlsteine der Politik.

›Piso‹ lautete das Kennwort der Verschwörer, ›Piso‹, weil der Kopf des Geheimbundes Gaius Calpumius Piso hieß, ein Mann von hohem Adel und großem Ansehen; ein ehemaliger Konsul, für den allein das Wort ›Cäsar‹ ein rotes Tuch war, seit der göttliche Caligula zu seinem Hochzeitsmahl erschienen war, seine Braut Livia Orestilla entführt und nach drei Tagen geschändet zurückgebracht hatte.

Sie trafen sich des Nachts heimlich auf dem Landgut Senecas, und sie kamen, damit die Zahl der Mitwisser möglichst klein sei, ohne Sklaven: Piso, der Anführer, Fänius Rufus, einer der beiden Prätorianerpräfekten, dem man nachsagte, er habe mit Neros Mutter Agrippina ein Verhältnis gehabt, Subrius Flavus, Tribun einer Prätorianerkohorte, Sulpicius Asper, der Centurio, der Senator Quintanus und der Dichter Lucanus, dessen Reime offentlich vorzutragen der göttliche Nero verboten hatte.

Der Cäsar, wußte Rufus zu berichten, wolle demnächst im Circus Maximus auftreten – als Rennfahrer.

»Wenn er nur nicht singt!« lachte der alte Seneca.

»Ja, wenn er nur nicht singt!« wiederholte Rufus, und die anderen sahen ihn fragend an. »Ich will sagen, es ist unwahrscheinlich, daß einem *Sänger* im Circus etwas zustößt, aber mit dem Rennwagen hat sich schon mancher das Genick gebrochen.«

Calpurnius Piso legte seine hohe Stirne in Falten: »Wenn wir darauf warten, bis sich der Göttliche das Genick bricht, dann können wir uns nach Tusculum zurückziehen wie der große Cicero oder nach Sabinum wie Horatius Flaccus und schönen Gedanken nachgehen. Wir werden dann weiterhin den Launen des Cäsars ausgesetzt sein und stets um unser Leben fürchten müssen.«

Was Piso dachte, aber nicht auszusprechen wagte, war das Folgende: Natürlich können wir uns auch wie Seneca nach Campanien zurückziehen, den Cäsar einen Muttermörder und Unhold schelten und hunderttausend Sesterzen Prämie aussetzen für denjenigen, der Nero beseitigt. Aber das sagte Piso nicht; er sah den Alten, der die Gelassenheit eines durch nichts zu erschütternden Stoikers ausstrahlte, nur an und wartete auf eine Antwort.

Aber Seneca schwieg, wie es seine Art war. Nichts, aber auch gar nichts vermochte ihn aus der Ruhe zu bringen. Er redete nur, wenn er lange nachgedacht hatte. Seine Haltung kam nicht von ungefähr: Seneca war schon viele Tode gestorben. Mit Dreißig hatten sie ihn nach Ägypten geschickt, weil man glaubte, er würde den italienischen Winter nicht überleben, aber Seneca kehrte zurück, wurde Quästor und sogar Senator. Der göttliche Caligula hatte ihn auf die Todesliste gesetzt, ließ das Urteil aber nicht vollstrecken, weil man täglich mit seinem natürlichen Ableben rechnete. Von Claudius war Seneca nach Korsika verbannt worden, was gleichfalls einem Todesurteil gleichkam, doch Agrippina holte ihn zurück und machte ihn zum Erzieher ihres elfjährigen Sohnes Nero. Und dieser Nero, mittlerweile fünfundzwanzig Jahre alt, hatte nun ebenfalls seinen Tod beschlossen.

Furcht kannte Seneca nicht. Der Weise und wer nach Weisheit strebt, pflegte er zu sagen, ist zwar an seinen Leib gebunden, aber mit seinem besseren Teil ist er fern von ihm und hält seine Gedanken auf das Höhere gerichtet. Er soll das Leben meistern wie den Kriegsdienst, an den ihn der Fahneneid bindet, und am besten ist es, wenn er das Leben nicht liebt, es aber auch nicht haßt, und alles Menschliche erträgt.

»Was habt ihr in Erfahrung gebracht über Poppäas neuen Gespielen?« fragte der Alte nach einer Weile.

Subrius Flavus, zuständig für Spionage und Beobachtung, antwortete: »Es ist nicht allzuviel, muß ich gestehen, aber das, was wir wissen, ist äußerst interessant. Der Junge paßt genau in unser Konzept.«

»Ist er vermögend?«

»Nein, er ist völlig mittellos. Und das bißchen Geld, das er hatte, hat er verspielt. Er wurde beim Circus gesehen.«

»Großartig!« stellte Seneca fegt. »Alle Spieler sind käuflich. Wie alt?«

»Schwer zu sagen, achtzehn Lenze, vielleicht zwanzig.«

»Römer?«

»Pompejaner. Vermutlich ein Freigelassener.«

»Also ehrgeizig. In der Tat, er paßt großartig in unsere Planung. Aber sprich, Flavus, wie kam der Kerl an Poppäa heran?«

Der Tribun hob die Schultern: »Das frage ich mich auch. Er war einfach da, das heißt, meine Leute haben von ihm erst Notiz genommen, als er Poppäas Haus betrat.«

Seneca dachte laut: »Merkwürdig, ein junger unbekannter Pompejaner macht sich an Poppäa Sabina heran, eine Frau, die doch nur Augen für den Cäsar hat …«

»Er sieht sehr gut aus, der Pompejaner«, wandte Flavus ein, »vielleicht hat Poppäa sich an ihn herangemacht. Auch eine Frau wie Poppäa braucht mal einen Kerl, wenn ihr Mann im fernen Lusitanien weilt.« Der Tribun lachte, wurde aber sogleich wieder ernst: »Wie wollen wir vorgehen?«

Asper, der Centurio, ein harter Bursche, dem ein Zug Brutalität ins Gesicht geschrieben stand, schlug mit der rechten Faust in die flache Hand, als wollte er etwas Unsichtbares zerquetschen, und rief: »Wir werden uns den Pompejaner schon gefügig machen.«

»Unsinn!« schimpfte Piso. »Wenn du doch immer erst deinen Verstand zu Wort kommen ließest, Asper, bevor deine Fäuste reden! Wir sind schon allzu oft gescheitert, weil unsere

Aktionen schlecht geplant und vorschnell ausgeführt wurden.« Piso preßte die Lippen zusammen, daß nur noch ein schmaler Strich zu erkennen war, und seine Augen funkelten zornig. »Wenn ich daran denke«, begann er von neuem, »aus welchen Gründen das Attentat an der Brücke des Agrippa gescheitert ist, könnte ich mir die Haare ausraufen!«

Die anderen nickten zustimmend. »Das ist lachhaft! Lachhaft ist das!« Piso spuckte auf den Boden, und Rufus blickte betroffen, denn die Schelte galt ihm. Fänius Rufus, dem die Ausführung des Attentats übertragen war, hatte das Vorhaben minutiös geplant: Der Cäsar sollte auf dem Wege zu einer Veteranen-Entlassung an der Brücke des Agrippa überfallen und ermordet, seine Leiche in den Tiber geworfen werden. Gaius Piso wäre noch in der Nacht zum neuen Cäsar ausgerufen worden. Eigentlich konnte gar nichts schiefgehen. Rufus hatte eine halbe Prätorianer-Kohorte um sich. Aber ein launiger Zufall ließ das Unternehmen scheitern: Die Veteranen erwarteten den Cäsar nicht auf dem Marsfeld, sondern zogen ihm singend bis zur Brücke des Agrippa entgegen, und Rufus und seine Prätorianer sahen sich unerwartet von einer singenden Legion altgedienter Soldaten umringt.

»Was nützen all die Vorwürfe«, wandte Seneca ein, »vielleicht sollte ich dem Göttlichen gegenübertreten, so wie ich ihm unzählige Male gegenübergetreten bin, sollte sagen, mein Sohn, du bist nicht mehr mein Sohn, nicht der, den ich in der Weisheit des Lebens unterwiesen habe, du bist ein Untier, trägst die Grausamkeit des Löwen und die Feigheit der Hyäne zur Schau, und die Römer fürchten dich mehr als den schrecklichen Krieg, und ich sollte den Dolch aus dem Gewand ziehen und ihm den Tod geben, der ihm gebührt.«

Da erhob sich ein wildes Geschrei unter den Verschwörern. Die einen sagte, Cäsarenmord sei nicht Sache der Philosophen, die anderen sprachen Seneca die physische Kraft ab, eine solche Tat zu vollbringen, und der Dichter Lucanus rief: »Seneca, du hast ein Leben lang mit Worten zugestoßen, und deine Gedanken haben die Seele der Menschen getroffen. Du bist nicht der Mann, der seinen Dolch erhebt, du würdest als erster fallen!«

»Was ist schon der Tod!« erwiderte der alte Seneca und legte die Hand auf die Brust. »Mir liegt am Leben nicht mehr als am Tod, ja, mancher hat seinem Leben erst mit dem Tod Größe verliehen. Denkt an Sokrates, wie er den Schierlingsbecher nahm. Nehmt Cato sein Schwert, das ihm die Freiheit sicherte, und ihr habt ihm einen großen Teil seines Ruhmes genommen. Ich will sagen: Vielleicht erwartet auch mich ein Tod, der mein Leben adelt?«

Mit dem Losungswort ›Piso!‹ auf den Lippen betrat ein Freigelassener des Rufus das Tablinum, ging auf seinen Herrn zu und flüsterte ihm etwas ins Ohr. Der schlug die Hände vors Gesicht, daß die übrigen Verschwörer ihn erwartungsvoll ansahen.

»Octavia«, sagte er nach einer Weile, und jeder im Raum wußte, was er meinte.

»Gab Poppäa den Auftrag?« fragte Piso.

Fänius Rufus, verneinte: »Angeblich steckt Nero dahinter, Anicetus hat Poppäa in einem Korb Octavias Kopf überbracht.«

»Dann hat Poppäa ihr Ziel erreicht«, stellte Piso fest.

»Und der Göttliche auch!« fügte Rufus hinzu. »Nun führt wohl kein Weg mehr daran vorbei, daß Poppäa Sabina die Frau des Cäsars wird.«

Poppäa war ein unersättliches Frauenzimmer, und Aphrodisius war jung, zu jung, um sich aus eigener Kraft aus den Fängen der begehrlichen Römerin zu befreien. Schon am ersten Tag wollte er fliehen, einfach fortlaufen, in der großen Stadt untertauchen, doch ein einziges Wort, eine leise Berührung genügte, und der Pompejaner wurde gefügig und weich wie das Wachs, das die Priester im Tempel des Apollon opferten.

Er schlief mit ihr, wild und orgiastisch, und Poppäa, die Unnahbare, Selbstsichere, Herrische, verwandelte sich immer wieder. Sie spielte mit ihm übermütig wie eine Katze, sie fraß ihn auf wie ein gieriges Tier, und sie ließ sich verzaubern wie ein kleines Mädchen, dem vieles neu und alles fremd ist.

In der ersten Nacht nannte sie ihn ›mein Adonis‹, in der zweiten Nacht nannte sie ihn ›mein Cupido‹, in der dritten Nacht nannte sie ihn gar ›mein Hercules‹ – doch in der vierten Nacht blieb ›Hercules‹ allein, ebenso in der folgenden; und alle Fragen, wo Poppäa geblieben sei, beantworteten die Zofe Pyralfis und Polybius, der Schreiber, mit einem hilflosen Achselzucken. Ob er einen Wunsch habe, den sie ihm erfüllen könnten?

Enttäuscht machte sich Aphrodisius auf die Suche nach seinem treuen Sklaven Gavius, und sein erster Weg führte ihn zu der Herberge am Circus Maximum, wo er seine offene Rechnung zu begleichen bestrebt war. Der Wirt sah Aphrodisius verwundert an und beteuerte unter Anrufung des Mercurius, der Sklave habe alles korrekt beglichen, er sei doch ein Bithynier. Wo sich Gavius derzeit aufhalte, vermochte er nicht zu sagen, aber er sei mit Metellus, dem Kesselflicker, gesehen worden, dessen Werkstatt am anderen Ende der Rennbahn liege, auch er ein Bithynier.

Metellus begegnete dem gutgekleideten Aphrodisius mit Mißtrauen, und auch seine Geschichte, er sei Gavius einfach davongelaufen, bestärkte nicht gerade seine Glaubhaftigkeit: Zwar kam es durchaus vor, daß ein Sklave seinem Herrn davonlief, aber nie umgekehrt. Schließlich gab er zu, den Aufenthaltsort des Sklaven zu kennen und bestellte Aphrodisius für den Abend an denselben Ort; wenn er die Wahrheit gesprochen habe, würde Gavius sicher kommen.

Natürlich kam Gavius, und er weinte vor Freude, als ihn Aphrodisius in die Arme schloß. Es fiel ihm schwer, die Geschichte zu glauben, die Aphrodisius da erzählte, aber dann betrachtete er das kostbare Gewand seines Herrn und den Geldbeutel in seinem Gürtel und lächelnd schüttelte er den Kopf, als wollte er sagen: Ich kann es einfach nicht fassen.

Im Hause der Poppäa auf dem Esquilin herrschte unerklärliche Geschäftigkeit, obwohl die Herrin seit Tagen nicht gesehen wurde. Aphrodisius zeigte Bedenken, seinen Sklaven Gavius mitzubringen, und fragte Polybius, wie er sich verhalten solle. Polybius aber war erfreut über die Nachricht; er brauche, so meinte er, jetzt keinen Sklaven für den Pompejaner zu kaufen, wie Poppäa ihm aufgetragen habe. Aphrodisius solle sich um die Abrechnungen der Landgüter kümmern.

Während der Pompejaner ein gewisses Unbehagen empfand, weil Poppäa Sabina sang- und klanglos verschwunden war, fühlte sich sein Sklave Gavius in der neuen Umgebung sichtlich wohl und zeichnete sich durch nie enden wollenden Hunger und große Leutseligkeit aus. Nach wenigen Tagen bereits wußte Gavius genau, wer unter den zweihundert Domestiken wem wohlgesonnen und wer wessen Gegner war – er glaubte es jedenfalls. Und natürlich war ihm auch nicht der Grund der Geschäftigkeit verborgen geblieben: Poppäas Eheschließung mit dem göttlichen Nero.

Beim Castor und Pollux! Aphrodisius fand keine Worte. Dieses Weib schlief mit ihm und heiratete den Göttlichen! Er war verwirrt, verzweifelt. Gavius versuchte, ihn zu trösten, und suchte nach einer Erklärung. Einen Cäsar, meinte er verschmitzt, heirate man nicht aus Liebe, sondern aus Berechnung, das sei allen Gemahlinnen der Cäsaren gemeinsam gewesen. Allerdings habe das nie ausgeschlossen, daß sie ihre Liebe außerhalb des Palatins vergaben, und er, Aphrodisius, sei in der glücklichen Lage, sich der Gunst der künftigen Gemahlin des Göttlichen zu erfreuen.

In dieser Nacht fand Aphrodisius keinen Schlaf. Der Gedanke, von Poppäa mißbraucht zu werden wie ein Lustknabe im Lupanar, ließ ihn nicht los, gleichzeitig aber wuchs seine Begierde nach dieser Frau, die ihm höchste Lust bereitet hatte. Hatte nicht er Poppäa mißbraucht? Hatte nicht er sie benutzt wie eine Hure?

Von der Straße drangen Schreie. Steine polterten gegen die Hauswand. Als Aphrodisius sich erhob und vorsichtig durch ein Fenster nach draußen blickte, sah er das Haus von einer Volksmenge umringt, Fackeln wurden in die Fenster geschleudert, und die Menschen riefen: »Agrippina! Octavia! Wer wird die nächste sein?«

Polybius bewies Mut. Er zeigte sich am Fenster und rief den Aufrührern – es mochte sich um ein paar Hundert handeln – zu, wenn ihr Zorn Poppäa gelte, so müßten sie sich zum Palatin wenden, die Hausherrin sei seit fünf Tagen nicht mehr gesehen worden. Da fielen böse Schimpfworte, und die Aufrührer löschten ihre Fackeln und zerstreuten sich zum Forum hin, und Aphrodisius überlegte, wie er sich am besten aus dieser Situation befreien könne.

Am Tag der Nonen des Monats Augustus herrschte große Unruhe in den Straßen der Stadt. Die Menschen drängten lärmend und schimpfend zu den Getreidespeichern, wo der Göttliche aus Anlaß seiner Vermählung mit Poppäa Sabina eine kostenlose Getreideration verteilen ließ, drei Modius Weizen für jeden Bedürftigen. *Roma Dea!* Das war nicht viel; bei ähnlichen Anlässen hatten Roms Cäsaren ein Zigfaches verteilt. Aber der göttliche Nero war äußerst knapp bei Kasse, und die ägyptische Provinz, die ein Drittel des gesamten Getreidebedarfs lieferte, klagte über eine schlechte Ernte. So kam es, daß viele stolze Plebejer in langer Schlange um ihre Ration anstanden, sie dann aber den Verteilern vor die Füße kippten.

Die Geschäftigkeit im Hause Poppäas ließ vermuten, die Kaiserin würde an ihrem Hochzeitstag zurückkehren, und Aphrodisius befand sich in großer Aufregung. Er würde nicht wagen, ihr gegenüberzutreten. Und was ihm schon an all den Tagen zuvor aufgefallen war, erschien ihm an diesem Tag noch rätselhafter: Das Leben in Poppäas Haus nahm seinen geregelten Verlauf. Jeder Sklave, jeder Freigelassene erhielt seine Befehle, und deren Ausführung wurde wiederum von einem anderen kontrolliert. Zuerst glaubte Aphrodisius, alle Befehle würden bei Polybius, dem Schreiber, zusammenlaufen – doch dann erkannte er, daß auch Polybius der täglichen Kontrolle eines täglich wechselnden Kontrolleurs unterlag.

Poppäa erschien nicht. Die Hochzeit des Cäsars fand hinter geschlossenen Türen auf dem Palatin statt. Nero fürchtete um sein Leben, und dies schien nicht unbegründet, nachdem die Blumen und Kränze, mit denen der Kaiser seine und Poppäas Statuen auf dem Forum und vor den Tempeln der Stadt behängt hatte, herabgerissen und zertrampelt worden waren. Jene, die sich die Beseitigung des Göttlichen zum Ziel gesetzt hatten, sahen es mit Freude.

Am Abend wurden Fackeln entzündet und Teppiche ausgelegt, ein opulentes Mahl wartete im Tablinum, die Sklaven trugen Festtagstracht, und ein jeder glaubte, Poppäa würde erscheinen in Begleitung des Göttlichen. Doch dann kam ein krummbeiniger Mann, kaum dreißig Jahre alt, den kahlen Schädel mit einer Perücke verdeckend und eitel einherstolzierend wie ein Pfau: Marcus Salvius Otho, Quästor von Lusitanien.

Mit Pathos vergoß Otho Tränen wie ein Schauspieler im Theater des Agrippa und verfluchte den Tag, an dem er in diese böse Welt gestoßen wurde, und den Schoß seiner Mutter Albia Terentia, weil der göttliche Nero, mit dem er einst selbst das Bett teilte, seine eigene Frau geheiratet hatte, ohne ihn, Otho, um Erlaubnis zu fragen. Dem nicht genug, der Cäsar habe ihm den Zutritt zur Hochzeitstafel verwehrt, Prätorianer hätten ihn abgewiesen, und Rufus habe ihm den vorgefertigten Scheidebrief unter die Nase gehalten: »Hier, unterschreibe!«

»Sauft und freßt soviel ihr könnt!« rief Otho, während er angetrunken durch das Haus rannte und die Sklaven und Freigelassenen zusammentrommelte, »der göttliche Nero mag mir seine *Tafel* verwehren, seinen *Thron* verwehren kann er mir nicht!« Alle, die es hörten, erschraken über diese Worte, weil Marcus Salvius Otho seit frühester Kindheit als intimer Freund des Flaviers galt, und man erzählte sogar, Otho habe Poppäa nur zum Schein geehelicht, um sie dem Göttlichen zu überlassen, wann immer dieser es wünschte. War es Poppäa, die die beiden Freunde entzweite, oder stand dahinter die panische Angst des Göttlichen vor einem Attentat?

Die Diener gehorchten, obwohl Otho in diesem Hause

nichts mehr zu sagen hatte, und trugen Wein herbei und Fleisch und Früchte, und sie ließen den Quästor hochleben, waren sie doch Diener und Gäste zugleich. Musikanten spielten auf, und Otho hieß zwei schöne numidische Sklaven zu tanzen, ein Wunsch, dem die Afrikaner nur höchst widerwillig und ungeschickt nachkamen, und auch der rote Wein, den Otho den Sklaven aus einem Lederschlauch in die offenen Münder spritzte, vermochte ihre schwerfällige Darbietung nicht zu steigern. Eine wilde aquitanische Sklavin mit ausladenden Hüften und langen, zottigen Haaren stieg schließlich auf einen der Tische und begann, zwischen Früchten und duftenden Speisen zu tanzen, daß die unbeholfenen Jünglinge sich schnell zurückzogen und die Zuschauer das Weib mit immer schneller werdendem Klatschen in eine Art Ekstase peitschten. Ihre Bewegungen glichen einer sich häutenden Schlange, so streifte die Aquitanierin ihre Kleider ab und zeigte mit hinter dem Kopf verschränkten Armen ihre vollen Brüste, und die Diener bewarfen die Tänzerin mit blauen Trauben, die rote Flecken auf ihrer Haut hinterließen und deren Saft in kleinen Rinnsalen an ihrem Körper herunterrann wie frisches Blut.

Otho fand an dem Treiben weniger Interesse als die Sklavenschaft, er schüttete Unmengen des schweren Chios-Weines in sich hinein und grunzte unzufrieden vor sich hin, als Seleukos, Poppäas Hausastrologe, vor den sich auf seiner Liege lümmelnden Quästor hintrat, die Hand zum Gruß ausstreckte und fragte, ob er an die Sterne glaube.

»*Quid sit futurum cras, fuge quaerere*«, antwortete der Quästor, Horatius Flaccus zitierend, »aber wenn sie Gutes künden ...«

»Was ist schon gut?« erwiderte der Sterndeuter und hob die Hände. »Das weißt du doch immer erst am Ende deines Lebens. Die meisten streben nach Geld, Geld ist der einzige Gott, an den die Römer glauben, und doch: Dieser eine Gott mordet mehr als alle Schurken zusammen. Geld macht nicht glücklich, im Gegenteil.«

»Das kann ich dir bezeugen, Weiser der Gestirne. Manchmal glaube ich, ich war glücklicher, als mein Vater Lucius mich mit der Rute schlug wie einen unbeugsamen Sklaven. Denn danach hatte ich immerhin noch die Hoffnung, meinen Vater würde ein früher Tod ereilen und ich könne das sorglose Leben eines reichen Sohnes führen. Aber meine Hoffnungen erfüllten sich nur zum Teil: Zwar hinterließ mir Ludus all seinen Reichtum, doch sind meine Sorgen nun größer als je zuvor. Fürchtete ich früher nur die Rute des Alten, so lebe ich nun in Angst vor allen anderen, ja selbst Nero, meinen besten Freund, muß ich fürchten.«

Da legte der Weise aus Kos die Stirne in Falten und sprach: »Deine Furcht mag nicht unbegründet sein, Herr, aber was Nero betrifft, so kannst du zuversichtlich sein ...«

Otho sah Seleukos fragend an.

»Du bist doch im Zeichen des Mars geboren?« erkundigte sich der Sterndeuter.

Otho nickte.

»Dann hast du dem göttlichen Nero eines voraus.« Seleukos hielt in seiner Rede inne.

»So rede schon, Alter«, drängte Otho.

Seleukos zögerte, blickte argwöhnisch um sich und flüsterte dann mit gesenktem Blick: »Ich will dir sagen, was die Sterne dir zugedacht haben, aber verrate es niemand: Deine Lebensbahn ist länger als die des gottlichen Nero.«

Über das Gesicht Othos huschte ein Lächeln, verbreiterte sich zum Grinsen und endete schließlich in einem hämischen Ausruf, der sich anhörte wie ›Ha!‹. Otho war immerhin fünf Jahre älter als Nero. Der Sterndeuter machte ein Gesicht, als habe er noch Wichtiges zu sagen, er hob die Hand, zog die Augenbrauen hoch und rückte näher an Otho heran.

»Das ist noch nicht alles«, flüsterte Seleukos und kostete die Spannung seines Gegenübers mit einer überlangen Sprechpause aus. Der Quästor griff zum Gürtel, nestelte an seinem Geldsack herum und steckte ihn, wohlgefüllt, dem Sterndeuter zu, wie es Brauch war, wenn man eine gute Prognose empfangen hatte. »Merk dir die Zahl 37, sie wird in deinem Leben die größte Rolle spielen.«

»Erkläre mir deine Worte!« bestürmte Otho den Sterndeuter. »Welche Bewandtnis hat es mit dieser Zahl?«

Seleukos hob die Schultern: »Die Sterne geben nicht alles preis, nur diese Zahl, die dir den größten Triumph bescheren wird, aber ...«

»Aber?« bohrte Otho, »aber?«

»... aber auch dein Ende.«

Otho blickte betroffen. »Mein Ende und meinen größten Triumph? Was hat das zu bedeuten?«

»Über das Ende brauchen wir nicht zu reden«, erwiderte Seleukos, »das Ende ist einem jeden vorbestimmt vom Tage seiner Geburt an. Und was den Triumph betrifft: Du wirst dem göttlichen Nero in nichts nachstehen.«

Kaum hatte der Sterndeuter geendet, da sprang Otho auf, umarmte den Mann aus Kos wie einen Vater und küßte ihn auf beide Wangen, daß die Umstehenden aufmerksam wurden und neugierig hinzutraten. Seleukos aber, dem das sichtlich peinlich war, befreite sich aus der freundlichen Umklammerung, neigte den Kopf zum Gruß, sprach ein devotes ›Herr!‹ und tauchte im festlichen Getümmel unter.

»Sauft, Freunde, sauft!« rief Otho und hob seine Schale mit dem roten Chios-Wein. »Sauft, so viel ihr könnt, sauft auf mein Wohl, das dem des göttlichen Nero in nichts nachsteht!«

Jene, die den Ausruf des Quästors verstanden hatten, erstarrten, und die, welche klatschend und johlend den lasziven Bewegungen der aquitanischen Tänzerin folgten, die ihren Körper nackt auf dem Tisch darbot, verstummten einer nach dem anderen, denn schnell und unaufhaltsam wie eine Feuersbrunst, geschürt von der über die Wellen des Korns dahingleitenden Nereide Oreithyia, verbreiteten sich die Worte des Quästors, der sein Glück dem des göttlichen Nero gleichsetzte, welch ein Frevel.

»Was starrt ihr mich so an?« sprach Otho mit schwerer Zunge in das Schweigen. »Der Sterndeuter hat es prophezeit, bei meiner rechten Hand, ich werde Nero überleben! Fragt den Weisen von der Insel.« Aber Seleukos blieb verschwunden, und gewiß hätte keiner zu fragen gewagt, ob der Quästor aus Lusitanien die Wahrheit gesprochen habe, denn seine Worte waren ein Frevel gegen den Göttlichen und todeswürdig wie die Schändung einer Vestalischen Jungfrau.

Von der Dienerschaft wußte ein jeder um die enge Beziehung Othos zu Nero, ja, selbst seine Scheinehe mit Poppäa war ein offenes Geheimnis gewesen. Um so mehr zeigten sie sich nun entsetzt. Stand Otho hinter den Verschwörern gegen den Cäsar, von denen man immer wieder gerüchteweise hörte, oder wollte er nur provozieren, um sie zu unüberlegtem Handeln herauszufordern?

»Sauft!« rief der Quästor, um das spannungsgeladene Schweigen zu überbrücken, und mit wankenden Schritten ging Otho durch die Reihen und preßte jedem, der ihm vor die Füße kam, seine Weinschale an den Mund. »Ihr werdet lange warten, bis es euch wieder so gutgeht, elendes Pack.«

Ängstlich wichen die Sklaven und Freigelassenen Poppäas zurück, viele flohen überstürzt aus dem Tablinum, die nackte Sklavin raffte ihre Kleider zusammen und verschwand lautlos.

»Und du?« wandte sich Otho an den einzigen, der wie festgewurzelt stehenblieb – Aphrodisius. »Warum rennst du nicht weg wie die anderen, wie diese Ratten, deren stinkende Nester in der Vorstadt sind?«

»Warum sollte ich fortlaufen?« entgegnete der Pompejaner und sah dem Quästor mutig ins Gesicht.

»Warum, warum?« ereiferte sich Otho. »Aus demselben Grund, der die anderen von mir wegtreibt: Sie wollen nicht mit einem trinken, der von sich behauptet, er würde den Cäsar überleben. Das ist Gotteslästerung. Findest du nicht?«

Aphrodisius verneinte: »Wenn's in den Sternen steht … Dann müßte der Göttliche die Lehre der Sterndeuter verbieten. Doch das hat er nicht getan – also kann es keine Gotteslästerung sein, wenn Seleukos berichtet, was die Sterne sagen.«

Otho kniff die Augen zusammen: »Du gefällst mir, Jüngling, du hast Mut und Verstand in gleichem Maße. Wie ist dein Name, und was tust du hier?«

»Ich?« entgegnete Aphrodisius verlegen. »Ich bin der Freigelassene Aphrodisius. Ich stamme aus Pompeji, wo ich vor dem großen Beben Pachteintreiber im Macellum war. Ich habe bei der Katastrophe meinen Herrn Serenus verloren, meine Eltern und meine Arbeit, nun versuche ich hier in Rom mein Glück. Poppäa gab mir eine Chance als Buchhalter, ich kann mit Zahlen umgehen!«

Mühsam versuchte Otho seine schwere Zunge unter Kontrolle zu bringen, die kleine, gedrungene Gestalt wankte. »Es würde mich wundern«, sagte er nach einer Pause des Nachdenkens, »es würde mich wundern, wenn dich Poppäa nicht an irgendeiner Straßenecke aufgegabelt und nach Hause geschleppt hätte ...«

Aphrodisius blickte betroffen, er sagte nichts. »Versteh mich recht, Pompejaner, ich will dich nicht beleidigen, aber ich war sechs Jahre mit dieser Frau verheiratet, ich kenne ihre Vorliebe für derlei Abenteuer. Sie ist wie die schöne Nymphe Canens, die Picus den Kopf verdrehte und sich am Ufer des Tiber einfach in Luft auflöste. Die meisten sehen sie nie wieder.«

Aphrodisius nickte. Wie recht er hatte. Genauso war es ihm ergangen: Nach drei Nächten war Poppäa verschwunden, als hätte sie sich in Luft aufgelöst.

»Du kannst von Glück reden, wenn sie dir eine Arbeit verschafft hat«, begann Otho von neuem, »ich kann dir Namen nennen von römischen Jünglingen, die wurden nach einer Nacht von den Sklaven aus dem Haus geprügelt. Du mußt gut gewesen sein.« Die Worte des Quästors klangen durchaus anerkennend.

Der Pompejaner scharrte verlegen auf dem rot-weißen Bodenmosaik des Tablinums. Was sollte er erwidern? Er schämte sich, aber sollte er das zugeben? Sollte er eingestehen, daß er sich vor dieser Frau fürchtete, vor dem Augenblick, in dem sie hier wieder auftauchte? Daß er sich Tag und Nacht Gedanken machte, ob er nicht einfach fortlaufen, Rom verlassen sollte?

»Ich habe, ich habe das alles nicht gewollt«, stotterte Aphrodisius. »Ich hatte sogar den Gedanken, mich vom Tarpejischen Felsen zu stürzen, weil ich mein letztes Geld beim Würfeln verloren hatte. Da stand sie auf einmal vor mir wie eine der Grazien, wie das blühende Glück der Thalia, wie der begehrenswerte Frohsinn Euphrosynes, und sie sagte – ›Komm mit mir!‹. Da bin ich ihr gefolgt, ohne nachzudenken, ich wußte nicht einmal, wer sie war.«

»Du mußt dich nicht entschuldigen!« wehrte Otho ab. »So ist sie nun mal. Wärst du es nicht gewesen, stünde jetzt ein anderer hier. So aber hast du Poppäas Leidenschaft erlebt, und darum beneide ich dich, denn selbst Libitina, die Göttin der Lust, kann nicht leidenschaftlicher sein als sie. Aber ...«

»Aber?« drängte Aphrodisius.

»Nun ja, du weißt doch, Libitina ist nicht nur die Göttin der Lust, Libitinä ist auch die Göttin ...«

»... des Todes, ich weiß«, sagte Aphrodisius. »Was willst du damit sagen, Quästor?«

Otho zog die rechte Schulter hoch, als quäle ihn der Gedanke: »Der Cäsar ist unberechenbar. Kein Sterblicher vermag zu sagen, ob er morgen die Gunst oder den Groll des Göttlichen auf sich zieht. Sieh mich an! Seit den Tagen der *toga virilis* glaubte ich Neros bester Freund zu sein, und als er mich aus dem fernen Lusitanien nach Rom rief, hoffte ich, der Freund suchte die Nähe des Freundes. In Wirklichkeit muß ich um mein Leben fürchten. Ich will nicht daran denken, wie Nero reagiert, wenn er erfährt, mit wem Poppäa noch zwei Wochen vor ihrer Eheschließung mit dem Göttlichen das Lager teilte.«

Aphrodisius sprang auf, aber der Quästor drückte ihn neben sich auf die Kline: »Du darfst dich jetzt nicht zu irgendwelchen unüberlegten Handlungen hinreißen lassen, Pompejaner. Erst wenn es flieht, fällt das Kaninchen der Schlange zum Opfer.«

Noch während er sprach, hatte Otho einen Dolch aus den Falten seines Gewandes gezogen, und zum Sprung bereit wie eine Katze, schlich er auf die Reihe der Säulen zu, die das Tablinum einrahmten.

Jetzt erkannte auch Aphrodisius den Schatten hinter der Säule. Otho holte aus.

Doch der Unbekannte schien den Anschleichenden bemerkt zu haben, sprang hervor und trat Otho in geduckter Haltung und mit ausgebreiteten Armen entgegen wie ein unbewaffneter Gladiator.

»Gavius!« Der Pompeianer erkannte seinen Sklaven.

Otho hielt inne. »Du kennst den Kerl?«

»Laß ab«, erwiderte Aphrodisius, »das ist mein Sklave Gavius, ein Bithynier.«

»Esel!« stieß der Quästor hervor. »Das hätte dich das Leben kosten können. Sehr gescheit war es nicht, dich hinter einer Säule zu verstecken und unser Gespräch zu belauschen.«

»Besser ein lebender Esel als ein toter Philosoph!« konterte der Bithynier.

Aber Otho gab sich nicht zufrieden: »Weißt du nicht, Sklave, daß es in diesen Tagen lebensgefährlich ist, die Gespräche anderer zu belauschen, hier, wo ein jeder eines jeden Feind ist und um sein Leben fürchtet?«

»Das ist mir sehr wohl bekannt, Quästor, aber wußte ich, daß du meinem Herrn wohlgesonnen gegenübertratest?«

Und Aphrodisius fügte entschuldigend hinzu: »Er ist ein treuer Sklave, wie alle Bithynier, du mußt das verstehen. Er ist mein Eumaios, mein Schweinehirt, der mich treu beschützt wie Odysseus.«

Da lachte Otho bitter und laut: »Wir sind beide Opfer derselben Frau. Das macht uns zu Verbündeten!« Er reichte Aphrodisius eine Schale mit rotem Chios-Wein: »Hier, trink. Laßt uns auf unsere Freundschaft trinken. *Carpe diem!* Wer weiß, ob wir morgen noch leben!«

Gavius sah den Quästor an wie einen Armen, mit dem man Mitleid hat, dann puffte er Aphrodisius mit dem Ellenbogen in die Seite: »Euphrosyne, die Frohgesinnte der Chariten, scheint ihm heute noch nicht begegnet zu sein, he?«

»Ein gewitzter Bursche, dein Bithynier!« lachte Otho. »Ich kaufe ihn dir ab. Was soll er kosten?«

»Er ist unverkäuflich.«

»Gut, ich biete das Doppelte.«

Aphrodisius schüttelte ablehnend den Kopf, aber Gavius erkundigte sich vorwitzig, wie hoch denn das einfache Gebot gewesen sei. »Tausend Sesterzen.«

»Tausend Sesterzen? Bei Cardea, der Göttin der Türangel, glaubst du, du könntest für zweitausend Sesterzen einen Sklaven wie mich bekommen?«

»Dreitausend Sesterzen!«

»Dreitausend Sesterzen? Ich höre wohl nicht gut. Dreitausend Sesterzen für einen Bithynier? Aphrodisius, hast du das gehört? Erst nennt er mich einen Esel, dann bietet er für diesen Esel dreitausend Sesterzen. Auf dem Viehmarkt kriegst du sechs Esel für die Summe, und du kannst jedem das Fell über die Ohren ziehen, wenn er deinen Ansprüchen nicht genügt.«

»Halt! Was soll der Unsinn!« schimpfte Aphrodisius. »Ich habe gesagt, mein Sklave ist nicht verkäuflich, und dabei bleibt es.«

»Bei der Göttin der Maultiertreiber Epona, dreitausend Sesterzen! Ich wollte doch nur sehen, was so einer wie ich wert ist«, entschuldigte sich Gavius und hüpfte von einem Bein auf das andere.

»Um den Burschen beneide ich dich«, sagte Otho, »ich hätte ihn nur allzugerne nach Lusitanien mitgenommen. Die dortigen Sklaven taugen *in actu* gerade als Viehtreiber.«

»Du kehrst zurück in deine Provinz?« fragte der Pompejaner.

»Noch heute nacht«, erwiderte Otho. »Meine Schiffe warten in Ostia. Hier in Rom ist mir der Boden zu heiß. Aber glaube mir, Rom hat einen Tiberius überlebt, einen Claudius und einen Caligula – es wird auch einen Nero überleben.«

# 4

DEM MILDEN HERBST folgte ein kalter Winter, so daß Eisschollen auf dem Tiber trieben und viele der Ärmsten unter den Armen, die ihre Nächte in den Ecken und Nischen der Thermen verbrachten, erfroren. Ganz Rom schien aufzuatmen, als an den Kalenden des Monats Martius wärmender Frühling sich über die Stadt senkte, leuchtend und farbenfroh.

Aphrodisius hatte sich eingelebt im Hause der Poppäa und versah, da er mit Zahlen umzugehen verstand wie Pythagoras von Samos, inzwischen das gesamte Rechnungswesen. Boten aus dem Palast kontrollierten bisweilen seine Arbeit, überbrachten Aufträge und verschwanden, ohne jemals Poppäas Namen zu erwähnen. Fragen seinerseits, auch schriftliche Anfragen, blieben unbeantwortet. Gesehen hatte er Poppäa seit ihrer Eheschließung mit dem Cäsar nicht mehr, und manchmal zweifelte er, ob Poppäa Sabina überhaupt noch am Leben war. Die Unberechenbarkeit des Kaisers hatte ein Ausmaß erreicht, das zu vielfältigen Spekulationen Anlaß gab. Mehrmals hatte Aphrodisius die Vorstellungen im Theater des Marcellus besucht, das vom göttlichen Augustus zu Ehren seines Neffen auf dem Forum Holitorium errichtet worden war. Hier trat Nero als Schauspieler und Sänger auf, vor – wie jedermann wußte – bezahlten Klatschern.

Die Hoffnung, Poppäa Sabina in der ersten Reihe auszumachen, erfüllte sich nie. Dabei wußte Aphrodisius überhaupt nicht, wie er sich verhalten hätte, wäre Poppäa jemals im Theater erschienen; er spürte nur jene unbeschreibliche Anziehungskraft, die von der Erinnerung an sie ausging, und so begnügte er sich mit dem Betrachten ihrer Statuen, die überall in der Stadt zu besichtigen waren. Und wenn auch das Erz nur einen unzulänglichen Abglanz bildete, so begnügte sich Aphrodisius mit dem Ersatz, um seine Sinne aufzupeitschen, und seine Augen umarmten ein um das andere Mal das kalte Erz wie Ixion die Wolkengöttin Nephele, die der schönen Hera nur gleichsah. Alle Frauen, denen Aphrodisius in dieser Zeit begegnete, erregten mehr seine Phantasie als sein Herz; dem Vergleich mit Poppäa hielt keine stand.

Eines Tages kam Gavius mit der Nachricht, Poppäa zeige sich aus einem bestimmten Grund nicht mehr in der Öffentlichkeit, sie sei schwanger und wolle nicht, daß irgend jemand ihre Unförmigkeit erkenne; Longinus habe das behauptet, der Geliebte der Zofe Pyrallis, der einzigen Person, die Poppäa auf den Palatin begleiten dürfte.

*Perfer obdura!* Rom hatte neuen Gesprächsstoff. Schmutzige Witze machten die Runde. Sie drehten sich in der Hauptsache darum, daß keine einzige von Neros zahlreichen Liebschaften bisher Folgen gezeitigt hatte, und nun auf einmal sollte Poppäa Sabina schwanger sein, nach nicht viel mehr als einem halben Jahr? Von wem nur, beim Bauch der Venus, der Äneas gebar?

Aphrodisius zitterte am ganzen Körper, als er davon erfuhr. Tagelang fand er keinen Schlaf. Er soff sich verzweifelt durch die Kneipen am großen Circus, und Gavius beobachtete seinen Herrn voll Sorge, weil er kaum noch redete und seine Arbeit vernachlässigte wie sich selbst, wochenlang, und tagtäglich fragte der Pompejaner seine Sklaven, ob er Neues aus dem Palast gehört habe.

Schließlich machte das Gerücht die Runde, Poppäa befinde sich gar nicht mehr auf dem Palatin. Sechzig ausgewählte Träger hätten sie des Nachts in einem Sänftenbett mit schnellen, wiegenden Schritten nach Antium an der latinischen Küste getragen, damit das Kind in der Stadt Fortunas zur Welt komme, wo der Cäsar selbst das Licht der Welt erblickt hatte, vor mehr als fünfundzwanzig Jahren.

Als aber die Nachricht eintraf, Poppäa habe einer gesunden Tochter das Leben geschenkt, die den Namen Claudia und den Ehrentitel Augusta tragen solle, genau wie ihre Mutter, und als der gesamte Senat auf Geheiß des Cäsars den Weg nach Antium nahm, um der stolzen Mutter, die angeblich noch schöner geworden war, zu huldigen, da irrte Aphrodisius tagelang durch die Stadt, um ihre Standbilder zu betrachten, und die Nächte schlug er sich in den Hurenhäusem am großen Circus um die Ohren, wo er Ausschau hielt nach einer, die Poppäa auch nur ein wenig ähnlich sah – vergeblich.

In der dritten Nacht begegnete er im Haus des dreifachen Priapos einer wunderschönen Frau, nicht jung, nicht alt, weich und zerbrechlich und von edlen Gesichtszügen, und Aphrodisius ahnte sofort, daß Hersilia, so hieß die Schöne, nicht eine von jenen war, die diesem Gewerbe berufsmäßig oder aus Not nachgingen, sondern eine vornehme Römerin, die ein Vergnügen suchte, das ihr im eigenen Hause versagt blieb. Und obwohl er gekommen war, um eine Frau zu besteigen, um seine Wut und seine unerfüllte Sehnsucht nach Poppäa zu stillen, vertraute sich der Pompejaner tatenlos Hersilia an, und die Schöne ihrerseits erwiderte seine Gefühle mit scheuer Zärtlichkeit und schüttete ihm ihr Herz aus wie einem alten Freund. In dieser Nacht schlief Aphrodisius in ihrem vornehmen Haus auf dem Aventin unter einem Baldachin aus gelber Seide unter kostbaren, glänzenden Tüchern, die schöne Herrin neben sich. Er lauschte ihrer schmeichelnden, samtigen Stimme, doch er wagte nicht, sie zu berühren.

Hersilia hatte vor einem Jahr ihren Mann verloren, der einem karthagischen Sumpffieber erlegen war. Seither führte sie das Unternehmen, eine Weberei, die in einer Woche mehr abwarf, als ein Mensch in einem Jahr verbrauchen konnte, allein. Anträge von reichen Römern, so erzählte Hersilia, habe sie würdevoll abgelehnt, weil sie spürte, daß die Zuneigung nicht ihrer Person, sondern dem Profit ihres Geschäfts galt. Dies sei auch der Grund gewesen, warum sie im Hause des dreifachen Priapos Zuflucht genommen habe, es sei ihr nicht leicht gefallen – bei Talasio, dem Gott des Hochzeitsbettes!

Die schöne Weberin gehörte zu jenen Frauen, die genau Bescheid wissen um ihre Wirkung auf Männer und die mit gezielter Zurückhaltung mehr Leidenschaft entfachen als andere mit geöffneten Schenkeln. Und so hatte Aphrodisius

Poppäa, das Vorbild einer Frau, schon beinahe vergessen, als das Gerücht umging, Poppäas Tochter Claudia Augusta sei von einer unheilbaren Krankheit befallen, das Kind liege im Sterben. Die Opferfeuer, die vor allen Tempeln Roms qualmenden Gestank verbreiteten, schürten die Gewißheit, und am dritten Tag verkündeten es die Herolde unter Trommelschlag auf dem Forum: Claudia Augusta, Tochter des göttlichen Nero und der edlen Poppäa Augusta, ist tot! Auf Wunsch des Cäsars wurde das Kind in den göttlichen Rang erhoben und wie ein Cäsar bestattet, und Nero ließ ihm einen Tempel bauen nahe dem Forum.

Poppäa blieb Aphrodisius auch weiterhin verborgen; doch er begegnete täglich ihren Aufträgen und Weisungen. Auf Geheiß Hersilias, die meinte, ein mit den Zahlen vertrauter Verwalter wie Aphrodisius sei ihr mehr vonnöten als der unsichtbaren Gemahlin des Cäsars, schrieb der Pompejaner ein Pergament an die ehemalige Geliebte und bat in aller Form um seine Entlassung. Anstelle einer Antwort überreichte ihm Polybius, der Sekretär, im Auftrag der Kaiserin eine beachtliche Abfindung für treue Dienste. An den Nonen des Monats, der dem göttlichen Cäsar Augustus geweiht war, zog Aphrodisius mit seinem bithynischen Sklaven Gavius in das Haus der Weberin Hersilia.

Hersilia unterschied sich von allen Frauen, an denen Aphrodisius bisher Gefallen gefunden hatte; denn hatte er bisher jene Frauen verehrt, die ihre Weiblichkeit offen zur Schau trugen, so begegnete ihm in Hersilia das Gegenteil: Sie war vornehm zurückhaltend, und ihre Blässe unterstrich diese Eigenschaften noch; sie bewegte sich aristokratisch steif, was ihr etwas Unnahbares verlieh, und es war gerade diese kühle Distanziertheit, die Aphrodisius reizte.

»Ich hoffe«, hatte Hersilia mit erhobenem Haupt gesprochen, »du wirst deine Stellung nicht mißbrauchen. Ich vertraue dir.«

Und Aphrodisius hatte geantwortet: »Ich werde dir zu Willen sein, schöne Hersilia. Wenn du willst, daß ich dich berühre, werde ich dich berühren. Willst du aber, daß ich dir fernbleibe, so werde ich dir fernbleiben, und du brauchst meine Nähe nicht zu fürchten.«

In dieser Nacht, in der er bei ihr lag, fragte der Pompejaner, ob sie seine Nähe fühlen wolle; aber noch ehe er seine Hand auf ihren auf- und niedergehenden Busen legen konnte, den ein durchsichtiges Nachtgewand herausfordernd enthüllte, antwortete Hersilia: »Ich will deine Nähe spüren, mehr nicht.« Und Aphrodisius gehorchte.

Einen Tag später streifte Aphrodisius das zarte Gewand von ihrem weißen Körper; er stellte keine Fragen und sog die edle Schönheit ihrer Formen mit den Augen in sich auf, während Hersilia, den Kopf von ihm abgewandt, den Geliebten gewähren ließ. Da stellte Hersilia die Frage, ob Aphrodisius sein Versprechen vergessen habe. Nein, antwortete dieser, er werde sich daran halten, selbst wenn er in Sehnsucht verschmachte wie Narcissus vor seinem eigenen Spiegelbild.

In der Nacht darauf, die zunächst nicht anders verlief als die vorangegangenen, erwachte Aphrodisius, weil sein Priapos vor Lust zu platzen drohte. Er wandte sich Hersilia zu, die ihm schlafend den Rücken zuwandte, weil er glaubte, sie müsse seinen Stab fühlen; aber Hersilia atmete gleichmäßig. Vorsichtig, zärtlich pochte Aphrodisius mit seinem Priapos gegen das verschlossene Tor, und was sich ihm zunächst hart und abweisend entgegenstemmte wie das eherne Tor am Tempel der Vesta, das keinem männlichen Wesen Zutritt gewährt, verlor auf einmal seine Härte und wurde schmiegsam, und es bedurfte nur eines kleinen Stoßes, und der Pompejaner sah sich am Ziel seiner Träume. Heimlich wie ein Dieb drang er in sie ein.

Hersilia erwiderte seine sachten Bewegungen wie im Traum; ihr Atem begann zu kochen, und Aphrodisius rieb seine Stirne in ihrem Nacken. Er verdrängte die Überlegung, ob sie tatsächlich noch schlafe oder ihm mit Bewußtsein zu Willen sei; das tagelange Warten, die plötzliche Lust hatten ihm den Verstand geraubt. Seine Bewegungen wuchsen, ohne heftig zu werden, und Hersilia gehorchte und ließ ihn gewähren wie Pasiphaë den Stier, weil sie es wollte wie jene. Aphrodisius ergötzte sich an ihrer geilen Trägheit, suchte von hinten Halt an ihren Brüsten.

Auf einmal schien Hersilia zu erwachen, den Kopf, die Arme zu bewegen, ohne sich zu wehren. Aber noch bevor sie das volle Bewußtsein erlangt hatte, noch bevor ihr Gehirn den Akt der Verführung registrierte, peitschte Aphrodisius die Geliebte zum Höhepunkt des Glücks, der sich bei Hersilia mit einem gequälten Schrei ankündigte, nach dem ihr Körper in eine sekundenlange Starre verfiel, aus der er sich dann zitternd löste.

Die Lust Hersilias stand der seinen nicht nach, und Aphrodisius warf sich über die Geliebte und küßte sie, und er sah, daß sie weinte.

»Warum weinst du?« fragte Aphrodisius unsicher.

»Vor Glück!« antwortete Hersilia und sie fügte hinzu: »Du Dummkopf!« Und mit gespreizten Fingern fuhr sie dem Pompejaner durch das Haar.

»Aber Tränen sind ein Zeichen des Schmerzes und der Trauer!«

»Sind sie auch! Aber in jedem Glück ist ein Teil Wehmut verborgen.«

»Wehmut?«

»Jeder Augenblick des Glücks schließt die Unwiederbringlichkeit mit ein.«

»Aber ich werde dich lieben, so oft du nach mir verlangst, Hersilia!«

Da wurden ihre Tränen stärker; sie schluchzte laut, und ihr zarter Körper wurde erschüttert wie bei einer Fahrt über die Appische Straße.

»Ich liebe dich doch!« wiederholte Aphrodisius hilflos.

Hersilia wischte mit bloßen Händen die Tränen aus ihren Augen. »Ich glaube dir«, sagte sie stockend, »wie anders könnte es sein, daß ich heute das empfunden habe, was Venus mir bisher versagte.«

»Was hat dir Venus versagt?« Aphrodisius sah Hersilia verständnislos an.

»Die Liebe.« Hersilia hatte die Augen weit geöffnet, und die weitgeöffneten Augen flehten um Verständnis. »Ich meine«, begann sie zaghaft, »du mußt wissen, daß mir Venus nicht den vollen Genuß der Liebe in den Schoß gelegt hat. Ich bin nicht vollkommen als Frau, denn mir fehlt die Leidenschaft, und die Leidenschaft fehlt, weil ich unvollkommen bin ...«

Aphrodisius setzte sich auf. »Aber du warst von glühender Leidenschaft! Nie war ich mehr berauscht vom Körper einer Frau. Ich werde dich nie verlassen, und wenn ich gehen soll, dann mußt du mich aus dem Hause peitschen.«

»Und Poppäa?« Einen langen Augenblick stand dieser Name drohend im Raum, drohend, als könnte er alles zerstören, was soeben erst begonnen hatte. Aber dann sah Aphrodisius Hersilia in die Augen.

»Warum erwähnst du den Namen?« fragte er traurig. »Jetzt, in diesem Augenblick gemeinsamen Glücks?«

»Weil ...«

»Sprich nicht weiter!« unterbrach Aphrodisius. »Nie hat eine Frau mich glücklicher gemacht als du.«

»Nie hat ein Mann mich glücklicher gemacht«, wiederholte Hersilia. »Es war das erste Mal. Ich werde im Tempel der Venus Genetrix auf dem Forum des göttlichen Cäsar einen Widder opfern, weil sie mir dich geschickt hat.«

»Und ich?« lachte der Pompejaner. »Welchem Gott soll ich ein Opfer darbringen?«

»Mir ist es ernst«, entgegnete Hersilia. »Du kannst das vielleicht nicht verstehen, aber mein Mann nannte mich kalt wie einen Fisch aus dem Mare Tyrrhenum und steif wie eine germanische Eiche, und ich konnte ihm nicht widersprechen. Er suchte sein Vergnügen anderweitig, und das hatte seine Richtigkeit. Ich war ihm eine gute Frau und immer für ihn da, und wenn er Huren mit nach Hause brachte, bereitete ich ihnen das Lager; er sollte nicht leiden unter meinem Unvermögen.«

»Ein Scheusal war er. Er hatte eine Frau wie dich nicht verdient!«

»O nein, Aphrodisius, ihm kann ich keinen Vorwurf machen, ihm nicht. Und als er starb, gelobte ich, nie mehr einem Mann zu gehören.«

»Beim Jupiter, was redest du!«

»Ich versuchte es sogar mit Frauen, trieb mich nächtelang an der Mulvischen Brücke herum, wo sich Laster und Verbrechen die Hand geben, und landete schließlich im Haus des dreifachen Priapos, wo mein Gemahl ein- und ausging.«

»Du suchtest gar keinen Mann?«

Hersilia schwieg.

»*Roma Dea!*« Der Pompejaner fluchte leise.

»Ich suchte nach der Zärtlichkeit einer Frau, denn ich wußte, daß ich einem Mann nicht geben kann, was er fordert.«

»Aber du kannst jedem Mann mehr geben, als er erträumt! Du lebst in einem furchtbaren Wahn, Hersilia, nicht du warst unfähig gegenüber deinem Mann, er trug die Schuld an deiner Zurückhaltung. Oder habe ich dir nicht heute nacht den Beweis erbracht? Haben nicht wir beide die höchste Lust erfahren, du und ich? Und wäre ich nur um ein paar Jahre älter und nicht der mittellose Freigelassene Aphrodisius aus Pompeji, ich würde dir die Hand reichen und dich zur Frau nehmen.«

»Du weißt, daß das Julische Gesetz weder das eine noch das andere als Ehehindernis erkennt!«

Aphrodisius senkte den Blick: »Das Gesetz nicht, nein, aber ich. Du bist eine vornehme Dame der Gesellschaft, ich bin ein *homo novus*. Mein Vater Imeneus und Lusovia, meine Mutter, waren Sklaven meines Herrn Serenus. Mir hat er die Freiheit geschenkt. Hätte er dies nicht getan, so könntest du nicht einmal das Lager mit mir teilen, ohne das Bürgerrecht zu verlieren.«

Hersilia nahm die Hand des Pompejaners und sagte lächelnd: »Halb Rom wäre unfrei, würden die Prätoren das alte Gesetz getrau den Buchstaben auslegen. Kein Haus, in dem nicht der *Pater familias* seine jüngste Sklavin in sein Bett holt, kein Haus, in dem nicht die Herrin ihre einsamen Tage mit einem kraftstrotzenden Gallier oder einem verwegenen Afrikaner teilt. Aber du, Aphrodisius, bist frei, bist kein fremdes Eigentum, mußt niemandes Befehle befolgen, kannst Aufenthalt nehmen, wo immer du willst. Worum sorgst du dich?«

»Ich sorge mich nicht um mich«, erwiderte Aphrodisius, »meine Sorge gilt dir. Die Römer würden mit Fingern auf dich zeigen und spotten, weil du einen hergelaufenen Pompejaner zum Mann erwählt hast, einen Habenichts aus der Provinz, der die Pacht eintrieb im Macellum ...«

»Die Gemahlin des Cäsars kannte derlei Gedanken nicht«, wandte Hersilia ein, »und Poppäa Sabina gilt als die anspruchsvollste Frau in Rom.«

»Poppäa, Poppäa! Ich kann diesen Namen nicht mehr hören.«

»Aber du mußt kein schlechtes Gewissen haben! Sie gilt als die schönste Frau der Welt. Ein Mann wäre kein Mann, der ihren Antrag abschlägt.«

»Hersilia!« – Aphrodisius hielt die Geliebte fest, als fürchtete er, sie könne sich von ihm losreißen – »Du bist noch einmal so schön wie Poppäa und noch einmal so begehrenswert, glaube mir.«

»Die Leidenschaft macht jeden Mann zum Schmeichler.«

»Ich schmeichle nicht, beim Jupiter, es ist die Wahrheit. Ich habe Poppäa nie geliebt, sondern nur ihr Äußeres, die Welt, die sie umgab. Aber *dich* liebe ich! Nicht deinen Reichtum, deine Schönheit, die Begehrlichkeit deines Körpers. Ich würde dich sogar lieben, wenn du verlangtest, dich nie mehr zu berühren.«

»Ist das dein voller Ernst?«

»Ich schwöre es, bei meiner rechten Hand!«

*Improbe amor, quid non mortalia pectora cogis!* Am selben Tag beschlossen Aphrodisius und Hersilia, fortan zu leben wie Mann und Frau.

Glücklich die Sklaven in jenen Tagen der wachsenden Unsicherheit! Denn nur wer klein, arm und unbedeutend war in Rom, konnte ruhig leben. An jeder Straßenecke, in jeder Kneipe, sogar in den Tempeln der Götter wimmelte es von Speculatoren und Frumentariern – Denunzianten und Spionen –, die im Auftrag des Cäsars ausforschten, wer wessen Freund, wer wessen Feind war. Da half es gar nichts, sich als Anhänger des Kaisers zu bekennen, im Gegenteil, gerade die Freunde Neros lebten am gefährlichsten, und eine Einladung zum Gastmahl beim Kaiser kam einem Todesurteil gleich, weil sich der Cäsar seiner Freunde mit vergiftetem Wein oder vergifteten Speisen zu entledigen pflegte. Er bediente sich dabei der Künste Locustas, einer gefürchteten Giftmischerin.

Auf diese Weise starb Doryphoros, der mächtige Freigelassene, dem Nero einst so zugetan war, daß er sich offiziell mit ihm vermählt hatte. Doch dann beging Doryphoros einen entscheidenden Fehler: Er riet dem Cäsar davon ab, Poppäa zu heiraten, weil sie schlecht und verderbt sei, und das bedeutete sein Ende. Auch Pallas, dem Nero den Thron verdankte, starb durch Gift. Pallas, der Liebhaber seiner Mutter Agrippina, hatte diese mit dem alternden Claudius verkuppelt und ihm nahegelegt, den jungen Nero zu adoptieren, obwohl Claudius einen leiblichen Sohn und Nachfolger hatte. Pallas war zweiunddreißig Jahre alt und hatte sich als Freigelassener ein beträchtliches Vermögen erworben, das er, da kinderlos, dem Cäsar vermachte. Da aber Pallas nur sechs Jahre älter war als er, spottete der Göttliche, der Freund würde ihm sein Vermögen durch ein langes Greisenalter vorenthalten.

Der Cäsar befand sich in permanenter Geldnot. Er hatte, wie sein Vorbild Caligula, die Schätze seines Vorgängers in kurzer Zeit durchgebracht, weil er – und das ließ er öffentlich verkünden – nach dem Grundsatz lebte, nur Verschwender seien wahre Menschen. Jedes seiner kostbaren Gewänder trug er nur ein einziges Mal, und selbst seine Mauleseltreiber gingen in canusischer Wolle neben Tieren einher, deren Hufe in silbernen Schuhen steckten. Beliebte der Göttliche zu fischen, so tat er dies mit einem goldenen Netz, beliebte er mit seinen Saufkumpanen zu würfeln, so zählte ein Punkt vierhunderttausend Sesterzen. Er litt darunter, daß sein Palast auf dem Palatin, ein verwinkeltes Bauwerk mit tausend Zimmern, Erblast seiner Vorgänger, weder zu verschönern noch zu erweitern war; die Stadt mit ihren engen Straßen bot nicht mehr Raum. Diese Stadt, sagte Nero, beleidige sein Auge.

Und selbst ein Mann wie Anicetus, der in Neros Auftrag seine Mutter Agrippina und seine Gattin Octavia beseitigt hatte, konnte sich des Wohlwollens des Göttlichen nicht sicher sein. Nero verbannte den hilfreichen Anicetus nach Sardinien, wo er kurz darauf verstarb. Die Angst ging um in Rom, und Freund und Feind des Cäsars fragten sich betroffen, wer wohl der nächste sein würde.

Entsetzt starrten die Römer des Nachts zum Himmel, wo der gewaltige Schweif eines Kometen das Firmament umspannte. Viele warfen sich zu Boden und preßten ihre Stirne auf das Pflaster, weil sie glaubten, das Ende der Menschheit sei gekommen; Sklaven vergewaltigten Frauen oder schöne Knaben, weil sie wenigstens einmal im Leben ihren Trieben freien Lauf lassen wollten, und die Anhänger der asiatischen Sekte, deren Lehre der Tarsier Paulus predigte, zogen singend und tanzend durch die Straßen, weil sie glaubten, das Reich ihres Königs sei nahe. Ein Komet, so verkündeten die Sterndeuter, künde den Untergang eines Machthabers an, und der Cäsar ließ seinen Hofastrologen Balbillus kommen und fragte, wie der seltenen Erscheinung zu begegnen sei.

Balbillus, der schon dem göttlichen Claudius gedient hatte, beschwichtigte den Cäsar: der Schweif des Sternes sei überall zu erkennen, in Britannien wie in Ägypten, im jenseitigen Spanien ebenso wie im Partherreich, und so müsse das Zeichen am Himmel keineswegs *seinen* Untergang bedeuten. Auch könne er den Zorn der Götter dadurch besänftigen, daß er eine hochgestellte Persönlichkeit opfere.

Zehn Tage hielt der Cäsar sich in den Mauern seines Palastes versteckt, und als der Schweif des Kometen am Himmel verblaßte, gab er seinen Prätorianern Befehl, die allervornehmsten Römer zu töten, damit keiner ihm die Macht streitig mache. Bekannt wurde der furchtbare Mordauftrag durch den Prätorianer Fänius Rufus, der zu den Verschwörern um Piso gehörte. Und mußten bisher Freunde wie Feinde des Cäsars um ihr Leben fürchten, so standen nun auch Männer auf den Todeslisten, die weder das eine waren noch das andere, und deren edle Abkunft ihren einzigen Makel darstellte.

In der Villa des Piso im Badeort Baiä trafen sich die Verschwörer zum wiederholten Mal. Ihre Zahl wuchs von Tag zu Tag, und der alte Seneca machte sich lustig über sie. Wozu das Ganze, fragte er, in Rom gebe es ohnehin nur noch Verschwörer, und der Cäsar habe keine Anhänger mehr. Tatsache war: je mehr Leute sich den Verschwörern anschlossen, desto rascher sank die Bereitschaft des einzelnen, das Attentat auszuführen. Einer schob dem anderen die Initiative zu, aber jeder wollte Nutznießer der Folgen sein.

»Nenn das Kennwort!« herrschte der Centurio vor Pisos Landgut die Fremde an, er hielt seine Fackel vor ihr verhülltes Gesicht.

»Piso«, sagte die Frau und zog den dunklen Schleier vom Mund.

Der Centurio blickte ratlos: »Mir ist nicht bekannt, daß Frauen in unserem Kreise sind.«

»Daran magst du erkennen, wie gering die Bedeutung ist, die man dir schenkt!« Sie schob den Centurio beiseite und betrat das Haus.

Das wichtelnde Murmeln der Männer im Atrium verstummte plötzlich, als die Fremde den weiten Umhang zurückschlug, wie selbstverständlich das Kennwort ›Piso‹ nannte und neben dem Dichter Lucanus Platz nahm.

»Wer bist du?« fragte Lucanus, der als erster die Fassung wiedergewonnen hatte.

Die Frau trug jene nicht seltene Art von Schönheit zur Schau, die Härte und Erfahrung ins Gesicht eines Menschen schreiben. »Ich heiße Epicharis und vertrete eure Sache.«

»Aber ...« Fänius Rufus hielt Flavus, der einen Einwand vorbringen wollte, die Hand vor die Brust. »*Sie* soll sprechen.«

»Was soll ich viel erklären?« entgegnete Epicharis forsch. »Wenn nicht bald etwas geschieht, ich meine, wenn der Göttliche, oder besser der, mit dem uns die Götter glauben strafen zu müssen, noch lange sein Unwesen treibt, dann wird ein jeder von euch hier im weiten Rund in kurzer Zeit sein Leben verlieren. Mehr noch, Rom wird nicht mehr Rom sein, und hier in Baiä werden wieder Kühe weiden, weil der Göttliche in seiner Verschwendungssucht euch jeden Besitz abpreßt. Er läßt sich Retter der Welt nennen und äfft den göttlichen Augustus nach, dabei gerät Rom durch sein Tun von Tag zu Tag tiefer ins Verderben.«

Da erhob sich Piso und trat vor die Fremde hin, als wolle er sie von der Nähe betrachten, und sprach: »Du redest deutliche Worte, Epicharis, aber wer sagt, daß du uns wohlgesonnen bist, daß du nicht falsches Zeugnis ablegst, um uns der Verschwörung zu überführen?«

Epicharis musterte Piso mit abfälligem Blick: »Was seid ihr doch für erbärmliche Stümper! Ihr wollt den Staat retten – *ex professo* – und fürchtet nichts mehr als euer Risiko. Jede Verschwörung ist mit Risiko verbunden. Seht euch doch an: Sechzig würdevolle Männer – nur: Mit Würde allein ist der Cäsar nicht zu beseitigen!«

Die Verschwörer blickten betroffen. Der Mut, mit dem die Fremde sprach, stimmte sie nachdenklich. In der Tat waren alle bisherigen Attentate an mangelndem persönlichem Einsatz gescheitert.

»Willst *du* es tun, Epicharis?« fragte Piso.

»Warum nicht?« antwortete die Fremde entschlossen. »Ich habe nichts zu verlieren. Was ich besaß, hat mir der Göttliche genommen. Erst ermordeten seine Schergen meinen Mann – ich frage mich nur, warum ließ Nero mich am Leben? Er hat mich meines Vermögens beraubt, seine Procuratoren rissen mir die Kleider vom Leib und trieben mich nackt durch die Stadt.«

»Trugst du ein purpurnes Gewand?« fragte Lucanus.

Epicharis nickte. »Im Theater des Agrippa gab Nero das Zeichen, die Vorstellung zu unterbrechen, als er mich im obersten Rang erblickte. Seine Schläger stürzten sich auf mich, rissen mein Gewand in Fetzen, mein Haus wurde beschlagnahmt. Freunde nahmen mich auf, sonst wäre ich wohl verhungert.«

»Es ist verboten, Purpurgewänder zu tragen«, wandte Lucanus ein, »man sagt, Purpurgewänder erinnerten Nero an seine Frau Octavia.«

»Und wenn es dem Göttlichen morgen einfällt, alle Römer dürften nur noch nackt herumlaufen, damit man die Dolche sehen kann, die sie sonst in ihren Gewändern verbergen, würdet ihr dann auch gehorchen?«

Epicharis zog eine Schriftrolle aus ihrem Umhang. »Man sagt, ein Dutzend Attentate auf den Cäsar seien mißlungen ...«

»Wer sagt das?« unterbrach der Prätorianertribun Flavus die Fremde und ging auf sie zu. Lucanus führte Flavus auf seinen Platz zurück: »Laß sie reden, Flavus.«

»Es ist gleichgültig, woher ich meine Informationen habe«, begann Epicharis von neuem, »wichtiger ist, *daß* ich sie habe, zeigt es doch, wie viele Mitwisser ihr habt, beweist es doch, wie gefährlich jeder einzelne von euch lebt. Aber wie es scheint, macht sich keiner von euch Gedanken, *warum* alle bisherigen Anschläge auf den Cäsar gescheitert sind. Ihr alle seid allzuleicht geneigt, alles dem Willen der Götter zuzuschreiben, wie es die griechischen Philosophen gelehrt haben – doch das ist nichts als eine Ausrede für eigenes Unvermögen. Und so behaupte ich, daß es nicht die Götter waren, die alle bisherigen Anschläge auf den Cäsar scheitern ließen, sondern Leute aus euren Reihen.«

Da redeten die Verschwörer wild durcheinander; einige stürzten aufgebracht auf Epicharis zu und wollten sie aus dem Haus drängen.

Piso aber ging dazwischen und rief mit lauter Stimme:

»Männer, laßt Epicharis sprechen! Aus allem, was die Fremde bisher sagte, sprach große Klugheit. Und wenn sie so schwere Anschuldigungen vorbringt, wird sie Beweise haben.«

Murrend nahmen die Männer wieder Platz. Man müsse sich solche Reden nicht gefallen lassen, schimpfte der Centurio Sulpicius Asper – noch dazu von einem Weib.

»Ihr mögt«, nahm Epicharis ihre Rede wieder auf, »euch alle, die ihr hier herumsitzt, einig sein über die Beseitigung des Cäsars, weil er ein Unglück ist für Rom und das Imperium. Aber seid ihr euch auch einig über seine Nachfolge? Wie soll der neue Cäsar heißen?«

»Piso.« – »Ja, Piso!«

»Das sagst du, und du, und du vielleicht. Aber sagen das alle?«

Die Verschwörer sahen einander an, und in diesem Augenblick zweifelte ein jeder an der Lauterkeit des anderen.

Epicharis hielt ihre Schriftrolle in die Höhe: »Auf diesem Pergament sind die Namen von sechzig ehrenwerten Römern verzeichnet, die sich unter dem Kennwort ›Piso‹ zusammengeschlossen haben. Aber hinter einigen Namen steht das Zeichen zweier gekreuzter Schwerter. Bei ihnen handelt es sich um die Mitglieder einer Verschwörung innerhalb der Verschwörung. Eine Handvoll aus euren Reihen will zwar wie alle anderen, daß der Cäsar einem anderen Platz macht – in diesem Ziel seid ihr euch alle einig –, aber sie verabscheuen Piso wegen seiner Trägheit und des schlechten Lebenswandels seiner Frau Atria. Sie wollen ihn ebenso beseitigen wie den göttlichen Nero.«

Zuerst blieb es still, und nur feindselige Blicke wurden gewechselt, dann fiel ein Name, ein weiterer wurde gerufen, und in kürzester Zeit entstand ein Tumult, bei dem jeder den anderen des Verrates beschuldigte, und die Ehrenwerten gingen mit den Fäusten aufeinander los.

Nur mit Mühe vermochte Piso sich Gehör zu verschaffen. »Freunde!« rief er, so laut er konnte, »Freunde, hört mich an!« Langsam verebbte das Geschrei. »Bevor wir uns um die Nachfolge des Cäsars streiten, sollten wir lieber handeln und Nero aus dem Weg räumen, denn dieses ist die Voraussetzung für jenes. Deshalb schlage ich vor, daß jene, die mit dem von der Mehrheit gewählten Weg nicht einverstanden sind, deren Vertrauen ich also nicht genieße – daß jene sich erheben, noch bevor Epicharis ihre Namen vorliest, und dieses Haus unbehelligt verlassen.«

Stille. Peinliches Schweigen. Die meisten starrten vor sich auf den Boden, als könnten sie den Anblick der Verräter nicht ertragen.

Zuerst erhob sich Subrius Flavus, der Prätorianertribun. Er griff zum Knauf seines Schwertes und spuckte verächtlich auf den Boden, dann trat er vor Piso hin und sprach: »Was nützt es, einen Sänger wie Nero zu töten, wenn er durch einen Schauspieler ersetzt wird!«

Rufus, der neben Piso stand, zog einen Dolch, aber Piso hielt ihn zurück; er schwieg.

»Kommt!« sagte Flavus und wies mit einer Kopfbewegung zur Türe.

Da erhob sich einer nach dem andern mit gesenktem Haupt: Sulpicius Asper, Valens, insgesamt zehn Männer, und sie verließen das Haus.

Dies alles geschah so unerwartet, daß es eine Weile dauerte, bis die Verschwörer um Piso die Sprache wiedergefunden hatten. Piso stützte das Kinn auf die geballten Fäuste; er schien entmutigt, verzweifelt, den Tränen nahe. »Beim Castor und Pollux!« fluchte er leise, dann verbarg er das Gesicht in seinen Händen.

Lucanus, der geachtete Dichter, fand zuerst die Sprache wieder. Er sprach leise eine Ode des Horaz, und es klang wie ein frommes Gebet zu den Göttern:

*»Den Mann, der gerecht ist und bieder,*
*beharrlich und treu seinem Vorsatz,*
*Den schreckt nicht die brüllende Rotte,*
*nach tobendem Aufruhr verlangend,*

*Den stört nicht die Ruhe des Geistes*
*der drohende Blick des Tyrannen,*
*Nicht Südwind, der stürmischen Wogen*
*der Adria strenger Gebieter*
*Selbst Zeus nicht, der zuckende Blitze*
*aus donnernder Rechter entsendet,*
*Und stürzte der Himmel hernieder,*
*ihn schreckten nicht fallend die Trümmer.«*

Piso erhob sich. Er ging unruhig auf und ab, die Arme auf dem Rücken verschränkt wie ein Redner vor dem Senat, dann trat er vor die Fremde hin und sagte: »Mir scheint, du bist der einzige Mann unter uns Weibern. Aber sprich, woher kanntest du die Namen der Verräter?«

Da huschte ein Lächeln über Epicharis' Gesicht, und sie reichte Piso die Schriftrolle. Piso entrollte das Pergament; er sah Epicharis an, dann seine Mitverschwörer: die Schriftrolle war leer.

»Ich wußte nur, daß es zwei Parteien gab unter den Verschwörern«, erklärte Epicharis, »wer wem zugetan war, wußte auch ich nicht. Deshalb gebrauchte ich diese List. Denn wie wollt ihr gegen den Cäsar erfolgreich sein, wenn ihr euch untereinander befehdet?«

Von diesem Tag an wußten die Verschwörer um Piso, daß ihr Kampf gegen den Kaiser noch schwieriger geworden war und noch gefährlicher.

Die Thermen öffneten um die Mittagsstunde. Mehr als zweihundert waren über die Stadt verstreut; große, die Tausenden Platz boten und ohne Entgelt betreten werden konnten, und kleine, intime, in denen spezielle Dienste angeboten wurden, nur Mitgliedern vorbehalten. Seit Agrippa, der Feldherr und Schwiegersohn des göttlichen Augustus, seine Thermen inmitten von blühenden Gärten errichtet und warme und kalte Bäder und Sauna und Palästra jedermann zugänglich gemacht hatte, war es das Anliegen aller Cäsaren, die Römer, im Wasser planschend wie die fünfzig heiteren Töchter des Nereus, bei Laune zu halten; denn *balnea, vina, Venus* waren die drei klassischen Freuden des Römers: baden, trinken und lieben.

Größer als alle anderen Wasserspiele der Stadt hatte der göttliche Nero seine Badeanstalt vor die des Agrippa gesetzt, mit Becken aus weißem Marmor und Mosaiken an den Wänden und Hallen für Sport und Spiel, mit Massage- und Leseräumen. Sklavinnen betrieben Körperpflege in eigenen Salons, und Massagediener sorgten für jegliche Art Wohlbefinden – was die *Thermae Neronianae* schon bald in Verruf brachte.

Nach dem Gesetz war das gemeinsame öffentliche Baden von Männern und Frauen bei Strafe untersagt. Sogar das Warmbad für Frauen, das Nero mit eigenem Eingang versehen und mit hohen Mauern umgeben hatte, galt als frivol; trotzdem mischten sich immer wieder lasterhafte Mädchen und Frauen, denen die Götter einen knabenhaften Körper geschenkt hatten, nur mit einem Lendenschurz bekleidet unter das Männervolk, und ein beliebter Zeitvertreib war das Gaffen und Raten: Mann oder Frau? Erschwert wurde dieses Ratespiel vor allem dadurch, daß im Rom jener Tage zahllose Männer in Frauenkleidern herumliefen, geschminkt wie die Huren am großen Circus, und auch solche wie der göttliche Hermaphroditos, dem der Lyra schlagende Hermes sein Geschlecht und die dem Meer entstiegene Aphrodite ihre Brüste verliehen hatte.

Wer auf sich hielt, mied die Thermen des göttlichen Nero, wo sich halbseidenes Gesindel ein Stelldichein gab, und besuchte die altvornehmen Badehäuser des Agrippa, Treffpunkt von Senatoren und Geschäftsleuten, die auf diese Weise kundtaten, daß sie nicht zur Anhängerschaft des Cäsars gehörten. Tigellinus, der Prätorianerpräfekt und erste Günstling des göttlichen Nero, dem die Frauen Roms die Schönheit Apollons, die Männer aber die Grausamkeit des Mars nachsagten, gepaart mit der Erfindungsgabe der Minerva – dieser

Mann überredete den Cäsar zu einem Spektakel, um den Ruf der Thermen des Agrippa von einem Tag auf den anderen ins Gegenteil zu verkehren.

Inmitten der Gärten des Agrippa lag ein künstlicher See, gespeist von der Aqua Virgo und durch einen Abflußkanal mit dem Tiber verbunden. Auf diesem Teich verankerte Tigellinus ein riesiges Floß. Die bedeutendsten Künstler des Reiches verwandelten dieses Floß in ein schwimmendes Lusthaus, in das zu später Stunde die teuersten Frauen ohne jede Garderobe geladen wurden, dazu Musikantinnen mit klagenden Instrumenten, weibische Tänzer und verzärtelte Buhlknaben. Fremdländische Köche zauberten exotische Speisen, für die Geflügel aus den Steppen Asiens, Wild aus den Wäldern Germaniens und Fische aus dem fernen Ozean herbeigeschafft worden waren. Das Floß strahlte im Fackelglanz, und als das ausschweifende Gastmahl seinen Höhepunkt erreicht, als der schwere Wein, der aus Fontänen spritzte und mit bloßem Mund aufgefangen werden mußte, seine Wirkung getan hatte, da fielen die lusttrunkenen Männer über die Frauen her und die liebeshungrigen Frauen über die Männer, und Ruderschiffe zogen das Floß der Unzucht durch den Kanal, durch die ärmsten Viertel der Stadt, wo die Menschen aus den oberen Stockwerken der schmalbrüstigen Häuser ihre Notdurft kippten zum Zeichen der Verachtung.

Menschentrauben säumten das Gewässer zu beiden Seiten, Neugierige, die die Ausschweifungen des Göttlichen nur vom Hörensagen kannten, Sensationsgierige, denen auch das abartigste Ereignis willkommen war, Feinde des Cäsars, die in dem Schauspiel des Tigellinus eine Rechtfertigung für ihre Verschwörung suchten, und jene leicht verführbaren Massen, deren Zuhause ohnehin die Straße war. Unter den Gaffern, Johlern, unter all dem von der römischen Wölfin ausgespuckten Dreck: ein Mann in vornehmer Kleidung, ein Mann, der überhaupt nicht hierher paßte – Aphrodisius, der Pompejaner.

Was hatte ihn hierher getrieben, in dieses finstere, stinkende Viertel der Stadt, wo eine verrottete Gesellschaft gleichgültig und abgestumpft vor sich hin moderte, wo jeder nach anderen Gesetzen lebte, genaugenommen nur nach dem einen, dem Gesetz des Überlebens, wo ein Scheffel Weizen mehr wert war als ein Menschenleben, wo sich Kinder selbst verkauften, bevor die Eltern ihnen zuvorkamen, in ein Viertel, das die Götter vergessen hatten?

Wer hier lebte, gehörte nicht einmal zur Plebs, zur untersten Gesellschaftsschicht, der das Gesetz zwar keinen göttlichen Ahnherrn, aber wenigstens das Recht auf Leben zugestand und einen Ädilen, der ihre Sache vertrat. Die Menschen hier waren Strandgut, Abschaum aus der Cloaca Maidma, lästiges, immer hungriges Volk, und niemand, auch ein Menenius nicht, hätte sie zurückgeholt, wären sie des Nachts hunderttausendfach verschwunden.

Damals, vor mehr als einem halben Jahrtausend, hatte Menenius die aus Rom fliehenden Plebejer mit einer feurigen Rede zur Umkehr bewegt, weil die Straßen leer und die Werkstätten verwaist waren: Auch die Glieder des Leibes hätten sich einst gegen den Magen empört, weil er alles genösse, was die Glieder erarbeiteten. Füße und Hände ruhten, Mund und Zähne verweigerten die Speise. Aber da wurden auch die Glieder kraftlos, und sie erkannten, welche Bedeutung dem Magen zukam, und sie söhnten sich mit ihm aus. Damals kehrten die Plebejer zurück – doch das war lange her. Seitdem war der Schlund tiefer geworden, so tief und weitverzweigt, daß der Magen kaum noch von den Gliedern wußte.

Aphrodisius gebrauchte die Ellenbogen, um sich in die vorderste Reihe zu drängen. Nicht den obszöne Bewegungen vollführenden nackten Frauen auf dem schwimmenden Lusttempel galt sein Interesse, schon gar nicht den schönen Knaben, die mit hohen Stimmen sangen wie die Flöte des Orpheus. Der Pompejaner hoffte vielmehr, Poppäa zu sehen, die Gemahlin des Göttlichen. Aber das Floß fuhr vorbei, beklatscht, bespuckt und bejohlt, ohne daß Aphrodisius Poppäa erkennen konnte. Weder der Cäsar noch seine Gemahlin hatten an dem Gelage teilgenommen.

Warum fühlte er sich noch immer angezogen von dieser Frau? Er wußte es nicht. Aphrodisius wußte nicht einmal, wie er sich verhalten hätte, wäre Poppäa in dem schwimmenden Lusthaus an ihm vorbeigeglitten.

Heimlich hatte er sich davongestohlen; Hersilia, seine Frau, durfte nichts ahnen von seinem Ziel. Sie verhielt sich merkwürdig seit ihrer Heirat. Aphrodisius liebte die Schönheit ihrer Erscheinung und den Edelmut ihrer Gedanken, der frei war von allem Vulgären, aber ihre kühle Distanziertheit, die zu durchbrechen ihm nur einmal im Schlaf gelungen war und die er mit Liebe und Zärtlichkeit zu erwärmen hoffte, war noch kälter, noch abweisender geworden. Hersilia beantwortete jeden seiner ehelichen Annäherungsversuche mit dem barschen Hinweis: »Erinnere dich, was du geschworen hast, bei deiner rechten Hand!«

Gewiß, er hatte geschworen, Hersilia zu lieben, selbst wenn er sie nie mehr berühren durfte, aber er hatte nicht geglaubt, daß seine Frau so streng sein würde, daß sie ihn ein um das andere Mal abweisen würde wie einen unverschämten Bittsteller, wie einen dummen Jungen. Dann trat in Gedanken Poppäa vor ihn hin, die lustvolle, fordernde Frau, und er begann zu zweifeln, ob er damals die richtige Entscheidung getroffen hatte

Aphrodisius stürzte sich in Arbeit, kontrollierte Personal und Bilanzen und deckte mit der ihm eigenen Hartnäckigkeit zahlreiche Unregelmäßigkeiten auf. Der Procurator wurde entlassen, ebenso ein Dutzend untreuer Sklaven, was den Pompejaner nicht gerade beliebt machte. Seine Strenge und Korrektheit waren gefürchtet, denn Aphrodisius hatte alle Vollmacht, und er machte Gebrauch davon.

Weil in Rom die Reichen immer reicher, die Armen aber immer ärmer wurden, ging der Umsatz an teuren Stoffen zurück, während die Nachfrage nach Billigware immer größer wurde. Wenn die Menschen frieren, sind Seide aus Massilia und Purpur aus Phönizien wenig gefragt. Deshalb kaufte der Pompejaner für fünftausend Sesterzen – das entsprach seinem gesamten Vermögen – einen eigenen Webstuhl, besetzte ihn mit dreifacher Mannschaft und webte karthagische Wolle zu kräftigem Stoff, der reißenden Absatz fand, weil er nur die Hälfte vergleichbarer Ware kostete, und jeden Tag bildete sich eine Menschenschlange vor der Weberei, so daß Aphrodisius auf Zwischenhändler verzichten konnte. Nach zwei Monaten hatte Aphrodisius bereits drei Webstühle mit dreifacher Besetzung in Betrieb, und die Römer spotteten, Hersilia habe nicht ihren Liebhaber, sondern ihren größten Konkurrenten geheiratet.

Seine Mußestunden verbrachte der Pompejaner in den Thermen des Agrippa, deren Ruf unter der Orgie des Tigellinus zwar gelitten hatte, aber immer noch besser war als jener der Thermae Neronianae. Im Unctuarium, dem Salb- und Massageraum, ließ Aphrodisius sich mit Vorliebe von der Badesklavin Zugrita behandeln, einer mandeläugigen Libyerin, während Gavius, der Sklave, im Apodyterium die Kleidung seines Herrn bewachte. In diesem Vorraum, der den vornehmen Römern zum Umkleiden diente, hielten sich vor allem die Sklaven auf, denen der Zutritt zu den Baderäumen verwehrt blieb.

»Wohl neu hier, he?« Die Frage galt Gavius.

Doch der war nicht auf den Mund gefallen und erwiderte: »Dasselbe möchte ich dich fragen. Jedenfalls habe ich dich hier auch noch nicht gesehen. Ich bin Gavius, der Sklave des Aphrodisius. Und du?«

»Turnus. Mein Herr heißt Plinius.«

»Kenn' ich nicht«, sagte Gavius keck. Es war ein Fehler, denn Turnus, der nicht nur über seinen Herrn selbst, sondern auch über dessen Ruf wachte wie der schlangenhaarige Cerberus, holte tief und geräuschvoll Luft, als wollte er sein Gegenüber fortblasen, und rief aufgeregt: »Ich werde dir mal etwas sagen, du Wurm von einem hergelaufenen *homo novus*: Mein Herr war durch seine Bücher schon weltberühmt, als der deine noch in der Cloaca Maxima nach Kupfermünzen suchte!«

Das war nun Gavius zuviel. Obwohl dem anderen von der Statur unterlegen, stürzte sich der flinke Bithynier auf Turnus, riß ihn zu Boden und begann mit Geschrei auf den verdutzten Rivalen einzuschlagen, und zwar mit beiden Fäusten und solcher Heftigkeit, daß Turnus sofort an der Lippe blutete. Gavius faßte den Gegner mit beiden Händen an den langen Haaren und stieß seinen Kopf krachend auf den Boden, daß ihm die Sinne zu schwinden drohten, und er rief: »Dir werde ich zeigen, wer in der Kloake gewatet ist, dein Herr oder der meine!«

Einige Sklaven, die versuchten, die Kampfhähne zu trennen, bekamen selbst Schläge ab und wußten keinen anderen Rat, als den Ädil zu Hilfe zu rufen, der sich gerade in den Thermen aufhielt, um die Temperatur des Caldariums zu prüfen, denn das Warmwasserbad durfte laut Vorschrift die Körpertemperatur nicht überschreiten. Aber auch dem Ädil gelang es nicht, den Kampf zu beenden, so daß die Herren der aneinandergeratenen Sklaven gerufen werden mußten. Sie endlich schlichteten den Streit. Aphrodisius erbat Verzeihung bei dem älteren Plinius; sein Sklave Gavius sei eben ein Hitzkopf wie alle Bithynier. Da lachte Plinius, dem der Ruf des gefeierten Schriftstellers vorausging, laut auf und bekannte, daß auch sein Sklave Turnus bithynischer Herkunft sei.

Während Plinius und Aphrodisius sich entfernten, standen die beiden Sklaven einander sprachlos gegenüber. »Du kannst dich gut verstellen«, begann Gavius endlich und wischte seinem Gegner das Blut aus dem Gesicht, »ich hätte dich für einen Spanier oder Lusitanier gehalten, beim Jupiter!«

»War auch nicht so gemeint mit der Cloaca Maxima«, entschuldigte sich Turnus, »aber ich liebe meinen Herrn wie einen Bruder, nicht wegen seiner Berühmtheit. Er war immer gut zu mir und hat mich nie als *mancipium* behandelt, wie das Gesetz es erlaubt. Deshalb lasse ich nichts auf ihn kommen, verstehst du?«

Gavius nickte: »Das ist mit *meinem* Herrn Aphrodisius nicht anders.«

»Aphrodisius?« Der Sklave schnappte mit dem Finger. »Jener Aphrodisius, der die reiche Weberin Hersilia geheiratet hat?«

»Eben dieser.«

»Er soll sehr tüchtig sein, dein Herr Aphrodisius!«

»Das will ich meinen, Freund. Er ist zwar nur ein Libertinus, aber er ist gescheit und tüchtig und für sein jugendliches Alter ungewöhnlich erfolgreich.«

»Weißt du«, begann Turnus nach einer Pause, in der er sichtlich nachdachte, »ich bin manchmal froh, ein Sklave zu sein und nicht so gebildet und fleißig wie dein Herr oder meiner. Die Leute sagen, man bekommt Kopfschmerzen vom vielen Denken.«

»Habe ich auch schon festgestellt«, tönte Gavius stolz, »wirklich! Was schreibt er so, dein Herr Plinius?«

»Er hat ein sehr berühmtes Buch über den Krieg gegen die Germanen geschrieben, nachdem Drusus ihm im Traum erschienen war und gebeten hatte, seine Ehre zu retten.«

»Interessant«, staunte Gavius, »wer war dieser Drurius?«

»Drusus!« korrigierte Turnus. »Stiefsohn des göttlichen Augustus, Feldherr, aber kein besonders guter, glaube ich. Jetzt arbeitet Plinius an einer Naturkunde, er sagt, er müsse zweitausend Bücher dafür lesen, und in der Tat – er sagt es nicht nur.«

»Beim Haupt der Minerva, lieber Sklave als Schriftsteller!«

»Ja, sieh nur hin, selbst auf der Massagebank scharte er die Stenographen um sich, um zu diktieren, und seine Sänfte hat zwei Plätze, einen für ihn und einen für den Schreiber, denn Plinius hält jeden Augenblick, der nicht aufs Lesen oder Schreiben verwendet wird, für vergeudet. Kannst du lesen?«

»Ich habe es nicht gelernt. Bücher, sagt mein Herr Aphrodisius, sind etwas für reiche Leute.«

»Wieso für reiche Leute?«

»Bücher erfordern Zeit, und Zeit haben nur die reichen Leute.«

»Aber er gehört doch selbst zu den Reichen!«

»Aphrodisius? Da kennst du meinen Herrn aber schlecht. Er will nichts wissen vom Geld seiner Frau. Er leitet ihre Webereien, und dafür bekommt er ein Gehalt, aber der Gewinn ist nicht der seine. Persönlichen Gewinn bezieht er nur aus seinen eigenen Webstühlen. Er arbeitet von Sonnenaufgang bis Sonnenuntergang. Verstehst du das, Turnus?«

Turnus hob die Schultern. »Ich habe mich auch schon oft gefragt, warum die Reichen, die alles haben, so viel arbeiten. Ich meine, wir Sklaven können zur Arbeit gezwungen werden, das ist nun einmal unser Los – aber Plinius, der mit allen Gütern gesegnet ist, der mehr Geld hat, als er jemals ausgeben kann, Plinius steht jeden Tag vor Sonnenaufgang auf, manchmal schon um die sechste Stunde der Nacht, wenn die Müßiggänger von ihren Saufgelagen heimkehren, und beginnt mit dem Studium seiner Bücher. Ich glaube, er kennt alle Bücher, die es gibt auf der Welt.«

»Alle?«

»Alle.«

»Auch die – die germanischen?«

»Germanische Bücher? Ha! Germanen können doch gar nicht schreiben. Sie sind wild und leben bei den Bären in den Wäldern. Aber hätten sie ein Buch geschrieben, so würde mein Herr es lesen, denn er sagt, kein Buch sei so schlecht, daß es nicht irgendeinen Nutzen brächte.«

»Ekelhaft.«

»Wie?«

»Ich finde es ekelhaft, so gescheit zu sein. Was hat dein Herr davon, daß er alles weiß, alles kennt, daß ihm nichts verborgen bleibt? Kopfschmerzen! Am Ende werden sie seinen Leichnam genauso auf dem Marsfeld verbrennen wie deinen oder meinen. Gut, es werden ein paar Leute mehr dabei zusehen – aber was hat er davon, dein Plinius?«

Turnus dachte nach.

Der Streit ihrer Sklaven führte Aphrodisius und Plinius zusammen. Plinius war doppelt so alt wie der jugendliche Pompejaner, und man sah es ihm auch an: jahrelanger Kriegsdienst in Germanien, der oft auch im Winter keine Unterbrechung fand, hatte sein Gesicht rauh gemacht und mit Falten gezeichnet.

»Du darfst ihm das nicht verübeln«, meinte Plinius mit einer Bewegung des Kopfes in Richtung des Ankleideraumes, während die Massagesklavin seinen Nacken knetete, »er kämpft wie ein Löwe, wenn es um den Ruf seines Herrn geht. Turnus hat mich schon in der Provinz Untergermanien begleitet; ich wüßte nicht, was ich ohne ihn täte.«

Aphrodisius, der bäuchlings auf der Massagebank neben ihm lag und mit sichtlichem Wohlbehagen die geschmeidigen Finger der Libyerin Zugrita auf seinem Rücken genoß, winkte ab: »Sieh doch, sie vertragen sich schon wieder!«

»Aus Pompeji kommst du?«

»Dort wurde ich geboren. Meine Eltern waren Sklaven aus Germanien. Ihre Heimat heißt Augusta Vindelicum, das von Drusus und Tiberius erobert wurde.«

»Also Libertinus?«

»Ja. Serenus hieß mein Herr. Er kam um beim großen Beben, und seine Frau Fulvia wollte mich nicht haben.«

Plinius schob den Schreibsklaven, der dicht neben ihm stand, mit dem Handrücken beiseite, beugte sich zu Aphrodisius hinüber und sagte leise: »All das sind furchtbare Vorzeichen – das Erdbeben, der Komet und die Finsternis vor wenigen Jahren, als Sol bei hellem Tag die Form der Mondsichel annahm.« Und noch leiser fügte er hinzu: »Er ist ein Feind des Menschengeschlechts.«

Aphrodisius verstand ohne zu fragen, daß der göttliche Cäsar gemeint war. Er nickte beifällig und wunderte sich über das Vertrauen, das Plinius ihm entgegenbrachte.

Der aber schien die Gedanken des Pompejaners zu erahnen. Jedenfalls sah er Aphrodisius an und sagte: »Er hat keine Freunde mehr, glaube mir, selbst die, die er für seine Freunde hält, sind zu seinen Feinden geworden. Die Götter lieben ihn nicht, sonst hätten sie ihm längst einen Thronfolger geschenkt.« Und dann machte Plinius eine Bemerkung, die den Pompejaner zusammenzucken ließ: »Poppäa kommt auch schon in die Jahre.«

Aphrodisius musterte den Schriftsteller von der Seite, um zu prüfen, ob die abfällige Bemerkung ihn treffen sollte. Aber Plinius blickte gleichgültig vor sich hin, jedenfalls konnte der Pompejaner nichts Bösartiges in seinem Gesichtsausdruck erkennen, und er meinte, obwohl er, schon während er redete, die Dummheit seiner Bemerkung erkannte: »Ja, wir werden alle nicht jünger.«

»Ich verstehe dich nicht«, begann Plinius nach einer langen Pause. »Wie konntest du die campanische Perle Pompeji verlassen und nach Rom kommen, in diese stinkende, sterbende Stadt? Ich würde sogar den Schutt von Pompeji dem römischen Marmor vorziehen, hielte mich nicht mein Beruf hier. Man wird nicht aus freien Stücken ein Römer, ein Römer bleibt man zwangsweise. Vor allem in einer Zeit wie dieser.«

»Für mich«, erwiderte der Pompejaner, »ist Rom eine Stadt wie jede andere, nur viel, viel größer und mit viel mehr Möglichkeiten. Sieh mich an, ich kam als ein Niemand mit eintausend Sesterzen im Beutel, die ich obendrein verspielte. Heute habe ich eine Frau, der ich redlich diene, und ein eigenes Unternehmen, das hohe Gewinne verspricht.« Aus Aphrodisius' Worten klang Stolz.

»Ich hoffe, das wird dir nicht zum Verhängnis werden.« Plinius drehte sich um und stützte sich mit den Ellenbogen auf, dann schaute er Aphrodisius ins Gesicht: »Als du nach Rom kamst, warst du ein Niemand unter vielen hunderttausend Namenlosen, und niemand hätte dir Beachtung geschenkt: Aber dann kam die Sache mit Poppäa, deine überstürzte Heirat und jetzt das unerwartete Vermögen ...«

Aphrodisius stieß Zugrita beiseite und setzte sich auf. »Du weißt?«

»Ich sagte doch, einem Niemand schenkt kein Mensch Beachtung, aber du bist kein Niemand mehr, Aphrodisius. Du bist sogar mehr, als du ahnst, verschiedene Leute haben dich bereits in ihre Planungen einbezogen. Die Götter mögen dich schützen!« Plinius erhob sich, und ohne Gruß, ja, ohne den Pompejaner auch nur noch einmal anzusehen, schritt er zum Apodyterium und verschwand.

Aphrodisius saß da und überlegte. Ich habe diesen Plinius unterschätzt, dachte er, aber er meint es zweifellos gut mit mir, sonst hätte er mich nicht gewarnt, nicht in dieser Form. Ängstlich blickte er um sich, fühlte sich auf einmal von tausend Augen beobachtet. Was wollen die alle von mir – der finster dreinblickende Bartträger? Der tänzelnde Schwule? Der rosige Muskelprotz? Der Einarmige mit dem Lächeln eines Sphinx?

»Hast du Ärger, Herr?«

Aphrodisius erschrak, doch dann blickte er in die Mandelaugen der Sklavin Zugrita und stotterte: »Ich? Nein, nein ...« Bald darauf machte er sich auf den Heimweg. Im Gehen fragte er seinen Sklaven Gavius, ob er bemerkt habe, daß man ihn beobachte. Der Bithynier verneinte, fügte jedoch hinzu, er habe auch noch nie darauf geachtet. Wer solle ihn beobachten? Da erzählte Aphrodisius ihm von dem merkwürdigen Gespräch mit Plinius.

Als sie das Haus betraten, schlug Aphrodisius und seinem Sklaven der strenge Geruch des Opferfeuers entgegen. Rauchschwaden füllten die Räume, und der Argwohn des Pompejaners, daß etwas Außergewöhnliches vorgefallen sein mußte, wurde, als sie das Atrium betraten, zur Gewißheit: Trümmer von Statuen und Amphoren lagen über den Boden verstreut, der wilde Wein, welcher die Säulen des Innenhofes umrankte, war herabgerissen und zertrampelt worden – ein Bild der Verwüstung. Obwohl die Kalenden des Monats, an denen die Römer den Hausgöttern opferten, längst vorbei waren, wälzte sich der Opferrauch aus dem kleinen Laren-Heiligtum im hinteren Teil des Hauses, wo sich auch die Küche befand. Und obwohl der Hausbestand gut fünf Dutzend Sklaven umfaßte, zeigte sich niemand.

Auf sein Rufen trat dem Pompejaner ein Unbekannter entgegen, dem bärtigen Aussehen nach ein Grieche, und sagte, er sei Menekles, der Arzt seiner Frau Hersilia, die Lage sei ernst. Er habe ihr Laudanum in einem Trank verabreicht, das sie in eine Starre versetzte, von der er nicht wisse, wie lange sie anhalte; er bedauere, keine bessere Nachricht zu haben.

Hersilia lag in ihrem Schlafzimmer, Arme und Beine verkrampft wie Terror, der furchtbare Begleiter des Mars. Ihr Atem ging heftig, die Lippen zitterten in unregelmäßigen Abständen, der Bauch schien aufgequollen wie eine Qualle vom äußersten Westrand der Erde.

Er habe, begann der Grieche bedächtig, vor Tagen Hersilias Wasser auf ein Säckchen mit Weizen geträufelt und ebenso auf eines mit Gerste, und heute habe der Weizen zu keimen begonnen, was, nach dem Wissen der alten Ägypter, die Geburt eines Knaben ankündige, während das Keimen der Gerste ein Mädchen verheißen hätte. Ein Irrtum sei ausgeschlossen, wenn man sich Hersilias Bauch betrachte. Das Furchtbare aber sei, Hersilia sei nicht gebaut, ein Kind zu gebären, das Kind müsse durch *sectio caesarea* zur Welt gebracht werden wie der göttliche Cäsar, und das bedeute den Tod der Mutter.

Aphrodisius legte seine Hand auf Hersilias Stirne, dann sah er den Griechen an: »Weiß sie, wie es um sie steht?«

Menekles nickte: »Sie kannte das ihr drohende Geschick. Sie wußte, daß sie sich nie einem Mann hingeben durfte, weil das ihren Tod bedeuten konnte ...«

Da stieß Aphrodisius einen langen lauten Schrei aus wie ein Gladiator im Circus, wenn der siegreiche Gegner das Schwert hebt, und Tränen flossen über sein Gesicht – *est quaedam flere voluptas* – und er schluchzte: »O ihr Götter Roms! Straft mich mit dem Tode, aber laßt Hersilia leben!«

»Du – hast das alles nicht gewußt?« fragte Menekles zögernd.

»Nein«, weinte der Pompejaner, »sie hat es mir nie gesagt. Ich dachte, ihre Kühle und Zurückhaltung sei Ausdruck ihres Charakters.«

»Das war es wohl auch«, erwiderte der griechische Arzt,

»aber das Wissen um ihr Schicksal hat ihren Charakter geprägt.«

Aphrodisius hielt die Hände vor das Gesicht gepreßt. Er atmete schwer, und um seinen Hals legte sich eine unsichtbare Klammer. »Es darf nicht sein, es darf nicht sein!« murmelte er ein um das andere Mal.

»Niemand entgeht Atropos, der gnadenlosen Schicksalsgöttin«, entgegnete der Grieche, »sie schneidet den Lebensfaden ab, wann immer sie will, und es ist töricht, sich dagegen zu wehren.«

Die Rede schürte den Zorn des Pompejaners derart, daß auf seiner Stirne eine dunkle, senkrechte Ader hervortrat, und er wandte sich lautstark gegen den Arzt: »Du bist Grieche und redest wie ein Grieche, und ihr Griechen fügt euch tatenlos eurem Schicksal. Ich aber bin ein römischer Freigelassener, und in meinen Adern fließt germanisches Blut. Ich glaube nicht an die Moiren, die dem Menschen angeblich schon bei der Geburt sein Schicksal zuteilen. Sie darf nicht sterben, hörst du, Hersilia darf nicht sterben!«

Menekles antwortete nicht, er sah an Aphrodisius vorbei und preßte die Lippen zusammen, als wollte er sagen: Schweig! Doch der Pompejaner gab sich nicht zufrieden, er trat auf den Griechen zu und wollte seine Rede wiederholen, mit noch größerem Nachdruck fordern, Hersilia dürfe nicht sterben, da fiel sein Blick auf den Eingang des Gemachs.

Dort stand sie, Hersilia, starr wie eine Statue auf dem Capitol, die Ellenbogen mit den Händen umklammernd; sie sah Aphrodisius an. Aphrodisius versuchte vergeblich in ihren Augen zu lesen, zu erkennen, was in ihr vorging, und er hätte in diesem Augenblick sogar verstanden, wenn es ein Blick des Hasses gewesen wäre. Aber Hersilia blickte ausdruckslos, teilnahmslos wie Lara, die Göttin des Schweigens, und der Pompejaner wußte, daß ihn dieser Blick ein Leben lang verfolgen würde.

## 5

DER BOTE KAM nachts und ließ sich nicht abweisen. Er habe eine wichtige Botschaft für Aphrodisius, den Pompejaner, die er, nach dem Willen seines Herrn, nur persönlich übergeben dürfe. Gavius führte den Sklaven in das Tridinium, wo Aphrodisius allein bei Tische lag. Der Bote überreichte ihm das Schreiben, das er unter einer Perücke hervorzog.

Der Pompejaner las:

*»Poppäa Sabina grüßt Aphrodisius, den Pompejaner.*

*Mit Freude und Trauer nehme ich teil an Deinem Schicksal. Mit Freude, weil ich mich erinnere, wie wir uns zum ersten Mal begegnet sind. Du hattest keinen Lebensmut und wolltest Dich vom Tarpejischen Felsen stürzen wie ein Verbrecher, weil Du Dein letztes Geld – ich glaube, es waren eintausend Sesterzen – verspielt hattest. Heute, zwei Jahre später, bist Du – motu proprio – ein reicher Mann, und Du wirst jeden Tag wohlhabender. Dieser Dein Ruf drang bereits bis zum Palatin. Ich gönne es Dir von Herzen.*

*Trauer befällt mich wegen des häuslichen Leides, das Dir nach dem Willen der Götter zuteil wurde. Auch wenn Du in Trauer bist wegen des Todes Deiner Frau Hersilia, von der man allseits nur das Beste hörte, so wird Dir Dein Sohn Hersilius ein fester Trost sein in diesen schweren Tagen. Er sieht Dir gewiß ähnlich und strotzt vor Kraft wie sein Vater.*

*Mein Mutterglück währte, wie Du sicher weißt, nur kurz, doch als Glück konnte man es wohl ohnehin nicht bezeichnen. Goldene Zügel, sagt Seneca, machen ein Pferd nicht besser. Das ist es, was ich meine. Es ist ein großer Unterschied, ob Dein Leben in Muße oder in Trägheit hingeht; teilst Du Dein Leben aber mit der Angst, dann, sei versichert, neidest Du es jedem anständigen Sklaven. Doch ich habe mir dieses Leben ausgesucht, jetzt muß ich mein Schicksal tragen, ein Zurück gibt es nicht.*

*Der Brief hat einen dringenden Grund. Ich mache mir ernste Sorgen um Dich. Hüte Dich vor Tigellinus! Er schleicht wie ein wilder Löwe um alles, was nach Geld riecht, und dieser Tage erwähnte er in Anwesenheit des Göttlichen Deinen Namen. Der Göttliche ist in arger finanzieller Bedrängnis. Ich weiß nicht, wie er immer wieder seine Kassen füllt ... mit rechten Dingen geht es gewiß nicht zu. Rom ist ein heißes Pflaster für einen homo novus wie Dich, deshalb rate ich Dir dringend, die Stadt zu verlassen. Warum kehrst Du nicht nach Pompeji zurück? Wie mir Silanus, der Verwalter meiner Güter, sagte, stehen ganze Straßenzüge zum Verkauf. Ein Mann wie Du könnte in Pompeji sein Glück machen.*

*Antworte mir nicht auf dieses Schreiben, obwohl ich nichts lieber erhielte als ein paar Zeilen aus Deiner Hand, denn auch ich stehe unter ständiger Bewachung. Du würdest uns beide in Gefahr bringen.*

*Salve! Poppäa«*

»Unangenehmes, Herr?« erkundigte sich Gavius. Der Pompejaner schüttelte nur den Kopf, und Gavius wertete das als Zeichen, sich zu entfernen. Aphrodisius erhob sich, er hielt den Brief mit beiden Händen auf dem Rücken und ging unruhig im Tablinum auf und ab. Dann las er die Botschaft ein zweites Mal, ein drittes Mal, ratlos.

Aphrodisius suchte das Gemach auf, wo die Amme Urgulanilla über den kleinen Hersilius wachte. Sie hatte das Aussehen der Göttin Securitas, deren marmorne Statue, in der Linken eine Lanze, während ihr Haupt in der Rechten ruhte, wie eine Matrone das Forum bewachte, kraftstrotzend und mit den breiten Brüsten und stämmigen Hüften einer campanischen Bäuerin. Wenn die Amme das Kind in ihre Arme nahm, verschwand es im Fleisch ihres mächtigen Körpers. Sie herzte den Jungen wie ein eigenes Kind, sie liebte sein lautes Geschrei ebenso wie das ungelenke Lächeln, und hätte Hersilius sie gebissen, während sie ihn an die Brust setzte wie einst Hera den kleinen Herakles, sie hätte ihn nicht fallen lassen wie die Göttermutter, sondern den Schmerz ertragen, wie es einer Mutter zukam.

Der Pompejaner nahm das Kind, machte einen ungeschickten Versuch, es in den Armen zu halten und schickte Urgulanilla hinaus. Er wollte allein sein, allein mit seinem Sohn, der ihm täglich die Tragik seines eigenen Schicksals vor Augen führte. Behutsam legte er das Kind vor sich auf den Tisch, beobachtete die ruckartigen, unkontrollierten Bewegungen, den stumpfen, fahrigen Blick seiner Augen und suchte in dem winzigen Wesen sich selbst zu erkennen. Aber obwohl ihm der Spiegel hundertemal Auskunft gegeben hatte über sein Äußeres, vermochte der Pompejaner keine Ähnlichkeit festzustellen.

Liebte er diesen Menschen, in dem ein Teil von ihm weiterlebte? Oder haßte er ihn, weil er der lebendige Beweis seiner eigenen Schwäche war, seiner Zügellosigkeit, Rücksichtslosigkeit und Selbstsucht, die Schuld trugen an Hersilias Tod? Aphrodisius versuchte vergeblich, sich über seine Gefühle klar zu werden, sie zu ordnen, einfach preiszugeben; er versuchte in sich hineinzuhorchen und lauschte seinem Innersten wie die Priester von Dodona dem Rauschen der Eiche. Aber allem Bemühen zum Trotz empfand Aphrodisius immer nur jene große Leere und das Unvermögen zu trauern, zu lieben, zu hassen. Und zum wiederholten Male flogen seine Augen über den Brief.

Poppäa hatte recht: Rom war ein heißes Pflaster für einen *homo novus*.

Der Cäsar, hieß es, plane eine Reise nach Griechenland. Woher das Gerücht stammte und ob es der Wahrheit entsprach, vermochte niemand zu sagen. Die Prätorianer streuten gezielt Gerüchte aus, der Cäsar werde sich hier oder dort aufhalten, damit er dann einen weniger gefahrvollen Weg nehmen konnte.

Den Verschwörern um Piso genügte das Gerücht zur Planung eines neuerlichen Attentats, und Epicharis lieferte die

Idee: ein Mordanschlag auf See. Der Plan war nicht neu, Nero selbst hatte versucht, seine Mutter Agrippina auf seinem Prunkschiff umzubringen, und das Attentat war nur an der unerwartet stabilen Rückenlehne eines Sofas gescheitert. Jedenfalls fing die Lehne den mit Blei beschwerten Baldachin auf, der, wie geplant, auf die Königin-Mutter herabstürzte. Creperius, ihr Vertrauter, starb, Agrippina überlebte.

Technische Unzulänglichkeiten dieser Art sollten bei dem Attentat auf den Göttlichen von vorneherein ausgeschlossen sein. Das Schiff, mit dem der Cäsar nach Griechenland strebte, sollte sinken mitsamt der Mannschaft, nur Volusius Proculus, der Flottenkommandant, durfte gerettet werden. Proculus war schon damals in das Attentat gegen Agrippina eingeweiht gewesen, hatte aber nach dem Scheitern der Aktion den Unwillen des Göttlichen auf sich gezogen und galt seither nicht gerade als Freund des Cäsars. Um jeden Verdacht von sich zu lenken, schickten die Verschwörer Epicharis nach Misenum, wo sie mit Proculus Kontakt aufnahm. Sie sei im Auftrag verdienter Männer des Staates gekommen, die sich um die Zukunft des Reiches sorgten.

Proculus schien sofort zu begreifen und erklärte, auch er sei kein Anhänger Neros, denn seine Befehle seien unergründlich wie die Sprüche der delphischen Pythia. Welche Pläne die Verschwörer hegten? Da gab Epicharis das geplante Attentat preis, nannte Einzelheiten, ließ den Admiral jedoch in Unklarheit über die Hintermänner des Unternehmens und rettete so vielen Menschen das Leben. Denn Proculus, der eine Chance sah, sich die Gunst des göttlichen Nero zu erkaufen, eilte nach Rom und verriet dem Prätorianer Tigellinus, was Epicharis ihm anvertraut hatte.

Ofonius Tigellinus, den kein Römer an Zügellosigkeit und Kaltblütigkeit übertraf und der allein deshalb ein Mann nach dem Herzen des göttlichen Nero genannt wurde, erkannte sofort Proculus' Absicht und forderte Beweise. Beweise habe er nicht, erklärte Proculus, aber er fordere eine Gegenüberstellung mit Epicharis. Unter glühenden Eisen, meinte er augenzwinkernd, werde sie auch ihre Hintermänner nennen. Tigellinus willigte ein, gab Befehl, Epicharis gefangenzusetzen, drohte aber, den Flottenkommandanten mit glühenden Eisen zu behandeln, falls sich seine Anschuldigungen als falsch erwiesen.

Suchtrupps durchkämmten die Stadt, ja sie verschonten nicht einmal Senecas Landgut, aber Epicharis, vom Cäsar all ihrer Besitzungen beraubt, blieb unauffindbar, und sogar ein Kopfgeld von fünftausend Talenten, das Tigellinus für ihre Ergreifung aussetze, zeitigte keinen Erfolg. Natürlich hatten die Verschwörer um Piso Kenntnis vom Verrat des Proculus, und weil sie fürchten mußten, einer ihrer Sklaven könnte sie denunzieren, brachten sie die Namenlose – keiner durfte Epicharis beim Namen nennen – jede Nacht zu einem anderen Verschwörer, um so jede Spur zu verwischen.

Aber Tigellinus gab nicht auf, schien doch Epicharis' Verschwinden die Anschuldigungen des Flottenkommandanten zu bestätigen. Unter den *acta diurna*, die auf dem Forum die täglichen Neuigkeiten und Verlautbarungen verkündeten, hing ihr Steckbrief ebenso wie an den Ein- und Ausgängen des großen Circus, und wer hier ein und aus ging, für den waren fünftausend Talente ein Vermögen. Es gab Hunderte von Hinweisen auf namenlose Frauen, die sich hier und dort aufhielten und wieder verschwanden. Aber gerade weil die Hinweise so zahlreich eingingen, weil mancher Sklave, die Prämie vor Augen, in jeder Unbekannten die Gesuchte zu erkennen glaubte, verwischten sich ihre Spuren mehr und mehr.

Eines Tages vor den Nonen des Martius kehrte Gavius von Turnus zurück, dem Sklaven des Plinius, mit dem ihn seit ihrer Schlägerei eine herzliche Freundschaft verband, und er berichtete Aphrodisius von einer unbekannten Frau, die der Schriftsteller versteckt halte vor den Prätorianern. Plinius lasse fragen, ob er, Aphrodisius, bereit sei, die Namenlose für ein paar Tage aufzunehmen, ihr Leben sei in Gefahr, und der Pompejaner stehe gewiß nicht im Verdacht, ein Verschwörer gegen den Cäsar zu sein, obwohl er – wie er dem Gespräch in den Thermen zu entnehmen glaubte – dem Göttlichen keineswegs zugeneigt sei. Er bitte darum.

Aphrodisius war an der Freundschaft des großen Plinius gelegen, und außerdem befand er sich in einer Verfassung der Demut, er fühlte sich schuldig am Tod Hersilias und forderte von sich selbst Wiedergutmachung, wenn auch nur zur Beruhigung des eigenen Gewissens. Deshalb sagte er zu und ließ Gavius im Hause verbreiten, man erwarte eine pompejanische Verwandte.

Seine eigenen Webereien hatten inzwischen die Größe von Hersilias Unternehmen erreicht, und da an eine Erweiterung auf dem Aventin nicht zu denken war, entschloß sich Aphrodisius zur Verlegung der Firma an das entgegengesetzte Ende der Stadt, weit hinter das Mausoleum des göttlichen Augustus, wo unter einem künstlichen Erdhügel auch die Asche der Cäsaren Tiberius, Caligula und Claudius bestattet war und wo dunkle Bronzetafeln am Eingang die *res gestae* verkündeten, Rechenschaftsbericht über vierundvierzig Jahre Regierung des Imperators Cäsar Divi filius. Mercurius, dem die Römer an den Iden des Maius Rauchopfer darbrachten, damit er ihre Geschäfte begünstige, schien Aphrodisius bei diesem Entschluß mit allwissender Hand gelenkt zu haben – nicht nur, weil das Unternehmen am Rande der Stadt nun das größte war und bedeutende Gewinne abwarf, sondern auch und vor allem wegen seiner Lage, die schon bald von großer Bedeutung sein sollte.

Epicharis kam nachts in Begleitung des Sklaven Tumus. Er trug ein Bündel mit ihren Habseligkeiten und schien erleichtert, als er seinen Auftrag erledigt hatte, und verschwand grußlos.

»Du sollst wissen, wen du in deinem Haus aufnimmst«, begann die Unbekannte, während, sie die Schnüre an ihrem kargen Bündel löste.

Der Pompejaner wehrte ab: »Schweig um deiner selbst willen. Ich nehme an, dein Steckbrief hängt auf dem Forum aus; aber dort hängen Hunderte, gerechte und ungerechte, und da

Plinius dich schickt, nehme ich an, daß du zu Unrecht verfolgt wirst.«

Die Fremde ließ sich nicht abhalten: »Ich bin Epicharis!« sagte sie und erwartete irgendeine Reaktion.

Aber Aphrodisius wiederholte nur: »Gut, du bist Epicharis«, und fügte hinzu: »Ich bin Aphrodisius, der Pompejaner.«

»Die Prätorianer sind hinter mir her!«

»Bei mir werden sie dich nicht suchen.«

»Du fragst nicht, warum sie mich verfolgen?«

»Ich frage nicht, nein.«

»Du *mußt* es wissen«, drängte Epicharis. »Ich gehöre zu den Verschwörern um Piso, und Volusius Proculus, der Flottenkommandant von Misenum, hat mich verraten. Wenn sie mich hier finden, bist auch *du* verloren!«

Aphrodisius hob die Schultern. »Dunkel sind die Wege, die das Schicksal geht. Aber hier wird man dich nicht finden, glaube mir. Die Diener und Sklaven kennen dich als pompejanische Verwandte, sie werden dich Paulina nennen, und Gavius ist treu und verschwiegen; er wird dich in das Cubiculum geleiten.«

Epicharis nickte dankend und verschwand hinter dem Sklaven, und der Pompejaner ließ sich auf seine Kline fallen, verschränkte die Arme hinter dem Kopf und starrte zur Decke, wo die Fackeln tanzende Figuren zauberten. Ohne es zu wollen, war Aphrodisius zum Mitwisser der Verschwörer geworden. Er war gewiß kein politischer Mensch. Wie alle Freigelassenen kannte er nur das eine Ziel: materielle Unabhängigkeit, denn nur Reichtum bedeutete Freiheit. Aber Reichtum bedeutete Risiko, ja, es war ein Risiko reich zu sein in diesen Tagen, und Aphrodisius war reich, gefährlich reich sogar.

Warum hatte Epicharis ihr gesamtes Vermögen verloren? Der Pompejaner erhob sich. Er wollte sie fragen und ging durch das erleuchtete Atrium in den Seitentrakt des Hauses, wo ein halbes Dutzend Gästezimmer bereitstanden.

»Paulina!« rief er leise, und als er keine Antwort hörte, trat er in das Cubiculum. »Paulina!« wiederholte er flüsternd.

Die Fremde lag hingestreckt auf das Bett, sie hatte das Kleid geöffnet und schlief. Epicharis war eine schöne Frau – der Pompejaner registrierte es ohne jede Begehrlichkeit, während er die Schlafende betrachtete. Und da er erkannte, daß Epicharis tief und fest schlief, wandte er sich um, um das Cubiculum auf leisen Sohlen zu verlassen; doch dabei streifte er das Bett. Die kleine, unbeabsichtigte Berührung genügte: Epicharis schreckte hoch, griff instinktiv unter ihr Kissen und zog einen Dolch hervor, den sie Aphrodisius mutig entgegenstreckte.

»Verzeih!« entschuldigte sich der Pompejaner. »Ich wußte nicht, daß du bereits zur Ruhe lagst.«

Epicharis ließ den Dolch sinken. Sie fiel schlaftrunken auf das Kissen zurück, und Tränen traten in ihre Augen.

»Ich finde keine Ruhe«, weinte sie leise, »bin immer auf der Flucht. Ich weiß nicht, wie das weitergehen soll. Solange dieser Cäsar lebt, werde ich eine Verfolgte sein, beim Jupiter.«

Aphrodisius kam näher, er faßte ihre Hand und wollte ihr den Dolch wegnehmen, und Epicharis öffnete ihre Hand bereitwillig, doch der Pompejaner hielt inne: Er glaubte, die Waffe zu kennen, betrachtete den leicht geschwungenen roten Griff, und vor seinen Augen tauchte das furchtbare Bild seines Herrn Serenus auf. Der Qualm des brennenden Hauses, der Staub der durch das Beben zerstörten Häuser drang in seine Nase, und Schweiß trat auf seine Stirne vor der flirrenden Hitze des berstenden Gemäuers; er rang nach Luft, blickte hilfesuchend um sich, aber da gab es nur Feuer und Verwüstung, und vor ihm lag Serenus mit schnarrendem Atem, und in seinem Hals steckte der Dolch, und Aphrodisius packte zu, faßte den geschwungenen Griff und zog die Waffe aus der klaffenden Wunde.

»Woher hast du diese Waffe?« fragte Aphrodisius, als er wieder zu sich gefunden hatte.

Epicharis warf den Kopf zur Seite; sie preßte die Lippen zusammen und schloß die Augen, als wollte sie ihre Tränen unterdrücken.

»Woher hast du diese Waffe?« Die Stimme des Pompejaners zitterte.

Epicharis warf den Kopf von einer Seite auf die andere, gab ihm zu verstehen, daß sie diese Frage nicht beantworten wolle. Aber Aphrodisius gab nicht nach, faßte sie an der Hand und schüttelte sie, bis Epicharis in lautes Schluchzen ausbrach.

»Mit diesem Dolch«, begann sie zögernd, »wurde Vestinus ermordet, mein Mann. Man fand ihn hinter dem Tempel des Mars Ultor, wo die Straße zur Subura führt. Sein Körper trug dreiundzwanzig Stichwunden, und neben seiner Leiche lag dieser Dolch.«

»Und die Mörder?«

»Der Prätor sprach sie frei, obwohl es zwei Zeugen gab, die die Tat beobachteten. Es waren syrische Sklaven; und als es zum Prozeß kam, verbot ihnen ihr Herr jede Aussage, er fürchtete um sein eigenes Leben. Und ein Prätor sitzt nur für ein Jahr auf der *sella curulis* und will sich keine Feinde schaffen, die ihm später selbst gefährlich werden können. Damals nahm ich den Dolch an mich und schwor bei meiner rechten Hand, die Mörder mit diesem Dolch zu treffen ...«

»Beim Jupiter!« Aphrodisius ließ Epicharis nicht aus den Augen. Er wollte Fragen stellen, aber dann erkannte er ihren Schmerz und ihre ohnmächtige Wut und zog es vor, sich zurückzuziehen und sie erst am nächsten Tag wieder zu befragen.

In dieser Nacht kreisten seine Gedanken um den Mord an Vestinus und den seltsamen Dolch. Hatte er die gleiche Waffe nicht auch bei Poppäa gesehen? Gab es einen Zusammenhang zwischen diesen Morden und dem an seinem Herrn Serenus? Aphrodisius verwarf den Gedanken; aber schon im nächsten Augenblick kamen ihm Zweifel und er erinnerte sich, daß Serenus sterbend einen Namen genannt hatte, der ihm entfallen war, einen seltsamen Namen, an den sich der Pompejaner nicht mehr erinnern konnte.

Darüber schlief Aphrodisius ein.

Früh am Morgen wurde er durch lautes Geschrei geweckt. Gavius, gewohnt – wie es einem Sklaven zukam –, den Augenblick abzuwarten, in dem der Herr die Augen öffnete, um die Vorhänge beiseite zu ziehen und das Sonnenlicht in das Cubiculum zu lassen – Gavius stand zitternd vor seinem Bett und stammelte: »Herr, wach auf, Furchtbares ist passiert, die Prätorianer …«

Aphrodisius verstand nicht sogleich, erkundigte sich ärgerlich: »Welche Prätorianer?« so daß der Sklave den Pompejaner bei den Oberarmen packte und ihn wachzurütteln versuchte: »So versteh doch, die Prätorianer des Cäsars sind im Haus, sie suchen die Verschwörerin Epicharis!«

Kaum hatte Gavius den Namen genannt, da war Aphrodisius hellwach. Er sprang aus dem Bett, warf sich die Tunika über und eilte mit Gavius durch das Atrium in den vorderen Teil des Hauses, wo eine Kohorte Soldaten dabei war, die Einrichtung auf den Kopf zu stellen. Die lärmenden Rüpel trugen goldbeschlagene Lederpanzer und Helme mit rotem Kopfputz und zeichneten sich durch auffällig ordinäres, herausforderndes Benehmen aus, indem sie Stühle und Amphoren umwarfen und die eingeschüchterten Sklaven mit Füßen traten oder, so sie weiblichen Geschlechtes waren, ins Hinterteil zwickten.

»Halt!« Ein breitschultriger Prätorianer, dessen rotgesäumte Lederstreifen an der Uniform und breite, goldene Spangen an den Unterarmen ihn als Anführer auswiesen, trat ihnen mit quer vor die Brust gehaltener Lanze entgegen.

»Nenne deinen Namen!«

»Ich bin Aphrodisius, der Pompejaner, und das ist Gavius, mein Leibsklave. Was wollt ihr in meinem Haus? Wer bist du?«

Der Prätorianer überging die Fragen des Pompejaners mit einem unverschämten breiten Grinsen, stellte seine Lanze senkrecht, schlug sie dreimal auf den Boden und rief: »Im Namen des göttlichen Cäsars, des Nero Claudius Cäsar Augustus Germanicus, des Reiters der Welt, du bist verhaftet!«

»Verhaftet?« fragte Aphrodisius fassungslos.

»Du wirst beschuldigt, in deinem Haus eine gewisse Epicharis versteckt zu halten, welche der Verschwörung gegen den Göttlichen angeklagt ist.«

»Ich verstecke niemanden«, entgegnete der Pompejaner kaltschnäuzig, »und jeder, der sich in diesem Hause aufhält, tut dies aus freien Stücken, wie es einem freien Bürger in einem freien Land zukommt, es sei denn, er ist Sklave.«

»Durchsucht alle Räume!« rief der Prätorianerführer wütend, »durchkämmt jeden Winkel!« Und wie Hunde, die der Futtertrog lockt, stoben die Soldaten auseinander. Der Anführer nahm zielstrebig den Weg durch das Atrium zum hinteren Teil des Hauses. Aphrodisius und Gavius folgten ängstlich, und der Sklave warf seinem Herrn einen Blick zu, als wollte er sagen: Ich weiß, ich bin schuld an der Misere; aber Aphrodisius tätschelte seine Hand: Schon gut, Alter, schon gut.

Dem Pompejaner dauerte das Suchen in den einzelnen Räumen viel zu lange. Deshalb ging er geradewegs zu dem Cubiculum, in dem Epicharis schlief, um sich schützend vor sie zu stellen, und er öffnete die Türe, weil er annahm, Epicharis habe den Lärm längst vernommen und liege wach.

*Roma Dea!* Aphrodisius unterdrückte einen Ausruf des Erstaunens. Das Bett war leer und geordnet, Epicharis verschwunden.

Aus Cäsarea trafen zu jener Zeit schlechte Nachrichten ein. Dort wütete der römische Provinzstatthalter Gessius Florus – ein kleiner Nero in seiner Maßlosigkeit und Unberechenbarkeit. Schon unter seinem Vorgänger, dem Statthalter Albinus, hatten die Leute von Cäsarea gelitten, weil er die unglaublichsten Sondersteuern erfand, um das Volk auszubeuten. Mehr noch, Albinus ließ wohlanständige Bürger unter Vorwand gefangensetzen und gegen hohes Lösegeld freikaufen. Aber Gessius Florus übertraf selbst diese Dreistigkeiten und benahm sich grausam wie ein Gladiator; die Judäer nannten ihn nur noch ›Schrecken des Landes‹.

Cäsarea war eine wunderschöne Stadt mit weißen Häusern und einem Hafen, der den von Piräus an Größe übertraf. Kaufleute hatten sie einst gegründet und der phönizischen Venus geweiht, deren Namen sie trug, bis der göttliche Augustus sie eroberte und großzügig seinem ergebenen Vasallen Herodes schenkte, worauf dieser sie dankend Cäsarea nannte, die Kaiserliche. Von Anfang an gab es Schwierigkeiten mit dem bunt zusammengewürfelten Völkergemisch aus alteingesessenen Juden, später hinzugekommenen Griechen und römischen Besatzern, als deren übelster sich Gessius Florus zeigte.

Nicht alle römischen Statthalter waren so verhaßt wie er. Als Cestius Gallus, der Procurator von Antiochia, zu Besuch in Judäa weilte, da bestürmten ihn die geknechteten Juden, sich des Volkes zu erbarmen und bei Nero, dem Göttlichen, zu intervenieren. Cestius sagte zu – und unterließ es geflissentlich: Was ging ihn eine fremde Provinz an?

Es kam dem Statthalter Gessius Florus sehr gelegen, daß eines Tages Griechen und Juden in Cäsarea aneinandergerieten; so konnte er von seinem eigenen Schreckensregiment ablenken. Der Anlaß war nichtig, doch wie ein kleiner Funke genügt, einen großen Brand zu entfachen, so stand auch hier der Anlaß in keinem Verhältnis zu dem späteren Ereignis: Die Synagoge der Juden von Cäsarea stand auf einem ungünstig gelegenen Flecken, und man konnte nur über das brachliegende Land eines Griechen dorthin gelangen. Kaufangebote hatte der Hellene stets abgelehnt, sogar zum mehrfachen Preis; statt dessen errichtete er nun Werkstätten, welche den Zugang der Juden behinderten. Die Juden sammelten acht Talente Silber und überreichten sie Florus mit der Bitte, sich für sie einzusetzen. Der Statthalter nahm das Geld, aber er kümmerte sich nicht um die Vermittlung. Seither verging kein Tag, an dem es nicht irgendwo in Cäsarea zu Zusammenstößen kam zwischen Griechen und Juden, vor allem aber zwischen Juden und Römern.

Wie die Liebe unter *einem* Auge leidet, so fehlen dem Haß deren zwei, und Juden und römische Besatzer ließen keine Gelegenheit aus, sich gegenseitig zu provozieren, als wollten sie nichts sehnlicher als den Krieg. Doch Krieg in einer der östlichen Provinzen wünschte der römische Cäsar zu allerletzt, denn Kriege kosten Geld, und Nero hatte genug Schulden im eigenen Land. So war auch der Grund frei erfunden, den Florus nannte, als er den Tempelschatz der Juden in Jerusalem um siebzehn Talente erleichterte: Der göttliche Nero habe ihm den Auftrag erteilt, behauptete er frech. Zornige Juden beschimpften und bespuckten daraufhin den römischen Statthalter, und ein Bettelkorb machte die Runde, um ›Almosen für den bedauernswerten Florus‹ zu sammeln; doch mehr als Schmutz und Unrat kam nicht zusammen.

Gessius Florus rächte sich bitter. Er sprengte mit fünfzig römischen Reitern und dem Centurio Capito herbei, ließ vor dem Königsschloß Agrippas, des machtlosen Königs von Judäa, einen Richterstuhl aufstellen, nahm darauf Platz und warf den Juden vor, sie hätten den Aufstand geplant. Schließlich ließ er gefangennehmen, geißeln und kreuzigen – was einem Nichtrömer zukam –, wessen er gerade habhaft werden konnte. König Agrippa war abwesend; aber Berenike, seine schöne Schwester, bat Florus um Milde, fand jedoch kein Gehör bei dem rabiaten Römer, ja, sie mußte, von Leibwächtern umgeben, in den Palast flüchten, um selbst dem Blutbad zu entgehen. Auf diese Weise kamen an einem Tag – man schrieb den sechzehnten des Monats Artemisios – sechshundertunddreißig Menschen zu Tode, darunter Frauen und kleine Kinder.

Schmerzensschreie und Parolen des Hasses gellten durch Jerusalem. Die Hohenpriester streuten Asche auf ihre Häupter zum Zeichen der Trauer, und sie zerrissen ihre Gewänder und warfen sich nebeneinander auf den Boden. Florus aber verkündete, er habe zwei Kohorten nach Jerusalem in Marsch gesetzt und forderte, die Juden sollten den Römern entgegenziehen und die einzelnen Truppen, wie es Brauch war, mit Jubel begrüßen. Klagend und mit verbissenen Mienen begaben sie sich vor die Tore der Stadt – die Priester in wallenden Gewändern und mit ihren heiligen Geräten aus dem Tempel, das Volk von Harfenspielern und Sängern begleitet. Florus indes schien angeordnet zu haben, daß die römischen Reiter den Gruß der Juden nicht erwiderten. Mit starrem Blick zogen sie an ihnen vorbei, verschmähten den Gegengruß, und die Juden begannen zu murren und zu schimpfen.

Das nahmen die Legionäre zum Zeichen: Sie stürzten sich von ihren Pferden auf das Volk und schlugen wahllos mit ihren Schwertern zu. Viele wurden tödlich getroffen, die meisten kamen in der allgemeinen Panik um, viele wurden bis zur Unkenntlichkeit zertrampelt. Danach zog sich Florus nach Cäsarea zurück.

Der Römer hatte furchtbaren Haß gesät, und ein offener Krieg schien unvermeidlich. König Agrippa wurde von den Juden bestürmt, gegen die Römer zu kämpfen, und er versuchte unter Tränen, das Volk von diesem Plan abzubringen, der genauso aussichtslos sei wie der Kampf ihrer Vorfahren. Mit eindringlichen Worten erinnerte er an die stolzen Athener, die ihre Stadt den römischen Flammen opferten, obwohl sie einen Mann wie Xerxes in die Flucht geschlagen hatten, einen Mann, der auf dem Land zu Schiff fuhr und über das Meer spazierte, wenn es ihm beliebte. Sogar die Spartaner, die bei den Thermopylen gekämpft und bei Platää gesiegt hatten und denen ein König vom Format eines Agesilaos beschieden war, hätten sich mit der Vorherrschaft der Römer abgefunden. Bisher sei es weder den von den Spartanern abstammenden Kyrenäern noch den Marmariden, deren Wohngebiete sich bis in die wasserlose Wüste ziehen, noch den Schrecken verbreitenden Syrten, Nasomanen und Mauren gelungen, den Römern Einhalt zu gebieten. Ja, nicht einmal Ägypten sehe in der Unterwerfung eine Ehrlosigkeit, wobei das prächtige Alexandria in einem Monat mehr Abgaben zahle an die Römer als Jerusalem in einem Jahr. Die Römer, mahnte König Agrippa, würden ihre heilige Stadt in Schutt und Asche legen und ihr ganzes Geschlecht ausrotten, zum abschreckenden Zeichen für andere Völker, die mit ähnlichen Gedanken spielten wie die Juden.

Seine Rede überzeugte die einen, während andere vor der Feigheit des Königs auf den Boden spuckten und Steine nach ihm warfen. Eleazar aber, der Befehlshaber der Tempelwache, überredete die Hohenpriester, Opfergaben der Römer im Tempel zurückzuweisen, so daß dem göttlichen Nero nicht mehr geopfert werden konnte. Das war eine unerhörte Provokation, die, sobald sie in Rom bekannt wurde, das militärische Eingreifen des Cäsars herausfordern mußte.

Gegenüber der Provinz Judäa hegte der Göttliche ohnehin besondere Abneigung, weil eine alte Prophezeiung behauptete, aus Judäa werde dereinst der Herr der Welt kommen. Er selbst sah sich nicht in der Lage, ein Heer anzuführen; auch mußte Nero fürchten, daß eine längere Abwesenheit chaotische Zustände in Rom zur Folge haben würde. Der Mann, den er an seiner Statt in die aufrührerische Provinz schicken wollte, war nicht mehr der jüngste, und er war wegen seiner Unbotmäßigkeit, während Gesangsdarbietungen des Göttlichen laut zu schnarchen, mit Hausverbot belegt. Bei allem war er ein verdammt guter Imperator, dreißigmal erfolgreich gegen die Britannier und derzeit Statthalter in der Provinz Africa. Sein Name: Titus Flavius Vespasianus, ein Mann, von dem später noch die Rede sein wird.

Im Tullianum, wohin die Prätorianer Aphrodisius brachten, herrschte drangvolle Enge. Die Gefängnisse Roms vermochten längst nicht mehr alle Delinquenten aufzunehmen, weshalb der Göttliche Order gab, Mörder und andere ›gewöhnliche‹ Verbrecher zur Zwangsarbeit zu verurteilen. Das sparte den Henker und brachte sogar noch etwas ein. Politische Gefangene hingegen wurden im Tullianum isoliert, und von morgens bis abends hallten Schreie des Schmerzes und des Entsetzens durch die muffigen Gänge, Ausdruck eines verzweifelten Aufbäumens gegen die Folterknechte, die den Angeklagten mit glühenden Eisen Geständnisse abpreßten.

Einen Tag und eine Nacht verbrachte der Pompejaner allein in einem finsteren Kerkerloch, fünf Schritte im Quadrat, mit Eisenstäben vergittert wie ein Löwenkäfig im Circus Maximum. Aphrodisius versuchte auf dem gestampften Boden Schlaf zu finden, aber der Gestank von Notdurft raubte ihm den Atem, und mehr als einmal glaubte er, ersticken zu müssen. Er dämmerte vor sich hin, hatte es aufgegeben, über seine Verteidigung nachzudenken, die er vorbringen wollte, wenn sie ihn hier erst einmal rausholten. Und einmal mußten sie ihn doch herausholen.

Und dann öffnete sich lärmend das schwere Gitter, Aphrodisius rappelte sich hoch und war im Begriff, dem Schatten, der sich in der Öffnung abzeichnete, entgegenzugehen, da prallte er gegen eine armselige Kreatur, von der Kopf und Arme scheinbar willenlos herabhingen, und während der Unbekannte vor ihm zu Boden glitt wie das Opferwachs am Altar des Jupiter, wurde das Gitterwerk zugewuchtet, daß der Boden dröhnte und der endlose Gang hallte. Ungeschickt versuchte Aphrodisius den zur Erde Gestürzten aufzurichten, doch der bat flehentlich, ihn nicht zu berühren, denn jede Bewegung verursache ihm unerträgliche Schmerzen.

So saß der Pompejaner lange Zeit stumm neben dem Unbekannten und lauschte seinem zitternden Atem. Ihn anzureden wagte er nicht, und bei dem Gedanken, man würde ihn, Aphrodisius, morgen oder am Tag danach oder wann auch immer ebenso behandeln und seinen geschundenen Körper in dieses Kerkerloch werfen wie eine geborstene Amphore auf den *mons testaceus*, liefen kalte Schauer über seinen Körper. Schon überlegte er, ob er seinem Leben mit eigener Hand ein Ende bereiten solle, aber dann kam ihm der kleine Hersilius in den Sinn, für den er sich verantwortlich fühlte, sein Sohn: Durfte er ihn im Stich lassen?

Die Klagen, welche dumpf von einem Verlies zum anderen durch das Dämmerlicht hallten, schmerzten wie Dornen in seinen Ohren. Und auf einmal hörte er Stimmen, die riefen seinen Namen und schalten ihn Feigling, Schwächling, Weichling, und er schämte sich …

»Du mußt Namen nennen!« begann der Mann vor ihm plötzlich zu reden, »du mußt so viele Namen nennen, wie dir nur einfallen, sonst foltern sie dich zu Tode.«

Aphrodisius legte seine Hand auf den Mund des Fremden,

um anzudeuten, er solle sich schonen. Aber der nahm den Kopf zur Seite.

»Laß nur! *Dum spiro spero*. Und solange ich reden kann, bin ich noch am Leben.«

»Sie haben dich gefoltert«, sagte der Pompeianer hilflos.

Der Mann vor ihm versuchte seine Glieder zu strecken und verzog sein Gesicht. »Ein Balken über die Brust, einer über deine Schienbeine, so pressen sie dir jede Antwort heraus. Glaube mir, es ist zwecklos, zu schweigen.«

»Hast – du – geredet?« erkundigte Aphrodisius sich zögernd.

Der andere blickte zur Seite. »Sieh mich doch an«, sagte er, und Aphrodisius schämte sich für seine Frage. Im Dämmerlicht erkannte er die aufgeschundenen Schienbeine des Mannes, sein rechter Fuß war nach innen gebogen und lag da, als fehlte ihm jede Verbindung zum Körper; der Hals war blutverschmiert.

»Es wird nicht mehr lange dauern«, sagte der Gefolterte.

Der Pompejaner nickte, als wollte er sagen: hoffentlich. Hoffentlich ist den Verschwörern bald Erfolg beschieden. Doch als der andere länger und länger schwieg, als er ihn sanft berührte und keine Regung verspürte, da merkte Aphrodisius, daß der Gequälte etwas ganz anderes gemeint hatte.

Aphrodisius sprang auf. Er rannte gegen das schwere Eisengitter und versuchte, es aus seiner Verankerung zu reißen. »Laßt mich raus!« brüllte er mit aller Kraft. »Ich will hier raus!«

Aber seine Schreie mischten sich nur mit den anderen in dem weitverzweigten Verlies, und als er sich nach einer Weile noch immer nicht beruhigt hatte und gegen das Gitter schlug, bis seine Hände bluteten, da kam ein Aufseher und schüttete dem Tobenden einen Scheffel Wasser ins Gesicht, worauf der Pompejaner weinend zu Boden sank. »Er ist tot!« murmelte er immer wieder. »Er ist doch tot.« Aber das kümmerte niemanden.

In dieser Nacht, in der Aphrodisius zusammengekauert in

einer Ecke hockte und auf den Toten starrte, in diesen endlos scheinenden Stunden der Qual, die nur der Tod beenden konnte, wuchs in ihm der Wille zum Überleben. Was galt ein Menschenleben im alten Rom! Leben war Zufall, Schicksal, Spiel, vor allem war es austauschbar und wertlos. Aber nun, im Angesicht des Todes, erstand in dem Pompejaner ein nie gekannter Lebenswille, und er faßte den einsamen, hilflosen, aussichtslosen Entschluß, um sein Leben zu kämpfen. Er würde um seine Freiheit kämpfen, um sein Kind und um seinen Besitz, selbst wenn er dabei zugrunde ginge.

Wie hatte er als Kind den Dulder Odysseus bewundert, von dessen Irrfahrten der Schulmeister Saturnius mit beredten Worten zu erzählen wußte, den König von Ithaka, der zwanzig Jahre durch die Meere irrte und nicht aufgab, seine Heimatinsel zu erreichen, der sich von Lotophagen und Kyklopen nicht schrecken ließ und nicht aufgab, als die Laistrygonen alle Schiffe bis auf eines zerstörten; der sogar dem höchsten Zeus trotzte und den Gott der Unterwelt nicht fürchtete. Mehr als einmal war der Dulder dem Tode näher als dem Leben, aber was ihn nicht umbrachte, machte ihn stark, und stark sein wollte auch Aphrodisius.

Am nächsten Morgen schleppten sie Aphrodisius zum Verhör. Der Tote in der Zelle schien sie nicht zu kümmern, sie stiegen über ihn hinweg wie über einen Haufen Unrat. Zum ersten Mal seit drei Tagen sah der Pompejaner Tageslicht, das durch eine kreisrunde Öffnung in der Decke fiel. Fenster gab es nicht, auch keine Sitzgelegenheit für den Angeklagten. Nur der Wortführer saß zusammen mit zwei Begleitern hinter einem Tisch. An den Wänden standen Folterknechte, die Arme über den nackten Oberkörpern verschränkt, acht mochten es sein. Auf einem Dreifuß an der Seite glühte ein Kohlebecken, Balken, mit armdicken Tauen verknotet, lehnten in einer Ecke; in der Mitte des Raumes ruhte ein Steinblock, befleckt mit verkrustetem Blut.

Einen Augenblick glaubte der Pompejaner beim Betreten des Raumes, der neue Lebensmut würde ihn verlassen; er blickte in die ausdruckslosen Gesichter der Folterknechte, die in ihm keinen Menschen sahen und die selbst keine menschliche Regung zeigten. Aber dann erkannte Aphrodisius das widerwärtige Grinsen im Gesicht des Wortführers – es war jener Prätorianer, der ihn verhaftet hatte –, und die alte Wut kehrte zurück und mit ihr der Mut.

Der Pompejaner hatte sich eine Verteidigungsrede zurechtgelegt. Die wollte er dem Ekel entgegenschleudern, wollte herausschreien, daß er seine Folterknechte nicht fürchte: Doch dann kam alles ganz anders. Der rechte der drei Männer erhob sich und sprach, ohne ihn anzusehen, er solle hören, was Tigellinus, der oberste Prätorianer des Cäsars, ihm zu verkünden habe. Und während der Grinsende einleitende Worte fand, im Namen des römischen Volkes und im Auftrag des göttlichen Nero sein Tun rechtfertigte, betrachtete Aphrodisius das Gesicht des Prätorianerpräfekten: Das also war das Scheusal, von dem die Römer tuschelten, sogar die Ratten in der Cloaca Maxima fürchteten sich vor ihm. Sein dünnes, helles Haar kringelte sich auf der Stirne. Eine senkrechte Falte änderte beim Sprechen ihr Aussehen und vollzog wogende Bewegungen. Über der fleischigen Nasenwurzel trafen sich dunkle, buschige Brauen, und während die Oberlippe schmal und kaum zu erkennen war, trat die Unterlippe stark und gedrungen hervor. Die Augen saßen tief, und man konnte sie nur ahnen, fast schien es, als schützten die Brauen vor ihrem Anblick.

Epicharis habe sich freiwillig gestellt, aber weder ihn noch andere beschuldigt, so daß ...

Aphrodisius erwachte wie aus einem Traum; er hatte bohrende Fragen erwartet, damit gerechnet, daß der Folterknecht ein glühendes Eisen aus dem Kohlenbecken ziehen würde – und nun?

... so daß der Beschuldigte auf freien Fuß gesetzt werde; er möge sich schnellstens entfernen.

»Frei? Ich bin frei?« erkundigte sich der Pompejaner ungläubig. Zu plötzlich kam für Aphrodisius diese Wendung des Schicksals.

Tigellinus nickte unwillig. »Du solltest Fortuna auf dem Marsfeld eine Statue weihen, daß du einen Fürsprecher gefunden hast beim göttlichen Cäsar.«

Fürsprecher? Da fiel es dem Pompejaner wie Schuppen von den Augen: Poppäa.

»Verschwinde!« schrie der Prätorianer Tigellinus plötzlich und beugte sich über seinen Tisch: »Eines sage ich dir, Pompejaner, heute kommst du mir noch einmal davon, aber beim nächsten Mal mache ich dich fertig, dann wird dir auch dein Fürsprecher nichts nützen. Du entwischst mir nicht, Aphrodisius, du nicht!«

Lange noch hallten die haßerfüllten Worte des Prätorianers in Aphrodisius' Kopf nach.

Der Hunger trieb ihn rasch nach Hause. Doch je näher er der Via Ostiensis kam, die zum Aventin führt, desto dichter säumten die Römer den Straßenrand, und auf Befragen bekam der Pompejaner Auskunft, der Göttliche breche nach Antium auf, in seine Sommerresidenz.

Antium war eine launische Küstenstadt, keine Tagesreise von Rom entfernt, eine Sommerfrische, weit weniger vornehm als das exklusive Baiä. Aber Neros Mutter Agrippina hatte dort einen vornehmen Landsitz, der Cäsar war in diesem Palast geboren, und so wurde es dem Göttlichen zur Gewohnheit, hier, abseits des Glutofens, in den Rom sich zur Sommerzeit verwandelte, die der Juno, dem göttlichen Julius Cäsar und dem Divus Augustus geweihten Monate zu verbringen. Und jedes Jahr an den Kalenden des Junius wiederholte sich ein gierig begafftes Schauspiel: Der Cäsar reiste mit seinem gesamten Hausstand nach Süden. Wie alles, das der Göttliche in Angriff nahm, gestaltete sich auch diese kurze Reise zu einem grandiosen Schauspiel.

Aphrodisius wollte es nicht sehen. Todmüde wankte er, von der Sonne geblendet, heimwärts, doch an der Biegung der Straße vor dem Circus Maximum gab es kein Vorankommen mehr. Eingekeilt zwischen plärrenden, drängenden Müßiggängern wurde Aphrodisius hin und her gestoßen, und als sich, von Posaunentönen angekündigt, der Zug des Kaisers näherte, da trabten schwerbewaffnete Prätorianer heran, dicht an dicht mit gezogenen Schwertern, und die Römer stoben kreischend zurück, so daß die Enge noch unerträglicher wurde. Dann wandten die Leibgardisten des Cäsars ihre hohen, nach außen gewölbten Schilde gegen die Massen und errichteten so eine undurchdringliche Wand, die den Göttlichen vor aller Gefahr bewahren sollte. Zwölftausend Prätorianer schützten den Cäsar, genau doppelt so viele wie all seine Vorgänger, aber nur die Häfte begleitete ihn nach Antium, die andere Hälfte blieb in Rom zurück.

Durch die Phalanx der Schilde erkannte Aphrodisius Musikanten und Sänger und Tausende Knaben in gelben Gewändern, die Blüten streuten wie beim Fest der Floralien, so daß die nachfolgenden Sklaven, welche auf Tragbahren die Lieblingsstatuen des Göttlichen mitschleppten, bis zu den Knöcheln in Blumen versanken. Den Statuen folgten die Musikinstrumente des Cäsars, Harfen, Lauten und Lyren, und das kostbare Geschirr, von dem der Cäsar zu dinieren pflegte. Die goldenen Schalen, die Krüge aus Alabaster und das kunstvolle Glas verursachten ein tausendfaches Ah und Oh, und Mosaiken, in Teile zerlegt, glitzerten in der Sonne, damit der Cäsar wie einst der göttliche Julius seinen Fuß auch unterwegs nicht auf gewöhnlichen Boden setzen mußte.

Große bunte Vögel in goldenen Käfigen sollten Nero in der Stille von Antium unterhalten, ebenso dunkelhäutige Tänzer und Springer aus Afrika und Stelzengeher aus Gallien. Schauspieler sah man mit Masken und bunten Gewändern, eine ganze Hundertschaft, und Sklavinnen mit bodenlangen Haaren. Zahme Gazellen aus Africa und schwarzgezeichnete Tiger, die Haustiere des Cäsars, wurden an Ketten mitgeführt. Und dann eine Reihe Paukenschläger in der glänzenden Lederuniform der Prätorianer, mit ausgestreckten Armen den Rhythmus schlagend für die nachfolgende Leibwache, ein endloses Heer, finstere, verächtlich dreinblickende Gestalten, kampferprobte Elitesoldaten, die keine Furcht kannten; für ihren Sold von dreitausend Sesterzen töteten sie jeden, den der Tribun nannte.

Ein Mann wie Nero konnte sich überhaupt nur mit Hilfe der Prätorianer an der Macht halten. Die dem gewöhnlichen Heer angehörenden Soldaten waren im Prätorianerlager auf dem Viminal kaserniert, zu dem eine eigene Kriegs- und Verwaltungsschule gehörte. Nach sechzehn Jahren Dienstzeit war ein Prätorianer entweder verblödet, ein unberechenbarer Haudegen, der gedankenlos dreinschlug, wo immer man ihn hinstellte, oder er hatte eine soldatische Karriere hinter sich, die ihm als Centurio den zehnfachen und als Tribunus einer Kohorte gar den vierzigfachen Sold einbrachte. Angeführt wurden die Prätorianer von zwei *praefecti*, die nach dem Willen des göttlichen Augustus dem Ritterstand angehörten. Jeder war gegenüber dem anderen gleichberechtigt, konnte also einen Befehl sofort außer Kraft setzen – ein kluger Gedanke, denn die vieltausendköpfige Elitetruppe stellte einen unberechenbaren Machtfaktor dar, und es war kein Zufall, daß die beiden Präfekten stets erbitterte Feinde waren, wie Fänius Rufus und Tigellinus.

Die Garde, mit der der Göttliche nach Antium zog, wurde von Rufus angeführt. Er saß zu Pferd in goldbeschlagener Rüstung, zur Rechten ein weiteres Roß mitführend, dem Mars geweiht, das alljährlich im Oktober auf dem Marsfeld geopfert wurde, wo man sein Blut auffing und im Tempel der Vesta aufbewahrte, zur Reinigung von schwerer Schuld. Tigellinus gab vor, wegen dringender Geschäfte in Rom festgehalten zu sein.

Auf einmal kam Bewegung in die Massen, die Menschen begannen ekstatisch zu schreien, sie fielen übereinander her und schlugen scheinbar grundlos aufeinander ein. Aphrodisius fand zunächst keine Erklärung für das seltsame Verhalten, doch dann sah er, daß unmittelbar vor dem Wagen des Cäsars, der von acht schwarzen kappadokischen Hengsten gezogen und von doppelt so vielen numidischen Reitern in weißen Lederpanzern flankiert wurde, Herolde einhergingen mit bauchigen Körben. Aus den Körben griffen sie durchbohrte hölzerne Kugeln, in denen Lose steckten, und warfen sie unter das johlende Volk. Man sagt, Nero habe je nach Lust und Laune kleine Geldgeschenke verteilen lassen, eine Wagenladung Weizen, aber auch ein Schwein oder ein Pferd, sogar ein Landgut in den Albaner Bergen sei darunter gewesen. So fuhr der Göttliche, wo immer er auftauchte, stets durch ein Spalier aufgeregt schreiender Menschen, deren Verhalten auch als Begeisterung gedeutet werden konnte.

Aphrodisius sah den Cäsar zum ersten Mal. Gequält lächelnd, lugte er aus einem holpernden Wagen, dessen goldbeschlagene und mit blinkendem Glasfluß versehene Kabine jedoch zu schweben schien; denn während das hölzerne Fahrgestell auf den schwarzen Quadern der Via Ostiensis hin und her geworfen wurde, wankte das Abteil nur sanft. *Carpentum* – Kutsche – nannte man diese neue Erfindung. Der Unterschied zum einfachen Wagen beruhte darin, daß die Kabine mit handbreiten Lederriemen an vier gabelartigen bronzenen Hängestöcken aufgehängt werden konnte, welche neben den Rädern auf der Vorder- und Hinterachse verankert waren. Zwischen Fahrgestell und Kabine gab es also keine feste Verbindung.

Goldene Löwenköpfe krönten die Hängestöcke, und die Speichen der hölzernen Räder waren mit roten und blauen Plätzchen beschlagen, die je nach Drehgeschwindigkeit unterschiedliche Farbspiele zauberten. Das gefiel den Massen, und sie schrien: »Heil dir Cäsar, Heil, Heil!« Nero blickte maskenhaft, sein weiß schimmerndes Gesicht, das von rötlichen Löckchen und einem gleichfarbenen krausen Bart eingerahmt wurde, wie ihn sonst die griechischen Philosophen trugen, war nicht die Physiognomie eines knapp Dreißigjährigen. Man hätte den Cäsar auch für einen phrygischen Schreibsklaven halten können, der sein Leben in den düsteren Gemäuern der Bibliothek von Pergamon verbrachte, wo Papyrus und Pergament in fensterlosen Räumen vor dem Sonnenlicht geschützt werden. Am Zeigefinger seiner linken Hand, die er steif wie einen Heroldsstab auf- und abbewegte, steckte ein riesiger grünschimmernder Ring, mit der Rechten hielt Nero einen goldgefaßten Rubin vor das Auge und drehte ihn um die eigene Achse. Man sagte, Nero sei kurzsichtig und versuche, durch den geschliffenen Stein schärfer zu sehen; andere behaupteten dagegen, das Ganze sei nur eine Spielerei und verfälsche den Anblick der Wirklichkeit.

Auf jeden Fall hatte die Szene etwas Unwirkliches an sich, und es gab Römer, die behaupteten, der Cäsar sitze gar nicht selbst in dem Carpentum. Aus Angst vor einem Attentat lasse er sich von einem Schauspieler vertreten, der ihm täuschend ähnlich sehe; er selbst reise nachts unerkannt nach Antium – soweit war es schon gekommen.

Im Vorbeifahren wurde für einen Augenblick der Vorhang gegenüber dem Kaiser zurückgezogen, und Aphrodisius erkannte Poppäa. Der Pompejaner riß die Hand hoch zum Gruße, aber dann hörte er Schmährufe – ›Cäsarenhure!‹ und ›Octavia!‹ – und er ließ seine Hand schnell sinken. Ob sie ihn erkannt hatte? Aphrodisius glaubte, ein kurzes Lächeln in Poppäas Gesicht entdeckt zu haben, aber als unmittelbar neben ihm ein dicklicher Römer mit hochrotem Kopf die Faust hob und ›Mörderin!‹ brüllte und andere erregt in den Ruf einstimmten, da zerrte Poppäa den Vorhang der Kutsche mit einer heftigen Bewegung an seine alte Stelle.

Es dauerte Stunden, bis die Leute sich in den Straßen um den Circus Maximum verlaufen hatten, und ebenso lange dauerte es auch, bis Aphrodisius nach Hause kam. Gavius empfing seinen Herrn unter Tränen und gestand, er habe bereits alle Hoffnung aufgegeben, ihn lebend wiederzusehen. Es sei ein Wunder geschehen, erklärte der Pompejaner, ohne Einzelheiten zu nennen, und der Sklave pflichtete ihm bei. Turnus, der Sklave des Plinius, habe ihm von dem beklagenswerten Schicksal der Epicharis berichtet. Danach habe sich Epicharis in den frühen Morgenstunden aus dem Haus geschlichen und sich den Prätorianern gestellt. Diese hätten sie gefoltert wie einen Sklaven, was gegen das Gesetz war, denn sie war eine römische Bürgerin. Aber, so hätten die Prätorianer ihr Vorgehen gerechtfertigt, wer dem Cäsar nach dem Leben trachte, sei kein Römer, sondern ein Sklave und verdiene eine sklavenhafte Behandlung. Obwohl Proculus keinen Beweis für die Behauptung aufführen konnte, Epicharis habe ihn als Mörder zu dingen versucht, und obwohl Epicharis alles abstritt, glaubte ihr Tigellinus nicht. Man habe sie, so Turnus, mit Geißeln ausgepeitscht, während sie mit ausgebreiteten Armen und nacktem Oberkörper zwischen zwei Säulen gefesselt war, man habe ihr glühende Eisen auf den Körper gedrückt, bis sie die Besinnung verlor, unter den Folterbalken seien ihr Rippen und Beine gebrochen worden, daß sie nicht mehr gehen konnte. Aber Epicharis habe keinen der Verschwörer verraten, nicht ein Name sei über ihre blutigen Lippen gekommen. Am nächsten Morgen sei Epicharis in einem Tragsessel aus ihrer Zelle geholt worden. Sie hatten ihr die Kleider genommen und nur einen Lendenschurz und ein Brusttuch belassen. So schleppten sie die Prätorianer zum Verhör. Epicharis aber habe den kurzen Augenblick, den sie erbat, um ihre Notdurft zu verrichten, ihr Brusttuch um die Lehne des Tragstuhles zu winden und sich selbst mit einer Schlinge erwürgt.

Aphrodisius fühlte die eisernen Krallen und Schnäbel der stymphalischen Vögel auf seiner Brust, unheilverheißender Greife, die ihre Federn wie spitze Pfeile verschossen und mit ihren Schnäbeln eherne Panzer durchbrachen. Er rang nach Luft, denn ihm wurde bewußt, daß er nach dem Willen der Götter dem gleichen Schicksal nur knapp entgangen war. Dann aber, urplötzlich, befiel Aphrodisius ein unerklärliches Lachen; er schüttelte sich wie ein Bettler am Fuße des Capitols, der den Leuten für ein As schmutzige Witze erzählt, und konnte sich nicht beruhigen, weil ein Anfall den anderen jagte. Der Pompejaner lachte homerisch laut, brüllte, prustete, und Gavius beobachtete seinen Herrn mit Besorgnis. Nach dem Grund dieses furchtbaren Gelächters zu fragen, wagte er nicht.

War es die Erleichterung, die sich *hic et nunc* manifestierte? Oder war es die Angst und das Bewußtsein, daß dieser Kampf noch lange nicht ausgestanden war?

# 6

ES SCHIEN, ALS habe Rom die Gunst der Götter verloren. Die Willkür des Cäsars entfremdete die Menschen mehr und mehr, und um die eigene Haut zu retten, waren Verrat und Denunziation an der Tagesordnung wie zu Zeiten des unseligen Bürgerkrieges. Ein jeder wurde des anderen Feind, und als das Gerücht umging, die Lagerhäuser der Stadt böten nur noch für sieben Tage Lebensmittelvorräte statt – wie durch Gesetz festgelegt – für sechs Wochen, da hamsterten die Römer, wessen sie gerade habhaft werden konnten; mit dem Erfolg, daß die Preise für Nahrung in ungeahnte Höhen stiegen und Nero keinen anderen Ausweg sah, als immer neue Münzen schlagen zu lassen, freilich nicht mehr aus Silber, sondern aus Kupfer.

Ein Mann wie Aphrodisius, der mit Lebensnotwendigem handelte, profitierte von dieser Entwicklung, und seine Webereien am Rande der Stadt waren bald größer als alle anderen in Rom. Und weil das Geschäft erhebliche Gewinne abwarf und das Geld beinahe täglich an Wert verlor, erinnerte sich der Pompejaner der Worte seines Herrn Serenus, der behauptet hatte. Geld an sich sei schon ein Betrug, denn es stelle nur das Versprechen dar, dir den Gegenwert auszuzahlen, biete aber niemals Gewähr. Damals hatte er diese Worte nicht verstanden, vermutlich allein deshalb, weil er nie geglaubt hatte, jemals aus dieser Erkenntnis Nutzen zu ziehen. Aber Serenus, der seine Erfahrungen im Umgang mit Geld an den Kalenden eines jeden Monats niederzuschreiben gewohnt war, hatte ihn viel gelehrt. So zum Beispiel, daß es wirtschaftlich klug sei, gegen den Strom zu schwimmen.

Gavius, der gut Freund war mit den Sklaven aller wichtigen Römer, vor allem den bithynischen – Gavius wußte zu berichten, daß Terpander, der griechische Reeder, in Geldnöten sei und zwei seiner Schiffe, mit denen er Salböle und Weihrauch von Alexandria nach Ostia und auf dem umgekehrten Weg campanische Weine transportierte, zum Kauf feilbiete. Der Preis war lächerlich günstig für einen schnellen Käufer, und Aphrodisius entschloß sich zur Übernahme der Schiffe samt Mannschaften. Von nun an transportierte Aphrodisius karthagische Wolle auf eigenes Risiko.

Karthago war eine kulturlose Stadt mit einem blühenden, fruchtbaren Hinterland. Jeder Römer wußte das, seit Marcus Porcius Cato, der bei jeder Gelegenheit und am Ende jeder Rede seine Forderung wiederholte, die Stadt müsse nun endlich zerstört werden, seit Cato vor dem Senat einen Zweig mit prallen Feigen geschwenkt hatte, größer als die größten der campanischen Bäume. Was Cato zeigen wollte, war folgendes: Nicht nur die vierundzwanzigtausend Soldaten, die dort unter Waffen standen, viertausend Reiter und dreihundert Kriegselefanten stellten für Rom eine ständige Gefahr dar. Karthago war, im Gegensatz zu Rom, autark; es war nicht angewiesen auf die Einfuhr aus fremden Ländern. So ließen die Karthager das Ultimatum der Römer, die gefordert hatten, sie sollten ihre Stadt ins Landesinnere verlegen, unbeachtet, und Scipio legte Karthago in Schutt und Asche, pflügte den Boden um und ließ Salz darauf streuen, damit es zur Wüste werde. Das war lange her.

Colonia Julia Carthago, wie die unter dem göttlichen Gaius Julius Cäsar neu entstandene Stadt nun hieß, war beliebter Siedlungsflecken für römische Veteranen und wuchs schneller als die Hauptstadt Rom. Händler aus aller Welt suchten hier ihr Glück. Gold und Silber aus dem Inneren Africas, seltene kostbare Hölzer, Öl und duftende Salben, Getreide und Wolle wurden im Überfluß gehandelt, aber auch Sklaven, Schlachtvieh und edle Pferde.

Aphrodisius nutzte die Gelegenheit und reiste in Begleitung seines Sklaven Gavius nach Karthago. Ein guter Segler legte den Weg über das Mare Internum in drei Tagen zurück. Die Schiffe des Pompejaners brauchten nur zwei. Eine fremde Welt empfing die Reisenden an der afrikanischen Küste, eine wilde, unübersichtliche, von fremden Bewohnern überquellende Stadt, auf einer Halbinsel dem Festland vorgelagert. Mochte einem Griechen die Kulturlosigkeit auffallen, das Fehlen von Tempeln und öffentlichen Gebäuden, so konnte ein Römer die Geschäftigkeit bewundern, das Überangebot an Waren und das unüberschaubare Chaos inmitten der Hütten und ebenerdigen Häuser. Es gab nicht allzu viele echte Römer in dieser Stadt, und wer die Fremdartigkeit ihrer Einwohner sah, der mochte glauben, was Agathokles, der Tyrann von Syrakus, dereinst berichtete: Die Karthager hätten beim Ansturm der Griechen ihrem großen Gott Baal fünfhundert Kinder geopfert, sie lebend oder mit durchschnittener Kehle in den glühenden Rachen seines Standbildes geworfen.

Die Größe Karthagos wurde markiert durch den ausgedehnten Hafen, in dem Schiffe aus Hispanien, aus Italien, Achaia, Asien, Syrien und Ägypten ankerten. Für alle Provinzen schien Karthago der ideale Umschlagplatz, bildete es doch zur See den Nabel des Imperiums – so günstig gelegen, daß keine Seefahrt mehr als fünf Tage in Anspruch nahm, sah man einmal von dem fernen Britannien ab.

Den Fremden, der zum ersten Mal in Karthago an Land ging, beeindruckten am meisten die endlosen Lagerhallen am Kai, und Aphrodisius machte da keine Ausnahme. Sie waren für billiges Geld zu pachten, Kaufleute konnten darin Waren stapeln, bis sich ihnen eine günstige Transportmöglichkeit bot; sie konnten aber dort auch Waren horten und eine vorteilhafte Preisentwicklung abwarten.

In diesem Jahr war der Preis für karthagischen Weizen tief gefallen. Satte Regen im Frühjahr hatten die Ernte reicher ausfallen lassen als je zuvor, so daß nach Auslieferung der römischen Tribute mehr übrig blieb, als der freie Handel aufnehmen konnte. Karthagische Händler boten ihre Getreidevorräte deshalb zu Spottpreisen an, und Aphrodisius orderte angesichts der Knappheit in Rom zwei Schiffsladungen voll und lagerte sie in einem der Vorratshäuser am Hafen. Der schwarze Ägypter, mit dem der Pompejaner ins Geschäft kam, verwies ihn an einen Händler namens Pansa in der hügeligen

Unterstadt, der die beste Wolle der ganzen Provinz zu liefern versprach und gewiß Interesse habe an den fein gewebten Stoffen des Pompejaners.

Pansa bewohnte eines der wenigen zweistöckigen Häuser; es ließ zur Straße hin nur eine eisenbeschlagene Eingangstüre erkennen, keine Fenster und kein Schmuckwerk. In den Gassen von Karthago wohnte das Mißtrauen.

Hinter der Türe, die von zwei stämmigen Sklaven bewacht wurde, tat sich ein grüner Innenhof auf, wie man ihn in den vornehmen Villen Pompejis kannte, mit einem Springbrunnen und marmornen Bänken zu beiden Seiten. Ein so gepflegtes Haus hatte Aphrodisius nicht erwartet, nicht in dieser Gegend.

Pansa begrüßte Aphrodisius mit deutlichem Argwohn und schenkte seinem Sklaven Gavius keinerlei Beachtung. Er wirkte fahrig und unkonzentriert und zeigte Hemmungen, dem Pompejaner offen ins Gesicht zu sehen, und verhaspelte sich mehrmals in seiner Rede. Doch Aphrodisius fiel sein Verhalten nicht weiter auf, denn er wollte mit dem Karthager nichts als Geschäfte machen.

Nach kurzer Verhandlung einigten sich die beiden auf Lieferung einer Schiffsladung Wolle, die zu zwei Dritteln mit einer Ladung Wollstoff aus Rom bezahlt werden sollte. Pansa und Aphrodisius besiegelten das Geschäft mit Handschlag, und Gavius hatte den Eindruck, als könnte es dem Karthager gar nicht schnell genug gehen, die beiden aus dem Haus zu komplimentieren.

»Ein unangenehmer Bursche,« bemerkte Gavius, während sie über eine steile Treppe, von denen die verwinkelten Straßen Karthagos bisweilen unterbrochen wurden, hinaufstiegen.

Aphrodisius lachte. »Ich will ja nicht mein Lager mit ihm teilen.« Und nach einer Weile fügte er hinzu: »Aber du hast recht, Gavius, er zählt zu jener Sorte Menschen, die einem aus irgendeinem Grunde höchst zuwider sind, obwohl sie einem gar nichts getan haben.«

»Jedenfalls war er froh, als wir wieder draußen waren.«

»Mag schon sein.« Der Pompejaner machte eine abfällige Bewegung mit der Hand. »Römer und Karthager haben sich schon immer gehaßt wie Enyo die Eirene, wie die Kriegsgöttin die Göttin des Friedens. Allerdings ...«

»Allerdings?«

»Ich glaube nicht, daß Pansa Karthager ist. Er spricht unsere Sprache, durchsetzt mit griechischen Fremdwörtern.«

»Alle Karthager reden dieses Kauderwelsch, Herr, es ist halt Provinz«, feixte Gavius.

Die Abreise war für den nächsten Morgen vorgesehen, und so verbrachten die Reisenden die Nacht in einer Herberge am Hafen, die den Namen ›Säulen der Weisheit‹ trug. Das Essen war schlecht, der Wein sauer, und die Mädchen, die sich den Fremden auf Schritt und Tritt anboten, waren so billig wie ihr Preis. Aphrodisius lehnte dankend ab, Gavius hingegen meinte, für zwei As könne man nichts verkehrt machen.

Müde schlich Aphrodisius in seine Kammer, ließ sich in Kleidern auf das Bett fallen, verschränkte die Arme hinter dem Kopf und starrte zur Decke. Das gesalzene Öl der Lampe verbreitete gelbgrünes Licht, und ihr schwarzer Qualm reizte den Atem. Noch immer hatte der Pompejaner Hersilias Tod nicht verwunden, und hätte zu Hause nicht der kleine Hersilius auf ihn gewartet, Aphrodisius hätte geglaubt, es sei alles nur ein Traum gewesen. Er hatte Hersilia geliebt und gehaßt, rasend und verzweifelt, und ihr Tod hatte ihn in tiefe Niedergeschlagenheit gestürzt. Daß er ihr seinen Reichtum verdankte, das wollte der Pompejaner nicht wahrhaben, denn sein eigenes Vermögen war mittlerweile größer als das ihre. Und doch war es so. Aber Reichtum macht blind, und er verändert den Charakter.

Kein Zweifel, Aphrodisius war ein anderer geworden. Und dazu hatte auch seine Verhaftung beigetragen. Dem Tode näher als dem Leben, bewegen dich Gedanken, die dir sonst fern sind. Du setzt dem Leben neue Maßstäbe, und dir selber setzt du Ziele, die du niemals zuvor kanntest. In dieser Nacht mit dem zu Tode Gefolterten in der stinkenden Zelle war in Aphrodisius der Entschluß gereift, Rache zu nehmen am Cäsar und seinen grausamen Hintermännern – aber nicht mit dem Schwert, wie es die römischen Verschwörer seit Jahren vergeblich versuchten! In dieser einsamen, unendlichen Nacht hatte der Pompejaner geschworen, sollte er das Tulianum je lebend verlassen, so würde er mit der einzigen Waffe kämpfen, die in diesem Reich der Verderbnis todbingend war, mit Geld. Denn Geld ist Macht, und Reichtum ist Herrschaft. Wer hatte das Sagen unter dem göttlichen Claudius, unter Caligula und Tiberius? Jene, denen das Geld im Säckel klang. Und meist waren es solche, die nicht reich geboren, sondern reich geworden waren.

Aber Reichtum und Macht haben vieles gemein. In bescheidenem Maße sind sie gut und erquickend wie das Wasser einer sprudelnden Quelle, im Übermaß jedoch gleichen sie dem Wasser des fernen Ozeans, das immer durstiger macht; je mehr man davon trinkt.

Aphrodisius schloß die Augen. Er hatte bereits gekostet vom salzigen Wasser des fernen Ozeans, und er war sich dessen bewußt. Er war sich auch bewußt, daß Geld und Reichtum an sich nichts Schlechtes sind, so wie das Messer, mit dem du die Reben beschneidest, nichts Schlechtes ist, nur weil du damit deinen Rivalen töten kannst.

Derlei Gedanken, sinnierte der Pompejaner, hätten meinen Herrn Serenus erfreut. Es waren die seinen. Ihm verdanke ich viel, er ist für mich eine Art Vorbild. Und sein Tod ist mir nach wie vor ein Rätsel, vor allem der Dolch mit dem seltsam geschwungenen Griff, dem ich nun schon mehrfach begegnet bin.

*Popidius Pansa!* Ja, Aphrodisius hörte deutlich, wie Serenus die Lippen bewegte. Der Staub von Pompeji stieg in seine Nase und der furchtbare Brandgeruch, und er erkannte das Lächeln, das letzte, mühsame Lächeln auf den Lippen des Patrons. Der Pompejaner schreckte hoch. Er saß mit weit aufgerissenen Augen auf seinem Lager, starrte an die mit einem einfachen Bord versehene gegenüberliegende Wand und flüsterte schreckensbleich: »Popidius Pansa, Popidius Pansa, bei allen Göttern Roms: Popidius Pansa!«

Der mißtrauische Händler aus der Unterstadt! Popidius Pansa! Aphrodisius glaubte, dem Karthager schon irgendeinmal begegnet zu sein, er glaubte, dieses abweisende Gesicht zu kennen, seine Art der Rede. ›Popidius Pansa!‹ Die letzten Worte seines sterbenden Herrn Serenus. Was hatte dieser Pansa mit seinem Tod zu schaffen? Ein Karthager? Aber vielleicht war er gar kein Karthager? Hatte er ihn, den pompejanischen Freigelassenen, erkannt? War er deshalb so abweisend und mißtrauisch?

Er *mußte* eine Antwort finden!

Aphrodisius sprang auf, öffnete die Türe seiner Kammer und sah nach Gavius. Doch der ging noch seinem Vergnügen nach, und so beschloß der Pompejaner, einen Dolch im Gewand, sich alleine auf den Weg zu machen und den rätselhaften Händler aufzusuchen.

Bei Nacht wirkte Karthago noch verwirrender, undurchdringlicher und abweisender als bei Tage. Aphrodisius hatte ein paar markante Punkte, Säulen, Treppen und unförmige Häuser, im Kopf behalten und suchte den Weg durch die finstere Unterstadt. Mehr noch als Rom schien Karthago von Katzen bevölkert, und Aphrodisius stolperte an jeder Ecke über eines der geheiligten Tiere, die quäkend davonstoben und in irgendwelchen Löchern verschwanden. Unverständliche Rufe hallten durch die öden Gassen, und wenn ihm ein Schatten begegnete, was nur selten vorkam, so suchte der meist Schutz in einem Hauseingang oder einer Mauernische und wartete, bis Aphrodisius vorbei war.

Natürlich war es leichtsinnig, den Weg durch das nächtliche Karthago zu suchen, einer Stadt, die in dem Ruf stand, den Ädilen jede Nacht einen Mord zu vermelden; aber dieser rätselhafte Popidius Pansa trieb ihn dazu. Aphrodisius war sich nun ganz sicher, er kannte dieses Gesicht aus Pompeji, beim Jupiter – war Pansa gar der Mörder des Serenus?

Um sich selber Mut zu machen, sang Aphrodisius den alten Gassenhauer, den die Römer zu Geburtstagen zu singen pflegten und den jedes Kind kannte: »Mir steht schon neun Jahre und mehr noch ein Faß voll Albaner im Keller ...«

Erst glaubte er an ein Echo von den kahlen Wänden der Häuser, doch dann bemerkte Aphrodisius, daß eine Stimme unmittelbar hinter ihm das Lied des Horaz mitsang. Er griff zum Dolch und drehte sich um. Eine dunkle Gestalt blieb schwankend stehen.

»Sing nur weiter, Zechgenosse«, lallte der Unbekannte mit schwerer Zunge. Von ihm ging keine Gefahr aus.

Aphrodisius trat näher: »Ein Römer, wie ich höre.«

»Du hörst richtig, Zechgenosse.«

»Ein trunkener Römer.«

Der andere atmete schwer, dann richtete er sich auf, als wollte er dem, was er sagte, mehr Nachdruck verleihen. »Was soll ein Römer in dieser von allen Göttern verlassenen Stadt anderes tun als trinken, beim Bacchus.«

»Den Göttern sei Dank, daß ich dir hier begegne, ich suche einen Händler namens Pansa, einen Karthager. Ich traf ihn am heutigen Nachmittag, nun kann ich sein Haus nicht mehr finden.«

»Macht nichts«, lallte der andere und holte einen tiefen Rülpser hervor, »geh'n wir einen trinken, Römer.«

Da faßte ihn Aphrodisius an den Schultern und schüttelte ihn, als wollte er den Unbekannten zur Besinnung bringen: »Es ist wichtig für mich, hörst du, wichtig!«

»Pansa, sagst, du, Römer?« Er dachte nach. »Ich kenne nur einen Pansa, Popidius Pansa; aber der ist kein Karthager. Er ist ein Pompejaner, noch nicht lange hier.«

»Wo wohnt er?«

Der Betrunkene zeigte in eine Richtung, entschied sich auf eindringliches Befragen dann aber für eine ganz andere, und Aphrodisius ging seinen eigenen Weg.

Er mochte mehr als eine Stunde durch das nächtliche Karthago geirrt sein, als Aphrodisius in der Dunkelheit die steinernen Treppen zu erkennen glaubte, die zu der Gasse führten, in der das Haus des Popidius Pansa lag. Die abweisende, fensterlose Hauswand, die eisenbeschlagene Eingangstür – der Pompejaner sah sich am Ziel.

Aber wie sollte er sich verhalten? Mitten in der Nacht? Sollte er sich als der Freigelassene des Serenus zu erkennen geben? Sollte er von Pansa eine Stellungnahme fordern, ihn unverblümt fragen, warum Serenus sterbend ausgerechnet seinen Namen genannt hatte? Oder sollte er ihn des Mordes bezichtigen an seinem Herrn Lucius Cäcilius Serenus?

Aphrodisius wußte es nicht, als er mit wuchtigen Faustschlägen Einlaß forderte. Er wußte nur, daß er diesem Popidius Pansa gegenübertreten mußte. Die Türe gab nach wie von unsichtbarer Hand geöffnet, und aus dem Inneren hörte man das unruhige Plätschern des Springbrunnens. Die Säulen zu beiden Seiten des Innenhofes schimmerten fahl.

»He da!« rief Aphrodisius, weil er nicht als Eindringling ertappt werden wollte. »He, da«, wiederholte er lauter, »wo ist der Türsklave, he da?«

Nichts – nur das Plätschern des Brunnens.

»Aphrodisius wünscht den Herrn des Hauses, Popidius Pansa, zu sprechen!« rief er laut. Aber auch diesmal kam keine Antwort. Da durchquerte der Pompejaner das Atrium und fand im rückwärtigen Teil des Gebäudes, wo für gewöhnlich die Cubicula lagen, alle Türen geöffnet. Als er in den ersten Raum blickte, fiel es ihm noch nicht auf, doch als Aphrodisius die Tür des zweiten Raumes aufstieß, sah er mit Verwunderung: alle Zimmer waren leer, ausgeräumt. Hastig rannte er von einem Raum zum anderen, leer, er kletterte über die steile Treppe in das obere Stockwerk, aber auch hier das gleiche Bild. Abfall und Unrat und Scherben von Geschirr, das in der Eile des Aufbruchs zu Bruch gegangen war. Popidius Pansa hatte sich abgesetzt.

Verwirrt ließ der Pompejaner sich auf einer Marmorbank im Atrium nieder. Aus der Ferne hörte man Klagelaute müder Tiere, und vom Hafen her war das Rufen der Ruderknechte zu vernehmen, die ein Schiff auf das offene Meer manövrierten. Im Osten machte die Nacht bereits dem Morgengrauen Platz. Wie konnte sich ein Mann mit all seinem Hab und Gut, mit Dienern und Sklaven von einem Tag auf den anderen in Luft auflösen?

Aphrodisius mußte wohl eingenickt sein, denn er schreckte hoch, als die Haustüre aufgestoßen wurde. Im Dämmerlicht erkannte der Pompejaner eine weißgekleidete Gestalt, schön und ebenmäßig wie eine griechische Kore, dahinter tauchte ein buckliger Mann auf mit einer rußenden Fackel in der Hand. Der Alte leuchtete in das Atrium, als wollte er der weißgekleideten Frau, denn um eine Frau handelte es sich, die Räumlichkeiten vor Augen führen, und diese reagierte auf seine Bewegungen, indem sie ein Büschel Ähren in einen Krug tauchte, den sie mit sich trug, und Wasser versprengte wie eine Priesterin.

Nachdem er das Spiel eine Weile beobachtet hatte, trat der Pompejaner aus dem schützenden Dunkel des Säulenumgangs hervor und gab sich zu erkennen.

»Du kannst das Haus mieten«, entgegnete der Bucklige, »sobald die Priesterin der Isis die Reinigung vollzogen hat.« Er hielt Aphrodisius die Fackel vors Gesicht. »Ein Römer, wenn ich mich nicht täusche.«

Aphrodisius nickte.

»Gesindel!« stellte der Alte fest. »Aber sie sind die einzigen, die die hohen Mieten noch bezahlen können. Karthago ist ein teures Pflaster, Fremder, du wirst es noch merken. Woher weißt du, daß es leersteht?«

»Zufall«, log Aphrodisius, »wie alles im Leben.« Und er schloß sich dem Buckligen und der Priesterin bei ihrem Rundgang an.

»Es konnte ihm nicht schnell genug gehen, von hier fortzukommen«, knurrte der Alte und blieb plötzlich stehen. »Man sollte sich seine Mieter doch besser ansehen. Ich hatte bei dem Pompejaner von Anfang an ein ungutes Gefühl.«

»Ein Pompejaner, sagtest du?«

»Er behauptete es jedenfalls. Vielleicht war dieser Pansa aber auch ein entsprungener Sklave, was kümmert es mich. Er zahlte pünktlich seinen Mietzins, alles andere ist mir egal.«

»Weißt du, wo dieser Pansa hin ist?« erkundigte sich Aphrodisius, während die Prozession sich wieder in Bewegung setzte.

»Heilige Mutter Isis«, schnaufte der Bucklige, »warum, glaubst du, hat er seine Zelte so überstürzt abgebrochen? Um unterzutauchen! Es wird schon seinen Grund haben, warum er Hals über Kopf verschwunden ist. Die Priesterin der Isis soll alles Unheil bannen, das in diesem Hause geschehen ist. Komme morgen wieder, wenn dir das Haus gefällt.«

Aphrodisius versprach es.

Der römische Senat nutzte die Abwesenheit des in Antium weilenden Cäsars zu einer Plenarsitzung in der Kurie, die die Julische hieß, seit der göttliche Julius Cäsar nahe dem *Comitium* und der *Rostra* einen Neubau errichtet hatte. Das Comitium war ein heiliger Bezirk – geheiligt wie der Boden des Tempels –, in dem die Römer ihre Volksvertreter wählten oder lautstark gegen die Macht des Senates protestierten. Von der Rostra hielten Politiker feurige Reden, und Rostra wurde die Steintribüne genannt, weil an ihr sechs ebenso genannte Schiffsschnäbel der Feinde befestigt waren, die der Konsul Gaius Maenius, ein Plebejer von Geburt, während des Latinerkrieges erbeutet hatte.

Über dem hohen Eingang der Kurie, dessen Bronzetüren so schwer waren, daß jeder Flügel nur von zwei Männern bewegt werden konnte, leuchteten vier goldene Buchstaben in der Morgensonne: SPQR. Das war die Abkürzung der Formel SENATUS POPULUSQUE ROMANUS und bedeutete ›Senat und Volk von Rom‹. Alle Beschlüsse, die hinter diesen schweren Türen, im Zentrum der Macht des römischen Imperiums, gefaßt wurden, nannten ›Senat und Volk von Rom‹ als Urheber.

Nach dem Gesetz war es jedem Bürger erlaubt, vor dem

erlauchten Forum der sechshundert Purpurträger zu sprechen – Purpurträger deshalb, weil nur Senatoren den breiten Purpurstreifen an ihrer Tunica tragen durften –, aber dies kam höchst selten vor, und wenn, dann wurden Plebejer meist als Zeugen geladen für irgendeinen Vorgang. Ansonsten blieben die Senatoren streng unter sich, eine geschlossene Gesellschaft aus Millionären, denn eine Million Sesterzen war das Mindestvermögen, das ein Senator haben mußte, ein Mandat, das der Vater auf den Sohn vererbte.

Die einsamen Entschlüsse der Cäsaren, die Grausamkeit eines Tiberius, die Willkür eines Caligula, die Willfährigkeit eines Claudius, hatten die Macht des römischen Senats stark beschnitten, und der göttliche Nero war den Senatoren so verhaßt, daß sie Sitzungen mieden, zu denen der Cäsar sein Erscheinen ankündigte. Der Grund für diese Abneigung lag in dem menschenverachtenden Umgang, den der Göttliche mit den Purpurträgern pflegte. Gestützt auf die Schlagkraft der Prätorianergarde befahl er, die ehrwürdigen Herren Millionäre zu seinen Gesangsauftritten im Theater auf dem Marsfeld zusammenzutreiben, ließ sie, von Beobachtern kontrolliert, Beifall klatschen bis zur Erschöpfung, und gebrauchte dreihundert von ihnen als lächerliche Statisten in einer Komödie, deren Hauptrolle er selbst übernahm.

Betraten die Senatoren die Kurie, so trugen sie ihren Namen in eine ausliegende Liste ein, die mit den Buchstaben ISF überschrieben war, und jeder nahm aus einer Schale ein Körnchen Weihrauch, warf es in eine Kohlenpfanne und bat so um göttliche Eingebung bei den anstehenden Entscheidungen. Die Abkürzung über der Namensliste bedeutete IN SENATU FUERUNT, »Im Senat waren anwesend«, wie überhaupt alles nach strengem Reglement ablief und von elf Schreibern aufgezeichnet wurde.

»*Patres conscripti!*« begann der alte Senator Gaius Fulvius, der schon fünf Cäsaren erlebt hatte, mit der Jahrhunderte alten Redeformel, die das ›und‹ zwischen den Wörtern verschluckte, denn eigentlich lautete die Anrede vor dem Senat *Patres et Conscripti* – »Patrizier und Neudazugekommene«.

»*Patres conscripti!* Gaius Fulvius, ältestes Mitglied dieses Senats, hat euch zusammengerufen, weil das Reich in Gefahr ist. Wieder einmal droht die Gefahr aus dem Osten, wo seit jüngstem die Lunte des Bürgerkrieges glüht. Aber noch ist Cäsarea nicht befriedet, noch fordern die Leute von Jerusalem tagtäglich unsere Kohorten heraus, da erreichen uns neue Hiobsbotschaften aus Armenien und dem Reich der Parther zwischen Euphrat und Tigris ...«

»Schickt Nero zu den Parthern!« unterbrach ein glatzköpfiger, wohlgenährter Senator die Rede, und eine Handvoll anderer stimmte ein und wiederholte endlos: »Nero zu den Parthern, Nero zu den Parthern, Nero zu den Parthern!«

Und Decidius, der für seine bissigen Zwischenrufe berühmt war, spottete: »Er kann ja am Ufer des Euphrat singen, dann laufen die Feinde kampflos davon!«

»Nero zu den Parthern, Nero zu den Parthern!« wiederholten die anderen im Chor.

»*Patres conscripti!*« nahm Gaius seine Rede wieder auf. »Wie ihr wißt, hat der göttliche Cäsar den Tigranes, Sohn des Alexandros, Urenkel des Herodes, zum König von Armenien gemacht ...«

Es gelang Gaius nur mit Mühe, sich weiter Gehör zu verschaffen, denn der Name Tigranes löste bei den Senatoren ein wildes Durcheinander von Buh- und Spottrufen aus. »Dieser Tigranes«, fuhr der Senator fort, »hat im Übermut einen Stamm der Parther angegriffen und Vologaises, ihren König, in großen Zorn versetzt. König Vologaises hat nun seinem Bruder Tiridates, der einst schon über Armenien herrschte, ein Diadem aufs Haupt gesetzt mit dem Auftrag, den Armenierkönig von römischen Gnaden zu vertreiben. Dies meldet uns Gnäus Domitius Corbulo, Statthalter von Syrien und Eroberer Armeniens, und Corbulo fordert dringend einen eigenen Feldherrn, denn wenn Vologaises in Armenien einbreche, sei auch die Provinz Syrien in Gefahr.«

Da erhob sich der angesehene Senator Ämilius, trat in die Mitte der Kurie, an deren Längsseiten die Sitzreihen der *Patres conscripti* aufgereiht waren, verschränkte die Arme auf dem Rücken und begann, während er – wie es Brauch war – mit weitausholenden Schritten auf und ab ging, zu reden:

»Ich verrate euch, *Patres conscripti*, kein Geheimnis, daß Gnäus Domitius Corbulo, der Sohn des gleichnamigen Quästors der Provinz Asien, unser bester Feldherr ist. Er ist furchtlos wie ein Löwe und klug wie eine Schlange. In Germanien trieb er die eingefallenen Chauker zurück, er machte uns im Handstreich die wilden Friesen abhängig, er hätte die Grenzen des Nordens unter unsere Gewalt gebracht, hätte nicht Claudius Cäsar ihn an den Rheinstrom zurückbeordert. Ich frage euch, Patres conscripti, ist nicht ein Mann wie Corbulo der Geeignete, um den Parthern zu zeigen, wie stark der römische Arm ist, auch dreitausend Meilen von Rom entfernt? Deshalb stelle ich den Antrag, Corbulo zu beauftragen, er möge Tiridates entgegenziehen und Armenien vor der parthischen Herrschaft bewahren.«

Diesem Antrag widersprach Quintanus (dem man nachsagte, er zähle zu den erbittertsten Gegnern des Cäsars), indem er auf das Alter Corbulos hinwies, der dem sechzigsten Lebensjahr näher sei als dem fünfzigsten. Man dürfe den Bogen nicht überspannen. Corbulo habe vor fünf Jahren zum letzten Mal mit Waffen gekämpft. Ein Erfolg gegen die Parther würde Corbulo zugeschrieben werden, für eine Niederlage hingegen müßte der Senat geradestehen, weil er einen altgedienten Soldaten aus dem Ruhestand zurückgeholt und dem gefährlichsten Gegner ausgeliefert habe.

Quintanus' Worte fanden Zustimmung, aber auch harte Ablehnung; ja, der Senator wurde sogar verlacht wegen seiner Rede, weil jeder, der den Feldherrn kenne, eingestehen müsse, daß Corbulo trotz seines Alters ein besserer Stratege sei als Pätus, Otho oder Vespasianus. Und Quintanus mußte sich sogar die Frage gefallen lassen, ob er nicht vielmehr die Schlagkraft des Corbulo fürchte als dessen Gebrechlichkeit, denn ein Sieg Corbulos gegen die Parther stärke das Ansehen des Cäsars, während eine Niederlage die Zahl seiner Gegner vermehre.

In der Tat gab dieses Argument den Ausschlag, daß der Senat den Beschluß faßte, Lucius Cäsennius Pätus, genannt ›Silberblick‹, nach Armenien in Marsch zu setzen. Pätus war jung und galt als rechter Haudegen. Mit Hilfe der vierten, fünften und zwölften Legion sollte ›Silberblick‹ den Parthern zeigen, wer Herr war in Armenien. Bundestruppen aus Pontus, Galatien und Kappadokien sollten Pätus bei seiner Aktion unterstützen.

Dafür fand sich eine ausreichende Mehrheit, und die Konsuln traten zum Altar der Siegesgöttin Victoria, der sich an der Stirnseite der Kurie befand, und häuften Weihrauch in ein Kohlebecken, daß beißender Qualm den Raum erfüllte und die Nasen reizte, und gemeinsam riefen sie die Worte: »Senat und Volk von Rom haben gesprochen. Es sei.«

Und die Senatoren wiederholten: »Es sei.«

Inmitten dieser zeremoniellen Handlung, bei der die Senatoren sich von ihren Sitzen erhoben hatten, wurde die Türe der Kurie aufgestemmt, und ein Sklave trat atemlos in die erlauchte Versammlung.

»Rom brennt«, rief er mit verzweifelter Stimme, »der große Circus, der Aventin, Cälius und Palatin stehen in Flammen!«

Einen Augenblick lang geschah nichts. Die Purpurträger standen wie gelähmt. Doch als die Kuriendiener die hohen Bronzetüren öffneten, als ein unerklärliches, gewaltiges Brausen in die Kurie drang, da stürzten die Senatoren in wilder Panik ins Freie. Brandgeruch schlug ihnen entgegen, und auf den Stufen der Kurie erkannten sie das Furchtbare: Ein gewaltiger Rauchpilz, wie man ihn noch nie gesehen hatte, stieg hinter dem Palast des Cäsars zum Himmel. Der Tag wurde verfinstert. Hornsignale stachen von allen Seiten in das Brausen des Feuers. Menschen, wie von Furien gehetzt, rannten schreiend über das Forum. Senatoren warfen sich betend zu Boden, andere stürzten über sie hinweg, sinnlos die Namen ihrer Angehörigen rufend. Lautstark näherte sich das Brausen, Unheil verkündend wie das Schlürfen der Charybdis.

*Neptun* und *Salacia*, die beiden Schiffe des Pompejaners, hielten Kurs nach Nordosten. Nach der Hitze des Tages, bei der die Sonne beinahe senkrecht auf das Deck brannte und der trockene mauretanische Wind die Kehlen ausdörrte, kam die Kühle der Nacht wie eine Erlösung.

Aphrodisius und sein Sklave saßen an Deck der Neptun. Mit dem Rücken an den Mast gelehnt, lauschten beide dem regelmäßigen Knarren der Taue. An Schlaf dachte keiner, zu sehr hatte sie das Geschehen des vorangegangenen Tages erregt, gefesselt und durcheinandergebracht. Denn Gavius wußte, als er von dem seltsamen Erlebnis seines Herrn erfuhr, sehr wohl um die Identität des geheimnisumwitterten Popidius Pansa; aber er kannte ihn nicht als Händler, sondern als Advocatus, und dem glaubte auch Aphrodisius schon im Hause seines Herrn Serenus begegnet zu sein, was die Sache nur noch rätselhafter machte.

Aphrodisius, der vor der Abfahrt aus Karthago Erkundigungen eingezogen hatte, ob Pansa den Hafen verlassen habe – denn mit all seinem Hab und Gut, das er mit fortgenommen hatte, konnte er für seine überstürzte Flucht nur den Seeweg wählen –, Aphrodisius erfuhr allseits nur gleichgültiges Kopfschütteln, einen Mann dieses Namens kenne man nicht, habe man nie gesehen, und jedes Schiff, das den Hafen verließ, sei registriert mit allen Passagieren. So war der Pompejaner zu dem Entschluß gelangt, die Spur des rätselhaften Advokaten in seiner Heimatstadt wieder aufzunehmen.

Popidius Pansa. Galten die letzten Worte des Serenus seinem Mörder? Welchen Zusammenhang gab es dann zwischen Pansa und den seltenen Dolchen, die in Rom aufgetaucht waren?

Während der Pompejaner schweren Gedanken nachhing, während der Steuermann im Rhythmus des wellenschlagenden Buges ein Lied zu Ehren Neptuns sang, des Rossebändigers und blaubärtigen Herrschers der Meere, während Gavius, von Müdigkeit übermannt, das Kinn auf die Brust sinken ließ, blickte Aphrodisius zum Himmel, auf den die Nacht ein myriadenhaftes Glitzern schrieb, ein einladendes, verheißungsvolles Leuchten, wie es nur die dunkle Weite des *Mare inferum* erlaubt. Die Sterne, von denen die Alexandriner behaupteten, sie trügen die Verantwortung für das Leben jedes einzelnen, was hehre Köpfe wie Seneca und Plinius mit glühenden Worten geißelten, die Mehrheit der Römer aber für wahr hielt wie den Ursprung der Hauptstadt ab *urbe condita*, diese blinkenden Gestirne mahnten einen griechisch erzogenen Mann wie Aphrodisius zum Glauben an die olympischen Götter, denen seine Seele wenig Vertrauen entgegenbrachte. Er mochte sich als gläubig bezeichnen, als einen, der die göttliche Lenkung menschlichen Handelns anerkannte, als religiös jedoch gewiß nicht, dafür trieben zu viele Priester ihr Unwesen mit apokalyptischen Drohungen und paradiesischen Versprechungen.

Doch hier auf den Wogen des Meeres, unter dem gestirnten Himmel, fühlte Aphrodisius sich dem Göttlichen näher als dort, wo es sich säulenumrankt und weihrauchverhüllt zeigte. War nicht Okeanos der Ursprung von allem? Homer nannte ihn so, den Fluß- und Meergott von unermeßlicher Zeugungskraft, in dessen Gewässern die griechischen Mädchen badeten vor ihrer Hochzeit, so daß man sagen konnte, die Menschen stammten von den Göttern ab. Von Okeanos nahm alles seinen Ursprung, strömend wie die Wasser des Bosporus, zurückfließend wie an den Säulen des Herkules, sich im Kreise drehend, kommend, gehend, ein unaufhörliches Geborenwerden und Sterben und Wiedergeborenwerden, endlos. *Panta rhei*, sagte Heraklit, »der Dunkle« genannt, weil viele seine Sprache nicht verstanden: »Alles fließt.«

Aber das ist nur eine Geschichte vom Anfang der Dinge. Eine zweite erzählten die Griechen von einem Vogel mit schwarzen Flügeln, der Nacht, die, vom Wind befruchtet, ein silbernes Ei ausbrütete, dem Eros entschlüpfte, der Gott der

Liebe. Und eine dritte weiß Hesiod, der Dichter und Bauer vom Götterberg Helikon, der erzählte, der Anfang sei ein ›großes Gähnen‹ gewesen, Chaos genannt. Doch auch ein Chaot sucht Abwechslung, und die fand das Gähnen an den hohen Brüsten Gaias, der Mutter Erde auf dem Berge Olymp, eine lustvolle Verbindung, der wiederum Eros entsprang, der Glieder Lösende, der den Sinn aller Menschen beherrscht. Aber Chaos zeugte auch die Nacht, und die Nacht gebar den Tag. Mutter Gaia jedoch, unermüdlich in ihrer Gebärfreude, brachte das schäumende Meer hervor und die hohen Gebirge, vor allem aber den gestirnten Himmel, der ihr so gut gefiel, daß sie sich ihm hingab, was ungeahnte Folgen hatte wie einäugige Kyklopen, kraftstrotzende Titanen und Riesen mit hundert Armen und fünfzig Köpfen – welch abscheuliche Inzucht!

Der nächtliche Himmel aber war ein Spiegel, glänzender Widerschein menschlicher Leidenschaften und göttlicher Schwächen, von denen die Unsterblichen nicht frei waren. Sieh nur nach Norden, und du erkennst den Großen Bären mit seinem kleinen Sohn, dieses funkelnde Zeugnis ungezügelter Leidenschaft des Blitzeschleuderers und Herrn des Himmels, Zeus, der ständig Lust verspürte, sich zu verkleiden und unschuldige Mädchen zu verführen.

Der Unschuldigsten eine war die Nymphe Kallisto, wie ihr Name sagte, die Schönste von allen, weil sie geschworen hatte, jungfräulich zu bleiben. Nymphen aber reizten, wie man weiß, den lüsternen Zeus ganz besonders, und natürlich entkam auch Kallisto seinem Buhlen nicht, und Hera, des Zeus resolute Gemahlin, verwandelte, als sie beim Baden der Folgen ansichtig wurde, die Schöne in eine tapsige Bärin und trieb sie in die Wälder des Nordens, wo ein kleiner Bär zur Welt kam, den sie Arkas nannte. Lange Jahre irrte Kallisto durch die finsteren Wälder, besorgt um ihren Sohn Arkas. Als Zeus die Geliebte schließlich fand, da soll er geweint und sie und Arkas als den großen und den kleinen Bären an den nördlichen Sternenhimmel gesetzt haben.

Und blickst du nach Süden, so erstrahlt dir der helle Jäger

Orion in einem Kranz von Gestirnen, bisweilen badend im Meer. Orion, der Sohn des Poseidon, haschte wie Zeus nach anmutigen Nymphen und geriet dabei an die sieben Töchter des Atlas, der das Himmelgewölbe stützt mit kräftigen Armen. Sieben Jahre jagte Orion die Plejaden genannten Atlas-Töchter, bis diese, zu Tode erschöpft, ihre Jagdgefährtin Artemis zu Hilfe riefen, die sich der sieben erbarmte und sie in sieben Sterne verwandelte.

Aber wie das Leben spielt. Artemis, selbst Göttin der Jagd und des Naturlebens, verliebte sich in den wilden Jäger, der drohte, alle Tiere der Welt auszurotten, worin ihr Zwillingsbruder Apollon eine Schande für das Göttergeschlecht erkannte. Und weil selbst Götter gegen die Liebe vergebens ankämpfen, und als Schelten und mahnende Worte keinen Widerhall fanden, ersann der Bruder eine List: er forderte Artemis zu einem Wettschießen mit Pfeil und Bogen, mit denen die Jägerin bewundernswert vertraut war. Als Ziel diente ein dunkler Punkt über dem Horizont des Meeres, den Artemis mit dem ersten Schuß traf. Doch dann eröffnete ihr Apollon, sie habe den Kopf des Geliebten getroffen, der badend im Meer schwamm. In rasender Trauer vergoß Artemis Flüsse von Tränen, und sie heftete Orion als Stern an den Himmel, mit Keule und Schwert und sittsam gekleidet, doch manchmal, wenn seine Zeit gekommen ist, sieht man nur seinen Kopf über dem rauschenden Meer – wie ihm einst die Geliebte begegnete.

»Herr, so wache doch endlich auf!« Von weither vernahm Aphrodisius die Stimme des Sklaven. Nur langsam kehrte Leben in seine schlaffen Glieder zurück. Gavius schüttelte ihn an den Schultern: »Aufwachen, Herr, ich bitte dich!«

Unwillig und mit der abweisenden Grimasse, die jeder Träumer jedem Störenfried darbietet, erkannte Aphrodisius den dämmernden Tag und schalt Gavius einen Rüpel mit zweifelhaften Manieren, Rom sei noch weit.

Der aber ließ nicht nach in seinem Bemühen, den Schläfer wachzuschütteln, rief lautstark, daß Aphrodisius die Hände gegen die Ohren preßte, die launische Küste komme in Sicht, er solle in Augenschein nehmen, welch drohendes Unheil zu erkennen sei.

Unheil? Aphrodisius richtete sich auf, rieb sich hastig die Augen wie Hypnos, der Gott mit dem Schlummerhorn, und blickte nach Norden. Aus der Dämmerung tauchte das Land, farblos und flach wie ein Feigenblatt, doch über dem Streif hing finsteres Verhängnis, der schwarze Atem eines Ungeheuers.

Rom! Der Steuermann nickte und wies mit der Rechten in Richtung der dunklen Wolke. Aphrodisius sah seinen Sklaven fragend an. Gavius schwieg.

»Mehr Fahrt!« herrschte der Pompejaner den Steuermann an.

»Mehr Fahrt«, wiederholte der Steuermann tonlos.

Der Rauchpilz wuchs, je näher sich die Schiffe der Küste näherten. Nun, da die Sonne über dem Festland aufging, wirkte der verfinsterte Himmel noch drohender. Schon konnte man den Hafen von Ostia erkennen, die riesigen Vorrats- und Lagerhäuser, die hohen Masten der Segler, und vom Mast eines auslaufenden Schiffes, das ihnen begegnete, rief der Matrose durch seine hohlen Hände: »Rom brennt, seit sechs Tagen!«

»Jupiter sei mit uns!« Gavius fiel auf die Knie nieder und begann zu beten, und Aphrodisius klammerte sich an die Reling und wiederholte: »Rom brennt, seit sechs Tagen.«

Im Hafen von Ostia herrschte unüberschaubares Chaos. Tausende, die dem Flammeninferno entkommen waren, drängten, ihre wenigen Habseligkeiten auf dem Rücken gebündelt, zu den Schiffen am Kai, weil sie unter dem Schock des Erlebten fürchteten, die Flammen würden auch auf die Hafenstadt übergreifen. Hafenaufseher knüppelten die rußgeschwärzten, angesengten, dem Orcus entkommenen, schreienden, weinenden Römer zurück; viele stürzten ins Wasser, Verletzte fielen von ihren Bahren und wurden zu Tode getrampelt, es stank nach Rauch und nach Blut, an ein Anlegen der Schiffe war nicht zu denken.

Aphrodisius gelang es zusammen mit seinem Sklaven, auf ein am Kai liegendes Schiff zu springen, die *Neptun* und *Salacia* drehten ab und gingen in Sichtweite vor Anker. Wie Ringer in der Palaistra arbeiteten Aphrodisius und Gavius sich durch das Menschengewühl. Einem Fuhrmann mit Maultier bot der Pompejaner hundert Sesterzen, damit er sie nach Rom bringe; doch der lachte nur: Das Doppelte habe man ihm schon geboten und er habe abgelehnt. Da packte Aphrodisius den Kerl mit beiden Händen am Hals, würgte ihn, daß sein Kopf rot anlief, und schrie: »Du bekommst dreihundert Sesterzen, du Sohn einer Hure aus dem Lupanar, und jetzt gibst du deinem Maultier die Peitsche, verstanden!«

Aphrodisius und sein Sklave sprangen auf den zweirädrigen Karren, und der Fuhrmann peitschte das Maultier in Richtung der Stadt. Menschen mit angesengten Haaren, klagende Frauen mit ihren Kindern auf den Rücken, singende Greise, die in dem Inferno den Verstand verloren hatten, kamen ihnen entgegen. Rom war nie eine Stadt für feine Nasen, aber nun mischte sich, je mehr sie sich im polternden Wagen der Stadt näherten, der allgegenwärtige Fäkalgestank mit dem penetranten Geruch verkohlten Fleisches, und eine Hitzewolke schlug ihnen entgegen.

Er habe, klagte der Fuhrmann, den Vater in den Flammen verloren im dritten Bezirk, aber Frau und Kinder seien in Sicherheit dank der Fürsorge des Cäsars, der die Gärten des Mäcenas geöffnet und Zelte und Lebensmittel habe herbeischaffen lassen.

Und der Aventin, der dreizehnte Bezirk?

Der Fuhrmann machte eine Handbewegung, als wollte er sagen, o weh, der Aventin!

Gavius sah seinen Herrn an. Aphrodisius ließ den Kopf hängen. Wen die Götter straften, den machten sie in jungen Jahren zum Witwer; sollte er nun auch noch sein Kind verloren haben?

Am Circus Maximum, so war zu vernehmen, sei das Feuer ausgebrochen, in den Bretterbuden der Händler und Verschlägen der Bordelle, und die Feuerwehr, die in Rom tagtäglich im Einsatz war, habe dem Brand zunächst wenig Bedeutung geschenkt. Als die Flammen dann aber auf die zweistöckige Holztribüne des Circus übergegriffen hätten, sei es bereits zu spät gewesen, und im Nu hätten sie auch den Palatin erreicht und den Palast des Cäsars eingeäschert. Nur den Tempel des Apoll habe das Feuer verschont. Der dritte, zehnte und elfte Bezirk der Stadt, welche die Namen Isig und Seraphis, Palatin und Circus Maximum trugen, lägen in Schutt und Asche, sieben weitere seien stark zerstört, nur vier Bezirke hätten das Inferno schadlos überstanden: Porta Capena, der erste, Esquilin, der fünfte, Alta Semita, der sechste, und Transtiberim, der vierzehnte Bezirk.

Daß in jenem Bezirk seine Webereien lagen, nahm der Pompejaner beinahe gleichgültig wahr, der Gedanke an das Schicksal seines Sohnes ließ ihn verzweifelt hoffen. Und als in der Ferne die Pyramide des Prätors Cestius auftauchte, der zur Zeit des göttlichen Augustus sich dieses Grabmal errichtet hatte, da brach Aphrodisius in Tränen aus. Rauchende Trümmerhaufen, wohin er auch blickte, verkohlte Bäume, ihres Laubes entkleidet, Holzbalken, zum Himmel ragend wie der Arm eines verschütteten Riesen, eines gefallenen Molochs, der einmal Rom genannt wurde.

Hier und da züngelten noch kleine Flammen, Rauch mischte sich mit dem Staub der Ruinen. Die Menschen, denen sie begegneten, preßten feuchte Tücher vor Mund und Nase, und die Zahl derer, die scheinbar ziellos umherirrten, wuchs, je näher sie dem ostiensischen Tor kamen. Kurz vor dem Tor mündete die Straße nach Ostia, die den größten Teil des Weges dem mit Brandunrat beladenen Flußlauf des Tiber gefolgt war, in die Appische Straße, auf der Tausende nach Süden drängten, in eine ungewisse Zukunft.

Zwei Jahre waren vergangen, seit Aphrodisius mit seinem Sklaven hier die Mauern der Stadt erreicht hatte. Zwei Jahre, ein Augenblick im Leben vieler Menschen, im Leben des Pompejaners war es ein neues Sein. Damals, ein fortgejagter Freigelassener mit tausend Sesterzen im Säckel, erwartungsvoll, ängstlich, ein Jüngling, sein Unglück bejammernd, heute ein Mann, furchtlos, illusionslos, und wieder beklagte er sein Schicksal – wo lag der Unterschied?

»Bei meinem Leben!« – Der Fuhrmann weigerte sich, den Karren in die Stadt zu lenken, aus Furcht vor herumvagabundierenden Plünderern; ein Maultierkarren sei in diesen Tagen mehr wert als eine Herde Elefanten. So suchten die beiden zu Fuß ihren Weg. Sie hatten keine Augen für die verwesenden Leichen am Rande der Via Ostiensis, die zum Circus führte, auch die Kinder, die vor den Trümmern eingestürzter Häuser nach ihren Müttern riefen, hörten sie nicht, sie beachteten nicht einmal die rußgeschwärzten Gestalten, die sich irgendwo an ihre Fersen geheftet hatten und erst abließen, als Aphrodisius und sein Sklave den Aventin bergan ihren Lauf beschleunigten. Hier fanden sie noch aufrecht stehende Ruinen, bisweilen sogar nur leicht beschädigte Häuser vor.

Das Haus des Aphrodisius zählte zu den wenigen, die den Stadtbrand wie durch ein Wunder mit geringen Schäden überstanden hatten. Als Gavius das erkannte, puffte er den Pompejaner in die Seite. Im Näherkommen erkannten sie Sklaven des Hauses, die das Gebäude zu bewachen schienen.

»Wo ist Hersilius?« fragte Aphrodisius atemlos.

Unter den Sklaven entstand ein freudiges Geschrei, weil der Herr, den man verschollen glaubte, zurückgekehrt war, Mercurius sei Dank. Der Pompejaner aber packte den nächsten in höchster Erregung, schüttelte ihn wie einen Baum mit reifen Früchten und brüllte: »Wo Hersilius ist, will ich wissen, wo ist er?«

Der Aufsehersklave trat hinzu und antwortete entschuldigend, Urgulanilla, die Amme, habe das Kind aufs Land gebracht, es gehe ihm gut; er selbst solle sich ebenfalls nach Baiä begeben, bis alle Schäden des Brandes beseitigt seien, Rom sei kein Pflaster für einen Patronus, nur Sklaven, Strauchdiebe und Leichen seien derzeit hier zu finden.

Dann küßte er ihm die Hand.

»Und die Webereien?« fragte Gavius.

»Die?« erwiderte der Aufsehersklave. »Transtiberim und das Marsfeld blieben verschont, es wird weitergearbeitet.«

Aphrodisius und sein Diener sahen sich an. Keiner brachte ein Wort hervor, und sie fielen sich weinend in die Arme und beschlossen, den Weg nach Baiä zu nehmen. So war von einem Augenblick auf den anderen für Aphrodisius alles ganz anders – wie alles im Leben von einem Augenblick auf den anderen ganz anders sein kann. Denn das Schicksal nimmt nichts, was es nicht gegeben hat.

Der Brand zerstörte Rom zum fünften Teil. Obwohl es Augenzeugen gab, die beschworen, der Brand sei am großen Circus ausgebrochen, wo die Ärmsten der Armen ihre Läden hatten, hielt sich hartnäckig das Gerücht, der Brandherd habe vom ämilianischen Grundstück des Tigellinus seinen Ausgang genommen, und der Prätorianerpräfekt habe den Löschmannschaften den Zutritt verwehrt, als ob er wünschte, daß das Feuer die Stadt einäschere. Auch wollten Prätorianer gesehen haben, wie der Cäsar, der am dritten Tage des Feuers aus Antium zurückkehrte, im hohen Palast des Mäcenas auf dem Esquilin die Leier rührte und die Zerstörung Trojas besang. Tatsache ist, daß das Großfeuer fünf Tage und fünf Nächte raste, und vielleicht hätte es ganz Rom in Schutt und Asche gelegt, hätten nicht die Löschmannschaften am fünften Tag ringförmige Schneisen um das Feuer gelegt, indem sie ganze Häuserzeilen einrissen, mit Wasser aus den Aquädukten überschwemmten und so den Flammen die trockene Nahrung nahmen.

Unter den Gebäuden, die diesen Rettungsmaßnahmen zum Opfer fielen, war ein Dutzend Getreidespeicher der Stadt, deren Inhalt die Flammen geschürt hätte, nach Schleifung der Gebäude aber unbrauchbar wurde, so daß eine Hungersnot drohte. Für einen Scheffel Weizen verlangten die Händler bis zu zehn Sesterzen, und der Cäsar glaubte einen klugen Schachzug zu tun, indem er die Vorratshäuser in Ostia öffnete und den Getreidepreis auf drei Sesterzen festsetzte. Doch nun bewahrheiteten sich die Gerüchte, daß die Vorräte für eine Million Römer kaum länger als eine Woche ausreichten, und dem Befehl des Göttlichen zum Trotz wurde Weizen bis zu zwanzig Sesterzen gehandelt.

Mercurius auf allen Wegen! Aphrodisius konnte von Glück sagen, daß er in Karthago zwei Lagerhäuser Weizen geordert hatte, und er ließ seine Schiffe so schnell wie möglich entladen, um das Getreide aus Africa herbeizuschaffen.

Gavius überwachte den Transport. Er selbst ließ sich bei Tigellinus melden, der im Auftrag des Cäsars die Notstandsmaßnahmen koordinierte.

»Ich hätte nicht gedacht, daß wir uns so schnell wieder begegnen!« griente der Prätorianer verlegen. Er hielt im Palast des Mäcenas Hof, der seit den Zeiten des göttlichen Augustus dem Kaiserhaus gehörte; denn Gaius Cilnius Mäcenas, ein vornehmer Römer aus etruskischem Adelsgeschlecht, war ein steinreicher Freund des Cäsars, ein Förderer großer Dichter wie Vergil und Horaz und von solchem Einfluß, daß er in Abwesenheit des Cäsars von Rom sogar dessen Stelle vertrat.

»Nicht dir gilt mein Kommen«, erwiderte der Pompejaner kühl, »sondern meinen Geschäften.« Tigellinus stutzte. Das war ein anderer Aphrodisius als der, dem er zum ersten Mal begegnet war. »Du siehst«, fuhr Aphrodisius fort, »keine Frucht hängt zu hoch, als daß sie nicht eines Tages reif würde, um zu fallen.«

»Was willst du?«

Die Stimme des Pompeianers klang zornig: »Wollen? Nichts! Aber ich mache dir ein Angebot, das dir und deinem Kaiser willkommen sein dürfte. Die Römer sind ungehalten, wie du weißt, weil der Göttliche die Gesetze mißachtet und die Vorräte kleingehalten hat, obwohl eine Reserve von sechs Wochen vorgeschrieben ist.«

»Du handelst mit Wollstoffen, soviel ich weiß«, drängte der Prätorianer.

»Ich handle mit allem, was meine Schiffe tragen!« antwortete Aphrodisius. »Zum Beispiel auch mit Weizen.«

»Es gibt genug Weizen zu kaufen in Alexandria, in Karthago und in Kilikien. Die Flotte in Misenum wird in den nächsten Tagen auslaufen ...«

»... und in zwei Wochen zurückkehren und eine halbverhungerte Stadt vorfinden und Menschen, die den Aufstand proben wie einst Spartacus, und vielleicht werden du und dein Cäsar dann nicht mehr hier sein, weil sie euch vertrieben haben wie räudige Hunde.«

Der Prätorianer tat einen Schritt auf Aphrodisius zu, als wollte er auf ihn losgehen, doch als er die furchtlose Haltung des Pompejaners erkannte, blieb er stehen und fragte mit verstellter Stimme: »Wieviel hast du anzubieten, Pompejaner? Und vor allem wann?«

»Zweihunderttausend Scheffel. Morgen.«

»Morgen? Beim Mercurius, ist das die Wahrheit?«

Aphrodisius nickte. »Meine Schiffe sind nach Ostia unterwegs, sie werden morgen eintreffen.«

»Und der Preis?«

»Zwanzig Sesterzen pro Scheffel.«

»Zwanzig Sesterzen? Du bist verrückt, Pompejaner. Du weißt genau wie ich, daß der Cäsar den öffentlichen Getreidepreis auf drei Sesterzen festgeschrieben hat.«

Aphrodisius lachte unverschämt: »Das ist Sache des Cäsars, und der Göttliche soll von seinem Volke auch nicht mehr verlangen als drei Sesterzen, aber ich verlange vom Cäsar zwanzig Sesterzen.«

»Die Götter werden deinen Hochmut strafen!« schimpfte Tigellinus.

Und der Pompejaner antwortete: »Das ist Sache der Götter. An jeder Straßenecke zahlt man mir zwanzig Sesterzen, und in ein paar Tagen, wenn die Vorräte zur Neige gehen, wird es noch mehr sein. Salve, Tigellinus!«

»Halt, halt!« warf der Prätorianer ein. »Ich habe keine andere Wahl.«

»Ich weiß«, sagte Aphrodisius. »Morgen um dieselbe Zeit: Vier Millionen in *Aurei*.«

Dieses Geschäft tätigte der Pompejaner am vierten Tag vor den Kalenden des dem göttlichen Cäsar Augustus geweihten Monats, im zehnten Jahr der Regierung des göttlichen Nero. Aphrodisius machte einen Gewinn von dreieinhalb Millionen Sesterzen. Zugleich verdoppelte sich der Umsatz seiner Webereien, weil Zehntausende bei dem Brand ihre Kleider verloren hatten.

Serenus hatte ihn gelehrt, daß Geld Macht sei, und dieser Gedanke faszinierte den Pompejaner mehr und mehr.

## 7

VERLASSEN HATTE ER die Stadt wie ein Dieb im Morgengrauen, und Aphrodisius selbst hatte wohl zu allerletzt geglaubt, daß er in einem von Pferden gezogenen Wagen zurückkommen würde, vornehm gekleidet wie ein Herr und mit dem Selbstbewußtsein eines wohlhabenden Geschäftsmannes. An der Straße der Gräber vor dem Herculaneischen Tor ließ er anhalten, um nach dem Grabmal des Serenus zu sehen. Er fand es ungepflegt, beinahe verwahrlost, und wandte sich der Stadt zu.

Seit er diesem Popidius Pansa begegnet war, dessen Namen Serenus sterbend gemurmelt hatte, seit dem rätselhaften Verschwinden dieses Mannes, war der Pompejaner besessen von der Idee, das Geheimnis zu ergründen, welches Pansa mit sich herumtrug. Damals in den Wirren des Erdbebens schien es unerheblich, ob sein Herr durch die Katastrophe oder durch Mörderhand umgekommen war; Serenus war tot, und dieser Tod sollte das Leben seines Sklaven verändern. Was Aphrodisius nie verstanden hatte, war die scheinbare Gleichgültigkeit, mit der Fulvia dem Tod ihres Mannes begegnet war, und die Eile, mit der sie ihn an die Luft gesetzt hatte, obwohl ihr niemand bei der Abwicklung der Geschäfte besser hätte behilflich sein können als er.

Sein erster Weg führte den Pompejaner auf das Forum, und stimmten ihn auch die gebrochenen Säulen des Jupiter-Tempels und das Flickwerk des Apollon-Heiligtums traurig, so empfand er Freude über den Wiederaufbau anderer Gebäude. Die Kurie, flankiert vom Haus der Ädilen zur Rechten und dem der Duumviri zur Linken, strahlte in neuem Glanz, noch prächtiger als zuvor die Halle der Eumachia, und sogar das Macellum, wo er zur Zufriedenheit aller die Standmieten eingetrieben hatte, war wieder aufgebaut. Das alles war kleiner, überschaubarer als in Rom und vermittelte den Eindruck von Harmonie und Ausgeglichenheit. In den Gesichtern der Menschen konnte man weit weniger Angst und Mißtrauen lesen als in denen der Römer, und Aphrodisius begann zu begreifen, warum Pompeji die ›Perle Campaniens‹ genannt wurde.

So wie das Erdbeben das Gesicht der Stadt verändert hatte – aus den Ruinen erstanden meist größere und kunstvoller gestaltete Häuser als früher, andere wurden überhaupt nicht mehr aufgebaut, um Straßen und Plätze zu verbreitern – so hatten sich auch die Menschen verändert. Es fiel auf, daß viele Ausländer die Stadt bevölkerten, Kunsthandwerker aus Ägypten und Achaia und Scharen von Sklaven. Ihre fremden Sprachen hallten in den Straßen, und das fremde Aussehen und ihre ungewohnte Bart- und Haartracht verliehen Pompeji ein exotisches Erscheinungsbild. Kannte Aphrodisius nur noch wenige Gesichter, so erkannten die Pompejaner ihn überhaupt nicht. Zu sehr hatte er sich verändert.

Auf der Suche nach einem Menschen, dem er vertrauen konnte, begab Aphrodisius sich zu seinem Schulmeister Saturnius in der Straße nach Nola, und er empfand Freude, den Greis lebend zu treffen. Der weißbärtige Mann vergoß Tränen wegen des unverhofften Wiedersehens und zeichnete dem Pompejaner mit dem Daumen ein Kreuz auf die Stirne. Auf die Frage des Besuchers, welches Symbol diese Handlung bedeute, antwortete Saturnius, das Kreuz sei das Zeichen des Jesus, der unter Tiberius gekreuzigt wurde, und er sei ein Jünger dieses Jesus.

Aphrodisius erinnerte sich des Tarsiers, unter dessen Berührung Fabius Eupor die Kraft seiner lahmen Beine wiedererlangt hatte, und fragte, ob dies den Ausschlag gegeben habe für seinen Glaubenswechsel. Saturnius nickte und bekannte, er habe in diesem Glauben Trost gefunden und Glück, nach dem er ein ganzes Leben vergeblich gesucht habe.

Im übrigen habe sich bereits eine ganze Gemeinde um Eupor geschart, und täglich kämen neue Mitglieder hinzu.

»Kennst du Popidius Pansa?« erkundigte Aphrodisius sich unvermittelt.

»Den Advokaten?« fragte Saturnius zurück, und als der Besucher bejahte, antwortete der Alte: »Er verschwand nach dem Beben aus der Stadt. Und ließ seine Frau zurück. Was ist mit ihm?«

»Du kannst schweigen?« fragte Aphrodisius, und das klang beinahe wie eine Drohung. »Serenus, mein Herr, der mir die Freiheit geschenkt hat, starb bei dem Erdbeben im achten Jahr der Regierung des Cäsars.«

»Die Duumviri schätzten, daß damals tausend Menschen ihr Leben verloren«, bemerkte Saturnius.

»Nur starb Serenus nicht durch das Beben ...«

»Sondern?«

»Er wurde mit einem Dolch ermordet.«

Der Greis setzte sich und schlug ein Kreuzzeichen. »Das ist eine furchtbare Behauptung, mein Sohn. Woher willst du das wissen?«

»Ich habe es selbst gesehen, ich habe selbst den Dolch aus seinem Hals gezogen. Dabei lebte Serenus noch, aber kurz bevor er starb, nannte er einen Namen: Popidius Pansa.«

»Der Herr möge ihm vergeben.«

»Saturnius«, sagte der Pompejaner ernst und trat nah an den Alten heran, »ich beschuldige niemanden, aber ich muß wissen, was es mit diesem Pansa auf sich hat!«

»Er wird nach Rom gegangen sein. Dort ist schon mancher untergetaucht.«

»O nein, Saturnius, Pansa ist nicht in Rom, er setzte sich nach Karthago ab. Dort begegnete ich ihm als biederem Geschäftsmann. Aber erst, als ich fort war, fiel mir ein, daß ich diesen Mann kannte. Ich ging zurück in sein Haus – das Haus war verlassen. Da wußte ich, daß etwas nicht stimmte.«

Saturnius strich über seinen weißen Bart, er dachte nach, dann sagte er kopfschüttelnd: »Popidius Pansa galt als ehrenwerter Mann, warum sollte er Serenus umbringen?«

Aphrodisius lachte gequält: »Rom ist voll von ehrenwerten Männern, und trotzdem morden sie wie ganz gemeine Verbrecher. Je höher ihr Amt, desto perfider ihr Verbrechen!«

In Begleitung des alten Saturnius machte Aphrodisius sich auf die Suche nach Spuren, die Pansa hinterlassen hatte. Sein Haus in einer Seitenstraße der Straße der Thermen wurde inzwischen von einem römischen Veteranen bewohnt, der es kurz nach dem Erdbeben gekauft hatte. Die Besitzerin sei unverschuldet in Not geraten.

Ob ihm bekannt sei, wo sie sich aufhalte?

Das wisse er nicht, sagte der altgediente Soldat; er habe jedoch gehört, daß sie als Fischweib bei Scaurus ihren Lebensunterhalt verdiente, ein beklagenswertes Schicksal.

Man mußte nur der Nase nachgehen, um zu der Fischsoßen-Fabrik des Marcus Umbricius Scaurus zu gelangen. Dort verrichtete Popidia, die verlassene Frau Pansas, niedere Dienste, salzte Fischinnereien und andere Abfälle und mischte sie zu einem stinkenden Brei.

Sie schien verbittert. Den Aufenthaltsort ihres Mannes kenne sie nicht, er sei vor zwei Jahren verschwunden – über Nacht. Nein, er habe ihr keinen Scheidebrief gesandt, und sie sei sicher, daß er eines Tages zu ihr zurückkehren werde.

Warum Aphrodisius das alles wissen wolle?

Er sei Pansa in Karthago begegnet, erwiderte der Pompejaner, ohne die Frage zu beantworten, habe ihn dann aber aus den Augen verloren.

Das unverhoffte Lebenszeichen machte die Frau gesprächig, und sie erzählte, daß Pansa stets freizügigen Umgang mit Frauen gepflegt habe, sie nannte sogar Namen, die Aphrodisius nicht kannte, bis auf einen: Fulvia, die Witwe des Serenus. Fulvia und Pansa? Was wußte Fulvia?

Von Scaurus, der sich verwundert zeigte über den Aufstieg des Pompejaners, erfuhr Aphrodisius, daß der Cäsar von Poppäa Sabina fordere, ihr pompejanisches Landgut zu verkaufen, die Priesterin Eumachia habe als einzige Interesse gezeigt, weil sein Erhalt viel koste, aber wenig einbringe.

Nun kannte Aphrodisius von seiner Tätigkeit in Poppäas Diensten die Bilanzen dieses Landgutes; er wußte, daß der Verwalter Silanus ein Betrüger war und die Besitzungen an den Hängen des Vesuv gut den doppelten Gewinn einfuhren, den Silanus angab. Deshalb suchte er den Verwalter auf, um sich nach dem Preis zu erkundigen.

Er haßte Männer wie diesen Marcus Silanus, denen Falschheit und Gaunerei ins Gesicht geschrieben standen, und deshalb ließ Aphrodisius sich auf keine Diskussion ein, als der Verwalter beteuerte, das Landgut sei praktisch schon verkauft; Eumachia habe eine Million und zweihunderttausend Sesterzen geboten.

»Hör zu«, sagte Aphrodisius und trat vor Silanus hin, daß dieser ängstlich zurückwich, »melde deiner Herrin, Aphrodisius biete eine Million Sesterzen. Schicke noch heute einen Boten nach Rom, ich warte am dritten Tage auf Antwort.«

»Eine Million!« lamentierte der Verwalter. »Herr, es ist unmöglich, weil die Priesterin zweihunderttausend Sesterzen mehr bietet.«

»... die in deine Tische fließen, Silanus, dich kenne ich. Eine Million, und kein As Mehr!«

Marcus Silanus hob die Hände zum Himmel wie zum Gebet: »Eumachia wird mich verfluchen, sie wird mich strafen, Eumachia ist eine harte Frau, die Götter mögen mir helfen!«

»Laß die Götter aus dem Spiel«, erwiderte Aphiodisius,

»und glaube mir, Aphrodisius ist härter als Eumachia. Hast du nicht Geld angenommen, um Octavia zu töten?«

»Du weißt, daß nicht ich es war, der Octavia getötet hat, Herr!«

»Ich weiß, wie viele Sesterzen du erhalten hast, Verwalter!« Die Worte des Pompeianers klangen, als spucke er aus.

»Ich habe das Geld bis auf das letzte As zurückgezahlt, ich schwöre es, bei meiner rechten Hand.«

»... um es Poppäa bei der nächsten Abrechnung wieder abzunehmen, Hundesohn.«

Da fiel Marcus Silanus vor Aphrodisius nieder. Er umfaßte seine Knie und flehte um die Gunst des Pompejaners. Drei Tage später war Aphrodisius Besitzer des größten Landgutes von Pompeji.

»Zerrt den Cäsar vor die Löwen!« riefen die Römer, die in Scharen das Forum erstürmten, um ihrem Unmut Luft zu machen. Viele trugen noch immer angesengte Kleider, weil sie kaum mehr als ihr Leben aus den Flammen gerettet hatten.

»Zerrt den Cäsar vor die Löwen!« hallte es aus allen Richtungen; denn seit bekannt geworden war, daß der göttliche Nero im Anblick des brennenden Rom zur Leier gesungen habe, ging das Gerücht durch die Straßen der Stadt, der Cäsar selbst habe den Auftrag gegeben, Rom anzuzünden; nach Antium sei er nur deshalb gereist, um jeden Verdacht von sich zu lenken. Als Nero gar durch Herolde verkünden ließ, er werde die Stadt innerhalb eines Jahres neu aufbauen, schöner und prächtiger als je zuvor, und diese Stadt solle Neropolis heißen, weil ja auch der göttliche Julius, Augustus und sogar seine Mutter Agrippina Städte mit ihrem Namen erbaut hätten, da sahen sich all jene, die den Cäsar der Brandstiftung bezichtigten, vollends bestätigt.

»Zerrt den Cäsar vor die Löwen!« Immer lauter wurden diese Rufe, und sie machten selbst vor dem Palast des Mäcenas nicht halt, wo der Göttliche sich aufhielt. Tigellinus erkannte die Notwendigkeit, einen Brandstifter zu finden, denn solange es keinen Schuldigen gab, würden die Gerüchte um den Cäsar nicht verstummen.

Wer kam für eine solche Tat in Frage? Boten sich dazu nicht die Mitglieder jener Sekte, die sich Christen nannten und die römischen Götter leugneten wie die Juden, geradezu an? Tigellinus beschwor, mit eigenen Augen gesehen zu haben, wie diese Christen sich tanzend durch das brennende Rom bewegt und lachend verkündet hätten, das Reich ihres Gottes sei gekommen.

Und da Nero nichts mehr fürchtete als einen Rivalen, der ihm die Macht streitig machte, erklärte er die Christen zu Staatsfeinden und Religionsfrevlern, und die bestehenden Zwölftafelgesetze genügten, sie mit dieser Anklage zu verfolgen und zu verurteilen. Da traf es sich gut, daß der Circus Flaminius auf dem Marsfeld den Brand heil überstanden hatte.

»Zerrt die Christen vor die Löwen!« gellte es nun durch die zerstörten Straßen. Prätorianer sorgten dafür, daß die Kunde bis in die letzten Winkel drang, und der Haß, der noch vor kurzem dem Cäsar galt, traf jetzt die Christensekte mit ganzer Härte. Unbeliebt waren sie schon seit ihrem ersten Auftreten in Rom, weil sie sich absonderten von der Gemeinschaft, Spiele, Theater und öffentliche Veranstaltungen mieden, und es ging das Gerücht, sie würden bei ihren geheimen Zusammenkünften, die vornehmlich nachts und in den Vierteln der Armen stattfanden, neugeborene Kinder opfern. Angeklagt eines Verbrechens gegen den Staat, genügte eine einzige Zeugenaussage, um einen Christen zum Tod zu verurteilen: einem Römer drohte der Tod durch das Schwert, Ausländer und Sklaven wurden mit dem Würgeisen hingerichtet und an Kreuze genagelt oder bei den Circusspielen den wilden Tieren vorgeworfen.

Schon aus weiter Ferne erkannte Aphrodisius die zahllosen Fackeln vor der Stadt. Es war Abend geworden, und die Suche nach Spuren des Popidius Pansa hatte ihn allzu lange in Pompeji festgehalten. Unterwegs nach Rom trabten die Pferde schleppend, er war müde, sein Rücken schmerzte vom holprigen Pflaster der Via Appia.

»He, sieh mal!« Der Pompejaner stieß den Kutscher an. »Das sind ja lebende Fackeln!«

Im Näherkommen wurde deutlich: Zu beiden Seiten der Straße loderten Hunderte Menschen. Prätorianer waren lärmend beschäftigt, Christen an Pfählen und Kreuzen festzubinden, sie mit Pech zu übergießen und anzuzünden. Brennend vollführten die gequälten Menschen bizarre Bewegungen, wilden asiatischen Tänzen gleich, und die Römer, die wie ein endloser Wurm aus der Stadt drängten, lachten, sie klatschten in die Hände, als feuerten sie die Brandfackeln zu größerer Ekstase an.

Zusammengedrängt in kleinen Gruppen, mit Stricken aneinandergebunden, singend und laute Gebete sprechend, erwarteten andere ihr Schicksal. Sie vergossen Tränen im Angesicht des Schmerzes ihrer Gesinnungsgenossen, aber nur selten war ein Klagen zu hören oder ein Aufschrei der Angst. Viele der Todgeweihten vermittelten sogar den Eindruck, als gingen sie glücklich in den Tod; sie schlossen die Augen und hoben die Arme in den nächtlichen Himmel und ließen die Prätorianer gewähren und fanden bisweilen sogar freundliche Worte des Abschieds.

Der stechende Geruch, der von den lodernden, prasselnden Menschenleibern ausging, lähmte die Lungen, und Aphrodisius ließ den Kutscher anhalten; an ein Durchkommen war ohnehin nicht zu denken, weil Gaffer den Weg versperrten, drängend und die Hälse reckend zwischen den Grabmälern der reichen Römer zu beiden Seiten der Straße. Auch der Pompejaner fühlte sich angezogen von dem schaurigen Schauspiel, von dem hundertfachen theatralischen Sterben, von den menschlichen Fackeln, welche die Appische Straße in zuckendes, blutrotes Licht tauchten, und von den verurteilten Christen, die dem Tod mutig die Stirn boten.

Er selbst hatte es ja am eigenen Körper erlebt, wie die Glieder im Angesicht des Todes ihren Dienst versagen, wie die Sinne verrückt spielen und das Denken verändern und nur den einen Gedanken kennen: zu überleben. Doch diese Menschen schienen den Tod nicht zu fürchten, sie wirkten auf seltene Weise unverwundbar wie der nemeische Löwe, den keine menschliche Waffe bezwingen konnte, bis Hercules kam und ihn mit bloßen Händen erwürgte. Welche geheime Kraft wohnte diesen Christen inne, welche Erkenntnis, die ihnen die Sicherheit gab, der Tod sei der Beginn eines neuen, besseren Lebens?

Gewiß, es waren meist Ärmlinge, die der neuen Sekte anhingen, Sklaven vor allem, ohne Besitz, oder jene römischen Bürger, die sich durch Geburt das Recht auf ein paar Scheffel Getreide im Monat erworben hatten, und das Stimmrecht, das sie bei jeder Gelegenheit so teuer wie möglich verkauften. Aber auch er, Aphrodisius, kam aus kleinen Verhältnissen, sein Vater war Sklave, und doch hatte er sich nie angezogen gefühlt von dieser Sekte, im Gegenteil. Als Folge seiner griechischen Erziehung, die er in Pompeji genossen hatte, verehrte er die Götter der Römer nicht, doch er kannte alle ihre Mythen und liebte sie, und Jupiter war für ihn nur ein anderer Name für Zeus, Minerva die Verkörperung Athenes, und Neptun nur ein anderer Poseidon, weil die Römer den Griechen an Phantasie und poetischer Begabung nachstanden. Und es bereitete ihm immer Schwierigkeiten, jene typisch römischen Gottheiten zu erkennen wie Concordia, die Göttin der Eintracht, Clementia, die Göttin der Milde, Fides, die Göttin der Treue oder Pallor und Pavor, die Götter der Furcht und des Schreckens, jene seelenlosen, abstrakten Begriffe, die von den vermenschlichten Göttern des Olymp ebenso weit entfernt waren wie die Tempel der ägyptischen Katzen- und Schakalgötter von den Steintoren der britannischen Druiden.

»Brenne, brenne!« riefen die Römer im Angesicht der lebenden Fackeln, »brenne, brenne!« – so wie sie im Circus ihre Gladiatoren anfeuerten. Manche tanzten vor den lodernden Christen und ahmten ihre krampfartigen Bewegungen nach, andere rannten mit Fackeln von Pfahl zu Pfahl, um dort auszuhelfen, wo die Flammen zu ersticken drohten. Grausige Bilder, menschliche Leiber wie Baumstämme verkohlt, Greise und junge Frauen mit glühenden Haaren, die Augen weit ausgerissen, hingen an wankenden Kreuzen, und die, denen das gleiche Schicksal bevorstand, hatten sich abgewandt, um nicht dem Wahnsinn zu verfallen. Da die Zahl der Kreuze und Pfähle nicht ausreichte, um alle Delinquenten auf einmal hinzurichten, warteten immer noch ein paar hundert, in kleinen Gruppen aneinandergefesselt und von Passanten mit hämischen Bemerkungen bedacht, auf ihr Ende.

Aphrodisius verspürte Übelkeit; es war jenes merkwürdige Gefühl der Todesnähe, das er selbst im Tullianum erlebt hatte und das der Rebellion der Gedärme bei Sturm auf hoher See ähnelt. Waren es heute die Christen, so würden es morgen die politischen Gegner des Cäsars sein, die dieses Schicksal ereilte; ja, nicht einmal seine Freunde konnten sicher sein vor der Willkür des Göttlichen, das hatte die Vergangenheit gezeigt. Der Pompejaner fühlte sich schwach, machtlos, diesem Wahnsinn Einhalt zu gebieten; aber in seinen Zorn mischten sich die Worte seines Herrn Serenus: Geld ist Macht.

Im Gehen streifte ihn der Blick eines Mädchens, das, angebunden wie ein Maultier im Macellum, auf seine Hinrichtung wartete. Es unterschied sich von den übrigen Männern und Frauen dieses Haufens, die gefaßt dem Flammentod entgegensahen, weil es am ganzen Körper zitterte wie die Blätter der dodonischen Eiche. Sein Kopf, die Hände und die Knie vollführten unkontrollierte zuckende Bewegungen, und weder der Zuspruch eines alten Mannes noch der unbeherrschte Schlag eines Wache schiebenden Centurio in das Gesicht der jungen Frau zeigte Wirkung.

Leda! Der Pompejaner war ganz sicher: Das zitternde Geschöpf war Leda aus der Herberge am Circus Maximus. Man vergißt nicht das erste Lächeln in einer fremden Stadt. Beim Jupiter, was tun? Er konnte doch nicht zusehen, wie das zitternde Mädchen mit Pech übergossen und angezündet wurde!

Der Pompejaner trat näher an das Mädchen heran: »Leda!« sagte er hilflos, und er schämte sich seiner Hilflosigkeit.

Das Mädchen schien ihn nicht zu hören, es blickte durch ihn hindurch, als würde es in der Ferne ein lange gesuchtes Ziel erkennen.

»Leda!« wiederholte Aphrodisius.

Dem Centurio war die Annäherung nicht entgangen. Er stürzte herbei und herrschte den Pompejaner an: »Weg da, verschwinde!«, und als Aphrodisius zum Gürtel griff, da fürchtete der Prätorianer wohl, er könnte eine Waffe ziehen, und zog seinerseits das Schwert.

»Dummkopf!« sagte Aphrodisius leise und hielt dem Centurio seinen Beutel unter die Nase, daß dieser verblüfft einen Schritt zurück tat. Er zog die Stirne in Falten.

»Ein Prätorianer des göttlichen Cäsar ist nicht bestechlich.«

»Wer redet von Bestechung, Centurio?«

»Was anderes als Geld trägst du in diesem Beutel?«

Aphrodigius lächelte gequält: »In diesem Beutel ist meine Dankbarkeit verschnürt, meine Dankbarkeit, die dir dann sicher ist, wenn du dieses Mädchen freiläßt.«

»Niemals«, knurrte der Prätorianer und blickte zur Seite, ob irgend jemand das Gespräch belauschte. »Was …«, begann er schließlich, »ist außer deiner Dankbarkeit noch in diesem Säckel?«

»Sieh nach!« erwiderte der Pompejaner und warf ihm den Beutel mit einer flinken Handbewegung zu. Der fing ihn auf und ließ ihn, weil er fürchtete, man könnte sie beobachten, blitzschnell im Leder seiner Uniform verschwinden. »Fünftausend Sesterzen werden es schon sein«, erwähnte Aphrodisius beiläufig.

»Fünftausend?« Der Prätorianer ging mit gezogenem Schwert auf das Mädchen zu, er holte aus, und ein sicherer Hieb teilte den Strick, mit dem Leda an die anderen Christen gefesselt war. Aphrodisius packte sie an den Schultern und stieß sie durch die Reihen der Gaffer vor sich her zu seinem

Wagen. Leda ließ das alles geschehen, ohne zu erkennen, was eigentlich vorging. Sie zitterte noch immer, als der Pompejaner sie in den Wagen hob und dem Kutscher das Zeichen gab zur Umkehr.

»Hab keine Furcht«, sagte Aphrodisius und versuchte, die Hand des Mädchens zwischen die seinen zu legen, doch sie entzog sie ihm blitzschnell wie nach dem Biß einer Schlange.

»Hab keine Furcht«, wiederholte der Pompejaner, »ich bringe dich in Sicherheit, wir nehmen den Weg über die Albaner Berge.«

Aphrodisius beugte sich nach vorne und sprach mit dem Kutscher. Das Mädchen drängte sich furchtsam in den hintersten Winkel des Wagens wie ein Hase, den die Hunde in seinem Bau gestellt haben, und seine dunklen Augen funkelten, daß Aphrodisius fürchten mußte, es würde ihn anspringen wie das gejagte Wild in höchster Todesnot.

»Leda«, beschwor Aphrodisius das verzweifelte Mädchen, »du bist gerettet, Leda, du bist frei!«

Nun, da es seinen Namen hörte, musterte das Mädchen den Fremden mit unruhigem Blick, aber es erkannte ihn nicht in der Dunkelheit.

»Du wirst dich nicht an mich erinnern«, sagte der Pompejaner, »es ist schon ein paar Jahre her, da kam ich mit meinem Sklaven nach Rom und nächtigte in der Herberge deines Vaters, ich glaube Myron war sein Name.«

Als Aphrodisius den Namen aussprach, schlug Leda beide Hände vors Gesicht, und der Körper des Mädchens wurde von Weinkrämpfen geschüttelt.

»Wo ist dein Vater Myron?«

Da hob Leda die Arme und zeigte dem Pompejaner ihre Handgelenke, und Aphrodisius begriff.

»Du warst an ihn gefesselt!« rief der Pompejaner, und das Mädchen ließ weinend den Kopf auf die Brust sinken.

Aphrodisius zögerte einen Augenblick, dann beugte er sich zum Kutscher vor: »Umdrehen, hörst du, und gib den Pferden die Peitsche!«

Wie ein Block in den Steinbrüchen am Mons Claudianus polterte der Wagen über den schlechten Fahrweg, und Aphrodisius rief immer wieder: »Schneller, schneller!«

In Sichtweite des Fackel-Schauspiels an der Via Appia ließ der Pompejaner anhalten und wenden. »Komm!« sagte er gefaßt und nahm Leda an der Hand. Das Mädchen folgte zögernd und drängend zugleich, zögernd vor Todesfurcht, drängend, weil es seinen Vater liebte, einen Vater, der ihr Vater und Mutter gewesen war.

Seine Faust gebrauchend, bahnte sich Aphrodisius einen Weg durch die johlenden, tanzenden Gaffer. An der Stelle, wo er das Mädchen befreit hatte, blieb er stehen. Und wieder befiel das Mädchen eines furchtbare Zittern, das seinen Körper zu zerbrechen drohte – und als sie erkannte, daß die Gruppe der aneinandergefesselten Christen verschwunden war, warf sich Leda schluchzend an die Brust des Pompejaners. Der preßte ihren Mund gegen sein Gewand, damit niemand ihren Schmerz hören konnte. »Leda«, stammelte Aphrodisius hilflos, ein um das andere Mal, »Leda.«

Er sah sich um, beim Jupiter, er kannte diesen Myron nicht mehr von Angesicht. »Leda«, sagte Aphrodisius, »ich weiß, daß ich Unmenschliches von dir verlange, aber es ist die einzige Möglichkeit, deinen Vater zu retten: Blicke auf, schau, ob du irgendwo Myron siehst!«

Das Mädchen verstand, es klammerte sich wie ein Kind an den Arm des Pompejaners, und dieser zog es mutig durch die Phalanx der lebenden Fackeln. Noch immer warteten Menschenknäuel, aneinandergefesselt wie Tiere, auf ihre Hinrichtung, und Leda musterte mit letzter Kraft die rotleuchtenden Gesichter. Aphrodisius' fragenden Blick beantwortete sie mit einem Kopfschütteln.

Für das Mädchen war die Gefahr groß, entdeckt zu werden, und die Schritte des Pompejaners wurden zunehmend langsamer, je weiter sie gingen. So fiel es ihm zunächst gar nicht auf, daß Leda nicht mehr ihre Beine gebrauchte, sondern daß er das an seinen Arm geklammerte Mädchen plötzlich neben sich herzog wie eine Beute. Als er es aber bemerkte, bedurfte es nur eines Blickes, um das Furchtbare zu begreifen: Leda starrte stumm, mit zitternden Wangen auf eines der Kreuze, an das der Centurio soeben Feuer legte. Eine Stichflamme schoß fauchend über den ausgebreiteten Körper des Mannes, der noch einen kurzen, lauten Schrei ausstieß.

Leda krallte sich in seinen Arm, daß es schmerzte – ein Schmerz, der beinahe wohltat, denn Schmerz war das einzige Empfinden in diesem Augenblick. Aber auf einmal fiel Leda von ihm ab, sie sank stumm zu Boden, ohne einen Laut. Aphrodisius lud das Mädchen auf seine Arme und trug es zu seinem Wagen zurück. Er wollte weinen, aber er fand keine Tränen, weil es Empfindungen gibt im Leben, die stärker sind als tränenreiche Trauer. Und die Worte des weisen Sophokles hämmerten in seinem Gehirn, der da sagte: »Ungeheuer ist viel, doch nichts ist ungeheurer als der Mensch.«

Er liebte die Eristik über alles, jene hymnische Kunst des Streitgesprächs, der sich die Griechen bedienten, ebenso um Alltäglichkeiten zu beplappern wie zur Lösung eschatologischer Probleme, und meist fehlte es ihm an willigen Gegnern, so daß Annäus Seneca, die Hände auf dem Rücken haltend, wie es Aristoteles' Schülern zukam, auf- und abging und sich selbst große Worte zuwarf, die er am Ende des Säulenganges auffing, in Frage stellte wie Karneades, der Skeptiker, und sie mit weiser Überlegung nach Art des Sokrates zurückgab. Und so sehr Seneca die Bedürfnislosigkeit der Kyniker bewunderte, so gab ihr Spiegel sein eigenes Bild nur in zarten Schemen wider, denn Reichtum, meinte er, sei eine viel zu angenehme Sache, als daß man sie anderen überlassen dürfe – soviel das eine. Zum andern war er stolz, aber nicht im Hinblick auf seine Kleider, seine Haar- und Barttracht, nein, seine *Gedanken* machten ihn eitel, und er glaubte schließlich, er selbst könne sie am besten erwidern. So spielte er Schach gegen sich selbst, fuhr Türme von Gedanken auf und rochierte mit Königen und Damen – freilich nie, ohne diese Wortgefechte einem flinken Schreiber in den Stilus zu diktieren, denn anders als ein Schachspieler, der sich selbst besiegt hat oder sich selbst unterlegen ist und nach der Schlacht Brett und Figuren in die Lade zurücklegt, eiferte Seneca, jedes seiner Worte der Nachwelt zu erhalten.

So parlierte Annäus Seneca in der oben geschilderten Haltung, die Kühle des campanischen Abends genießend, über das, was ihm in den Sinn kam angesichts des pisonischen Verrats. Epicharis blieb das einsame Zeichen am Himmel der Tapferkeit, die Masse war feige, und zwei Männer, Scävinus und Natalie, hatten das geheime Wort verraten, das Codewort und Haupt der Verschwörung zugleich war: Piso, und dadurch den gewaltsamen Tod vieler Römer heraufbeschworen. Piso selbst gelang es, den Prätorianern – von denen Tigellinus nur die jüngsten ausgewählt hatte, weil er fürchtete, die älteren würden zu dem Verräter überlaufen – zuvorzukommen, indem er sich, als das Unheil nahte, die Pulsadern aufschnitt, ein Testament hinterlassend mit niedrigen Schmeicheleien für den Cäsar, damit seine schöne, geliebte Gemahlin dem gleichen Schicksal entrinne.

Und da er wohl fühlte, daß auch seine Zeit gekommen war, redete Seneca isomorph mit Paulinus über die Kürze des Lebens. Es gab keinen Paulinus, wenn nicht ihn selbst, und so sprach Seneca mit der Beredsamkeit des Lehrers und hörte sich zu, lernwillig wie ein Schüler, während der Schreiber jedes Wort notierte: »Die meisten Menschen, Paulinus, beklagen den Mißstand, daß der Mensch nur für eine kurze Zeitspanne geboren ist und daß seine Frist so schnell und stürmisch abläuft, daß die meisten, ja beinahe alle Menschen mitten in den Vorbereitungen für das Leben hinscheiden.«

»… für das Leben hinscheiden«, wiederholte der Schreiber.

»Sieh nur, Paulinus, wie begierig die Menschen sind, lange zu leben. Abgelebte Greise betteln mit Gelübden um Zugabe weniger Jahre, sie machen sich selber vor, jünger zu sein, und sie betrügen sich selbst, als könnten sie auch den Tod hinters Licht führen. Sei daher nicht neidisch, wenn du eine Purpurtoga siehst, die schon oft angelegt wurde; wenn du einen Namen hörst, der auf dem Forum gefeiert wird. Denn diese Dinge gewinnt man auf Kosten des Lebens. Daß ein einziges Jahr nach ihnen als Konsuln gezählt wird, dafür würden sie all ihre Jahre opfern ...«

Lärm von jenseits der Mauer unterbrach den Monolog, und Seneca erklomm eine Bank, die ihn sommers so oft zum Betrachten der Sterne geladen hatte, von denen die Ägypter sagten, daß sie die Geschicke der Menschen lenkten; aber daran glaubte Seneca nicht. Trotz *interlunium*, der lichtlosen Nacht des Neumondes, schienen die Gärten des Hauses in grelles Licht getaucht. Soldaten mit Fackeln umstellten das Gut, Hunderte in Armspanne aufgereiht, welch verzauberndes Gehege. Furchtlos trat Seneca dem Prätorianertribun gegenüber, der seinen Namen, Gavius Silvanus, nannte, und forderte ihn auf, mit ihm zu trinken, roten Falerner aus der Zeit des göttlichen Tiberius, den Mischkrug sparsam gebrauchend.

Das Treffen war peinlich genug, und Silvanus griff gierig zum Becher, bevor er zur Sache kam und in Tigellinus' Auftrag die Erklärung abgab, Natalis habe ihn, Seneca, der Mitgliedschaft der pisonischen Verschwörung bezichtigt und er, Tigellinus, fordere seine Stellungnahme. Nicht ohne Ironie jener Vorfall, weil Seneca genau wußte, daß der Fragesteller selbst den Verschwörern angehörte, während Silvanus bekannt war, daß Seneca, obwohl er mit ihnen sympathisierte, eine Mitgliedschaft stets abgelehnt hatte. So schickte denn der weise Greis den Tribun fort mit der Antwort, er habe Nero zu dem gemacht, was er heute sei, warum solle er Interesse an seiner Beseitigung haben? Und da er den Tod nicht fürchtete, nur das würdelose Sterben, das ihm bevorstand, wenn er der unabwendbaren Parze Atropos, die den Lebensfaden durchtrennt, freie Hand ließ, rief Seneca seine Frau Pompeia Paulina, seine Schreiber und Diener und verkündete seinen Entschluß, freiwillig aus dem Leben zu scheiden, weil Nero, der seine Mutter und Ehefrau umgebracht habe, auch nicht vor einem Mord an seinem Erzieher und Lehrer zurückschrecke.

Wie tröstend seine Worte auch klangen, wie fröhlich der Abschied, Pompeia Paulina bestand darauf, zusammen mit ihrem Gemahl zu sterben, Bedenken kenne sie nicht. Seneca liebte seine Frau, und obwohl er zahlreiche Einwände nannte, blieb diese beharrlich. So gebührte dem Freitod der beiden kaum weitere Erwähnung, rechtfertigte nicht der tragische Ablauf das Gegenteil.

Nach tränenreichem Abschied der Bediensteten zogen Seneca und Paulina sich stumm in das Cubiculum zurück. Der Alte trug eine Klinge von blitzender Schärfe, und der Ring, den er damit um seine Handgelenke zeichnete, verbreiterte sich bald, dann reichte er die Klinge mit einem Lächeln seiner Gemahlin. Ohne große Überwindung, so als sei es die natürlichste Sache der Welt, ahmte Paulina Senecas Schauspiel nach und ließ sich auf dem Lager nieder, die Arme ausbreitend wie Daidalos auf seinem Flug in das warme Sizilien.

Aber kommt der Tod stets unerwartet und schnell, so ist das Sterben eine langwierige Angelegenheit, mühsam bisweilen wie das Leben, und die beiden Alten warteten Stunden vergebens.

Um Paulina die Grausamkeit des geliebten Blutes zu ersparen, erhob sich Seneca. Er sprach: »Mag die Festigkeit, mit der wir aus dem Leben scheiden, bei uns beiden gleich sein, der Ruhm *deines* Endes ist größer.« Dann legte er sich in ein anderes Gemach, und ritzte mit der Klinge die Adern an Beinen und Kniekehlen, um das Sterben zu beschleunigen. Nun sickerten Rinnsale von allen Gliedern des Körpers, zaghaft wie das Schmelzwasser am Vesuv, wenn der campanische Frühling glitzert, aber zu sterben gelang Seneca nicht, allzu langsam floß das Leben aus dem greisen Körper.

Dienern, die unruhig äugten, ob schon vollbracht war, was er begonnen hatte, erfuhren den Wunsch des Sterbenden zu diktieren, denn solange das Blut warm sei, müsse man kraftvoll auf das Bessere zugehen. Die Schreiber kamen weinend und zeichneten Senecas Rede auf, seine eigene Totenrede,

Lehre für nachfolgende Generationen, in der er noch einmal das Streben geißelte, die ruchlose Jagd nach dem Glück.

»Doch«, brachte er schwer atmend hervor, »während die Menschen sich drängen lassen und drängen, während einer des anderen Ruhe stört, während alle wechselseitig unglücklich sind, verläuft ihr Leben ohne Gewinn, ohne Genuß, ohne geistigen Fortschritt.« Niemand habe den Tod vor Augen, man richte seine Vorstellungen vielmehr in die Ferne, und manch einer treffe sogar Vorkehrungen für das, was seinen Platz jenseits des Lebens habe, für riesige Grabmäler, für die Weihe öffentlicher Bauwerke, für prunkvolle Totenfeuer und ehrgeizige Beisetzungen. Beim Hercules, deren Leichenbegräbnisse sollten besser nachts bei Fackel- und Kerzenlicht stattfinden, wie es Kleinkindern zukomme, die nur kurze Zeit gelebt haben.

Doch der geflügelte Tod, der Bruder des Schlafs, der Sohn der Nacht, flieht in schwarzem Gewand zuerst vor jenen, die ihm mutig entgegentreten. Seneca konnte nicht sterben, rief ungeduldig nach dem Gift, das jeder Römer von Rang vorrätig hielt, trank und wartete vergebens, dann ließ er heißes Wasser bereiten und setzte sich blutend in eine Wanne; das Wasser färbte sich rot, aber Seneca blieb am Leben, bis endlich die Sklaven den Herrn in das Dampfbad schleppten, die Feuerstelle mit knorrigem Ahorn beheizten, daß sie zu bersten drohte, und Seneca qualvoll erstickte.

Dies war das Ende des größten Philosophen, den Rom je hervorgebracht hat, als hätte Minerva verfügt, daß das Ende einsamer Gedanken einsam ist.

Beim Hineintragen erwachte das Mädchen, und der Blick, mit dem Leda den Pompejaner ansah, verriet keinesfalls Dankbarkeit, eher den Vorwurf: Warum hast du das getan? Sie weinte nicht, weil es eine Grenze des Schmerzes gibt, hinter der alle Gefühle tot sind.

Auch Aphrodisius fand es nicht angebracht, irgend etwas zu sagen; er trug sie mit beiden Armen vor sich her wie ein

Kind, das namenlos aus dem reißenden Wasser der Aquä Julia gerettet wurde, dem Leben wiedergeschenkt wie der ägyptische Osiris, der entlaubte Baum, den der göttliche Caligula zum Staatsgott erhob.

Willenlos ließ es Leda geschehen, als der Pompejaner sie in eines der zahllosen Gemächer des vornehmen Hauses niederlegte, wo Gemälde die Wände zierten wie in einem Palast und schwarze gekreuzte Balken die Decke stützten mit goldenen Sonnen dazwischen. Dem Bett gegenüber fiel der Blick auf ein seltsames Gemälde, das erst vor kurzem hierher verbracht worden war: eine dem Schaum des Meeres entsteigende Aphrodite mit knospenden Brüsten und rosigen, breiten Hüften, zur Liebe geboren. Doch der Schaum des Meeres verlor sich in dunklen Wogen, die schwarzverkohlt endeten, als hätte Hades den Erderschütterer Poseidon in seinem Element besiegt. Das Bild war beim großen Brand im Tempel des göttlichen Julius, für den es Augustus in Liebe erworben hatte, von Flammen beschädigt worden, und Nero hatte es entfernen und durch ein neues von der Hand des Dorotheus ersetzen lassen. Der Kaufpreis von zwanzigtausend Sesterzen erschien lächerlich gering, war das Gemälde, beinahe so groß wie ein Scheunentor, doch ein Werk des berühmten Apelles und nach Auskunft der Restauratoren am Esquilin durchaus instand zu setzen.

Als sei sie vor den Flammen zurückgeschreckt, hielt Aphrodite den rechten Fuß aus dem Wasser, gleißende Perlen abtropfen lassend, die Linke locker vor der libidinösen Scham. Man sagt, eine wunderschöne Frau namens Pankaspe habe dem Maler für diese Szene Modell gestanden, eine Geliebte Alexanders des Großen, der Apelles an seinen Hof berief, und Apelles habe sich malend in sein Modell verliebt und Pläne geschmiedet, wie er Pankaspe dem König rauben könne. Dabei habe ein des Weges kommender Schuster ein Detail seiner Arbeit bekrittelt, worauf Apelles erwiderte, der Schuster solle bei seinen Leisten bleiben – welch vielzitiertes Sprichwort. Dem großen Alexander jedoch erschien die lange Zeit verdächtig, die der Maler für seine Geliebte verwandte, und da er, jung an Jahren, über reiche Menschenkenntnis verfügte, durchschaute er Apelles' faunische Absicht und machte ihm Pankaspe zum Geschenk.

Aphrodisius reichte Leda einen Becher mit einem Getränk aus Wein und Mohn, der, zur dritten Stunde eines wolkenlosen Tages am anschwellenden Stengel geschnitten, weißen Saft fließen läßt wie die Brust einer Amme, und eingedeckt, verhärtet und zerbrochen, heilsamen Schlaf verleiht, um Vergangenes zu vergessen, den Gefährten des Odysseus gleich im verzauberten Land der Lotophagen. Leda trank gierig, denn sie ahnte wohl, worum es sich handelte, dann fiel sie, tief atmend, auf die Kissen zurück, und man sah, daß ihre Stirne glühte.

»Es wird alles gut«, sagte Aphrodisius und legte seine Hand auf den Kopf des Mädchens, er spürte das Pochen ihres Blutes und spasmisches Zucken der Haut. Leda schloß die Augen, schien für Sekunden in sich hineinzublicken, um sie dann wieder zu öffnen und genauso lange ohne einen Augenaufschlag zur Decke zu starren.

»Wie konnte das alles geschehen?« erkundigte sich der Pompejaner und nahm ihre Hand.

Leda gab keine Antwort, sie fragte leise zurück, zaghaft unsicher: »Hast du ihn gehört, den Schall der Posaune?«

Aphrodisius verstand nicht, was das Mädchen meinte. »Ja«, sagte er, »ich habe den Schall der Posaune gehört.«

Da sah Leda den Pompejaner an, zum ersten Mal blickte er in ihre dunklen, geröteten Augen. Und sie sprach: »Dann hat der Tarsier doch recht gehabt mit seinen Worten.«

Als sie den Tarsier erwähnte, begann Aphrodisius zu ahnen, daß es sich nur um jenen Prediger handeln könne, dem er vor Jahren in Pompeji begegnet war. »Schon möglich«, fügte er hinzu, um das Mädchen zu beruhigen.

»Er sprach, erschallen wird die Posaune, und die Toten werden auferweckt und sie werden verwandelt werden.«

»Ja, so hat er gesagt, der Tarsier.«

»Aber wenn es keine Auferstehung der Toten gibt?« Ein unterdrücktes Schluchzen schüttelte Ledas Körper.

Aphrodisius preßte ihre Hand. »Dein Vater und du, ihr habt euch den Christen angeschlossen?«

»In der Herberge fanden die geheimen Zusammenkünfte der Christen statt. Myron glaubte den Worten des Tarsiers, der von dem einen Gott predigte, dessen Reich nicht von dieser Welt sei.«

»Und du, Leda?«

Das Mädchen schwieg.

»Und du?« wiederholte der Pompejaner. »Glaubst du auch an den fremden Gott?« – Da bemerkte er, daß das Mädchen schlief, und Aphrodisius wagte es, Leda zu betrachten wie der Jäger die Beute, frei jeden Mitleids und mit den Augen eines Mannes, der das Lager teilt mit einer Frau.

Sittsam zuerst wanderten seine Augen auf und ab zwischen schwarzen Sohlen und dem von Tränen und Schweiß verklebten Haar, sittsam zuerst betrachtete er ihre Wangen aus Weiß und zartem Rosa, die unter den Augen eine harte Erhebung aufwiesen, den vollen Mund, dessen Lippen, nun aufgesprungen oder aufgebissen in furchtbarer Erregung, den Duft einer Rose versprachen, die schmalen, pechschwarzen Brauen, lunular die Höhlen der Augen einrahmend, der Anbetung würdig. Sittsam zuerst wühlte sich sein Blick in das üppige Haar, das sogar strähnig, verklebt und gequalt von besonderem Reiz war, und ihr Hals – wie glatt, zart gebogen führte er herab auf den lieblichen Busen. Sittsam zuerst sah er die Knospen sprießen, die sich unter dem zerknitterten Gewand verbargen, die zarte Rundung ihres Bauches, der sich hob und senkte, wechselnd mit dem Rhythmus ihrer Brüste. Wie ruhig die runden Schenkel lagen, die den zierlichen Körper tragen mochten mit der Leichtigkeit einer Feder, die, ein Schritt vor den anderen gesetzt, ihren Körper zum Wogen bringen mochten wie eine dunkle Zypresse. Und an den Fesseln angelangt, fiel sein Blick auf das Gemälde des Apelles, auf die schaumgeborene Aphrodite, und unwillkürlich begann Aphrodisius zu vergleichen, zu werten, und seine Augen streiften die Sittsamkeit ab und schoben das Kleid beiseite, um die kydonischen Äpfel ihres Busens zu prüfen, die Blüte ihres Nabels und das, was sich darunter verbarg, und in ihm wuchs eine verzehrende Flamme.

Seit Hersilias Tod hatte Aphrodisius keine Frau angerührt, er hatte auch gar nicht das Bedürfnis verspürt nach einem Frauengemach, einer Spinnstube oder dem Lupanar, doch nun, im Anblick der Schlafenden, kamen ihm Schmeichelnamen in den Sinn wie Rosenblatt, Kuschelchen, Liebchen oder Feigchen, ein Wort, das auszusprechen er nie gewagt hatte, weil es das Aussehen der Scham beschrieb. Nun aber begann er leise die schmeichelnden Wörter zu murmeln mit zärtlicher Zunge.

»Herr!«

Der Pompejaner erschrak, fühlte sich ertappt – das jähe Erwachen eines Träumers. Er drehte sich um.

»Wer ist das?« fragte Gavius, nun seinerseits erschrocken.

Aphrodisius erhob sich, er legte den Finger auf den Mund und ging dem Sklaven entgegen, um ihn zu begrüßen. Und dann berichtete er, was vorgefallen war, während Gavius, abwechselnd und bisweilen ungläubig, seinen Herrn und das schlafende Mädchen ansah.

»Beim Castor und Pollux!« schimpfte er augenzwinkernd. »Man kann seinen Herrn nicht eine Woche allein lassen! Guter, alter Myron. Aber war das nicht leichtsinnig, was du getan hast, Herr?«

»Leichtsinnig nennst du das, weil ich diesem Mädchen das Leben gerettet habe?«

»Ich meine, Tigellinus wird ein waches Auge auf dich haben, Herr, vor allem jetzt, wo du dich mit deinen Geschäften an ihm gerächt hast. Tigellinus gibt nie auf, das weißt du.«

Der Pompejaner machte eine abfällige Handbewegung, als wollte er eine unsichtbare Fliege verscheuchen. »Er braucht mich, und das weiß er, und sei versichert, Gavius, ich werde dafür sorgen, daß Tigellinus mich immer mehr braucht. Wie steht es um die karthagischen Schiffe?«

»Du kannst sie haben.«

»Alle drei?«

»Alle drei, doch höre den Preis: dreihundertausend Sesterzen für jedes.«

Aphrodisius holte tief Luft. »Einerlei. Die soll mir der Cäsar bezahlen, indirekt jedenfalls.«

»Der göttliche Nero?«

»Hör zu, Gavius, der Cäsar hat jedem Römer, der sein bei dem Stadtbrand zerstörtes Haus noch innerhalb dieses Jahres aufbaut – nach den Plänen des Cäsars, versteht sich –, die Hälfte der Kosten versprochen. Was er damit bezweckt, ist klar, Nero will sich selbst ein Denkmal setzen, er will – und das möglichst schnell – ein neues Rom aus den Trümmern erstehen lassen. Severus und Celer sind beauftragt, einen Kaiserpalast zu errichten, der sich von den Hängen des Palatin bis zum Esquilin erstreckt, mit Wiesen, Plätzen und Teichen und einer Statue des Cäsars, hundert Ellen hoch, und eingerahmt von Bauwerken, welche die großen Städte des Reiches darstellen. Dazu passen die alten Straßenzüge mit den hölzernen Häusern nicht mehr. Der Göttliche hat einen neuen Plan für die Stadt entworfen, mit neuen, steinernen Häusern. Aber um diese Häuser bauen zu können, müssen die alten Ruinen beseitigt werden. Bauleute gibt es genug; aber wohin mit dem Bauschutt? Schon heute türmen sich Berge von Unrat, Gebälk und Gestein, einer schiebt seinen Unrat dem anderen zu, und Prozessionen von Eselskarren bewegen sich tagtäglich aus den inneren Vierteln aus der Stadt heraus. Aber es dauert Wochen, um den Schutt eines einzigen Hauses abzutragen!«

»Ich glaube dich zu verstehen«, entgegnete Gavius, und der Pompejaner fuhr fort:

»Mit einer Flotte von fünf Schiffen schaffe ich mir ein Monopol zur Schuttabfuhr auf dem Tiber. Der Bauschutt ist hervorragend geeignet, die Sümpfe von Ostia trockenzulegen. Anschließend schicke ich die Schiffe nach Karthago, um Weizen zu laden. Den bringen wir auf dem Tiber bis mitten in die Stadt, und der Vorgang beginnt von neuem.«

»Großartig!« Der Sklave staunte. »Nicht eine Meile Leerlauf.«

Und so geschah es. Aphrodisius kaufte Weizen in Africa, verkaufte ihn in Rom und ließ sich den Rückweg seiner Schiffe, vollbeladen mit Bauschutt, teuer bezahlen, so teuer, daß er schon bald zwei weitere Schiffe dazu kaufte. Obendrein lief die Produktion seiner Webereien gut wie nie zuvor, und Aphrodisius begann darüber nachzusinnen, wie sich das Geld, das ihn von Tag zu Tag reicher machte, in Macht ummünzen ließe. Kein Zweifel, das Glück war auf seiner Seite, und Euripides' Worte schienen sich zu bewahrheiten, der, vielen zum Trotz, gesagt hatte, mehr Glück als Edle hätten oft die Niederen.

Im zwölften Jahr der Regierung des göttlichen Nero verkündeten Herolde ein überwältigendes Schauspiel. Mit dreitausend schwerbewaffneten Reitern, seinem gesamten Hofstaat, einer ganzen Kohorte von Magiern, die allerorten ihre Kunststücke vorführten und begeisterten Beifall ernteten, eilte der Parther Tiridates nach Rom, Syrien, Kleinasien, Syrien und Dalmatien in Etappen von täglich zwanzig Meilen durchmessend, um mit Cäsar Frieden zu schließen in der Hauptstadt des Imperiums. Wo immer die hochaufgeschossenen, schwarzbärtigen Parther in ihren in Rot und Grün gehaltenen Uniformen auftauchten, mit ehernen Becken den Marschrhythmus schlagend, während silberglänzende Posaunen aufmunternde Signale schmetterten, da ernteten sie freundlichen Beifall, Rufe des Entzückens und dankbare Gebete, weil sie die Jahrhunderte währende Erbfeindschaft abgelegt hatten und nun als wahre Freunde der Römer kamen.

Vorangegangen war eine schändliche Niederlage der Römer in Armenien, dem ewigen Zankapfel, wo der vom Cäsar entsandte Feldherr Pätus von den Panthern entwaffnet und aus dem Feldlager getrieben wurde, um sich weinend und schluchzend nach Syrien durchzuschlagen. Nach Rom freilich ließ Pätus vermelden, er habe einen bewundernswerten Sieg errungen, und der Göttliche glaubte daran, brachte Dankopfer dar und schmückte sich sogar mit den falschen Federn seines Feldherrn, bis mit dem Frühling eine parthische Gesandtschaft eintraf und eine Botschaft ihres Königs Vologaises überbrachte. Dieser erläuterte dann seine Milde, erklärte, warum er die geschlagenen Römer habe ziehen lassen, obwohl es ihm ein leichtes gewesen wäre, jedem einzelnen den Tod auf dem Schlachtfeld zu bereiten; jetzt möge Nero dafür seinen Bruder Tiridates zum König von Armenien krönen.

Da mußten nun die Senatoren erkennen, daß ihr Beschluß, »Silberblick« Pätus nach Armenien zu entsenden, in jeder Beziehung falsch war, und keiner der *Patres conscripti* wagte zu widersprechen, als der göttliche Cäsar den altgedienten Feldherrn Corbulo, derzeit Statthalter in Syrien, zur Leitung des Unternehmens anforderte. Bis ins ferne Partherreich schien der Ruf dieses Mannes gedrungen zu sein, jedenfalls boten die Parther nun ihrerseits Frieden an, ja sogar, sich römischer Oberhoheit zu unterwerfen, vorausgesetzt, des Königs Bruder Tiridates werde von Rom als Armeniens König geduldet. Und da die größten Siege nicht auf dem Schlachtfeld, sondern in den Köpfen der Menschen errungen werden, willigte Corbulo, der – wie man sieht – wirklich ein großer Feldherr war, ein und forderte von Tiridates die von Vologaises erhaltenen Königsinsignien Krone und Szepter, der Cäsar des römischen Reiches werde sie in Rom feierlich retournieren.

Auf Anordnung des Göttlichen wurden die Tore des Janus-Heiligtums auf dem Forum geschlossen, die seit den Tagen des Divus Augustus offenstanden, damit der zweigesichtige, in die Vergangenheit und die Zukunft blickende Gott des glücklichen Endes dort erscheine, wo er für Rom von Nutzen war. Wohlüberlegt führte der Weg der Parther, die auf der Via Flaminia von Norden her kamen, durch jene Viertel der Stadt, die das reißende Feuer zum größten Teil verschont hatte, und dort, wo Brandruinen und Berge von Schutt den Weg der Asiaten säumten, ließ der Cäsar Prätorianerkohorten in ihren rot- und goldglänzenden Uniformen aufmarschieren, um abzulenken von Armut und Mißstand. Auf den Schuttbergen verteilten die Prätorianer Lose wie im Theater, welche begehrenswerte Gewinne versprachen und bewirkten, daß die unansehnliche Erde von Menschentrauben belagert und deshalb für die fremden Besucher unkenntlich war.

Der göttliche Nero wollte den König aus dem Osten des Reiches auf dem Forum willkommen heißen, denn der Cäsarenpalast auf dem Palatin lag zerstört. Feierliche Feuer loderten in hohen Schalen neben der Rostra, wo der Cäsar Tiridates auf einem blitzenden Thronsessel erwartete, wie stets scheinbar gelangweilt durch einen geschliffenen Rubin blinzelnd. Wer zwischen den Säulen der Hallen oder auf den Stufen der Tempel einen Platz ergattert und verteidigt hatte, konnte sehen, wie der asiatische König durch einen Wald von Feldzeichen und Standarten die Stufen zum Thron des Göttlichen emporstieg, und, auf dem grünschimmernden Marmor der Rednerbühne angekommen, dem Cäsar zu Füßen fiel wie ein Sklave dem gestrengen Verwalter, worauf – so hatten es römische und parthische Unterhändler abgesprochen – Nero den Darniederliegenden aufhob und huldvoll auf die Wange küßte wie einen Bruder.

Die Römer, deren Sinn nach Theatralischem gierte wie der Löwe im Circus nach dem Fleisch der Hyänen, brachen in brausenden Beifall aus, daß die Säulen, die schon so viele Triumphe gesehen, die Julius aus Gallien heimkehrend, Octavianus aus Ägypten, empfangen hatten, einzustürzen drohten. Und Nero nahm die Krone, die Corbulo ihm in Rhandeia abgenommen hatte, und setzte sie Tiridates aufs Haupt. Tiridates war damit Armeniens König von römischen Gnaden, und die Prätorianer intonierten mit kehliger, durchdringender Stimme, weil jedem von ihnen fünfhundert Sesterzen versprochen waren: »Heil dir, Cäsar, heil dir, Nero Claudius Drusus Germanicus!« und die Massen, die in jeden Ruf einstimmten, wenn er nur lautstark und vielstimmig vorgetragen wurde, wiederholten: »Heil, Heil, Heil!«

Nicht alle Römer, die dem Schauspiel nach dem Wunsch des

Cäsars beiwohnen sollten, fanden Platz auf dem Forum Romanum, und deshalb hatte Nero im Theater des Pompejus, das ebenfalls keine Brandschäden verzeichnete, eine Wiederholung der Zeremonie angeordnet und das Halbrund der Bühne mit Blattgold auslegen lassen, das nun blitzte wie der Spiegel des Meeres, wenn die Sonne versinkt. Hochaufgereiht auf den Tribünen saßen die besseren Herren der Gesellschaft in hierarchischer Ordnung aufgereiht – solche, die sich dafür hielten und Wert darauf legten, gesehen zu werden, und solche, welche Ämter und Titel bekleideten oder in dem Verdacht standen, nicht weit entfernt davon zu sein. Hier klang der Beifall weit gesitteter, zurückhaltender, wenngleich durchaus laut und anerkennend.

Unter den vornehm gekleideten Klatschern hoch oben in einem der oberen Ränge sah man auch zwei Männer, die der Zufall zusammengebracht hatte und die einander mehr durch den Umgang ihrer Sklaven kannten als durch persönliche Gesellschaft: Plinius und Aphrodisius. Jeder der beiden wußte ziemlich genau um den Alltag, aber auch von den Absichten des anderen, weil Turnus und Gavius, ihre bithynischen Sklaven, zusammensaßen, so oft es ihre Zeit erlaubte. Plinius zollte dem beispiellosen Aufstieg des Pompejaners Respekt, und Aphrodisius bewunderte die hohe Bildung des Schriftstellers, der auf jede Frage eine Antwort wußte, als könnte das Wissen der gesamten Menschheit in einem einzigen Gehirn Platz finden.

Seit den Tagen es göttlichen Julius, als die Ptolemäerin Kleopatra samt Hofstaat und den größten Sterndeutern des Nilreiches, schmuckbeladen mit Perlen und goldenen Gehängen, in Rom eingezogen war, fremd und bewundernswert, wie man das von einer orientalischen Fürstin erwarten durfte, hatten die Römer Derartiges nicht mehr erlebt, und der Jubel wollte kein Ende nehmen, und jeder wußte anderes zu erzählen über das märchenhafte Volk am östlichen Ende des Reiches. Ihr furchterregendes Aussehen hätten sie von einem kraftspendenden Getränk aus den Zweigen des Baumes *Bratus*, der jenseits des Tigris gedeihe im Gebiet der Stadt Sostra, sonst aber nirgends: er ähnele einer weitausladenden Zypresse mit weißlichen Zweigen, und sein Holz zaubere auf glühenden Kohlen einen angenehmen Duft hervor, wie schon in den Geschichtsbüchern des göttlichen Claudius zu lesen sei. Auch ernährten sie sich von dem hierzulande unbekannten Burzelkraut, das sie immun mache gegen Pfeilgifte und den Biß der Sandottern und unempfänglich für erotische Träume und die Reize des anderen Geschlechts, auf daß alle Kraft des Körpers erhalten bleibe für den Kampf gegen Feinde. Und wie Romulus, der Gründer der Stadt, noch Milch opferte auf selbsterrichtetem Altar, weil er den Wein nicht kannte, so seien auch den Parthern alle Arten von Reben fremd, ja, sie verabscheuten den Genuß des die Sinne einnebelnden Getränkes, und wer gegen dieses Gebot verstoße, müsse mit dem Tod rechnen wie die Frau des Egnatius Mätennus, die mit Romulus' Billigung von ihrem Mann erschlagen wurde, weil sie Wein aus dem Faß getrunken hatte.

Und wieder brauste Begeisterung auf, als Tiridates, die symbolhafte Szene wiederholend, vor dem Cäsar auf die Knie fiel und die Erde küßte vor dem gottgleichen Despoten, und in gewohnter Hyperplasie hob der Göttliche den Parther auf, um ihm die Krone Armeniens ins schwarzkrause Haar zu drücken: »Heil dir, Cäsar!«

Nero hatte wohl den Ort für das ausgewählte Publikum mit Bedacht gewählt, denn das Theater auf dem Marsfeld, ein Halbrund mit fünfstöckigem Bühnenbau und – gegenüber – einem Tempel der Venus Victrix auf den obersten Hängen des Halbrunds, so daß die Sitzreihen gleichzeitig als Tempelstufen dienten – dieses Bauwerk hatte schon einmal Geschichte gemacht, als der göttliche Julius in der Kurie, welche die Rückseite des Bühnenbaues zierte, unter den Dolchen seiner Mörder gefallen war: »*Et tu, mi fili!*« Zunächst wollten Senat und Volk von Rom die Kurie niederreißen ob des verhängnisvollen Attentats, doch mögen architektonische Gründe eine Rolle gespielt haben – vielleicht wäre das Bühnenhaus, dessen Außenmauer die Kurie stützte, eingestürzt –, auf jeden Fall beschränkte man sich darauf, den Eingang der Kurie zuzumauern und den heiligen Beschluß zu fassen, der Senat dürfe nie mehr an den unseligen Iden des März tagen.

Während rotbehelmte Soldaten der in Asien verschlissenen Legionen mit ihren Feldzeichen und Standarten aufmarschierten, als hätten sie den Gegner auf dem Schlachtfeld besiegt, hoben dunkelhäutige, numidische Sklaven den Thron mit dem Cäsar auf ihre Schultern, was nur mit Hilfe schwarzglänzender Tragestangen aus Ebenholz möglich war, und trugen ihn, der huldvoll die Arme schwenkte, um das Halbrund der Bühne. Tiridates aber stand starr wie ein tief verwurzelter Baum. Sein hoher Wuchs und die hagere Gestalt flößten den Römern mehr Respekt ein als die Rutenbündel der Liktoren, weil die Römer kleiner waren als alle anderen Völker des Reiches und deshalb voll Bewunderung zu Riesen aufblickten wie zu Gabbara, einem Sklaven aus Arabien, der neun Fuß maß und ebenso viele Zoll und unter dem göttlichen Claudius als größter Mensch seiner Zeit galt, oder zu Pusio und Secundilla, die noch einen halben Fuß größer gewesen sein sollen und während der Regierung des göttlichen Augustus lebten und nun, balsamiert wie ägytische Könige, in den Gärten des Sallust bestattet lagen – entgegen dem Gesetz, das ihre Verbrennung gefordert hätte. Ihre Arme mußten Tentakel gewesen sein, langgestreckt wie der Rüssel eines Elefanten im Circus, denn nach alter Erfahrung maß die Entfernung der beiden Spitzen der Mittelfinger bei ausgestreckten Armen nicht weniger als die Größe des Menschen von der Stirne bis zur Sohle.

Im Wogen des Beifalls, im Getümmel der Schreies im Lärm der Menge gingen zwei Männer unter, die sich auf den Stufen der Ränge nach oben drängten, beide kamen von verschiedenen Seiten und beide wußten nicht von einander und beide suchten Aphrodisius, von dem sie wußten, daß er hier sein mußte. Der eine war Gavius, und weder Plinius noch sein Herr, zu sehr mit dem Schauspiel beschäftigt, bemerkten sein

Kommen. Erst als der Sklave Aphrodisius die Hand auf die Schulter legte, erkannte dieser den Freund und fragte nach dem Grund seines Kommens.

Gavius formte die Hände zu einem Trichter und legte sie an das Ohr seines Herrn: »Poppäa – ist – tot!«

Aphrodisius sprang auf, er kam ganz nahe an Gavius heran: »Das ist nicht wahr!«

»Es ist die Wahrheit!« beteuerte der Sklave.

»Aber warum?« fragte Aphrodisius hilflos. »Weißt du Näheres?«

Gavius nickte. »Poppäa war schwanger.«

»Der Cäsar?«

»Man sagt es. Am gestrigen Abend gab es Streit. Nero versetzte Poppäa einen Fußtritt. Sie hatte eine Fehlgeburt. Dabei verließ sie das Leben ...«

Der Pompejaner schob den Sklaven zur Seite, als wolle er sagen: Du kannst dich entfernen, und Gavius verstand die stumme Bewegung. Dann ließ sich Aphrodisius auf dem Stein neben Plinius nieder.

»Unangenehmes?« fragte dieser unbeteiligt.

Aphrodisius hob die Schultern. Nach einer Weile neigte er sich zu Plinius hinüber und sagte: »Der Cäsar hat Poppäa umgebracht.«

Plinius erschrak über diese Nachricht so sehr, daß ihm der Stilus, mit dem er Notizen auf ein Wachstäfelchen machte, aus der Hand glitt und zu Boden fiel, und da er, am einen Ende spitz zum Schreiben, am anderen platt zum Löschen des Aufgezeichneten, aus Elfenbein gefertigt war, wie es einem Schriftsteller zukam, sprang der Griffel vom marmornen Boden hoch und wäre unter der vorderen Sitzreihe verschwunden, hätte sich Aphrodisius nicht blitzschnell gebückt, um das zu verhindern. Und während er nach dem Stilus fingerte und ihn gerade noch zu fassen bekam, vernahm der Pompejaner einen Aufschrei, lautstarkes Entsetzen, das den Jubelschrei noch übertönte, und als er sich wieder aufrichtete, um Plinius den Griffel zu überreichen, da ragte aus dem

Rücken seines Vordermannes der geschwungene Griff eines Dolches, jener Waffe, der er schon mehrfach begegnet war, und dunkles Blut färbte die Toga schwarz, und Aphrodisius fühlte zahllose Augenpaare auf sich gerichtet, und hilfesuchend sah er Plinius an. Der gewann zuerst die Fassung zurück; er drehte sich um und sah gerade noch eine Gestalt hinter der obersten Barriere verschwinden, er wollte rufen: Haltet ihn!, aber seine Stimme versagte, und niemand wußte mit seiner hilflosen Handbewegung etwas anzufangen.

Unter dem Aufschrei der Menschen um ihn herum sank der Getroffene vornüber, und Aphrodisius begann zu begreifen, daß der Dolch mit dem geschwungenen Griff nicht dem gegolten haben konnte, der nun in seinem Blute lag. Nein, er selbst mußte das Ziel des Anschlags gewesen sein, und der Stilus des Plinius hatte ihm das Leben gerettet – oder war es nicht sogar Poppäa?

Nur mit großer Anstrengung gelang es Plinius, die aufgebrachten Römer zu überzeugen, daß nicht Aphrodisius den Dolch geführt hatte, daß im Gegenteil er selbst das Ziel des Dolches war, und die Nachbarn auf der Tribüne teilten diese Ansicht und bezeugten, daß der Pompejaner unter der Sitzbank nach dem Griffel gesucht hatte, während der Anschlag passierte. So entging Aphrodisius doppeltem Unheil, und die Parzen spannen nach dem Ratschluß der Götter Aphrodisius' Lebensfaden weiter.

## 8

OBGLEICH NOCH JUNG an Jahren, lag Aphrodisius daran, sich in einen stilleren Hafen zurückzuziehen, hatten ihn doch die Wogen, in denen das Leben treibt, mehr herumgeworfen, als es einem Römer seines Alters zukam. Vor allem der Mordanschlag im Theater des Pompejus, dem er auf so wunderbare Weise entgangen war, daß er dem Jupiter Optimus auf dem Capitol zwei Stiere mit vergoldeten Hörnern opferte, einen für die Rettung und einen dafür, daß ihn Plinius' Aussage vor der Mordanklage bewahrt hatte, veränderte sein Denken und damit sein Leben. Wie andere Männer seines Standes ging der Pompejaner nur noch in Begleitung einer Horde Sklaven auf die Straße, stämmigen Bithyniern, und er versäumte es nie, den Stilus mit sich zu führen, dem er sein Leben verdankte und den ihm Plinius deshalb zum Geschenk gemacht hatte.

Denn eines war Aphrodisius nach dem gescheiterten Attentat schnell klargeworden: ein Habenichts hat nichts, nicht einmal Feinde, zählt man dich jedoch zu den *beati possidentes*, der vermeintlich glücklichen besitzenden Klasse, so mußt du dich um Feinde nicht sorgen, es gibt genug; Mitleid nämlich, das man dem Armen entgegenbringt, dient zur Erbauung der eigenen Seele, Neid auf das Besitztum der Reichen jedoch versetzt deine Seele in Aufruhr, und nur den wenigsten gelingt es, ihn zu bekämpfen. Wurde der Reichtum dir in die Wiege gelegt von der spinnenden Klotho, so ist der Neid der Menschen nicht größer als jener, den sie deinem Vater entgegenbringen, weil er eine Hundertschaft Sklaven sein eigen nennt und ein Haus auf dem Land mit Weinbergen in Alba, deren Trauben süß, oder in Surrentum, deren Trauben von besonderer Heilkraft sein sollen für Genesende. Auch ein Ölberg, nicht weiter als vierzigtausend Schritte vom Meer entfernt, der Grenze seiner Tragekraft, schürt den Neid nicht mehr, obwohl doch keiner, der einen Ölbaum gepflanzt hat, in seinem eigenen Leben zur Ernte der Früchte gelangt. Aber das, was du mit eigener Hände Arbeit, mit den Anstrengungen deines Kopfes erreicht hast, das wird zum Ziel unzähliger Neider, beweist es doch nur das eigene Unvermögen.

Aphrodisius hielt es für klug, den Neidern, deren Feindschaft er sich schon erworben hatte, allen voran dem Prätorianerpräfekten Tigellinus, den Rücken zu kehren und nach Pompeji zurückzukehren. Da die Zahl der *frumentarii* in Rom so groß war wie nie zuvor, galt es auch, Leda zu verstecken, die der Pompejaner bei sich aufgenommen hatte und die er liebte wie Pygmalion, der König von Kypros, der das elfenbeinerne Bild einer Jungfrau verehrte und zu Aphrodite flehte, es zu beleben. Doch was Pygmalion kraft seiner Gebete gelang, blieb dem Pompejaner verwehrt, so sehr er auch Aphrodite anflehte: Das Mädchen zeigte seinem Retter die Dankbarkeit des Verstandes, mehr nicht, aber auch nicht weniger.

Am Tag nach den Fontinalien, wo die Tage kürzer zu werden beginnen, ließ Aphrodisius Rom hinter sich, von dreizehn Pferdewagen geleitet mit kostbarer Habe und der Zuversicht, fernab des brodelnden Kessels der Hauptstadt sein eigenes Feuer zu schüren. Außer Leda, seinen Sohn Hersilius, den treuen Sklaven Gavius, dem der Pompejaner an diesem Tag die Freiheit schenkte, was dieser entrüstet von sich zu weisen versuchte, weil er nun selbst für sich sorgen müsse, wo es ihm bisher doch an nichts gefehlt habe, nahm Aphrodisius noch Urgulanilla mit, die Amme mit dem Aussehen der Göttin Securitas, die Badesklavin Zugrita, deren Finger die flinkesten und weichesten zugleich waren zwischen Parthien und den Säulen des Hercules, und eine Handvoll Leibwächter und Obersklaven für das pompejanische Landgut. Die römischen Geschäfte, vor allem die Leitung der Webereien jenseits des Tibers, besorgte Polybius, der nach Poppäas Ableben ohne Arbeit war, weil der Cäsar ihre gesamten Besitzungen sofort zu Geld gemacht hatte.

Daß Aphrodisius den Marcus Silanus auf seinem Posten beließ, verwirrte den Verwalter, er empfand es als Strafe, weiter seinen Dienst tun zu müssen, während sein Herr alle Betrügereien kannte; aber das war Gewähr genug für den Pompejaner, keine Unregelmäßigkeiten befürchten zu müssen.

Das Landhaus, das nun seinen Namen trug, hatte die Form eines großen T, was jedoch nur sichtbar wurde, wenn man eine der himmelhohen, schwarzen Zypressen bestiegen hätte, welche die Villa, auf kleine Gruppen verteilt, einrahmten wie die

Nereiden den Tempel von Xanthos. Aus luftiger Höhe wäre dem Betrachter auch aufgefallen, daß die linke Hälfte des T-Balkens ausladender und breiter war als die rechte: ein späterer Anbau mit Badebassin, *apodyterium* zum Auskleiden, *calidarium* und *praefurnium* zum Feuermachen, gewachsen in Generationen. Doch wenn man das Haus von Süden betrat – nur Herrschaften benutzten diesen Eingang, Diener und Sklaven lebten in winzigen Gemächern, die an der linken Hälfte des T-Balkens angeklebt waren, und hatten ihren eigenen Zugang von Westen her –, blieb der Grundriß schon deshalb verborgen, weil das Gebäude auf leicht ansteigendem Gelände lag, so daß das *viridarium*, welches die Mitte des Querbalkens bildete, nur über Treppen erreichbar war und deshalb ein Stockwerk höher lag als der Eingang. Achtzehn korinthische Säulen bildeten die quadratische Mitte dieses Viridariums mit exotischen Pflanzen, um das ein breiter, marmorgepflasterter Gehweg führte mit marmornen Bänken zu beiden Seiten und Skulpturen achaischer Herkunft. Aber der Reihe nach.

Schmal, wie bei allen Häusern auf dem Land, die des Nachts uneinnehmbar verschlossen wurden, öffnete sich das Eingangstor in einen Korridor, der von zwei winzigen *cellae* flankiert wurde, in denen die Pförtnersklaven darüber wachten, daß niemand unangemeldet das Haus betrat. In diesem Korridor war das Ziegelwerk sichtbar, aus dem der gesamte vordere Teil der Villa, also der Schaft des T, errichtet war. Diese Art von Ziegeln trug den Namen *tetradoron*, was – nach griechischer Herkunft – nichts anderes bedeutete als vier Handbreit; und das entsprach in der Tat der Breite jedes einzelnen Ziegels. Gebäude aus diesem Mauerwerk waren um ein Vielfaches teurer als die im Quaderbau aufgeführten Häuser; ihre Haltbarkeit aber übertraf, zumindest bei einstöckigen Gebäuden, jede andere Bauweise, weil die Ziegelwände Erdbewegungen nachgaben, und in den Provinzen Asia und Achaia gab es Bauwerke, die auf diese Weise viele Jahrhunderte schadlos überdauert hatten, wie das Grabmal des Königs

Mausolos in Harlikarnassos, die Tempel des Zeus und des Herakles in Patrai und der Palast des Lyderkönigs Krösus in Sardes, der jetzt ein Pflegehaus für alte Männer beherbergte. In Rom, wo aufgrund der Raumnot alle Gebäude höher als anderswo in den Himmel ragten, fand die Ziegelbauweise allein deshalb wenig Anklang, weil sich der geschilderte Vorteil der Nachgiebigkeit des Mauerwerks bei fünf- und sechsstöckigen Häusern als Nachteil auswirkte und Hochhäuser aus *tetradoron*- oder *pentadoron*-Ziegeln auseinanderzubrechen drohten.

Durch den Korridor gelangte man nach zehn Schritten in das Atrium, einen hohen, unmöblierten, zum Himmel und nach vorne, wo das Viridarium lag, geöffneten Raum. Unterhalb der Lichtöffnung in der Decke, über der sich hellblau schimmernd der campanische Himmel wölbte, befand sich, knietief und von einer weißen Marmortreppe gerahmt, das Impluvium, ein Becken mit Goldfischen, das den seltenen Regen auffing und sommers angenehme Kühle verbreitete. Pflaster mit korinthischen Kapitellen unterteilten die Wände links und rechts; deren warmer Ziegelton in rötlich, braun bis dunkelblau schimmernden Farben vermittelte ein Gefühl der Geborgenheit. Zwischen den Pilastern führten schmale, aber hohe und türenlose Zugänge seitwärts in je drei Räume, die das einzige Licht aus dem Atrium bezogen, weil sie, obwohl an den Außenwänden gelegen, keine Fenster hatten. Einer dieser Räume war an der vorderen Seite völlig offen, und man konnte ihn beinahe als eine große Nische bezeichnen; dieser *ala* genannte Raum nahm in jedem besseren Haus die Ahnenbilder auf. Leere Steinsockel und dunkle Ränder an den Wänden ließen erkennen, daß sie entfernt worden waren. Aber sonst hatte Poppäa alle Einrichtungen an ihrem Platz belassen.

Allerlei Meergetier – Polypen, Tintenschnecken, Muscheln, Delphine und Fliegende Fische – tummelte sich im Mosaik des Fußbodens und vermittelte den Eindruck bunter Kleckse im türkisfarbenen Meer. Vor allem Delphine liebten die Pompejaner über alles, und es gab kaum ein Haus, das nicht in irgendeiner Art mit Darstellungen dieser malerischen Wesen geziert wurde, seit unter der Regierung des göttlichen Augustus ein Junge aus der Nachbarschaft mit einem Delphin Freundschaft geschlossen hatte.

Besagter Knabe mußte tagtäglich von Baiä nach Puteoli zur Schule. Nun liegt aber Baiä auf dem misenischen Kap, der Bucht vorgelagert, Puteoli in Sichtweite, und der Weg über das Meer ist nicht weit, während der mühsame Landweg viel Zeit beansprucht. So brachte der Junge täglich Brot für den aus dem Meer auftauchenden Delphin, und der bot ihm den Rücken zum Aufsitzen und trug ihn über das Meer zur Schule, und jeder konnte es sehen, jahrelang. Doch dann starb der Knabe an einer Krankheit, der Delphin aber erschien weiterhin jeden Tag an derselben Stelle, und obwohl er Futter bekam, schien er betrübt, und eines Tages starb auch er, und die Pompejaner zweifelten nicht, daß Sehnsucht die Todesursache war.

Das Tablinum mit Sitzgelegenheiten zu beiden Seiten, ein Empfangsraum für förmliche Besuche, war zum Atrium hin völlig offen, zum Viridarium aber, das Bäume und Sträucher und den nahen Gipfel des Vesuv in seine ungedeckte Architektur einbezog, mit vier Säulen bewehrt. Die hohen Wände schmückten Gemälde, glühend wie die Farben des Herbstes, und in einer Technik gemalt, die nach ihrer griechischen Herkunft Enkaustik genannt wurde; denn während die römischen Maler, von denen es wenige gab, vielfach verlacht wurden, weil sie Linkshänder waren wie Turpilius oder stumm wie Pedius oder weil sie nur sehr kleine Gemälde malten wie Titedius Labeo, so daß der Urhebervermerk *pinxit* große Heiterkeit auslöste, signierten die griechischen Maler aufgrund ihrer besonderen Malweise *enékaen* – was nicht etwa ›er hat es gemalt‹ bedeutet, sondern ›er hat es eingebrannt‹. *Praxiteles enékaen* – ›Praxiteles hat es eingebrannt‹.

Schnelligkeit war die Voraussetzung für diese Malweise, die durch ihr glasiges Aussehen und, anders als die gewöhnlich stumpfen Wandmalereien, durch ihren matten Glanz auffiel. Den Untergrund bildeten mehrere Schichten aus Kalk, Sand und Seife, die nach dem Antrocknen mit heißem Wachs und feingemahlener Kreide überzogen wurden. Nach dem Erkalten konnte die ›eingebrannte‹ Oberfläche glänzend poliert und mit Farben, die ebenfalls mit Kalk, Seife und Wachs versetzt waren, bemalt werden. Beinahe jedes Haus in dieser Stadt war geschmückt mit derlei Wandmalereien, und einer versuchte den anderen in dieser Kunst zu übertreffen. Allerdings konnte kein Zweifel daran bestehen, daß Aphrodisius die schönsten in ganz Pompeji besaß.

Ja, der Besucher saß im Tablinum und blickte, je nach der Seite, die ihm der Hausherr zuwies, auf die friedliche Geburt des Apollon (zur Linken) oder auf die kriegerische Auseinandersetzung Apollons mit dem Drachen (zur Rechten), auf die rosige Göttin Leto, die, an die Palme der schwimmenden Insel Delos geklammert, zusieht, wie Amphitrite, die Göttin des Meeres, den Neugeborenen in den klaren Fluten der Ägäis badet, oder auf den wilden Knaben, der dem Drachen Python sein Schwert in den Bauch rammt, so daß das Blut – *ipso facto* – von den delphischen Felsen spritzt.

Nur Freunde und Vertraute genossen den Vorzug, in das Viridarium eingelassen zu werden, das sich über der erwähnten Steintreppe hinter dem Tablinum auftat. Es nahm die größte Fläche des Hauses ein und trennte den rechtsgelegenen Badetrakt vom linksgelegenen Wohn- und Schlaftrakt durch den hohen Wuchs schwerduftender Sträucher und Bäume aus allen Provinzen des Reiches: Damaszenerpflaumen aus Syrien und Perseabäume von den Ufern des Euphrat, Azaroldornen aus Africa und Kastratenäpfel aus Belgien – so genannt, weil ihnen die Samenkerne fehlen –, Myrten von den Hängen des Idagebirges und pelasgischer Seidelbast, der auch den Namen ›Kranz des Alexander‹ trägt, und ein Lorbeerstrauch vom neunten Meilenstein der Flaminischen Straße, wo ein Lorbeerhain den Namen *Ad gallinas* trägt – ›zu den Hennen‹.

Diese sonderbare Namensgebung ging auf den göttlichen

Imperator Cäsar Augustus zurück, dessen Ehefrau Livia Drusilla, noch als sie dem Cäsar versprochen war, an dieser Stelle Rast machte, und während der Rast ließ ein Adler ein weißes Huhn, rein und unverletzt wie eine Blüte, in Drusillas Schoß fallen. Und da das Huhn einen Lorbeerzweig im Schnabel hielt, frohlockten die Zeichendeuter und verkündeten großen Ruhm. Der Cäsar ließ zum Dank das Huhn und seine Nachkommen pflegen wie ein Kind, der Lorbeerzweig aber wurde an jener Stelle angepflanzt und gehegt, so daß ein Hain entstand. Augustus nahm, nachdem das Imperium befriedet war, einen Zweig aus diesem Hain, wand einen Kranz und setzte ihn triumphierend aufs Haupt. Und weil keinem so viel Glück aus dem Füllhorn Fortunas beschieden war wie ihm, folgten alle Cäsaren der Sitte.

Die Mitte der linken Hälfte nahm das Triclinium ein, wo hundert Gäste Platz finden konnten – es zu beschreiben, wird sich noch Gelegenheit bieten. Daneben lagen, nach Norden hin, drei *oeci*, fensterlose Salons, die nur über einen langen Gang betreten werden konnten, der zu den Küchen- und Personalräumen führte. Südlich davon, hinter einem weiteren Salon, lag das Vestibulum zum Ankleiden und dahinter das Cubiculum, das Schlafzimmer des Hausherrn, das einen winzigen Durchlaß zur Latrine hatte. Ohne Zugang zu den herrschaftlichen Räumen waren dahinter Diener und Sklaven untergebracht, jeweils vier in einem Raum und zu ihrer Zufriedenheit.

Etwas abseits der Villa stand ein Wirtschaftsgebäude mit Zisterne und Backofen im Innenhof, mehreren Ställen für Pferde und Tierhaltung, Vorratsspeichern, Weinkellern und einem Thermopolium, wo das Personal sein Essen einnahm. Keines der Gebäude, weder die Wirtschafts- noch die Wohnhäuser, hatte bei dem großen Beben Schäden davongetragen.

Insgesamt verfügte das Landgut über eine Fläche von vierhunderttausend Joch, womit es zu den größten der etwa vierzig pompejanischen Güter gehörte, und es beschäftigte Sklaven, Handwerker, Händler, Diener und Schreiber eingerechnet, über sechshundert Menschen, die sich in den Getreideanbau mit zwei bis drei Ernten, den Obstanbau – berühmt waren die campanischen Feigen; aber auch Quitten, Pfirsiche, Mandeln und Äpfel –, die Produktion von Olivenöl und Gemüse und den Weinanbau teilten.

Vor allem der Weinbau erwies sich als einträgliches Geschäft, denn nirgends auf der Welt gedieh der Rebstock so hoch und kräftig wie an den Hängen des Vesuv; und nicht selten konnte man beobachten, wie Weinstöcke mit den hier in großer Zahl wachsenden Pappeln eine Ehe eingingen, in knotigem Lauf Stamm und Äste umgarnten und höchste Wipfel erklommen und vom Winzer, der die Trauben ernten wollte, die längsten Leitern forderten. Poppäa Sabina, oder besser ihre Vorfahren, hatten den *gemellae*, den Zwillingstrauben, den Vorzug gegeben, die, wie ihr Name sagt, stets in zwei Beeren zusammenstehen und einen sehr kräftigen, herben Wein liefern, der sich besonderer Beliebtheit erfreute.

Nichts auf der Welt kann schöner sein als ein Sonnenaufgang in der Campania, an den Hängen des Vesuv, der seinen Gipfel dunstverhangen in das Morgenlicht reckt, und so nutzte Aphrodisius diesen ersten lauen Morgen zu einem Gang über seine Besitzungen, allein mit sich und seinen Gedanken. Jeder seiner Schritte, den er auf eigenem Boden tat, jeder Blick auf die üppig wuchernden Felder, auf die Last der schwerschwangeren Bäume erfüllte ihn mit Stolz, war es doch noch nicht lange her, daß er all diese Herrlichkeit der Natur aus der Ferne, über die sorgsam aus Feldsteinen geschichtete Mauer, die den gesamten Besitz umgab, betrachtet hatte. Und nun war dies alles sein.

Die wärmende, den Tau auf den fingerigen Feigenblättern trocknende Sonne zur Rechten, nahm der Pompejaner den sanft ansteigenden Feldweg nach Norden, durchquerte Felder von Kohl, Erbsen, Bohnen, Zwiebeln und Mangold, devot gegrüßt von den Sklaven, die zu früher Stunde bereits ihre Arbeit verrichteten. Nach einer knappen Stunde Weges näherte er sich der nördlichen Grenze seiner Besitzungen, und als er sie erreicht hatte, setzte er sich auf die Mauer der Umfriedung, und sein Herz schlug schnell; denn zu seinen Füßen lag Pompeji, die Quitte im Garten der Venus, gezeichnet zwar noch immer von dem wütenden Erdbeben, aber trotz klaffender Ruinen, trotz Haufen von Schutt an den Straßen nach wie vor ohne Beispiel im Süden des Reiches und stolz in seiner zeitlosen Schönheit, bunt und prall. Und dahinter in milchigem Schleier das Mare Tyrrhenum, einladend der Golf, das Kap Misenum im Westen nur zu erahnen, doch Stabiä nach Süden hin mit seinen mondänen Bädern zum Greifen nah vor dem himmelstürmenden Mons Lactarius. Beim Apollon, wo war die Welt schöner?

»Wer bist du?«

Eine weibliche Stimme störte die Andacht des Pompejaners. Auf der anderen Seite der Mauer stand eine Frau in Begleitung zweier Dienerinnen; sie hatte den bauschigen Kragen ihres langen Gewandes über den Kopf gezogen wie zum Gebet, aber Aphrodisius erkannte sie sofort, ihre Haltung und die Schönheit ihres Gesichts: Eumachia.

»Ich bin Lucius Cäcilius Aphrodisius und – mit Verlaub – Herr über dieses Land.«

»Ach«, erwiderte Eumachia so kurz und so spitz, wie es dieser Laut nur hergab; aber in diesem einen Laut lag, jedenfalls schien es dem Pompejaner so, alle Wut und Verachtung, deren eine Frau fähig ist. Deshalb überwand Aphrodisius jedes Gefühl der Bewunderung, ja Begehrlichkeit, denn Eumachia war noch immer eine anziehende, schöne Frau, und er verstellte sich wie Odysseus vor Penelope und fragte mit gestelzter Höflichkeit:

»Und wer bist du, Schöne der aufgehenden Sonne?«

»Eumachia, Tochter des Lucius, Priesterin des göttlichen Augustus.«

»Ach«, ließ sich der Pompejaner in etwa dem gleichen Tonfall vernehmen, dessen sich Eumachia zuvor bedient hatte, und natürlich erkannte sie das Schnippische in dieser Antwort, und, um das Gespräch nicht zu beenden, noch ehe es richtig begonnen hatte, fügte er hinzu: »Dann sind wir ja Nachbarn, sozusagen.«

Eumachia, welche die Erregung des anderen nicht teilte – jedenfalls war ihr nicht die geringste Unruhe anzumerken –, blieb stumm und forderte damit Aphrodisius zum Sprechen heraus. Mit deutlicher Verlegenheit kam dieser ihrem Wunsch nach: »Ich stamme von hier, der Bankier Lucius Cäcilius Serenus, der bei dem großen Beben umkam, schenkte mir die Freiheit. Ich ging dann nach Rom, und dort habe ich mein Glück gemacht.«

»Das kann man wohl sagen!« antwortete die Priesterin, aber keineswegs anerkennend, sondern eher abfällig böse. »Allein mit deiner Hände Arbeit wirst du dein Vermögen wohl nicht erworben haben, Freigelassener!«

Freigelassener! Es war lange her, seit ihn jemand so angeredet hatte. Gewiß, Aphrodisius war vom Stand ein Freigelassener, ein Sklave, dem sein Herr die Freiheit geschenkt hatte, aber den meisten ist es gleichgültig, ob du ein *vir vere Romanus* bist oder ein Freigelassener; sie fragen dich nicht nach der Abstammung. Das, was du bist, oder besser: was du hast, ist Stammbaum genug.

Aber Eumachia wollte ihn kränken; und weil er das nicht zulassen, ihr diesen Triumph nicht gönnen wollte, tat er, als habe er das Schimpfwort gar nicht gehört, statt dessen ging er in seiner Antwort auf den anderen Vorwurf ein: »Nein, nicht mit den Händen, Eumachia, das wäre töricht, wo du dir zwei Hände für zweitausend Sesterzen kaufen kannst, ich habe mir mein Vermögen wohl eher mit dem Kopf erworben!« Und dabei tippte Aphrodisius an seine Stirne.

Nun aber fühlte sich die Priesterin herausgefordert, weil ein mit dem Kopf erworbenes Vermögen ebenso ungewöhnlich wie anerkennenswert war, und sie sprach, ohne den Pompejaner anzusehen, der von der Mauer herabstieg und mit aufgestützten Ellenbogen nach drüben schaute: »Man sagt, du habest mit Frauen dein Glück gemacht, mit deren Hilfe jedenfalls …«

»Wenn du den Koprophagen Glauben schenkst ...«

»Für gewöhnlich nicht, für gewöhnlich gebe ich nichts auf das Gerede der Leute, aber in diesem Falle muß wohl etwas daran sein, denn zufällig bist du ja wohl nicht in den Besitz dieses Landgutes gelangt?«

»Beim Mercurius, das ist in der Tat kein Zufall, ich habe länger als ein Jahr die Bücher dieser Besitzung kontrolliert und wußte genau, was sie wert ist, und deshalb ...«

»Ich habe das erste Angebot gemacht!« fuhr Eumachia dazwischen.

»Und ich das bessere«, erwiderte Aphrodisius schnell, »und deshalb hat Poppäa an mich verkauft.«

»Deine Angebote sind bekannt!« Und nun begann die Priesterin sich sichtlich zu erregen. »Sie fanden im Cubiculum statt, Freigelassener.«

Aphrodisius begriff, worauf sie hinauswollte, und er erwiderte, jetzt ganz ruhig: »Und wenn es so wäre, Priesterin des göttlichen Augustus?«

Diese Unverfrorenheit versetzte Eumachia in Zorn; sie stieß die beiden Dienerinnen beiseite, zum Zeichen, daß sie sich entfernen sollten, und trat an die Mauer heran, welche die Grenze zwischen beiden Besitzungen bildete. Der Pompejaner konnte ein erregtes Flackern in ihren dunklen Augen erkennen. »Du hast mich um dieses Landgut betrogen, Freigelassener, aber, bei meiner rechten Hand, ich schwöre, die Zeit wird kommen, da wird es dir leid tun, deinen Fuß wieder auf pompejanisches Land gesetzt zu haben und nicht in jenem verderbten Rom geblieben zu sein; denn du bist kein Pompejaner, du bist ein verkommener Römer, einer von denen, die heute aus goldenen Bechern trinken und morgen aus der hohlen Hand.«

»Ich habe lange genug aus der hohlen Hand geschlürft«, antwortete Aphrodisius gelassen, »ich weiß den goldenen Becher sehr wohl zu schätzen, und deshalb werde ich alles daran setzen, um nie wieder auf ihn verzichten zu müssen, sei versichert. Im übrigen danke ich dir für deine offenen Worte; denn gibt es Schlimmeres als eine Schar sogenannter guter

Freunde, die dir lächelnd entgegentreten und hinter deinem Rücken den Bogen der Mißgunst spannen, die Dolche des Neides wetzen und den Speer des Hasses aufnehmen? Wie tugendsam ist da ein wahrer Feind, einer von der Art wie du, der seine Abneigung klar zu erkennen gibt, dafür danke ich dir. Doch sollst du wissen, daß ich deinem Treiben nicht tatenlos zusehen werde. Ich werde meinerseits alles daransetzen, daß für dich die Zeit, da *du* aus einem goldenen Becher trinkst, zu Ende geht. Das sagt dir Aphrodisius, der Freigelassene des Lucius Cäcilius Serenus.«

Das sichere Auftreten des Pompejaners und die Unverschämtheit, mit der dieser Emporkömmling gegen sie vorging, versetzte Eumachia derart in Rage, daß ihre Lippen unkontrolliert zu zittern begannen, und sie suchte vergeblich nach einer Antwort. »Ich gehe«, sagte sie schließlich, und weil das zu sehr nach dem Eingeständnis einer Niederlage klang, fügte sie hinzu: »Hier stinkt es zu sehr nach Sklave.«

Von nun an wußte Aphrodisius: In Pompeji war die Gefahr nicht geringer als in Rom – sie hatte nur andere Namen.

Ein Aufatmen ging durch die Stadt, als die Römer erfuhren, der Cäsar habe sich in die Provinz Achaia begeben, um, wie er verlauten ließ, ein ganzes Jahr nur für die Kunst zu leben; die Griechen seien das einzige seiner Kunst würdige Volk im römischen Imperium. In Wirklichkeit hatte der Entschluß jedoch ganz praktische Gründe: zum einen war der Göttliche obdachlos, der Cäsarenpalast auf dem Palatin lag zerstört, und der neue sprengte alle Dimensionen; unter Berücksichtigung römischer Gigantomanie erschien ein volles Dezennium für den Bau nicht zu hoch gegriffen. Zum anderen aber hatte Nero Angst. Durch die Aufdeckung der Pisonischen Verschwörung war seine Furcht vor Attentaten gewachsen, ebenso die Zweifel, wem in seiner nächsten Umgebung er überhaupt noch trauen konnte; er schlief kaum, und wenn, dann am hellichten Tage, und die Zusammensetzung der Leibwache wurde täglich geändert.

So schien Korinth – die römischste aller Griechenstädte, weil, einst verödet, vom göttlichen Julius mit Veteranen neu besiedelt – als geeignete Zuflucht, während Helius, ein Freigelassener des Cäsars, in Rom die Amtsgeschäfte führte. Tigellinus begleitete den Göttlichen, ebenso Sporus, sein Lieblingsklave, dem Nero, Poppäas Ableben betrauernd, eine Geschlechtsumwandlung hatte angedeihen lassen, mit wenig Erfolg, wie es schien, denn bald darauf hatte er Messalina geehelicht, ein Frauenzimmer von derber Sinnlichkeit, viermal verheiratet, zuletzt mit Atticus Vestinus; Nero, sagte man, habe ihn töten lassen.

Aber während der Cäsar in Verzückung zur Lyra sang und Gedichte von eigener Feder vortrug, blieb die Zeit nicht stehen. Und weil eine einmal in Gang gesetzte Gärung auch mit Waffengewalt nicht zu stoppen ist, wuchs die Rebellion in Judäa weiter und nahm immer bedrohlichere Formen an, vor allem bei den Zeloten, den radikalen Besitzlosen unter der jüdischen Bevölkerung, die nur eine Alternative kannten: Freiheit oder Tod. Selbstmordkommandos provozierten die römischen Besatzer wo immer sich eine Gelegenheit bot, und die Flammen, welche mal hier, mal dort aufflackerten, konnten täglich einen verheerenden Brand auslösen, ein Inferno sogar, das den gesamten Osten des Imperiums einzuäschern in der Lage gewesen wäre.

Politik aber schien dem Cäsar nur Abfall der Kunst zu sein, und die Töchter von Uranos und Gaia, die Musen, galten ihm mehr als der Sohn von Zeus und Hera, der reißende Mars, dem man nachsagte, er sei der Vater des Stadtgründers Romulus und seines Zwillingsbruders Remus. Fatal nur, daß Nero so gerne siegte, während er den Krieg haßte und dieses schmutzige Geschäft lieber anderen überließ. So konnte der Cäsar nicht unterscheiden zwischen Notwendigkeit, Willkür und Gleichgültigkeit, und er stahl sich aus der Verantwortung, indem er wichtige Entscheidungen Tigellinus überließ.

Der aber ließ Köpfe rollen nach Belieben und machte nicht einmal vor jenen halt, die sich verdient gemacht hatten um das Vaterland – vor allem nicht vor jenen. Ein Mann wie Corbulo mit dem Ruhm des größten Feldherrn seiner Zeit, der in der Lage war, Truppen zu mobilisieren und Legionäre zu motivieren – das hatte er zuletzt im Osten bewiesen –, erschien dem Prätorianer eine latente Gefahr, und deshalb wurde er nach Griechenland zitiert, und die Boten ließen verlauten, der Cäsar habe seinen Tod beschlossen. Um einem unrühmlichen Ende zu entgehen, stürzte Corbulo sich in sein Schwert – beklagt vom göttlichen Nero, dem die Machenschaften des Tigellinus verborgen blieben.

Wer sollte nun den jüdischen Aufstand niederschlagen?

Es lebte damals in der Provinz Africa ein Procurator namens Titus Flavius Vespasianus, von niederer Herkunft und bereits siebenundfünfzigjährig, aber mit dem Ruf des untadeligen Legionskommandanten, der in Germanien und Britannien mehr als dreißig Schlachten geschlagen und siegreich beendet hatte, so daß ihn der göttliche Claudius mit den Triumphabzeichen versah. Mochte er als Stratege genial sein, von Geld und Reichtum hielt Vespasianus nichts, er stammte aus einem kleinen Dorf im Sabinerland und mußte von seiner Mutter in die Ämterlaufbahn gedrängt werden; und während andere als Provinzprocuratoren Millionen scheffelten, was das Gesetz ihnen zugestand, geriet er an den Rand des Bankrotts und sah sich gezwungen, sein Geld als Maultierhändler zu verdienen. ›Mulio‹ nannten ihn die Römer spaßhaft, ›Maultiertreiber‹. Zwar mochte ihn der göttliche Nero nicht leiden, weil er, noch in Rom, bei seinen Gesängen vor Publikum immer einzuschlafen pflegte und auch durch wiederholte Warnungen des Tigellinus davon nicht abzubringen war, aber er erschien dem Cäsar ungefährlich und ohne persönlichen Ehrgeiz, und das unterschied ihn vor allem von Otho, der auch ein glänzender Feldherr für Judäa gewesen wäre, den Nero jedoch lieber im fernen Spanien sah.

Und doch war dem Flavier ein bedeutendes Schicksal verheißen, das er niemandem kundtat, weil er wußte, daß die Parzen im Verborgenen wirken und jeden strafen, der ihre Fäden verwirrt. Vorzeichen gab es viele, ungewöhnlich viele sogar, die von den Auguren als Zeichen der Herrschaft gedeutet wurden: So stürzte eine schwarze Zypresse auf seinem Landgut entwurzelt zu Boden, grundlos, weil weder Gewitter noch Sturm an ihrem Geäst zerrten. Doch – was noch erstaunlicher war – am folgenden Tag stand sie aufgerichtet und frischer begrünt als zuvor, und niemand wurde ausfindig gemacht, der den Baum aufgerichtet hatte. Ein anderes Mal lag Vespasianus zu Tische, und ein Hund stürmte in das Triclinium mit seltsamer Beute im Maul, und als er diese unter Vespasianus Platz ablegte, erkannten die Gäste eine menschliche Hand. verirrte sich ein wilder Stier in das Haus des Flaviers, und während die Bewohner davonstürzten und um ihr Leben fürchteten, legte sich das Tier vor dem Hausherrn nieder, zahm wie ein Haushund.

Ein anderes Vorzeichen war über Jahre hin und für jedermann sichtbar. Die uralte, dem Mars geweihte Eiche im Garten der Flavier wuchs träge und kaum erkennbar, doch jedesmal, wenn die Herrin des Hauses ein Kind zur Welt brachte, trieb sic einen jungen Ast in schnellem Wuchs. Der erste Ast war zart und verdorrte, und das Mädchen, dem er erwuchs, starb, bevor es ein Jahr alt war. Der zweite Ast zeugte von Kraft, und seine Länge verhieß anhaltendes Glück. Der dritte Ast aber wuchs sich zur Größe eines ganzen Baumes aus und überwucherte alle anderen Zweige; und die Auguren, die ihn bestaunten, prophezeiten dem dritten Sohn, er würde einst Cäsar werden wie der göttliche Gaius.

Nun war Vespasianus siebenundfünfzig, und er mochte wohl nicht mehr an die Weissagung der Auguren denken. Er hatte Frau und Tochter verloren, und deshalb liebte er seine Söhne Titus und Domitianus, selbst schon im besten Mannesalter, wie Vater und Mutter zugleich und scharte sie um sich, wo immer sich die Möglichkeit bot.

Nach dem Willen des göttlichen Cäsar sollte Titus Flavius Vespasianus den jüdischen Aufstand niederschlagen, und er segelte nach Achaia, um den allerhöchsten Befehl entgegenzunehmen. Über den Hellespont nach Syrien gelangt, zog der Feldherr sechzigtausend Mann zusammen, während sein Sohn Titus nach Alexandria reiste, um dort die fünfzehnte Legion gegen Judäa zu rüsten. Im Gebiet von Ptolemais, das die Westgrenze bildet zu Galiläa, fügten Vater und Sohn ihre Truppen zusammen und gingen gegen die Städte Gabara und Jotapata vor. Auf dem Forum in Rom aber wollten Männer nach einer Volksversammlung mit eigenen Augen gesehen haben, wie sich die Statue des göttlichen Julius auf ihrem Sockel bewegte und sich gen Osten wandte, als liege dort die Zukunft des römischen Imperiums.

Ob er mit ihm ringen wolle?

Beim Hercules, ja, antwortete Aphrodisius, er wolle es zumindest versuchen, und er rechnete sich durchaus Chancen aus, weil der andere ein gutes Stück älter und kaum kräftiger gebaut als er erschien, warum nicht. Der erregende Duft der Stabianer Thermen, eine Mischung von parfümiertem Wasserdampf, frischgeschwitztem Schweiß und triefendem Öl, das hier aus fischigem Tran, dort aus den schmackhaften Früchten des Ölbaums gepreßt schien, enthemmte den Pompejaner wie arkadischer Wein, dem nachgesagt wurde, er mache Männer rasend und Frauen fruchtbar. Er betrat diese Thermen an der Straße nach Stabiä zum ersten Mal, selbstbewußt und erhobenen Hauptes, wissend, daß sein Weg nicht im Apodyterium endete, dem Umkleideraum, in welchem die Sklaven die Kleider ihrer Herren bewachten.

»Aphrodisius«, sagte er, dem Fremden seinen Namen nennend.

Der gab sich als Alleius Nigidius Maius zu erkennen, so daß Aphrodisius mit flacher Hand gegen seine Stirne schlug, weil er ihn nicht gleich erkannt habe, Nigidius natürlich, aber nackt sähen alle Männer gleich aus, beinahe jedenfalls. Sie lachten, und Nigidius meinte, er habe Aphrodisius sofort erkannt, erinnere er sich doch noch gut an den Freigelassenen des Serenus. Nun konnte sich der Pompejaner auch mit großer Anstrengung nicht erinnern, diesem Mann je persönlich begegnet zu sein, aber einen Mann wie Nigidius kannte man natürlich, und – nur um irgend etwas zu sagen – erkundigte sich der Pompejaner, was ihn, den Römer, wieder einmal nach Pompeji führe, Geschäfte gewiß?

Nackt, wie er so vor ihm stand, lachte Nigidius, und das war nicht ohne Komik, weil ein nackter Mann schon mit ernstem Gesicht komisch genug aussieht, aber erst lachend! Das gleiche könne er ihn fragen, meinte Nigidius, und wahrscheinlich sei auch die Antwort die gleiche. Nur Beamte und Senatoren hielten sich in Rom auf, und die nur deshalb, weil es ihr hohes Amt vorschreibe, und natürlich das Millionenheer der Sklaven, wenn man diese einmal zu den Menschen zählen wolle; aber wer immer die Möglichkeit habe, meide die Stadt.

Sie schöpften mit bloßen Händen licinianisches Öl aus dem kupfernen *labrum*, das hochbeinig herumstand, dem delphischen Dreifuß ähnelnd, auf dem die Pythia die Zukunft weissagte, und wuschen die dickflüssige Tinktur in ihre Haut, daß all die Düfte sich entfalteten, die ihr beigemengt waren wie Balsam und Kalmus, Iris und Kardamom, Heilwurz und gallische Narde.

Er habe ihn, Aphrodisius, stets im Auge behalten, ließ Nigidius wohlig grunzend vernehmen, er schätze Männer seiner Art sehr, die nicht auf das Erbe ihrer Väter bauten, wie die meisten Römer, die in dem Wort Arbeit ein Schimpfwort erkannten. Er, Nigidius, sei sicher, daß er, Aphrodisius, mehr Feinde zähle als Freunde. Aphrodisius nickte zustimmend, und der andere fuhr fort. Eumachia, könne er sich denken, werde nicht tatenlos zusehen, wie ihr der Ruhm von Reichtum und Erfolg streitig gemacht würde, sei sie doch eine wie er, frei geboren zwar, aber in Armut, und sie verdanke all ihren Besitz niemandem als sich selbst.

Den Pompejaner berührte dieses Gerede wenig, ihn interessierte, da ihm dieser Nigidius, der jeden und den jeder kannte, nun einmal über den Weg gelaufen war, das Verschwinden dieses Popidius Pansa, ob er ihn gekannt habe?

Pansa? Gewiß – ein Sonderling, wenig erfolgreich als Advocatus, sei nach dem Erdbeben einfach verschwunden, seine Frau in bitterster Armut zurücklassend. Da erzählte Aphrodisius von seiner seltsamen Begegnung in Karthago, ohne jedoch den Mord an seinem Herrn Serenus zu erwähnen, und wie erschrak er, als Nigidius auf einmal den Namen Fulvias nannte. Sie sei nach dem Tod ihres Gatten Serenus oft mit Pansa gesehen worden, heimlich des Nachts ... Ob er bereit sei?

Aphrodisius bejahte, er sei bereit, und sie traten in die *Palästra*, einen Raum in diesigem Licht, rechteckig und von einer gewölbten Decke überspannt mit achteckigen Kassetten in der natürlichen Farbe des Stucks. Auf dem Boden aus rosa Marmor, der die Anfeuerungsrufe der Kämpfer zum Hallen brachte wie den Gesang der Sibylle von Cumä, umrahmten Mäandermuster zwei quadratische Felder. Ein Sklave bot einen Kessel dar, in den jeder mit gespreizten Fingern hineinlangte, um feinen Sand zu greifen, den er dem Gegner an den ölverklebten Körper warf zum besseren Halt seiner Hände. Sie standen sich nun aufrecht gegenüber, eine angedeutete Verbeugung führte zur Berührung ihrer Stirnen, Nigidius packte zu.

Wie das Falleisen den Fuchs an den Läufen gefangenhält, umklammerte Nigidius die Oberarme seines Gegners, und Aphrodisius war nicht in der Lage, selbst die Arme des anderen zu fassen. Gegen den Brustkorb seines Gegners gestemmt, versuchte der Pompejaner sich zu entwenden; doch er merkte sofort, daß der Gegner das Geschehen diktierte, ein um an das andere Mal versuchend, ihn zu Boden zu schleudern; aber Aphrodisius stand wie Peleus, der ringende Vater Achills, stämmig und unbeugsam, so daß Nigidius, in der Technik des Ringens erfahren, seinen Griff änderte und blitzschnell beide Hände hinter dem Nacken des Gegners verschränkte, was Aphrodisius jedoch zum ersten Mal in die Lage brachte, den Gegner an den Armen zu fassen; jedoch wieder vergeblich.

Beim Hercules, welche Rolle spielte Fulvia in diesem schmutzigen Spiel? Aphrodisius brauchte alle Kraft, um dem

Druck in seinem Nacken entgegenzuwirken. Hatte Pansa mit Wissen Fulvias Serenus ermordet? Warum setzte er sich ab, Fulvia zurücklassend? Hatte Fulvia Serenus ermordet? Warum hatte Pansa fliehen müssen? Er spürte die Kraft in seinen Muskeln, das wohligen Schmerz verbreitende Dehnen, das, sich steigernd, den wuchtigen Körper des anderen zu biegen begann, seinen gepreßten Atem, in unregelmäßigen Abständen ausgestoßen wie das Schnauben eines Stieres vor dem Schwert des Gladiators, ebenso laut und ebenso zornig wild. Und wenn sich alles ganz anders zugetragen hatte? Vielleicht fügte der Zufall das Zusammentreffen Fulvias und Pansas, vielleicht fiel Serenus einem plündernden Mörder zum Opfer? Warum nannte aber sein Herr Pansas Namen? Er versuchte nun seinerseits, dem Gegner ein Bein zu stellen, ihn über seinen linken Schenkel zur Seite zu drücken und auf diese Weise zu Fall zu bringen, um ihn dann, Mann auf Mann, mit den Schultern auf den kühlen Marmor zu fesseln, wie es dem Sieger zukam.

Das kräftezehrende statische Spiel begann sich zu wandeln, denn beide mühten sich nun mit unregelmäßigen, ruckartigen Bewegungen, aber auch diese brachten weder dem einen noch dem anderen sichtbare Vorteile. Anfeuerungsrufe wurden nun immer lauter, immer häufiger, je heftiger sich die beiden drängten, stießen, schleuderten, und Aphrodisius glaubte die Stimme des Serenus zu vernehmen, der da voll Begeisterung rief: »*Valete! Valete!*«

Du sollst stark sein, hatte Serenus ihm gesagt an jenem denkwürdigen Tag, an dem er ihm die Freiheit schenkte, denn nur der Starke könne das Schicksal bezwingen. Nie hätte er damals zu hoffen gewagt, je im Leben in der Palästra gegen Nigidius zu ringen, den stolzen Römer, um dessen Gesellschaft so viele buhlten, weil es hieß, er habe Verbindungen zu den höchsten Stellen des Staates. Aber die Parzen sind unberechenbar wie alle Frauen; nun spürte er seine Muskeln, seine Kraft, seinen Willen und versuchte, sich ihm in der selben Weise aufzuzwingen.

Seltsam berührte den Pompejaner noch immer das Verhalten Fulvias, die ihn unerwartet auf die Straße gesetzt hatte, obwohl ihr doch nach dem Tod ihres Mannes ein starker Arm von Nutzen gewesen wäre. Nein, irgendein furchtbarer Zusammenhang mußte bestehen zwischen ihm selbst, Fulvia, Pansa und dem Tod des Serenus; Aphrodisius war sich sicher, daß es sogar eine Querverbindung gab zu jenem Attentat, dem er im Theater des Pompejus wie durch ein Wunder entgangen war. Sollte er einfach abwarten, bis der nächste Dolch gegen ihn geschleudert wurde? Selbst gegenüber einem Mann wie Nigidius, der ihm freundlich gegenübertrat, schien Mißtrauen angebracht, und mochte er noch so beteuern, wie sehr er Männer wie ihn schätze, die nicht auf das Erbe ihrer Väter bauen konnten.

Aber ein Ringer soll ringen und nicht denken; jedenfalls genügte dieser kurze Augenblick, und Nigidius zog Aphrodisius über seinen ausgestellten Schenkel, der Pompejaner strauchelte, versuchte den drohenden Fall mit nach hinten gestreckten Armen zu lindern, was auch gelang, aber der Angriff kam zu unerwartet plötzlich, und Aphrodisius hatte keine Chance, sich zu wehren. Nigidius bekam im Fall die Handgelenke des Gegners zu fassen und hämmerte ihn so auf den Marmor, daß der Pompejaner bereitwillig aufgab.

Alleius Nigidius Maius fand anerkennende Worte für den Unterlegenen, während er keuchend über ihm kniete. Schweiß, Öl und Sand hatten ihre muskulösen Leiber in unansehnliche, schmutzige Kolosse verwandelt, und ihre Tritte hinterließen deutliche Spuren, als sie sich in das angrenzende Caldarium begaben, einen langgezogenen Raum mit Nischen an der Stirnseite und Marmortrögen voll heißdampfenden Wassers zur Reinigung der Glieder. Ein *strigilis* aus Elfenbein diente den Wettkämpfern zum Abschaben der öligen Schmutzschicht, was jeder selbst verrichtete unter Ausstoßen wohliger Laute; erst dann stiegen sie schnaubend in die Wannen, von stämmigen Badesklaven umsorgt.

In Karthago also sei er Popidius Pansa begegnet, sinnierte

Nigidius, im Wasser planschend mit der Lust eines Kindes; nicht ungewöhnlich an sich, sein nächtliches Verschwinden jedoch um so mehr. Warum, beim Jupiter, fürchte Pansa sich wohl vor ihm? Aphrodisius, im benachbarten Trog, tauchte unter und schniebte wie ein Delphin in der narbonensischen Provinz, wo – wie erzählt wird – diese Tiere gemeinsam mit den Menschen Fische fangen.

Aufgetaucht aus dem reinigenden Schaum, bekannte Aphrodisius, zwei römische Sklaven auf Pansa angesetzt zu haben, denn er sei überzeugt, daß es dem Advocatus gelungen sei, nach Rom zu entkommen; bisher habe jedoch die Suche keinen Erfolg gezeitigt. Aber wenn er diesen Pansa zu fassen kriege, werde er die Wahrheit aus ihm herauspressen – und dabei schlug der Pompejaner in das schaumgekrönte Wasser, daß Nigidius' Badesklave eine Breitseite abbekam, wie einst der göttliche Claudius von jenem gallischen Walfisch, der der Flotte bis Ostia gefolgt war und vom Cäsar persönlich mit der Lanze erlegt wurde – der Vergleich sei erlaubt.

Auf die Frage, ob er Verbindung halte zu Fulvia und ob sie eine neue Ehe eingegangen sei, erwiderte Nigidius, sie lebe zurückgezogen auf ihrem Landgut, von Sklaven und Zofen umgeben, und mache einen verbitterten Eindruck; dem Umgang mit Männern stehe sie fern, obwohl nicht wenige ihr den Hof gemacht hätten – »Kein Wunder, bei ihrem Vermögen!«

Ob Nigidius von dem Attentat im Theater des Pompejus gehört habe?

Natürlich, und er, Aphrodisius, habe das einzige Richtige getan, indem er Rom verließ, beim Castor und Pollux, welch eine Zeit – *o tempora, o mores!* Unter Sulla, dem Diktator, sei das Chaos nicht kleiner gewesen, die Zahl der Opfer nicht geringer, auch damals habe ein Attentat das andere gejagt, weil sich Optimaten und Popularen bekriegten, als sei der andere ein Samnit. Die furchtbarste Erkenntnis bei all dem sei indes jene, daß keiner Seite ein *tropaeum* errichtet werden konnte, weil keine Partei den Sieg davontrug.

Und er, Nigidius, lebe er nicht in Furcht vor einem Attentat?

Alleius Nigidius Maius zögerte, als scheue er sich, die Wahrheit zu sagen; dann beugte er sich über den Wannenrand und wartete, bis Aphrodisius es ihm gleichtat. Damals, nach dem großen Beben, sprach er leise, als die Stadt noch in Trümmern lag und das Überleben jede Nacht in einem anderen Haus gefeiert wurde wie eine Wiedergeburt – damals sei in seinem Haus der Bankier Priscillianus von einem fliegenden Dolch getötet worden, ohne daß einer der Gäste den Anschlag bemerkte. Nur honorige Leute hätten bei Tische gelegen, geschlemmt und um die Gunst eines schwarzen Mädchens gelost, und er selbst habe den Mord entdeckt, und da jeder der Anwesenden höchstes Ansehen genoß in Pompeji und freundschaftliche Gefühle hegte gegenüber Priscillianus, schien es keine Frage, daß der Täter unter den Sklaven zu suchen war – ein gedungener Mörder.

Alle Nachforschungen seien jedoch erfolglos geblieben, und so habe er, wie das Gesetz es befiehlt, alle siebzig zum Tod vor den wilden Tieren bestimmt – in Rom, weil der hiesige Circus in Trümmern lag. Heute, und dabei blickte Nigidius zur Seite, ob niemand das Gespräch belausche, heute hege er Bedenken wegen seines Verhaltens von damals und glaube, daß der Mörder doch unter seinen Freunden zu finden sei. Doch wo kein Kläger, da kein Richter, niemand habe Priscillianus betrauert, weil er weder Frau noch Kinder hatte.

Mit einem Gefühl der Reinheit erhoben sich beide aus den Wannen, und nachdem sie in weiße Tücher gehüllt worden waren, deutete Nigidius mit einer Handbewegung an, ihm in das angrenzende *laconicum* zu folgen, das jedoch nur mit Holzsandalen betreten und über den Säulenumgang erreicht werden konnte, der in etwa die Mitte der Thermenanlage bildete. Trockene, heiße Luft schlug ihnen aus dem Schwitzraum entgegen, und der *fornacator*, der das Feuer bewachte, indem er regelmäßig derbe Obstbaumscheite nachlegte, schloß hastig die schmale Tür und empfing Nigidius und Aphrodisius dienernd. Die kurze Helle des Tages, der sie im Säulengang ausgesetzt waren, bewirkte plötzliche Blindheit in dem schwach belichteten Schwitzraum, und gut ein Dutzend Sklaven, Masseure, Parfümeure und Haarentferner mühten sich um die Ankömmlinge und führten sie zu der gedrängten Marmortribüne, die das Laconicum an zwei Seiten umgab.

Als das Augenlicht wiederkehrte, erkannte Aphrodisius die Enge des Raumes, den eine winzige Deckenöffnung über dem Feuer und das Flammenzüngeln darunter geheimnisvoll belichteten. Dampfend und dichtgedrängt saßen die Schwitzer auf drei übereinanderliegenden Sitzreihen, starrten teilnahmslos vor sich hin oder plauderten mit dem Nachbarn, das Prasseln des Feuers übertönend; kaum einer erkannte den anderen. Schwitzbäder galten als Errungenschaft der Zeit; sie trieben Giftstoffe aus und öffneten den Geist für die Lehren der Philosophen. Man beteiligte sich unverhohlen an Gesprächen der anderen oder versuchte ein neues, in welches dann diese einfielen mit schönen Gedanken. Und da auf einmal alle Gespräche verstummten, begann Nigidius, die Ellenbogen auf die Knie gestützt, ohne Aphrodisius anzugehen, das Glück Fortunas zu preisen, das diese auf rollender Kugel dem Pompejaner zugeteilt hatte. Wie lange es her sei, daß er an diesem Ort Sklavendienste verrichtete?

»Keine sieben Jahre«, erwiderte Aphrodisius.

»Und heute?« klang ein ältliches Stimmchen von der oberen Reihe.

Als Nigidius bemerkte, daß Aphrodisius keine Anstalten machte zu antworten, da drehte er sich um und rief dem Fragesteller zu, heute sei er vielleicht reicher als sie alle zusammen, und sie würden es noch alle erleben, daß Eumachia bei ihm Kredit erbitte.

Hämisches Gelächter.

Ein Freigelassener, wie?

Nigidius übernahm es zu antworten und bejahte: Serenus habe ihm die Freiheit geschenkt, und nun wußten alle, schweißgebadet, um wen es sich handelte, und ein Wettkampf der Rede begann über das Glück, und ein jeder wußte anderes zu bezeugen.

Daß Fortuna seit jeher auf seiten der Sklaven und kleinen Leute stehe, weil der erste, der ihren Kult nach Rom brachte, kein Mann von Adel gewesen sei, sondern jener Servius Tullius, der König aus dem Sklavenstand, der sechste, der den Römern vorstand und Stadt und Land in *tribus* teilte und die ersten Münzen prägte.

Daß kein Sterblicher zu allen Stunden glücklich sein könne, so wie er nicht allezeit klug sei und handle, und daß selbst die Zahl der glücklichen Tage, die nach Art der Thraker mit verschiedenfarbigen Steinchen in Urnen gezählt würden – weiß für einen glücklichen Tag, schwarz für einen Tag des Unglücks –, daß selbst diese kein Maßstab seien für das Glück, weil unterlassen werde, auf das Gewicht der Steine zu achten, was die Frage aufwerfe, ob nicht ein schwerer Stein, allerhöchstes Glück bedeutend, nicht eine ganze Reihe schwarzer Steine aufwiege.

Daß selbst der Glücklichste, von Generationen beneidet, weil er der Angesehenste im Staate gewesen sei, mit den zehn höchsten Ämtern bedacht und in der Weisheit griechischer Philosophen, reich wie der lydische König Krösus, mit der Schönheit einer Frau und vielen Kindern gesegnet, ein Redner wie Apollodoros von Rhodos, der Cicero die Zunge schliff, und ein Feldherr wie der göttliche Julius, was keinem anderen *ab urbe condita* zukam, daß selbst dieser, Lucius Metellus mit Namen, in Wirklichkeit nicht wahrhaft glücklich gewesen sei in seinem Leben, weil er sein Alter in Dunkelheit verbracht habe. Wie einst der Dulder Odysseus vor Troja habe er bei einem Brand auf dem Forum das Palladium aus dem Vestatempel gerettet, was jene Unstete, Fortuna genannt, mit dem Feuer strafte, das sie in seine Augen schleuderte.

Daß König Gyges, der ›Hunderthändige‹, der sich mit Hilfe seines Ringes Zugang zu allen Schätzen dieser Erde verschaffte, und der sich für sein vermeintliches Glück vor allen Göttern erkenntlich zeigte, daß auch er nicht wirklich glücklich gewesen sei. Jedenfalls nach Auffassung der delphischen Pythia, die, befragt, ob ein Mensch glücklicher sein könne als er, geantwortet habe, ein gewisser Aglaos aus Psophis sei glücklicher als er. Und Gyges habe weder von dem Dorf in Arkadien noch von seinem ältlichen Bewohner gehört, aber die Umstände seines Glücks erforschen lassen und erfahren, daß Aglaos von den Früchten des Feldes lebte, wie der Boden sie hergab, seinen Acker nie verlassen und Zeit seines Lebens kein Unheil erfahren hatte.

Daß selbst jene berühmten Männer, die Fortuna aus ihrem Füllhorn überschüttet, denen die Massen zujubeln und ehrbare Frauen ihre Gunst schenken, weil sie der Ruhm der Unsterblichkeit umgibt, daß selbst diese, die sich den Anschein geben, sie hätten das Glück gepachtet wie der Faustkämpfer Euthymos, der im Leben nur einen Wettkampf verlor und bei den Olympischen Spielen immer als Sieger hervorging, nicht das wahre Glück erfuhren, weil die Götter gegen sie gewesen seien.

Euthymos aus Lokri in Unteritalien sei zu Lebzeiten wie ein Gott verehrt worden, und man habe ihm zwei eherne Standbilder errichtet, eines in seiner Heimatstadt, und eines dort, wo er den größten Ruhm geerntet hatte, in Olympia. Aber am selben Tage – und das berichte der Schreiber Kallimachos aus Kyrene – seien beide Statuen vom Blitz getroffen worden und zersprungen, und die Menschen hätten ratlos das Orakel bestürmt, und dieses habe geraten, Opfer darzubringen zur Sühne bis über den Tod des Euthymos hinaus, gegen die Hoffart, der er verfallen sei, und die Menschen, welche ihm einst zu Füßen lagen wie ergebene Feinde, erkannten damals, daß nicht er der Glücklichste gewesen sei, sondern jener, der ihn *einmal* besiegt hatte, ein gewisser Theagenes aus Thassos.

Daß jener Lucius Cornelius Sulla, dessen einziges Ziel die Jagd nach dem Glück zu sein schien, und der sich mit Billigung von Senat und Volk zunächst ›Liebling der Aphrodite – Epaphroditos‹ und später ›Felix – der Glückliche‹ nannte, weder das eine noch das andere gewesen sei, im Gegenteil.

Was habe es schon bedeutet, daß er, verarmt, ein Vermögen erbte von seiner reichen Stiefmutter und einer begüterten, Dirne? Welchen Nutzen brachten sein Erfolg über Mithridates, seine Siege im Bürgerkrieg, sein Titel ›Vater und Retter‹, wenn er im Zenit seiner Macht zurücktrat, um auf dem Landgut in Puteoli seine Memoiren zu schreiben? Die Römer hätten damals geglaubt, Sulla wolle sein Glück festhalten, denn jenes Orakel war allgemein bekannt, das ihm den Tod auf dem Gipfel seines Glücks voraussagte; niemand aber wußte von der furchtbaren Krankheit mit Namen Phtheiriasis, die seine Eingeweide zerfraß wie der grausame Adler, der dem auf den Höhen des Kaukasus angeschmiedeten Prometheus die Leber zerhackte. Doch während dem Bringer des Feuers das tags gefressene Organ nachts wieder nachwuchs, verzehrte sich Sulla in seinen Qualen, und ein Blutsturz setzte seinem Leben ein Ende, zwei Tage nach Vollendung seiner Memoiren. Und diesen Mann solle man ›glücklich‹ nennen?

Also müsse man arm, im Sklavenstand und von den meisten verachtet sein, um das wahre Glück zu erfahren, wollte Aphrodisius wissen, ein Kyniker vielleicht und leben wie ein Hund und Staat und Kunst und Sitte und Familie verachten? Er, Aphrodisius, habe dieses fragwürdige Glück gelebt, und er könne beteuern, daß er weit entfernt davon gewesen sei, glücklich zu sein.

Die Worte des Pompejaners verursachten ein – langes Schweigen, und Nigidius, dem die Stille unbehaglich wurde, stieß, wohlig vor Hitze stöhnend, hervor, ein wahrer Römer empfinde im Laconicum das höchste Glück, und alle pflichteten ihm bei, weil das wahre Glücksgefühl nicht von den erreichten Glücksgütern abhänge, sondern von der Glücksfähigkeit des einzelnen.

Dann bemächtigten sich die Haarentferner der beiden, indem sie Arme und Beine bearbeiteten. Ihr Tun blieb schmerzlos, da sie sehr flink und geschickt waren, vor allem aber auch wegen der Hitze, welche die Wurzeln der Haare lockerte wie der Pflug verhärtetes Erdreich.

Die pompejanischen Christen suchten Zuflucht in einem verlassenen Gehöft außerhalb der Stadt, denn die Treffen bei Fabius Eupor, dem Krämer, wurden zu gefährlich, und wenn es in Pompeji auch noch keine Kopfprämien gab für die Denunzierung eines Christen wie in Rom, so unterlag die Sekte auch in der Provinz dem allgemeinen Verbot. Das morsche Tor des seit dem Beben einsturzgefährdeten Hauses, von zwei stämmigen Sklaven bewacht, öffnete sich nur dem, der das Kennwort nannte: ›Jesus liebt dich.‹

Leda wies ein Öllämpchen vor, in dessen Unterseite sie ein Kreuz eingeritzt hatte, in Rom das Erkennungszeichen der Christen untereinander. Aber die Türsklaven wollten das nicht gelten lassen, fragten nach Herkunft und Begehren und schenkten den Beteuerungen des Mädchens, eine römische Christin zu sein, keinen Glauben, bis, durch den Lärm aufgeschreckt, der alte Tuchmacher Vecilius Verecundus herauskam und nach der Ursache des Streites fragte.

Sie wäre eine Römerin und behaupte, unsere Lehre zu teilen, erklärten die Sklaven, und Verecundus fragte mit der Güte seiner siebzig Jahre, wie sie heiße, woher sie komme und was sie von der Lehre wisse.

Ihr Name sei Leda, antwortete das Mädchen; sie habe ihre Jugend als Schankmädchen verbracht in der Herberge ihres Vaters Myron beim Circus Maximum, wo die Christen Roms ihr Liebesmahl feierten. Sie habe Petrus gesehen, den Fischer, und Paulus, den Tarsier, sie habe ihren Reden gelauscht wie das Kind den Worten des Lehrers, und sie habe den römischen Göttern abgeschworen und an den einen Gott geglaubt und seinen eingeborenen Sohn. Doch Gott, der Herr, habe ihr harte Prüfungen auferlegt wie eine furchtbare Strafe; mit eigenen Augen habe sie den Feuertod ihres Vaters an der Appischen Straße ansehen müssen, und nach dem Willen des Gesetzes wäre auch sie getötet und in die fromme Gemeinschaft der Heiligen aufgenommen worden, hätte nicht Aphrodisius, der Pompejaner, den Centurio bestochen und ihre Freiheit erkauft, Gott möge ihrer Seele gnädig sein.

Da breitete Verecundus die Arme aus, daß seinem weiten Gewand Flügel zu wachsen schienen, und er zog Leda an sich wie eine verlorene Tochter und hieß sie willkommen in ihrer Mitte im Namen des Jesus Christus, der, wie die Schrift es verheißen, für die Sünden aller gestorben sei, und er führte sie in das Innere.

Fackeln an den Wänden verbreiteten zuckendes Licht, und ihr Rußen raubte den Atem. Hinter einem abgewinkelten Korridor tat sich ein hoher Raum auf, den der Einsturz einer Wand an der Vorderseite noch vergrößert hatte. Weißgekleidete Gestalten knieten in zwei langen Reihen hintereinander, die Köpfe beinahe bis zum hartgestampften Boden geneigt und mit dem oberen Gewand verhüllt, und beteten beschwörend in konvulsiven Bewegungen immer wieder dasselbe Gebet um die Kraft des Geistes.

Keiner der ekstatischen Christen blickte auf, und niemand schien zu bemerken, wie Verecundus mit dem fremden Mädchen durch die Reihe schritt – auf eine hohe, verklärte Gestalt zu, die durch ihre würdige Haltung vor einem karg gedeckten Tisch auffiel: Fabius Eupor sei sein Name, und Paulus, der Apostel des Herrn, habe ihn von seiner Lähmung geheilt und zum Zeugen gemacht in dieser Stadt.

Eupor drückte das Mädchen vor sich auf die Knie, berührte seine schwarzen Haare mit beiden Händen, und wie von selbst fiel Leda in das monotone Gebet der anderen ein, bis Tränen über ihre Wangen rannen vor innerer Bewegtheit. Dann hob der Alte Leda auf, und während das Gebet der übrigen an Inbrunst und Lautstärke zunahm, fragte Eupor, was sie an diesen Ort führe

Tiefe Verzweiflung, erklärte das Mädchen schluchzend, sei der Grund ihres Kommens, und mehr als einmal habe sie sich den Tod gewünscht, weil Aphrodisius, der Mann, welcher sie vor dem Feuertod gerettet habe, sie mit der Lust eines Freiers verfolge und ihre Glieder, welche Glieder des Jesus Christus seien, zu Gliedern einer Dirne machen wolle.

Der Apostel, begann Eupor und prüfte das Mädchen mit

durchdringendem Blick, um die Wahrheit in ihren Augen zu erkennen, der Apostel sage den jungen Frauen, die unverheiratet sind, es sei gut für sie, wenn sie so blieben und nur für Gott lebten, fehle ihnen jedoch der Mut zur Enthaltsamkeit, so sollten sie heiraten, denn es sei besser zu heiraten als zu brennen. Ob Aphrodisius ein Gläubiger sei?

Leda schüttelte den Kopf. Er begegne sogar den römischen Göttern mit Mißtrauen, und wenn er *einen* Gott kenne, so sei es Mercurius, der Gott der klingenden Münze.

Wenn eine gläubige Frau einen ungläubigen Mann habe, meinte Eupor, und der willige ein, mit ihr zu leben, so dürfe sie den Mann nicht entlassen, denn der ungläubige Mann sei geheiligt durch die gläubige Frau.

Also sei sie verpflichtet, sich Aphrodisius hinzugeben, obwohl sie Gott ihren jungfräulichen Leib geweiht habe, aus Dankbarkeit für ihr Leben, das sie lieber geopfert hätte wie Myron, ihr Vater?

Nein, entgegnete Fabius Eupor entschieden, nicht der Mensch, sondern Gott sei das Maß, und wenn sie sich Gott verschrieben habe, müsse sie Gott dienen und keinem anderen, denn das seien die Worte des Apostels aus Tarsos: Diejenige tut wohl, welche beschlossen hat in ihrem Herzen und nicht genötigt ist, sondern Freiheit hat über ihren Willen, Jungfrau zu bleiben. Ein Mann, der seine Tochter verheiratet, tut wohl; wer sie aber nicht verheiratet, tut besser.

Was solle sie also tun? Wo Aphrodisius sie begehre mit der ungestümen Kraft seiner Jugend? Würde er sie nur züchtigen wie eine ungehorsame Sklavin, so könnte sie es ertragen, aber sie fürchte die Gewalt, mit der er sie aufs Lager zwinge.

Noch immer hallten Gebete durch das verfallene Haus. Eupor sah Verecundus lange an, und ihre Augen verständigten sich wortlos. Schließlich faßte Eupor Leda an den Armen und drückte sie mit seinen knochigen Fingern, als wollte er mit dem Schmerz, den er ihr dabei zufügte, das Bewußtsein des Mädchens schärfen. Wenn das, meinte er mit leiser, drohender Stimme, was sie soeben gesprochen habe, ihr voller

Ernst sei und ihr freier Entschluß, und wenn sie bereit sei, Schmerz zu ertragen für diese Überzeugung, dann würden sie ihr helfen.

Ja, das wolle sie, beim Kreuzestod des Erlösers. Da führten Eupor und Verecundus das Mädchen durch eine rissige Türöffnung in einen kleinen, nur durch ein Loch in der Mauer spärlich beleuchteten Raum, in dem eine heruntergekommene Kline stand aus morschem, abgestoßenem Holz. Leda setzte sich und beobachtete mit geweiteten Augen, wie Verecundus ein blitzendes Messer hervorzog, schmal wie ein Pfeil und spitz wie der Kiel einer Feder, und der kakophone Klang der Gebete tönte lauter als ihr gequälter Schrei.

## 9

AM TAG VOR den Kalenden des Monats, der dem göttlichen Augustus geweiht war, brachte ein Bote frühmorgens die Nachricht, die das Erscheinen des Aphrodisius und seines Freigelassenen Gavius im Haus der Ädilen auf dem Forum forderte. Die Hitze des Sommers hatte Pompeji in Besitz genommen, und wer ein Haus auf dem Land besaß, mied den glühenden Ofen der Stadt, zumindest am Tage, wenn die Sonne beinahe senkrecht über den Dächern stand, suchte Abkühlung am Meer oder den Schatten der Pinien- und Zypressenwälder, welche die Mauern der Stadt nach Norden und Osten hin umgaben.

Aphrodisius und Gavius ließen sich in einer Sänfte nach Pompeji tragen, sie nahmen den Weg durch das Herculaneische Tor, wo ihr Auftauchen unter den fliegenden Händlern, denen es untersagt war, die Stadt zu betreten, großes Aufsehen erregte. Auf der Via consularis trabten die vier Sklaven mit ihrer Last südwärts, ließen die Straße der Thermen links liegen, kreuzten die Straße der Augustalen und gelangten, vorbei an Aphrodisius' alter Arbeitsstätte, dem inzwischen wieder aufgebauten Macellum, auf das Forum. Der Jupiter-Tempel zur Rechten lag noch immer in Trümmern, während das Zunfthaus der Eumachia nun den strahlenden Eindruck eines Tempels vermittelte mit einem hohen Eingang hinter einer Säulengalerie, in der zwei überlebensgroße Statuen den *fullones*, die hier ihre Geschäfte verrichteten, Respekt einflößten: zur Linken Concordia Augusta, der Eumachia als Priesterin diente – ein Amt, das weniger moralische Qualifikationen erforderte als die Bereitschaft hoher Investitionen für einen von Livia, der Gemahlin des göttlichen Augustus, begründeten Kult –, und zur Rechten, goldverziert in langem Gewand, die Statue Eumachias, nach eigenem Auftrag tagtäglich mit schneeweißen Blumen geschmückt, was in Aphrodisius ein Gefühl der Verachtung hervorrief. Eine Häuserzeile im Süden des Forums, in der sich die Ämter der Duumviri, der Kurie und der Ädilen verbargen, nahm sich dagegen geradezu ärmlich aus. Das Haus der Ädilen bestand nur aus einem einzigen Raum, der, über drei Treppen erreichbar, nicht einmal Türen aufwies und jedem Einsicht gewährte. Eine an der Wand umlaufende Sitzbank verkürzte den Wartenden die Zeit; hier ging es um die Wasserversorgung, die Festsetzung von Lebensmittelpreisen, die Veranstaltung von Spielen, die Überwachung von Bädern und Bordellen und um Rechtsstreitereien und Besitzansprüche. Doch an diesem Tage vor den Kalenden des *mensis Augustus* wartete nur ein einziger Pompejaner auf der Bank, ein Krüppel mit Krücken, zusammengesunken, scheinbar teilnahmslos. Die beiden Ädilen saßen sich an einem Tisch in der Mitte des Raumes gegenüber

»Name?«

»Lucius Cäcilius Aphrodisius, Freigelassener des Serenus.«

»Und er?«

»Gavius, Freigelassener des Aphrodisius.«

»Er lügt!« Der Mann auf der Bank im Hintergrund erwachte plötzlich, hetzte auf Gavius zu wie ein wildes Tier, wild aufstampfend mit seinen Krücken, die ihm das fehlende Bein ersetzten, ein menschliches Wrack mit langen strähnigen Haaren, die rechte Hälfte des Gesichts verbrannt, runzlig und dunkelrot, aber mit listigen, wachen Augen. »Er lügt!«

Gavius sah dem Alten fassungslos ins Gesicht, während Aphrodisius den einen der Ädilen mit einer unwilligen Handbewegung aufforderte, den Unruhestifter zu entfernen. Aber der Ädil tat nichts dergleichen, im Gegenteil, er wandte sich dem Krüppel zu und fragte mit gestelltem Lächeln: »Also, was hast du vorzubringen, Paquius Fuscus?«

Der ließ seine rechte Krücke los und zeigte, das Gehwerkzeug mit der Achsel umklammernd, auf Gavius: »Das ist Gavius, mein entsprungener Sklave, ich schwöre es bei meiner verstümmelten rechten Hand!« und dabei streckte er die rechte Hand aus, von der nur noch Zeige- und Mittelfinger zu sehen waren.

»Fuscus«, sagte Gavius tonlos, »ich dachte ...«

»Na was?« schrie der Krüppel erregt und angelte nach dem Griff seiner Krücke. »Was hast du gedacht, he? Daß ich tot bin, he? Hast du gedacht, he? Falsch gedacht, Sklave! Irrtum! Ich lebe, wie du siehst, Sklave, ich bin vielleicht nicht mehr derselbe, aber, beim Jupiter, so siehst du eben aus, wenn sie dich nach fünf Tagen aus den Trümmern deines niedergebrannten Hauses ziehen.«

»Du erkennst also Fuscus, deinen Herrn«, fragte der eine der Ädilen, an Gavius gewandt.

»Ich gestehe, ja«, antwortete dieser, »aber ...«

»Aber?«

»Ich bin nicht entlaufen! Hätte ich gewußt, daß Fuscus noch am Leben ist, ich hätte ihn niemals verlassen! Es gab Tausende herrenloser Sklaven, die sich nach dem großen Beben bei neuen Herren verdingten.«

»Das macht dir niemand zum Vorwurf«, erwiderte der Ädil und erhob sich. »So höre denn, was Recht ist: Nach dem Gesetz heißt dein Herr Paquius Fuscus, und du wirst zu ihm zurückkehren und ihm gehorchen, wie es einem Sklaven zukommt. Fuscus hat das Recht, dich zu züchtigen und dich anzuklagen, wenn du dich seinen Befehlen widersetzt, und er kann dich in die Freiheit entlassen, wenn er es für richtig hält.«

»Aber Gavius *ist* frei!« unterbrach Aphrodisius. »Ich, Lucius Cäcilius Aphrodisius, habe ihm die Freiheit geschenkt!«

Der Ädil hob die Hand: »Du kannst dem Sklaven eines anderen nicht die Freiheit schenken, *dixi!*«

*Dixi*, mit diesem Wort beschloß der Ädil seinen Spruch, und nur die Duumviri konnten ihn im Rahmen eines ordentlichen Gerichtsverfahrens außer Kraft setzen. Dem Pompejaner war jedoch klar, daß ein solches Verfahren keine Aussicht auf Erfolg hatte. Aphrodisius sah den hilflosen Blick seines Freigelassenen, der zu sagen schien: Du kannst mich doch nicht einfach gehen lassen, wir gehören doch zusammen, und er nickte mit niedergeschlagenen Augen: Laß gut sein, Freund, wir werden den Fall auf andere Weise lösen.

»Auf welchem Sklavenmarkt hast du Gavius erstanden?« begann Aphrodisius.

»Ich erinnere mich nicht«, antwortete der Krüppel, und als Gavius für ihn antworten wollte, kam er ihm barsch zuvor: »Schweig, Sklave!«

»Aber vielleicht blieb die Summe in deinem Gedächtnis, die du für diesen Sklaven bezahlt hast?«

»Ich erinnere mich nicht«, wiederholte Fuscus.

»Er erinnert sich nicht, er erinnert sich nicht!« brauste Aphrodisius auf. »Waren es zweitausend oder fünftausend Sesterzen?«

Der Krüppel schüttelte heftig den Kopf. »Gavius ist ein besonderer Sklave, keiner, den du einfach auf dem Sklavenmarkt kaufen kannst für ein paar tausend Sesterzen, er ist ganz außergewöhnlich. Aber das weißt du ja selbst.« Und dabei kicherte der Alte in sich hinein, indem er das Kinn auf die Brust drückte, daß es Falten warf wie die *lacinia* einer Toga.

Da trat der Pompejaner ruhig an Fuscus heran, er wollte dem armen Kerl die Hand auf die Schulter legen und sagen: Also gut, ich verstehe, daß du das Beste aus der Situation herausholen willst, aber dann schreckte er vor der abstoßenden Erscheinung zurück wie vor einer Qualle, die aus der Ferne kaum Schrecken verbreitet, aus der Nähe jedoch das Fürchten lehrt, und er sagte barsch: »Zehntausend Sesterzen, das ist mein letztes Angebot!«

»Zehntausend Sesterzen!« Der Krüppel tat entrüstet. »Der Konsul Marcus Aemilius Scaurus zahlte siebenhunderttausend Sesterzen, als der Dichter Accius aus Pisaurum seinen Schreibsklaven Daphius zum Verkauf anbot, und das ist hundert Jahre her. Inzwischen hat sich der Preis für einen Scheffel Weizen verdreifacht.«

Aphrodisius wollte sich auf den Krüppel stürzen, verspürte den Drang, auf die wehrlose, widerliche Kreatur einzuschlagen und Fuscus zur Räson zu bringen, aber Gavius bewahrte ihn davor. Er legte ihm die Hand auf den Arm und deutete damit an, daß er der Meinung sei, es habe keinen Sinn und verschlimmere die Lage nur noch. Und so erwiderte Aphrodisius seinen Händedruck und ging – ohne Gavius noch einmal anzusehen, denn er weinte vor Zorn.

Wie ein Adler, der seine Flügel bläht, um seine Beute zu schützen, scheuchte Fuscus den Sklaven mit den Krücken vor sich her. Sie sprachen kein Wort, und Gavius wunderte sich, wohin sein Herr ihn trieb, denn sie verließen die Stadt durch das Herculaneische Tor, an den fliegenden Händlern vorbei, die sich zuvor noch die Hälse ausgerenkt hatten und die nun laut lachten und spotteten ob des Bildes, das Gavius und der Krüppel boten. Es war ein Spießrutenlaufen für den Sklaven, ein demütigender Weg zurück aus der Freiheit in die Abhängigkeit, ein Hin und Her der Gefühle – Mitleid gegenüber dem Krüppel und Haß auf den Starrkopf, der ihn rücksichtslos in sein früheres armseliges Leben zurückstieß.

Fuscus schwitzte vor Anstrengung, und seine Haare hingen abstoßend zottig herab, und obwohl ihn der weite Weg schmerzte, wurde sein Humpeln schneller und schneller, je näher sie dem Landgut Eumachias kamen. Gavius beschlich eine düstere Ahnung, die zur Gewißheit wurde, als die Priesterin ihnen, von zwei Dienerinnen begleitet, entgegenkam. Der Handel ging wortlos vonstatten: Eumachia umrundete den Sklaven, musterte ihn abschätzend, dann warf sie dem Krüppel einen Beutel zu, und der schnappte danach wie der Polyp nach der Muschel; und wie die Muschel schon bei zarter Berührung zuklappt und den Tentakel abbeißt, so sah jetzt Fuscus aus, der den Beutel mit den verbliebenen beiden Fingern seiner Rechten umklammerte. Oh, wie er diesen Paquius Fuscus haßte!

Der Cäsar des römischen Imperiums zog indes singend durch die Provinz Achaia, von einem Ort zum anderen, und überall wurde ein Sängerwettstreit ausgetragen. Nero sang zur Kithara gegen Meister ihres Faches umjubelte Tragödien, doch der Sieger des Wettkampfes stand von vorneherein fest. Der Cäsar ersang sich sogar den Titel *Periodonikes*, der nur einem Mann zustand, der alle Spiele gewonnen hatte, die Olympischen, Pythischen, Isthmischen, Nemeischen und Aktischen Spiele, und gab es – wie in Olympia – keinen Sängerwettbewerb, so wurde er eingeführt.

Bei den Pythischen Spielen im bergigen Delphi, wo Apollon den grausigen Drachen besiegte, befragte Cäsar das Orakel, wie es um seine Zukunft bestellt sei, und die wankende Pythia sprach lallend und mit geschlossenen Augen vom hochbeinigen Dreifuß, der Römer solle sich vor dem dreiundsiebzigsten Jahre hüten. Die Annalen zählten das achthundertzwanzigste Jahr *ab urbe condita*, und Nero erlebte das dreizehnte Jahr seiner Regierung; er selbst war gerade dreißig, und das dreiundsiebzigste Jahr schien ferne wie die Insel der Seligen im großen Ocean.

Ein Tor, wer auf die Ferne des Schicksals vertraut, denn wie schnell ist die Zukunft Gegenwart, wie schnell ist Atropos, die unabwendbare Parze, zur Stelle! Die Erde stöhnte gequält, als der Göttliche an jener Stelle einen goldenen Spaten in den Boden Achaias rammte, wo ein schmaler Landstreifen, gerade eine Stunde Weges, die südliche Halbinsel Griechenlands vom felsigen Mutterland trennt, und Blut quoll hervor wie aus dem

Rachen eines Stieres. Doch der Cäsar weigerte sich, das furchtbare Zeichen zu deuten, er wollte ein Weltwunder schaffen wie den Koloß von Rhodos, den Leuchtturm von Pharos oder den Artemistempel von Ephesos: Er wollte einen Kanal durch den Isthmos treiben lassen, damit die Peloponnesos genannte Halbinsel fortan den Namen ›Neronnesos‹ – ›Insel Neros› trüge, und es kümmerte ihn wenig, daß bereits der göttliche Julius an diesem Projekt gescheitert war.

Zwei Tage vor den Kalenden des letzten Monats im dreizehnten Jahr seiner Regierung sammelte der göttliche Nero Griechenlands Männer um sich und verkündete ihnen die Freiheit, was nach dem Gesetz allein dem Senat zustand und nun auch dem letzten Zweifler die Willkür des Cäsars vor Augen führte. Die Griechen jubelten, in Rom aber wuchs die Wut; denn von nun an blieben die Tribute aus, auf welche die Stadt so dringend angewiesen war, und der Cäsar verlor seine letzten Freunde.

Das Orakel, das den Cäsar vor dem dreiundsiebzigsten Jahre gewarnt hatte, bewahrheitete sich schnell: Im diesseitigen Spanien erhob sich der Statthalter Servius Sulpicius Galba, ein Mann von dreiundsiebzig Jahren, der nicht vergessen hatte, wie der göttliche Augustus ihn als Kind in die Backe gekniffen und getätschelt hatte mit den Worten: Auch du, mein Kind, wirst einmal von unserer Herrschaft kosten. Nun sah er, den man in Rom schon vergessen, ja tot geglaubt hatte, weil er im Nichtstun den höchsten Lebenszweck erkannte, seine Chance, und verkündete die Spaltung von Rom. Unterstützung fand er bei dem gallischen Statthalter Cäsellius Julius Vindex, und schon stand dem Cäsar das Wasser bis zum Hals.

Zurück in Rom brütete der Göttliche wilde Pläne aus: die Ermordung aller Statthalter in den Provinzen des Reiches, die Vergiftung aller Senatoren bei einem Bankett; er zog auch einen neuerlichen Brand Roms in Erwägung, größer noch als jener vor drei Jahren, und kein Mensch dürfe Anstrengungen machen, dieses Inferno zu löschen, denn er würde die wilden Tiere aus dem Circus durch die Straßen hetzen. Dann sang er

Trauriges und mühte sich bei Saufgelagen, seine ausweglose Situation zu vergessen. Aber täglich wurden die Gäste weniger, und eines Abends saß der Göttliche allein bei seiner alten Amme und weinte.

Aus Furcht, der Senat könnte ihm das Heft aus der Hand nehmen, enthob der Cäsar die beiden Konsuln ihrer Ämter und übertrug sich selbst die höchste Staatsgewalt, denn – so ließ er verkünden – nach dem Willen des Schicksals solle er Gallien als Konsul zurückerobern. Doch der Göttliche war ein Cäsar ohne Soldaten, und er entsann abenteuerliche, gefährliche Ideen zum Aufbau einer Truppe, eine einmalige Vermögenssteuer, eine Mietsteuer in Höhe einer Jahresmiete und eine Handvoll Sklaven von jedem freien Römer.

Unfreiwillig verzichtete Aphrodisius auf hundert Sklaven, doch erwies sich dieser Verlust als bescheiden gegenüber dem Gewinn, den ihm der Getreidetransport aus Karthago und Alexandria einbrachte, denn der allgemeine Notstand trieb die Lebensmittelpreise in die Höhe. Vor den Geschäften bildeten sich lange Schlangen, und die Römer horteten, was es zu kaufen gab. Die Flotte des Pompejaners war inzwischen auf fünfundzwanzig Schiffe angewachsen, und da der Cäsar die römische Flotte in seine Kriegsrüstung einbeziehen mußte, verfügte Aphrodisius praktisch über das Getreidemonopol für die Hauptstadt. Auf seinem pompejanischen Landgut hielt er alle Fäden in der Hand, sandte mehrmals täglich Boten nach Rom, ließ neue Einkaufsquellen in den Provinzen erkunden und kam dabei zunehmend zu dem Bewußtsein, daß er den Cäsar in der Hand hatte. Ein Wink von ihm genügte, und seine Schiffe landeten nicht mehr in Ostia – den Römern drohte eine Hungersnot, dem Göttlichen das Ende.

*Panem et circenses* – Brot und Spiele forderte das Volk von seinen Cäsaren, und um beides war es schlecht bestellt. Um die Römer bei Laune zu halten, um sie abzulenken von der katastrophalen politischen Lage, machten die Prätorianer gnadenlose Jagd auf Christen, welche die römischen Götter auf gesetzwidrige Weise entehrten. Sie holten sie aus den Ruinen der Vorstadt, aus den verkommenen Hütten der Armenviertel, aus den kleinen Läden beim Circus Maximum, ja aus Erdlöchern und Höhlen außerhalb der Mauern, wo die Appische Straße nach Süden abzweigt, und Tigellinus pferchte die Christen in die Gewölbe des neronischen Circus, wo sie tagelang, nächtelang betend den Tod erwarteten. Zu Hunderten wurden sie in die Circusarenen getrieben, wo hungrige wilde Tiger und Löwen lauerten, und nächtens loderten die menschlichen Fackeln vor den Toren der Stadt, vom göttlichen Cäsaren bisweilen mit Wonne betrachtet.

Zwei Männer im gesetzten Alter gingen jenen, die zögerten, dem unbekannten Gott aus dem Osten abzuschwören und damit ihr Leben zu retten, mit leuchtendem Beispiel voran: Simon, der eine, Sohn eines Fischers aus Bethsaida in der Provinz Judäa, den sie Petros nannten, der Fels, ein einfacher Mann ohne Bildung, der behauptete, Zeuge der rätselhaften Wiederbelebung jenes Jesus zu sein, der unter der Präfektur des Römers Pontius Pilatus wegen politischer Umtriebe zum Tode verurteilt und gekreuzigt worden war, wie es einem Nichtrömer – der Wanderprediger stammte aus Galiläa – zukam; aber entweder log Simon, und seine Leute hatten die Leiche des Jesus heimlich aus der Gruft geholt, in welcher der Wanderprediger nach jüdischer Sitte bestattet war, oder jener war bei der Kreuzigung dem Tode entgangen, was auch gelegentlich vorkam. Jedenfalls behauptete auch der andere, Paulus mit Namen, der Tarsier, und im Gegensatz zu Petros von hoher Bildung, diesem Jesus nach dessen Hinrichtung begegnet zu sein, und wo immer er auf seinen ausgedehnten Reisen auftauchte, hinterließ er wie in Rom und Pompeji glühende Anhänger. Allein der Tod dieser beiden Männer – Paulus, der Römer, wurde auf dem Marsfeld ehrenhaft enthauptet – löste unter den Anhängern der neuen Lehre eine wahre Selbstmordhysterie aus; und sogar viele von jenen Christen, die unentdeckt geblieben waren von den Prätorianern, stellten sich freiwillig und baten betend um den Tod, um Petros und Paulus nahe zu sein. Der Wanderprediger Jesus hatte sie nämlich gelehrt, daß der Tod nicht das Ende sei, sondern der Anfang eines besseren, lebenswerteren Lebens, und sie glaubten daran.

Überall in Rom leuchteten Schmähschriften an den Wänden: *Sing, Cäsar, sing!* – damit sein Krächzen die Gallier vertreibe, oder *Vindex*, denn in dem gallischen Statthalter sahen viele Römer den neuen Cäsar. Den göttlichen Nero lähmte die Angst; er weigerte sich, nach Gallien zu ziehen, und beauftragte seinen Legaten Verginius Rufus mit dem Unternehmen.

Für kurze Zeit schien es sogar, als könnte der Cäsar das Ruder noch einmal herumreißen, denn Rufus besiegte Vindex in Gallien, und der Statthalter gab sich selbst den Tod.

Aber am sechsten Tag vor den Iden des Junius im vierzehnten Jahr seiner Regierung erreichte den Cäsar, er lag beim Mittagstisch, die Nachricht, Rubrius Gallus, einer der beiden letzten treuen Generäle, habe sich mit seinen Legionen auf die Seite Galbas geschlagen. Da rief der Göttliche nach Locusta, der alten Giftmischerin, die ihm Hunderte von Malen treu gedient hatte.

Eumachia degradierte den neuen Sklaven zum ›Rotfuß‹, und damit zur niedrigsten und meistgehaßten Arbeit, die ein Mensch verrichten konnte. Von Sonnenaufgang bis Sonnenuntergang watete Gavius in einem riesigen Bottich über gurgelnde Stoffe in purpurrotem Urin, mit den Armen an einen hölzernen Ausleger geklammert, und färbte, im Kreise tretend, stampfend, schlürfend das naturhelle Grau der Wolle zur dunklen, glühenden Farbe geronnenen Blutes. Der Körpersaft der Purpurschnecke (deren beste Stücke in Tyros in Asien, Lakonien und an der gätulischen Küste des Ozeans gesammelt wurden, wenn der Hundsstern aufging) – dieser Saft mit Salz und Urin vermengt, roch scharf wie indischer Pfeffer, er brachte die Augen zum Tränen und raubte den Atem bis zur Bewußtlosigkeit. Ein Wollfärber, der nur wenige Wochen diese gräßliche Arbeit verrichtete, war ein Leben lang als ›Rotfuß‹ gezeichnet; der ätzende Purpur verfärbte die aufgeweichte Haut bis tief in das Fleisch.

So trottete Gavius, über die Deichsel gelehnt, tagelang im Kreis, vom Oberaufseher mißtrauisch verfolgt wie die übrigen Purpurfärber, insgesamt ihrer zwölf, die, wie man erzählte, ständig wechselten, entweder, weil sie die Besinnung verloren, umfielen und im Purpururin ertranken, oder weil sie nachts die Flucht ergriffen, Füße und Waden mit Fetzen umwickelt, damit sie bei Tage nicht gleich erkannt würden.

Der Sklave im Nachbarbottich, Arion mit Namen, ein Bithynier wie er, hatte einen Fluchtplan vorbereitet und ihn, Gavius, eingeweiht, verbunden mit der Aufforderung, mitzukommen; das Risiko, hier im Purpururin zu krepieren, sei größer, als auf der Flucht gefangen und hingerichtet zu werden. Tagelang trotteten sie nebeneinander im Kreis, die Schritte und ihre Rede sorgsam abgestimmt, damit sie sich bei ihrer Annäherung für kurze Augenblicke leise unterhalten konnten, um dann, dem Innenkreis des Bottichrandes folgend, wieder auseinanderzugehen.

Arion verstand nicht, warum der Neue es ablehnte, ihn bei seiner Flucht zu begleiten; aber Gavius beteuerte bei Castor und Pollux, Aphrodisius würde ihn hier, herausholen, sobald sich eine Gelegenheit böte.

»Wenn er wirklich ein so guter Herr wäre, wie du annimmst« – zischte der Bityhnier und stampfte seinen Kreis weiter bis zur nächsten Begegnung, die es ihm ermöglichte fortzufahren: »... dann hätte er es gar nicht soweit kommen lassen und dich von Eumachia zurückgekauft!«

Gavius trat zornig die quallenartigen Hauben, welche die Stoffe über gluckernden Luftblasen bildeten, und brummte bei nächster Gelegenheit ungehalten: »Hier geht es nicht um Geld, lieber Freund ...«, und, von seiner Runde zurückkehrend: »... das ist eine Machtprobe zweier bis aufs Blut verfeindeter Ringer!«

»Eumachia und Aphrodisius?«

»Eumachia gegen Aphrodisius.«

Allmählich gab Arion sich damit zufrieden, die wahren Hintergründe dieses Machtkampfes nicht zu verstehen und die Flucht wohl alleine wagen zu müssen, denn von den übrigen Sklaven genoß keiner sein Vertrauen. Es galt nun, die günstigste Gelegenheit abzuwarten. Nach Rom wollte er sich durchschlagen und dort untertauchen, und Gavius nannte Namen von Bithyniern, an die er sich wenden könne.

Gavius fürchtete sich vor dem Tag, an dem Arion verschwinden würde, denn Arion war seine Verbindung nach draußen. Arion wußte über alles und jeden Bescheid. Daß Ascula, die pralle Witwe aus der Schenke beim Macellum, es für Geld tue, seit Lucius Vetutius Placidus tot war; daß Ulitremulus, der angeblich schwule Schauspieler, mit der Frau des Scaurus ein Verhältnis habe; daß Marcus, der Sohn des Postumus, in Wirklichkeit den Arzt Cerrinus zum Vater habe und daß Nigidius Maius, der geachtete Geschäftsmann aus Rom, pleite sei und sich mit dem Gedanken trage, sein pompejanisches Gut zu verkaufen, es wisse nur noch niemand …

»Und Fulvia, die Witwe des Lucius Cäcilius Serenus?« Ob sie nicht mit Pansa, dem Advokaten, ein Verhältnis gehabt habe?

Arion blieb plötzlich stehen, als habe der andere etwas ganz und gar Unmögliches gesagt, eine Dummheit, über die er, Arion, nur den Kopf schütteln konnte, kichernd und mit verdrehten Augen, weil Gavius die Wahrheit nicht kannte. Und dann erfuhr dieser, Runde um Runde stampfend, daß Fulvia das Eis des Nordens in ihrer Brust trage und um jeden Mann einen großen Bogen mache, und Trebius Valens, dem Duumvir, sogar ins Gesicht gespuckt haben solle, als er, nach Ablauf des Trauerjahres, um ihre Hand anhielt. Nein, Fulvia sei ihre Dienerin Paulina Manns genug, und was Pansa, den Advokaten, angehe, so sei ihr Verhältnis gewiß nicht von Venus getragen gewesen, welche die Leidenschaft in die Herzen legt, sondern von Mercurius, dem Gott des Handels …

»… und der Diebe!« ergänzte Gavius.

Ob Popidius Pansa Fulvia etwas weggenommen habe, wisse er nicht, wahrscheinlich sei es wohl nicht, denn von Fulvia wurde nach seinem Verschwinden nie Anklage erhoben gegen Pansa. Doch habe sie die Hälfte ihres Vermögens eingebüßt, wobei ihr aber immer noch mehr als genug verbleibe, so daß sie die zweitreichste Frau in Pompeji sei, nach Eumachia.

Gavius trat schweigend den roten Purpururin und beobachtete, während er nachdachte, die schimmernden Blasen, die jeder Tritt auf den sich plusternden Stoffen verursachte.

Und seine Gedanken kreisten um den Mord an Serenus und um die Frage, ob Fulvia oder Pansa oder beide dahintersteckten und welches Motiv ihr Handeln bestimmt haben könnte.

Dabei vergaß er ganz sein eigenes erbärmliches Schicksal, die brennenden Füße, wundgescheuert von der Derbheit nasser Stoffe und das Nachlassen des Gehirns in dem beißenden pestilenzialischen Gestank, und eine Stimme sagte: Du mußt durchhalten, durchhalten, durchhalten, Aphrodisius wird dich da herausholen. Und wenn deine Füße auch für das ganze Leben gezeichnet sind – Aphrodisius wird dir hochgeschnürtes Schuhwerk kaufen, und vielleicht werden sie dich für einen Gladiator halten, einen Retiarier mit Netz und Dreizack, oder einen Bestiarius, der mit bloßen Händen gegen die Löwen antritt, beim Jupiter …

*Lucius Cäcilius Aphrodisius grüßt Eumachia,*
*die Priesterin des Augustus.*

*Pompeji, an den Kalenden des Maius*

*Noch gestern war ich entschlossen, Dich zu bekriegen wie der göttliche Julius den gallischen Feind, ich war entschlossen, Dich mit Hilfe meines Vermögens um das Deine zu bringen, weil ich weiß, daß das einzige Leid, das Dir – wenn überhaupt – ein Mensch zufügen kann, darin besteht, Dir finanzielle Verluste zu bereiten. Wie mir berichtet wurde, bist Du in den Besitz meines ehemaligen Sklaven Gavius gelangt, der wie kein anderer hohe Verdienste um meinen Aufstieg und meine treue Freundschaft erworben hat. Es dürfte daher weder vor den*

*Göttern noch vor den Menschen befremdlich erscheinen, wenn ich von Dir den Gefallen erwarte, mir Gavius, meinen treugedienten Sklaven, dem ich erst vor kurzem die Freiheit geschenkt habe, zurückzugeben gegen einen Preis Deiner Vorstellung. Du würdest dadurch weder in Deiner Ehre noch in Deiner Würde gekränkt, was im übrigen auch für mich gilt, denn im Grunde handelt es sich nicht um eine Entscheidung zwischen Sieg und Niederlage, sondern um ein Geschäft, das Dir erheblichen Gewinn und mir das Glück des geliebten Freundes einbringt; denn magst Du auch nicht meiner Meinung sein, so halte ich es doch mit dem großen Seneca, der, von vielen verlacht, die Ansicht vertrat, auch Sklaven seien Menschen und verdienten es, wie solche behandelt zu werden. Um Dir meine Wertschätzung für Gavius zu beteuern, biete ich Dir als Kaufpreis hunderttausend Sesterzen. Das ist – ich weiß – ungeheuer viel für einen Sklaven, und Du kannst für diese Summe eine ganze Centurie Sklaven erstehen, für einen Freund jedoch ist sie angemessen, und so bitte ich Dich um diesen Gefallen, der Dir zudem meine Wertschätzung einbringt.*

Der Schreiber las den Brief nochmals laut vor, und Aphrodisius gab den Auftrag, ihn auf schnellstem Wege Eumachia zu übermitteln. Dann umrundete der Pompejaner mehrmals das Viridarium und sog den wechselnden Duft der fremdartigen Pflanzen und Sträucher ein, die schwellende Blüten trugen in der lockenden Milde des Frühlings. Er war allein, jedenfalls fühlte sich Aphrodisius allein, auch wenn aus jeder Türöffnung, an der er vorüberkam, das Gesicht eines Sklaven lugte, einer Dienerin oder eines Wächters, die jeden seiner Schritte mit Neugier verfolgten. Vögel, die in der quadratischen Plantage Quartier bezogen hatten, flatterten auf, wenn sich die Schritte des Pompejaners näherten, und ihre kurzen, spitzen Schreie zerschnitten die Dämmerung wie Schwerthiebe, so daß Aphrodisius sich bald in sein Cubiculum begab, das einen direkten Zugang zum Viridarium hatte.

Im Vergleich zum benachbarten *triclinium*, zum *atrium*,

*tablinum* und den zahlreichen Salons, *oeci* genannt, war das *cubiculum* von bescheidenen Ausmaßen, fensterlos und nur durch den langen Korridor vom westlichen Umgang des Viridariums belichtet. Mehr als ein Dutzend Öllämpchen an den Wänden, kaum handtellergroß und mit einem Schnabel in der Form eines Penis, hüllten, mit Meersalz getränkt, den Raum in gelblichgrün flackerndes Licht. Ein Bett mit weißem Überwurf an der Stirnseite, an der Wand gegenüber ein rundes, hochbeiniges Tischchen aus Bronze – jeder Fuß ein Ephebe von schlankem Wuchs –, davor ein Stuhl aus ägyptischem Rohr mit purpurnen Sitz- und Rückenpolstern: das war das gesamte Mobiliar. Doch zeugte die spartanische Einrichtung weniger von Sparsamkeit, schon gar nicht von Gleichgültigkeit oder Nachlässigkeit, als vielmehr von erlesenem Geschmack, denn nicht das Mobiliar belebte dieses Cubiculum, sondern Wände, Boden und Decke vermittelten einen Blick in den Olymp, und wann immer Aphrodisius diesen Raum betrat, war er gefangen von jenem überirdischen Leben der Helden und Götter, die sich in höchst menschlichen Gefühlen ergingen.

Der Fußboden in pergamesischem Mosaik setzte sich aus zwei mäandergerahmten Quadraten zusammen, von denen, hintereinanderliegend, das eine das Bett einrahmte, während das gleichgroße vordere dem Hirtengott Pan Platz bot, welcher bocksbeinig und mit senkrechtem, gerötetem Priapos versuchte, die graziöse Amadryade davon abzuhalten, sich dem lüsternen Verlangen des Hirtengottes zu entziehen und sich in einen glitzernden Laubbaum zu verwandeln. Beschwörend hob Pan beide Hände, um den Fortgang der Nymphen-Metamorphose zu stoppen, das Wurzelschlagen der überkreuzten Beine, die Blättertriebe der Haare und der über dem Kopf verschränkten, nackten Arme. Noch war die Baumnymphe Mensch genug, mit ausladenden Hüften und breiter Scham, und die zarten Brüste verleiteten den teuflischen Pan zu lotterhaftem Grinsen über dem schmalen, das Kinn einrahmenden, schwarzen Bart.

*Tessellae* in nur drei Farben hatten dem pergamesischen Künstler genügt, Leben in den weichen Mörtel zu drücken, roter Ocker für die schwellenden Leiber, gelbes Gold für den leuchtenden Hintergrund und dunkles Grün für den umlaufenden Mäander, die knospenden Blätter der Nymphe, die Scham und die Wurzeln ihrer Füße und das Bockskleid des Pan. Allein die Schattierung der fingernagelgroßen, quadratischen Steinchen, die Adern und Brüche, die den gewonnenen Stein durchzogen, ermöglichten es, Schatten und warme Konturen zu zeichnen wie ein rhodischer Maler.

Aphrodisius ließ sich mit der angenehmen Mattigkeit, die einen an schwülen Frühlingsabenden befällt, auf das Bett fallen. Er konnte den Blick nicht ertragen, mit dem Aphrodite an der Wand gegenüber ihn ansah. Es war jene Aphrodite von der Hand des Malers Apelles, die er, frisch restauriert, aus Rom mitgebracht hatte. Nun, ohne die Flammenzeichen zu ihren Füßen, hatte ihr Blick etwas Herausforderndes, ungewöhnlich Verführerisches wie Pankaspe, die den malenden Apelles verwirrte. Für den Pompejaner verbarg sich hinter Aphrodites erregender Schönheit keine andere als Leda, Leda, die ihn ehrte und achtete, aber die ihn nicht begehrte, die seinem Verlangen auswich, ihre Begegnung mied, und wenn sie sich nicht vermeiden ließ, ihm devot gegenübertrat, mit niedergeschlagenen Augen und dienernd wie eine phrygische Sklavin.

Er hatte, nicht ohne Scham, sogar Porcia bestochen, eine uralte Sklavin aus dem Landgut, der eine hervorragende Kenntnis der Pflanzen und ihrer Wirkung nachgesagt wurde und die mehr als ein dutzend Mixturen kannte, mit denen die Triebe zu steuern sein sollten. Und so hatte er, um das Ungestüme seines Verhaltens zu verlieren, das Leda nur schrecken konnte, ein Gebräu aus heraklischen Seerosen getrunken, das – wie gesagt wird – den Trieb für vierzig Tage und Nächte bändigt, ja, sogar wollüstige Träume vertreibt.

Leda hingegen bekam nach der Hitze des Tages Wasser zu trinken, in dem heimlich geschmacksfreie Satyrshoden gelagert waren – eine Wurzel, der ihre Form den Namen gab und, wie Porcia beteuerte, alle Sehnen spanne und derartige Dränge hervorrufe, daß man sie auch springfaulen Pferden und trägen Böcken verschreibe, und Theophrastos, der Schüler des großen Aristoteles, der zeitlebens unverheiratet blieb, bezeugte bei allen Göttern die Wirksamkeit dieses Reizmittels, das einen Griechen zu siebzigmaligem Geschlechtsverkehr verleitet habe. Im vorliegenden Falle aber hatte die Wurzel nicht gefruchtet, und Leda war schamhaft, zurückhaltend, ehrfürchtig und stammelte: »Ja, Herr!«, »Nein, Herr!«, während er selbst seine Begierde kaum in Schranken zu halten vermochte.

Aphrodisius verschränkte die Hände hinter dem Kopf und starrte zur Decke; doch der Blick in eine blaue Rotunde verwirrte seine Sinne nur noch mehr, weil ein kraushaariger Satyr, sein Kleid über den Wanderstab geworfen, eine Nymphe *a tergo* nahm, daß dem tiefgebeugten zarten Geschöpf die Arme flogen wie Tentakel eines Polypen.

»Leda!« rief Aphrodisius und sprang auf, und den Türstehersklaven, der vor seinem Schlafgemach wachte, fuhr er an:

»Schaffe Leda herbei! Sie soll ihr schönstes Kleid tragen, hörst du!«

Viel zu oft hatte sie ihn hingehalten, und er hatte ihr Zeit geben, sie nicht drängen wollen; aber es gibt einen Punkt, da ist Anständigkeit schiere Dummheit. Bei Venus und Amor, warum liebte sie ihn nicht, eine junge Frau in der Blüte ihrer Jahre? Aphrodisius warf sich auf das Bett, wälzte sich unruhig hin und her und gelobte, Leda zur Frau zu nehmen, wenn sie ihn erhöre und sich bereit erkläre, sein Leben mit ihm zu teilen, wenn sie ihn nur liebte! Er liebte dieses zarte Geschöpf, das er vor dem Tod bewahrt hatte; aber mehr als einmal hatte Aphrodisius den Eindruck gehabt, als wäre Leda lieber gestorben, und das verdankte sie diesen Sektierern, die sich Christen nannten und sogar öffentlich behaupteten, ihr Reich sei nicht von dieser Welt. Mochte sie, beim Jupiter, Christin bleiben, mochte sie die römischen, sogar die griechischen Götter verachten – er, Aphrodisius, würde nicht versuchen, sie umzustimmen. Oh, wie sehr er sie begehrte!

Auf einmal stand sie vor ihm. Aphrodisius setzte sich auf. Aber das war nicht Leda, nicht jene Leda, die er kannte, die er, ohne einen Gedanken zu verlieren, aus Rom fortgenommen hatte. Er starrte das Mädchen an, fassungslos, entsetzt. Leda trug ein langes, kostbares Gewand, das er ihr geschenkt hatte, aber es stank nach verschüttetem Wein. Ihre Lippen und die Augen waren, grell bemalt wie die einer Hure aus dem Lupanar, wirr die Fülle ihres Haares.

»Warum tust du das?« fragte Aphrodisius.

Leda zitterte am ganzen Körper, sie antwortete leise: »Hier bin ich, wie du mich haben willst.« Und ohne ihren Blick von dem Pompejaner zu wenden, berührte sie die beiden Fibeln, die das langwallende Gewand auf den Schultern zusammenhielten, löste sie, das Kleid glitt zu Boden, und Leda stand nackt vor ihm, nackt, aber nicht in jener unbekleideten Schönheit, die er sehnlich erwartet, sich unzählige Male vorgestellt, die er in Gedanken liebkost, bewundert und angebetet hatte, sondern zerstört, verwüstet. Man hatte ihre Schönheit getötet, ihre Brüste, den Bauch und die Schenkel mit scharfen Messern geritzt und die Wunden mit Schweinemist beschmiert, daß Eiter hervortrat und böse Entzündungen verursachte wie die Seuche der Venus, die – hat sie sich erst einmal eines Körpers bemächtigt – jede Begierde beseitigt. So sah Leda den Pompejaner an, sie blickte ihm zum ersten Mal mutig ins Auge, mutig wohl deshalb, weil sie wußte, daß sie nun nichts zu befürchten hatte.

Es dauerte eine Weile, bis Aphrodisius begriffen hatte, was dieses grauenvolle Schauspiel bedeutete. Schließlich sagte er leise, beinahe ängstlich, furchtsam, die Wahrheit zu erfahren: »Wer war das?« und lauter: »Wer hat dir das angetan?« Und dann brüllend: »Diese verfluchten Christenhunde! Das sollen sie büßen!«

Das Haus der schönen Ascula lag in der Straße der Augustalen, nur zwei Häuserblöcke entfernt vom Lupanar, und nichts anderes verbarg sich hinter dem vornehmen Eingang, der, im

Gegensatz zu dem Hurenhaus, keinen marmornen Penis trug, sondern eine Rebe, das Standessymbol des Hausbesitzers vor dem Beben, und ein Schild mit der Aufschrift *Cave canem*. Ascula störte sich nicht daran. Im Gegenteil, sie fühlte sich nicht als Hure – auch wenn man ihre Liebesdienste kaufen konnte. Ein Besuch bei ihr lief nach strengen Regeln ab: Ein Freier, der um ihre Gunst buhlte, schickte seinen Sklaven mit einem Beutel und fünfhundert Sesterzen, und wenn es der Schönen genehm erschien, ließ sie bitten. Nicht selten aber kam es auch vor, daß sie dankend ablehnte.

Lange nach Mitternacht klopfte es an die Türe mit der Rebe, ein Sklave öffnete, und eine Wolke anmutigen Duftes strömte dem späten Besucher entgegen.

»Melde deiner Herrin Lucius Cäcilius Aphrodisius!«

»Meine Herrin empfängt nicht.«

»Dann überreiche ihr diesen Beutel von Aphrodisius!«

Man sah, daß der Beutel weit mehr als das Übliche enthielt. Der Sklave ging, Aphrodisius hieß seine Sklaven mit der Sänfte an der nächsten Straßenecke warten, der Sklave kehrte zurück, Ascula lasse bitten.

Das Haus, nach dem Beben prunkvoll wiederaufgebaut, wies nicht den üblichen Grundriß pompeianischer Häuser auf, der den Besucher zunächst in das leere Atrium geleitete, von wo aus Türen zu den verschiedenen Räumlichkeiten führten. Wer das Haus Asculas betrat, befand sich sofort in einem malerischen *oecus* mit wohnlichem Mobiliar, und ein weiteres Portal im Hintergrund versperrte den Zugang zu den Privaträumen. Portal war ein blasphemisches Wort für diesen Eingang, den alexandrinische Kunsthandwerker geschaffen hatten, nach der Art ihrer Könige, denn die Türen glichen den Flügeln eines Falken mit blaugrünen, schuppenartig übereinanderliegenden Federn, und die hochgeschwungene Spitze des Portals bildete der Kopf des Vogels, der drohend in den Raum ragte.

Wie von Geisterhand öffneten sich die beiden Türen, und es schien, als gebe der Falke unter seinen Flügeln die Brut frei, die dem blassen Ei entschlüpfte, und so stand sie da, Ascula, ein andächtiger Zungenschlag, wie Diana gekleidet, in einer kurzen Tunika, das schwarze Haar hochgetürmt zu einem Kegel, aus dessen Spitze langwellige Locken fielen.

»Aphrodisius!« Ascula trat ihm mit ausgestreckten Armen entgegen. »Ich habe von dir gehört. Ich bewundere Männer wie dich, Männer, die ihr Vermögen selbst geschaffen haben. Sei gegrüßt!«

Der Pompejaner hörte nicht hin, er sog nur den Anblick dieses lüsternen Weibes in sich auf, die wogenden Formen unter dem dünnen, zartgelben Peplos, er wollte nichts weiter als Ascula nehmen, für sein Geld mißbrauchen, demütigen, er wollte sie stoßen und zerstören, wollte sich rächen für seinen Jammer. Er hatte noch das Bild vor Augen, wie er Ascula zuletzt begegnet war, vor der Schenke im Macellum; dort stand sie, breitbrüstig, die Hände in die Hüften gestemmt, auf einem Weidenkorb und predigte für Vibius Severus, man möge ihn zum Ädilen wählen, und er hatte sich mit den Augen an ihrer behaglichen Üppigkeit gelabt wie ein Wanderer an der kühlen Quelle. Aber nun lächelte sie ihn an, ihm gehörend für kurze Zeit, schließlich hatte er bezahlt, und das war ein gutes Gefühl, gerade jetzt.

Ascula reichte dem Pompeianer einen Pokal schweren Samos-Weines, noch dazu unvermischt, provozierender Ausdruck von Luxus und Frivolität wie der kostbare Salbenduft, der schwer durch den Raum zog, vergänglich und überflüssig und nur auf das Vergnügen des anderen gerichtet; denn wer den Duft an sich trägt, schnuppert nur wenig. Der verführerische Duft entströmte einem Alabastergefäß in Form eines Schwanes mit kostbarem Königsbalsam, sogenannt nach den parthischen Königen, welche einst diesen Duft erfanden, gemischt aus Kostwurz, Kardamom, Zimt, Myrrhe und Behenbalsam, Kalmus, Henna, Lotos und Majoran, allesamt aus den Ländern des Ostens, von bekannteren Beigaben nur Nardenspitzen aus Gallien, das Blütenblatt der illyrischen Schwertlilie und Wein und Honig aus Achaia. Der göttliche Nero soll derlei auf seine Sohlen gestrichen haben, was, wie es hieß, Otho ihn lehrte, zum einen, weil jener den Luxus liebte wie sich selbst, zum anderen, weil der Cäsar auch den Nasen der Menschen beweisen wollte, daß er den Partherkönig mit Füßen trat.

Und betäubten den Pompejaner allein Augen und Nase durch ihre Wahrnehmung, so geriet er vollends von Sinnen, als Ascula ihn berührte und auf das verschleierte Lustbett drückte, daß ihre Brüste über ihm hingen wie reife Quitten, hart und samtig, und noch während sich Aphrodisius an ihrem verhüllten Anblick erfreute, kam sie kniend über ihn, riß sich das zarte Gewand vom Leib, schleuderte es weit von sich und wogte tanzend mit schwingenden Armen wie eine Nereide über dem Stab seiner Lust. Welch eine Frau! Wie ein Schiff, das auf stürmischer See den Bug tief in die Wellen taucht und auf einmal seinen ganzen Leib auf den Wogen zeigt, tauchte Ascula auf Aphrodisius herab, daß ihre Haarlocken seine Brust berührten, und schon im nächsten Augenblick richtete sie sich auf, streckte sich wohlig und fiel wieder auf ihn herab, einen leisen Seufzer ausstoßend. Er wollte sich hingeben, treiben lassen auf diesen sinnlichen Wogen, doch dann überfielen ihn mit einem Male die Wut und die Enttäuschung, welche ihn hierhergetrieben hatten, und er riß Ascula niedertauchend an sich, wälzte sich über sie, hielt ihre Arme gefangen mit eisernem Griff und rammte seinen Speer in das wehrlose Weib, und es war, als träfe sie der Rammsporn einer römischen Triere.

Ascula schrie auf, doch dieses Bekunden von Schmerz entflammte den Pompejaner noch mehr, stimulierte ihn nur zu noch größerer Grobheit, und Aphrodisius kämpfte in der Grotte der Venus mit der ganzen Brutalität, die der ithyphallische Gott Priapos in das *membrum virile* gelegt hat. Betrogen, verachtet, gequält fühlte sich Aphrodisius durch Ledas Verhalten, und nun plagte er sich, eine andere zu bestrafen. Wer war die Frau, die er, halbbekleidet, unter sich, quälte, Leda? Ascula? Beide?

Ascula wehrte sich mit den Beinen, versuchte mit wuchtigen Hieben der nach innen gekehrten Fersen seinen Rücken zu treffen, was mehrmals gelang, aber den Pompejaner nicht im geringsten zur Besinnung brachte, so daß der einseitige Kampf fortdauerte und Ascula ihren Widerstand aufgab. Aber gerade dieses resignierte Dulden, die wehrlose Hingabe brachte den Pompejaner zur Besinnung, und Aphrodisius sank herab wie von einem schweißnaß gerittenen Pferd; er schämte sich und hielt liegend die Augen starr zur Decke gerichtet.

»Du hast mir weh getan«, sagte Ascula.

Aphrodisius schwieg. Der Duft, der noch kurz zuvor den Raum durchströmt hatte, wie der Circius-Wind, der in der narbonensischen Provinz entsteht, das Ligurische Meer überstreicht und vor Ostia einschläft wie die angetrunkenen Gefährten des Odysseus, schien verflogen. Er roch nur noch sich, und er roch unangenehm.

»Du hast Kummer mit einer Frau«, begann Ascula erneut.

Aphrodisius nickte, er kämpfte mit den Tränen, und ohne Aufforderung begann er zu erzählen, was ihm widerfahren war. Er redete wie ein Kind, an die Brust der Mutter gelehnt, erzählte von Hersilia, für deren Tod er sich noch immer verantwortlich fühlte, von seiner Liebe zu Leda und der Verschwörung der Christen, die das Mädchen so zugerichtet hatten, daß sie seinen Nachstellungen entginge, und mit erhobener Faust schwor Aphrodisius Rache. Er werde jeden einzelnen pompejanischen Christen den Prätorianern verraten.

»Und liebst du Leda auch in ihrem jetzigen Zustand?«

»Ja, ich liebe sie«, erwiderte der Pompeianer. »Ich werde die besten Ärzte aus Rom herbeiholen und, wenn es sein muß, aus Alexandria, damit Leda wieder gesund wird.«

»Aber wenn du Leda behalten und für dich gewinnen willst, darfst du die Christen nicht verraten. Sie ist doch selbst eine von ihnen.«

»Sie sind alle Verbrecher, alle! Nicht, weil sie die heimischen Götter verleugnen – wer glaubt schon, daß Jupiter in dem kapitolinischen Tempel ein- und ausgeht – nein, ihre Bosheit richtet sich gegen das Menschengeschlecht, und wer nicht so ist wie sie, ist ihr Feind. Gesindel, asiatisches!«

»Du wirst sie dulden müssen, sonst wirst du Leda verlieren.«

»Nie, beim Jupiter.«

Von der Türe hörte man das verlegene Hüsteln der Sklavin Statilia, und Ascula rief, was los sei, und das Mädchen antwortete, ein Bote für den fremden Besucher lasse sich nicht abweisen, es sei dringend, Polybius sei sein Name.

»Polybius? Um diese Zeit?« Der Pompejaner sprang auf, und Ascula warf sich ihr Kleid über. »Soll hereinkommen!«

Polybius schlug die Faust auf die Brust und grüßte atemlos, Abbitte leistend für sein ungestümes Eindringen. In Rom herrsche das Chaos, der Cäsar habe Selbstmord begangen.

»Der göttliche Nero, tot? Wann?«

»Am Tag vor den Nonen des Junius!« Und dann berichtete Polybius aufgeregt vom Ende Cäsars, der – so wurde erzählt – unter dem Eindruck des Abfalls seiner Legionen bei Nacht in das Landhaus des Freigelassenen Phaori vor den Toren Roms, am vierten Meilenstein der Via Nomentana, geflohen sei und sich dort, nachdem ihm ein Bote die Nachricht überbracht hatte, der Senat habe ihn zum Staatsfeind erklärt, mit dem Dolch entleibte.

»Freund, das ist doch keine schlechte Nachricht!« Aphrodisius schlug seinem römischen Verwalter auf die Schulter.

»Nicht bis hierher«, erwiderte Polybius, »doch höre weiter. Der Senat hat am selben Tag Galba zum Cäsar proklamiert.«

»Beim Castor und Pollux, den alten Galba, den elenden Verschwender?«

»Eben diesen. In Rom erzählt man, er habe die fünfzig Millionen Sesterzen, die ihm Livia Augusta, die Gattin des Göttlichen, in Zuneigung hinterlassen habe, durchgebracht – die Götter wissen, wie.«

»Er ließ bei den Floralien Elefanten aus Africa seiltanzen;

damals war er Prätor und suchte sich beliebt zu machen beim Volk. Im Theater veranstaltete er Seeschlachten mit richtigen Tieren, die von Ostia tiberaufwärts bugsiert und dann auf den Straßen durch Rom gezogen wurden; die Römer jubelten damals, weil sie nie dergleichen gesehen hatten. Aber geliebt haben sie Galba nie, denn während sie seine Verschwendungssucht schätzten, fürchteten sie seine Grausamkeit. Einem betrügerischen Geldwechsler ließ er die Hände abhacken, und Galba sah zu, wie sie der Scharfrichter auf den Wechslertisch nagelte. Ein Vormund, der sein Mündel vergiftet hatte, wurde auf seinen Einspruch ans Kreuz geschlagen, und da der Verurteilte klagte, er sei römischer Bürger und würdig des Todes durch das Schwert, ließ Galba ihn abnehmen und das rohe Kreuz mit weißer Farbe streichen, um ihm so einen Tod erster Klasse zu bereiten. Ich glaube, mit Galba kommen wir vom Regen in die Traufe.«

Polybius nickte. »Herr, Rom ist voll von Gerüchten, und niemand weiß zwischen Trug und Wahrheit zu unterscheiden. Erst hieß es, Tigellinus habe sich zusammen mit dem Cäsar selbst entleibt, doch dann sah ich ihn mit eigenen Augen auf dem Forum das Andenken des vergöttlichten Cäsars beschimpfen; er sei schon immer ein Gegner Neros gewesen, behauptete er, habe dies aber nicht öffentlich zeigen dürfen, um sein Handeln gegen den Göttlichen zu vertuschen ... Welch eine Bestie! Und deshalb, sagt man, habe Galba ihm die Präfektur der Prätorianer gelassen. Jetzt aber geht das Gerücht – und deshalb habe ich mich auf den Weg hierher gemacht –, um die leeren Kassen des Cäsars zu füllen, müßten alle Römer, Freie wie Freigelassene, die über mehr als hundert Sklaven verfügen, diese Überzahl dem göttlichen Galba überlassen und im selben Verhältnis den Anteil ihres Vermögens.«

»Mercurius, steh mir bei!« Der Pompejaner ließ sich neben Ascula nieder und starrte ratlos auf den Boden.

»Was bedeutet das?« fragte Ascula.

»Was das bedeutet? Das bedeutet, daß man mir vier Fünftel meiner fünfhundert römischen Sklaven und ebensoviel meines römischen Vermögens nehmen will.«

»Und wenn du hundert Sklaven hättest?«

Aphrodisius lachte bitter. »Dann käme ich wohl ungeschoren davon ...«

»Der Cäsar«, beteuerte Polybius, »hat jedem Prätorianer dreißigtausend Sesterzen versprochen. Er braucht also dreihundert Millionen, und die wird er sich holen.«

»Aber nicht von mir!« rief der Pompejaner erregt. »Kein As werde ich diesem Verschwender in den Rachen werfen. Hör zu, du reitest auf schnellstem Wege nach Rom zurück und machst soviele Sklaven marschbereit, daß noch neunundneunzig auf ihrem Platz zurückbleiben.«

»Herr, dann steht mehr als die Hälfte der Webstühle still, und die Schiffe, die in Ostia ihre Ladung löschen, können nicht auslaufen!«

»Gut so, Polybius! Die Webstühle sollen stillstehen, die Schiffe sollen liegen bleiben. Wähle den Treuesten aus ihrer Mitte, der die Sklaven nach Pompeji geleitet. *Mundus vult decipi*.«

Polybius schien verwirrt. Er wußte selbst nicht recht, welchen Bescheid er von seinem Herrn erwartet hatte; die Schnelligkeit, mit der Aphrodisius entschieden hatte, brachte ihn jedoch durcheinander. Einfach war es jedenfalls nicht, vierhundert Sklaven ohne Aufsehen aus der Stadt zu bringen.

»Das muß natürlich unentdeckt bleiben!« sagte Aphrodisius, der Polybius' Zögern bemerkte. »Am besten du führst die Sklaven in kleinen Gruppen durch die Porta Ostiensis, die Porta Appia, die Porta Latina und die Porta Pränestina und vereinigst sie erst am dritten Meilenstein, wo Marcus Crassus das Grabmal für seine Frau Metella errichtet hat.«

Und nach einem Augenblick des Nachdenkens fügte er hinzu: »Und forsche in Rom nach dem besten Wundarzt, gib ihm zehntausend Sesterzen und einen Wagen und schicke ihn auf dem schnellsten Weg hierher, ich erwarte ihn dringend. *Vale*, Polybius!«

Polybius verschwand nach kurzem Gruß, und Aphrodisius begann, umständlich seine Kleider zu ordnen. »Ich habe alles erreicht«, begann er, ohne Ascula anzusehen, »doch Fortuna leert ihr Füllhorn nie bis zur Neige. Bist du arm, träumst du vom Reichtum, bist du reich, träumst du vom Ruhm, bist du berühmt, träumst du vom Glück, doch glücklich bist du nie. Der Schnelläufer Ladas, der noch heute, nach einem halben Jahrtausend, auf dem römischen Forum verehrt wird, weil Myron ihm eine Statue errichtete – selbst er, den die Götter mit Ruhm überschütteten, soll nach einem Sieg in Olympia, als man ihm den Olivenzweig reichte, gesagt haben, er hätte lieber Gicht und Reichtum, denn was bringe es schon ein, hungernd schnell zu Fuß zu sein? Die wenigsten sind genügsam wie Epikur, der das höchste Glück in der Ausgeglichenheit der Seele predigte und sich am Gemüse seines Gärtleins freute. Ich lobe meine Tage, die Nächte sind mir ein Greuel.«

»Du wirst Leda gewinnen!« versuchte sich Ascula tröstend, »du mußt ihr deine Liebe zeigen, und sie wird sie erwidern.«

»Habe ich ihr vielleicht meine Liebe nicht gezeigt, als ich Leda vor dem Tod bewahrte? Ist das nun der Dank?«

Ascula nahm die Hand des Pompejaners und preßte sie an sich. »Aphrodisius, du bist ein Mann der Geschäfte, ein außerordentlich guter sogar, aber das Leben ist alles andere als ein Geschäft. Du glaubst, du hast fünftausend Sesterzen für Ledas Leben bezahlt, und nun forderst du deinen Gewinn, Liebe für siebentausendfünfhundert Sesterzen. Diese Rechnung ist falsch. Mit Geld magst du deine Begierden befriedigen, kannst Bewunderung ernten sogar, doch kein Denar, kein Aureus kann so funkeln wie ein liebendes Auge. Wenn du Leda liebst, versuche Verständnis für sie aufzubringen, laß ihr ihren Glauben; denn verrätst du die Christen, so wird Leda sich öffentlich zu ihnen bekennen, und du hast deine Liebe verraten.«

»Christen sind gottlos, sie handeln gegen das Gesetz!«

»Liebe kennt kein Gesetz, Aphrodisius.«

Der Pompejaner erhob sich. Asculas Worte wirkten verwirrend.

»Ich weiß, was du jetzt denkst«, sagte Ascuia, »und das aus dem Munde einer *lupa!*«

»Nein«, fiel ihr Aphrodisius ins Wort; es berührte ihn peinlich, daß Ascula sich selbst als Hure bezeichnete.

»Doch, doch, ich lebe von der Lust, die ich anderen bereite, und sehe darin keine Schande. Zwei Dezennien lebte ich züchtig wie unter einer Keuschheitsnadel als treues Weib des Lucius Vetutius Placidus. Aber Placidus kam bei dem Beben um, die Schenke wurde zerstört, es war kein Geld vorhanden für einen Wiederaufbau. Da blieb mir keine Wahl, es gab nur den Weg zurück in die Sklaverei, oder ich mußte mich verkaufen. *Tertium non datur.*«

Wie gebannt hing der Blick des Pompejaners an einem Gegenstand, der auf einem Tischlein neben dem Eingang lag. Er mußte schon die ganze Zeit dort gelegen haben, aber Aphrodisius hatte ihn nicht wahrgenommen. Es sprach für Ascula, daß sie dem Besucher keinen abschweifenden Blick gegönnt hatte; aber nun, im Gehen begriffen, mußte er ja auffallen, zumindest ihm, der diesem Gegenstand schon häufig und unter seltsamen Umständen begegnet war. War es Zufall oder steckte eine perfide Absicht dahinter, daß dieses Ding hier scheinbar achtlos herumlag?

Was ist das? Wie kommt es hierher? wollte Aphrodisius in höchster Erregung fragen, er hatte bereits atmend den Mund für die Frage geöffnet, doch dann blockierte irgend etwas seine Sprache, er preßte die Lippen hart aufeinander, als gelte es, eine bittere Medizin zu schlucken, gallig wie die zu Pulver gestoßene Wurzel der Feldnarde, die der Epilepsie entgegenwirken soll, und schwieg. Seine Erregung aber vermochte Aphrodisius nicht zu verbergen; die Hände zitterten, er rang nach Luft, und ein Schwindel brachte ihn zum Wanken: Vor ihm auf dem Tisch lag jener Dolch mit geschwungenem Griff, der seinen Herrn Serenus getötet hatte, ein Dolch jener Art, wie er Priscillianus den Tod gebracht hatte und wie er ihn bei Poppäa gesehen hatte und dessen Ziel er selbst gewesen war im Theater auf dem Marsfeld.

Ascula trat an Aphrodisius heran, um ihn zu stützen, denn sie merkte seine Benommenheit, aber der Pompejaner entwand sich ihrem Zugriff; er stürzte ins Freie und sog die Nachtluft tief in sich auf.

## 10

DER KÖRPER DES Mädchens bäumte sich auf in furchtbarem Fieber, und in ihrem Wahn rief Leda den Namen ihres Vaters Myron und daß sie auf dem Weg zu ihm sei, und der Wundarzt hatte Mühe, das tobende Mädchen in seine Kissen zu drücken.

»Du wirst sie töten, Trebius, sie ist zu schwach für das Gift, hörst du!« Aphrodisius packte den Wundarzt von hinten an den Schultern und wollte ihn wegreißen vom Lager, aber Trebius schleuderte den Pompejaner zur Seite, daß er strauchelte. Da sank Aphrodisius in die Knie, verbarg sein Gesicht zwischen den Tüchern am Fußende des Bettes und weinte.

»Wenn du willst, daß sie überlebt«, rief Trebius, »dann mußt du mich gewähren lassen! Ohne das Gift wäre Leda schon tot, glaube mir! Sieh nur, wie das Gift kämpft!« Und dabei leuchteten seine Augen. Trebius ging der Ruf des Arztes und Magiers voraus, der seine Kunst in Alexandria erlernt hatte, wo, so wurde erzählt, Arme ihre Leiber verkauften, um, nach einjährigem Leben im Überfluß, von den Ärzten schmerzlos getötet und zerstückelt zu werden wie ein Stier auf dem Altar des Jupiter Optimus. »Es ist *akoniton* aus der gelben Blüte, von dem die Griechen sagen, es sei aus dem Geifer des Hundes Cerberus geflossen, als Herakles ihn, aus der Unterwelt schleifte; Tatsache ist, es wächst nirgends anders als im pontischen Herakleia, wo man den Zugang zur Unterwelt zeigt unter schwarzem Gestein.«

»Aber es tötet den Menschen; der Frauenmörder Calpurnius Bestia, der seine Opfer im Schlaf umbrachte, soll dieses *akoniton* verwendet haben, es ist ein zu starkes Gift!«

»Jede Medizin ist ein Gift«, erwiderte Trebius, »aber auch jede Krankheit ist ein Gift, ein Gift, das sich des Körpers bemächtigt hat. Du kannst dem Äskulap einen Hahn opfern, nach alter Sitte, und so seine Gunst erflehen, doch, wie man weiß, ist der göttliche Heiler nicht der Mächtigste, und Jupiter schleuderte einst einen Blitz auf ihn, damit er durch seine Kunst nicht die Menschen dem Tode entziehe. Also traue besser den Ärzten, die es verstehen, ein Gift im Körper mit einem anderen Gift zu bekämpfen. Es ist die Krone der Heilkunst, den Kampf zweier tödlicher Gifte im Leib eines Menschen so zu steuern, daß beide verenden und der Mensch am Leben bleibt.«

»Du sprichst wie ein Magier«, sagte Aphrodisius, der gebannt den Worten des Arztes lauschte. Leda lag nun ruhig, doch ihr Atem ging unregelmäßig und war nur in kurzen Stößen zu vernehmen.

»Jeder Arzt ist zur Hälfte ein Magier, denn jede Krankheit ist zur Hälfte ein böser Zauber. Sieh dieses Mädchen: Das Gift allein kann Leda nicht heilen, es kann sie am Leben erhalten – vielleicht –, doch damit ist sie nicht geheilt, Pompejaner. Leda fehlt der Lebensmut, sie fühlt sich allein gelassen, und sie sucht im Tode ein neues Leben, sucht Zuneigung und Liebe.«

»Aber ich liebe Leda, bei Venus und Amor, ich schwöre es!«

»Du *glaubst* sie zu lieben, Pompejaner! Leda hat davon aber nichts gemerkt. Sie fühlte vielleicht, daß du sie begehrst – doch ist das Liebe? Sie fürchtete, von dir gebraucht und dann im Stich gelassen zu werden. Anders ist ihre Tat nicht zu erklären.«

»Wird sie durchkommen, Trebius?«

Der Wundarzt legte seine rechte Hand auf die Stirne des Mädchens; mit der linken ergriff er ihr Handgelenk. Er schwieg.

»Ich zahle dir den dreifachen Preis«, lamentierte der Pompejaner, »aber laß sie leben!«

Da wandte sich der Wundarzt um und sagte: »Aphrodisius, glaubst du wirklich, das Leben eines Menschen kaufen zu können? Wenn das so wäre, lebten die Reichen ewig und es gäbe keine Armen, weil die das erste Jahr nicht überlebten. Fast könnte man glauben, du habest Recht, weil nur das Alter bedeutender Männer überliefert ist, und doch irrst du wie Hesiod, der behauptete, die Krähe lebe neunmal länger als der Mensch, und der Hirsch viermal so lange wie die Krähe, und der Rabe dreimal so lange wie der Hirsch. Die Wahrheit ist, daß der Mensch Hirsch, Raben und Krähen überlebt, und daß nur das Leben berühmter Leute beschrieben wird, wie etwa durch Cornelius Nepos, den Freund Ciceros aus Ticinum. Von den Armen aber redet niemand. Niemand kennt einen hundertjährigen Sklaven – schon deshalb nicht, weil seine Geburt im Dunkel liegt, doch von Marcus Valerius Corvinus, der hundertmal den Jahresbeginn erlebte, reden alle, weil er öfter als jeder andere den kurulischen Sitz innehatte – nämlich einundzwanzigmal – und weil zwischen seinem ersten und seinem letzten Konsulat volle sechsundvierzig Jahre vergingen. Kein Mensch würde vom göttlichen Alter Terentias reden, deren Leib man nach einhundertunddrei Jahren auf dem Marsfeld verbrannte, wäre sie nicht die Frau des großen Marcus Tullius Ciceros gewesen, und auch Clodia hätten wir vergessen, trotz ihrer einhundertfünfzehn Lebensjahre und fünfzehnfacher Mutterschaft, hätte nicht Ofilius, der Rechtsanwalt und Freund Ciceros, ihr in seinen Schriften ein Denkmal gesetzt.«

»Verzeih mein ungestümes Verhalten«, bat Aphrodisius, »aber Leda *muß* gesund werden, hörst du, sie *muß* leben!« Ledas Atem ging nun regelmäßig, aber deutlich schwächer, und der Pompejaner lauschte ihrem Luftholen wie der Fährtensucher dem fernen Klappern der Hufe. »Glaubst du«, begann er zögernd, »glaubst du an ein Fortleben der Seele, das die Christen zum Inhalt ihrer Lehre machen?«

Trebius schnaubte zornig: »Beim Hercules! Seele, was ist das? Ich habe Menschen seziert, in Teile zerlegt und ihre

Organe betrachtet, aber eine Seele gefunden habe ich nicht. Der Schatten, den sie Seele nennen, ist ein süßer Wahn, zerstört er doch die willkommenste Laune der Natur, den Tod, der alle Bedenken und Nöte ausräumt. Willst du nun, im Glauben an den Fortgang der Dinge, dich auch noch um jene Geschäfte sorgen, die dir das Lebensende so großzügig abnimmt? Hochmut und Vermessenheit, nichts anderes, verleitet den Menschen zu solchen Gedanken, die nichts anderes sind als ein törichter Wunschtraum von Göttlichkeit, nichts als anmaßender Neid auf die unsterblichen Götter, die unser Schicksal bestimmen.«

Der Pompejaner nickte; er wagte nicht, Trebius zu widersprechen, obwohl er dessen Meinung nicht teilte. Denn – so hätte er antworten wollen – so, wie du keine Seele entdeckt hast, bin ich auch noch keinem Gott begegnet, dem Jupiter nicht und nicht dem Hercules … Aber Aphrodisius hielt seine Gedanken zurück.

Einen Tag und eine Nacht verbrachte der Pompejaner an Ledas Lager, stündlich legte er frische Blätter des Fingerkrautes auf ihre Stirne zur Senkung des Fiebers, doch als die Hitze abnahm, folgte furchtbares Erbrechen, und Aphrodisius fürchtete, Leda würde sich den Magen aus dem Leib husten. Trebius braute ein stinkendes Getränk aus der haarigen, innen grünen Wurzel des ›Vielfüßchens‹, einem Kraut, das wegen seiner Saugwarzen und des langen, sich bei der Reife entrollenden Blatts dem gekrümmten Fangarm eines Polypen ähnelt und vorwiegend unter den knorrigen Luftwurzeln uralter Bäume gedeiht. Und er fügte junge Blätter des Kohls sowie einen abgelagerten Salzfisch hinzu. Verkocht zu einem unansehnlichen Brei und der Kranken nur mit roher Gewalt beizubringen (wobei auf einen hölzernen Kochlöffel nicht verzichtet werden konnte), zog es allen Grimm aus dem Körper, und Trebius verschwand mit einem abschätzigen Blick auf sein Honorar. Mehr, so meinte er, könne er nicht tun, bei Äsculap!

Wie durch ein Wunder erhob sich Leda am vierten Tag, fand Worte des Dankes und strebte ins Freie, das zu verhindern dem Pompejaner nur mit Mühe gelang. Er wich nun nicht mehr von ihrer Seite, wechselte die mit Salben getränkten Verbände und ließ sich durch nichts von seinem Tun abbringen.

Eumachia hatte in einer kurzen Antwort ›an den Sklaven Aphrodisius‹ wissen lassen, sie werde Gavius nicht herausgeben, nicht lebend und nicht für eine Million. So sann Aphrodisius am Krankenlager nach, wie er den Freund zurückgewinnen könne, und es bedurfte keiner großen Überlegungen, daß mit Anstand und Ehrsamkeit allein der Priesterin nicht beizukommen war. Mit Hilfe eines bithynischen Sklaven aus dem Landgut Eumachias tauschten Gavius und Aphrodisius geheime Botschaften aus; der Pompejaner sprach dem Sklaven Mut zu, beschwor ihn, er möge durchhalten, er, Aphrodisius, werde ihn baldigst befreien. Es gelang ihm sogar, Syphax, den Sklavenaufseher der Purpurfärberei, zu bestechen, damit er Gavius schone, bis der Rettungsplan in die Tat umgesetzt werden konnte.

Der Auszug der römischen Sklaven machte kein Aufsehen, weil Polybius den Befehl seines Herren ausführte und vier Gruppen durch vier Tore der Stadt geleitete, bevor sie sich wieder sammelten, zum anderen aber herrschte Unsicherheit in Rom, da niemand wußte, wer, solange der designierte Cäsar noch immer in Spanien weilte, das Sagen hatte – nicht einmal Tigellinus, der auf Wunsch des göttlichen Galba angeblich seine Macht mit Nymphidius Sabinus teilen sollte.

Um nicht den Anschein zu erwecken, er habe von den Plänen des neuen Cäsars Kenntnis erhalten und *deshalb* die Mehrzahl seiner Sklaven aus Rom abgezogen, setzte Aphrodisius einen genialen Einfall in die Tat um: Der Pompeianer erbot sich, den Jupitertempel auf dem Forum in alter Pracht wiederaufzubauen. Der Tempel hatte seine Ruinengestalt seit dem Beben nicht verändert, so daß dem höchsten der römischen Götter nach wie vor nur auf dem Altar des Jupiter Meilichios nahe dem Theater geopfert werden konnte. Vierhundert Sklaven schienen fürs erste genug, den Schutt, der übriggeblieben war, von der glänzenden Heimstatt des Gottes zu beseitigen, und die Duumviri verkündeten das hochherzige Unternehmen durch Herolde dreimal: an den Kalenden, am dritten Tag vor den Nonen und an den Iden des Monats Sextilis, der dem göttlichen Augustus geweiht war, und sie versprachen, Aphrodisius ein bronzenes Standbild zu stiften und unter den Kolonnaden des Forums, wo die bedeutendsten pompejanischen Bürger verewigt sind, aufzustellen.

So erntete der Pompejaner hohe Anerkennung von allen Seiten, und das Mißtrauen, das ihm, dem zu unerwartetem Reichtum gelangten Freigelassenen, zunächst entgegengebracht worden war, verwandelte sich nun in Zustimmung und Vertrauen von seiten der geschäftigen *forenses* und der vornehmen *campanienses*. Und Marcus Holconius Rufus, der uralte Augustuspriester, dessen Haar schlohweiß und ungeschoren auf die Schultern herabfiel wie das eines Galliers – Rufus weissagte aus dem Opfer einer Taube, der Bau des Jupitertempels werde das Leben vieler Menschen verändern, aber keines so sehr wie das des Lucius Cäcilius Aphrodisius.

Die Worte des Priesters fanden geringe Beachtung, nur Aphrodisius dachte nach, denn schon einmal hatte der weise Rufus die Zukunft erkannt. Das war, als ein Schwan singend vom Himmel stürzte und den Pompejanern düstere Zukunft verkündete. Aber sosehr er auch nachgrübelte, er fand keinen Sinn in den Worten des Sehers und war daraufhin bestrebt, die Sache zu vergessen. Doch der Strom des Vergessens fließt träge, wenn du den Wunsch hast, er möge das alles verschlingende Meer nach kurzem Wege erreichen, und so zog die Ruine des Tempels, von der jeden Tag weniger zu sehen war, den Pompejaner an wie Midas das Gold. Vor allem des Nachts, wenn die Arbeit ruhte, schlich Aphrodisius um die zerklüftete Baustelle wie ein reuiger Täter, der an den Ort seines Verbrechens zurückkehrt, als könnte er seine Tat dadurch ungeschehen machen.

Was aber trieb den Pompejaner so unnachgiebig und

beharrlich an diesen Ort? Er wußte es nicht, und in mancher Nacht wünschte Aphrodisius, der Alte hätte nie über den Bau des Tempels orakelt, denn die Ungewißheit der Zukunft ist übel, die Gewißheit entsetzlich, die ungewisse Gewißheit aber ist das schlimmste von allem.

Seiner List, die Sklaven aus Rom abzuziehen, war Erfolg beschieden; während die wohlhabenden Römer des größten Teils ihres Vermögens enteignet wurden, blieb der römische Besitz des Pompejaners verschont. Prätorianerkohorten zogen wahllos durch die Stadt und zählten die Sklaven, aber so oft sie den Bestand Aphrodisius' auch zählten, es blieben neunundneunzig.

An den Kalenden des Monats October näherte sich Galba, der designierte Cäsar, endlich der Hauptstadt. Er war klein, kahl und gichtig und von der Krankheit so sehr behindert, daß seine verkrümmten Beine keine Schuhe tragen, die Arme und Hände kein Schriftstück entrollen konnten. Was aber noch schlimmer war: Niemand in Rom kannte den Alten. So mußten ihm seine Soldaten, die den Taugenichts in einer Sänfte hereinschleppten, drei Meilen vor Rom den Weg freikämpfen, weil ein Haufen versprengter Legionäre es einfach nicht glauben wollte, daß das bresthafte Männlein der designierte Cäsar sei. Und als er die Stadt betrat, wo die Menschen links und rechts des Weges Opfertiere schlachteten, zerriß ein scheuender Stier nach dem ersten Beilhieb des Priesters seine Fesseln, stürzte sich auf die Sänfte des Cäsars und besudelte Galba mit Blut, so daß die Vorzeichendeuter ihre Haare mit dem Staub der Straße bestreuten, um größeres Unheil abzuwenden.

Das Unheil nahm seinen Lauf, und nicht einmal Opfer vermochten die Parzen zu besänftigen. Vor allen Tempeln Roms loderten die Feuer, dem Jupiter Capitolinus wurde ein Stier mit vergoldeten Hörnern dargebracht und der capitolinischen Venus weihte Galba ein Halsband aus Perlen und Edelsteinen. Doch damit erregte der Cäsar den Unwillen Fortunas, und sie erschien ihm im Traum und klagte, er habe sie um ihre

Weihegabe betrogen und sie werde ihm alles entreißen, was sie ihm zugedacht habe.

Die Glücksgöttin war Galba nämlich, als er noch nicht die Männertoga trug, schon einmal erschienen und hatte ermattet Einlaß gefordert, und als der Junge erwachte, stand vor der Türe zum Atrium eine eherne Statue, und Galba hatte ihr in seinem Landhaus in Tusculum ein Zimmer geweiht, wo er einmal im Jahr die Nacht bei ihr wachte. Nun eilte er auf sein Landgut, um Fortuna zu besänftigen, aber als er dort ankam, fand er anstelle der Göttin einen zahnlosen Greis, der seinen eigenen Namen nicht kannte und beteuerte, dies sei der Platz, den ihm die Götter zum Sterben zugewiesen hätten. Da wußte der Cäsar, daß das Glück ihn verlassen hatte.

Servius Sulpicius Galba hatte nur Feinde. Die Reichen haßten ihn, weil er sie um ihr Vermögen gebracht hatte, die Armen verachteten in ihm den Verschwender, die Prätorianer aber verfluchten ihn, weil er, trotz zahlloser Enteignungen, nicht in der Lage war, sein Versprechen zu halten und jeden von ihnen mit dreißigtausend Sesterzen zu belohnen. Und während er opferte, riefen die Prätorianer Marcus Salvius Otho, den lusitanischen Statthalter, der in Galbas Begleitung nach Rom gekommen war, zum Cäsar aus, Galba aber ließ sich zum Forum tragen, um den Römern zu verkünden, er, Servius Sulpicius Galba, sei der einzige, der wahre Göttliche. Doch im tumultuarischen Drunter und Drüber fiel der Alte aus der Sänfte, Soldaten sprangen hinzu und schlugen ihm den Kopf ab.

Nach Pompeji gelangte die Nachricht, ein Soldat habe den Daumen in den Mund des Kopfes gesteckt und ihn so zu Otho getragen, weil es kein Haarbüschel gab, an dem man ihn hätte fassen können. Otho schenkte das Haupt vagabundierenden Marketendern, die es auf einem Stab durch das Lager der Prätorianer trugen, und ein Freigelassener soll hundert Aurei für die Reliquie bezahlt und sie auf jenen Platz geworfen haben, wo einst sein Herr auf Galbas Befehl hingerichtet worden war.

Als Aphrodisius vom Aufstieg des lusitanischen Quästors hörte, freute er sich, denn er erinnerte sich jener Nacht, in der Otho, vom göttlichen Nero nach Rom zitiert, seinen Kummer in schwerem rotem Chios-Wein ertränkte, ein ungebetener Gast im eigenen Haus. Der Sterndeuter aus Kos hatte ihm damals geweissagt, er werde den Göttlichen überleben und die Zahl 37 werde für ihn von größter Bedeutung sein. Aphrodisius war Zeuge dieser Prophetie gewesen, und nun war Otho siebenunddreißig Jahre alt – und göttlicher Cäsar des römischen Imperiums. Beim Hercules! In gemeinsamer Trauer um Poppäa Sabina hatten Otho und Aphrodisius Freundschaft geschlossen, denn nichts verbindet mehr als das Mißgeschick zweier Männer mit ein und derselben Frau, *concordia discors*.

Leda genas zusehends unter der liebevollen Pflege des Pompejaners, und Aphrodisius machte es sich zur Gewohnheit, das Mädchen mit kleinen Aufmerksamkeiten zu beglücken. Er brachte die ersten Veilchen von den Hängen des Vesuv, eingelegte Früchte aus dem Macellum oder Dickmilch, mit Honig gesüßt, von der er wußte, daß Leda sie mochte, und scinen Taten gelang es mehr als werbenden Worten, das Mädchen für sich einzunehmen. Er liebte Leda täglich mehr, doch er hütete sich, dies auszusprechen, und hielt es mit Senecas Worten, der einem Liebenden, der geliebt werden wollte, den kurzen Rat gab: Liebe!

Liebe! Dieses Wort gewann für den Pompejaner eine ganz neue Bedeutung, sein blindes Verliebtsein beruhte nicht auf freudvoller Erwartung: Aphrodisius wollte geben, schenken, er wollte Leda dienen, und allein ihre Nähe war Dank genug. Bisweilen befielen ihn Zweifel, ob er noch jener Aphrodisius war, der Poppäa Sabina begehrt und Asculas Dienste erkauft hatte: *Non sum, qualis eram.* Vergessen waren seine Pläne, die pompejanischen Christen zu verraten, auch wenn die Spuren, die das Mädchen am Körper trug, unauslöschlich waren. Ja, er begann sich sogar für die Lehre des Tarsiers zu interessieren, der unter Nero den Tod gefunden hatte, und wenn er auch dem asiatischen Meister nicht glaubte, so schienen die Worte des

Wanderpredigers versöhnlich, hatte er doch gesagt, eine den Christen zugehörige Frau sollte einen Mann anderen Glaubens nicht entlassen, wenn er einwillige, mit ihr zu leben, denn der ungläubige Mann sei geheiligt durch die gläubige Frau.

Nächtelang fieberte Aphrodisius in sehnsüchtigen Träumen, weil er wußte, daß nur die Wand zu seiner Rechten ihn von Leda trennte. Aber zwischen seinem Cubiculum und dem des Mädchens gab es keine Türe, es war nur durch den langen Korridor über das Viridarium, vorbei am inneren Oecus und einem weiteren langen Gang zu erreichen, und jedesmal, wenn er sich aufmachte, von der Leidenschaft der Nacht getrieben, kehrte er bald wieder um, weil ihn der lange Weg zur Besinnung brachte und ihm klarmachte, daß er im Begriff stand, alles zu zerstören.

Aber eines Morgens, erschöpft war er nach durchwachter Nacht gerade eingeschlafen, nachdem er zur Beruhigung einen bitteren Trank aus dem Vorrat der Kräuterfrau geschluckt hatte, da erschien ihm Leda im Traum, und in einem langen, zarten weißen Gewand bestieg sie sein Bett, kniete nieder, seine Beine zwischen ihren Schenkeln, neigte sich über ihn und ließ ihre Wange auf seiner Brust ruhen. Aphrodisius spürte ihren festen Atem, ihre Haut, er wollte zupacken, sie an sich reißen, aber bleierne Müdigkeit hielt seine ausgestreckten Arme auf dem Laken fest wie das Baumharz die Flügel des Käfers. Diese furchtbare Schwere hinderte ihn daran, lustvoll zu stöhnen, als das Mädchen seine Arme, den Hals und die Brust mit den Händen zu streicheln begann. Ledas zierliche, weiße Hände beschrieben unsichtbare kleine Kreise und erzeugten eine wohlige Wärme, die sich allmählich seines ganzen Körpers bemächtigte und zum glühenden Fieber anschwoll.

Und dann richtete Leda, immer noch über ihm kniend, sich auf, zog das lange Gewand über den Kopf und sah ihn an. Aphrodisius wagte nicht, ihren Körper zu betrachten, er blickte ihr nur in die Augen. »Wenn du mich jetzt auch noch liebst«, begann das Mädchen zu sprechen, »dann nimm mich!«

»Was heißt jetzt *noch*?« erwiderte der Pompejaner, und in seiner Stimme klang Jubel. »Nie habe ich dich mehr geliebt als gerade jetzt. Ich liebe dich, Leda, ich liebe dich!«

Da nahm Leda seine schweren Hände und preßte sie gegen ihren bebenden Leib, und Aphrodisius fühlte ihre kleinen festen Brüste, die zarte Wölbung des Bauches, die Glätte ihrer Schenkel und die flaumige Scham, und noch während er dieses feierliche Tasten wie Nektar, den süßen Göttertrunk, in sich aufnahm, drang sein Priapos, ohne es zu wollen, in sie ein, ein selbstverständliches Suchen und Finden, und es war warm und heiß, und Aphrodisius glaubte zu zerspringen.

Wie von ferne vernahm der Pompejaner einen kleinen spitzen Schrei, einen Laut, der alles andere als Schmerz bekundete, eher eine Resonanz von Glück, und er zog Leda auf sich herab, wälzte sich über sie und deckte sie zu mit seinem Körper, und mit aller Zärtlichkeit, der er fähig war, ließ er das Mädchen seine Liebe spüren. Ihre Zungen begegneten sich furchtsam und zuckend, doch kaum hatten sie sich aneinander gewöhnt, tanzten sie umeinander herum, und die eine haschte die andere und versuchte sie wie ein eingerolltes Blatt zu umschließen und festzuhalten. Ledas Wärme, ihr Duft berauschten den Pompejaner, und hätte ein neues Beben Pompeji heimgesucht, er hätte es nicht bemerkt, hätte nicht abgelassen, das Mädchen zu lieben, ein Rausch, ein Wahn, Blindsein, Taubsein für alles andere.

Er glaubte die Dämmerung des Morgens durch die geschlossenen Lider zu erkennen, aber die Augen zu öffnen, wagte er nicht – fürchtete er doch, sie könnten das traumhafte Erlebnis zerstören. Aber der fremde Duft, der Aphrodisius in die Nase stieg, das Gefühl auf seiner Haut sagten ihm, daß dieser unendlich schöne Traum nicht das mantische Abbild seiner Wünsche war, nicht das phantastische Treiben seines Gehirnes im Halbschlaf, wie es den träumenden Dulder Odysseus überkam, als ein Adler vom Himmel stieß und zwanzig Gänse tötete – woraus er ableitete, er sei der Adler und werde die zwanzig Freier seiner schönen Frau Penelope an einem

Tage erledigen –, nein, die vermeintliche Vision war Wirklichkeit. Als Aphrodisius die Augen öffnete, erkannte er Leda neben sich.

Am Tag vor den Nonen des Martius im ersten Jahr der Regierung des göttlichen Otho Imperator Cäsar Augustus beschlossen Aphrodisius und Leda ein *matrimonium iustum*, fortan zu leben wie Mann und Frau, wie das augusteische Gesetz es vorsah. Und weil die *nuptiae*, die römischen Hochzeitsbräuche, weder eine Beurkundung durch den Standesbeamten noch irgendein anderes Zeremoniell kannten, sondern sich auf ein Gelage beschränkten, bei dem meist der Hochzeiter allein auftrat, wäre auch dieses kaum erwähnenswert, hätte nicht Aphrodisius seiner Freude Ausdruck verliehen, indem er den Wanderkoch Apicius mit der Ausrichtung eines Festmahles beauftragte, das zweimal hunderttausend Sesterzen verschlang und halb Pompeji zu Gast hatte. Noch Jahre später redeten die Pompejaner von diesem Ereignis, und deshalb verdient es auch näher beschrieben zu werden.

Apicius, Sohn des berühmten Marcus Gavius Apicius, der unter der Regierung des göttlichen Tiberius Claudius Nero – eines Geizhalses, wenn es ums Essen ging – den Geldadel Roms lukullisch verköstigte und damit ein solches Vermögen verdiente, daß er, als er eines Tages Bilanz zog und feststellte, daß er nur noch zehn Millionen Sesterzen besaß, Gift nahm, weil ihm diese Summe nicht lebenswert schien –, der Sohn eben dieses Mannes hatte alle Rezepte seines Vaters gesammelt und richtete nun Feste aus, die ihresgleichen suchten im römischen Imperium. Ein Mahl unter zehntausend Sesterzen, pflegte der Küchenkünstler zu sagen, sei kein Mahl und diene lediglich der Nahrungsaufnahme, der Sättigung. Der Aufwand für das Hochzeitsmahl des Pompejaners entsprach für ihn gehobenem Mittelmaß.

Die Kunst des Kochkünstlers Apicius bestand nicht allein in der Zubereitung exotischer Rezepte, es ging vor allem darum, die notwendigen Zutaten zu beschaffen: Singvögel und

Haselmäuse aus Numidien, mauretanische Strauße, Trüffel und Wachteleier aus Gallien, Honig, Feigen und Melonen aus Achaia, Flamingos und Dattelfrüchte vom Nil, aus Germanien Hasen und Hirsche und vielerlei Gewürze aus Asien, aus Lycaonien, Armenien, Parthien und Indien.

Das so komponierte Gastmahl, zu dem die geladenen Pompejaner in festlicher Toga und ohne Frauen erschienen, begann bei Sonnenuntergang. Ein paar hundert Sklaven standen Spalier und beleuchteten den gestampften Weg von der Stadt zum Landgut des Aphrodisius. Musik und tanzende Mädchen, ganz dem Brauch der *nuptiae* entsprechend, spielten auf, und allein die verschiedenen Weine, die Aphrodisius reichen ließ, füllten ein Buch, wollte man Geschmack und Herkunft beschreiben.

In vier Farben ergoß sich der Rebensaft des Dionysos in die Schalen der Gäste, weiß, gelb, blutrot und schwarz. Viele hatten den schwarzen Psithier aus getrockneten Trauben weder gesehen noch gekostet und staunten über seinen stumpfsüßen, mostigen Geschmack, der dem Skybela ähnelte, von galatischen Hängen, und Apicius warnte, mehr als zwei Schlucke zu nehmen zur Eröffnung. Aufgetischt wurden Weine aus Sikyon, Zypern, Telmessos, Tripolis, Berytos und dem ägyptischen Sebennytos – letzterer so dunkel und sauer wie der trockene Koer, den die Bewohner der Insel mit Seewasser vermischten (ein Brauch, der auf den Diebstahl eines Sklaven zurückging, der auf diese Weise das richtige Maß wiederherzustellen versuchte). Natürlich fehlten auch Griechenweine nicht, der herbe Lesbier, obwohl ungemischt von natürlichem Seegeschmack, und Weine aus Thasos und Chios und der kostbare heimische Ariusier. Nicht zu vergessen der Maroneier von der Küste Thrakiens, den Homer lobend erwähnte mit dem ernsten Rat, ihn mit der zwanzigfachen Menge Wassers zu versetzen, und der ephesische Pramneios, der nur in der Umgebung des Artemistempels gedieh.

Von italienischen Weinen tischte der Pompejaner den göttlichen Setiner auf, der oberhalb von Forum Appii wuchs und nur deshalb göttlich genannt wurde, weil seit den Tagen des Imperators Cäsar Augustus kein Göttlicher auf diesen Wein verzichtete, und den Puciner-Wein, schwer und gehaltvoll, im Quellgebiet des Timavus reifend, von dem Julia Augusta behauptete, sie verdanke ihm die sechsundachtzig Jahre ihres Lebens, denn sie habe nie einen anderen Wein getrunken als eben diesen. Selten herb und meistens von der Lieblichkeit eines Frühlingswindes waren die Weine von Alba, und in verharzten Amphoren lagerte der campanische Falerner, von dem es drei unterschiedliche Arten gab, die, trotz der allen gemeinsamen sauren Traube, im Laufe der Reife, die im zehnten Jahr ihren Höhepunkt erreichte, einen herben, süßen und leichten Trunk abgeben – je nachdem, ob ihre Lage dem auf den Hügeln wachsenden Cauciner, dem Faustinianer in der Mitte des Landes oder dem eigentlichen, nur auf dem flachen Land gezogenen Falerner entsprach. Und schließlich der sizilianische Mamertinerwein von den Hängen des Ätna, der das gleiche verborgene Feuer in sich trug wie das fauchende Gebirge …

Die Männer ließen sich auf den Knien nieder, Nigidius, der Römer, der Arzt Trebius, dem Leda das Leben verdankte, der alte Jupiterpriester Marcus Holconius Rufus, der angesehene Fischsoßenhersteller Scaurus, Loreius Tiburtinus, der seit Jahren kein pompejanisches Gelage ausgelassen hatte, Aphrodisius' alter Schulmeister Saturnius – der einzige aus der Christengemeinde –, sein Konkurrent und Gutsbesitzer Ludus Herrenius Florus, Ululitremulus im Gefolge einer auffallend gekleideten Schauspielerschar, der dicke Viehzüchter Marcus Postumus und viele andere Pompejaner von Rang und Namen, welche nicht in Abhängigkeit von Eumachia standen. Am meisten Freude bereitete Aphrodisius Gaius Plinius Secundus, der Rom ebenfalls verlassen hatte und nun nahe Pompeji auf dem Land lebte und seinen Studien nachging. Der Gastgeber begrüßte den gefeierten Schriftsteller mit jenem Griffel in der Faust, der ihm einst im Theater das Leben gerettet hatte, und er küßte ihn voll Dankbarkeit.

*»Nunc est bibendum, nunc pede libero pulsanda tellus!«* Der *magister bibendi*, der das Gastmahl leitete, rief den horazischen Trinkspruch, stampfte mit dem linken Fuß auf, schüttete aus der gefüllten Trinkschale eine Spende an die Götter auf den Boden und reichte das Trinkgefäß – denn man trank nach *more Graeco* – rechtsherum, damit jeder einen Schluck nehme. Nun erst war die *comissatio* eröffnet, und Sklaven boten jedem Gast den eigenen Becher an und fragten nach seinem Geschmackswunsch. Nach griechischer Sitte zu trinken, bedeutete, den Wein unverdünnt zu nehmen, also entgegen römischen Bräuchen ohne Wasser und dafür in kleineren, *cyathi* genannten Bechern.

Lockige Knaben gingen unterdessen von Gast zu Gast, strichen duftende Salbe aus einer Silberschale und salbten die Füße der Geladenen. Und während Aphrodisius und seine Freunde teils nippend, teils gierig schluckend sich durch die Weinvorräte tranken, setzten die Knaben jedem Trinker einen Blumenkranz auf das Haupt, was Glatzköpfen wie Scaurus oder Postumus ein lächerliches Aussehen verlieh – jeder ein leibhaftiger Bacchus. Dazu spielte im Hintergrund ein Quartett mit Streich- und Zupfinstrumenten klagende Musik, ohne Melodie. Und noch vor dem Würfeln, bei dem um Geld und sogar um die pamphylischen Tänzerinnen gespielt wurde, erhob sich Ululitremulus und trug mit großen Gesten zur gezupften Laute eine horazische Ode vor:

*»Mit Saitenspiel, duftendem Weihrauch und mit dem Blute des Farren, des längst schon ihnen gelobten, laßt uns erfreuen die Götter, die uns den Numida schützten, der von den Gestaden Hesperiens zur Heimat glücklich gekehrt ist und jetzt dem Kreise der Freunde viel zärtliche Küsse verteilet, doch keinem, wie dir, o mein Lamia, mit dem er die Jugend verlebte, bis beide die Toga gewechselt. Heut möge dem festlichen Tage die glückliche Kreide nicht fehlen! Man zähle nicht ängstlich die Becher, laßt wieder und wieder sie füllen, nicht sei es den Füßen vergönnt, zu ruhen bei salischen Tänzen! Heut möge den Bas-*

*sus im Wetttrunk nicht Damalis zechend besiegen! Besetzt die Tafel mit Rosen, mit Eppich und flüchtigen Lilien! Auf Damalis werden sich heften mit Inbrunst die schmachtenden Blicke; doch Damalis, treu dem Geliebten, umschlingt ihn wie tankender Efeu.«*

Dann war Apicius' Stunde gekommen. Er verkündete das anschließende Mahl *ex ovo usque ad malum*, und allein die Beschreibung ließ den Gästen das Wasser im Munde zusammenlaufen. Denn Apicius beschrieb nicht nur die fertigen Speisen, welche ihnen nun bald vorgesetzt würden, er hielt sich vor allem bei der speziellen Zubereitung auf, welche bisweilen fremd anmutete wie eine ägyptische Tiergottheit mit menschlichen Armen und Beinen und dem Kopf eines Schakals.

Die *gustatio* werde eröffnet mit einer Sardellenpfanne, scharf gewürzt, um den Magen zu öffnen: gegrillter und gekochter Fisch seien dazu entgrätet in einer Pfanne unter Hinzufügen von Eiern, Pfeffer, Garum und Öl zu einem Brei vermengt, mit milchigweißen Quallen belegt und im Dampf gegart worden, damit Eier und Quallen sich nicht vermischten. Danach habe man das Ganze in warmer Luft getrocknet und gepfeffert und serviere es nun häppchenweise. Dazu, ließ Apicius vernehmen, empfehle sich das leichtverdauliche Schweineeuter, gekocht, gerollt und mit Schilfrohr zusammengesteckt, gesalzen und leicht gegrillt, gewürzt mit Pfeffer, Liebstöckel, Garum und einem Spritzer weißen Weines, ein Gericht, das sogar Trimalchios' Zunge zum Schnalzen bringen würde. Nicht zu vergessen gefüllte Haselmäuse, von den Eingeweiden befreit und mit einer Fülle aus gehacktem Schweinefleisch, Pinienkernen, Laserwurzel und Garum versehen und auf trockenem Ziegel im Ofen gebacken.

Dazwischen werde ein *pulmentarium ad ventrem* gereicht, eine die Verdauung fördernde Brühe, bestehend aus mitsamt dem Kraut gekochten Roten Rüben, mit Kümmel, Pfeffer und dem Öl der Olive gewürzt, schließlich nochmals gekocht, vom

Feuer genommen und angereichert mit Polypodium, gehackten Nüssen und Garum – heiß serviert und getrunken.

Den Hauptgang, *mensae primae*, eröffnet gekochter Flamingo, ein Gericht, das der Tafel des Cäsars würdig sei. Gerupft und in Salzwasser eingelegt, mit Salz, Dill und Essig versetzt, sei dieser halbgegart, sodann mit einem Lauch- und Korianderbüschel weichgekocht und mit *defrutum* zur Farbgebung versehen worden. Darauf hätten fleißige Köche Minze, Raute, Kümmel, Koriander, Laserwurz und Pfeffer in einem Mörser gestampft, Essig und entkernte Jerichodatteln hinzugefügt und mit der Kochbrühe versetzt, so daß eine duftende Soße entstanden sei, zum Übergießen des auf silberner Platte servierten Geflügels. Leicht gegrillte Trüffel lägen als Beigabe, gesalzen, am Holzstab gegrillt und mit einer Soße aus Öl, Wein, Honig, Pfeffer und Garum übergossen – welche Wonne! Und für den Feinschmecker: das Hirn des Flamingos.

Wem das Fleisch des Flamingos zu resch, die Knöchelchen zu zahlreich seien, der könne sich an gefüllter Wildschweinkeule nach Art des Terentius erfreuen, und er, Apicius, schwöre bei Diana, der die Jagd heilig sei, daß das Borstenvieh noch die aufgehende Sonne dieses Tages gesehen habe, so frisch sei das Fleisch. Zur Zubereitung der Keule hätten geschickte Finger die Schwarte sanft vom Beinfleisch getrennt und mit Hilfe eines Trichters ein schmackhaftes Gewürz in den Hohlraum gefüllt: eine Mischung aus gestampften Lorbeerbeeren, Pfeffer, Raute, Laser, Garum und Öl vom Besten. Zugenäht seien die Keulen dann in einem Sud aus Meerwasser, Dill und Lorbeerschößlingen gegart worden.

Er könne aber auch gefülltes Spanferkel empfehlen, welches, bevor es auf blankem Eichenbrett serviert würde, die folgende Prozedur hinter sich habe: Gereinigt und durch die Gurgel ausgenommen, sei es mit einer Füllung versehen worden, die dem süßesten Götterschmaus nicht nachstehe.

Hurtige Köche hätten Liebstöckel und Oreganum, gestampften Pfeffer und Laserwurzel mit Garum vermengt, Pinienkerne und Pfefferkörner hinzugefügt, und in das Ganze rohe Eier, gekochtes Hirn und kleine Vögel gemengt. Gefüllt mit dieser Köstlichkeit sei das Spanferkel vernäht und im Backofen bereitet worden, fünf Stunden in gehörigem Abstand mit einem Öl beträufelt zur Erlangung einer knusprigen Schwarte. Serviert aber werde das rötlichglänzende Ferkel mit einer Hirtenflöte im Maul, der Pan einen klagenden Ton verleihe, solange die heiße Luft aus dem Inneren entweiche.

Neptun sei Dank, wenn im Anschluß daran die köstlichsten Früchte des Meeres serviert würden: *Isicia de cauda lucustae* – Klößchen aus Langustenschwänzen – einfach in der Zubereitung, überraschend im Geschmack, gekocht, gehackt, mit dem Dotter gekochter Eier vermengt, gepfeffert und mit Garum versehen, aber nur so viel, daß der teigige Brei zu Kügelchen geformt werden kann, um in der Pfanne kurz angebraten zu werden. Natürlich werde auch gefüllter Tintenfisch nicht fehlen, welcher, ausgenommen und auf hartem Stein geschlagen, mit folgender Füllung versehen werde: Hirn vom Kalb mit drei gekochten Eiern und gehacktem Fleisch vermengt, mit Pfeffer gewürzt. Gefüllt und vernäht werde die *sepia* so lange gekocht, bis die geschmackvolle Füllung hart, die glasige Haut des Tintenfisches aber weich sei, und vor dem Auftragen werde das Meeresgetier in Scheiben geschnitten. Über Austern, Seeigel, Aale und Barben müsse er wohl keine Worte verlieren außer jene, daß Kräutersoßen verschiedener Zubereitungsarten, die jedoch sein Geheimnis blieben, für jedes einzelne Gericht zur Verfügung stünden.

Da konnte der dicke Postumus, dem die Aufzählung der kulinarischen Köstlichkeiten viel zu langsam voranging, nicht mehr an sich halten, und er rief in höchster Erregung: »Und was reichst du als *mensae secundae*, sprich!« Und er steckte alle zehn Finger auf einmal in den Mund.

»Süßspeisen?« Apicius rollte die Augen zum Himmel. »Ich dürfte nicht Apicius heißen und Sohn des berühmten Marcus Gavius Apicius sein, würde ich euch nicht meine Eiercreme Tyropatina auftragen!« Milch werde mit Honig versehen, dazu fünf Eier auf kleinem Feuer gekocht und gerührt – so lange, bis die Mischung steif sei. Serviert werde die Göttergabe mit frisch gemahlenem Pfeffer. Zum Abschluß halte er Datteln à la Apicius bereit, welche entsteint, mit Pinienkernen und gemahlenem Pfeffer gefüllt, in Salz gewälzt und in flüssigem Honig gekocht worden seien. »*Nunc vino pellite curas!*«

Die Gäste klatschten in die Hände und fanden bewundernde Worte für Aphrodisius, der sich nicht nur auf gute Geschäfte verstehe, sondern auch auf die Kunst zu leben, so wie Lucius Lidnius Lucullus, der, als Konsul und Feldherr erfolgreich, die schönen Dinge des Lebens erkannte und von seinen asiatischen Kriegszügen kostbare Bücher und Gemälde mitbrachte und – aus Kerasos am Pontos den Kirschbaum; der Gastmähler veranstaltet hatte, von denen die Römer noch heute, nach hundert Jahren, erzählten. Und während sie ihre Trinkschalen mit der Rechten erhoben – die Linke stützte für gewöhnlich den Kopf ab, und es galt als unheilverheißend, ein Trinkgefäß mit der Linken zu ergreifen –, wünschte jeder dem Pompejaner Glück in den Armen seiner jungen Frau und Reichtum wie Crassus, der Ländereien für zweihundert Millionen Sesterzen besaß, oder wie dem Freigelassenen Isidorus, der unter dem Konsulat des Gaius Asinius Callus und Gaius Marcius Censorius ein Testament schrieb, in dem er seinen Erben, obgleich er im Bürgerkrieg viel verloren habe, zweihundertsiebenundfünfzig Stück Kleinvieh, dazu dreitausendsechshundert Ochsen, viertausendeinhundertsechzehn Sklaven und Gold für sechzig Millionen Sesterzen vermachte – unter der Bedingung, sie sollten ihm ein Begräbnis ausrichten, das nicht weniger als eine Million Sesterzen kosten dürfe.

So aßen sie die halbe Nacht – beim Jupiter! Sie fraßen, rülpsten, kotzten und verrichteten ihre Notdurft, ohne sich zu erheben (Sklaven hielten ihnen silberne Schalen unter), sie protzten mit amourösen Abenteuern und redeten über Geld, Geld, Geld, das immer mehr an Wert verlor, und über das pompejanische Wunder – so nannte man es im ganzen Imperium, weil die Stadt, sieben Jahre nach dem großen Beben, *motu proprio*, in größerer Schönheit erstand als je zuvor.

Aphrodisius war glücklich in dieser Nacht, er trank mehr vom schweren Chios, als er vertragen konnte, denn keiner der Gäste ließ es sich nehmen, einen gesonderten Trinkspruch auf den Hausherrn auszusprechen und gesondert mit ihm zu trinken. Seine Lider wurden schwer wie attisches Blei, und Rauchschwaden zogen durch das Triclinium, als senkte der Herbst seine Nebel über die campanische Perle, und in der Trübheit eines Augenblicks erkannte der Pompejaner die übermütige Gesellschaft wie in einem Spiegel, mit verzerrten Gliedmaßen und furchterregenden Fratzen, und alle erhoben ihre Trinkgefäße mit der Linken und prosteten ihm zu mit ausladenden Gesten. Aber das Zerrbild verschwand, noch ehe er es ausreichend betrachtet hatte, und Aphrodisius winkte einen Sklaven herbei, der ihm das Gesicht mit parfümiertem Wasser besprengte; das half.

Man erzähle, begann Loreius Tiburtinus unvermittelt, Aphrodisius' junge Frau neige den Christen zu, ja, sie sei sogar eine Christin und vor den Prätorianern aus Rom geflohen – ein Gerücht in *statu nascendi*.

Von einem Augenblick auf den anderen ebbte das weinselige Gerede ab, und alle starrten auf den Pompejaner; aber nicht, weil Tiburtinus eine Ungeheuerlichkeit verbreitet hatte, nein, die meisten hatten von diesem Gerücht schon gehört und waren gespannt auf Aphrodisius' Antwort.

Der aber reagierte gelassen; er war vorbereitet auf derartige Fragen und gab Tiburtinus der Lächerlichkeit preis, indem er sich erkundigte, ob es ihm schon so schlecht gehe, daß er unschuldige Pompejaner denunziere, um in den Genuß von tausend Sesterzen Kopfgeld zu kommen, die inzwischen ausgesetzt worden seien. Er sei gerne bereit; sie ihm zu schenken, wenn nötig, auch mehr, dann aber solle er sein Geld auf ehrliche Weise verdienen.

Da schlugen sich die anderen vor Vergnügen auf die Schenkel, und Loreius Tiburtinus bekam einen roten Kopf wie ein numidisches Huhn, und Aphrodisius fügte hinzu, er habe aus freien Stücken den Wiederaufbau des Jupitertempels in

Angriff genommen, um den Blitzeschleuderer mit der Stadt zu versöhnen – ob das etwa nach Art eines Christen sei? Denn wenn Leda, seine Frau, der neuen Lehre aus dem Osten anhinge, dann müsse wohl auch er ein Christ sein. Schließlich habe noch niemand vernommen, daß Mann und Frau unter einem Dach verschiedenen Göttern opferten.

Von diesem Tag an war Lucius Cäcilius Aphrodisius ein echter Pompejaner, kein Zugereister, kein Freigelassener, kein *homo novus*, er war einer von ihnen, und das Glück schien auf seiner Seite.

Aber der Schein trog. Denn mit jedem Tag, der ihm neuen Erfolg und höheren Gewinn einbrachte, wuchs auch seine Angst vor dem Unbekannten. Auch Leda, die ihm eine gute Frau war, vermochte diese Furcht nicht auszuräumen, und dazu trug der Spruch des Priesters bei, der prophezeit hatte, der Wiederaufbau des Jupitertempels werde das Leben vieler Menschen verändern, aber keines so sehr wie das des Aphrodisius.

Bewacht wie der Cäsar in Rom verbrachte Aphrodisius die Tage hinter den Mauern seines Landgutes, und wenn er seinen Besitz verließ, begleitete ihn stets eine sechszehnköpfige Leibwache. Was Rufus wohl gemeint hatte mit seiner düsteren Prophezeiung? Der Priester, nach dem Sinn der Worte gefragt, gab sich verschlossen. Die unbekannte Zahl seiner Jahre hatte ihm ein immerwährendes Lächeln ins Gesicht geschrieben, eine Maske, hinter der sich das Wissen um eine furchtbare Tat verbarg, das Lächeln des Auguren, der lebenslang sein Amt versah, die *toga praetexta* trug und einen Ehrensessel beanspruchte im Theater. Dafür deutete er die erbetenen Zeichen und solche, die unerbeten erschienen wie jene *ex caelo* oder *ex avibus* oder aber Blitze zu unterschiedlicher Zeit und Innereien von Schlachttieren, vor allem die Leber, auf welcher sich – so man dieser Lehre zu folgen bereit war – bestimmten Göttern zugehörige Regionen des Himmels wiederfanden.

Und wenn unter dem göttlichen Tiberius auch derlei Unfug

verboten wurde, so war er längst wiederaufgelebt, und jeder höhere Beamte konnte unter seinen *apparitores* auf einen Eingeweideschauer zurückgreifen, *ut aliquid fiat*. Fraßen die heiligen Hühner des Tempels gierig, daß ihnen das meiste aus dem Schnabel fiel, so galt das als günstiges Zeichen der Götter, und wollte der Priester ein günstiges Zeichen, so behalf er sich damit, daß er das Huhn aushungerte bis fast zum Verenden und es dann in einen Käfig mit Körnern setzte, die es mit solcher Hast aufpickte, daß das meiste verlorenging. Tatsache war aber auch, daß Auguren bedeutende Ereignisse treffend vorhersagten, weil in ihren Tempelarchiven Aufzeichnungen lagerten von besessenen Sehern, die den Göttern näherstanden als den Menschen. Sie kannten das Glück und das Leid – vor allem dieses; denn schon die griechischen Philosophen, denen Aristoteles als der bedeutendste vorstand, verkündeten die Lehre, daß dort, wo viel Licht auf die Erde falle, auch viel Schatten zu finden sei, nach dem Gesetz der Natur.

Man sagt, in uralter Vorzeit habe das Menschengeschlecht ohne Leid auf der Erde gelebt, ohne Übel, Mühsal und Krankheit. Aber weil Prometheus den Göttern das höchste Glück, das Feuer, entführte, habe Zeus, als er das weithin sichtbare Flammen der Menschen erblickte, zornentflammt Hephaistos beauftragt, die Menschen zu strafen. Und der große Bildner Hephaistos schuf ein schamhaftes Mädchen, das allererste aus Erde und Wasser nach dem Willen des Höchsten, Athene schmückte es mit Schleiern und Blumenkränzen und lehrte es zu weben, Aphrodite schenkte ihm Liebreiz und verzehrende Sehnsucht, und Hermes den Hang zum Betrügen. Er verlieh ihm eine Stimme und nannte es Pandora. Dann machten Hermes und Pandora sich auf den Weg zu den Menschen, eine geheimnisvolle Büchse im Reisegepäck. Schon der Name des Mädchens reizte die Menschen, Pandora, ›die alles verschenkt‹ – Epimetheus, der linkische Bruder Prometheus', sah das Mädchen und die verlockende Büchse, und er nahm beides. Nichts anderes aber hatte Zeus in seinem Herzen gewollt: Pandora öffnete ihre Büchse, und heraus pfiff das

Übel, das sich über Erde und Meer verbreitete wie der Sturmwind, und die Krankheit, welche nachts kommt, lautlos ohne Stimme, die Zeus ihr entzog. Nur Elpis – die Hoffnung – blieb unter dem Rand des Gefäßes in der Büchse zurück, und Pandora schlug hurtig den Deckel zu. Seither mußte jeder Sterbliche fürchten, daß ihn das Übel träfe, auch in Zeiten des höchsten Glücks.

Der Wind aus Pandoras Büchse schien Aphrodisius nicht zu treffen. Und doch ist der Wille der Götter unerfindlich wie die Ebbe des Meeres, die einmal am Tag vom bewohnten Land zurückweicht, um es noch am selben Tag zurückzuerobern.

Und wie das Gesetz der Gezeiten, so leitet das Schicksal den Willigen – den Widerstrebenden aber zerrt es, oder, wie Seneca zu sagen pflegte: *Ducunt volentem fata, nolentem trahunt*.

Am sechzigsten Tag ruhte die Arbeit am Jupitertempel. Schwarze Wolken jagten über die Stadt und kündeten vom Ende des Sommers. Vom Himmel schossen Blitze wie glühende Pfeile, und die Wolken entleerten sich über der Stadt, Wasserwänden gleich. Gewitter, die sich über Pompeji am Fuße des Vesuv entluden, waren gefürchtet wegen ihrer Heftigkeit, und man erzählte sich furchterregende Geschichten: von Marcus Herrenius, dem angesehenen Ratsherrn, der, von einem Blitz getroffen, tot auf dem Forum stehenblieb; von Drusilla, die der Blitz während der Schwangerschaft streifte und ihre Leibesfrucht tötete, während sie selbst am Leben blieb; von Blitzen, die nicht vom Himmel, sondern aus der pompejanischen Erde fuhren, welche unreine Stoffe der Natur berge. Unter den Konsuln Manlius Adlius und Gaius Pordus soll es unter zuckenden Blitzen Milch und Blut geregnet haben, und unter Lucius Paulus und Gaius Marcellus sogar Steine. Und viele Pompejaner hielten Felle von Seehunden bereit, denn Seehunde, so hieß es, seien die einzigen Tiere, welche nie vom Blitz getroffen würden. Einem im Schlaf getroffenen Menschen, so wurde erzählt, öffne der Blitz im Tode die Augen, während ein im Wachen Erschlagener mit geschlossenen Augen gefunden werde. Blitzopfer seien die einzigen Menschen, deren Leichen nicht verbrannt, sondern im Erdreich bestattet werden müßten.

Derlei Geschichten schürten die Angst der Pompejaner vor Gewittern, und sie opferten den Laren in ihren Häusern, und das Verlassen der eigenen Mauern galt als Frevel. So blickten sie ängstlich zum Himmel, um nach der Richtung der Blitze zu forschen; denn nach etruskischer Lehre bringen jene, welche von Westen nach Norden fahren, das meiste Unheil; und kehren sie zu ihrem Ausgang zurück, so kündet das von großem Glück (ein Vorzeichen, das dem großen Sulla zuteil geworden sein soll).

Pompeji lag wie ausgestorben. Selbst Hunde und Katzen, die das Stadtbild sonst zu Tausenden beherrschten, hatten sich in ihre Höhlen verkrochen. Die schmalen Straßen standen knietief unter Wasser und glichen Bächen, nur Quader ragten hervor, welche in Sichtweite als Trittsteine verlegt waren. Ohne Übergang wechselte der verdunkelte Tag zur nächtlichen Finsternis, und als der Regen nachließ, als nur noch hier und da dicke Tropfen auf die Erde klatschten wie Vogeleier, die der Kuckuck aus fremden Nestern stößt, da befiel Aphrodisius wieder jener unerklärliche Drang, der ihn seit Wochen in die Ruine des Tempels trieb.

In Begleitung seiner Leibwächter näherte sich der Pompejaner dem Forum, eine stumme Prozession im Dunkel der Via consularis, die Straße der Augustalen entlang zum brachliegenden Heiligtum, nur hier und da tauchten nachglimmende Blitze die Häuser in grelles Licht.

Aphrodisius blieb stehen und wartete auf das nächste Wetterleuchten, das die Säulenstümpfe des Porticus dunkel vom grellen Himmel abhob. Der Schutt auf dem mannshohen Sockel war zum größten Teil beseitigt, nur vereinzelt ragten noch Mauern empor. Es würde wohl viele Jahre dauern, und die Duumviri würden fünf-, vielleicht zehnmal wechseln, bis der Tempel des Jupiter in seinem alten Glanz erstrahlte – so dachte der Pompejaner, und er stieg die breiten Stufen empor, die der Erneuerung bedurften, schritt durch den geköpften Porticus und, stolperte über vom Beben aufgeworfene Bodenplatten ins Innere, wo einmal die *cella* das Götterbild beherbergt hatte.

An dieser Stelle klaffte nun gähnend ein Loch, schwarz wie der Eingang zum Hades, dem bei der Verteilung der Welt nur das modrige Schattenreich blieb, gefürchtet und gehaßt von den Menschen, weil alle Wege dorthin nur die eine Richtung kannten. Heulend strich der Wind über die Öffnung und erzeugte den Klagelaut einer Flöte, so daß Aphrodisius näher trat, angelockt wie vom Gesang der vogelstelzigen Sirenen.

Ein Blitz zerriß das Dunkel, einer von jener Art, die keine Spur in den Himmel schreiben und das Firmament tonlos in gleißende Helligkeit tauchen. Und diese sekundenlange Helligkeit genügte, um den schwarzen Trichter im Tempel taghell auszuleuchten, sie genügte, dem Pompejaner ein grauenhaftes Bild zu vermitteln, eine Erscheinung, die Aphrodisius zweifeln ließ, ob nicht ein Traumbild vor ihm auftauchte. Blind blickte er zum Himmel, als flehte er um einen weiteren Strahl Jupiters; und der schien das Gebet des Pompejaners vernommen zu haben, denn ein zweiter Blitz folgte dem ersten, und Aphrodisius starrte in die chthonische Öffnung, ob er noch einmal die spukhafte Erscheinung erkannte, und seine Augen täuschten ihn nicht: ein Mensch mit schmerzverzerrtem Gesicht reckte die Arme hilfeflehend zum Himmel.

Wie Pappeläste, denen der Herbststurm die Blätter geraubt hat, ragten sie hilflos nach oben, aber im Gegensatz zu diesen, die im leisesten Luftstrom wanken, schienen die Arme reglos gefroren, und jetzt, im zweiten Hinsehen, erkannte Aphrodisius auch warum: Eine Marmorplatte des Tempelbodens, so groß wie ein Haustor, war geborsten und in den Trichter gesackt und hatte den Mann, der sich dort in der Tiefe aufgehalten haben mußte, in der Mitte durchtrennt. So entstand der Eindruck, als stünde der in der Hüfte abgetrennte Körper auf einem marmornen Sockel, ein theatralisches Standbild aus Achaia. Beim Jupiter! – Aphrodisius kannte diese Fratze, den breiten, beinahe kahlgeschorenen Schädel, ja, er glaubte bei seinem Anblick sogar seine Stimme zu hören, diese gepreßte, die Hälfte aller Vokale verschluckende Stimme eines Pompejaners. Aphrodisius kniete nieder, er wollte beim nächsten Leuchten das Gesicht ganz genau erkennen, und Jupiter schickte erneut einen Strahl vom Himmel, furchteinflößend grell und von tosendem Donner begleitet, daß der Boden unter seinen Knien erzitterte.

Und Aphrodisius blickte in das erstarrte Gesicht des Popidius Pansa.

Am Morgen schickte der Pompejaner einen Sklaven zu Marcus Holconius Rufus, um ihn in Kenntnis zu setzen von dem nächtlichen Geschehen in der Tempelruine und zu fragen, wie das düstere Vorzeichen gesühnt werden könne. Aber der Greis, der letzte aus der Priesterschaft des Jupiter, war unauffindbar. Deshalb benachrichtigte Aphrodisius die Ädilen, und nun lief das Gerücht durch die Straßen Pompejis wie das Feuer einigt Lunte, und in kurzer Zeit war die Tempelruine umlagert von Menschen, die einen Blick auf den geteilten Advocatus werfen wollten, und immer lauter wurde die Frage, was Pansa, der vor sieben Jahren über Nacht verschwunden war, in der Tempelruine gesucht habe.

Schätze, welche von den Priestern in Jahrhunderten angehäuft wurden, sollten in den Kellergewölben des Bauwerkes lagern, von Skorpionen und giftigen Schlangen gehütet. Auch von Skeletten jungfräulicher Mädchen war die Rede, die hinter den Tempelmauern spurlos verschwunden waren; denn Fama, das gefiederte Scheusal, hat so viele Augen, Ohren und Zungen wie Federn und wurde von Terra geboren, die viele Dämonen hervorbrachte, aus Zorn gegen die Götter. Nachts schwirrt sie zwischen Himmel und Erde, tags aber sitzt sie auf Türmen und Dächern, um Wahres und Falsches zu erhaschen und es wahr und falsch zu verkünden.

Von den Gerüchten bewahrheitete sich keines, und die Pompejaner schienen enttäuscht, weil das einzige, das aus dem Schutt der Krypta geborgen werden konnte, eine mannshohe eisenbeschlagene Truhe war, welche die Duumviri auf den Plan rief, denn sie enthielt das *aerarium publicum*, Urkunden, Verträge und Grundbücher der Stadt. Im *aerarium* wurden aber auch Schuldurkunden und wichtige Testamente verwahrt, galt doch die Krypta des Jupitertempels als sicherster Ort gegen Feuer und feindliche Überfälle, zugänglich nur den *praefecti aerarii*, einem Quästor und dem jeweils ältesten Priester.

Der gewölbte Deckel der Truhe war eingedrückt, an der mit Schlössern bewahrten Vorderseite klaffte, von einem herabstürzenden Quader verursacht, ein armdicker Spalt, der im Innern ein schuttbestaubtes Durcheinander von Schriftrollen erkennen ließ – gegen Moder mit Citrusblättern bedeckt – und verschnürtem Papier, dem hellen Augustuspapier, das der Göttliche aus Eitelkeit so genannt hatte, denn eigentlich trug es den Namen ›hieratisches Papier‹ nach seiner ägyptischen Herkunft und weil es ursprünglich für heilige Urkunden bestimmt war. Aber auch braun vergilbtes saitisches Papier war darunter, so benannt nach der Nilstadt Sais, wo das Grab des Gottes Osiris gezeigt wird und der dreieckige Stamm der Papyrusstaude üppiger wächst als an jedem anderen Ort.

Eines der *membranae*, die jenseits der Grenzen des Reiches den Namen Pergament trugen – nach der asiatischen Stadt Pergamon, wo die schlauen Bewohner vor 250 Jahren das Papyros-Exportverbot der Ptolemäer umgingen und Schreibunterlagen aus Häuten fertigten – eines trug die winzige Aufschrift: Lucius Cäcilius Serenus an seinen Freigelassenen Aphrodisius, für den Fall seines Ablebens.

Aphrodisius erkannte die Schrift seines Herrn sofort, die zwergenhaften, schwer zu entziffernden Buchstaben, welche jene verraten, die lieber mit Zahlen als mit Worten umzugehen gewohnt sind, und eine seltsame Verkrampftheit bemächtigte sich seiner Rechten, als der Duumvir ihm das Schriftwerk hinhielt. War es das Unerwartete, Ungewisse, Erinnerungen Wachrufende, die Mahnung des Priesters oder seine ländliche Freude, die ihn lähmte? Erst als der Duumvir seine Hand ergriff und die Rolle hineinlegte, faßte Aphrodisius zu, ließ die Schrift in einer Falte seiner Tunika verschwinden und eilte, einen Schwarm Sklaven hinter sich herziehend, nach Hause.

Er rief nach Leda, erzählte, was sich ereignet hatte, und legte die Rolle vor seiner Frau auf den Tisch.

»Was hat das zu bedeuten?« fragte Leda.

Aphrodisius hob die Schultern, dann gab er sich einen Ruck – man sah es ihm an, wie er sich überwinden mußte – und brach das Siegel auf, entrollte die *membrana* und begann, stockend zuerst, dann immer schneller werdend, zu lesen:

*Ich, Lucius Cäcilius Serenus, rechtmäßiger Sohn des Marcus Cäcilius Serenus, schreibe heute, am Tag vor den Iden des Monats Sextilis, welcher dem göttlichen Cäsar Augustus geweiht ist, im 813. Jahr ab urbe condita, unter Beiziehung des unten genannten Zeugen, dies testamentum per aes et libram, im Vollbesitz meiner geistigen Kräfte, das, nach meinem Ableben, niemandem als dem oben genannten Aphrodisius ausgehändigt werden soll,* tale quale.

*Es ist heute der Tag, an den du dich sicher erinnerst, weil ich dir an diesem Tag die Freiheit geschenkt habe; doch handelte es sich dabei um kein Geschenk, sondern um dein rechtmäßiges Erbe; denn – und nun höre gut zu – du bist nicht der Sohn meines Sklaven Imeneus, sondern mein eigen Fleisch und Blut. Ich liebte deine Mutter Lusovia viele lange Jahre, ja, ich liebe sie noch heute. Der, den du bis heute für deinen Vater gehalten hast, Imeneus, ist nicht mit der Kraft des Priapos gesegnet, und er wußte, daß Lusovia sich mir hingab. Nicht aber meine Frau Fulvia. Mit Rücksicht auf sie, der das freudige Gebären versagt blieb, habe ich deine wahre Herkunft verschwiegen. Doch wenn es den Parzen gefällt, meinen Lebensfaden abzuschneiden, so soll sie darüber in Kenntnis gesetzt werden und soll auch wissen, daß dir das gesamte Erbe zufällt, kraft dieser* nuncupatio: *Das Landgut mit allen Besitzungen, die Ziegeleien und das Bankgeschäft mit allem Barvermögen.* More maiorum *soll Fulvia jeden Monat erhalten, was sie zum Leben benötigt.* Salve.

Post scriptum: *Mache deinem Vater keine Schande.*
*Lucius Cäcilius Serenus. – Popidius Pansa, Advocatus.*

Pansa? Aphrodisius sah Leda ins Gesicht. Pansa?

Pansas Leiche in der Tempelruine – sein mysteriöses Auftauchen in Karthago – das gescheiterte Attentat im Theater – Fulvias unerklärliche Feindschaft. Aphrodisius versuchte, seine Gedanken zu ordnen. Er war gar kein Emporkömmling, kein *homo novus*, und den Makel, unter dem er so litt, gab es gar nicht, er, Lucius Cäcilius Aphrodisius, war ein *vir vere Romanus*, beim Jupiter! Der Pompejaner ging schweigend auf und ab, und Leda verfolgte ihn mit den Augen.

»Pansa versuchte in höchster Verzweiflung, das Testament an sich zu bringen«, sagte Leda nach einer Weile.

Aphrodisius nickte: »Er muß mit Fulvia gemeinsame Sache gemacht haben, er glaubte wohl, das *aerarium publicum* sei bei dem Erdbeben zerstört worden, da war die Versuchung groß ...«

»Dann war es auch Pansa, der dir nach dem Leben trachtete?«

»Wer sonst könnte Interesse an meinem Tod haben?«

»Und am Tod deines Vaters Serenus?«

Aphrodisius schwieg, er dachte nach, er hörte die letzten Worte seines Vaters Serenus: Popidius Pansa. Welche Absicht verfolgte der sterbende Serenus? Hatte er seinen Mörder erkannt, und forderte er von ihm, seinem Sohn, Rache? Oder galt seine letzte Sorge der Gerechtigkeit, die ihm, Aphrodisius, zuteil werden würde, wenn er Popidius Pansa, den Advokaten, aufsuchte?

Mochte die geheimnisvolle Verbindung Pansa – Serenus – Aphrodisius noch eine Erklärung finden –, welche unsichtbaren Fäden spann das Schicksal jedoch zwischen ihm und Priscillianus? Was verband Poppäa, Epicharis und Ascula? War es nur jener Dolch mit dem roten geschwungenen Griff?

Antwort auf diese Fragen vermochte nur eine zu geben: Fulvia. Der Pompejaner rief nach seinen Leibwächtern.

»Was hast du vor?« Leda warf sich Aphrodisius in die Arme.

»Ich muß den Mörder meines Vaters finden!« erwiderte der Pompeianer und gab den Sklaven ein Zeichen, ihm zu folgen.

Aphrodisius kam zu spät. Fulvia hatte ihrem Leben mit der schwarzen Kirsche, von der berichtet wird, sie verleihe dem Sterbenden Anmut und Schönheit, ein Ende gesetzt. Sie lag aufgebahrt im Atrium, und ihr Lächeln nahm dem Tag jede Trauer. Fenius, der *maior domus*, trat auf den Pompejaner zu und überreichte ihm wortlos ein Wachstäfelchen, auf dem wirre Buchstaben sich zu folgenden Wörtern fügten:

FVLVIA AN APHRODISIVS. ICH HASSE DICH NOCH IM TODE.

## 11

DIE UNERWARTETE ENTDECKUNG des *aerarium publicum* stürzte die Stadt in ein Chaos. Sklaven und Freigelassene wurden über Nacht zu reichen Leuten, und Pompejaner, die seit sieben Jahren im Luxus lebten, weil sie sich als rechtmäßige Erben eines großen Vermögens glaubten, sahen sich auf einmal getäuscht und verarmten von einem Tag auf den anderen.

Am folgenden Tag fanden Hirten den greisen Priester Marcus Holconius Rufus vom Blitz erschlagen unter einer Pappel am Rand eines Weges, der zum Landgut des Aphrodisius führte. Es schien, als hätte sich der weise Prophet in der Nacht auf den Weg gemacht, um den Pompejaner vor etwas zu warnen. Durch den Tod des Priesters unterblieb diese Warnung, und das Verhängnis nahm seinen Lauf.

Unter den Urkunden, welche allesamt der Gerechtigkeit Genüge taten, befand sich eine gesiegelte Kassette aus schwarzem Holz, deren Inhalt die Duumviri nicht kannten, so daß sie, in der Annahme, es handle sich um ein wichtiges

Testament, den Ädilen Befehl gaben, die Siegel zu lösen. Zum Vorschein kam eine Rolle mit griechischen Schriftzeichen, vor Jahrhunderten aufgezeichnet und im Laufe der Zeit zu Leder verbräunt, so daß es Mühe bereitete, den Wortlaut zu entschlüsseln. Und kannten die Priester des Jupiter den furchtbaren Inhalt seit erdenklichen Zeiten, ohne den Text je gelesen zu haben, weil, nach altem Brauch, der jeweils älteste Priester das Geheimnis an den nächstfolgenden weitergab, so wurde diese Kette durch Rufus' unerwarteten Tod jäh unterbrochen, und niemand hinderte die Ädilen an dem Frevel der heiligen Schrift – denn um eine solche handelte es sich.

Seite sieben der Sibyllinischen Bücher, die nach Ovid tausend Jahre alt sind, enthielt eine furchtbare Prophezeiung, Pompeji betreffend, und weil diese Zukunftsdeutung nur die campanische Stadt berührte, hatten die Jupiterpriester auf dem römischen Capitol, wo die Sibyllinischen Schicksalsbücher aufbewahrt wurden, die Seite entfernt und jenen überlassen, die sie unmittelbar betraf. Die Auflage lautete jedoch, den Inhalt nicht eher als am Tag vor dem drohenden Ereignis zu verkünden, und weil der weise Spruch aus dem Mund der obersten Priester des Reiches kam, galt er als heiliges Gesetz.

Anders als in Rom, wo neben den Jupiterpriestern fünfzehn ausgewählte Männer, *Quindecimviri* genannt (der göttliche Julius hatte ihre Zahl unter Beibehaltung des Namens auf sechzehn erhöht), die Sibyllinischen Prophezeiungen hüteten, und in diese nur Einsicht nehmen durften bei Krieg, Hunger, Seuchen und vernichtenden Naturereignissen – (aber auch dann nur auf Beschluß des unwissenden Senates) –, wachten in Pompeji die Priester allein über dieses Geheimnis. Die über Jahrhunderte gesammelten *prodigia* verkündeten allesamt furchtbares Unheil, und im Gegensatz zu den umstrittenen Prognosen der Opferschauer und Wahrsagepriester, deren Brauch höchst umstritten war, zweifelten selbst kritische Geister nicht am Wahrheitsgehalt der Sibyllinischen Sprüche, weil sie Ereignisse für Generationen voraussagten und dies ohne Auftrag und Motiv, für Menschen, die ihnen fernestanden – und weil sich bisher alle Sibyllinischen Verheißungen erfüllt hatten wie die Rufe Kassandras, die Apollon mit der Gabe der Weissagung beschenkt hatte, diese aber, nachdem Kassandra sich ihm verweigert hatte, in jenen furchtbaren Fluch ummünzte, der ihr nur noch erlaubte, von drohendem Unheil zu künden.

Schreiber wurden zur Hilfe gerufen, die griechischen Schriftzeichen auf dem geheimnisvollen Papier zusammenzusetzen, was einen Tag und eine Nacht in Anspruch nahm, weil nach der Aufzeichnung der lesbaren Wörter nur Bruchstücke einer düsteren Verheißung erkannt werden konnten, die keinen Sinn ergaben: *515 Jahr – Cumä – Jammer – Samt – Venus – reifend – Baum – Feuer der Erde – 832. Jahr – vor den Kalenden.*

Thrasymedes, dem alexandrischen Schreiber, der in Eumachias Diensten stand, gelang schließlich die Entschlüsselung des verstümmelten Textes:

*Im 515. Jahr spricht die Sibylle von Cumä:*
*O welcher Jammer!*
*Samtweiche Quitte im Garten der Venus,*
*Die reifend vom Baum fällt*
*Und verzehrt wird vom Feuer*
*Mit Mensch und Tier und allen Mauern*
*Im 832. Jahr, am neunten Tag*
*Vor den Kalenden des Monats September.*

Kaum hatte Thrasymedes das drohende Unheil verlesen, da begann ein ratloses Klagen, weil die Götter das Ende Pompejis vorbestimmt hatten und die Duumviri verurteilten alle, die Zeugen des Vorfalls geworden waren, zur Verschwiegenheit bis zu dem genannten Tage im 832. Jahre, und diese schworen beim Jupiter und ihrer rechten Hand. Weil aber nirgends mehr Meineide geschworen werden als unter dem Siegel der Verschwiegenheit (was wohl ein menschlicher Urtrieb ist, und vom göttlichen Gaius Julius mit den Worten gegeißelt wurde, er liebe den Verrat, hasse aber den Verräter), blieb das drohende Unheil nicht lange geheim, und mit Federschwingen fegte Fama durch die Straßen Pompejis, rief rasendes Gelächter hervor und panische Angst, aber auch Gleichgültigkeit. Und als die ersten ihre Häuser verkauften und die Stadt verließen, weil sie an die Wahrheit des Sibyllinischen Orakels glaubten und fürchteten, der Groll Jupiters sei noch immer nicht verflogen, und er würde ein zweites, noch stärkeres Erdbeben schicken, das Pompeji verschlinge, da wurden Stimmen laut, die wissen wollten, Aphrodisius habe das Orakel gefälscht, um in den Besitz billigen Baulands zu gelangen.

Die Gerüchte wurden von Eumachia geschürt, weil der Wiederaufbau des Jupitertempels dem Pompejaner zunächst viele Sympathien eingebracht hatte. Eumachia wollte dem nicht tatenlos zusehen, und es traf sich gut, daß gerade ein zehnjähriges Verbot öffentlicher *munera* und *spectacula* auslief, mit dem der römische Senat auf Veranlassung des göttlichen Nero das pompejanische Amphitheater belegt hatte. Damals, drei Jahre vor dem Erdbeben, waren Pompejaner und Bewohner aus dem nahen Nuceria bei einem Gladiatorenkampf derart aneinandergeraten, daß die Zahl der Toten auf den Rängen die der Opfer im Sand der Arena bei weitem überstieg. Seither lag das Theater im Südosten der Stadt gegenüber der großen Palästra verweist. Anders als der Tempel des Jupiter war das Theater bei dem Erbeben nicht eingestürzt, doch galten viele Eingänge und Gewölbe als einsturzgefährdet, und Eumachia erbot sich, die Gewölbe mit Doppelbögen aus Backstein zu verstärken, die fünf untersten Stufenreihen der *ima cavea*, welche den Würdenträgern vorbehalten blieben, und die achtzehn Stufen der *summa cavea* in den oberen Rängen mit weißem Marmor zu verkleiden, und – von den übrigen Sitzreihen getrennt – eine auf der Krone verlaufende Galerie zu erstellen, mit eigenem Zugang, damit auch Frauen den *spectacula* beiwohnen könnten. Denn das Amphitheater war vor eineinhalb Jahrhunderten unter den Duumviri Gaius Quinctius Valgus und Marcus Porcius errichtet worden, als Frauen noch keinen Zutritt zu den Spielen hatten.

So wandelte sich die öffentliche Meinung zugunsten Eumachias, während Aphrodisius zunehmend in den Ruf geriet, geldgierig zu sein wie der Cäsar in Rom.

Als rechtmäßiger Erbe des Serenus versuchte Aphrodisius nun an die Hinterlassenschaft seines Vaters heranzukommen, und dabei trat zutage, daß Pansa und Fulvia sich den Nachlaß redlich geteilt hatten. Pansa hatte sich mit dem Vermögen aus den Bankgeschäften, Fulvia mit den Besitzungen zufriedengegeben – dem Landgut, zwei Stadthäusern und einer Ziegelei am Rande der Stadt.

Eines Tages erschien der Pompejaner bei Eumachia, legte ihr das Testament vor und erhob Anspruch auf seinen Besitz, die Ziegelei des Serenus und die umliegenden Ländereien.

Die Priesterin lächelte hämisch: »Du kommst zu spät, Freigelassener, die Ziegelei und die umliegenden Ländereien wurden mir von Fulvia verkauft. Hier ist der Vertrag!«

»Zum einen«, erwiderte Aphrodisius, »nenne mich nicht Freigelassener. Ich bin ein freigeborener Römer, mein Vater heißt Lucius Cäcilius Serenus. Zum anderen scheint dir jede Kenntnis des *ius Latii* zu fehlen. Ich glaube, daß Fulvia dir die Ziegelei verkauft hat, nur – sie hätte dir ebenso das Comitium oder die Stabianer Thermen oder den Tempel der Venus verkaufen können, denn diese haben alle das eine gemein: Sie gehörten ihr ebensowenig wie die Ziegelei.«

»Ich habe zweimal hunderttausend Sesterzen gezahlt!« rief Eumachia wütend.

Aphrodisius blieb hart: »Mag sein, mag sein, Priesterin, du solltest dir künftig die Leute besser ansehen, mit denen du Geschäfte machst! Der Besitz gehört mir, und ich will haben, was mir – *ex aequo et bono* – nach römischem Recht zusteht.«

»Aber ich habe zwei weitere Ziegeleien auf dem Grundstück errichtet. Was soll nun damit geschehen?«

»Du wirst sie abreißen müssen, ich bestehe sogar darauf. Ich lege keinen Wert auf derlei Geschäfte.«

Die Bestimmtheit und Härte, mit der Aphrodisius der Priesterin begegnete, bewirkte bei Eumachia einen Stimmungsumschwung. Sie trat mit schmeichlerischen Worten an den Pompejaner heran: »Warum müssen wir unbedingt Gegner und Feinde sein, Aphrodisius? Du bist ein fähiger, junger Mann, und dir gehört die Zukunft in dieser Stadt, aber ich habe das Leben hinter mir …«

»Du quälst Gavius, meinen bithynischen Freund, mit unmenschlicher Arbeit, die ihn zeichnet für das ganze Leben. Du verdienst keine Nachsicht.«

Da klatschte Eumachia in die Hände und trug der Sklavin auf, Gavius aus der Purpurfärberei herbeizuschaffen, zum Zeichen der Freundschaft – er sei frei.

»Du bist frei«, erklärte die Priesterin, als der Sklave eintraf, »aber versuche, deinen Herrn Aphrodisius umzustimmen, er fordert das Land zurück, das ich in gutem Glauben von Fulvia erworben und bebaut habe. Ich bin bereit, jeden Preis zu zahlen.«

Gavius und Aphrodisius lagen sich in den Armen, sie weinten Tränen der Freude, und die Worte Eumachias waren für sie ohne Bedeutung.

»Freund«, sagte Aphrodisius, »wie habe ich dich vermißt!« Und Gavius antwortete: »Dieses Wiedersehen, Herr, läßt mich alles vergessen«, und er blickte an sich herab, und nun starrte auch Aphrodisius auf Gavius' Beine, die blutrot gezeichnet waren bis über die Waden. Eumachia wandte sich ab.

Der ätzende Purpuressig hatte seine Haut verbrannt und verfärbt, und Wasser und Seife und die stärksten Lösungen konnten nichts ausrichten gegen diese Verfärbung, Gavius war ein Gezeichneter auf Lebenszeit, jedermann kenntlich als niederster Sklave, als Purpurtreter.

»Einmal Purpurtreter, immer Purpurtreter«, sagte Gavius betrübt. »Es gibt Dinge im Leben, die sind nicht wieder gutzumachen.«

In seinem Zorn ging Aphrodisius auf Eumachia zu, faßte sie von hinten an den Armen und drehte sie um, daß sie die blutroten Füße des Gavius betrachten mußte: »Sieh nur hin, Priesterin, wie du dich an einem unschuldigen Sklaven gerächt hast, aus Haß gegen seinen Herrn. Haß verflüchtigt sich mit den Jahren, aber die Farbe an diesen Füßen überdauert das Leben eines Menschen. Dein Haß wird ihn bis an sein Ende begleiten, Priesterin. Und du – *rebus sic stantibus* – forderst Milde? Beim Jupiter! Ich gebe dir dreißig Tage Zeit, die Gebäude auf meinen Grundstücken zu räumen und zu beseitigen. Nach dreißig Tagen will ich keinen von deinen Leuten mehr auf meinem Grund und Boden sehen. Komm, Gavius!«

»Aber so laß uns doch noch einmal verhandeln!« Eumachia stellte sich den beiden in den Weg.

»In dreißig Tagen, habe ich gesagt, Priesterin!« Aphrodisius schob Eumachia zur Seite. »Keinen Tag länger.«

Von nun an gingen Aphrodisius und Gavius jeden Schritt gemeinsam, stets von stämmigen Leibwächtern begleitet, und Gavius schämte sich nicht seiner blutroten Füße wegen, denn – so sagte er – es sei keine Schande, von ruchlosen Menschen zu dieser Arbeit gezwungen zu werden, eine Schande sei es nur, jemanden zu dieser Arbeit zu zwingen, und deshalb lehnte er es auch ab, jene Stiefel zu tragen, die ihm der Pompejaner eigens hatte anfertigen lassen. Aphrodisius wurde sogar von Gavius bestürmt, das ererbte Land an die Priesterin zu verkaufen; ihre Lage zwinge Eumachia dazu, auf jede Forderung einzugehen, und einem guten Geschäftsmann komme es nicht zu, Gefühle zu zeigen und Haß mit Haß zu vergelten. Aber der Pompejaner blieb hart.

Leda überraschte ihren Gemahl mit der Nachricht, daß sie ein Kind erwarte, und Aphrodisius dankte heimlich der Venus mit einem Rauchopfer, weil sie seinen innigsten Wunsch erfüllt hatte, und er versprach seiner Frau, das Kind taufen zu lassen nach der Lehre der Christen, wenn es nur heimlich geschehe und verborgen bleibe vor den Bewohnern der Stadt.

Zusammen mit Gavius reiste der Pompejaner nach Rom. Aphrodisius wollte erkunden, ob die Enteignungen unter dem neuen Cäsar ein Ende gefunden hatten und ob es Möglichkeiten gab, seine römischen Geschäfte wieder zu erweitern. Er kannte ja Marcus Salvius Otho und hoffte auf ein Entgegenkommen des Göttlichen. Doch der krummbeinige Imperator zierte sich, den Pompejaner zu empfangen; er kenne ihn nicht und könne sich nicht erinnern. Das war natürlich gelogen, war doch Aphrodisius Zeuge jener Prophezeiung des Sterndeuters gewesen, die ihm das Cäsarenamt im siebenunddreißigsten Lebensjahr verheißen und sich inzwischen auf seltsame Weise erfüllt hatte.

Aber wie alle Cäsaren lebte Otho in ständiger Angst, und diese Angst war alles andere als unbegründet, denn der Göttliche war nicht überall im Imperium anerkannt. Zwar hatten ihm die Balkan- und Ostprovinzen Treue geschworen; die Besatzungstruppen Britanniens, Galliens und Germaniens neigten jedoch einem anderen Cäsar zu, dem Statthalter von Germania inferior, Aulus Vitellius, und es schien nur eine Frage der Zeit, wann dieser Vitellius mit seinem Heer vor den Mauern Roms stehen würde.

Wie hatte sich die Stadt verändert! Die engen, verwinkelten Gassen, von denen Rom vor dem Brand durchzogen war, hatten breiten Straßen Platz gemacht mit sechsstöckigen *insulae* aus Stein – Wohnblöcken, unbezahlbar für einfache Römer, die damit noch mehr an die Peripherie gedrängt wurden. Der Cäsarenpalast hingegen, vom göttlichen Nero begonnen und noch immer nicht vollendet, erstreckte sich über das gesamte Zentrum der Stadt, vom Palatin bis zum Esquilin, und von den Gärten des Mäcenas im Osten bis zum Forum des Augustus im Norden, maßlos, prunksüchtig, protzig und dabei nichts weiter als versteinerte Angst. Denn die verschwenderische Architektur, die Säulenhallen, Paläste, Plätze, Wiesen und Teiche hinter unüberwindbaren Mauern glichen einer Festung; *Domus Aurea* genannt, strotzten sie vor Gold und waren mit Edelsteinen und Perlmutt ausgelegt, Elfenbeinschnitzereien zierten Wände und Decken und einen Speisesaal unter einer runden Kuppel, die sich, wie das Weltall, Tag und Nacht drehte. Fünfzig Millionen Sesterzen investierte Marcus Salvius Otho in den ersten Wochen seiner Regierung, um den Cäsarenpalast wenigstens bewohnbar zu machen. Dann waren seine Taschen leer, und er hielt nach neuen Geldquellen Ausschau.

Mit einer List gelang es Aphrodisius schließlich dennoch, beim Cäsar Einlaß zu finden. Frühmorgens, noch vor dem Anschlag der *acta diurna* auf dem Forum, der täglich von Tausenden Menschen erwartet wurde, bestieg der Pompejaner die Rostra und hielt – wie es jedem Römer erlaubt war – eine Rede auf den göttlichen Otho. Marcus Salvius Otho, verkündete er, sei der rechtmäßige Nachfolger Galbas, und niemand, auch ein Vielfraß wie Aulus Vitellius nicht, dürfe ihm dieses Amt streitig machen, weil die unsterblichen Götter, welche die Geschicke der Menschen lenken, ihn schon für den Thron ausersehen hatten, als noch der göttliche Nero regierte, und der sei – beim Jupiter ! – fünf Jahre jünger gewesen als Otho.

Damals habe der Weise Seleukos aus Kos in den Sternen gelesen und geweissagt, Otho, im Zeichen des Mars geboren, werde den Cäsar überleben, und die Zahl 37 werden ihm den größten Triumph seines Lebens bescheren. Er, Aphrodisius, Sohn des Serenus aus Pompeji, sei Zeuge dieser Prophezeiung geworden, vor immerhin sieben Jahren; er schwöre es bei seiner rechten Hand.

Da klatschten die Römer begeistert in die Hände, weil sie nichts lieber hörten als Berichte über Weissagungen, die in Erfüllung gegangen waren, und sie riefen »Heil dir, Cäsar, Marcus Salvius Otho!« und bekränzten das Standbild auf dem Capitol mit Blumen, und Schmährufe gegen Vitellius wurden laut. Dieser Meinungsumschwung blieb dem Göttlichen natürlich nicht verborgen, und als er von der selbstlosen Rede des Pompejaners erfuhr, schickte er nach ihm und lud ihn ein, mit ihm in der *Domus Aurea* zu speisen.

Aphrodisius hatte sein Ziel erreicht, aber er mißtraute Otho und ging nur in Begleitung von vier Sklaven. Am Portal des Palastes, das von Prätorianern mit gekreuzten Lanzen und gezogenen Schwertern bewacht wurde, traf der Pompejaner auf eine Hundertschaft angesehener Römer und Senatoren; viele trugen die Purpurtoga, und alle hatten die gleiche Einladung erfahren wie er. Einige waren sogar mit ihren Frauen erschienen.

Hinter dem Tor tat sich ein von Türmen bewachter Innenhof auf, in dem alle Gäste ihre Sklaven zurücklassen mußten. Jeder einzelne wurde nach Waffen durchsucht, erst dann gewährten ihnen Prätorianer den Zutritt: Aufgereiht wie die Soldaten einer Kohorte marschierten sie, von der rotbehelmten Leibwache flankiert, durch ein Labyrinth von düsteren Gängen, verwinkelten Säulenreihen und über dichtbepflanzte Wege, bis sie endlich, nachdem sie längst jede Orientierung verloren hatten, in den vielbewunderten Kuppelbau gelangten, der jedem, der ihn zum ersten Mal betrat, lautes Staunen abverlangte.

Entgegen römischer Gepflogenheit, welche die Tische im Triclinium hufeisenförmig aufreihte (wobei der Herr die vordere Biegung des Hufeisens einnahm), waren hier die Tische samt den dazugehörigen Klinen sternförmig angeordnet, und die Mitte des Tischgestirns bildete der Platz des Cäsars. Das Verblüffende dieses fensterlosen Raumes, der gerade hundert Gästen Platz bot und nur von einer kreisrunden Deckenöffnung, so groß, daß eine Biga darin Platz gefunden hätte, belichtet wurde, war seine Beweglichkeit. Er konnte sich um die eigene Achse drehen, wodurch es möglich war, den Cäsar in der Mitte der Rotunde ständig den Strahlen der Sonne auszusetzen, während die übrigen Gäste im diffusen Schatten speisten. Die Szenerie bekam so etwas Unwirkliches, den sonnenbestrahlten Cäsar umwebte eine göttliche Aura, und so war es auch beabsichtigt.

Marcus Salvius Otho machte einen abwesenden Eindruck. Seine Perücke, mit der er die in die Stirne gekämmte Haarpracht des jungen Gaius Julius nachahmte – des jungen, wohl gemerkt; denn in dem Alter, in dem sich Otho befand, war auch der göttliche Julius bereits kahl –, dieses Ersatzhaar saß schief auf dem Kopf und wirkte eher peinlich. Seine Bewegungen schienen fahrig, er aß kaum, doch schüttete er große Mengen vorgekosteten roten Chios in sich hinein. Die Geladenen sahen es schweigend, und Aphrodisius stellte sich die Frage, wer wen mehr fürchtete, der Cäsar die Senatoren oder die Senatoren den Cäsar. In den Nischen zu den Ausgängen drückten sich finsterblickende Wachtposten herum, die jedoch gerade den vierten Teil einer Stunde auf ihrem Posten blieben und dann jeweils durch andere abgelöst wurden.

Angst und Mißtrauen beider Parteien waren nicht unbegründet. Die meisten Senatoren hatten die Einladung des Göttlichen verschmäht; sie fürchteten eine Falle und die Absicht, Otho wolle sich hinter den Mauern der *Domus Aurea* seiner größten Widersacher im Senat entledigen. Denn die Mehrzahl der Vornehmen und Reichen, auf die der unglückliche Claudius sich einst noch hatte stützen können, war inzwischen zu erbitterten Gegnern des Cäsars geworden. Er selbst, Marcus Salvius Otho, fürchtete ein Attentat, und er nahm keinen Bissen, keinen Schluck, den nicht Linus, sein beklagenswerter Vorkoster, zuvor probiert hatte.

Schließlich stieg der Cäsar auf sein Speisesofa und redete wankend auf seine Gäste ein, ihm die Treue zu halten und jene Senatoren, die sich mit Umsturzgedanken trügen, in die Schranken zu weisen, und er sparte dabei nicht mit Tränen. Aulus Vitellius, dem verschiedene Provinzen das Vertrauen ausgesprochen hätten, sei zwar ein guter Wagenlenker, aber kein Lenker des Staates. Für gewöhnlich erschienen Menschen, deren Augenmerk vornehmlich auf Essen und Trinken gerichtet sei, ungefährlich: aber auf Vitellius treffe das nicht zu – im Gegenteil, er sei, hochverschuldet, nicht einmal davor zurückgeschreckt, die eigene Mutter zu überfallen, um ihr den Familienschmuck zu rauben. Im Zorn habe er den Sohn seiner ersten Frau Petronia umgebracht, und die unsterblichen Götter hätten diesen Mord gerächt, indem sie seinen zweiten Sohn mit einer verstümmelten Zunge straften. Solle Aulus Vitellius jemals wagen, das rauhe Untergermanien zu verlassen und nach Rom zurückkehren, so warteten an jeder Straßenecke Verfolger, Gläubiger und Leute, die er betrogen habe. Und dieser Mann erhebe Anspruch auf den Thron?

»Nieder mit dem Vielfraß!« tönte es durch den Kuppelsaal, doch die meisten Senatoren mochten in den Ruf der gekauften Jubler nicht einstimmen, und der Cäsar setzte seine Rede fort.

Cäcina und Valens, zwei Generale des Vitellius, hätten wider jedes Recht die Alpenpässe besetzt, doch hätten ihm die Heere in Pannonien, Dalmatien und Mösien die Treue erklärt, und Mucianus in Syrien und Vespasianus in Judäa, welche beide über die besten Truppen verfügten, seien ebenfalls auf seiner Seite. Er habe deshalb eine Gesandtschaft nach Norden geschickt, die Vitellius zur Aufgabe seiner Ansprüche bewegen solle, und ihm eine große Summe Geldes angeboten sowie ein freies Leben in einer Stadt seiner Wahl. Sollte er sich diesem Angebot widersetzen, wolle er selbst Vitellius entgegenziehen und ihn bekämpfen wie einen Feind. Dies indessen erfordere gewaltige Summen Geldes …

Weiter kam der Cäsar nicht in seiner Rede, denn nun wurde klar, warum der Göttliche zum Gastmahl geladen hatte, und der murmelnde Protest wuchs zum wilden Geschrei. Der unselige Galba und seine Prätorianerhorden hätten sie ohnehin ihres Vermögens beraubt, und wenn er, Otho, ihnen nun den Rest wegnehme, dann würden sie diesen Vitellius mit offenen Armen empfangen, schlimmer könne es nicht mehr kommen, *Roma dea!* Und einer der Senatoren – es war der ehemalige Quästor Gaius Senicio, der schon unter drei Cäsaren gedient hatte –, rief, dem Standbild der Victoria auf dem Capitol seien die Zügel aus den Händen geglitten, obwohl weder Sturm noch Erdbeben zu verzeichnen sei, welch furchtbares Vorzeichen …

Da flohen die Gäste des Göttlichen in wilder Panik, und sie versuchten, von Wächtern verfolgt und mit Waffen zur Umkehr gezwungen, sich aus dem Labyrinth des Palastes zu befreien, weil sie fürchteten, der Cäsar würde sie umbringen lassen, um so in den Genuß des ihnen noch verbliebenen Vermögens zu gelangen. Zurück blieb nur eine Handvoll Gäste, die sich, als sie die Niedergeschlagenheit des Göttlichen erkannten, einer nach dem anderen verabschiedeten, indem sie die rechte Faust auf die Brust schlugen.

*»Ave Caesar!«*

»Du?« Der Cäsar sah den letzten Gast fragend an. »Bist du nicht der Pompejaner?«

»Ja, Cäsar, ich bin es, Lucius Cäcilius Aphrodisius.«

»Warum rennst du nicht ebenso weg wie die anderen?« Otho setzte den Pokal an die Lippen, daß ihm der rote Chios über den Hals rann und seine weiße Toga mit dunklen Flecken benetzte.

»Warum sollte ich fliehen?«

»Aus demselben Grund, der den Senatoren die Flucht ratsam erscheinen läßt.«

Aphrodisius lachte: »Göttlicher Cäsar, erstens bin ich keiner von den *patres conscripti*, und zweitens halte ich es für unklug, vor dem Cäsar zu fliehen.«

»Unklug? Das mußt du mir erklären, Pompejaner!«

»Ganz einfach, Erhabener, wer flieht, wendet dem Gegner den Rücken zu.«

Otho grunzte etwas Unverständliches, dann sagte er mit schwerer Zunge: »Du hast auf dem Forum für mich gesprochen, Pompejaner, jedenfalls ist mir das berichtet worden. Warum tatest du das?«

Aphrodisius, der längst bemerkt hatte, daß ihr Gespräch von aufmerksamen Ohren und Augen in den Nischen und hinter den Säulen belauscht und beobachtet wurde, gab sich entrüstet: »Beim Jupiter, sind wir schon so weit, daß man nicht mehr für den Cäsar sprechen darf, ohne in üblen Verdacht zu geraten? Im übrigen, Göttlicher, habe ich doch nur die Wahrheit gesprochen und vor dem Volke berichtet, was der Sterndeuter von der Insel vor sieben Jahren prophezeit hat, daß du im siebenunddreißigsten Jahr deinen größten Triumph erringen und dem göttlichen Nero in nichts nachstehen würdest.«

*»Et lupus in fabula?«*

»Ich verstehe nicht, was du meinst, Cäsar.«

»Der Wolf in der Geschichte ist nur, daß Seleukos auch weissagte, das Jahr meines größten Triumphes werde auch mein Ende bedeuten. Hast du auch das vor dem Volke berichtet?«

»Nein, Cäsar«, erwiderte Aphrodisius, »das habe ich nicht.«

»Und doch war es so, und ich glaube daran. Ich habe nur noch Feinde, ja, ich muß sogar jenen mißtrauen, die eigentlich zu meinem Schutz da sind, den Prätorianern, meiner Leibwache. Sie lassen sich jeden Treuedienst mit Geld bezahlen, und das wurde bislang noch jedem Cäsar zum Verhängnis.« Otho winkte den Pompejaner näher heran: »Glaube mir, Aphrodisius, nicht der Cäsar regiert dieses Imperium Romanum, sondern das Geld. *O tempora, o mores!*«

»Das verstehe ich nicht!« erwiderte der Pompejaner. »Du bist der Cäsar, du hast die Macht!«

»Macht? – Wer Geld hat, hat die Macht. Ich habe Schulden, zuletzt waren es hundert Millionen Sesterzen, heute sind es vielleicht schon mehr. Aber welche Rolle spielt es schon, wieviel Wasser ein Ertrunkener geschluckt hat. Du, Pompejaner, hast mehr Macht als der Cäsar. Das sagt dir Marcus Salvius Otho.«

»Göttlicher Cäsar!«

»Ach, Pompejaner, wenn du wüßtest, wer wirklich die Macht hat in Rom, du würdest fliehen und diese Stadt nie mehr betreten ...«

Im selben Augenblick trat aus dem Halbdunkel der Mauernischen ein Dutzend Prätorianer hervor. Die Rotbehelmten nahmen den Cäsar in die Mitte und drängten ihn durch den hinteren Ausgang der Halle. Otho hatte Mühe, sich auf den Beinen zu halten. Er schlurfte, stolperte und warf Aphrodisius im Gehen noch einen Blick zu, als wolle er sagen: Siehst du, Pompejaner, so ergeht es dem göttlichen Cäsar!

Und noch ehe er sich versah, wurde Aphrodisius von zwei stämmigen Leibgardisten in die Mitte genommen, die ihn im Laufschritt durch das Labyrinth der *Domus Aurea* bis zum Ausgang geleiteten. Ihm schien es, als sei er dem Orcus entkommen. Wo aber, bei Castor und Pollux, waren seine Sklaven geblieben?

Aphrodisius hatte ein ungutes Gefühl, als er auf dem großen Platz vor dem Palast nach seinen Leibwächtern suchte, doch die waren, nachdem die Senatoren die *Domus Aurea* verlassen hatten, nach Hause geeilt, weil sie glaubten, sie hätten ihren Herrn verfehlt.

Die untergehende Sonne zeichnete einen langen Schatten des monumentalen Standbildes auf den Platz, das der göttliche Nero dem Sonnengott zu Ehren hatte errichten lassen, höher als der höchste Turm der Stadt und unverkennbar mit den Gesichtszügen des Erbauers ausgestattet. Und als der Pompejaner den leergefegten Platz überquerte, kam er sich klein vor, klein und verlassen.

»Wenn du wüßtest, wer wirklich die Macht hat in Rom, du würdest fliehen und diese Stadt nie mehr betreten!« – Die Worte des Cäsars hallten in seinem Gehirn nach wie ein unendliches Echo, das, von einem Berg zum anderen geworfen, sich ständig wiederholt. Otho lebte in Todesangst, das war Aphrodisius nicht entgangen, und im nachhinein zweifelte er, ob es geschickt von ihm war, öffentlich für den Göttlichen Stellung zu nehmen. Früher oder später würde auch Marcus Salvius Otho das Opfer seiner Bürde werden, so wie zuvor Galba, wie Nero, Claudius, Caligula und Tiberius. Ein neuer Cäsar würde sich berufen fühlen, und wer dann noch als Anhänger des alten galt, dessen Leben war keine Sesterz mehr wert. *Roma Dea*, er hatte einen Fehler gemacht!

Aphrodisius begann zu laufen, er wußte nicht, warum, aber er beschleunigte seine Schritte, als wollte er einen unsichtbaren Verfolger abschütteln – nur weg von hier. Der Pompejaner überquerte Straßen, deren Namen er nicht kannte, drückte sich an Häuserzeilen entlang, die ihm fremd waren. Die Türen der Häuser waren verrammelt – kein Zweifel, in Rom wohnte die Angst. Menschen, die ihm begegneten, zogen von ferne den Kragen über den Kopf und wählten die andere Straßenseite, um nicht erkannt zu werden, und Aphrodisius bemerkte, daß er es ihnen gleichtat. Hinter jedem Portal, jedem Mauervorsprung lauerte die Gefahr.

In seiner Angst geriet der Pompejaner in die Irre, denn dies war nicht der Esquilin, den er suchte – der mußte mehr im Osten liegen.

Die Stadt hatte ihr Gesicht verändert, und ein Fremder – und Aphrodisius war nun ein Fremder in Rom – konnte sich hilflos verlaufen.

»He da, Fremder!« rief der Pompejaner einem Entgegenkommenden schon von weitem zu; doch der drehte sich, als er bemerkte, daß der Ruf ihm galt, um und stürzte in die Richtung davon, aus der er gekommen war.

Aphrodisius merkte, wie seine Schritte, ohne es zu wollen, immer schneller wurden; er spürte die Nähe des unsichtbaren Verfolgers, hörte seine Schritte und versuchte zu entkommen, indem er immer schmalere Seitengassen wählte. Er blieb stehen: Wovor fürchtest du dich? Der Pompejaner wollte sich selbst diese Frage stellen, die Angst, die sich seiner bemächtigt hatte, in die Schranken weisen, doch während er in sich hineinlauschte, hilflos auf eine Antwort wartend, wurde er gewahr, daß die Schritte, die er vernahm, gar keine Einbildung waren. Jetzt, da er innehielt, seinen Atem bremste, um jede Einzelheit in der unheimlichen Dämmerung wahrnehmen zu können, hörte er sie wieder: Sie kamen näher, blieben stehen – Stille.

Ohne seinen Körper zu drehen, wandte Aphrodisius in einer schnellen Bewegung den Kopf, und er glaubte, hinter einem Mauervorsprung einen Schatten verschwinden zu sehen. Er wollte fortrennen, so schnell er nur konnte, doch als er in die Richtung blickte, der sein Ziel galt, da erkannte er eine dunkle Gestalt, die sich ihm breitbeinig in den Weg stellte. Sie haben dich hierher getrieben, in diese verlassene, enge Gasse, um dich zu töten, und niemand wird dich finden. Warum, warum?

Die beiden Gestalten beschleunigten ihre Schritte, und Aphrodisius sah keinen Fluchtweg. In seiner Verzweiflung ging er auf den zu, der ihm entgegenkam, ohne Waffe, in geduckter Haltung. Und während er sich umdrehte, um nach dem anderen Gegner zu sehen, der nun in schnellem Lauf auf ihn zustürzte, da warf sich der vordere mit einem hohen Sprung auf den Pompejaner, versuchte, ihn zu Boden zu reißen, und stieß dabei einen gellenden, animalischen Schrei aus wie ein Gladiator, der bei der *probatio armorum* Netz und Dreizack brüllend zum Himmel reckt, um sich selber Mut zu machen.

Aphrodisius entkam dem Sprung nur knapp, und der Übeltäter landete auf dem derben Pflaster, aber im selben Augenblick legte sich von hinten ein Arm um den Hals des Pompejaners, eisenhart war der Griff und unentrinnbar, und vor seinen Augen blitzte im Dunkeln ein Dolch. Und – beim Jupiter! – es war jene Waffe, die er kannte, von Serenus, von Poppäa, von Epicharis, von Ascula und von dem Attentat auf ihn selbst!

Aphrodisius riß die Augen weit auf, als wolle er das eigene Sterben ganz genau betrachten, er sah die weitausholende Bewegung, die auf seine Brust gerichtet war und die sein Leben nun beenden würde, und es war diese Ausweglosigkeit, diese Überzeugung, unwiderruflich dem Tod geweiht zu sein, die dem Pompejaner eine unerklärliche Kraft verlieh. Er faßte das Handgelenk des anderen, bog es nach außen, sein Widersacher stieß einen Schmerzensschrei aus, und der Dolch entglitt seiner Hand.

Den kurzen Augenblick aber, den der Unhold brauchte, um den Dolch wieder aufzunehmen, nutzte Aphrodisius zur Flucht. Er lief, bis ihm das Herz in der Brust zu platzen drohte, und erreichte, ohne zu wissen wie, den Circus Maximus. Dort, unter den lärmenden, drängenden Menschen, fühlte der Pompejaner sich fürs erste sicher.

## 12

WENN DU WÜSSTEST, wer diese Stadt regiert, würdest du fliehen und Rom nie mehr betreten!«

Die Warnung des Cäsars klang Aphrodisius tagelang in den Ohren, und als an den Iden des Aprilis die Nachricht eintraf, Marcus Servius Otho sei bei Betriacum gegen Vitellius unterlegen und habe sich noch in der Nacht in sein Schwert gestürzt, da floh der Pompejaner überstürzt aus Rom. Polybius hinterließ er den Auftrag, er möge all seine römischen Besitzungen veräußern; er, Aphrodisius, wolle nie mehr einen Schritt in diese Stadt setzen. Die Zeit für den Handel erschien günstig, konnte er doch darauf hoffen, der Wahnsinn um den Cäsarenthron sei Aufruhr genug, um den Besitzwechsel in aller Heimlichkeit vonstatten gehen zu lassen. Es sollte sich jedoch zeigen, daß diese Spekulationen ein verhängnisvoller Irrtum waren.

Und was als Glück erschien für den Sieger, erwuchs zum Unglück für das Vaterland, und Othos mannhafter Tod durch das Schwert konnte ehrenvoll genannt werden im Vergleich zum Sterben des Cäsars Aulus Vitellius, den die Prätorianer noch im selben Jahr mit einem Strick um den Hals durch die Stadt trieben, gequält und gemartert, halbnackt, beschimpft und bespuckt, bis man ihn, der vor Erschöpfung zusammengebrochen war, an einem Haken in den Tiber zog, in dessen trüben Fluten sein geschundener Körper untertauchte und verschwand. *Omnes eodem cogimur.*

Wen konnte es wundern, daß nun nicht nur in der Hauptstadt des Imperium Romanum das Chaos und die Willkür herrschte, sondern daß nun auch die Provinz davon heimgesucht wurde wie von einem Steppenbrand. Denn Rom lebte seit dem Ende des göttlichen Augustus in ständiger Katastrophenstimmung, obwohl kein Chaldäer, kein Sterndeuter der Stadt und ihren Bewohnern das Ende auf einen bestimmten Tag prophezeit hatte.

In Pompeji hingegen sprach jeder mit jedem über das bevorstehende Ende, feixend die einen, denen nichts heilig war, ratsuchend die anderen, welche wußten, daß sich seit Menschengedenken jeder Spruch der Sibyllen erfüllt hatte, und je näher die Zeit kam, desto zügelloser wurden ihre Gedanken.

Die Pompejaner mieden Aphrodisius, weil sie in ihm den Urheber sahen für das drohende Unheil, das doch im Grunde nur dann zu ertragen sei, wenn der Tag seiner Ankunft im Verborgenen bleibe, und als der Jupitertempel seiner Vollendung entgegenging, als die Säulen in alter Schönheit in den seidigblauen Himmel Campaniens ragten und die Stufen glänzten in weißem Marmor, schöner als vor dem Beben, und als der *pontifex maximus*, der höchste Priester des Reiches, eine Abordnung heiliger Männer nach Pompeji sandte, um den Tempeldienst an der Gottheit zu verrichten, da verjagten die Pompejaner die Priester, noch ehe sie das Heiligtum betreten konnten, und der Oberpriester in Rom sprach einen Fluch über die Stadt und ihre Bewohner, weil er den Grund ihres Handelns nicht kannte.

Gottloses Pompeji!

Die Sitten verwahrlosten wie im verderbten Rom. Sklaven bestahlen ihre Herrschaft, weil auch sie einmal so leben wollten wie die freigelassenen Römer; ehrbare Frauen, die bei ihren Männern keine Befriedigung des Schoßes fanden, forderten von den Sklaven ihr Recht und schliefen, einmal berauscht von dem süßen Drang, jede Nacht mit einem anderen, und selbst der Scheidebrief, mit dem pompejanische Männer ihre Frauen häufig wie nie zuvor bedachten, vermochte die lüsternen Weiber nicht zu bezähmen, fanden sie doch bei anderen, die ihrer eigenen Ehefrau überdrüssig waren, bereitwillige Aufnahme. Die Ädilen kamen nicht nach mit der Bewältigung aller Prozesse; und nicht das strenge Gesetz des Senates, das jede ehrbare Frau, die mit einem Sklaven verkehrte, selbst zur Sklavin degradierte, vermochte dem Unrecht Einhalt zu gebieten.

Der Verrohung der Sitten entsprach es, daß auch die Kleidung längst nicht mehr der *ordo vestimenti* folgte. Man trug, was man wollte, Sklaven die Toga – gegen jedes Recht –, und wenn Frauen in gallischen Hosen erschienen, Röcken, welche zwischen den Beinen zusammengenäht waren (eine Sitte, die der Cäsar Vitellius von jenseits der Alpen eingeführt hatte), so galt das noch nicht als Gipfel der Verruchtheit, weil es andere gab, die sogar mit den entblößten Brüsten durch die Stadt spazierten wie Kreterinnen zur Zeit des Königs Minos.

Die Pompejaner praßten, sie fraßen und soffen, und die Händler im Macellum konnten die Nachfrage nach teuren Weinen und seltenen Speisen nicht annähernd befriedigen. Dies hatte zur Folge, daß die Preise ins Unermeßliche stiegen und für exotisches Geflügel wie Strauße aus Numidien oder Flamingos aus der ägyptischen Provinz das Zehnfache bezahlt werden mußte wie zur Zeit des göttlichen Nero. Wild aus dem Norden kam überhaupt nicht mehr auf den Markt, weil es schon verkauft war, bevor es das Macellum erreichte. Man ging leichtsinnig um mit dem Geld, weil jene, welche dem Orakel glaubten, wußten, daß sie nichts mitnehmen konnten über den Acheron außer einem Obolus auf der Zunge für Charon, den Fährmann, und dieser Leichtsinn zog von überallher Gesindel an – Gauner, Betrüger, Schieber, Blender, Wucherer, Erbschleicher, Hehler, Erpresser und Glücksritter, die das Orakel nicht kannten oder es verlachten.

Und doch: *Sic erat in fatis*.

Aphrodisius wurde Vater einer Tochter, die sie Aphrodisia nannten, und Leda schenkte dem Pompejaner alle Liebe, die eine Frau einem Mann entgegenzubringen vermag, und sie war auch Hersilius eine gute Mutter, so daß er keines Glückes entbehrte. Aber jene, welchen Fortuna geflügelt auf rollender Kugel entgegenzulaufen scheint, leben häufig im Hader mit sich und ihrem Herzen. So auch Aphrodisius.

Nicht das Orakel, welches den Pompejanern das drohende Ende vorhersagte, beschäftigte Aphrodisius in dieser Zeit, sondern jener geheimnisvolle Unbekannte, der ihm nach dem Leben trachtete; denn wem die Götter das Lebensende beschlossen haben, der vermag diesem weder durch Flucht noch durch Bestechung und Gebete zu entrinnen. Dem aber, der sich gegen das von Menschen geplante Übel zur Wehr setzt, stehen die Unsterblichen huldvoll zur Seite. Nächtelang saß Aphrodisius, schwerbewacht, auf einer Bank im Viridarium und blickte in die Sterne des Himmels, die doch die Geschicke der Menschen lenkten, wie Seleukos mit dem Aufstieg und Ende des göttlichen Otho bewiesen hatte. Die Suche aber nach dem griechischen Sterndeuter blieb erfolglos; er sei, so meldeten Späher des Pompejaners aus Rom am selben Tag verschwunden, da seine düstere Prophezeiung in Erfüllung gegangen war.

Auch der göttliche Vespasianus, der, sechzigjährig, Vitellius auf den Thron gefolgt war – was kein Römer für möglich gehalten hätte, obwohl es ihm im Jahr zuvor vorhergesagt worden war –, stand in engem Kontakt mit einem Propheten jüdischer Herkunft. Der Priester namens Joseph ben Mattathias hatte Vespasianus nach der Einnahme der Festung Jotapata erklärt, er könne ihn ruhig in Fesseln legen, wie es einem siegreichen Feldherrn zukomme, aber nach einem Jahr werde er ihm diese Fesseln als Cäsar wieder lösen. Der Imperator brachte daraufhin den merkwürdigen Propheten nach Rom, wo er durch hohe Bildung auffiel, wo sich seine Weissagung erfüllte und wo man den Juden mit dem unaussprechlichen Namen fortan Josephus nannte wie einen gebürtigen Römer. Josephus aber, den Aphrodisius anging, und dem er viel Geld bot für die Unterstützung in seiner Angelegenheit, ließ verlauten, er weissage nicht wie das delphische Orakel auf Wunsch und gegen Bezahlung, sondern aus ihm spreche sein Gott, jener der Juden, und der stehe allen Geschäften der Menschen fern.

Verzweifelt sandte der Pompejaner seinen Freund Gavius nach Delphi, bot wandernden Wahrsagern, von denen es mehr als genug gab in diesen Zeiten, hohe Summen, und stellte immer die gleiche Frage: Wer Drahtzieher der Attentate mit den geschwungenen Dolchen sei. Doch alle Antworten – wenn Aphrodisius überhaupt eine Antwort bekam – klangen wirr und geheimnisvoll, und die delphische Pythia vermeldete hinter grünendem Lorbeer, daß Apollon ihr Namen verboten habe und sie nur zwischen ja oder nein, aber auch dem einen und anderen entscheide. Das half dem Pompejaner nicht weiter und schürte nur seine Zweifel am drohenden Untergang Pompejis.

Aphrodisius hatte geglaubt, Popidius Pansas unerwarteter Tod würde die Mordserie beenden, weil Pansa der alleinige Urheber sei, doch der erneute Mordversuch ließ den Pompejaner zweifeln, ob Pansa überhaupt etwas zu tun gehabt habe mit den Dolch-Attentaten. Sein einziges Verbrechen war vielleicht die Unterdrückung des Testaments. Gewiß, er, Aphrodisius, bedeutete eine latente Gefahr für den *advocatus*, aber konnte ihm Fulvia nicht viel gefährlicher werden? Hätte sie nicht auf der Todesliste an erster Stelle stehen müssen, weil sie, solange das *aerarium* unentdeckt blieb, die einzige Mitwisserin war?

Eumachia. Sie *mußte* ihn hassen, das war keine Frage, und dies mehr als je zuvor, nachdem sie zwei Ziegeleien auf seinem Grund und Boden hatte abreißen müssen und Aphrodisius sie zusätzlich demütigte, indem er das Land verkommen und von Disteln und Gestrüpp überwuchern ließ. Und das alles, obwohl sie Gavius aus freien Stücken herausgegeben hatte. Sie mußte ihn hassen, vielleicht sogar seinen Tod herbeiwünschen, und man konnte ihr durchaus die Anwerbung eines gedungenen Mörders zutrauen. Warum aber bei allen Göttern, hätte sie Serenus ermorden sollen, Priscillanus und den Mann der Epicharis in Rom?

Der alte Plinius, mit dem ihn eine herzliche Freundschaft verband, seit er in Stabiä lebte, verwies auf den Komödiendichter Publius Terentius Afer, der so lustige Theaterstücke wie *Die Schwiegermutter* oder *Der Eunuch* geschrieben und in einem Stück mit dem unaussprechlichen Namen *Heauton timorumenos*, was soviel bedeute wie *Der Selbstquäler*, den Satz gesprochen habe: *Nil tam difficile est, quin quaerendo investigari possiet*. Also sei es angebracht, nachzuforschen nach Art der Ädilen, auch wenn dadurch neue Gefahren entstehen mochten. Denn, so meinte Plinius, wer einem Menschen zweimal nach dem Leben trachte, scheue auch vor einem dritten Versuch nicht zurück, um zum Ziel zu gelangen.

Sein erster Weg führte den Pompejaner zu Ascula. Ascula weigerte sich zunächst, Aphrodisius zu empfangen, doch der schob die Türhüter beiseite und gelangte so in das Haus, wo ihn die Herrin mit verlegenen Worten begrüßte. Es sei wegen der Leute, man rede über ihn, sagte sie, und sie wolle da nicht hineingezogen werden.

»Wovon sprichst du?« erkundigte sich der Pompejaner.

»Von diesem Orakel.«

Aphrodisius hob die Arme: »Ich weiß, daß mich die Leute meiden, aber ist es meine Schuld? Willst du mir zum Vorwurf machen, daß vor Jahrhunderten eine Sibylle Unheil vorhergesagt hat?«

Ascula schwieg, dann antwortete sie zögernd: »Das ist es nicht.«

»Sondern?«

»Die meisten Pompejaner glauben nicht an den Spruch der Sibylle ...«

»Jeder soll das halten, wie er will.«

»... die meisten glauben, du habest den Orakelspruch gefälscht, damit die Menschen ihre Häuser, ihre Güter und Weinberge verkaufen und du zum Schleuderpreis in ihren Besitz gelangst. Deshalb meiden sie dich.«

»Beim Jupiter!« Aphrodisius stand starr wie eine Statue auf dem Forum. »Daran glaubst du?«

Ascula hob die Schultern. »Glauben heißt nicht wissen – ja. Die Leute um Eumachia behaupten es.«

Auf einmal verstand der Pompejaner das Mißtrauen, mit dem man ihm gegenübertrat, verstand, warum die Menschen einen großen Bogen um ihn machten, wenn sie ihm begegneten, ihn mieden wie einen Aussätzigen. »Du magst mir glauben oder nicht«, murmelte er. »Eumachia lügt. Sie haßt mich, und ihr ist jedes Mittel recht, mich zu vernichten. Ich bete zu den unsterblichen Göttern, daß dieses Orakel in Erfüllung gehe. Apollon möge mich erhören.«

»Aber um das zu erfahren, bist du nicht gekommen«, sagte Ascula.

»Nein«, erwiderte Aphrodisius, »Obwohl seine Bedeutung hinter dem zurücktritt, was du mir soeben gesagt hast! Es geht nur um einen Dolch, den ich einst bei dir sah, einen Dolch mit rotem, geschwungenem Griff.«

»Du meinst diesen?« Ascula holte ihn aus einer Lade, und Aphrodisius spürte, wie seine Hände zu zittern begannen.

»Ja, diesen«, sagte er. »Wer hat ihn gefertigt?«

»Ich weiß es nicht! Der Dolch ist ein Geschenk. Er gefiel mir so wie dir und ...«

»Und?«

»... ich tat es für einen Dolch, für *diesen* Dolch!«

»Zum Lohn für deine Dienste?«

»Wenn du es so nennen willst, ja.«

»Ein Fremder?«

»Was geht es dich an, Aphrodisius, es ist lange her – ja, ein Römer, er faselte Unverständliches von einer geheimen Truppe mit geheimem Auftrag, und ich dürfe diesen Dolch niemandem zeigen ... Ein Wichtigtuer.«

»Kennst du seinen Namen?«

»Nein, ich kenne seinen Namen nicht, und selbst wenn ich ihn kennte, würde ich ihn dir nicht nennen. Und jetzt geh!«

Vor dem Haus warteten seine Leibwächter, doch obgleich sie ihn sicher geleiteten, fürchtete er sich vor dem Weg durch die Stadt. Männer, die mit ihren Sklaven zum Forum eilten, blieben stehen oder nahmen eine andere Richtung, um ihm nicht begegnen zu müssen, Frauen drückten sich in Hauseingänge oder verschwanden hinter Mauern, und sogar von Sklaven wurde er gemieden. Der Tag, für den das Orakel den Untergang Pompejis vorhergesagt hatte, war gekommen, und trotz Eumachias Verleumdungen gab es nicht wenige Pompejaner, welche an die Echtheit der Weissagung glaubten. Manche verließen die Stadt, um auf dem flachen Land Zuflucht zu suchen, und Aphrodisius schickte Frau und Kinder ins nahe Stabiä zu seinem Freund Plinius, wo er sie sicher glaubte.

Jene, die an dem Orakel zweifelten, luden zu Gastmählern für den Tag der Weissagung, um, wie sie sagten, den Untergang zu feiern oder ihre Wiedergeburt. Die Priesterin Eumachia lud die höchsten Beamten der Stadt, die Duumviri, Ädilen, Quästoren und Tribune in ihr Landhaus, sogar Senatoren und Prätorianer aus Rom folgten der Einladung. Man sah Menschen, die ein Ohr auf die Erde preßten, ob nicht fernes Grollen zu hören sei, aber nichts regte sich. Auch die Tiere, die vor dem Beben große Unruhe an den Tag gelegt hatten, zeigten keine Regung. Die Hitze des Sommers, der in diesem Jahr die campanischen Felder braun färbte, bevor die Ernte abgetragen war, lähmte das Leben.

Seefahrer, welche im Hafen von Puteoli landeten, wurden befragt, ob ihre Schiffe von Stößen erschüttert, die Wogen auf See ohne spürbaren Wind plötzlich angeschwollen seien – untrügliche Zeichen für ein drohendes Beben –, aber alle Befragten verneinten. Besorgt blickten viele zum Himmel und hielten Ausschau nach strichförmigen Wolkenstreifen, die ebenfalls als Unheilkünder galten; andere starrten auf die Wasserfläche der Brunnen, wo konzentrische Ringe von verborgenen kleinen Beben kündeten – aber nichts dergleichen war zu erkennen an diesem Tage, und als die Sonne tief stand und sich noch immer kein ungünstiges Vorzeichen zeigte, da schlugen sich auch die Zweifler auf die Seite derer, die Aphrodisius einen Hochstapler nannten, einen Blender und Scharlatan.

»Manchmal«, sagte Aphrodisius, der mit seinem Freund Gavius im Viridarium saß und in den Himmel blinzelte, »manchmal weiß ich nicht, was ich mir mehr wünsche: daß Jupiter ein furchtbares Beben schicke und die Stadt vernichte, damit sich das Orakel erfülle, oder daß die Sibylle geirrt habe und daß sich der Spruch auf jenes Beben bezog, das uns beide zusammengeführt hat.«

Gavius stützte den Kopf in beide Hände und blickte mutlos vor sich hin; dann erwiderte er, ohne den Pompejaner anzusehen: »Du bist weder um das eine noch um das andere zu beneiden, Herr, denn bewahrheitet sich das Orakel, so wird unser aller Leben zerstört sein. Trifft es aber nicht zu, so ist dein Leben ebenfalls vertan, weil sie dich als Schwindler entlarvt zu haben glauben.«

»Gavius?«

»Herr?«

»Gavius, glaubst du ebenfalls, daß ich den Spruch der Sibylle gefälscht habe, um mich zu bereichern? Sei ehrlich! Traust du mir sowas zu?«

»Herr!« Gavius sprang auf. »Ich würde dir glauben, selbst wenn aller Schein gegen dich spräche!«

Da umarmte der Pompejaner seinen Freigelassenen voll Dankbarkeit.

»*Silentium, silentium!*« Marcus Umbricius Scaurus, wie immer nach Fisch stinkend, hob seinen Pokal: »Ich trinke auf das Wohl unserer Gastgeberin, der ehrenhaften Priesterin Eumachia!«

»Auf das Wohl der ehrenhaften Priesterin Eumachia!,« fielen die übrigen Gäste ein, gut hundert an der Zahl, und Trebius Valens, dem zu jedem Anlaß eine Ode des Horaz über die Lippen kam, rief schwerzüngig: »*Et ture et fidibus iuvat!*«

»*Iuvat, iuvat!*«

Die Schauspieler Terentius Neo, Cäcilius Phöbus, Cälius Caldus und allen voran Fabius Ululitremulus faßten sich an den Händen, bildeten einen Kreis und schnitten einen *cordax*, einen höchst unanständigen Tanz, bei dem die Mimen mit faunischen Bewegungen aufeinander zutraten und zum Vergnügen der Zuschauer Hüften und Hinterteil obszön hin und her bewegten.

»Eigentlich«, rief Eumachia – sie trug Blumen im Haar und war auf ihrer Kline von vier Dienerinnen umgeben –, »eigentlich solltet ihr Aphrodisius danken! Er hat uns dieses Fest beschert. Hätte er nicht den Göttern mit einem erlogenen Orakel ins Handwerk gepfuscht, gäbe es keinen Anlaß, unsere Wiedergeburt zu feiern, so wie die ägyptischen Priester sie predigen. Oder glaubt etwa noch irgend jemand unter euch an die Echtheit des Orakels? Du vielleicht, Postumus? Du, Nigidius? Du, Loreius Tiburtinus? Wenn einer von euch Aphrodisius glaubt, dann sollte er schleunigst sein Vermögen in Sicherheit bringen. Der Tag ist nicht mehr lang, an dem sich die Weissagung erfüllen kann.«

Da lachten die Gäste laut und pflichtbewußt, nur Trebius Valens zupfte seinen Nachbarn am Ärmel, den Weinhändler Lucius Herrenius Florus, der mit seinen Söhnen Quintus und Sextus erschienen war, und raunte ihm zu, daß weise Männer schon zweimal ein Beben vorhergesagt hätten. Der eine sei Anaximandros aus Milet gewesen, der den Lakedaimoniern den Untergang ihrer Stadt prophezeit habe, und in der Tat habe die Erde gebebt, und der Berg Taygetos, der wie das Hinterteil eines Schiffes in den Himmel ragte, habe sich erhoben und alle Häuser unter sich begraben. Pherekydes, dem Lehrer des Pythagoras, werde nachgesagt, er habe aus einem Brunnen getrunken und prophezeit, die Erde werde beben, und am folgenden Tag bebte die Erde tatsächlich.

Florus sah Valens ins Gesicht, und seine Stirn krauste sich wie eine Prünelle: »Und wenn das Orakel doch der Wahrheit entspricht? Wenn doch eine Sibylle aufgezeichnet hat, was Apollon ihr in Verzückung geweissagt hat?«

»Dann feiern wir unser Totenmahl, Florus. Dann ist es – *urgentibus fatis* – zu spät, die Flucht zu ergreifen.«

Der Weinhändler fuhr sich mit fahrigen Bewegungen über das Gesicht, die Schauspieler tanzten ekstatisch, die Kitharaspieler schlugen wild in die Saiten, und die Sklaven schleppten schwarze Amphoren mit neuem Wein herbei. Und während die angetrunkenen Gäste sich immer wieder zuriefen: »*Vivat! vivat!*« – ein Hochruf, dem an diesem Tag eine eigentümliche Bedeutung zukam –, während Düfte eines üppigen Mahls durch das Haus zogen, während die Sklavinnen mit den Besuchern begehrliche Blicke austauschten – da entfernte sich einer der Gäste, ohne daß jemand von seinem Verschwinden Notiz nahm.

Der Tag neigte sich schnell, der späten Jahreszeit angemessen, und Aphrodisius ging, das Herz von zahllosen Ängsten erfüllt, ruhelos im Viridarium auf und ab. Ein wolkenloser Himmel spannte sich, in dunklem Türkis schimmernd wie ein enggewebtes numidisches Zeltdach, von einem Horizont zum anderen, und die Hitze des Tages lag, obgleich bereits die Dämmerung hereinbrach, noch immer drückend über dem Land. Anders als sonst, wenn die Nacht kam – die Nacht, vor der sogar Jupiter eine heilige Furcht empfand, weil ein Vogel mit schwarzen Flügeln die Erde bedeckte –, lag atemlose Stille in der Luft; die fröhlichen Rufe, welche sonst zur Abendstunde von den Hängen des Vesuv schallten – ehrliche Lebenslust nach verrichteter Arbeit –, blieben aus, man hörte auch nicht das Vieh blöken nach wohligem Fressen, und nicht einmal der beruhigende Gesang der Vögel in den Pinien und Pappeln war zu vernehmen.

Das unergründliche Schweigen, das über der Landschaft lag, fand eine Entsprechung in Aphrodisius' Gemütsverfassung, und die Beklommenheit, die ihn seit Tagen ziellos durch Pompeji trieb, die seine Sinne verwirrte, weil er einerseits das angekündigte Ende fürchtete, andererseits aber nichts mehr wünschte als die Erfüllung des Spruchs der Sibylle, nahm zu von Stunde zu Stunde. Er hatte Gavius fortgeschickt, gebeten, ihn allein zu lassen, weil er nicht sprechen wollte, nicht sprechen konnte im Aufruhr seiner Gefühle, und nach zahllosen Umrundungen des Viridariums stahl er sich aus dem Haus wie ein Dieb, nahm den gestampften Weg zur Stadt und erreichte am Herculaneischen Tor das Pflaster der Via consularis.

Die Häuser zu beiden Seiten schienen verlassen, abweisend und unheimlich. An der Stelle, wo die Straße der Thermen in die Via consularis einmündet, drang Lärm aus einem Haus. Aphrodisius kam sich vor wie ein entlaufener Sklave, als er um das Gebäude herumschlich, in die erleuchteten Fenster äugte und dem Grölen und Schreien der angetrunkenen Gäste lauschte. Sie feierten ihr Überleben, das Ausbleiben der drohenden Katastrophe, denn mochten ihn, Aphrodisius, die Pompejaner auch verlachen und verachten, so hegte doch jeder eine gewisse Furcht vor der Möglichkeit, der Spruch der

Sibylle könnte sich doch erfüllen, in seinem Herzen. Warum, beim Jupiter, hatte er dieses verhängnisvolle Orakel finden müssen, diese furchtbare Prophezeiung, die nun sein ganzes Leben zerstörte?

Aphrodisius lief weiter, querte die Straße der Augustalen, ließ das Macellum links liegen und betrat das verlassene Forum. Hier und da erkannte er unter den Säulengängen dunkle Gestalten, die jedoch in den Schutz der Kolonnaden zurückwichen, sobald er sich ihnen zuwandte, die – so schien es – wie er auf irgend etwas warteten, und sei es darauf, daß nichts geschah. So hatte der Pompejaner das Forum noch nie gesehen, einsam wie eine Theaterdekoration nach dem Spiel.

Wie Kulissen zeichneten sich die dunklen, hohen Gebäude vor der Kuppel des Himmels ab, das erhabene Säulenrund der Halle der Eumachia, das Macellum, die wiedererstandenen Triumphbögen des Germanicus und Tiberius zu beiden Seiten des Tempels und der alles überragende Tempel des Jupiter auf seinem Stufenpodest, hoch wie der Himmel.

Aber dort, wo zur Linken die angesehensten Bürger Pompejis, als Statuen verewigt, grün schimmerten in achaisch gegossenem Erz oder in weißem carrarischem Marmor, wo goldene Lottern von ruhmreichen Taten, von Weisheit und Kunst kündeten, klaffte in der stolzen Phalanx eine Lücke, und im Näherkommen erkannte Aphrodisius das Furchtbare: Seine Statue, von den Duumviri in Anerkennung seiner Verdienste um den Tempel des Jupiter gestiftet, war geschleift, gestürzt, in Teile zersprungen. Als hätten sie ihn, den ruhmreichen Sohn seiner Stadt, getötet, als wollten sie ihn aus ihrem Gedächtnis streichen, für alle Zeiten vergessen, lag sein Bild zerstört, der Kopf gespalten, und als er die Tat erkannte, empfand er körperlichen Schmerz.

Mutlos, gebrochen, aber in tiefem Zorn zu den Göttern stieg Aphrodisius die hohen Stufen zum Tempel empor. Kein Wächter hütete das schmale Tor. Das Götterbild im Innern, von dem Achaier Polydeikes für den Gegenwert eines Vermögens geschaffen und der Hand eines Phidias würdig, warf zwei

Schatten an die Seitenwände der Cella, hervorgerufen von zwei flackernden Öllämpchen zu beiden Seiten der Statue.

»Jupiter Optimus«, sprach der Pompejaner, ohne seine Worte mit den Lippen zu formen, »Jupiter Optimus«, wiederholte er, klein und unbedeutend vor der Größe des Standbildes, »was habe ich getan, daß du mich so strafst? Habe ich nicht rechtschaffen gelebt wie ein *vir vere Romanus*? Habe ich dir nicht deinen Tempel gebaut aus meinem rechtschaffen erworbenen Vermögen? Habe ich nicht die Gesetze geachtet und den höchsten Willen der Götter? Warum also strafst du mich, Jupiter Optimus?«

Aphrodisius lauschte in die Dunkelheit, als warte er auf eine Antwort, doch der menschlich geformte Marmor schwieg, abweisend und kalt. Statt dessen glaubte der Pompejaner zu vernehmen, wie das Tor des Tempels geöffnet wurde, wie sich Schritte näherten, stehenblieben, er glaubte den Atem eines Menschen zu hören, das Rascheln einer Toga zu erahnen, er wollte sich umdrehen, zumindest den Kopf zurückwenden, aber Aphrodisius schien erstarrt wie Philemon, den Jupiter in einen Baum verwandelte, so hielt ihn eine unerklärliche Angst gefangen. Den Eindringling schien die Reglosigkeit des Pompejaners zu verwirren, und er machte einen großen Bogen um ihn, bis er endlich schräg von vorne in sein Gesichtsfeld trat, und Aphrodisius, den blitzenden Dolch in seiner Hand erkennend, furchtsam, beinahe beschwörend ausrief: »Tigellinus! Was soll der Dolch, Tigellinus?«

»Du hast mich wohl nicht erwartet, Pompejaner?« grinste der Angesprochene und setzte den rechten Fuß, wie zum Sprunge bereit, weit vor. »Diesmal entkommst du mir nicht!«

»Du also«, sagte Aphrodisius, und ein Zittern bemächtigte sich seines Körpers. »Was bezweckst du mit all deinen Morden?«

»Ha, Pompejaner!« Tigellinus lachte breit, daß es von den Wänden widerhallte. »Hast du nie darüber nachgedacht?«

»Unzählige Male! Warum mußte Serenus sterben? Priscillianus? Der Mann von Epicharis? Warum sollte ich sterben?«

»Das sind nur jene, von denen du weißt, Pompejaner. In Wahrheit sind es tausende, die unter dem Dolch der Prätorianer fielen.«

»Aus reiner Mordlust?«

»Beim Mars ultor, nein. Warum bist du auch so reich? Warum war Serenus so reich? Priscillianus? Der Mann von Epicharis? Reichtum wurde euch allen zum Verhängnis. Seit den Tagen des göttlichen Nero gilt das ungeschriebene Gesetz: Wer den Cäsar an Reichtum übertrifft, muß sterben, auf daß sein Besitz dem Cäsar zufalle. So hielten es Galba, Otho, Vitellius und der göttliche Vespasianus. Und ich, Tigellinus, bin der Vollstrecker ihres Willens!«

»Aber das Vermögen steht den rechtmäßigen Erben zu!«

»Es gab keine rechtmäßigen Erben.«

»Aber die Söhne!«

»Hatte Serenus einen Sohn? Priscillianus? Der Mann von Epicharis?

»Ich bin der Sohn des Serenus.«

»Das wußtest du, als Serenus starb, selbst nicht, Pompejaner. Wie sollten die Prätorianer davon Kunde haben?«

»Aber nun habe ich selbst einen Sohn und eine Tochter. Sie sind nach dem Gesetz meine Erben. Warum drohst du mir mit dem Dolch?«

Da kam Tigellinus näher heran. Er bewegte den Arm mit dem Dolch wie eine Schlange, die nach der Beute züngelt. Dann sagte er ruhig: »Du *hattest* einen Sohn und eine Tochter, Pompejaner, du *hattest*!«

Aphrodisius rang nach Luft, er griff sich an die Kehle, als wolle er den Würgegriff des Henkers abwehren. Das Götterbild, die kahlen Wände, die rechteckigen Ornamente der Decke begannen zu wanken, sie drohten drehend auf ihn zu stürzen, doch als er seine Kräfte, sein Bewußtsein schwinden fühlte, als er Tigellinus vor die Füße zu fallen drohte, ein hilfloses Bündel, da erwuchsen Aphrodisius Kräfte der Verzweiflung, und er stürzte sich auf den Mörder.

Tigellinus schien den Angriff seines unbewaffneten Opfers

nicht erwartet zu haben, denn der geschwungene Dolch fiel klirrend zu Boden, klang hell wie ein Signal zur Schlacht, wenn der Soldat mit dem Schwert auf das *scutum* schlägt, und in einem Kampf auf Leben und Tod wälzten sich beide am Boden, ein jeder darum bemüht, die furchtbare Waffe zu ergreifen oder zumindest zu verhindern, daß sie dem anderen zufiel.

Was hatte er zu verlieren? Aphrodisius kämpfte, er schlug in blinder Wut auf den Römer ein, traf irgendwann ungezielt mit der Faust seine Kehle, daß Tigellinus einen brüllenden Schrei von sich gab, den Kopf einzog und sich krümmte, und dieser kurze Augenblick genügte, um den Pompejaner in den Besitz des Dolches gelangen zu lassen. Aphrodisius faßte den Griff, daß die Waffe eins wurde mit seiner Faust, und ohne zu zögern, stieß er zu, ein um das andere Mal, und Strahlen warmen Blutes trafen sein Gesicht, das er sich, um nicht die Sicht zu verlieren, aus den Augen wischen mußte. Wie von Sinnen stach er auf den Widersacher ein und metzelte ihn nieder.

Es dauerte eine Weile, bis er wieder zu sich kam, wie lange, wußte er nicht, und er hätte seinem Gegner wohl die Augen ausgestochen und den Bauch aufgeschlitzt, ihn zerfetzt, zerstückelt, zermalmt, wäre nicht Jupiter dazwischengefahren mit donnernder Faust, daß die Mauern des Tempels erzitterten. Und als der Pompejaner erwachte aus seiner furchtbaren Raserei, da blickte er zu dem Götterbild empor und wartete auf ein Zeichen. Doch Jupiter schwieg starr.

Von draußen aber ertönte ein gewaltiges Brausen, als flossen alle Wasser des Ozeans von der Scheibe der Erde, und Sturm heulte auf wie der Nordwind im ersten Monat des Jahres.

Mit dem Dolch in der Hand trat Aphrodisius vor den Tempel. Das Forum zu seinen Füßen, noch vor kurzem in unheimliches Dunkel gehüllt, leuchtete blutrot. Schwarzes Gestein klatschte vom Himmel, hüpfte und polterte gegen Säulen und Wände. Um das seltsame Licht zu ergründen, sprang Aphrodisius die Stufen des Tempels hinab, lief in die Mitte des Forums, wo sich schreiende Menschen versammelten. Dort drehte er sich um, und nun sah er die Ursache des Geschehens: Der Vesuv stand in Flammen, die Spitze des Berges glühte wie eine riesige Esse, in die der Schmied mit dem Lederbalg Luft bläst. Fontänen von Glut und Feuer schossen zum Himmel, und die Erde bebte.

*... Und verzehrt wird vom Feuer*
*Mit Mensch und Tier und allen Mauern ...*

Der Spruch der Sibylle! Beim Apollon, das Orakel hatte Recht behalten.

Aphrodisius tanzte, sprang von einem Bein auf das andere. »Seht ihr das Feuer?« brüllte er gegen das alles übertönende Brausen. Pompejaner hetzten an ihm vorbei, in panischer Flucht; sie hörten sein Freudengeheul nicht, nicht sein satanisches Rufen: »Vulcanus, der Sohn Jupiters, hat mich erhört! Er ist lahm und häßlich, und seine Mutter warf ihn deshalb ins Meer, aber er ist gerecht und auf der Seite der Wahrheit! Vulcanus, Vulcanus!«

Wie ein Kind, das nach einem trockenen Sommer die ersten dicken Regentropfen mit ausgebreiteten Armen empfängt, drehte Aphrodisius sich um sich selbst.

Er erkannte den schwarzen Regen, der vom Himmel fiel und auf das Forum stürzte wie die Flut eines geborstenen Dammes, er atmete den beißenden Schwefel, der ihm die Sinne raubte wie tödliches Gift, er spürte die Hitze auf der Haut, in den Augen, die nahende Glut, die seine Kleider sengte. Er rief noch einmal laut und mit letzter Kraft:

»Vulcanus, der Sohn Jupiters, hat mich erhört!«, dann verließ ihn das Bewußtsein.

Aphrodisius sank zu Boden, aus seiner rechten Hand glitt der Dolch, und niemand sah sein sardonisches Lachen.

# EPILOG

NACH SCHÄTZUNGEN VON Experten forderte der Vulkanausbruch am 24. August 79 etwa zweitausend Menschenleben. Pompeji wurde unter einer drei bis zehn Meter dicken Schicht aus Bims und Asche begraben. Anders als beim Erdbeben vom 5. Februar 62 wurde die noch immer im Aufbau befindliche Stadt nicht zerstört, sondern zugeschüttet und damit auf ungewöhnliche Art konserviert. Der Vesuv, dessen vulkanische Aktivität bis dahin unbekannt war, brach dann in unregelmäßigen Intervallen immer wieder aus, bis er im Jahre 1139 scheinbar zur Ruhe kam. Menschen siedelten bis zum Kraterrand, und der Gipfel war von Wäldern bewachsen. Am 16. Dezember 1631 erwachte der Vulkan jedoch zu neuem Leben; die wohl furchtbarste Eruption seiner Geschichte brachte dreitausend Menschen den Tod, über ganz Süditalien verfinsterte sich der Himmel für mehrere Tage. Seither stießen Ausgräber und Abenteurer immer wieder auf Reste der versunkenen Stadt – erstmals 1689 bei Brunnenbohrungen –, doch erst im 19. Jahrhundert begann eine systematische Ausgrabungstätigkeit. 1823 wurden das Forum freigelegt und die umliegenden Tempel, darunter der des Jupiter, der in diesem Roman eine große Rolle spielt. Das war die Zeit, in der Edward Bulwer-Lytton, ein britischer Politiker und Verfasser spiritistischer Romane und Kriminalgeschichten, sein Buch *Die letzten Tage von Pompeji* schrieb.

Giuseppe Fiorelli, ein Numismatiker und Professor für Archäologie in Neapel, übernahm 1860 die wissenschaftliche Leitung der Ausgrabungen von Pompeji. Im Februar 1863 stieß Fiorelli in der Gegend um das Forum auf Hohlräume in den erstarrten Asche- und Bimsmassen. Sie waren den Körpern jener Menschen nachmodelliert, die in ihren Verstecken oder auf der Flucht erstickt oder von herabfallendem Gestein erschlagen worden waren. Im Laufe der Jahrhunderte waren die Leichen zerfallen, ihre Formen blieben jedoch erhalten.

Professor Fiorelli hatte nun eine faszinierende Idee: Er preßte die Hohlräume mit flüssigem Gips aus, zerschlug die Formen, und zum Vorschein kamen detailgetreue Abgüsse von Menschen, die bei dem Vulkanausbruch des Jahres 79 ums Leben gekommen waren.

Einer dieser Abgüsse schlug mich in seinen Bann, als ich ihn vor nunmehr fünfundzwanzig Jahren zum ersten Mal sah. Er unterscheidet sich von den vielen hundert Abgüssen, die in Pompeji zu sehen sind, durch eine besondere Eigenart: Es ist ein Mann, etwa fünfunddreißig Jahre alt, mit breitem Schädel und kräftiger Statur, ein Mann, dem noch im Tode eine unbändige Dynamik anzusehen ist. Und dieser Mann lacht. Er lacht im Sterben, sardonisch breit, beinahe höhnisch.

Dieses sardonische Lachen verfolgte mich viele Jahre, und ich habe in diesem Roman versucht, eine Erklärung zu finden. Alle Schauplätze und Daten des Buches sind historisch belegbar, ebenso die meisten Personen. Allerdings nahm ich mir die Freiheit, den Ascheregen des Vesuv des Nachts über Pompeji hereinbrechen zu lassen – und nicht, wie es der Realität entsprochen hätte, tagsüber zwischen zehn und achtzehn Uhr.

Baiernrain, im April 1986

Philipp Vandenberg

Postscriptum: Die lachende Gipsleiche des ›Aphrodisius‹ ist unter Glas im Umkleideraum der Stabianer Thermen zu besichtigen.

# Glossar

| | |
|---|---|
| Absit! | Das sei fern! |
| Ab urbe condita | seit Gründung der Stadt (Rom) |
| Ädil | Aufsichtsbeamter, Ädil |
| Acta diurna | Tagesberichte, Nachrichten |
| Ad leones! | Zu den Löwen! |
| Ad libitum | nach Belieben |
| Ad rem! | Zur Sache! |
| Aerarium publicum | Schatzkammer, Staatskasse, Archiv |
| Akoniton | Giftpflanze, vielleicht Eisenhut |
| Ala | Flügel, Seitenflügel des Hauses |
| Apodyterium | Umkleideraum |
| Apparitor | untergeordneter Beamter, Ordonnanz |
| A tergo | von hinten |
| Atrium | zentraler Raum des römischen Hauses, ursprünglich: Innenhof |
| Augusta Vindelicum | Augsburg |
| Aureus | wertvolle Goldmünze |
| Auri sacra fames! | Verfluchter Hunger nach Gold! (Vergil) |
| Ave! | Lebe wohl! |
| Balnea, vina, Venus | die Bäder, die Weine, die Liebe |
| Beati possidentes | Glücklich sind die Besitzenden. |
| Caldarium | Waschraum, Bad |

| | |
|---|---|
| Campanienses | Bewohner der Landschaft Campania |
| Carpentum | Kutsche, Reisewagen höherer Magistrate |
| Carpe diem | Ergreife den Tag! Genieße den Augenblick! |
| Cavea | Sitzreihen im Theater |
| Cave canem! | Vorsicht, Hund! |
| Cella | Nische im Tempel, die ein Götterbild beherbergt |
| Cloaca Maxima | Hauptabwasserkanal in Rom |
| Comissatio | Trinkgelage |
| Concordia discors | zwieträchtige Eintracht (Horaz) |
| Cubiculum | Schlafraum |
| Cum grano salis | mit Einschränkungen (wörtlich: ›mit einem Korn Salz‹) |
| Defrutum | eingekochter brauner Most |
| Dies diem docet. | Ein Tag lehrt den anderen. |
| Dixi | Ich habe gesprochen |
| Ducunt volentem fata, nolentem trahunt | Den Willigen leitet das Schicksal, den Widerstrebenden zerrt es. (Seneca) |
| Dum spiro, spero. | Solange ich atme, hoffe ich. |
| Duumviri iure dicundo | Zweimännerkollegium, dem die Gerichtsbarkeit obliegt |
| Enekaen | Er hat es eingebrannt. (Signatur) |
| Est quaedam flere voluptas. | Es gibt eine Lust im Weinen. (Ovid) |
| Et lupus in fabula | ›Und der Wolf in der Geschichte‹, der Haken an der Sache |
| Et tu, mi fili | Auch du, mein Sohn |
| Et ture et fidibus | Freut euch mit Saitenspiel und |

| | |
|---|---|
| iuvat | duftendem Weihrauch (Horaz) |
| Ex avibus | (Zeichen) aus dem Vogelflug |
| Ex aequo et bono | nach Recht und Billigkeit |
| Ex caelo | (Zeichen) am Himmel |
| Ex nihilo nihil | Aus nichts wird nichts. |
| Ex ovo usque ad malum | von der Vor- bis zur Nachspeise, von A bis Z (wörtlich: vom Ei bis zum Apfel) |
| Ex professo | erklärtermaßen |
| | |
| Fama | Gerücht |
| Fasces | Rutenbündel der lictores (s. d) |
| Floralien | Fest der Flora (28. April – 3. Mai) |
| Fontinalien | Fest des Quellgottes am 13. Oktober |
| Forenses | öffentliche Redner, Anwälte |
| Fornacator | der Ofenheizer |
| Frontistes | Schatzmeister in frühchristlichen Gemeinden |
| Frumentarii | Spion, Spitzel |
| Fullones | Tuchwalker |
| | |
| Gustatio | Vorspeise |
| | |
| Hic et nunc | hier und jetzt |
| Homo homini lupus | Der Mensch ist dem Menschen ein Wolf. (Plautus) |
| Homo novus | Neubürger, Emporkömmling |
| | |
| Ima cavea | die unteren 4 Sitzreihen im Theater, Vorzugsplätze |
| Impluvium | Regenwasserbecken |

| | |
|---|---|
| Improbe amor, quid non mortalia pectora cogis? | Unersättliche Liebe, wozu treibst du die sterblichen Herzen nicht? (Vergil) |
| In senatu fuerunt | Im Senat waren anwesend |
| In statu nascendi | im Entstehen begriffen |
| Insula | Insel, auch: Mietshaus, Häuserblock |
| Ipso facto | durch die Tat selbst |
| Koprophagen | Kotfresser |
| Labrum | Becken, Wanne |
| Lacinia | Zipfel eines Kleidungsstückes |
| Laconicum | Schwitzstube, Sauna |
| Lictores, Liktoren | Bedienstete der höheren Magistrate, sie tragen die Fasces (s. d.) als Symbol ihrer exekutiven Befugnisse |
| Lupanar | Bordell |
| Macellum | Markthalle |
| Magister bibendi | Zeremonienmeister, Leiter des Gastmahls |
| Magistratus, Magistrat | Amt, Würde; auch: Beamter, Staatsdiener |
| Maior domus | Verwalter |
| Mancipium | Eigentum, auch: Sklave |
| Manus manum lavat. | Eine Hand wäscht die andere. |
| Mare inferum | das Tyrrhenische Meer (um Sizilien, Sardinien, Korsika) |
| Matrimonium iustum | gesetzmäßige Ehe |
| Membrana | zum Schreiben zugerichtete Tierhaut, Pergament |
| Membrum virile | männliches Glied |
| Mensae primae | Hauptgericht |

| | |
|---|---|
| Mensae secundae | Nachtisch |
| Mensis Augustus | Der Monat August |
| Mercatus | Miete, Standmiete |
| Modius | Scheffel |
| Mons testaceus | Scherbenberg, Schuttberg |
| More Graeco | nach griechischer Sitte |
| More maiorum | nach Sitte der Väter |
| Motu proprio | aus eigenem Antrieb |
| Mundus vult decipi. | Die Welt will betrogen werden. |
| Munera | hier: öffentliche Belustigung, Festspiel |
| Nil tam difficile est quin quaerendo investigari possiet. | Nichts ist so schwierig, daß es nicht durch Nachforschungen aufgeklärt werden könnte. (Terenz) |
| Non sum qualis eram. | Ich bin nicht, der ich war. (Horaz) |
| Nunc est bibendum, nunc pede libero pulsanda tellus. | Nun heißt es trinke, nun mit freiem Fuß die Erde stampfen. (Horaz) |
| Nuncupatio | Einsetzung als Erbe |
| Nunc vino pellite curas. | Nun vertreibt die Sorgen mit Wein! (Horaz) |
| Nuptiae | Hochzeitsfest |
| Oecus, Mz.: oeci | Zimmer des römischen Hauses |
| Omnes eodem cogimur | Alle werden wie an den gleichen Ort gezwungen. (Horaz) |
| Orcus | Schattenreich, Unterwelt, Totenwelt |
| Ordo vestimenti | Kleiderordnung |
| O tempora, o mores! | Welche Zeiten, welche Sitten! (Cicero) |

| | |
|---|---|
| Palladium | Das vom Himmel gefallene Bild der Pallas in Troja, das durch Äneas nach Rom kam und dort im Vestatempel verwahrt wurde. |
| Pallium | Überwurf, Mantel |
| Panem et circenses | Brot und Spiele |
| Panta rhei (gr.) | Alles fließt |
| Pater familias | Familienoberhaupt |
| Pater patriae | Der Vater des Vaterlandes |
| Patres conscripti | Anrede der römischen Senatoren |
| Pauper ubique iacet | Der Arme liegt überall am Boden. (Ovid) |
| Peplos | Kleid |
| Pereat! | Hau ab! Verschwinde! |
| Perfer, obdura! | Ertrag's und sei fest! (Catull) |
| Pinxit | Er/sie hat gemalt. (Bildsignatur) |
| Pontifex maximus | oberster Priester |
| Porticus | Säulenhalle, Galerie |
| Post scriptum | »Nachgeschriebenes«, Zusatz (im Brief) |
| Praefecti aerarii | Verwalter, Aufsichtsbeamte über das aerarium publicum (s. d.) |
| Praemissis praemittendis | unter Vorausschickung des Vorauszuschickenden |
| Probatio armorum | Präsentation der Waffen |
| Prodigia | Vorzeichen, wunderbare Erscheinungen |
| Pro tempore | für jetzt, vorläufig |
| Pulmentarium | Fleischspeise |
| | |
| Quästor | Finanzbeamter, Verwalter öffentlicher Gelder |

| | |
|---|---|
| Quid sit futurum cras | Was morgen sein wird, vermeide |
| fuge quaerere. | zu fragen. (Horaz) |
| Quod dei bene vertant! | Was die Götter zum Guten wenden mögen! |
| Rebus sic stantibus | unter diesen Umständen |
| Rostra | Rednertribüne auf dem Forum |
| Salve! | Sei gegrüßt! |
| Scutum | der Schild |
| Sectio caesarea | Kaiserschnitt |
| Sed varium et mutabile semper femina. | Ein immer wieder anderes und wechselhaftes Wesen ist die Frau. (Vergil) |
| Sella curulis | Amtssitz der höheren römischen Magistrate |
| Sepia | Tintenfisch |
| Senatus populusque Romanus | Senat und Volk von Rom |
| Sic | so |
| Sic erat in fatis. | So war es vorgezeichnet. |
| Silentium | Ruhe, Schweigen |
| Spectaculum, Mz.: spectacula | Schauspiel, Volksbelustigung |
| stilus | Griffel, Schreibgerät |
| Strigilis | Schabeisen, Schaber |
| Subura | Vorstadt |
| Summa cavea | obere Sitzreihe im Theater |
| Tablinum | zentraler Raum des römischen Hauses, zum Atrium ausgerichtet |
| Tale quale | So, wie es ist. |
| Tertium non datur | Ein Drittes wird nicht gegeben. |
| Tessellae | Mosaiksteinchen |

| | |
|---|---|
| Testamentum per aes et libram | rechtsverbindliches Testament |
| Tribus, Mz.: tribus | Stamm, Bezirk |
| Triclinium | Speisezimmer mit Speisesofas |
| Triere | Dreiruderer |
| Tropaeum | Siegeszeichen, Siegesdenkmal |
| Toga praetexta | die von höheren Beamten, Priestern und freigeborenen Kindern unter siebzehn Jahren getragene Toga |
| Toga virilis | Die unverbrämte Toga des volljährigen Bürgers |
| Tonos | Spannung, Abstufung, Ton, Farbton |
| | |
| Urgentibus fatis | Nun, da das Schicksal droht … |
| Ut aliquid fiat! | damit irgend etwas geschieht! |
| | |
| Vale! | Lebe wohl! |
| Valete! | Lebt wohl! Auch: Seid stark! (Anfeuerungsruf) |
| Viridarium | Wintergarten, Park |
| Vir vere Romanus | römischer Bürger, Vollbürger |
| Vivant sequentes! | Es leben die Nachfolgenden! |

Die Horaz-Zitate sind dem Band *Horaz-Gedichte*, hg. von Georg Dorminger, München 1958, entnommen (Übersetzung von Georg Dorrninger und August von Graevenitz).